Michael Christie

DAS FLÜSTERN DER BÄUME

Roman

Aus dem Englischen
von Stephan Kleiner

PENGUIN VERLAG

Für meine Familie

»Bäume verformen die Zeit, oder vielmehr schaffen sie eine Vielzahl von Zeiten: hier dicht und jäh, dort ruhig und geschmeidig.«

John Fowles, *The Tree*

»Es hat etwas Dramatisches, einen Holzblock zu spalten – erstmals die Schönheit im Stamm eines Baumes zu enthüllen, die seit Jahrhunderten im Verborgenen darauf wartet, dieses zweite Leben zu empfangen.«

George Nakashima, *The Soul of a Tree*

2038
2008
1974
1934
1908

1934
1974
2008
2038

2038

Die Baumkathedrale von Greenwood

Sie kommen wegen der Bäume.

Um ihre Nadeln zu riechen. Um über ihre Borke zu streichen. Um sich in den ehrfurchtgebietenden Umrissen ihrer Schatten zu erholen. Um stumm in ihren belaubten Kirchen zu stehen und zu ihren tausend Jahre alten Seelen zu beten.

Aus den an Staub erstickenden Städten der Welt ziehen sie zu diesem Ort – einer abgelegenen bewaldeten Insel vor der Pazifikküste von British Columbia –, um sich verwandelt, erneuert und wieder mit der Welt verbunden zu fühlen. Um daran erinnert zu werden, dass das einstmals heftig hämmernde grüne Herz der Erde noch nicht zu schlagen aufgehört hat, dass die Seele aller lebendigen Wesen noch nicht zu Staub zerfallen ist, dass es noch nicht zu spät und nicht alles verloren ist. Sie kommen hier in die Baumkathedrale von Greenwood, um diese haarsträubende Lüge zu schlucken, und als Waldführerin hat Jake Greenwood die Aufgabe, sie ihnen schmackhaft zu machen.

Gottes Mittelfinger

Das erste Licht sickert durch die Zweige, als Jake die Pilgergruppe dieses Morgens am Ausgangspunkt des Pfads begrüßt. Heute wird sie sie unter den himmelhohen Spitzen der Douglastannen und Riesenlebensbäume und zwischen granitenen, mit elektrisch glitzerndem grünem Moos überzogenen Felsnasen hindurch zum Primärwald führen, wo die Erleuchtung wartet. Aufgrund des angekündigten Regens ist das Pilgerdutzend in Leafskin gehüllt, den atmungsfähigen Stoff, der Gore-Tex ersetzt hat und durch seine nanotechnischen Eigenschaften die wasserabweisende Wirkung von Blättern nachbildet. Obwohl auch Jake von der Kathedrale mit einer Leafskin-Jacke ausgestattet wurde, trägt sie sie selten, aus Furcht, Firmeneigentum zu beschädigen; sie ist schon verschuldet genug. Doch als sie durch den Nieselregen trottet, wünscht sich Jake, sie hätte heute eine Ausnahme gemacht.

Sie hat zwar morgens vor der Arbeit einen Liter Kaffee in sich hineingeschüttet, doch Jakes verkatertes Gehirn fühlt sich wie Toffee an und pocht mit jedem ihrer Schritte schmerzhaft. In diesem jämmerlichen Zustand ist sie kaum fähig, vor Fremden das Wort zu ergreifen, beginnt aber bei den ersten Lichtungen des Primärwalds mit ihrer üblichen Einführung.

»Willkommen im pochenden Herz der Baumkathedrale von Greenwood«, sagt sie theatralisch. »Sie stehen auf siebenundfünfzig Quadratkilometern. Dies ist einer der letzten verbliebenen

Primärwälder auf Erden.« Die Pilger zücken augenblicklich ihre Telefone und beginnen mit den Daumen auf die Bildschirme einzuhämmern. Jake weiß nie, ob sie den Wahrheitsgehalt ihrer Aussagen überprüfen, Ausrufe atemlosen Erstaunens posten oder irgendetwas anderes, von der Führung völlig Unabhängiges tun.

»Diese Bäume fungieren als riesige Luftfilter«, fährt sie fort. »Ihre Nadeln saugen Staub, Kohlenwasserstoffe und andere giftige Partikel auf und atmen reinen Sauerstoff aus, der reich an Phytonziden ist, Chemikalien, die den Blutdruck senken und den Herzschlag verlangsamen. Eine dieser ausgewachsenen Tannen allein kann den täglichen Sauerstoffbedarf vier erwachsener Menschen stillen.« Wie auf Kommando beginnen sich die Pilger bei genussvollem Einatmen zu filmen.

Zwar darf Jake in ihrem kurzen Abriss die auf der Erde grassierenden Staubstürme erwähnen, doch die Richtlinien der Kathedrale verbieten es, ihre Ursache zur Sprache zu bringen: das Große Welken – der Pilz- und Insektenbefall, der die Wälder der Erde vor zehn Jahren überrollt und Hektar um Hektar getilgt hat. Die Pilger sind gekommen, um abzuschalten und nicht an das Welken zu denken, und es ist Teil von Jakes Job (und ihr ist durchaus bewusst, dass Jobs derzeit Mangelware sind), ihnen das zu ermöglichen.

Nach ihrer Einführung lockt sie die Pilger einige Kilometer in Richtung Westen in einen Hain echter Altholzriesen. Es sind Bäume von einer solchen Unermesslichkeit und Erhabenheit, dass sie unecht wirken wie Filmrequisiten oder Denkmäler. In der Gegenwart dieser Giganten nehmen die Stimmen der Pilger einen ehrerbietenden Tonfall an. Die offizielle Firmenpolitik von Holtcorp sieht vor, den Wald als die *Kathedrale* und seine Gäste als *Pilger* zu bezeichnen. Laut Knut, dem dienstältesten Waldführer von Greenwood Island und Jakes engstem Freund, liegt das daran, dass der Wald die erste Kirche war (und nun vielleicht die letzte ist). Zu einer Zeit, in der eine Flugreise noch kein Jahresgehalt verschlang, war Jake im Rahmen eines Schüleraustauschs einmal in

Rom gewesen und hatte in den Säulen und Kolonnaden dort nur gekrümmte Äste und faserige Stämme gesehen. Die belaubte Kuppel der Moschee, die aufwärts strebenden Türme der Abtei, das gerippte Gewölbe der Kathedrale – waren nicht die Sakralbauten aller Glaubensrichtungen von Bäumen inspiriert?

Einige der Pilger beginnen jetzt tatsächlich, ganz frei von Ironie oder Beschämung Stämme zu umarmen. In ihren Informationsbroschüren werden die Pilger angewiesen, den Bäumen nicht zu nahe zu kommen, da sie mit ihrem Gewicht den Boden um die Stämme herum zusammenpressen, wodurch die Wurzeln weniger Wasser aufnehmen können. Aber Jake hält sich zurück und sieht zu, wie die Pilger sich umeinanderscharen, fotografieren und schnaufend die durch Chlorophyll gereinigte Luft einatmen, alles mit einer Ehrfurcht, die eine Mischung aus Inszenierung und tatsächlicher Wertschätzung ist, wobei Jake das Mischverhältnis nicht genau abschätzen kann. Bald bestürmen die Pilger sie mit technischen Fragen: »Was *wiegt* denn so ein Teil?«, fragt ein klein gewachsener Mann, seinem Dialekt nach zu urteilen aus dem Mittleren Westen. »Das erinnert mich an meine Kindheit«, sagt eine Investmentbankerin Mitte fünfzig und streicht sanft über eine moosbedeckte Zeder.

Die meisten der Pilger scheinen sich auf die grüne Großartigkeit einzulassen, doch ein paar von ihnen wirken verloren, unbeeindruckt. Jake sieht zu, wie der Mann aus dem Mittleren Westen die Handfläche auf die Borke einer Douglastanne legt, in die Krone hinaufschaut und Ehrfurcht zu empfinden versucht. Aber sie spürt seine Enttäuschung. Bald suchen er und die anderen in ihren Telefonen Zerstreuung. Das kommt nicht überraschend. Obwohl sie den stolzen Eintrittspreis der Kathedrale bezahlt und die unwürdigen Reisebedingungen in der Zeit nach dem Welken überstanden haben, sind immer einige dabei, denen es nicht gelingt, sich von dem Gedanken daran frei zu machen, wie entspannt sie in diesem Augenblick eigentlich sein sollten und wie teuer es sie zu stehen kommt, dass es ihnen nicht gelingt.

Es ist einfach, sich über die Pilger lustig zu machen, aber ist Jake nicht aus den gleichen Gründen hier auf Greenwood Island? Um den Bäumen der Insel etwas Seltenes und Aufbauendes zu entlocken, um ihre saubere Luft zu atmen und sich in ihrer Mitte weniger verzweifelt zu fühlen? Auf dem Festland leben die Pilger in opulenten klimatisierten Türmen, die sie vor dem Rippenwürger schützen – der in den mit Staub bedeckten Slums der Welt herrschenden neuen Tuberkuloseart, die ihren Namen dem Husten verdankt, der Rippen wie Kleinholz brechen lässt, besonders bei Kindern –, und sie kommen zur Kathedrale, um nach etwas Unbeschreiblichem zu suchen, das ihrem Leben abgeht. Sie haben den Artikel über die heilende Wirkung des *shinrin yoku* gelesen, was auf Japanisch so viel wie »Waldbaden« heißt. Sie haben den Podcast darüber gehört, dass man durch einige Stunden inmitten von Bäumen seine Kreativität verdreifachen kann. Sie kommen also her, um Heilung zu erfahren, so zeitlich begrenzt sie auch sein mag, und wäre Jake wegen ihres Studentendarlehens nicht bis über beide Ohren verschuldet und hätte sich nicht obendrein für ein so jämmerlich unrentables Berufsfeld wie die Botanik entschieden, dann würde sie sich gern zu ihnen zählen.

Als Jake in der Ferne ein Grüppchen von Waldaufsehern sieht, treibt sie die Pilger zu dem Picknickbereich, den der mit einem Michelin-Stern ausgezeichnete Chefkoch des Resorts »Exklusives Holzfällerlager« getauft hat. Dort nehmen sie das vorbereitete Mittagessen ein. Heute gibt es hausgemachte Hotdogs mit Ketchup von Pfifferlingen und zum Nachtisch Bio-Marshmallows auf Vollkornkeksen. Jake sieht ihnen beim Fotografieren des Essens zu, da fällt ihr Blick auf einen abseits der Gruppe sitzenden Pilger, der eine große Sonnenbrille und eine unmodische Kappe trägt, die er tief ins Gesicht gezogen hat. Er ist wohlhabend, wahrscheinlich irgendein Holtcorp-Manager oder Schauspieler. Weil sich Jake keinen Internetzugang für ihre Mitarbeiterhütte leisten kann, erkennt sie die bekannten Besucher des Resorts nur selten. Die echten

Prominenten lassen sich trotzdem an der Aura identifizieren, die sie umgibt, dem Gefühl, dass sie eine tiefere Verbindung mit der Welt eingegangen sind als gewöhnliche Menschen wie Jake.

Nach dem Mittagessen geleitet sie die Pilger zum Finale der Führung, dem größten Baumbestand auf Greenwood Island, wo sie ihnen einen poetischen kleinen Text vorträgt, den sie verfasst hat: »Viele Bäume der Kathedrale sind mehr als zwölfhundert Jahre alt. Damit sind sie älter als unsere Familien, älter als die meisten unserer Namen. Älter als unsere aktuellen Regierungsformen, älter sogar als manche unserer Mythen und Ideologien. So wie dieser hier«, sagt sie und tätschelt die dreißig Zentimeter dicke Borke der höchsten Douglastanne der Insel, eines atemberaubenden Baums, den Knut und sie insgeheim »Gottes Mittelfinger« nennen. »Dieser Siebzig-Meter-Titan war schon fünfundvierzig Meter hoch, als Shakespeare sich hinsetzte und die Feder in die Tinte tauchte, um *Hamlet* zu schreiben.« Sie verstummt kurz und sieht zu, wie die Gruppe von einer stoischen Feierlichkeit ergriffen wird. Sie trägt dick auf, aber ihr Kater hat sich verflüchtigt, und sie hat endlich in ihren Sprechfluss gefunden. Einmal in Fahrt, hört sie nicht auf, ehe sie die Pilger mit den Wundern der gesamten Schöpfung beeindruckt hat. »Mit jedem Lebensjahr hat dieser Baum einen neuen Kambiumring hervorgebracht, um den Wachstumsring des Vorjahrs zu schützen. Das sind zwölfhundert Jahre Kernholz, genug, um die Nadelkrone des Baums in die Wolken zu katapultieren.«

Als sie zum Schluss kommt, schießt eine Hand empor, an deren Handgelenk eine dicke Rolex baumelt. »Sie haben eine Frage?«, sagt Jake.

»Was meinen Sie, was so einer *wert* ist?«, fragt der Mann mit der Kappe. »Ein Baum. Grobe Hausnummer.«

Normalerweise würde sie eine Frage von so kruder kapitalistischer Dümmlichkeit übergehen. Aber aus diesem Gesicht, hinter diesen regimentartig geraden Zähnen hervorkommend, die an echte Perlen erinnern, wirkt sie geradezu clever.

»Oh, das ist unmöglich zu sagen, Sir«, antwortet sie in ernstem Tonfall. »Diese Bäume sind geschützt durch Holtcorps strikte Erhaltungs–«

»Schätzen Sie einfach«, beharrt er.

Als Waldführerin ist Jake angehalten, längeren Augenkontakt mit den Pilgern zu vermeiden, um ihren Offenbarungen nicht im Weg zu stehen – aber jetzt blickt sie dem Mann beherzt auf die Gläser seiner grünlich schimmernden Sonnenbrille. »Das kommt darauf an«, sagt sie.

»Worauf?«

»Auf den Käufer. Gibt es noch weitere Fragen?«

»Möchten Sie ein Foto mit mir?«, fragt er sie, bevor sie den Rückweg antreten. Er sagt es, als würde er ihr etwas sehr Wertvolles anbieten. Sie nickt, und er stellt sich neben sie genau vor Gottes Mittelfinger, richtet mit abgeknicktem Handgelenk sein Telefon auf sie beide und reckt den Hals ins Bild. Er weiß nicht, dass die Waldführer vertraglich verpflichtet sind, sich der Würdelosigkeit auszusetzen, auf Fotos und Selfies aufzutauchen – für Jake eindeutig der unangenehmste Teil ihres Jobs. Auf wie vielen Fotos sie wohl nach ihren neun Jahren hier herumgeistert, eine behäbig lächelnde Nebendarstellerin, die kurz im strahlenden Weltenbummlerleben anderer auftaucht?

»Wie heißen Sie?«, fragt der Prominente anschließend und tippt mit dem Daumen auf seinem Telefon herum. »Ich verlinke Sie.« Sie gibt ihren Namen nur an, weil sie dazu verpflichtet ist.

Seine Augenbrauen erheben sich über den Rand der Sonnenbrille. »Verwandt oder verschwägert?«, sagt er und macht eine kleine kreisende Bewegung mit einem Finger, die bedeutet: *mit dem Ganzen hier*?

»Meine Familie ist verstorben«, sagt sie. »Und selbst als sie noch lebten, waren sie nicht gerade die typischen Inselbesitzer.«

»Das tut mir leid«, sagte er und verzieht das Gesicht.

»Schon gut«, sagt sie und zwingt sich zu einem Lächeln. »Aber wir sollten allmählich zurückgehen.«

Beim Pfad angekommen, bemerkt Jake, dass einige Nadeln hoch oben auf der nach Osten gewandten Seite der Altholztannen braun geworden sind. Das ist seltsam, vor allem in dieser Jahreszeit. Sie setzt eine vorgezogene Trinkpause an und bahnt sich einen Weg durch das wächserne Salalgestrüpp, den Blick auf die Baumkronen gerichtet. Die Pilger warten am Pfad; sie wippen unruhig mit den Spitzen ihrer Leafskin-Wanderstiefel, sehnen sich nach dem privaten Luxus ihrer mit Solarenergie versorgten Villen. In Wahrheit sind die Unterkünfte ans Stromnetz angeschlossen, weil das urwüchsige Blätterdach nur ausreichend Sonnenlicht hindurchlässt, um einen Zweischlitztoaster zu betreiben oder ihre Telefone aufzuladen, aber nicht beides zugleich.

Bei näherer Betrachtung entdeckt Jake zwei Tannen, deren Nadeln einen Zimtton angenommen haben. Und unten in Bodennähe sind Teile ihrer dicken, zementgrauen Borke aufgeweicht. Die Borke eines Baums hat die gleiche Funktion wie unsere Haut: Sie hält Eindringlinge draußen und Nährstoffe drinnen – jede Schwachstelle in der Borke ist daher ein schlechtes Zeichen für das langfristige Überleben des Baums. Mit klopfendem Herzen untersucht Jake das feuchte Gewebe, als blickte sie durch ein Autofenster auf einen Unfall am Straßenrand – erfüllt von Neugierde und Schrecken, Mitgefühl und Abscheu –, aber es scheint intakt zu sein, und nichts deutet auf feindselige Insekten oder Pilze hin. Etwas zufriedengestellt, wirft sie einen letzten Blick darauf, bevor sie zu den ungeduldigen Pilgern zurückkehrt.

Um während der Wanderung zu den Villen ein wenig Zeit zum Nachdenken zu haben, streicht Jake ihre Rede über das Ufergebiet, das den Wald mit Wasser versorgt. Es waren nur zwei, beruhigt sie sich. Doch sollten sie tatsächlich abgestorben sein, dann hat sie auf der Insel bislang noch nichts Vergleichbares gesehen.

Als Dendrologin – eine auf Bäume spezialisierte Botanikerin – weiß Jake, dass es schon vor dem Großen Welken unter vielen Baumarten ein Absterben von katastrophalen Ausmaßen gegeben hat: die Amerikanische Kastanie in den ersten Jahren des zwanzigsten Jahrhunderts, die Ulmen in den Neunzehnhundertsechzigern und die Esche in den Nullerjahren. Insekten, Pilze, Stammgeschwüre, Mehltau und Rostkrankheiten: Der Baum hat viele Feinde, darunter Superschurken wie der Asiatische Eschenprachtkäfer, der Asiatische Laubholzkäfer, der gefürchtete Chalara-Pilz. Aber für das Welken ist kein einzelner Organismus verantwortlich, und die meisten Forscher (darunter auch Jake) führen es darauf zurück, dass die Klimazonen sich schneller verändern, als die Bäume sich anpassen können, was ihre Fähigkeit zur Abwehr von Schädlingen geschwächt hat. Auch wenn das sicherlich erforscht wurde, können sich die Wissenschaftler seit dem Aufstieg des Umweltnationalismus und dem Ende des freien Internets nicht mehr offen über ihre Ergebnisse austauschen. Jakes eigene Hypothese ist, dass das lokale Mikroklima von Greenwood Island irgendwie in der Lage ist, sich selbst zu regulieren, und so für die Bäume wirtlich bleibt.

Aber wäre es möglich, dass das, was die Kathedrale so lange geschützt hat, sich nun doch verändert und die Bäume verwundbar für Pathogene und Schädlinge werden? Warum aber sollte das Große Welken gerade jetzt wieder zuschlagen, nach so langer Zeit? Wahrscheinlich, sagt sich Jake, ist es eher etwas Abiotisches. Nitrogenmangel oder Sonnenbrand. Oder ganz einfach Krummwuchs aufgrund der Trockenheit. Vielleicht sind die beiden Tannen schlicht alt geworden, und nachdem sie ein Jahrtausend lang im Tandem gelebt, einander durch ihr Myzelnetzwerk genährt und über ihre Duftstoffe miteinander kommuniziert haben, haben sie beschlossen, sich ihrem Ende gemeinsam zu stellen, wie seit fünfzig Jahren verheiratete Eheleute, die im Abstand von wenigen Tagen sterben.

Was ich jetzt brauche, ist ein Drink, wird Jake bewusst, als sie nach der letzten Führung des Tages zu der Jurte geht, in der sich die Mitarbeiter zum gemeinsamen Abendessen treffen. Doch Alkohol könnte sie in Versuchung führen, Knut von ihrer Entdeckung zu berichten. Knut verfügt über ein breites botanisches Wissen, aber sie kann sich nicht sicher sein, ob er ihr helfen würde, die beiden kranken Bäume zu diagnostizieren – den Niederschlag zu messen, Boden- und Gewebeproben zu entnehmen und mikroskopisch zu untersuchen –, oder ob er vielleicht irgendetwas Drastisches tun würde. Knut ist ein Genie, aber seine geistige Gesundheit wirkt immer leicht gefährdet, ein Nebenprodukt eines grünen Romantizismus, der, wie Jake fürchtet, die seriellen Enttäuschungen der echten Welt unmöglich überleben kann.

Und wenn die Waldaufseher jetzt vor den Augen der Pilger durch den Primärwald patrouillieren, dann sind die Parkleiter offenbar ohnehin schon nervös. Würden sie von der Bräunung erfahren, könnten sie irgendeine Dummheit begehen, wie zum Beispiel die ganze Insel mit nicht getesteten Fungiziden zu besprühen oder den Schaden zu begrenzen, indem sie das Resort in irgendeinen anderen der letzten urwüchsigen Waldflecken umverlegen, die es sonst noch gibt – die meisten davon in Kanada, mit ein paar versprengten in Russland, Brasilien und Tasmanien, hauptsächlich auf kleinen Inseln.

Für den Augenblick beschließt Jake, dass die zwei kranken Tannen ihr Geheimnis bleiben werden. Die meisten Waldführer sind Privatsoldaten ohne wissenschaftlichen Sachverstand. Und da die anderen Waldführer vorgeschriebene Routen haben und nur Jakes Weg in den Osten von Gottes Mittelfinger führt, ist die Wahrscheinlichkeit gering, dass ihnen die Veränderung auffallen wird. Jake weiß, dass Knut sich in seiner Freizeit oft in den Primärwald davonstiehlt, er könnte auf den Schaden aufmerksam werden – aber sein Augenlicht lässt nach, es ist unwahrscheinlich, dass er die Nadeln so weit oben erkennen kann. Und die aufgeweichte Borke sieht man nicht, wenn man nicht danach Ausschau hält.

Sie hat also Zeit. Sie hofft nur, dass es noch nicht zu spät ist.

Knut

»Es hat doch wirklich etwas Abstoßendes, den Höhepunkt der natürlichen Pracht und Herrlichkeit zu einer bloßen *therapeutischen Kulisse* für die Reichen zu degradieren. Findest du nicht auch, Jake?« Knut lässt seinen Schimpfmotor warmlaufen, wie er es gern tut, wenn eine Gruppe neu angeworbener Waldführer eintrifft. Während des Abendessens in der Jurte hält er seine inoffizielle Orientierungsveranstaltung ab, die Füße neben die Mikrowellengerichte auf dem Gemeinschaftstisch gelegt.

»Immerhin hacken wir sie nicht mehr alle um, Knut«, sagt Jake roboterhaft. Obwohl sie sich sonst während Knuts Orientierungseinheiten eigentlich mit ihrer Hälfte der komödiantischen Einlagen zufriedengibt, brennt sie heute darauf, das Thema zu wechseln. Normalerweise konzentrieren sich die Sicherheitspatrouillen der Waldaufseher auf den Küstenstreifen der Insel, wo sie das zwielichtige Gesindel vom Festland vertreiben, das gelegentlich an der Küste landet, um über die Nahrungsvorräte der Insel herzufallen. In letzter Zeit aber ist Jake aufgefallen, dass sie verstärkt im Resort selbst auf Streife gehen, wo sie die Mitarbeiter noch stärker im Auge behalten als gewöhnlich. Wenn sie sich irgendwo in der Jurte aufhalten, ist es ziemlich wahrscheinlich, dass sie Knuts ketzerische Bemerkungen mit anhören. Er ist schon einmal wegen Kritik an der Kathedrale verwarnt worden, und wenn er wieder dabei erwischt wird, werden sie ihn von der Insel vertreiben und dazu verdammen, mit der nichtwohlhabenden Bevölkerung zusammen toxischen Feinstaub zu atmen.

»Erzähl doch lieber mal davon, wie John Muir die US-Regierung im Alleingang überzeugt hat, ein nationales Parksystem zu schaffen«, versucht Jake ihn zu einem seiner anderen Lieblingsthemen umzuleiten.

Aber Knut fährt mit seiner Tirade fort, und Jake geht zum Eisschrank, entscheidet sich für eine Portion des sahnigen Rüben-Kartoffel-Eintopfs – Milchprodukte verwandeln ihren Bauch in ein großes Furzkissen – und schiebt das Essen in den Mikrowellenherd. Beim Warten späht sie noch einmal durch die Kunststofffenster der Jurte, aber von einer Patrouille ist nichts zu sehen. Sie wendet ihre Aufmerksamkeit den acht neuen Waldführern zu. Sie sind alle Mitte zwanzig, haben an Eliteunis Abschlüsse in Botanik oder Umweltstudien gemacht und wahrscheinlich im Leben noch kein Körnchen Staub eingeatmet. Die meisten von ihnen werden einige Jahre in der Kathedrale arbeiten, um »Erfahrungen zu sammeln«, bevor sie andernorts traumhaft erfolgreiche Berufslaufbahnen absolvieren. Ihre vermögenden Eltern werden sie besuchen, werden für einen flüchtigen Blick darauf, wie schnittig ihre Sprösslinge in den Waldführeruniformen aussehen, die horrenden Preise des Resorts zahlen und während der Führungen applaudieren. Warum Jake mit ihrem obskuren Abschluss (»Universität *Utrecht*?«, fragen sie. »Hast du was im Hals?«) inmitten dieser hinreißenden, übermenschlichen Kinder weiterbeschäftigt wird, die für ein Gehalt arbeiten, von dem sie niemals überleben könnte, wird sie nie begreifen.

»Ist irgendjemandem von euch bewusst, wie *unfassbar ironisch* es ist, dass Elitemanager und Prominente hierherkommen, um sich spirituell zu erholen«, redet Knut weiter, »nur um verjüngt ein Leben weiterführen zu können, durch das sie entweder direkt oder indirekt unseren Planeten grillen und damit solche Naturwunder wie diese ach so heiligen Bäume, die sie angeblich verehren, dem Verderben ausliefern?«

Jake sieht zu, wie die jungen Waldführer Knut – der auf die sechzig zugeht, einen ergrauenden Schnauzer trägt und runzlige Haut hat, die stets gebräunt ist, obwohl er seit Jahren nicht unter dem Blätterdach der Kathedrale hervorgekommen ist – mit der Faszination mustern, die man einem außer Kontrolle geratenen Nachrichtensprecher entgegenbringt. Aber er ist mit Abstand der sachkundigste und bestbewertete Waldführer der Kathedrale, weswegen ihr Vorgesetzter Davidoff zögert, ihn hinauszuwerfen. Seiner Aufsässigkeit zum Trotz sind Knuts Online-Bewertungen der Stoff, aus dem Legenden gemacht sind: Sie liegen kontinuierlich bei etwa 4,9 von 5 möglichen Blättern. Aber Jake hat schon oft mit angesehen, wie Waldführer und andere Angestellte der Kathedrale wegen nichtiger Vergehen wie Beschwerden über das Mikrowellenessen oder flüchtiger Erwähnungen des Welkens entlassen wurden.

»Aber der Zusammenhang zwischen dem Großen Welken und durch Kohlendioxidemission verursachtem Klimawandel ist nicht wissenschaftlich bewiesen«, sagt eine der neuen Waldführerinnen. Na prima, denkt Jake, jetzt hat er sie schon dazu gebracht, dass sie auch noch über das Welken reden. Wenn das so weitergeht, sitzen wir alle auf einem Frachtkahn, bevor das Essen vorbei ist.

»Die meisten Pilze gedeihen doch bei Wärme, oder nicht?«, fragt Knut die junge Frau, die seine Enkelin sein könnte.

Sie nickt unsicher. »Die meisten schon, ja«, sagt sie leise. Sie weiß nicht genau, ob es eine Fangfrage ist.

»Und Insekten auch, oder?«

Sie nickt wieder.

Knut verbeugt sich theatralisch und sagt: »Beweis erbracht.«

»Wer sind wir bescheidenen Forscher, dass wir die Mysterien des Universums begreifen könnten?«, sinniert Jake fatalistisch und trägt dabei ihr vulkanheißes Essen zum Tisch. »Könnten wir jetzt vielleicht einfach in Ruhe essen?«

Knut ignoriert Jake wieder und wendet sich an einen jungen Waldführer mit spektakulären goldenen Korkenzieherlocken, auf dessen Namensschild »Torey« steht. »Ich meine, wie kann es den Wert eines spirituellen Orts denn *nicht* schmälern, wenn man zusehen muss, wie Leute exorbitante Summen bezahlen, um ihn zu betreten?«

Torey zuckt mit den Schultern, lächelt verlegen und sieht sich hilfesuchend um.

»*Simonie* nennt man das«, setzt Knut sichtlich selbstzufrieden hinzu. »Und wir, meine Freunde, sind die ansässigen Schänder des Heiligtums. John Muir würde uns alle eigenhändig aus dem Tempel werfen, wenn er noch am Leben wäre.«

Kurz zuvor hat Knut den neuen Waldführern erklärt, er stamme aus dem deutschen Pforzheim, einer Stadt am Rand des Schwarzwalds, den seine Vorfahren mit gerodet und auf Flößen den Rhein entlang in die Niederlande verschifft hätten, wo das Holz für Schiffsmasten verwendet wurde. Allerdings hatten sie viele Bäume nachgepflanzt und eines der ersten Landschaftsschutzgebiete Europas geschaffen. In seiner Freizeit liest er Carl von Linné auf Schwedisch, und er bringt John Muir, dem berühmten Naturalisten, der so liebevoll über die Küstendouglasie geschrieben hat, eine geradezu religiöse Verehrung entgegen. »Und im Gegensatz zu den meisten von euch«, sagt Knut, »bin ich *vor* dem Welken nach Kanada gekommen. Vergesst das nicht.«

»Wir tun immerhin, was wir lieben«, sagt Torey voll ungenierter Aufrichtigkeit.

»Ja, meine Freunde«, erklärt Knut und legt Torey wohlmeinend die Hand auf die Schulter, »in der Baumkathedrale von Greenwood gehen waldliebende Öko-Kämpfer zugrunde, indem sie genau das tun, was sie lieben.« Knut bekreuzigt sich, bevor er endlich verstummt und sich über seinen Fertigkuchen hermacht.

Der Rest des Abendessens verläuft schweigend und glücklicherweise ohne eine Visite der Waldaufseher. Jake, die mit dem Ausräumen des Mitarbeiterkühlschranks an der Reihe ist, bleibt nach dem Essen noch, als die anderen die Jurte verlassen.

»War heute Morgen alles in Ordnung draußen bei den Bäumen?«, fragt etwas später eine gedämpfte Stimme hinter ihr. Jake sieht Davidoff an der Tür stehen, die haarigen Arme verschränkt. Einige der Waldführer behaupten, Davidoff sei vor dem Welken Spion des russischen Geheimdiensts gewesen, aber er ist klein und weichlich, mit Augen so stumpf wie zwei schmutzige Groschen, und Jake hat die angeblich in ihm schlummernde Bösartigkeit nie zu spüren bekommen.

»Meine Pilger haben sich heute sehr gut beteiligt, Sir«, sagt sie. »Viele gute Fragen. Und auch ein paar echte Offenbarungen.«

»Die neuen Patrouillen sind Ihnen doch nicht in die Quere gekommen, oder?«, fragt er mit stolzgeschwellter Brust. »Ich habe einige Fördermittel aufgetan, um die Anstrengungen zu verstärken, jetzt, wo sich die Plünderungen häufen. Wir fürchten, die Festländer könnten ins Resort eindringen.«

»Meine Pilger haben gar nichts davon gemerkt, und ich fühle mich viel sicherer, wenn ich weiß, dass sie da sind«, sagt Jake mit einem angespannten Lächeln. »Aber mir ist heute eine kleine Anomalie aufgefallen«, fügt sie so beiläufig wie möglich hinzu. »Eine leichte Nadelbräune an ein paar ansonsten unauffälligen Tannen in der Nähe der Mitarbeiterhütten. Sicherlich kein Grund zur Besorgnis, aber man sollte es untersuchen. Wenn Sie einverstanden sind, würde ich gern ein Mikroskop, ein paar Niederschlagsmesser und Material zum Entnehmen von Bodenproben ausleihen.«

»Sie werden sich doch nicht an unseren Altholzbäumen zu schaffen machen, oder?«, fragt er skeptisch. »Wenn die Waldaufseher draußen in der Kathedrale jemanden mit einem Mikroskop erwischen, verbannen sie ihn von der Insel, bevor ich auch nur Wind davon bekomme.«

»Nein, natürlich nicht«, erwidert sie und spürt bei der Lüge ein Zucken in den Eingeweiden. »Es ist überhaupt kein Altholz. Nur ein paar Bäume in der Nähe meiner Hütte, und ich will bloß meine Neugier befriedigen.«

»Ich weiß Ihr Interesse an unserem stattlichen Wald zu schätzen, Greenwood«, sagt Davidoff mit einem Lächeln, an dem seine stumpfen Augen nicht beteiligt sind. »Sie dürfen sich aus der Wartungshütte nehmen, was Sie brauchen. Aber ich brauche Sie morgen frisch und ausgeruht. Sie sind frühmorgens für eine Privatführung gebucht.«

»Ich?« Jake wird nie für Privatführungen gebucht, wahrscheinlich weil sie zehn Jahre älter ist als die anderen Führer und die Führungen immer von männlichen Pilgern gebucht werden. Ihr kommt der Prominente aus der heutigen Gruppe – Corbyn Gallant – in den Sinn, über dessen Besuch einige der Rekruten beim Abendessen atemlos gesprochen haben. »Von wem?«

»Das weiß ich nicht genau«, sagt er. »Aber man hat ganz oben in der Abteilung für Firmenkunden ausdrücklich nach Ihnen gefragt. Sie müssen morgen also bitte den guten alten Greenwood-Charme auspacken.«

Während Jake zur Wartungshütte eilt, bevor diese schließt, denkt sie an die unbelegten Berichte von Privatführungen, bei denen nicht namentlich genannte Waldführerinnen nach einem kurzen Spaziergang saudischen Solarzellenprinzen Fünftausend-Dollar-»Massagen« mit nach Zedern duftenden Ölen angedeihen ließen. Und in Anbetracht der Tatsache, dass ihre immer weiter steigenden Darlehenszinsen ihr zweiwöchentliches Gehalt in ziemlich genau einem Jahr vollständig aufzehren werden, muss sie zu ihrer Schande gestehen, dass sie wohl das Gleiche tun würde. Wie anders ihr Leben wäre, wenn sie in Familiengeld schwimmen würde wie Torey und die anderen Waldführer. Denn nichts macht einem so deutlich wie Armut, welcher Luxus Rechtschaffenheit eigentlich ist.

Das große Welken

Jacinda Greenwood ist acht Jahre alt, als sich ihre Mutter Meena Bhattacharya – Erste Bratschistin des Los Angeles Symphony Orchestra – nach einem Solokonzert in Washington auf dem Heimweg nach New York befindet. Dabei entgleist ihr Zug und stürzt auf die zwölf Meter darunter liegende stark befahrene Fernstraße. Helfer vor Ort finden ihren Körper auf dem Grünstreifen zwischen den Fahrspuren, die Lesebrille noch auf dem zertrümmerten Schädel. Der Tod ihrer Mutter lehrt Jake zu früh im Leben, dass der Mensch zerbrechlich ist und unser kurzes Leben in jedem Augenblick enden kann, unerwartet wie ein plötzlicher Windstoß, der eine Tür zuschlagen lässt.

Nach dem Tod der Mutter ist es, als wäre die Farbe aus Jakes Welt verschwunden. Sie isst kaum noch und spricht nur flüsternd. Sie wird nach Delhi geschickt, um bei ihren Großeltern aufzuwachsen, Beamten, die in einem Mittelklassevorort am Südrand der Stadt leben. Jake vermisst augenblicklich die USA. Die säuberliche Geometrie der Gehwege, der Klecks Ketchup auf einer Portion Pommes frites – jede Erinnerung ist wie ein Stachel in ihrem Fleisch, den sie nicht herausziehen kann. Vor allem aber vermisst sie den Klang des Bratschenspiels, ein beruhigendes Trillern, von jenem ihrer Stimme fast nicht zu unterscheiden.

Eine Woche nach ihrer Ankunft in Indien findet Jake einen Pappkarton auf ihrem Bett, auf dessen Seite ihre Mutter »Liam

Greenwood« geschrieben hat. Meena hat ihr von ihrem Vater nur erzählt, dass er starb, während er in den USA illegal als Schreiner arbeitete, als Jake drei Jahre alt war. Vielleicht weil sie nie sein Gesicht gesehen hat, nicht einmal auf Bildern, stellt sie ihn sich als einen geradezu mythischen Holzfäller vor, selbst ein Mann wie ein Baum, mit einem strahlenden Halogenlächeln, kräftigen Schreinerhänden, kariertem Hemd und Sägespänen in den Haaren.

Während sie den Namen auf dem Karton anstarrt, fällt Jake etwas ein, was ihre Mutter ihr einmal gesagt hat. »Dein Vater war ein problembeladener Mensch«, behauptete sie mit derselben Güte, die sie auch den ärmsten Seelen der Stadt zuteilwerden ließ. »Aber er war ein guter Mensch. Und er hat versucht, am Ende alles gutzumachen. Er hat dir ein paar Sachen hinterlassen, die du bekommst, wenn du älter bist, und ein bisschen Geld für deine Ausbildung sowie eine Farm in Saskatchewan, für die ich noch keinen Käufer gefunden habe.«

Der vor Jake stehende Karton ist also eine Offenbarung, eine Zeitkapsel aus einer fernen, unerreichbaren Vergangenheit. Sie liest noch einmal den Namen ihres Vaters und malt sich aus, welche Wunder der Karton wohl enthält und wie diese Wunder all die finsteren Kreaturen verbannen könnten, die seit dem Tod ihrer Mutter in ihrem Inneren hausen. Doch nachdem sie endlich den Mut aufgebracht hat, ihn zu öffnen, findet sie kein Foto ihres Vaters, keinen Stapel Briefe und keine Tagebücher, die erklären würden, warum er sie nicht ein einziges Mal besucht hat oder was ihre Mutter mit »alles gutmachen« meinte. Stattdessen enthält er die vergilbte Urkunde über den Kauf eines wertlosen Stücks Farmland, ein paar altmodische Werkzeuge zur Holzbearbeitung, ein Dutzend Schallplatten ohne Etikett und ein Paar unbenutzt wirkender Arbeitshandschuhe. Ihre Großeltern haben keinen Plattenspieler, auf dem sie die Schallplatten laufen lassen könnte, doch ein paar Monate später legt sie sie bei einer Freundin auf und ist noch beleidigter, als sie feststellt, dass darauf nicht zu hören ist, wie ihre

Mutter Geige spielt oder ihr Vater Gutenachtgeschichten vorliest, sondern nur eine Reihe eintöniger Gedichte, alle von demselben Mann auf die gleiche enervierende, übertrieben ausdrucksstarke Art vorgetragen.

Meena war ein Einzelkind, und weil Jakes Großeltern schon einmal ein perfektes Mädchen in die Welt entlassen hatten, nur um es auf unerklärliche Weise wieder zu verlieren, sind sie ihr gegenüber reservierter und schicken sie hinaus in den großen Garten hinter dem Haus, wenn sie jemanden zum Spielen sucht. Dort entdeckt sie den mehrstämmigen Banyanbaum, der sich über das ganze Grundstück verzweigt, achtunddreißig Stämme insgesamt, die irgendwie allesamt Teil eines einzigen Lebewesens sind, wie sie erfährt. Zuerst findet sie dieses fremdartige Labyrinth alligatorfarbener Blätter furchteinflößend, so als wäre es ein Monster, das sie verwirren und auffressen will. Aber da der Banyan ihr einziger Spielgefährte ist, kennt sie seine Umrisse bald besser als ihr Zimmer. Wenn sie nach der Schule ihre Aufgaben gemacht hat, verschwindet sie für Stunden mit ihren illustrierten Botanikbüchern, Teekanne und Teetasse im Baum, wo sie mit ihm spricht und sich seine Wurzeln vorstellt – eine Klaue mit vielen Fingern, die so tief hinunterreichen muss, dass sie die Seele der Erde selbst umklammert. Nach sechs Monaten fühlt sie sich nicht nur dem Banyan, sondern allen Bäumen verbunden und schwärmt mit einem Eifer für sie, den andere Mädchen für elfenbeinfarbene Hengste oder Bollywood-Herzensbrecher mit Stimmen wie Honig reservieren.

Das von ihrem Vater hinterlassene Ausbildungsgeld reicht glücklicherweise gerade aus, um für eine Internationale Schule aufzukommen, wo sie an einem Botanikkurs teilnimmt. Mit zehn Jahren hat sie sich den Inhalt ihres dendrologischen Nachschlagewerks eingeprägt. Mit elf kann sie auf Bildern eine Balsam-Tanne von einer Hemlock-Tanne, eine Eiche von einem Hornstrauch unterscheiden. Mit zwölf ist sie in der Lage, die gleiche Unterscheidung nur über ihr Gehör vorzunehmen, mit dem von YouTube stammenden Klang des durch die Blätter streifenden Windes als einzigem Hilfsmittel.

An ihrem vierzehnten Geburtstag überredet sie ihre Großeltern, sie in einem überfüllten Bus neun Stunden lang in nördlicher Richtung zu dem berühmten Waldforschungszentrum in Dehradun fahren zu lassen. Das von den Briten am Fuß des Himalajas geschaffene weitläufige Waldgebiet ist eine der ältesten Institutionen für Forstwissenschaft der Welt. Verschämt tritt sie mit von der Reise zerknitterten Kleidern Dr. Biswas, dem Leiter des Instituts, gegenüber, einem führenden Experten für die Pappel-Feige, die Baumart, unter der Buddha bei Bodhgaya meditiert hat. Jake hat viele Briefe voller Fragen an den Direktor verfasst, der von ihrer Wortgewandtheit ausreichend beeindruckt gewesen war, um sie zu einem informellen einwöchigen Aufenthalt am Institut einzuladen. In den Laboratorien, Herbarien und dem Arboretum sieht sie die unzähligen Arten, von denen sie bislang nur gelesen hat, mit eigenen Augen. In den darauffolgenden Jahren verbringt Jake immer die Woche um ihren Geburtstag dort, und nach ihrem Highschoolabschluss empfiehlt Dr. Biswas sie dem Fachbereich Botanik der University of British Columbia in Vancouver, einer baumreichen Stadt, in der, wie Meena einmal erwähnte, Jakes Vater gelebt hatte.

In Kanada verschreibt Jake sich, abgesehen von einer kurzzeitigen Verlobung mit einem anderen Biologiestudenten, ganz und gar Baumringen und Pfahlwurzeln, Polyploiden und Triploiden, Pollenverbreitung, Keimzellen, Samenanlagen und Vererbungslehre. Tag für Tag schwirrt ihr der Kopf vor neuen Einsichten. Sie ist nun überzeugt, dass ein wahres und vollständiges Verständnis der inneren Vorgänge in einem Baum der Schlüssel zu den Antworten auf all ihre Fragen ist. Dass selbst die undurchdringlichen Mysterien um Zeit und Familie und Tod gelöst werden können, wenn man sie nur durch die grün getönte Linse dieses einen herrlich komplexen Organismus betrachtet.

Als sie vier Jahre später an der Universität von Utrecht ihren

Ph.D. macht – einen Abschluss, den ihr ein vertracktes Gerüst aus Studentendarlehen, Stipendien und Kreditkartenzauberei ermöglicht, das bis zu diesem Tag auf den Servern von Inkassounternehmen ruht –, stößt sie in dendrologischen Fachzeitschriften und Forschungsberichten auf die ersten Spuren dessen, was sich zum Großen Welken ausweiten wird. Während weltweit immer mehr Primärwälder absterben, trocknet der Boden aus, weil es keine Bäume mehr gibt, die ihn vor der beißenden Sonne schützen, und es entstehen tödliche Wolken aus Staub so fein wie Mehl, die das Land ersticken – so wie sie es während der verheerenden Stürme der Dust Bowl getan hatten. Doch diesmal in weit größerem Maßstab, sie begraben selbst die größten industriellen Landwirtschaftsbetriebe unter sich und halten ganze Städte in ihrem Würgegriff.

Jake war inzwischen nach Nordamerika zurückgekehrt und hatte in Boulder, Colorado, ein Paper zur Kommunikation küstennaher Douglastannen über Duftstoffe vorgestellt, als der größte Baum der Welt, der als General Sherman bekannte nordkalifornische Mammutbaum, bei mäßigem Wind der Länge nach gespalten wird, und die, wie sich zeigt, pilzdurchsetzten Hälften seines Stamms krachend auf den Waldboden fallen. In ökologischer Hinsicht ist es kein großer Verlust – viele der Mammutbäume, darunter einige ebenso alte, bleiben stehen –, doch die finstere Symbolik des Ereignisses wirkt sich auf die Ökonomie aus und führt im Zuge des Welkens zum wirtschaftlichen Zusammenbruch. Landwirtschaftsbetriebe machen Konkurs, der Aktienmarkt bricht ein, die Arbeitslosenzahlen steigen, unkontrollierte Waldbrände, Ausschreitungen und Plünderungen sind an der Tagesordnung, und die einzig mögliche Reaktion ist schiere Verzweiflung.

Jake, deren Bankkarte nunmehr nutzlos ist, fährt per Anhalter von Boulder nach Norden und bettelt um Nahrung, ein feuchtes T-Shirt vor das Gesicht gebunden, damit sich der Staub nicht in den Lungen festsetzt. Sie schläft in Autobahnraststätten, und als sie schließlich die kanadische Grenze erreicht, zittert sie vor Hunger.

Glücklicherweise steckt das Welken noch in seinen Anfängen, und weite Teile der Grenze werden bisher nicht verteidigt, weshalb Jake, streng genommen einer der ersten Klimaflüchtlinge, sie ungehindert passieren kann. Kurz vor einem Ort namens Estevan, Saskatchewan, findet sie die Farm, die ihr Vater ihr vermacht hat. Zwar wurden die meisten der Gebäude geplündert, sogar die Holzverkleidungen gestohlen, und die Felder sind von knöcheltiefen Staubverwehungen bedeckt, doch wundersamerweise kommt aus dem Brunnen neben einer alten Weide noch klares Wasser, und der Sturmkeller der Farm ist unversehrt. Jake igelt sich einen Monat lang dort ein, isst abgelaufene Konservengerichte, schläft und kommt wieder zu Kräften. Eines Abends hört sie die Stimmen von Menschen, die die Ruinen über ihr durchkämmen. Jemand versucht sogar, die Kellertür zu öffnen, aber Jake hat sie mit einer Eisenstange verrammelt, und irgendwann geben sie auf und verschwinden.

Am nächsten Morgen läuft sie durch den erstickenden Staub zu den Bahngleisen bei Estevan, wo sie auf einen riesigen Waggon voller fabrikneuer Autos klettert, alle mit weißem Plastik abgedeckt. Zwölf Mercedes, die sich aus irgendeinem Grund immer noch verkaufen, während Menschen verhungern und mit blässlich blauen Gesichtern am Straßenrand ersticken. Sie findet eine offene Autotür und setzt sich auf die grauen Ledersitze. Der Neuwagengeruch ist so heftig, dass sie augenblicklich Kopfschmerzen bekommt. Der elektronische Schlüssel liegt im Handschuhfach, und so kann sie auf ihrer Reise nach Westen Radio hören, den Sitz umlegen, die Heizung einschalten und die Scheibenwischer betätigen, wenn die Staubschicht zu dick wird. Innerhalb von zwei Tagen erreicht sie auf dem Waggon Vancouver, doch ihre ehemalige Universität ist verwüstet. Sie holt einige Sachen, die sie dort zurückgelassen hat, darunter der Karton von ihrem Vater, und auf der Bank kann sie auf ihre restlichen Ersparnisse zugreifen. Dort erfährt sie, dass das Studentendarlehen, das sie von einem Professorengehalt zurückzuzahlen hoffte, das Welken überdauert hat. Sie nimmt sich ein billiges Hotelzimmer, aber Lebensmittel sind unglaublich teuer geworden, und ihr droht die Privatinsolvenz, wenn sie nicht anfängt, ihre Schulden zu tilgen. In ihrer Verzweiflung bewirbt sie sich für ein nur vage beschriebenes Projekt auf einer Insel nordwestlich der Stadt. Obwohl sie für die Pflichten einer Waldführerin in der Baumkathedrale von Greenwood deutlich überqualifiziert ist, ist sie überzeugt, dass der Grund dafür, dass Holtcorp ihre Bewerbung aus einem Stapel von vermutlich Tausenden gezogen und sie so vor einem Leben inmitten von Rippenwürger und staubumflortem Elend – und, am allerschlimmsten, einem Leben ohne die stützende Gemeinschaft der Bäume der Insel – bewahrt hat, vor allem in dem erschreckend bedeutungslosen Zufall ihres Nachnamens zu suchen ist.

Lachs auf Zedernholz

Jake erreicht die Wartungshütte, kurz bevor diese schließt, und leiht ein Mikroskop, drei Niederschlagsmesser und ein Set zum Sammeln von Bodenproben aus. Es wäre unmöglich, die Bäume während einer ihrer Führungen zu vermessen, also wird sie sich nach Feierabend in den Primärwald davonstehlen müssen. Weil sie am Morgen eine Privatführung hat, beschließt sie, es auf einen anderen Abend zu verschieben, und begnügt sich mit einem kurzen Spaziergang zum Ozean, um zur Ruhe zu kommen und sich dann früh schlafen zu legen.

Der Wind ist lebhaft und der Himmel mit Sternen gepixelt, als sie den Weg zum Kai entlanggeht, wo die Lastkähne festmachen. Sie kommt an einer Gruppe indonesischer Zimmermädchen vorbei und riecht den Duft des Bio-Zedernöls, das sie in den Gästevillen versprühen, aber erst nachdem sie sie mit chemischen Reinigern geschrubbt haben. Am Wasser bleibt Jake stehen und sieht zu, wie vier salvadorianische Hausmeister schweigend eine Reihe Whirlpools mit Blick auf die Bucht reinigen. Auch wenn ihr die anderen Angestellten immer freundlich zunicken, ist ihr zu Ohren gekommen, dass sie unter ihnen für Verwirrung sorgt. Obwohl Jakes Haut so braun ist wie ihre, trägt sie aus irgendeinem Grund denselben Namen wie die Baumkathedrale und die Insel selbst – und bekommt trotzdem das gleiche magere Gehalt wie sie. In ihren Augen deutet das auf einen kaum vorstellbaren Niedergang hin.

Jake sieht zu, wie einer der Hausmeister mit einem Kescher einen toten Frosch aus dem dampfenden Wasser des Whirlpools zieht. Sogar aus der Ferne erkennt sie, dass das Chlor den ehemals smaragdgrünen Frosch zu einem blassen Bohnengrün gebleicht hat, und der Anblick bereitet ihr Übelkeit. Als sie sich auf den Rückweg machen will, kommt eine Gruppe schwarzgekleideter Waldaufseher herbei und umstellt einen der Hausmeister, der gerade eine selbst gedrehte Zigarette raucht, was gegen die strengen Feuerschutzrichtlinien der Kathedrale verstößt. Seine Begleiter senken die Köpfe und händigen ihre Werkzeuge den Waldaufsehern aus, die ihre kurzläufigen Pistolen auf sie richten und sie nach Schmuggelware durchsuchen. Jake, die fürchtet, zu der wissenschaftlichen Ausrüstung befragt zu werden, entschlüpft unbemerkt auf den Pfad, während die Waldaufseher den Übeltäter davonzerren, um ihn in den nächsten Frachter zum Festland zu setzen.

Zurück an ihrer Hütte, ist es bereits dunkel. Dort wartet Corbyn Gallant, den Blick tief in sein Telefon versenkt. Er hat sich nicht rasiert, aber seine Leafskin-Jacke gegen ein teures Hemd aus festem Chambray-Stoff getauscht.

»Haben Sie sich verlaufen, Sir?«

Corbyn Gallant hebt den Blick und wirkt kurz kindlich, als seine Augen sich neu fokussieren. »Wenn das mal nicht die Herrin der Bäume ist«, sagt er, als wären sie alte Freunde. »Ich habe noch ein paar wichtige Fragen, die ich Ihnen gern stellen würde.«

»Ich soll mich nicht nach Feierabend mit Pilgern treffen«, sagt sie und sieht sich nach den Waldaufsehern um. »Wie wäre es morgen um dieselbe Zeit am Ausgangspunkt des Pfads? Dann können wir über das ganze Altholz reden, das ich Ihnen zu absurden Preisen verkaufen werde.«

»Eigentlich hatte ich ja gehofft, wir könnten das bei einem Drink bei Ihnen zu Hause besprechen, aber ich weiß nicht, ob wir beide da reinpassen«, sagt er und begutachtet die Reihe kleiner Mitarbeiterhütten. Eigentlich sind es nur bessere Geräteschuppen, deren Schäbigkeit das Resort vor den Pilgern zu verbergen versucht, indem sie sie auf der weniger hoheitsvollen Hälfte der Insel versteckt, wo die Bäume vergleichsweise jung und dürr sind. »Aber ich muss sagen, die Bäume hier sehen eher nach meiner Preisklasse aus als die, die Sie mir heute Nachmittag gezeigt haben.«

»Das steht nicht in der Broschüre«, sagt Jake mit gesenkter Stimme, »aber diese Hälfte der Insel ist 1934 komplett niedergebrannt. Nach dem Feuer war von den Bäumen am Rand dieses Bereichs nur noch ein einziger verkohlter Ring übrig – weswegen ich Ihnen leider mitteilen muss, dass die Kathedrale nur zur Hälfte aus echtem Primärwald besteht.« Es fühlt sich gut an, ein wenig Wahrheit zu riskieren, eine Erleichterung nach einem Tag vorgeschriebenen Redeprogramms.

»Ich verrate es keiner Menschenseele«, sagt er und legt die Hand auf sein Herz. »Wie wäre es dann mit meiner Villa?«

Jake spürt, wie sich ihr Rückgrat versteift. Es ist den Waldführern untersagt, die Villen zu besuchen. Aber Corbyn muss die Privatführung gebucht haben, von der Davidoff ihr erzählt hat. Und selbst wenn nicht, kann Jake immer noch die Unwissende spielen und sich herausreden, wenn sie erwischt werden sollte. Aber sich nach Feierabend in ihrer Waldführeruniform in die Nähe der Villen zu begeben, hieße, es auf eine Begegnung mit den Waldaufsehern anzulegen.

»Warten Sie kurz«, stößt sie hervor und schlüpft in ihre Hütte, um ihre Uniform – eine Mischung aus Pfadfinderoutfit und der technischen Bekleidung einer Fitnesstrainerin – gegen das grüne Prada-Kleid zu tauschen, das sie schon immer einmal tragen wollte. Um ihre Pilgerverkleidung zu vervollständigen, streift sie ihre Leafskin-Jacke von der Kathedrale über. Wieder draußen bei Corbyn, atmet sie tief durch und sucht den Pfad rasch nach Waldaufsehern ab, bevor sie sich auf den Weg zu seiner Hälfte der Insel machen.

Mit der feinen Holzrahmenkonstruktion und dem unverstellten Blick auf den Ozean ist Villa zwölf die luxuriöseste und begehrteste

Unterkunft der Insel und stets auf Jahre ausgebucht. Die kanadische Premierministerin, die heute allgemein als der mächtigste Mensch der Welt gilt, hat im vergangenen Jahr mit ihrer Familie dort gewohnt.

»Ich denke über einen Umzug nach«, sagt Corbyn, während er die Tür mit den aufwendigen Holzintarsien über sein Telefon entriegelt und sie aufschiebt. »Also wollte ich Kanada einmal ausprobieren.«

Jake folgt ihm nach drinnen und denkt an Knuts Tirade darüber, wie gern die amerikanische Elite davon redet, nach Kanada auszuwandern, vor allem dann, wenn eine Wahl einmal nicht nach ihrem Geschmack ausgefallen ist. Aber seit dem Welken und nachdem die einstmals mächtigen Grundwasserträger Amerikas geleert wurden, haben viele tatsächlich Ernst gemacht und die nicht Mobilen und Armen im Staub zurückgelassen. Angesichts Russlands Hang zum Totalitarismus und dem kürzlich erfolgten Putsch in Neuseeland ist das wasser- und baumreiche Kanada zum Panikraum der Welt geworden. Heute wimmeln die Straßen ehemals unbeachteter Orte wie Moose Jaw, Vernon, Thunder Bay, Chicoutimi und Dartmouth von Filmstars, IT-Giganten und Investmentbankern. »Und so«, sagte Knut einmal, »ist Amerikas höfliche und heimelige Schwester, einstmals als eine Lagerhalle für natürliche Rohstoffe in der Größe eines Landes betrachtet, als eine große, unerschöpfliche, auf dem Dachboden von Amerika verstaute Vorratskiste, zur weltweit ersten Adresse geworden.«

Corbyn führt sie kurz herum, und sie kann nur mit Mühe verbergen, wie beeindruckt sie ist. Wo ihr Blick hinfällt, stehen die feinsten Möbel aus dänischem Teakholz, und es gibt einen richtigen Kamin, in dem echtes Feuer brennt, und an der Nordwand ein riesiges Bücherregal, in dem sicherlich tausend Bücher aus echtem Papier stehen – alles umgeben von schönen Altholzpfosten und einer vermutlich unbezahlbaren Balkenkonstruktion. Der Luxus im Inneren der Villa scheint keine Grenzen zu kennen, aber am meisten beeindrucken sie die Papierbücher. Sie scheinen fast alle aus der Zeit vor dem Welken zu stammen und decken jedes erdenkliche Thema ab. Nachdem die meisten Bücher eingestampft wurden, um Holzfasern für unentbehrliche Dinge wie Staubmasken, Luftfilter und Geldscheine zu gewinnen, sind die verbliebenen im Wert gestiegen. Vor fünf Jahren hätte Jake an ihrem Geburtstag um ein Haar die Hälfte ihrer Ersparnisse für ein wunderschönes illustriertes Botanikbuch ausgegeben, doch dann hat sie es sich in letzter Sekunde anders überlegt. Heute ist das Buch das Dreifache dessen wert, was sie damals bezahlt hätte.

»Schön retro, oder?«, sagt Corbyn und schenkt ihnen an der Arbeitsplatte zwei Gläser Bourbon ein – Basil Hayden's, pur, die Marke, die sie kaufen würde, wenn sie es je zu Geld brächte. Als in den Anfängen des Welkens katastrophale dendrologische Daten aus allen Ecken der Welt zu ihrem Laptop durchsickerten, blieb Jake nichts anderes übrig, als Old Fashioneds zu trinken und sich raubkopierte Folgen der BBC-Serie *Planet Erde* anzuschauen. Die Zeitrafferaufnahmen, bei denen vom Weltraum aus gefilmt wurde, wie die einst so riesigen Laub abwerfenden Wälder die Farbe wechselten – von Grün zu Rotgold zu Braun zu Grün –, entrangen ihr ein Schluchzen, das ihren ganzen Körper erzittern ließ, bis sie irgendwann wegdämmerte, sei es aufgrund von Dehydration, Trunkenheit oder Verzweiflung.

Corbyn schiebt einige Tannenholzscheite in den Kamin, und sie machen es sich auf dem mit Wolle bezogenen Sofa bequem und stoßen an, während ihnen das Feuer die Schienbeine wärmt. Diese Wärme ist anders als die elektrische, die sie gewohnt ist, voller, durchdringender. »Oh, und ich muss Sie bitten, Ihr Telefon auszuschalten«, sagt er.

Sie klopft die nicht vorhandenen Taschen ihres Kleids ab. »Ich habe keins«, sagt sie und setzt beinahe hinzu: Bei meiner Kreditwürdigkeit bekomme ich nicht mal ein Klapphandy.

Sein Gesicht nimmt einen theatralischen Ausdruck an, wie man ihn in den letzten Bildern eines rührseligen Films sieht. »*Das* ist ja wirklich bezaubernd«, sagt er, als wäre sie ein vorlautes Kind, das versehentlich etwas Schlaues gesagt hat. Dann deutet er auf das Regal. »Sie würden wahrscheinlich lieber noch Papierbücher lesen, was?«

»Schuldig im Sinne der Anklage«, sagt sie.

Corbyn rückt etwas näher an sie heran und lässt sich eine Zeit lang über die Gefahren der Technik aus, um ihnen anschließend über sein Telefon etwas zu essen aus dem Bistro des Resorts zu bestellen. Bevor der Kellner den Servierwagen mit Lachs auf einem Zedernholzbrett in die Küche schiebt, versteckt sich Jake in dem wunderschön gefliesten Bad.

Corbyn hat zwei dünnwandige Kristallkelche mit Wein gefüllt, und sie setzen sich zum Essen. Sie probiert zuerst den Salat aus lila Urtomaten und seidig weichen grünen Blättern. Sie hat seit Jahren keinen Lachs gesehen oder gegessen, nicht seit das Welken alle Laichgewässer ausgetrocknet hat und die strebsamen Fische im Ozean verschmachten mussten. Die Filets sind mit Knoblauch, Balsamessig und echtem Ahornsirup glasiert – noch eine ausgefallene Köstlichkeit. Die fettigen Schichten des rubinroten Lachsfleisches sind markant und haben, wie ihr auffällt, große Ähnlichkeit mit einer Holzmaserung, insbesondere der von Douglastannen. Die Biologin in ihr liebt solche Wachstumsparallelen. Wie beharrlich Organismen Gewebe bilden, Schicht für Schicht, Jahr für Jahr.

Nach dem Essen sieht Corbyn mit zusammengekniffenen Augen auf seine Rolex und führt sie wieder zum Sofa, wo sie sich küssen. »Tut mir leid, dass ich das ansprechen muss«, unterbricht er kurz darauf, und sie spürt den Hauch seines weinsauren Atems an ihrem Ohr. »Aber ich will, dass wir ganz ehrlich zueinander sind.«

»Natürlich«, sagt sie unsicher.

»Ich muss dir etwas gestehen, und es ist ein wenig peinlich.« Er atmet tief durch. »Aber mein Arzt hat mir wegen einer starken Latexallergie verboten, Kondome zu benutzen. Du willst nicht sehen, was passiert, wenn ich es doch tue. Ich muss dich darum fragen: Bist du gesund?«

Beinahe sagt sie: Ich bin womöglich eine lebende Petrischale voller Krankheiten aller Art, denn Holtcorp finanziert zwar allen Mitarbeiterinnen die Spirale, aber keine wirkliche Gesundheitsversorgung, weshalb ich seit dem Studium bei keinem richtigen Arzt gewesen bin, also wer weiß? Aber sie amüsiert sich gut und kann den Gedanken nicht ertragen, in ihre enge, düstere Hütte zurückzukehren, daher lacht sie und sagt. »Natürlich. Und du?«

Er lacht. Ob das heißt: Natürlich bin ich gesund, oder: Natürlich nicht, aber das wird dich nicht abhalten, ist unklar. Doch solange er sich keine großen Entgleisungen leistet, kann sie es ebenso gut tun. Warum auch nicht? Angesichts eines Schuldenberges und drängender ökologischer Verzweiflung verspricht bedeutungsloser Sex eine gewisse Erleichterung. Gewiss würde sie eine längere Beziehung einem wohl eher kurzen Techtelmechtel mit Corbyn vorziehen, aber wie kann in einer so ruinierten Welt überhaupt etwas Bestand haben? Einer Welt, in der sich Nacht für Nacht Tausende von Kindern zu Tode husten und nicht einmal die mächtigsten Bäume überleben können?

»Für dich als Frau muss das schwierig sein«, sagt Corbyn, als sie hinterher unter einer unfassbar weichen Kaschmirdecke auf dem Sofa liegen, »so viel Wissen und so viel Leidenschaft für etwas mitzubringen und dann Idioten wie mich durch diesen wunderschönen Wald führen zu müssen.« In seinem Grinsen liegt die Gewissheit, dass diese clevere Aussage ihn als das Gegenteil von einem Idioten ausweist.

Jake atmet tief durch. Anders als Knut wählt sie ihre Worte mit Bedacht, vor allem wenn sie mit Pilgern spricht. »Ich darf hier wohnen«, sagt sie, »kann einen Beruf ausüben, der mich erfüllt, und muss mich nachts nicht in den Schlaf husten. Dafür bin ich dankbar.«

»Aber irgendwie muss es dich doch stören?«

»Es ist ein besseres Leben, als ich oder irgendwer, den ich kenne, je erwarten könnte«, sagt sie. »Von dir wahrscheinlich abgesehen.«

Ein Lächeln breitet sich langsam auf seinem Gesicht aus. »Weißt du, was? Ich beneide *dich*«, verkündet er leicht ungläubig, als wäre das eine köstlich absurde Aussage.

Dann gib mir hundertfünfzigtausend Dollar, denkt sie. Für den Gegenwert einer einzigen Urlaubsreise von dir kannst du mein Leben hier und jetzt geradebiegen. Stattdessen sagt sie: »Ach nein, sag das nicht.«

»Nein, das ist mein Ernst. Hier leben? Auf dieser Insel, in diesem Wald, und tun, was man liebt. Und echte Papierbücher lesen, ohne Telefon! Du führst ein gutes, einfaches Leben.«

Ein einfaches Leben? Fast hätte Jake spöttisch aufgelacht. Während sie im Laufe ihres Studiums den verschiedenen hauptsächlich aus selbstgefälligen Männern in Tweedjacketts bestehenden Prüfungskomitees gegenüberstand, hat sich ihr Abscheu gegenüber jeder Art von gönnerhafter Herablassung verfestigt. »Wozu auch ein einfacher Geist gehört, meinst du?«, sagt sie jetzt und bereut es sofort.

Corbyns Gesicht verzerrt sich zu einer Miene übertrieben heftigen Schmerzes, so als würde ein Mann in einem Film vom Tod seiner Frau erfahren. »Ich habe dich beleidigt, und das tut mir leid.«

Es ist nicht wert, sich deswegen zu streiten, also nimmt sie seine Entschuldigung an und lässt dann zu, dass sich das Gespräch hin zu Feldern bewegt, die er bestimmt: das große Versprechen der ökologischen Innovation, die gefährliche und doch unwiderstehliche Verlockung der sozialen Medien, die lachhaft geringe Anpassungsfähigkeit der menschlichen Erfindungsgabe. Es scheint kein Thema zu geben, das ihn nicht interessiert, allem nähert er sich mit dem gleichen Anstrich jungenhafter Begeisterung.

»Willst du denn trotzdem die Privatführung morgen früh?«, sagt sie eine Stunde später, nachdem sie noch einmal miteinander geschlafen haben und sie schon über den Weg durch den Wald nachdenkt, um so spät in der Nacht unbemerkt zu ihrer Hütte zurückzukommen.

»Wovon sprichst du?«, sagt er und sieht auf die Uhr. »Ich fliege morgen ganz früh nach Nunavut und nehme an einer Heilzeremonie bei weisen alten Inuit unter dem Nordlicht teil. Das wird mein Leben für immer verändern.«

Ihre eigene Geschichte

Um sieben Uhr am nächsten Morgen erscheint Jake zu der reservierten Privatführung und stößt auf ihren ehemaligen Verlobten.

»Findest du das genauso verrückt wie ich?«, sagt Silas und streckt ihr die Hand entgegen.

Es ist dreizehn Jahre her, dass Jake den einfachen Flug von Vancouver in die Niederlande gebucht hat, nicht ohne Silas vorher den Verlobungsring zurückzuschicken – ohne eine Karte oder auch nur ein einziges Wort der Erklärung. Das ist also aus Jakes Vorhaben geworden, ihn niemals wiederzusehen – und aus ihrem langgehegten Glauben, das Welken habe die Wahrscheinlichkeit einer versehentlichen Wiederbegegnung auf null reduziert.

»Was für eine Überraschung«, sagt Jake und nimmt seine weiche, mit Feuchtigkeitscreme gepflegte Hand in ihre, was eine hastige, blutleere Umarmung nach sich zieht.

Niemand aus ihrem Leben vor dem Welken hat je die Insel besucht, und Silas' Erscheinen kommt ihr unwirklich vor, so als wäre er gerade in einen ihrer Träume spaziert. Doch neben dem Wasserfall aus Schuld, der in ihren Ohren donnert, verspürt Jake auch ein Stechen der Scham, von jemandem, den sie einmal bewundert hat, in solch niederen Umständen angetroffen zu werden, so als wäre sie dabei ertappt worden, wie sie sich in der lächerlichen Verkleidung ihrer Uniform in einem albernen Themenpark am Ende der Welt versteckt hält.

Nach der Umarmung stehen sie einen Augenblick lang verlegen da und überlegen, wie es nun weitergehen soll.

»Hör zu, Silas«, unterbricht Jake ihn, als er selbst gerade zum Sprechen ansetzen will, »ich verstehe es vollkommen, wenn du lieber eine andere Führerin willst.«

»Soll das ein Witz sein?«, sagt Silas mit einer wegwerfenden Handbewegung, und ein Lächeln breitet sich auf seinem Gesicht aus. »Wer wäre besser geeignet als du, mich durch diesen wunderbaren Wald zu führen, von dem alle sprechen?«

»Okay ...«, sagt Jake zögernd und müht sich, ihre professionelle Fassade aufrechtzuerhalten. Auch wenn er der letzte Mensch auf Erden ist, mit dem sie freiwillig die nächsten Stunden verbringen würde, ist er doch immer noch ein Pilger – und ihre Stelle hängt von seiner Zufriedenheit mit der Führung ab. »Dann legen wir los.«

Nachdem sie die erste der einstudierten Ansprachen gehalten hat, lässt Jake Silas auf dem sich verjüngenden, gewundenen Pfad durch das Baumlabyrinth vorangehen. Kleidung aus seidig glänzendem Leafskin-Stoff, ein im Fitnessstudio trainierter Körper, Haut, die so gepflegt ist, dass sie zu leuchten scheint – das Welken war nachsichtig mit Silas. Wahrscheinlich ist er inzwischen ein führender Holtcorp-Wissenschaftler, der sich zur Erholung in einem der firmeneigenen Resorts eingemietet hat. Aber dann kommt Jake der flüchtige Gedanke, dass er gar nicht besonders überrascht wirkte, sie zu sehen. Hat er Jake doch bewusst ausgewählt? Nur um sich ein paar Stunden lang überlegen zu fühlen und ihr zu beweisen, was für einen katastrophalen Fehler sie begangen hat?

Sie hatten sich in Jakes erstem Jahr an der UBC bei einer Vorlesung in Earth Sciences kennengelernt. Silas, ein glühender Umweltschützer, nahm sie zu Benefizveranstaltungen und Dokumentarfilmvorführungen mit – und errettete sie so unwissentlich aus einsam in ihrem Studentenwohnheim verbrachten Wochenenden, an denen sie durch botanische Texte blätterte und Aststrukturen bewunderte wie modische Kleider. Er war klug, schlagfertig, ohne sarkastisch zu sein, und innerhalb weniger Monate war zwischen ihnen eine so starke Verbindung entstanden, dass sie sich fühlten wie zwei Organismen, die sich symbiotisch entwickelt hatten und ohne einander nicht überleben konnten. Bald nahm Jake an den überreichlichen Geburtstagen und Jubiläen teil, die Silas' große, wohlhabende Familie in endloser Folge zu feiern schien. Sie kam sich wie eine Landstreicherin vor, die sich in ihre Skihütten und Häuser am See verirrt hatte, wenn sie seinen Eltern und seinen fünf Geschwistern dabei zusah, wie sie gemeinsam Mahlzeiten zubereiteten, um sie anschließend unter fröhlichem Geplauder einzunehmen. Jake, die so einsam aufgewachsen war, verblüffte Silas' Familienleben, und diese Faszination war bald untrennbar mit ihren Gefühlen für ihn verbunden. Silas hatte glücklicherweise genug Intuition, um Jake nie nach ihrer Vergangenheit zu fragen. Ihre Gespräche drehten sich um Emissionszertifikate, Umweltzerstörung und das Krebsgeschwür, das der Lobbyismus der Ölmagnaten war – es war die idyllische Zeit vor dem Welken, als man noch glaubte, die Katastrophe lasse sich durch wohlmeinendes, wohlüberlegtes Engagement vereiteln. Mit dem Näherrücken ihres Abschlusses wuchs Silas' Nervosität angesichts der drohenden räumlichen Trennung. Er machte ihr einen Heiratsantrag und nahm Jake das Versprechen ab, sie würden sich für geografisch kompatible Graduiertenkollegs entscheiden. Jake willigte ein, und eine Zeit lang war sie mit der Entscheidung zufrieden. Doch als ihr eine Stelle bei einem wegweisenden Forscher in Utrecht und Silas ein Vollstipendium an der University of California angeboten wurde, musste Jake eine Entscheidung treffen: Silas oder die Bäume. Ihre panische Reaktion bestand darin, seine Anrufe, Textmitteilungen und E-Mails komplett abzublocken und sich bei ihrer Abreise in die Niederlande nur von Fremden zum Flughafen begleiten zu lassen.

Kurz gesagt, Jake hatte sich für die Bäume entschieden.

»Gott, wie ich das vermisst habe«, sagt Silas, nachdem sich der Pfad verbreitert hat und sie nebeneinander gehen. »Sonnenschein, Sauerstoff, Erde, Wasser – der Rohstoff des Lebens.«

»Silas«, setzt sie leise an. »Ich weiß, ich habe das damals nicht gerade auf die beste Art und Weise beendet –«

»Du musst dich nicht entschuldigen, Jake. Das ist lange her. Und du hast getan, was du tun musstest. Ich freue mich einfach nur zu sehen, dass du dein Talent verwirklichen konntest.«

Sie bedankt sich bei ihm und betrachtet seine Aussage durch ein mentales Mikroskop, sucht sie nach Spurenelementen von Bitterkeit oder Herablassung ab, findet aber keine.

»Um ehrlich zu sein, habe ich heute Morgen halb damit gerechnet, dass du anfängst zu schreien und in die andere Richtung davonrennst, wenn du mich siehst.« Also wusste er doch, dass ich es bin, schießt es Jake durch den Kopf. »Ich bin froh, dass du es nicht getan hast. Es ist eine Erleichterung, dass du an einem so schönen und sicheren Ort gelandet bist.«

»Und wohin hat es dich verschlagen?«

»Nach San Francisco. Oder was davon übrig ist. Genau genommen in eine geschlossene Wohnanlage in Alameda. Aber ich überlege, nach Kanada zurückzuziehen. Die Staubstürme werden nur immer schlimmer, und bei den Millionen von Menschen, die Tag für Tag tiefer in die Armut abrutschen, und den ganzen Klimaflüchtlingen, die die Grenzen durchbrechen –«

»Immer hübsch mit der Ruhe, Cowboy«, sagt Jake, um einen scherzhaften Tonfall bemüht. »Ich bin auch eine Einwanderin, schon vergessen?«

»Oh, das sind keine strebsamen, hart arbeitenden Menschen, die sich bemühen wie du, Jake. Und sie sind ganz bestimmt einmal gute Menschen gewesen. Aber nach ein paar Jahren im Staub sind sie verzweifelt genug, um deine Familie abzuschlachten und dein Haus zu plündern, ohne vorher höflich um ein Almosen zu bitten.«

Dagegen hätte Jake einige Einwände, aber sie lässt sie fallen, da sie nicht riskieren kann, ihn zu verärgern. »Kinder?«, fragt sie im Versuch, das Thema zu wechseln, und schilt sich augenblicklich für ihre Tölpelhaftigkeit. Zu vorschnell.

Er schüttelt den Kopf und erwidert ihren Blick mit ebenso hochgezogenen Augenbrauen.

Jake schüttelt den Kopf. »Die Kathedrale hat keine Unterbringungsmöglichkeiten für die Kinder von Mitarbeitern. Sie versorgen uns sogar mit kostenlosen Verhütungsmitteln, um auf Nummer sicher zu gehen.« Jake unterschlägt, dass sie das Kinderkriegen schon vor langer Zeit in der verschließbaren Schublade abgelegt hat, die alles enthält, was das Welken Menschen wie ihr unmöglich gemacht hat: ein eigenes Haus, eine dauerhafte Beziehung, ein Forschungslabor, eine Laufbahn in der Lehre. Und selbst wenn sie das Geld gehabt hätte – warum sollte jemand ein Kind in eine so verlorene Welt setzen? Kinder brauchen Hoffnung und Wohlstand, wie Bäume Licht und Wasser brauchen, und Jake Greenwood hat beides nicht mehr vorzuweisen.

Erst als sie aus diesem gedanklichen Morast wieder auftaucht, bemerkt Jake, dass sie Gottes Mittelfinger erreicht haben. Während ihrer Rede schaut sie zu den beiden kranken Tannen hinauf und stellt fest, dass sich die braunen Nadeln seit dem Vortag nicht verändert haben. Silas stellt ein paar obligatorische Fragen, aber auch wenn er die Rolle des Pilgers zu spielen versucht, wirkt er irgendwie deplatziert, so als würde eine Uhr ungeduldig hinter all seinen Worten ticken.

»Du hast vorhin gesagt, du hättest mich heute Morgen erwartet«, sagt Jake, als sie für eine Trinkpause zum Picknickbereich gehen. »Das Ganze ist kein Zufall, oder?«

Silas setzt ein leutseliges Lächeln auf. »Jake, du solltest wissen, dass ich nach dem Abschluss die Biologie an den Nagel gehängt habe und Jurist geworden bin.«

Kein Wunder, dass er so nachsichtig ist, denkt Jake. Er will etwas von mir. Sie zieht kurz die Möglichkeit in Betracht, dass er gekommen ist, um sie hinauszuwerfen. Aber warum sollte Holtcorp dann nicht einfach ein Team von Waldaufsehern schicken? »Und jetzt arbeitest du als Anwalt für Holtcorp?«

»Ich arbeite für eine unabhängige Kanzlei, die *gelegentlich* auch Holtcorp vertritt, ja. Aber ich arbeite auch für dich«, sagt er; sein Blick ist jetzt sanft und offen, beinahe verwundet. »Oder zumindest würde ich das gern.«

»Und wie genau stellst du dir das vor?«, fragt Jake skeptisch.

Silas lacht nervös. »Das geht alles ein bisschen schnell – ich hatte eigentlich vor, das beim Abendessen mit dir zu besprechen.«

»In Privatführungen ist kein Abendessen enthalten«, sagt sie knapp. »Und deine Führung ist so gut wie vorbei.«

»Okay, schon gut«, sagt er und hebt in einer kapitulierenden Geste die Hände. »Ich bin gekommen, weil diese ganze Insel dir gehören könnte, Jake. *Rechtmäßig* dir gehören, meine ich. Und ich bin hier, weil ich dir helfen will, das in die Tat umzusetzen. Aber um herauszufinden, ob das möglich ist, müsstest du mir ein paar Fragen zu deiner Familie beantworten. Vor allem zu deinem Vater, Liam Greenwood.«

Er ist also ein Aasgeier, denkt Jake. Sie hat immer wieder über diese Art von Anwälten gelesen, die juristische Leichen aufstöbern, um sie auszuweiden: nicht vollstreckte Testamente, schlecht verwaltete Erbangelegenheiten, Schlupflöcher, die sie benutzen können, um sich Land anzueignen oder irgendetwas vor Gericht anzufechten. Aber Jake hätte Silas für klüger gehalten. Die Bedingungen dort draußen müssen wirklich hart sein, wenn er den fadenscheinigen Zufall ihres Nachnamens ausschlachten will, um Anspruch auf einen milliardenschweren Wald zu erheben.

»Holtcorp hat dieses Resort die Waldkathedrale von Greenwood genannt, weil es gut klang, Silas«, sagt Jake. »Das ist nichts anderes als Markenbildung. Ich habe damit nicht das Geringste zu tun. Mein Vater war Schreiner und ist bei der Renovierung eines Hauses in Connecticut gestorben – ich weiß nicht mal das genaue Datum.

Klingt das für dich nach einem Inselbesitzer?« Zum ersten Mal seit Jahren erwähnt sie ihren Vater, und sie fühlt, wie sich die Muskeln in ihrem Hals anspannen wie Gitarrensaiten.

»Ich weiß, dass es schwer ist«, sagt Silas mit einfühlsam geneigtem Kopf, »aber kannst du mir diesmal einfach zuhören und nicht wegrennen? Bist du mir das nicht schuldig?«

Ein Knoten aus Schuldgefühl bildet sich in Jakes Innerem. Selbst wenn sie unter einen Stein kriechen würde, könnte sie sich nicht niedriger fühlen als in diesem Moment. »Gut, du hast fünf Minuten, dann müssen wir zurück.«

Silas greift in die Tasche und zieht eine Karteikarte hervor. »Harris Greenwood, der Holzbaron von der Westküste«, liest er vor, »kaufte diese Insel im Jahr 1934 auf dem Höhepunkt der Weltwirtschaftskrise – und zwar von keinem Geringeren als John D. Rockefeller, der sie von den Engländern erworben hatte, die sie von den Spaniern erobert hatten, die sie nach der Kolonisierung den Haida und den Penelakut geraubt hatten. Harris Greenwood benannte die Insel nach sich selbst, auch wenn er sie seiner Tochter Willow Greenwood, der Hippie-Umweltaktivistin, vermachte. Sie dankte es ihm dadurch, dass sie die Insel – zusammen mit dem gesamten Vermögen der Greenwoods – einer gemeinnützigen Umweltorganisation spendete und damit ihren Sohn Liam Greenwood zu einem Leben als einfacher Arbeiter und seine von ihm entfremdete Tochter zu Studentendarlehen und der Knechtschaft in einem Baumresort verdammte. Im Laufe der Zeit wandelte sich die gemeinnützige Organisation jedoch zu einem Unternehmen für grüne Energie, das bei dem Crash im Jahr 2008 Konkurs machte und die Insel für einen Apfel und ein Ei an Holtcorp verkaufen musste, um seine Verluste abzufangen. Holtcorp ließ das Potenzial der Insel ungenutzt, bis das Unternehmen im Zuge des Großen Welkens die Möglichkeit erkannte, ihre spirituelle Anziehungskraft zu vermarkten – und voilà, da wären wir.« Er macht eine kleine Verbeugung und reicht Jake die Karteikarte. »Das wurde von zwei meiner besten Rechercheure zusammengestellt. Jeder einzelne Satz ist anhand von öffentlichen Informationen überprüfbar. Es gehört dir. Ein Geschenk für dich.«

Jake steht sprachlos da, während die blaugrünen Kronen der riesigen Tannen Hunderte von Metern über ihr rauschen. Sie streckt langsam die Hand aus und ergreift die Karte. Das Papier ist echt, fühlt sich zwischen ihren Fingern spröde und luxuriös dick an. Sie überfliegt den aufgedruckten, nach Stichpunkten gegliederten Text. *Willow Greenwood.* Sie kann sich nicht erinnern, dass Meena je von Liams Mutter gesprochen hätte. Und in dem Karton voller nutzloser Relikte war keine Spur von ihr zu finden gewesen. Doch das hieß nicht, dass es sie nicht gegeben hatte. Jake wird schwindelig, aber sie fühlt sich sonderbar beschwingt. Nachdem sie ihr Leben lang so gut wie nichts über ihre Familie gewusst hat, ist es, als hätten diese Namen und diese Geschichte, die so unerwartet über sie hereingebrochen sind, sie aus ihrem Körper gestoßen. Aber natürlich gibt es Schichten von Leben, die ihrem eigenen vorausgegangen sind, so wie Bäume von den konzentrischen Bändern ihres früheren Ichs aufrecht gehalten werden, Ringe, die sich über Ringen gebildet haben, Jahr für Jahr. Warum war es ihr nie in den Sinn gekommen, sich nach ihren Vorfahren zu erkundigen? Weil es, so wird ihr bewusst, nie jemanden gegeben hat, bei dem sie sich hätte erkundigen können.

»Selbst wenn diese Insel nach meinem Urgroßvater benannt sein sollte«, sagt Jake im Versuch, sich in die Realität zurückzukämpfen, »gehört sie jetzt Holtcorp. Und wenn du glaubst, wir könnten sie denen abnehmen, dann muss dir der Staub ins Hirn gerieselt sein. Also danke für die Information, Silas, aber ich habe heute noch fünf Führungen vor mir. Lass uns losgehen.«

»Aber was, wenn ich dir sage, dass Harris Greenwood gar kein Blutsverwandter von dir ist?«, verkündet er mit selbstzufriedener Miene. »Und nehmen wir einmal an, wir könnten beweisen, dass du tatsächlich einen Anspruch auf Greenwood Island hast.

Einschließlich dieses unglaublich seltenen und gefährdeten Waldes, von dem ich weiß, dass du ihn liebst. Nicht weil du eine Greenwood bist, sondern weil du von dem Gründer von Holtcorp, R. J. Holt, abstammst.«

Dann würde ich dir sagen, wenn du mich nicht in Ruhe herausfinden lässt, was mit diesen Bäumen los ist, dann ist Greenwood Island nächstes Jahr um diese Zeit vielleicht schon ein kahler Felsen, und dann spielt es überhaupt keine Rolle, wem die Insel gehört, würde Jake am liebsten sagen. Stattdessen sieht sie zu, wie er seinen Rucksack abnimmt und ein schmales Papierbuch mit festem Einband herauszieht.

»Das hat einmal deiner Großmutter gehört«, sagt Silas und hält das Buch sanft zwischen den Fingerspitzen. »Wir hatten überlegt, es dir zu schicken, bis ich meinen Kollegen erzählt habe, wie skeptisch du bist. Deshalb habe ich vorgeschlagen, es dir zu bringen. Es ist nicht nur schön, dich wiederzusehen – und das ist es wirklich –, sondern ich hatte auch gehofft, dass du mir vertraust.«

Jake nimmt das Papierbuch in die Hand, und ein kribbelndes Gefühl der Verzauberung breitet sich in ihr aus. Sie spreizt den harten Einband, der einen etwas strengen Geruch verströmt und an einigen Stellen rissig und mit violetten Flecken übersät ist. Getrocknete Grashalme und feiner Staub rieseln zwischen den rußgeschwärzten Seiten hervor, als sie darin blättert und Absätze in säuberlicher Handschrift zum Vorschein kommen – offenbar undatierte Tagebucheinträge. Das Papier selbst hat die Farbe gerösteter Mandeln, aber auch eine gewisse Festigkeit, geboren aus einer Zeit, als Bäume eine unerschöpfliche Ressource gewesen sind, unbegrenzt an Zahl. Einer Zeit, als man etwas verschüttete Flüssigkeit mit einer ganzen Rolle Papiertücher aufgesaugt oder (wie in ihrem Fall) seine ganze Doktorarbeit einseitig auf einen dicken Stapel schneeweißer Seiten gedruckt hat.

»Ich reise heute Abend ab«, sagt Silas. »Aber ich darf das bei dir lassen, bis ich zurückkomme. Du musst dich also nicht gleich entscheiden, ob du deine Ansprüche geltend machen willst – es wäre mir sogar lieber, wenn du es nicht tust. Ich möchte gern, dass du es liest, darüber nachdenkst, dich an das Gefühl gewöhnst, eine Geschichte zu haben. Versprich mir nur, es zu hüten wie deinen Augapfel. Es ist ein Gegenstand von ungeheurem Wert. Vor allem für dich.«

»Ich habe schon ein paar davon auf dem Nachttisch liegen«, witzelt Jake und überspielt damit ihr brennendes Verlangen, das Papierbuch zu lesen, das sie zusammen mit der Karteikarte an ihren Bauch drückt, »aber ich versuche mir die Zeit zu nehmen.«

Silas schüttelt den Kopf und grinst. »Wir verhandeln gerade über den Kauf eines weiteren wichtigen Puzzlestücks, das deine Ansprüche sehr stärken würde. Wenn es so weit ist, komme ich wieder.« Er tritt näher an sie heran und umfasst ihre Ellbogen. »Ich habe mir deine Schuldensituation angesehen, Jake, und ich weiß, dass du es nicht leicht hast. Aber das könnte alles ins Lot bringen. Und ich meine nicht nur das Geld. Du hattest nie eine eigene Geschichte, auf die du zurückblicken konntest. Ich habe immer gespürt, dass dir das zu schaffen macht, ob du es zugeben wolltest oder nicht. Jetzt kann sich das alles ändern.«

Später am Abend kehrt Jake in ihre Hütte zurück, gießt sich einen strammen Bourbon ein und schmiegt sich in das Zweisitzersofa, das Papierbuch auf dem Schoß. Nach fünf weiteren Pilgerführungen durch die Kathedrale sind ihre Augen trüb und nicht darauf eingestellt, die Kursivschrift des Buchs zu entziffern.

Es war dumm, dir Hoffnungen zu machen, sagt sie sich und steht auf, um das Papierbuch zu all den anderen bedeutungslosen Familienstücken in den alten Pappkarton ihres Vaters zu legen. Zwar begreift sie, dass es sich bei diesem Tagebuch um etwas handelt, was große Auswirkungen auf ihr Leben haben sollte, doch zum Schaden von Silas und seinen Plänen hat Jake dem Ausdruck »seine Wurzeln kennen« stets misstraut. Als könnte man Wurzeln überhaupt kennen. Jeder Dendrologe kann einem sagen, dass sich die Wurzeln eines Waldes voller ausgewachsener Douglastannen kilometerweit erstrecken. Dass sie dunkel und verflochten sind, verknotet und verdreht und unmöglich zu kartografieren. Dass sie sich vereinigen und sogar miteinander kommunizieren, insgeheim Nährstoffe und chemische Waffen untereinander teilen. Die Wahrheit ist also, dass es keine klare Trennung zwischen einem Baum und dem nächsten gibt. Und ihre Wurzeln sind ganz und gar unerkennbar.

Jake leert ihren Drink, nimmt das Papierbuch wieder aus dem Karton und schlägt die erste Seite auf. Auf der Umschlaginnenseite stehen einige mit Bleischrift geschriebene Wörter in der linkischen Blockschrift eines Kindes: »Eigentuhm von Willo Grienwud«.

Jakes Herz macht einen kleinen Hüpfer beim Anblick des Namens ihrer Großmutter, so falsch geschrieben er auch sein mag. Und während sie sich im Laufe des Abends einer willkommenen Besinnungslosigkeit entgegentrinkt, denkt sie über Willow Greenwood nach, darüber, wer sie war und was sie veranlasst hat, ihr Vermögen fortzugeben. Sie denkt über ihren Vater nach und fragt sich, ob auch er getrunken hat und ob er dadurch so »problembeladen« geworden ist. Falls ja, hat Jake ihm schon verziehen. Vielleicht trinkt sie aufgrund seiner Gene. Oder aufgrund seiner Abwesenheit. Oder vielleicht haben seine Gene auch zu seiner Abwesenheit geführt, die wiederum dazu geführt hat, dass sie trinkt. Oder vielleicht hat er sich in der Welt einfach nur so wenig willkommen gefühlt, wie sie es jetzt tut, und das Trinken ist das Einzige gewesen, was ihm ein wenig Erleichterung verschafft hat. Oder vielleicht sind ihre eigenen Wurzeln viel zu verworren, und es gibt sie schlicht nicht, die eine Geschichte, die sich über all das erzählen ließe.

Mitten in der Nacht nimmt sie das Papierbuch ein letztes Mal in die Hand und schlägt die verrußten, mit Tinte verschmierten Seiten auf. Wie eng ein Buch doch mit dem Baum und seinen Ringen verwandt ist, denkt sie. Die Schichten der Zeit, konserviert und für jeden einsehbar.

2008

Acht neununddreißig

Es ist Tag. Das Licht spielt an den gewölbten Wänden.

Warum schlafe ich am Tag? Ohne eine Decke?, fragt er sich, während alles um ihn herum verschwimmt. Aber er hat nicht geschlafen. Er hat etwas erlitten. Eine Bewusstlosigkeit. Wie lange sie angehalten hat, weiß er nicht. Zudem sind seine Beine sonderbar taub und fühlen sich schwer wie Sandsäcke an. Und die grundlegendsten Fakten scheinen knapp außerhalb seiner Reichweite zu irrlichtern – selbst seinen Namen kann er nur mit den Fingerspitzen streifen.

Auf dem Rücken liegend, dreht er den Kopf zur Seite, spürt den kalten Boden an seinem Gesicht. Es ist ein Betonboden, die Oberfläche so poliert, dass sie schimmert, feucht wirkt. Neben ihm erhebt sich ein dreistöckiges Gerüst. Obgleich er sich an den Sturz nicht erinnert, kann er aus irgendeinem Grund die Fallhöhe genau bestimmen. Er hat die Gewölbedecke selbst ausgemessen, und eine einmal gemessene Höhe vergisst er nie: acht Meter und neununddreißig Zentimeter.

Er hebt seinen Kopf, der sich wie eine Bowlingkugel anfühlt, und schafft es, sich auf die Ellbogen aufzustützen und umzusehen. Der Raum ist ausladend, karg, modern. Ein Wohnzimmer. Mit Polygonen aus nüchternen Acrylmöbeln übersät. Eine Feuerstelle mit Feldsteinen. Polarweiße Wände. Balken aus Altholztanne, von altmodischen gusseisernen Verbindungselementen zusammengehalten. Maßgefertigte bodentiefe Fenster, durch die der Blick über Klippen hinweg auf den Ozean geht, das Wasser blank wie Schieferplatten.

Dieses Haus gehört mir nicht, denkt er. Es gehört jemand Reichem. Ein Wochenendhaus. Nur einige Wochen im Jahr genutzt. Wahrscheinlich vor allem im Sommer. Und da er einen Werkzeuggürtel um die Hüfte trägt, ist er wohl ein Schreiner, der es renoviert. Und auch wenn ein tief verankerter, maßgeblicher Teil seines Gehirns ihm sagt, er solle wieder an die Arbeit gehen, sind seine Beine noch zu schwer.

Er fischt ein Mobiltelefon aus einer Beuteltasche an seinem Gürtel, stellt jedoch fest, dass das Glas mit Rissen überzogen ist, der Bildschirm darunter schwarz wie eine Pupille. Er drückt auf die Knöpfe, aber nichts passiert, und er schleudert den Aluminiumkadaver frustriert durch den Raum. Aber durch die aggressive Bewegung verdreht sich irgendetwas in seiner Hüfte, und plötzlich ist es, als hielte ihm jemand einen Schweißbrenner ans Steißbein. Er hört sich schreien.

Mit dem Schmerz stürzt ein Schwarm von Erinnerungen auf ihn ein wie Vögel, die im Astwerk seines Verstandes nisten. Er heißt Liam. Er ist Kanadier, auch wenn er in den Vereinigten Staaten arbeitet – das erkennt er an der Luft: wärmer und von einer leichten Giftigkeit, wie Plastik, das vor längerer Zeit gebrannt hat. Es ist November. Er renoviert ein Haus in Darien, Connecticut. Er ist vierunddreißig Jahre alt, und allen Bemühungen seiner Mutter zum Trotz ist er noch immer ein Greenwood.

Benötigt

1 Zehn-Pfund-Sack brauner Bio-Reis
1 Zehn-Pfund-Sack Bio-Kichererbsen
1 Zehn-Pfund-Sack Bio-Sojabohnen
5 Dosen Krylon-Sprühfarbe, Kastanienbraun
1 Neunzig-Zentimeter-Bolzenschneider
4 Fünfundzwanzig-Pfund-Säcke Weißzucker
2 Stangen Menthol-Zigaretten

Der Halloween-Baum

Liam ist zehn Jahre alt und schmiegt sich gerade in den Beifahrersitz des himmelblauen VW-Busses seiner Mutter. Willow fährt mit ihm von Vancouver aus nach Süden, an der Pazifikküste entlang, und hält aus dem Stegreif einen Vortrag über das Waldsterben, sauren Regen, den stummen Frühling, Contergan und das bevorstehende Umwelt-Armageddon, raucht dabei Menthol-Zigaretten, schaltet mit der freien Hand und lenkt mit dem Knie. Weil Liam nicht zur Schule geht (in Ucluelet, wo sie sechs Monate lang gelebt haben, als seine Mutter dort eine Abholzung blockierte, hat er es ein paar Wochen lang probiert und es gehasst), hat sie ihm im Secondhand-Laden ein paar alte Schulbücher für die vierte Klasse gekauft, damit er im Bus lernen kann. Aber das Lesen strengt ihn an, und stattdessen sitzt er einfach da, spitzt einen Stock zu einer tödlichen Waffe und überprüft hin und wieder im Rückspiegel, ob sie von der Polizei verfolgt werden.

Es ist Sonntag, der einzige Tag, an dem alle Holzfäller freihaben, und damit auch der Tag, an dem Willow ihre »Protestaktionen« durchführt. Früh am Morgen hat Liam vom Bulli aus zugesehen, wie seine Mutter den Bolzenschneider genommen und ein dickes Vorhängeschloss an einem Tor aufgebrochen hat, das Unbefugte von einem Primärwaldgebiet fernhalten sollte. Liams Eingeweide haben sich vor Aufregung zusammengezogen, während sie mit ihm zwischen den Bäumen hindurchgefahren ist und bei ein paar

Fäll- und Zusammenrückmaschinen angehalten hat, monströsen Gerätschaften, die ihn immer an gelbe Dinosaurier erinnern. Dann hat Willow zwei der unter den Sitzen versteckten Fünfundzwanzig-Pfund-Säcke mit Weißzucker herausgeholt und den Inhalt in die Benzintanks der Maschinen geschüttet. Danach hat seine Mutter, während Liam sie bekniet hat, wieder in den Bus zu steigen, bevor Mounties oder Holzfäller auftauchen, eine Stunde lang sorgfältig die Markierungen mit Farbe übersprüht, mit denen die wertvollen Bäume gekennzeichnet wurden, die geschlagen werden sollten. Liam träumt nachts oft von den Fäll- und Zusammenrückmaschinen, die irgendwie stark genug sind, um ganze Wälder zu verschlingen. Dass seine Mutter wahnsinnig genug ist, sich mit ihnen anzulegen, erscheint ihm als eine Art von Ketzerei, die früher oder später eine große Katastrophe über sie beide bringen wird.

Doch das liegt nun alles hinter ihnen. Die Mounties sind nicht gekommen. Und weil er morgen Geburtstag hat, fährt Willow ihn zu einem Strand in Oregon zum Surfen, wie er es sich gewünscht hat. Noch lieber wäre ihm Kalifornien gewesen, aber Willow muss in drei Tagen in Vancouver an einer Demonstration teilnehmen. »Mehr ist also nicht drin«, sagt sie und wuschelt ihm mit der Hand durchs Haar.

Liam ist ein aufmerksamer Junge mit Asthma, der in Gegenwart von Fremden immer am gebatikten Rockzipfel seiner Hippie-Mutter hängt. Sie hat ihm den Namen Liam New Dawn gegeben, aber sobald er achtzehn ist, wird er ihn in Liam Greenwood ändern. Das ist der offizielle Nachname seiner Mutter.

»Ich wollte dir doch nur einen Neuanfang ermöglichen«, sagt sie verletzt, als er es ihr mitteilt, nachdem die Formalitäten erledigt sind. »Warum willst du dich durch so einen Namen erniedrigen?«

Willow hat Liam spät bekommen, mit vierzig – er hat sie den Ausdruck *ungeplant* verwenden hören –, und sie hat das Projekt der Mutterschaft nie ernsthaft in Angriff genommen. Mit ihrem peinlichen (zumindest für ihn) Dschungel in den Achselhöhlen und ihrem rastlosen Drang, den VW-Bus zu beladen und einfach loszufahren, ist sie ein Rorschach-Test von einer Mutter, eine am Horizont seiner Kindheit dahintreibende Wolke, die laufend ihre Gestalt verändert. Ihre Sinneswandel vollziehen sich mit einer Geschwindigkeit und Überzeugtheit, die ihn ängstigt. Ein bewährter Markenhersteller begeht irgendeine ökologische Sünde, und sie schwört seinen Produkten für immer ab. Ein Liebhaber widerspricht ihr in irgendeinem grasgeschwängerten Streit über den militärisch-industriellen Komplex, und sie tanken in seiner Stadt nicht einmal mehr den Bus auf. Schon von klein auf ist sich Liam bewusst, dass sein Überleben davon abhängt, zu verhindern, dass sie ihre Einstellung zu ihm auf ähnliche Weise ändert. Also gibt er sich alle Mühe, es ihr recht zu machen: Er wiederholt ihre Sätze, er trägt die zerschlissene Kleidung, die sie im Secondhand-Laden auftreibt, und bestaunt dieselben Sonnenuntergänge und dieselben Bäume wie sie.

Meist aber nimmt Willow die Gestalt eines Wandermönchs an, angetrieben von Gras und Kichererbsen und der Sojamilch, die sie selbst herstellt. Ihre wahre Religion ist die Natur, vor allem huldigt sie den Bäumen. Ihr Glaube an grüne Lebewesen ist so rein und inbrünstig wie der eines Buddhisten, der sich selbst verbrennt. Darum fürchtet Liam ihr Umweltbewusstsein mehr als alles andere – er weiß, dass er sie eines Tages ganz daran verlieren könnte.

Nach stundenlanger Fahrt parken sie auf einem Rastplatz an einem Fluss irgendwo mitten im Staat Washington. Willow kocht auf dem Propangasbrenner braunen Reis und liest ihm dabei aus *Der Kampf um die Insel* vor, einem Buch, das sie als Mädchen geliebt hat, obwohl es »ohne Ende bürgerlich« ist. Später liegt Liam schlaflos unter dem Aufstelldach des Busses, krank vor Sorge, dass die Staatspolizisten mit ihren Chromtaschenlampen an die beschlagenen Scheiben klopfen, das Gras und die Zuckersäcke finden, dann seine Mutter ins Gefängnis stecken und ihn in irgendein amerikanisches Waisenhaus schleppen, wo alle Kinder Springmesser haben. Doch Willows Sorgen sind breiter angelegt. Im Licht ihrer Taschenlampe macht sie sich Notizen zu ihren jüngsten Plänen, dem anhaltenden Genozid an den großen Erbwäldern des Pazifischen Nordwestens ein Ende zu setzen, und trinkt dabei ihren teuren Tee.

Nach außen hin ist seine Mutter ganz devote Umweltaktivistin, doch Liam kennt ihre Geheimnisse. Ihr Gras und ihre Pilze lässt sie meist offen herumliegen, aber sie hat im VW-Bus mehrere kleine Verstecke mit Luxusgütern angelegt. Ein Fläschchen Chanel No. 5 in einem Schlitz in den zerfallenden Sitzen. In den Tiefen des Handschuhfachs vergrabene Beutel mit feinen englischen Tees. Die anderen Öko-Krieger ahnen nicht, dass seine Mutter in einem reichen Elternhaus aufgewachsen ist: ein großzügiges Anwesen, ein auf dem Grundstück lebender Gärtner, Reitunterricht, Privatschulen mit karierten Schuluniformen, das ganze Programm. Ihr Vater Harris Greenwood hat das Holzunternehmen Greenwood Timber im Jahr 1919 gegründet und ein Vermögen angehäuft, wie man zu jener Zeit in Kanada eben ein Vermögen anhäufte: indem man die Natur durch die Mangel drehte und die Überreste mit hohem Gewinn verkaufte. Obwohl er gestorben ist, als Liam noch ein Baby war, hat er Harris von früh auf bewundert, wenn auch nur insgeheim. Immerhin hat er handfeste Dinge geschaffen, statt wie Willow nur für bestimmte Dinge »ein Bewusstsein zu schaffen« – ein Ausdruck, den Liam nie begriffen hat.

Ihrer angespannten Beziehung zum Trotz hat Harris Willow sein gesamtes Vermögen vermacht: einen Riesenhaufen Geld, eine Villa in Shaughnessy, einem exklusiven Viertel von Vancouver, und eine Privatinsel – und seine Mutter hat alles einer Gruppe von Umweltschützern gestiftet, die sich für den Schutz der Wälder auf der ganzen Welt einsetzt. Willow spielt die Szene gern für Liam nach. »Wäre das alles« – *schluck* – »Ms. Greenwood?«, sagt sie dann und ahmt den vom Donner gerührten Bankangestellten nach, der die Verträge aufgesetzt hat. »Ja, das war's«, antwortet sie in der

Rolle ihrer selbst mit einem ausdruckslosen Lächeln, ehe sie in irres Gelächter ausbricht.

Beim Aufwachen am nächsten Morgen findet Liam ein in Zeitungspapier verpacktes Geburtstagsgeschenk auf dem Tisch. Einen Augenblick lang stellt er sich vor, es wäre von seinem Vater, der auf den Namen Sage hörte, aus Oceanside in Kalifornien kam und eine Art Surfer-Poet war, der die Küste von Oregon entlangstromerte und Frauen wie Willow zu einer Religion bekehrte, die er sich beim Hören von *Pet Sounds* ausgedacht hatte. Doch Sage ist noch vor Liams Geburt im Staub des VW-Busses zurückgeblieben, und Liam hat ihn nie kennengelernt.

Liam nimmt das Geschenk in die Hand. Weil das Geld stets knapp ist, weiß er, dass er sich keine allzu großen Hoffnungen machen sollte. Um sich ihr genügsames Leben zu finanzieren, ernten sie einmal im Jahr Pfifferlinge. Im Spätsommer wandern sie zu Willows geheimen Plätzen – ihren »Feenfarmen« –, die in den tiefsten Primärwäldern versteckt liegen. Liam staunt immer wieder aufs Neue, wenn sie Hunderte von Pfifferlingen finden, ganze Orchester gelber Miniaturtrompeten, die zwischen den Wurzeln der Bäume aufragen. Es verblüfft ihn, dass Willow die Stellen Jahr für Jahr ohne Karte oder Kompass wiederfindet. Sie füllen je fünf Körbe mit den Pilzen und fädeln sie dann zum Trocknen auf um den Bus herum aufgehängte Angelschnüre auf. Anschließend brät sie einige von ihnen in Butter an und serviert sie auf einem Bett aus braunem Reis, aber Liam pickt seine immer heraus. Pfifferlinge schmecken zu sehr nach Wald, zu sehr nach dem Geruch seiner Mutter – nach einem Hauch von Pfirsich und Nüssen und Erde. Wenn die Pilze getrocknet sind, fährt Willow zu gehobenen französischen Restaurants in Seattle, Vancouver und San Francisco und verkauft sie säckeweise billig an die erfreuten Küchenchefs. Aber nachdem sie Essen gekauft und Willows Sabotageausrüstung aufgefrischt haben, ist nie viel übrig.

Liam zerreißt das Zeitungspapier, und darunter kommt ein

Traumfänger zum Vorschein, der genauso aussieht wie der, den er vergangenes Jahr bekommen hat. Willow merkt, dass sich seine Begeisterung in Grenzen hält, und setzt zu ihrer bekannten Tirade gegen moderne Spielsachen und Comics an, »die von großen Medienunternehmen und todbringenden Plastikverkäufern erfunden wurden«. Liam murmelt ein Dankeschön und macht sich daran, den Bus zu beladen. Bevor sie aufbrechen, tut er so, als müsste er pinkeln, und stiehlt sich davon. Den Traumfänger zerstampft er wütend auf dem Waldboden.

Es ist sein erster Treuebruch. Seine erste Auflehnung. Eine, die sie nicht einmal bemerkt. Auch wenn sie Liam und sich selbst immer wieder laut fragt, ob es später noch unbeschädigte Wälder geben wird, an denen er sich als Erwachsener erfreuen kann, vergehen jedes Mal Wochen, bis sie ihre grünen Augen tatsächlich auf sein Gesicht richtet oder ihm richtig zuhört. Aus diesem Grund hat Liam sich an Halloween (ein Feiertag, den sie begeht; sie schleift ihn immer auf die gleiche Party im Haus des Earth Now!-Kollektivs in Vancouver) jedes Jahr aufs Neue als Baum verkleidet – als Douglastanne, um genau zu sein, ihre liebste Baumart. Er trägt das Kostüm in der Hoffnung, seine Mutter werde ihn endlich einmal wirklich sehen. Es hat noch nie funktioniert.

Und so beschließt Liam, sich in diesem Jahr als Holzfäller zu verkleiden.

Authentisch leben

Zu seiner Erleichterung zieht ihn ein lautes Geräusch aus dem Treibsand der Erinnerung: Sein Luftkompressor, der drei Meter rechts von ihm neben dem Gerüst steht, frischt dröhnend den Luftdruck im Tank auf. Es ist sein Gerät, das erkennt Liam an der unverwechselbaren Patina aus Dellen und Schrammen. Sein Gehilfe Alvarez und er haben ihn heute Morgen von seinem Transporter ins Haus getragen. Aber wo ist Alvarez? Haben sie das Gerüst nicht zusammen aufgestellt? Haben kleine Gummischoner über die Standfüße gezogen, um den Boden zu schützen?

Als sich der Kompressor abschaltet, folgen Liams Augen dem Gerüst hinauf zu den Stellen hoch über ihm, an denen das Dämmmaterial freigelegt ist. Alvarez und er hatten die Nut-Feder-Decke (man stelle sich die Witze vor, die Zimmermännern dazu einfallen) herausgerissen und sie durch Liams spezielle Bretter aus wiedergewonnenem Holz ersetzt, obwohl das Teakholz makellos und erst zehn Jahre alt war. Jedes Jahr im Frühling schaltet Liam eine Anzeige im *New Yorker* – eine dieser sonderbaren, schlecht gestalteten ganz hinten im Heft:

Firma Greenwood:
Wiedergewonnenes Holz. Maßarbeiten.
Authentisch leben.

Sieben sinnleere Worte, die ausreichen, um sein Telefon konstant summen zu lassen. Wer hätte gedacht, dass die unvorstellbar Reichen so versessen auf das A-Wort sind, dass sie wollen, dass ihre Häuser von außen wie Raumschiffe aussehen und von innen wie Fabriken aus der Ära der Weltwirtschaftskrise. Ungeachtet ihrer Gründe kommt Liam ihren Wünschen gern nach, und wiedergewonnenes Holz ist zu seinem Broterwerb geworden. Er trug seinen Werkzeuggürtel vierhundertsechs Tage am Stück, ohne einen einzigen Tag Pause, und er schläft auf einer dünnen Schaumstoffmatratze in seinem Firmenlieferwagen (sein Zuhause, seit er sein Eigenheim im New Yorker Stadtteil Fort Greene im Vorfeld des Immobilienmarktcrashs verloren hat). Vielleicht liegt es an seiner entwurzelten Kindheit in Willows VW-Bus, aber Liam fühlt sich in diesem Wanderzustand am wohlsten, in dem er seiner Vergangenheit immer einen Schritt voraus ist. Und das Tischlern – das endlose Vermessen und Hämmern und Sägen und Abschleifen und dann Weitereilen zum nächsten Job – lässt seinen Erinnerungen wenig Gelegenheit, sich seiner zu bemächtigen, was ihm nur allzu recht ist.

Die an der nahen Wand gestapelten Bretter aus wiedergewonnenem Holz sind vom Sonnenlicht silbrig geworden und mit den Malen des Alters überzogen, und Liam erinnert sich, wie er sie aus dem alten Schuppen auf der Farm seiner Großtante Temple außerhalb von Estevan, Saskatchewan, gerissen hat, wo er als Kind einen Sommer verbracht hat. Temple und ihr Lebensgefährte hatten keine Kinder, und nach ihrem Tod hat Liam ihr wertloses Land geerbt. Weil er keinen Käufer gefunden hat und selbst nicht der Typ für eine Farm ist, hat Liam sie im Lauf der Jahre Bohle für Bohle zerlegt: das Haus und die Kilometer über Kilometer an Zäunen, die alle im Jahr 1935 wiederaufgebaut worden waren, nachdem ein Orkan das Grundstück verwüstet hatte. Für dieses erstklassige Material wird Liam dem Eigentümer dieses Hauses – einem entfernten Verwandten der Rockefellers – zwanzigtausend Dollar in

Rechnung stellen, und der Kerl wird nicht einmal mit der Wimper zucken.

Nur dass Liam überhaupt niemandem irgendetwas in Rechnung stellen wird, wenn er nicht wieder auf die Beine kommt und den Auftrag zu Ende bringt. Zum Glück ist das brennende Gefühl an seinem Steiß verschwunden, nur seine Beine gehorchen ihm noch immer nicht. Aber er wertet das Kribbeln in seinen rückseitigen Oberschenkelmuskeln als ein Zeichen, dass der Schaden nicht permanent ist. Wahrscheinlich ein gebrochenes Steißbein oder im schlimmsten Fall ein gebrochenes Becken, das ein paar Nerven einklemmt.

Er bleibt eine Zeit lang auf dem Rücken liegen und versucht, sich einen Plan zu überlegen. Die Heizung, die normalerweise den Betonboden erwärmen würde, wurde außerhalb der Saison auf Minimaltemperatur gestellt. Und dieses Haus steht auf einem zwanzig Hektar großen Grundstück direkt am Meer. Auf absehbare Zeit wird niemand vorbeikommen, um ihm zu helfen. Liam hebt noch einmal den Kopf, um sich im Raum umzusehen, und der große Haufen Holzverschnitt neben seiner DeWalt-Kappsäge ruft ihm etwas ins Gedächtnis: Alvarez hat heute nicht gut ausgesehen, seine Augen sind von wurmartigen rosa Äderchen durchzogen gewesen. Beim Schneiden hat er immer gute drei Millimeter danebengelegen, manchmal mehr. Er hat wertvolles Holz verschwendet – Holz, für das Liam extra nach Saskatchewan gefahren war –, also hat er Alvarez für den Rest des Tages in den Lieferwagen geschickt.

Wenn Liam einen Schreinergehilfen braucht, schaltet er eine Anzeige in einem wöchentlich erscheinenden Gratismagazin und setzt sich mit demjenigen in Verbindung, der ihm die krudeste E-Mail schreibt. Er stellt Trinker, ehemalige Sträflinge, Süchtige, Verrückte ein. Die meisten verschwinden, sobald sie nach ein paar Wochen zum ersten Mal wieder Geld in der Tasche haben. Diese Praxis der wohltätigen Stellenvergabe ist zumindest teilweise einem

Hippie-Gutmenschentum geschuldet, das er von Willow geerbt hat – oder von Temple, die in ihrer Farm einmal eine Art Suppenküche betrieben hat. Manchmal fragt er sich, ob sie auch einen Versuch der Buße für seine vergeudeten Lebensjahre darstellt. Dabei ist sich Liam nicht sicher, ob er diesen armen Gestalten tatsächlich etwas Gutes tut oder ihnen bloß mehr Geld gibt, mit dem sie sich zugrunde richten können. Aber er ist lieber in Gesellschaft von Menschen, für die das Leben kein Spaziergang ist. Sie haben interessantere Dinge zu erzählen – und urteilen nur selten über das heillose Chaos, das er aus seinem eigenen Leben gemacht hat.

Alvarez ist seit sechs Monaten bei ihm, und er leistet gute Arbeit. Aber er spielt. Er tut es auf seinem Telefon, was noch schlimmer ist, als im Casino zu spielen, weil man es immer bei sich hat und seinen Lockruf hört. Manchmal hat Alvarez am Zahltag seinen Wochenlohn schon im Wagen verspielt, bevor Liam ihn bei seiner Mutter in Queens absetzt. Was bedeutet, er wartet auch jetzt im Auto darauf, dass Liam die Arbeit beendet und ihn nach Hause fährt. Liam muss also nur aus dem Haus und die Einfahrt hinunter zu seinem Wagen kriechen. Er hat sogar ein Zweittelefon im Handschuhfach, ein Prepaid-Handy, das er benutzt, wenn er in Kanada ist. Damit ist die Sache klar. Zwar fürchtet er, dass das Brennen zurückkehren könnte, und er weiß, dass sich seine Verletzung durch die Bewegung verschlimmern könnte, aber er hat keine Wahl.

Liam nimmt einen flatternden Atemzug, dreht sich auf den Bauch und schiebt sich auf den Ellbogen ein Stück vorwärts. Sein Zimmermannshammer – den Meena ihm am Anfang ihrer Beziehung geschenkt hat – kratzt quietschend über den Beton, seine Stahlkappenstiefel hängen ihm wie festgeschnürte Hanteln an den Füßen. Bereits außer Atem, schnallt er den Werkzeuggürtel ab, um leichter voranzukommen, und Stiftnägel rollen über den Boden. Er nimmt sich vor, sie aufzuklauben, sobald er seine Beine wieder spürt, denn so durcheinander sein Leben auch sein mag, seinen Arbeitsplatz hinterlässt er stets ordentlich.

Weil das Haus in eine über den Atlantik ragende Klippe gebettet ist, ist das Wohnzimmer abgesenkt, und er muss zwei Treppen mit flachen Betonstufen überwinden, zwölf Stufen insgesamt. Seine Arme sind schon geschwächt, weil er den ganzen Tag recycelte Holzbohlen an die Decke genagelt hat, und er schafft kaum sechs Stufen, bevor er schwitzt, keucht und nach Wasser lechzt. Die Rohre werden sicherlich trocken sein, und wenn er sich in den Keller hinunterwagt, um den Haupthahn aufzudrehen, kommt er vielleicht nie wieder heraus. Natürlich hat Liam ein paar Paletten Red Bull im Wagen. Er trinkt neun oder zehn Dosen am Tag, weil er schwarzen Kaffee hasst und keine Laktose verträgt – so wie Willow mit ihrer selbst gemachten Sojamilch und ihrem über Grünkohlsalat gekrümelten Ziegenkäse. Dass Liam fünf Jahre ausschweifenden Drogenkonsum hinter sich gelassen hat, nur um im Nachhinein einen unstillbaren Durst auf diese absurden koffeingeladenen Zuckerbomben zu entwickeln, erscheint ihm mal als Fluch und mal als Segen, je nach Tagesform. Unter den Mitgliedern seiner Narcotics-Anonymous-Gruppe sind solche Sekundärabhängigkeiten weit verbreitet: Die meisten rauchen eine Schachtel am Tag oder trinken zumindest so viel Kaffee wie Flugleiter. Unter ihnen gilt die stillschweigende Abmachung, dass man gegen diese niederen Laster nicht vorgehen muss, weil Menschen wie sie niemals ohne irgendeine Art von Verlangen leben könnten.

Liam schafft es, sich auf den Ellbogen die letzten sechs Stufen hochzuziehen, und nach einiger Anstrengung liegt er schließlich bäuchlings vor der Haustür. Er streckt sich nach der Klinke und zieht die schwere Spiegelglastür auf. Die spätherbstliche Luft ist frostig, geradezu beißend, und es ist später, als er gedacht hat. Die schwache Sonne versinkt hinter einer säuberlichen Anordnung von Ulmen und Magnolienbäumen.

Seine Ellbogen graben sich in den eiskalten Boden, als er sich in Richtung des Wegs schiebt. Bei den Pflastersteinen der Einfahrt angelangt, kann er seinen weißen Firmenwagen sehen, der an dem etwa hundert Meter entfernten Werkzeugschuppen steht. Liam ruft nach Alvarez, aber keine der Autotüren öffnet sich. Vielleicht schläft er. Oder, was wahrscheinlicher ist, er spielt auf seinem Telefon und hat dabei Kopfhörer auf.

Als er sieht, wie weit er noch ohne fremde Hilfe auf seinen Armen vorwärtskriechen muss, bettet Liam einen Augenblick lang verzweifelt das Gesicht auf die kalte Erde. In seinen ermüdeten Schultern und seinem kribbelnden Rückgrat machen sich nun die Jahre der schweren Arbeit und des harten Lebens bemerkbar. Er war noch nie so erschöpft. Während er so daliegt, spürt er eine sonderbare Nässe in seiner Hose – ein kitzeliges Tröpfeln. Er hat sich nicht mehr in die Hose gemacht, seit er die Gewohnheit abgelegt hat, ein Dutzend Oxycodon-Tabletten mit acht Dosen Lucky Lager hinunterzuspülen.

Er muss in Bewegung bleiben, sonst kehren die Erinnerungen zurück, also setzt er sein qualvolles Kriechen durch den halb gefrorenen Blättermulch fort. Er hat seine Vergangenheit immer als einen riesigen Wohnwagen betrachtet, den er hinter sich herzieht und der ihn überrollen wird, wenn er es wagt, stehen zu bleiben. Aber obwohl er kriecht, so schnell er kann, spürt er, wie sein Verstand anfängt zu spotzen und langsamer zu werden, und bald bleibt ihm nichts anderes übrig, als sich überfahren zu lassen.

Tischlergeselle

An Liams sechzehntem Geburtstag geht Willow mit ihm in ein richtiges Restaurant. »Wir müssen mal ernsthaft über deine Zukunft reden«, sagt sie, während er sie über das Steak, das er nur bestellt hat, um sie zu ärgern, hinweg skeptisch ansieht. »Du willst ja nicht ewig mit mir rumzockeln, oder?«

Seine Mutter hat immer gehofft, dass er Künstler wird, ein Naturdichter oder ein Hippie-Mystiker wie der großäugige Mann, mit dem sie zusammen ist. Oder besser noch ein funkensprühender Akademiker: ein marxistischer Soziologie-Professor oder ein bärtiger Baumbiologe oder am besten ein wild entschlossener Anwalt für Umweltrecht, der sein Leben für unentgeltliche Auseinandersetzungen mit Holzfällerkonglomeraten und großen Ölfirmen aufopfert. Aber Liam hat sich nie für Politik interessiert. Oder für Kunst. Oder für nichtgegenständliche Überlegungen. Von Kindesbeinen an hat er Arbeiter bewundert, vor allem solche, die von ihrer eigenen Arbeit leben können wie sein Großvater Harris und seine Großtante Temple. Liam hat überlegt, Holzfäller zu werden, nur um Willow wütend zu machen, aber er weiß, dass die Fäll- und Zusammenrückmaschinen heutzutage die ganze Arbeit machen und ein Wald gerodet werden kann, ohne dass irgendjemand auch nur Hand an ein Stück Rinde legt. Als Liam ihr von seinen Plänen berichtet, bei einem Schreinermeister in die Lehre zu gehen und entsprechende Kurse an der Volkshochschule zu belegen, entgleisen Willows Gesichtszüge, und sie lässt die Rechnung kommen.

»Ich kapiere einfach nicht, wieso du glaubst, so eine Arbeiteridentität annehmen zu müssen«, sagt seine Mutter, als er zwei Monate später im Schein der Taschenlampe noch die örtlichen Bauverordnungen studiert, nachdem sie sich schon hingelegt haben.

»Ich muss einfach *arbeiten*, Willow«, sagt er erschöpft. »Was hat das denn mit irgendeiner ›angenommenen Identität‹ zu tun?«

»Es gibt viele Arten von Arbeit, weißt du?«, sagt sie. »Was ich mache, ist auch Arbeit. Wichtige Arbeit. Vielleicht die wichtigste überhaupt.«

»Wenn du es Arbeit nennen willst, anderen ihre Lebensgrundlage zu zerstören«, erwidert er und schaltet die Taschenlampe aus, »dann bist du wirklich sehr fleißig.«

Mit achtzehn erwirbt Liam seine Lizenz, least einen großen Pick-up und gründet eine eigene Firma zum Einbau von Oberlichtern, die von Beginn an gut läuft. Innerhalb eines Jahres installiert er in ganz British Columbia Oberlichter. Er expandiert, stellt Männer ein, die doppelt so alt sind wie er, kauft Lieferwagen und kleidet sie mit Schubfächern voller erstklassiger deutscher Elektrowerkzeuge aus. Mit zweiundzwanzig kauft er ein Haus mit sechs Zimmern in einem Vorort von Vancouver namens Langley, löchert die Decken mit Oberlichtern und baut im Garten hinter dem Haus einen Grill von der Größe eines Sargs auf.

Zu Liams Glück gibt es nicht viele Firmen, die Oberlichter einbauen, weil die Versicherungssummen unglaublich hoch sind. Tatsächlich werden alle Oberlichter irgendwann undicht. Über einen Zeitraum von zwei Jahren erledigt Liam fünfhundert Aufträge im Handumdrehen und legt eine Spur undichter – oder bald undicht werdender – Einbauten durch die Provinz. Aber wenn Willow ihm sonst nichts beigebracht hat, dann doch immerhin, wie man sich Schwierigkeiten entzieht, indem man einfach davonfährt und nie zurückschaut. Als Liam sich die Rotatorenmanschette anreißt und sich nicht einmal ein paar Tage freinimmt, um die Verletzung ausheilen zu lassen, bekommt er von einem der alten, an Blessuren gewöhnten Arbeiter etwas Oxycodon.

Vielleicht ist es ein Teil von Willows finsterem Erbe, aber in seinen Neurorezeptoren hat immer eine brennende Gier gesteckt, eine Schwäche für chemische Verzückung und, schlimmer noch, die Wiederholung dieser Verzückung. Als Erstes kamen die zuckerhaltigen Getränke der großen Firmen, die seine Mutter auf den Index setzte. Er stahl sie während der Tankstopps und trank sie auf der Weiterfahrt. Dann ihr Gras, das sie ihm bereitwillig anbot, als er das reife Alter von dreizehn Jahren erreicht hatte. Dann kurzzeitig Zigaretten und Alkohol, was sie beides verurteilte, obwohl sie selbst reichlich Gebrauch davon machte. Nichts aber war mit dem wunderbaren Zergehen einer Oxy in seinem Magen zu vergleichen, deren Wärme sich in ihm ausbreitete und ihm ein Gefühl des Trostes und der Vergebung gab, wie er es noch nie erlebt hatte. Es ist wie Liebe. Oder so, wie Liebe sich angeblich anfühlen soll, ohne es je wirklich zu tun. Bald nimmt Liam mehrere Tabletten am Tag und arbeitet achtzig Stunden in der Woche ohne irgendwelche Beschwerden.

Doch als die Schadenssachbearbeiter ihn schließlich zu fassen bekommen und sein Haus, seine Lieferwagenflotte und seine sämtlichen Werkzeuge beschlagnahmen, kippt Liam in die Abwärtsspirale einer zügellosen Abhängigkeit, die sich wie ein Waldbrand durch seine verbliebenen Ersparnisse frisst. Nach einem kurzen Gefängnisaufenthalt wegen Drogenbesitz zieht Liam suchtkrank und pleite wieder im VW-Bus ein. Willow ist inzwischen Anfang sechzig und hat sich auf harmlosere Arten von Aktivismus verlagert: Sie druckt im Copyshop Pamphlete und stößt E-Mail-Kampagnen an. Sie fährt mit Liam zu einer ihrer Feenfarmen hinaus, und in der ersten Woche seines Entzugs ist er stumm vor Scham. Glücklicherweise verliert sie kein Wort über ihre vorangegangenen Warnungen vor den Fallstricken des Kapitalismus und der freien Marktwirtschaft sowie seiner unklugen Berufswahl.

Zur Zerstreuung spielt sie ihm einige alte Platten vor, auf denen ein Mann Gedichte rezitiert. »Die haben deinem Großvater gehört«, sagt sie mit uncharakteristischem Ernst. »Ich habe sie schon seit Jahren, aber ich habe sie nie laufen lassen, als du klein warst.« Auch wenn er die Gedichte größtenteils nicht versteht, beruhigt der einlullende Rhythmus der Stimme seine zerfetzten Nerven, und mit der Zeit wird Liam das Leben von einem Augenblick zum anderen beinahe erträglich. Nach einem Monat mit Willows Brennnesseltee, ihren Kichererbsen, ihrer Sojamilch, ihren Sandelholzräucherstäbchen, ihren nichtssagenden Hippie-Weisheiten, ihren Gedichtschallplatten und vor allem den vielen erholsamen inmitten der Bäume verbrachten Abenden ist Liam wieder er selbst. Als er ausreichend gestärkt ist, gehen sie Pfifferlinge sammeln und verdienen genug Geld, um ihm ein Paar Stiefel mit Stahlkappen und ein gutes Maßband zu kaufen, und er schließt sich einer Gruppe von Bauarbeitern an, die in Vancouver Fundamente für Bungalows legen. Es ist eine erniedrigende Arbeit, der unterste Höllenkreis des Zimmerhandwerks: fünf Tage in der Woche durch Schlamm waten und Gerüste zusammenhämmern, die ohnehin wieder eingerissen werden, sobald der Zement ausgehärtet ist, die Finger und Zehen durchgehend verschrumpelt wie die eines Kindes, das ewig in der Badewanne sitzt. Alles nur, um Glastürme mit tausend Designerschränken im Inneren hochzuziehen, die weit außer Liams finanzieller Reichweite liegen.

Dennoch hat die heimliche Schwäche seiner Mutter für Luxus einen bleibenden Eindruck hinterlassen, und die Jungs auf der Baustelle johlen, wenn Liam mit seinem mit Brie belegten Baguette für zehn Dollar aus dem schicken Bistro zurückkommt. Jedenfalls so lange, bis der Eigentümer des Bistros an Liam Gefallen findet und ihn anheuert, um ihm einen Tresen aus wiedergewonnenem Holz zu fertigen. Nach der Arbeit läuft Liam panisch in die öffentliche Bibliothek, wo er die Nase in jedes Buch über Holzbearbeitung steckt. Das beste dieser Bücher stammt von George

Nakashima, einem Meister seines Fachs, der in den Wäldern um Spokane herum aufgewachsen ist, wo auch Liam als Junge einige Zeit verbracht hat. Liam beschließt, einfach Nakashimas Entwürfe abzukupfern, und stürzt sich in die Arbeit. Als Erstes schleppt er mit Willows Bus illegal ein Stück einer umgefallenen Altholztanne aus dem Stanley Park. Bei Nakashima stößt Liam zum ersten Mal auf die Idee, seine Bretter zu »stürzen«, indem er zwei unmittelbar nacheinander aus demselben Baumstamm gesägte Bretter nimmt und die beiden nahezu identischen Stücke dann spiegelverkehrt aneinanderlegt, um den fast unheimlichen Effekt eines aufgeschlagenen Buchs zu erzielen.

Nachdem er die mit Baumkante gesäumten Bretter durch Schwalbenschwanzkeile verbunden sowie mehrere Schichten Tungöl und zwei Lagen Polyurethan aufgetragen hat, leuchten die Maserung, die Knoten und die honiggoldenen Holzfasern lebendig wie ein Sonnensystem, das jahrhundertelang in dem Holz eingefroren war und nun zum Vorschein kommt. Es ist ein Stück fragiler und doch bombensicherer Schönheit, und der Bistrobesitzer behauptet, seit dem Einbau habe sich die Zahl seiner Gäste verdoppelt. Ein paar Designgrößen sehen sich Liams Werk an, und einen Monat später hat er eine eigene Wohnung und die Fundamentarbeit an den Nagel gehängt, um sich ganz der Holzverarbeitung zu widmen. Er gestaltet Restaurants, Brauhäuser und Cafés neu, täfelt sie mit Brettern von altem Holz, das im Wald unbeachtet herumlag. Er zahlt seine Einkünfte auf ein Konto ein, auf das er ohne Zustimmung seiner Mutter keinen Zugriff hat, und erstickt jede Gefahr eines Rückfalls durch unablässige Arbeit im Keim.

Bald darauf lässt ihn eine Gruppe von Investoren nach New York einfliegen, um ein beliebtes Café im Stadtteil Park Slope zu renovieren. Bei der Arbeit hört er die jungen Stammgäste über ihre Studentendarlehen, ihre scheiternden Indie-Bands, ihre nutzlosen Ph.D.s und ihre unbezahlten Praktika klagen, und mit achtundzwanzig fühlt Liam sich schon uralt, wie ein sagenumwobenes

Waldgeschöpf, das sich in eine Großstadt verirrt hat. Die Angestellten des Cafés wirken mit ihren altmodischen Segeltuchschürzen, leinenen Arbeitshemden, sorgfältig abgetragenen Stiefeln und nach biologischem Glättserum duftenden Bärten, als wären sie soeben einem Steinbeck-Roman entstiegen. Aber Liam schaut nicht auf sie herab. Es sind harte Zeiten. Nicht so hart wie in den Dreißigern, als seine Großtante Temple auf ihrer Farm eine Suppenküche betrieben hat, aber auf eine andere Weise hart, selbst an einem wohlhabenden Ort wie New York. Und in harten Zeiten sehnen sich die Menschen nach dem Trost anderer harter Zeiten, ganz gleich ob diese in der Vergangenheit oder einer imaginären zerstörten Zukunft liegen, um das Leiden an der Gegenwart zu lindern, in der sie feststecken. Er ist kein Experte, aber seiner Meinung nach hat Willows Generation diesen jungen Leuten nur noch Brosamen übriggelassen, und hätte Liam kein Gewerbe und wäre er kein geborener Greenwood, durch dessen Adern Baumsaft fließt, dann wäre er ebenso verloren wie sie.

Nach dem Café bekommt er den Auftrag, Konferenztische mit gestürzten Platten für verschiedene Firmensitze in Manhattan zu bauen, darunter die von Holtcorp, Shell und Weyerhaeuser – Unternehmen, die Willow ihr Leben lang bekämpft hat. Als er schon seit zwei Jahren in New York lebt und wieder einmal eine Kleinbrauerei mit teurem Altholz-Redwood renoviert, lernt er Meena Bhattacharya kennen, die den Besitzer, einen langjährigen Freund von ihr, bei der Inneneinrichtung berät. Obwohl sie miteinander bekannt gemacht worden sind, steckt Liam die Nase in die Arbeit, wann immer er Meena sieht, die auf hundert verschiedene ungekannte Arten entzückend ist.

»Sollten Sie nicht besser Handschuhe tragen?«, fragt sie Liam eines Tages, als er sich für einen heiklen Schnitt über seine Tischsäge beugt. »Was, wenn Sie mit der Hand an das Sägeblatt kommen? Ohne Finger werden Sie keine schönen Dinge mehr schaffen können.«

»Das Ding hier verspeist Handschuhe zum Frühstück«, sagt Liam und deutet auf das Sägeblatt. »Und mit Handschuhen kann man schnell leichtsinnig werden, also arbeitet man besser ohne. Außerdem arbeite ich gern dicht am Holz.«

Am Tag darauf lädt sie ihn nach der Arbeit zu einem Kaffee ein, und sie sitzen in einem gut besuchten Café aneinandergedrängt an einem Tresen, den Liam gezimmert hat, auch wenn er zu schüchtern ist, um es zu erwähnen. Es ist seit Monaten das erste Mal, dass er länger sitzt, ohne sich in einem Auto, einem Flugzeug oder auf der Toilette zu befinden. »Freut mich, dass noch alle Finger dran sind«, sagt sie, und er blickt auf ihre Hände, die genauso schwielig und von Sehnen durchzogen sind wie seine eigenen. Er erfährt, dass sie Erste Bratschistin im Los Angeles Symphony Orchestra ist und für eine sechsmonatige Reihe von Auftritten im Lincoln Center gebucht wurde. Sie ist klug, lustig und nimmt kein Blatt vor den Mund, wobei ihre politischen Ansichten ganz und gar vernünftig oder zumindest in der Wirklichkeit verankert zu sein scheinen. Sie ist das einzige Kind ehrgeiziger Eltern, die in einem Vorort von Delhi leben. »Ich habe mich für die E-Gitarre entschieden und meine Eltern für die Bratsche«, sagt sie trocken. »Meine Mutter meinte, in ihren Augen sei das schon ein Kompromiss.«

Am darauffolgenden Wochenende geht Liam mit Meena ins Museum of Natural History, um sich den Querschnitt eines Riesen-Mammutbaums anzusehen, der in dem Wald geschlagen wurde, in dem Willow und er oft zelten waren. In der U-Bahn erzählt er Meena zum ersten Mal von seiner Mutter, wobei er ihren Aktivismus in seiner Schilderung eher idealistisch als fanatisch und ihre fahrige Mutterrolle eher exzentrisch als verletzend erscheinen lässt. Doch im Museum muss er enttäuscht feststellen, dass der Mammutbaum mit Holzlack behandelt wurde, sodass sie die prächtigen Gerbstoffe in dem von Natur aus moderbeständigen Redwood nicht riechen können. Meena ist trotzdem beeindruckt und lädt ihn anschließend zum ersten Mal in ihre Wohnung ein.

In den Monaten danach fahren Liam und Meena jedes Wochenende ins Umland von New York, um Material für seine Aufträge zu sammeln. Sie kaufen verwitterte Bretter oder Balken und beladen den Lieferwagen damit, während die Farmer ihnen zusehen, als wären sie entlaufene Geisteskranke. Anfangs ist sie wagemutig genug, um einen Nagelheber zu nehmen und ihm beim Abreißen einiger alter Zäune und Ställe zu helfen, aber nachdem sie sich den Daumen so heftig gequetscht hat, dass sie eine Tetanusspritze braucht und beinahe einen Auftritt absagen muss, gibt sie sich damit zufrieden, sich auf ein Zaungeländer zu setzen und ihm bei der Arbeit zuzuschauen.

»Ich mag die Bezeichnung ›wiedergewonnenes Holz‹ nicht«, sagt Meena, als sie eines Samstags in die Stadt zurückfahren.

»Geht das wieder los?«, sagt Liam und legt ihr eine Hand aufs Knie, um ihr zu bedeuten, dass er es nicht ernst meint.

»Da stellt sich doch die Frage: von wem wiedergewonnen? Von Menschen, die es falsch einsetzen. Armen Menschen. Menschen ohne Geschmack. Menschen, die es nicht verdienen.«

Menschen wie mir, denkt Liam, sagt es aber nicht.

»Wie kommt es, dass die Reichen immer das bisschen zurückkaufen wollen, was sie den Armen einmal überlassen haben? Um sie daran zu erinnern, dass ihnen nichts gehört, nicht wirklich?«

Aber trotz Meenas eigensinniger Ansichten könnte sie sich nicht stärker von Willow unterscheiden: Sie ist diszipliniert, geerdet, bedächtig, bewegt sich langsam und hält sich mit chemischen Substanzen zurück – der Rausch nach einem Glas Weißwein ist der verwegenste, dem sie sich je hingibt. Liam liebt es, wie sie ihm unmittelbar nach dem Einsteigen in seinen Transporter immer ihren Ohrhörer ins Ohr steckt und es mit Musik flutet. Ihrer klassischen Ausbildung zum Trotz erträgt sie in ihrer Freizeit keine Orchestermusik. Ihre ganze Liebe gilt dem Soul der Sechziger. Sie dreht die Musik laut auf und swingt neben ihm auf ihrem Sitz herum. »Be My Baby«, »Baby Love«, »Baby I Need Your Loving«.

Für eine Frau, die behauptet, das Kinderkriegen aufschieben zu wollen, bis ihre Karriere richtig in Schwung geraten ist, so neckt er sie, sei das ein besorgniserregender Haufen Babys.

Auf diesen Autofahrten kommt ihm erstmals der Gedanke, sich irgendwo auf dem Land, weitab von der Stadt, ein eigenes Atelier einzurichten, in dem er Möbel nach seinen eigenen Entwürfen fertigt, so wie George Nakashima es in New Hope, Pennsylvania, getan hat.

»Deine Tresen und Tische sind wunderschön, Liam«, sagt Meena und berührt ihn im Nacken, als er ihr von seiner Idee erzählt. »Aber ich kann mir gar nicht vorstellen, welche Wunder du in einem richtigen eigenen Atelier vollbringen wirst, wo dir kein schnöseliger Raumgestalter über die Schulter guckt.«

Liam findet es herrlich, dass Meena seiner Tischlerei ein solches Interesse entgegenbringt, das frei von jeder Herablassung ist, so als wären ihre Berufe kulturell gleichwertig. Zu seiner Überraschung betrachtet sie ihr eigenes Musizieren als eine Art Schwerstarbeit und widmet sich einem unerbittlichen Übungsplan, hinter den alles andere zurücktreten muss, darunter auch ihre gemeinsame Zeit. Mit dem Ergebnis, dass Liam sich danach verzehrt, jede wache Minute, die sie nicht arbeitet, mit ihr zu verbringen.

Nach sechs Monaten läuft Meenas Engagement in New York aus, und sie gibt ihre Wohnung auf und schickt sich an, nach Los Angeles zurückzukehren. Weil Liam noch immer in einem winzigen Zimmer über einer Autowerkstatt in Crown Heights lebt, kann sie nicht bei ihm unterkommen, wenn sie in der Stadt ist, also hebt er seine gesamten Ersparnisse ab, um eine Anzahlung für eine Doppelhaushälfte am »aufstrebenden« Rand von Fort Greene zu leisten. Zum Glück weiß Meena die große Geste zu schätzen und verspricht ihm, ihre Zeit zwischen L.A. und New York aufzuteilen.

Doch ihre beruflichen Verpflichtungen hindern sie daran, so häufig zu ihm zu kommen wie geplant, und aus der Hälfte der

Zeit wird bald ein Viertel. Liam weiß zwar, dass es vielleicht an seiner eigenen Unsicherheit liegt, aber mit der Zeit wächst seine Überzeugung, dass ihr sein Haus nicht gefällt, weil sie so sehr an feine Hotels und opulente Konzerthallen gewöhnt ist. In seiner Freizeit entkleidet er daher die Wände bis auf die Stützbalken und renoviert das Haus komplett in Altholzdouglasie und Redwood. Das Rohmaterial allein verdoppelt seine Schulden, und auch wenn Meena seine Arbeit bewundert, besucht sie ihn dennoch seltener als erhofft. Und als sie sich für ein zweimonatiges Engagement in Prag verpflichtet, stürzt Liam in eine schwarze, luftleere Höhle und träumt zum ersten Mal seit Jahren von Oxycodon.

Eine Frage

»Liebst du den Wald mehr als mich?«

Seine Mutter dreht sich leicht auf dem Gartenstuhl und fährt sich mit der Hand durch das salzverkrustete Haar. Zu seinem zehnten Geburtstag haben sie es endlich an die Küste von Oregon geschafft, nur dass das Wasser hier schwarz und eisig ist, die Wellen flach und das Surfen unmöglich. Liam hat den Nachmittag damit verbracht, in depressiver Stimmung Muschelschalen zwischen zwei Steinen zu zertrümmern. Die Kälte hat Willow nicht davon abgehalten, den ganzen Morgen lang nackt inmitten einer Armada von Braunalgen herumzuschwimmen. Er wünscht, sie würde den Badeanzug tragen, den er ihr von seinem eigenen Geld verschämt gekauft hat, aber sie hat nicht einmal die Etiketten entfernt.

Seine Frage hängt unbeantwortet in der Luft, während Willow langsam eine Orange viertelt und dann in eine der Spalten beißt. Er hat die Frage nicht zum ersten Mal gestellt, und er weiß, dass sie ihr auf die Nerven geht, aber er wiederholt sie trotzdem noch einmal. Mehr als alles andere braucht er ihre Antwort, und vielleicht weil es sein Geburtstag ist, bekommt er diesmal eine.

»Du bist ein guter Mensch, Liam. Einer der besten, die es gibt. Aber du bist nur ein einziger Mensch«, sagt sie, saugt sich Fruchtmark aus den Zähnen und spuckt es in den Sand. »Die Natur ist größer als wir alle.«

Die Bratsche

Während Meenas zweimonatigem Aufenthalt in Prag gelingt es Liam, seine Oxycodon-Gier in den Griff zu bekommen, indem er sich in eine Reihe komplizierter Aufträge stürzt. Aufwendige Arbeiten, für die er keine Helfer anheuert. Und als sie endlich zurück ist, läuft es eine Zeit lang gut. Zumindest so lange, bis sie zum ersten Mal die Stradivari mitbringt.

»Offiziell«, erzählt Meena ihm an diesem Abend aufgeregt, »wird sie als ›die russische Viola‹ bezeichnet, weil sie einmal dem sowjetischen Staat gehört hat. Aber nach Glasnost ist sie einer Frau namens Tanja Petrow in die Hände gefallen, der Frau eines Oligarchen, die inzwischen aus St. Petersburg geflohen ist und sich jetzt als Kunstmäzenin betrachtet. Sie hat mich in Prag spielen gehört und mir die Bratsche geliehen, solange sie übers Wochenende in New York ist.«

»Wow, das ist ja toll«, sagt Liam, um einen enthusiastischen Tonfall bemüht. In Wahrheit hasst er dieses ganze Gerede von Europa und reichen Mäzenen, die Meena nicht zu ersetzende Dinge leihen, wodurch sie auf ewig in ihrer Schuld steht.

Nach dem Abendessen nimmt Meena die Bratsche und spielt Liam darauf etwas vor, während er das Geschirr abwäscht. Der volle und zugleich präzise Klang des Instruments rührt ihn zu Tränen, aber hinterher behauptet er, der kräftige Resonanzkörper ihrer eigenen Bratsche gefalle ihm besser.

Als Meena später duscht, nimmt Liam die Stradivari in seine rauen, von Splittern durchzogenen Hände. Seinem ersten kritischen Instinkt zum Trotz kann er nicht umhin zu bewundern, wie glänzend sie gefertigt ist. Die Decke aus irgendeiner Fichtenart, Klötze und Reifchen aus etwas, was nach Weide aussieht, und Boden, Zargen und Hals aus steifem Altholzahorn. Maserung, Verbindungen und Lackierung sind durchgehend makellos. Heimlich macht er mit seinem Telefon ein paar Bilder als Vorlage und prägt sich währenddessen alle Einzelheiten ihrer Beschaffenheit ein. Als Meena aus dem Bad kommt und sich die Haare trocknet, sagt er ihr, ihm sei nicht wohl dabei, einen so unbezahlbaren Gegenstand im Haus zu haben.

»Ach, die ist versichert«, sagt sie lässig.

Trotzdem schläft er nicht gut, vor allem im Hinblick auf die jämmerlichen Gestalten, die durch sein *aufstrebendes* Viertel streifen – Menschen, die in eine hoffnungslose Armut hineingerutscht sind, wie er sie in Kanada selten erlebt hat. Zu seiner großen Erleichterung gibt Meena die Bratsche zurück, bevor sie am Montag für ein Konzert nach L.A. fliegt. Doch am nächsten Wochenende hat sie den Kasten wieder dabei, und darauf folgt eine halb dauerhafte Leihgabe. Wie von Liam befürchtet, kann sich Meena, die nun mit dem geheimnisvollen Nimbus der russischen Viola in Verbindung gebracht wird, vor neuen Engagements kaum mehr retten, darunter Soloauftritte und lukrative Gastspiele bei renommierten Quartetten in Übersee. Als Tanja Petrow Meena einlädt, auf einem von ihr organisierten Fest im Waldorf Astoria zu spielen, behauptet Liam, er habe keinen Anzug, bleibt allein zu Hause und lässt die Fronten einiger Eichenschränke, die sich verzogen haben, durch seine Langhobelmaschine laufen.

Nach – wie es ihm erscheint – wenigen Wochen zu Hause bricht Meena abermals zu einer einmonatigen Europa-Tour auf. Um es nicht so weit kommen zu lassen, dass er die Crack-Junkies aus dem Viertel bittet, ihm eine Handvoll Oxys zu besorgen, liest Liam sich in die Bauweise der Bratsche ein. Er stürzt sich in die Recherche – so viel hat er nicht gelesen, seit er für sein Tischlerdiplom gebüffelt hat – und stößt auf einige obskure Theorien darüber, wie Stradivari diesen ikonischen Klang erschaffen hat. Es wird angenommen, dass er das Holz zuerst mit Minerallösungen – Natrium, Kaliumsilicat, Borax – behandelt und dann mit Vernice Bianca überzogen hat, einer Mischung aus Eiweiß, Honig und Akaziensaft. Wenn Liam keine Antwort auf seine Fragen findet, ruft er Experten auf dem jeweiligen Gebiet an, biedere alte Universitätsprofessoren in Wien oder Florenz, die über seine komplizierten technischen Fragen stöhnen, sie aber dennoch beantworten. Liam findet heraus, dass zwar mitunter behauptet wird, Stradivari habe nur wiedergewonnenes Holz aus alten Kathedralen, vielleicht sogar Kruzifixen benutzt, diese Theorien jedoch vermittels Jahresringdatierung widerlegt wurden. »Sie meinen, man könnte sie auch aus heutigem Holz bauen?«, fragt Liam, und der Professor erwidert: »Aber ja, natürlich.«

Liam bestellt die reinsten Bretter aus dem benötigten Holz, die er bei Online-Händlern finden kann, und baut sich in seinem Keller eine Bedampfungsanlage. Wie Stradivari konstruiert er sein Instrument ausgehend von einer inneren Form, statt sich wie die Kopisten vom Schlag eines Vuillaume dem Umriss mithilfe einer äußeren Form anzunähern. Auch nach Meenas Rückkehr verschreibt Liam sich weiter seinem Projekt, verweigert ihr den Zutritt zum Keller, wo er laute Musik laufen lässt, um das Sirren seiner Bandsäge zu übertönen, wenn er die Kurven des Instruments aussägt. Für feinere Schneckenverzierungen holt er die Handwerkzeuge hervor – Schnitzbeitel, Messer, Schabeisen und winzige Fingerhobel, die er von seinem Großonkel geerbt hat, der in seinen späteren Lebensjahren Schachfiguren gefertigt hatte. Liam weiß, wenn er sich nur um einen Zehntelmillimeter vertut, wird die Bratsche nicht richtig klingen, und auch wenn Meena vielleicht behaupten wird, sie zu lieben, wird sie insgeheim ihre Unzulänglichkeiten spüren – ein

Resultat, das zu niederschmetternd wäre, um darüber nachzudenken.

In all den Jahren hat Liam nie etwas so Lebendiges geschaffen, etwas mit der äußeren Form eines Menschen und der Klangfarbe der menschlichen Stimme. Nachdem er die Verbundstücke abgeschmirgelt und mit einem Pinsel aus Zobelpelz die letzte Schicht sorgfältig angerührter Lasur aufgetragen hat, kommt ihm die Erkenntnis, dass seine Mutter womöglich doch recht hatte: Vielleicht haben Bäume wirklich eine Seele. Was das Holz zu einer Art Fleisch machen würde. Und vielleicht klingen aus Holz gefertigte Instrumente aus diesem Grund in unseren Ohren so angenehm: das chorische Flirren der Gitarre; der Herzschlag der Trommel; die schwermütige Klage der Geige – wir lieben sie, weil sie nach uns klingen.

Nach fast drei Monaten harter Arbeit und Frustration ist die Bratsche fertig. Und als Meena an ihrem zweiunddreißigsten Geburtstag übers Wochenende nach New York kommt, gehen sie in ein teures Restaurant in Red Hook, das Liam einmal renoviert hat. Wieder zu Hause, lieben sie sich, ohne zu wissen, dass es das letzte Mal gewesen ist, danach geht Liam in den Keller und kommt mit der Bratsche ins Schlafzimmer zurück.

»Was ist das?«, sagt sie und stellt ihren Wein auf dem Nachttisch ab.

Stolz legt er ihr das Instrument in die Hände. »Ein Geschenk.«

»Sie ist wunderbar«, sagt sie. Sie sitzt da und studiert das Instrument mit zaghafter Faszination, berührt den glatten Hals, prüft die Saiten mit ihren dicken Fingerbeeren. »Woher hast du sie?«

»Ich habe sie gebaut«, sagt er und versucht vergebens, die klebrige saure Substanz hinunterzuschlucken, die sich unerklärlicherweise in seinem Mund sammelt. »Für dich.«

Unvermittelt legt sie die Bratsche auf die Decke, als wäre sie plötzlich heiß geworden und schmerzte in ihren Händen. »Ach, Liam«, sagt sie und schlägt die Hand vor den Mund, während ihr

Blick ziellos durch das Schlafzimmer streift. Dann erhebt sie sich und bleibt neben dem Bett stehen. »Das kann ich nicht annehmen«, sagt sie kopfschüttelnd. »Das ist ein zu großes Geschenk.«

»Du musst sie erst mal spielen«, sagt er und spürt, wie ihn eine kalte Verzweiflung überkommt, die er so seit den Tagen der Entwöhnung in Willows Bus nicht mehr empfunden hat. »Ich habe Stunden und Tage recherchiert. Es ist eine genaue Kopie einer Stradivari.«

Ohne ein weiteres Wort läuft Meena ins Nebenzimmer und schließt die Schiebetür hinter sich ab. Er hört sie auf der anderen Seite leise schluchzen.

»Ich verstehe dich nicht«, sagt er und ringt sich ein Lachen ab. »Du musst bloß mal drauf spielen. Sie klingt wie eine echte, ich schwöre es. Sogar besser. Ich habe sie getestet.«

»Sie klingt ganz bestimmt herrlich, Liam«, sagt sie durch die Tür hindurch, und einen Augenblick lang erinnert er sich daran zurück, wie er die Tür eingehängt und die Feinjustierung vorgenommen hat.

»Ich kann einfach nicht glauben, dass du deswegen die ganze Zeit im Keller warst«, fährt Meena fort. »Ich dachte, du hättest dir endlich das Atelier eingerichtet, das du immer wolltest – wie George Nakashima – und würdest Möbel bauen. Ich dachte, du würdest etwas machen, was *dir* Freude bereitet, Liam – etwas für dich. Nicht nur für andere.«

»Warum sollte ich etwas für mich selbst bauen?«, sagt er, und sein Zwerchfell zieht sich zusammen wie ein Reffknoten. »Ich habe doch schon alles, was ich brauche.«

»Es tut mir so leid, Liam«, sagt sie und seufzt traurig. »Es tut mir so leid, dass du nicht begreifst, was ich meine.«

»Aber ich habe die Bratsche doch für mich gebaut«, sagt er. Tränen brennen ihm in den Augen, und seine Stimme klingt selbst in seinen eigenen Ohren unangenehm kindlich. »Ich habe sie gebaut, damit du nicht mehr machen musst, was Katja Petrow sagt. Und damit du nicht mehr so viel reisen musst. Du kannst in New York auftreten und öfter bei mir sein.«

»Ich reise und trete auf, weil ich es will«, sagt sie hörbar erschöpft. »Nicht weil es mir jemand befiehlt. Und ganz sicher nicht, um vor dir zu flüchten.«

»So fühlt es sich aber nicht an!«, blafft er, schlägt gegen die dünne Tür und hinterlässt drei knöchelförmige Vertiefungen in der Holzplatte.

Im Nachhinein betrachtet, ist Meenas Reaktion auf die Bratsche genau so ausgefallen, wie der am wenigsten verwurzelte Teil von ihm es erwartet hatte. Im Laufe der nächsten Jahre wird ihre Weigerung, sie anzunehmen, all das Rätselhafte an ihr verkörpern, was er nie verstanden hat, alles, was sie von ihm wollte, er ihr aber niemals hätte geben können. Und auch wenn das Bauen der Bratsche das Befriedigendste war, was er je getan hat, hat es ihn zugleich gelehrt, dass Meena nie wirklich mit ihm zusammen sein wird. Und dass sie genau wie Willow jederzeit bereit sein wird, ihn für etwas zu verlassen, was sie mehr liebt als ihn.

Liam tritt von der Tür zurück, hebt die Bratsche auf und trägt sie hinaus. In der Einfahrt nimmt er ein orangefarbenes Verlängerungskabel und bindet den makellosen Ahornhals des Instruments so an der Anhängerkupplung seines Transporters fest, dass der Korpus der Bratsche auf der Erde aufliegt. Dann lässt er den Motor an und fährt die ganze Nacht lang mit geöffneten Fenstern durch Brooklyn, bis er das holzige Schaben hinter sich nicht mehr hört.

Am nächsten Morgen steht Meena früh auf, packt die Sachen zusammen, die sie in seinem Haus hat, und fährt mit dem Taxi zum Flughafen. An diesem Tag arbeitet Liam vierzehn Stunden ohne Pause. Wie am Tag darauf. Und am darauffolgenden Tag. Drei Monate später verliert sein Haus im Immobiliencrash die Hälfte an Wert, und er kann seine Hypothekenraten nicht zahlen. Nach der Zwangsvollstreckung zieht er ganz in seinen Firmentransporter, den er auf einem staatlichen Campingplatz in Montauk parkt, wo er schläft, während winterliche Meeresböen gegen die dünnen Stahlwände des Autos peitschen.

Glücklicherweise lässt ihn die Bank seine Werkzeuge und den Wagen behalten, und statt sich zuzudröhnen, schaltet Liam seine erste Anzeige im *New Yorker* und nimmt so viele Aufträge an, wie er in den Kalender quetschen kann. Danach renoviert er zusammen mit Helfern wie Alvarez sieben Tage in der Woche und zweiundfünfzig Wochen im Jahr Häuser.

Wer behauptet, Wut sei nicht produktiv, der muss sich nur einmal all die wunderbaren Dinge vor Augen führen, die Liam in den vierunddreißig Jahren seines Lebens gebaut hat, um zu begreifen, dass auch das Gegenteil der Fall sein kann: dass Wut vielleicht der leistungsfähigste Antrieb ist, den es gibt.

Lücken

Er weiß nicht mehr, wie er es bis zu seinem Wagen geschafft hat. Aber es ist jetzt dunkel, und die automatische Beleuchtung der Einfahrt hat sich eingeschaltet. In dem frostigen Brei aus verrottendem Blättermulch kann er die Spuren seines eigenen Körpers sehen.

Er hämmert laut gegen die Seite des Lieferwagens, um Alvarez auf sich aufmerksam zu machen, aber es rührt sich nichts. Mit aufeinandergebissenen Zähnen, zitternden Schultern und dem Zusammenbruch nah, hievt Liam sich auf den Fahrersitz, zieht seine Beine mit den Händen hinter sich her und schiebt sie unter das Lenkrad. Trotz der beißenden Kälte fühlt es sich gut an, aufrecht zu sitzen.

»Alvarez, bist du da?«, sagt Liam und sucht den Laderaum des Transporters ab, indem er den Rückspiegel im Kreis dreht. »Alvarez?« Nichts.

Liam ruht sich einen Augenblick lang aus und sieht zu, wie sich das weiße Bukett seines Atems vor ihm sammelt, um dann emporzusteigen und sich an die Windschutzscheibe zu heften. Nachdem etwas Gefühl in seine Hände zurückgekehrt ist, durchsucht er das Handschuhfach, kann sein Zweittelefon aber nicht finden. Dass er von Liam nach draußen verbannt wurde, muss Alvarez so verärgert haben, dass er sich von seinem Cousin hat abholen lassen und ihm dafür das Telefon gegeben hat. Doch statt Wut empfindet Liam nur Mitleid für Alvarez. Er ist ein guter Mitarbeiter gewesen, und Liam hofft, dass er Frieden finden wird, vielleicht in einem Online-Casino oder sonst irgendwo inmitten all der Gebrochenen auf der Welt.

Seine Backenzähne schlagen aufeinander, als Liam die Schlüssel aus der Tasche seiner Carhartt-Jeans zieht und den Wagen startet. Der Tank ist noch halb voll, also lässt er den Motor laufen, und bald wird das Gebläse warm. Es dauert nicht lange, bis der während des Kriechens in seiner Hose steif gefrorene Urin zu schmelzen beginnt und den Sitz nässt. Offenbar wird er selbst zum Krankenhaus fahren müssen. Wenn er bereit ist, wird er mit dem Baseballschläger, den er für den Fall bereithält, dass Diebe sich an seinem Werkzeug zu schaffen machen, während er schläft, das Gaspedal hinunterdrücken. Und sollte sich das als zu schwierig erweisen, wird er den Wagen einfach im Leerlauf auf die Hauptstraße rollen lassen, was eine Zeit lang dauern könnte, aber besser spät als nie.

»Du bist in einem Transporter aufgewachsen, du bist dein Leben lang in einem zur Arbeit gefahren, und jetzt wirst du auch in einem sterben«, murmelt er vor sich hin, und dann lacht er, bis er husten muss, was ihm einen Stich ins Kreuz versetzt, der ihn beinahe ohnmächtig werden lässt. Willow ist nicht mehr da, denkt er, als der Schmerz nachlässt. Warum hat er dann – selbst Jahre später noch – das Gefühl, dass sie jetzt mit ihrem VW-Bus neben seinem Lieferwagen halten könnte, ohne dass er sich eine Sekunde lang darüber wundern würde?

Der Lungenkrebs hat sie dahingerafft. Bongs, Menthol-Zigaretten und biologischer Gartenbau – das war Willow. Hat Liam sie besucht, als sie krank gewesen ist? Das hat er. Er ist nach Vancouver gefahren und hat sie gepflegt und ihre Beschwerden gelindert. Das immerhin hat er getan.

Aber in Wahrheit gibt es wenige Fehler, die Liam in seinem Leben nicht begangen hat, wenige Entscheidungen, die er nicht bereut. Und das führt dazu, dass es in dem, worüber er sich nachzudenken gestattet, so viele Lücken gibt, so viele Dinge, die in seinem persönlichen Rückspiegel verschwunden sind – so wie er es von Willow gelernt hat.

Er sollte losfahren, aber er ist noch nicht so weit. Er streckt den Arm aus und walkt seine Oberschenkel mit den Händen durch und spürt nichts. Bis zu diesem Tag hat sein Körper ihm immer so treu gedient. Er hat gezerrt und gerissen und gebaut. Er hat gehoben und geschoben und gezogen. Er hat eine Million Nägel eingeschlagen und eine Million Schrauben eingedreht. Er hat tonnenweise Giftstoffe ausgeschieden und unzählige Holzstücke zur exakt richtigen Länge zugeschnitten. Er ist an tausend dunklen Morgen für ihn aufgestanden, hat enorme Beschwerden durchlitten, um zu überleben. Nur um ihn jetzt im Stich zu lassen.

Liam sitzt da, wärmt sich auf und sammelt seine Kräfte. Es ist so lange her, dass er so untätig dagesessen ist, ohne die betäubende Ablenkung der Arbeit, und je länger er so dasitzt, desto schwerer wird es ihm fallen, seinen Verstand daran zu hindern, gewisse Lücken in seiner Erzählung zu füllen. Jede Minute, die vergeht, bringt ihn dem Abgrund näher, von dem er fortgerannt ist, den Erinnerungen, die er so eifrig zu unterdrücken versucht hat, und als er gerade über den Rand taumelt und *sie* in seine Gedanken vordringen lässt – die Tochter, die er nie kennengelernt hat –, ballt Liam eine Faust und schlägt gegen den Rückspiegel, bricht ihn ab, sodass nur eine runde Kleberkruste auf der Windschutzscheibe zurückbleibt. Durch die heftige Bewegung schließt sich eine Schraubzwinge um sein Kreuz, die mit jedem keuchenden Atemzug fester zudrückt. Er spürt, wie seine Augenlider flattern.

Und alle Lücken beginnen sich zu füllen.

1974

Willow Greenwood

Nichts – das wird ihr bewusst, als sie an der Entlassungsstelle der Justizvollzugsanstalt Edmonton ihren Führerschein vorzeigt und sich ins Besucherverzeichnis einträgt – ist ihr mehr zuwider als dieses Wort: Greenwood.

Der bloße Anblick genügt, um sie mit Scham zu besudeln. Wie konnte eine so natürliche Verbindung zweier Elemente (welche beiden Wörter könnten für sich genommen schöner sein?) zur Kurzform für räuberische Gier, verräterischen Betrug und fortgesetzte Vergewaltigung der Erde werden? Und wie hat sich dieser koloniale Fleck, dieses Symbol für das ganze Ausmaß an Raffgier, Parasitentum und Kursichtigkeit der menschlichen Spezies, nur auf sie übertragen können?

Nachdem sie sich registriert hat, wird Willow in einen Wartebereich gebracht. Draußen vor dem Gefängnis zittert Espenlaub in der Sonne, und Bärentrauben strotzen süßlich an Büschen, doch in dieser fensterlosen Gruft gibt es weder irgendeine Pflanze noch einen einzigen Flecken natürliches Licht. Ein Gefängnis ist das Gegenteil von einem Wald, denkt sie sich. Es soll die Lebensgeister dämpfen und die Sinne stumpf machen, um den Menschen von allem abzuschneiden, was das Leben ausmacht. Wenn es ein schlimmeres Schicksal gibt, als eingesperrt zu sein, dann übersteigt es ihre Vorstellungskraft.

Sie sitzt da und raucht eine Menthol-Zigarette nach der anderen, zittert in der Kälte der Klimaanlage, während sich der Schweiß von der Fahrt durch die Gluthitze in den Vertiefungen ihres Schlüsselbeins sammelt. Und weil der Muffin, den sie sich in voller Verzweiflung an der Tankstelle gekauft hat, höchstwahrscheinlich Milch enthielt, rumort es in ihrem Magen.

Sie ist allein in ihrem VW-Bus vierzehn Stunden aus der Gegend östlich von Vancouver hierhergefahren, über Berge, die von der mittlerweile aufgelösten Firma ihres Vaters vor Jahrzehnten abgeholzt wurden, um dieses groteske Vermögen anzuhäufen. Nachdem sie das hügelige Grasland von Alberta erreicht hatte, war sie an krebsgeschwürartigen Bohrtürmen und Güterzügen vorbeigekommen, die sich über den gesamten Horizont erstreckt und das Raubgut des Guerillakapitalismus davongezerrt hatten: Holz und Öl, Getreide aus industriellem Anbau und Kohle. Manche behaupten, die Firma Greenwood Timber hätte mehr nordamerikanische Altholzbäume auf dem Gewissen als »der Wind, sämtliche Spechte und Gott zusammen«, ein Witz, den alle zigarrenkauenden Industrievorstände und winselnden Parlamentsmitglieder wiederholt haben, die je in der Villa ihres Vaters in Shaughnessy zu Gast gewesen sind.

Willow weiß zwar, dass die am Wartebereich vorbeihastenden Polizisten nur Kerkermeister und keine Ermittler sind, aber sie achtet trotzdem darauf, Augenkontakt zu vermeiden. Zwei Wochen zuvor hat sie tief im bewaldeten Inneren von British Columbia Fünfundzwanzig-Pfund-Säcke Weißzucker in die Benzintanks dreier Fäll- und Zusammenrückmaschinen von MacMillan Bloedel gekippt und diese eine Million Dollar teuren Geräte für die Ermordung Tausender von Hektar Altholzdouglasien mit dauerhafter Zerstörung bestraft. Es ist ihre erste Protestaktion gewesen, ihr erster Versuch, den Abholzkonglomeraten eine spürbare Botschaft zu schicken und die Entweihung unersetzlichen Lebens zu verlangsamen – und es hat sich angefühlt, als hätte sie ein Glas reinen Adrenalins getrunken. Doch als sie anschließend rasch aus dem Rodungsgebiet gefahren ist, ist ihr auf dem Ziehweg der Laster einer Abholzmannschaft begegnet. Natürlich hat sie vor dem Wald ihre Nummernschilder abgeschraubt, aber auf der schmalen Straße ist ihr Bus so dicht an dem anderen Wagen vorbeigefahren, dass die Holzfäller ihr Gesicht gut erkennen konnten. Zurück in Vancouver, hat sie ihren gelben VW-Bus himmelblau angemalt und sich eine blonde Perücke und eine große Sonnenbrille gekauft. Dennoch ist sie sich sicher, dass ihr in den vergangenen Tagen bei ihren üblichen Besorgungen ein schwarzer Wagen gefolgt ist. Vielleicht ist es Sage gewesen, der Liebhaber, mit dem sie vor einigen Monate Schluss gemacht hat, als er zu sehr zu klammern begann. Wahrscheinlicher aber sind es Ermittler der Royal Canadian Mountain Police gewesen, die darauf warteten, dass sie ins Haus von Earth Now! in Kitsilano zurückkehrte, wo sie seit fünf Jahren lebt. Seit sie dem Kollektiv beigetreten ist, hat Willow Manifeste geschrieben, hat an Sit-ins teilgenommen, Protestkundgebungen organisiert und Straßensperren errichtet – alles durchaus lobenswerte Arten des Widerstands, aber als sie erstmals echte Protestaktionen vorschlug, hat sich die Gruppe dagegen gesperrt. Manchmal glaubt sie, die Mitglieder von Earth Now! würden lieber in den Nachrichten einen cleveren Slogan rufen, als einen echten Baum zu retten. Aber wenn sie jetzt nach Hause fährt, riskiert sie, die Polizei zu den anderen zu führen – und jeder weiß, dass die Polizisten von der Industrie geschmiert werden und für jede Gelegenheit dankbar sind, das Kollektiv zu zerschlagen –, also bleibt sie seitdem in ihrem Bus. Außerdem hat Willow sich in irgendwelchen Gruppen mit all den dazugehörigen Zwistigkeiten, Ego-Problemen und belanglosen Dramen nie wohlgefühlt. Und die bedeutsamsten Opfer werden ihrer Meinung nach immer in Einsamkeit erbracht, ohne eine Kamera in Reichweite.

Ein staatliches Hochsicherheitsgefängnis ist der letzte Ort, an dem sie jetzt gern wäre, aber die mit ihrem Vater getroffene Abmachung ist zu gut gewesen, um sie in den Wind zu schlagen. Sie hatten seit einem Jahr nicht miteinander geredet, als sie in ihrem Postfach in Vancouver auf seine geheimnisvolle Nachricht stieß. Und obwohl sie ein Treffen in der entlegensten Ecke des Stanley Park verabredet hatten, in der Willow sich verstecken wollte, bis Gras über die Sache gewachsen war, glaubte sie, als sein schwarzer Mercedes neben ihrem Bus hielt, die Mounties hätten sie aufgespürt.

»Du bist nicht leicht zu finden«, sagte Harris, während sein Fahrer ihm aus dem Wagen half, eine infantile Geste, für die er vor ihren Augen einmal jemanden gefeuert hatte.

»Das hoffe ich«, sagte Willow und sah zu, wie Harris sich nach ihrer Stimme ausrichtete und auf sie zukam. Ihr Vater ist um die Jahrhundertwende geboren worden, wenngleich er behauptet, seinen genauen Geburtstag nicht zu kennen (sie hat seit Langem vermutet, dass er sich damit nur vor Geburtstagsfeiern drücken will), und ungeachtet seiner Blindheit hat er seine körperliche Stärke immer aufrechterhalten – weil er stets darauf bestanden hat, das Feuerholz für das Anwesen selbst zu hacken, selbst nachdem die elektrische Bodenheizung eingebaut und sämtliche Kamine zugemauert worden waren. Aber er schien leicht zu schwanken, und sein ehemals sandfarbenes Haar war zu einem stumpferen schneeartigen Weiß verblasst. Nach der Auflösung von Greenwood Timber hatte Harris jahrelang nur vom häuslichen Arbeitszimmer aus seinen Grundbesitz und seine Investitionen verwaltet. Und nachdem er vor drei Jahren offiziell in den Ruhestand gegangen war, hatte er begonnen, seine Zeit zur Hälfte in San Francisco zu verbringen, wo er jeden Morgen mit dem Taxi zusammen mit einem Führer hinaus in die Redwood-Wälder gefahren war, um auf Vogelrufe zu horchen, die er in ein kleines Notizbuch eintrug. Doch angesichts dieses raschen körperlichen Verfalls war es offensichtlich, dass ihr Vater nicht zum Nichtstun geschaffen war.

Als er schließlich vor ihr stand, tat er das Undenkbare: Er streckte die Arme aus und umarmte sie. »Du riechst wie ein Schlafsaal in einem meiner Holzfällerlager«, sagte er, nachdem er sie losgelassen hatte.

»Und du riechst wie ein Seniorenheim«, sagt Willow, noch immer verblüfft über die Geste. »Was verschafft mir die Ehre, Harris?« Während ihrer gesamten Kindheit hatte er ihr verboten, die Wörter *Papa* und *Vater* zu benutzen, wobei es zu Teenagerzeiten natürlich eine Phase gegeben hatte, in der sie bewusst höhnisch gesagt hatte: »Ganz wie du meinst, *Daddy*!« Aber er schien um Anstand bemüht zu sein, also verschonte sie ihn vor ihrem Gift.

»Dein Onkel wird in zwei Tagen entlassen«, stellte er seine angestammte Abneigung gegen Smalltalk unter Beweis. »Und in Anbetracht eurer besonderen Beziehung zueinander dachte ich, du würdest ihn vielleicht gern abholen.« Beinahe spürte sie eine Spur von Eifersucht in seiner Stimme, so als wäre es nicht Harris gewesen, der ihre »besondere Beziehung« überhaupt erst in die Wege geleitet – und finanziert – hatte.

Mit sechs hatte Harris ihr für jeden Brief, den sie ihrem Onkel Everett Greenwood schickte, einen Vierteldollar versprochen und sogar einen Stapel vorfrankierter Briefumschläge in ihrer Schreibtischschublade deponiert. Willow, die sich unbedingt ein eigenes Springpferd kaufen wollte, so wie die anderen Mädchen auf ihrer Privatschule, verfasste jeden Tag einen Brief, manchmal auch mehrere. Zehn Jahre lang schrieben sie sich aus ihren jeweiligen Strafanstalten: Everett aus seiner Hochsicherheitszelle und Willow aus der Villa ihres Vaters. Anfangs war seine Schrift kindlich, die Sätze voller grammatikalischer Fehler und falsch buchstabierter Wörter, die sie selbst damals schon erkannte. Doch im Laufe der Jahre konnte sie mit ansehen, wie er immer besser wurde, so als stellte man ein Dia langsam scharf, und in gewisser Weise lernten sie das Schreiben gemeinsam.

Willow war schon in frühen Jahren davon überzeugt, dass ihr Vater sie, selbst wenn er sein Augenlicht zurückerhielte, nicht *sehen* würde, nicht so, wie eine Tochter es sich von ihrem Vater wünscht.

Seltsamerweise war es die Korrespondenz mit ihrem Onkel, die ihr nicht nur genügend Geld verschaffte, um sich ihren ersten Vollblutaraber kaufen zu können, sondern auch die Anerkennung, nach der sie lange gehungert hatte. Everetts Briefe, deren klaustrophobisch eng aneinandergerückte Blockbuchstaben sich oft über dreißig Seiten mit einfachem Zeilenabstand erstreckten, handelten nie vom Gefängnisleben. Stattdessen schrieb er über so fesselnde Themen wie die beste Methode, Ahornsirup zu zapfen, oder alte Filme, die er gesehen hatte, oder seine Lektüre Homers, Emily Dickinsons, Henry David Thoreaus, Mark Aurels oder der Schundromane aus der Gefängnisbücherei, in die er viel zu viel hineininterpretierte. Willow behandelte ihren Onkel eher wie ein Brieftagebuch als wie einen echten, lebendigen Brieffreund. Sie gestand ihm, wie schade sie es fand, keine Mutter zu haben, die ihr die Haare flocht (ihre Mutter hatte als Wäscherin in einem von Harris' Holzfällerlagern gearbeitet und war bei Willows Geburt gestorben), und schilderte ihre seltenen Ausflüge nach Greenwood Island zu ihrem Vater wie auch ihren tiefen Wunsch, ein Pferd zu besitzen, in allen Einzelheiten. Als Willow sechzehn war und ihr Leben sich mit Freunden und Reitstunden und Jungs zu füllen begann, hörte sie ganz auf zu schreiben. Everett schickte ihr noch drei weitere Briefe, die sie unbeantwortet ließ, bevor er es ebenfalls einstellte.

Erst viel später wurde ihr bewusst, wie sonderbar es war, eine Sechsjährige dafür zu bezahlen, dass sie einem im Gefängnis sitzenden Onkel von ihrem Leben erzählte, zumal einem, der eine achtunddreißigjährige Haftstrafe für ein Vergehen verbüßte, über das nie gesprochen wurde. All ihre Fragen zu den Einzelheiten von Everetts Verbrechen bewirkten nur, dass ein Schutzwall aus Schweigen um den Esstisch errichtet wurde oder Harris in sein Arbeitszimmer floh, wo er die Eichentür hinter sich verschloss und sich mit seinen Büchern in Blindenschrift und seinen Schallplatten mit Gedichtlesungen einsperrte. In ihren Zwanzigern ließ Willow einmal von einem befreundeten Jurastudenten Forschungen zu Everett anstellen und fand heraus, dass die Einzelheiten seiner Verurteilung Verschlusssache waren – ein Umstand, der, so sagte ihr Freund, auf ein Vergehen mit einem oder mehreren Kindern als Opfer hindeutete. Danach ließ Willow die Sache ruhen. Sie hatte sich die Familie Greenwood immer als ein auf Geheimnissen gebautes Haus vorgestellt, Geheimnissen, die Schicht um Schicht von weiteren Geheimnissen umschlossen wurden, und sie hatte schon seit Langem befürchtet, wenn sie sie zu eingehend untersuchte, würde sie das ganze Gebäude um sie herum zum Einsturz bringen.

Letztlich kam sie zu dem Schluss, Harris sei so emotional verkrüppelt, dass er nicht selbst mit Everett kommunizieren konnte und die Aufgabe deshalb auf sie abgewälzt hatte. Das war typisch für ihren Vater: Er hatte Übung darin, andere zu bezahlen, damit sie seine Drecksarbeit erledigten.

»Hol ihn doch selbst ab«, sagte Willow. »Er ist dein Bruder.«

Ihr Vater schloss kurz seine blicklosen Augen und nahm einen stabilisierenden Atemzug wie ein Seekranker, der eine wiederauflebende Übelkeit niederzukämpfen versucht. »Ich glaube, er würde deine Gesellschaft der meinen vorziehen«, sagte er mit gedämpfter Stimme.

»Tja, ich habe mir gerade Vorräte für den restlichen Sommer besorgt. Und ich bin damit beschäftigt, Bäume zu umarmen, merkst du das nicht?«

»Ach ja, du und deine Bäume«, sagte Harris und drehte den Kopf, als könnte er die sich hoch über ihnen vereinigenden Zedern und Tannen tatsächlich sehen. »Du kennst sie inzwischen noch besser, als ich es je getan habe. Warum also die Selbstironie? Mach deinen Abschluss. Geh in die Politik, Willow. *Politische Einflussnahme*, Willow. Ich weiß, das klingt für dich schmutzig, aber nur wenn du an die wahren Machthebel kommst, kannst du wirklich etwas verändern.«

Wie konnte jemand, dachte Willow, in einer Zeit wie dieser nur an altmodische politische Veränderung glauben? Einer Zeit, in der der Präsident der Vereinigten Staaten ein verlogener Widerling ist, der Regen einem die Haut zerfrisst, das Essen mit Gift versetzt ist, Kriege ewig dauern und die ältesten Lebewesen der Welt gefällt werden, um sie zu Eisstielen zu verarbeiten. »Unser ganzes System liegt in den letzten Zügen, Harris. Und meiner Meinung nach sollten die, die an den Machthebeln sitzen, als Erste zugrunde gehen.«

»Ach, das hat man in den Dreißigern auch gesagt«, sagte Harris mit einer wegwerfenden Handbewegung. »Und in vierzig Jahren wird man es immer noch sagen, das kannst du mir glauben. Die Zeit verläuft in einer Kreisbewegung. Irgendwann kommt alles wieder. In meinem Alter begreift man das.«

Willow spürte, wie seine Ablehnung ihre Stimme hart werden ließ. »Was du zerstört hast, wird nie wiederkommen, Daddy.«

Eine so unverfrorene Beleidigung hätte normalerweise einen seiner Wutanfälle ausgelöst und ihre Beziehung ins eisige Gewässer eines weiteren mehrjährigen Schweigens gestürzt. Stattdessen aber presste er die Lippen aufeinander, und seine Wangen röteten sich, und wäre es nicht Harris Greenwood gewesen, der da vor ihr stand, hätte Willow gedacht, er wirke verletzt. Ohne ein weiteres Wort wandte er sich ab, und sie sah zu, wie er mit kleinen Schritten zu seinem Wagen zurückging. Die Kombination aus seiner unerwarteten Beherrschtheit und seiner greisen Gangart verursachte ihr ein seltsam mitleidiges Gefühl.

»Was ist es dir wert, Harris?«, rief sie.

Ihr Vater blieb stehen und drehte sich mit zu Schlitzen verengten Augen und einem angedeuteten diabolischen Grinsen zu ihr um. »Was verlangst du?« Das Verhandeln war immer schon seine Muttersprache gewesen, die einzige, die je wirklich zu ihm durchdrang.

»Die Besitzurkunde von Greenwood Island«, sagte Willow.

Harris lachte stumm, bis er begriff, dass es ihr ernst war, dann zog er die grauen Augenbrauen zusammen.

Als Willow ein Kind gewesen war, hatte er sie manchmal zu einem zweiwöchigen Aufenthalt in der abgelegenen Hütte auf seiner Privatinsel mitgenommen. Nur sie beide allein, das war die Abmachung, keinerlei Assistenten oder Angestellte. Sie wanderten täglich durch den Primärwald, und Willow reckte staunend den Hals, während Harris konzentriert nach Vögeln lauschte. Abends sprachen sie über Botanik und Bücher und den Krieg in Europa und hörten dann vor dem Schlafengehen seine Gedichtaufnahmen. Außerhalb des Büros war Harris ein anderer Mensch. Er tadelte sie nie dafür, dass sie beim Essen schmatzte, oder hielt ihr Vorträge über die Wichtigkeit der Industrie, und manchmal wagte er sogar einen kleinen Scherz. Diese Reisen bedeuteten ihr damals alles: ihre einzige Möglichkeit, der langsamen Erstickung durch ihr freudloses Heim zu entfliehen; die einzige Zeit, in der sie ihren Vater jemals annähernd zufrieden erlebte.

Dann kam *die Prüfung*. Sie war damals elf, aber sie erinnert sich noch an die Anwälte mit den gegelten Haaren, die sich rund um die Uhr im Haus versammelten, und daran, wie ihr Vater mit zusammengekniffenen Augen in Telefonhörer schrie. Am Ende verurteilte ihn ein Sonderkomitee wegen geheimer Absprachen mit dem Feind, weil er kurz vor Ausbruch des Zweiten Weltkriegs große Mengen Holz an die Japaner verkauft hatte. Nicht nur, dass ein Großteil seines Vermögens beschlagnahmt und unter seinen erbittertsten Konkurrenten aufgeteilt wurde; er wurde – und das war seine größte Niederlage – vollständig von den enormen Gewinnen ausgeschlossen, die im Zuge des Wiederaufbaus im Nachkriegseuropa zu machen waren. In diese Zeit fiel sein eigentliches Verschwinden: Wie um den Verlust seines Sehvermögens zu ergänzen, verlor er seine Fähigkeit, gesehen zu werden, Raum in der Welt einzunehmen. Er wurde zu dem Geist, der in ihrem Haus spukte, und sie setzten nie wieder gemeinsam einen Fuß auf Greenwood Island. Ohne ihr Pferd und die Briefe ihres Onkels wäre Willow vor Einsamkeit zugrunde gegangen.

»Deine Unverfrorenheit beeindruckt mich, Willow, aber ich muss gestehen, dass die Insel immer noch einen gewissen sentimentalen Wert für mich hat«, sagte Harris. »Sie war eines der wenigen Stücke Land, die mir diese elenden Feiglinge gelassen haben. Und es war alles andere als einfach, sie überhaupt zu kaufen, weißt du? Ich musste mich dafür mit John D. Rockefeller im Armdrücken messen!« Diese Geschichte kannte sie nicht, und sie war sich nicht sicher, ob er scherzte oder ob sein Verstand ebenso rasch verfiel wie sein Körper.

»Ich kann sie dir also nicht überlassen«, fuhr Harris fort, »aber wie wäre es, wenn du so lange dort bleiben könntest, wie du magst?«

Es war Wunschdenken, Harris Greenwood Grundbesitz abschwatzen zu wollen, zumal wenn es um Primärwald ging. Und weil sie eine so durch und durch unkooperative und respektlose Tochter gewesen war, eine Quelle der Frustration und der Enttäuschung, hatte er ihr schon vor Jahren mitgeteilt, dass er sie aus seinem Testament gestrichen hatte. Dieses kleine Zugeständnis war besser als nichts. Und zudem wäre die Insel der ideale Ort, um sich vor der Polizei zu verstecken.

»Gut«, sagte Willow und trat auf ihren Vater zu, um ihm die Hand zu schütteln.

Erst als sie Stunden später auf dem Propangaskocher im Bus ihr schlichtes Abendessen zubereitete, wurde ihr bewusst, dass sie Zeuge eines echten Wunders geworden war: Ihr Vater und sie hatten sich auf etwas geeinigt.

Schön, dich zu sehen

Sie hat sich ihren Onkel immer als ein runzeliges Männlein mit einem knöchellangen Bart vorgestellt. Wie sollte nach einer achtunddreißigjährigen Haftstrafe jemand anderes als Rip Van Winkle vor ihr erscheinen? Doch die Gestalt, die aus dem Haftraum kommt, ist eine Überraschung. Ungeachtet eines leichten Humpelns, das auf seiner linken Seite zu entspringen scheint, ist Everett groß und robust gebaut wie ihr Vater. Er trägt eine billige Hose mit elastischem Bund, Gefängnisschuhe mit Klettverschluss und ein makellos weißes T-Shirt, dessen Falten darauf hinweisen, dass es gerade frisch ausgepackt wurde. Sie kann sich des Gedankens nicht erwehren, dass sein vierschrötiges Gesicht attraktiv ist, und seine Haare, in denen sich Grau und Schwarz mischen, sind im Nacken bis auf die Haut gestutzt – ein Schnitt, wie ihn nur noch Polizisten und Spießer tragen.

»Schön, dich zu sehen, Willow«, sagt er, den Blick auf den Boden geheftet.

Willow weiß, dass sie ihn in Anbetracht ihrer jahrelangen Korrespondenz umarmen sollte, doch den jüngsten Gefühlsanwandlungen ihres Vaters zum Trotz ist das bei den Greenwoods nicht üblich. Also schüttelt sie ihm routinemäßig die Hand, so als hätte sie ihm gerade einen Gebrauchtwagen verkauft. »Komm, nichts wie weg hier.«

Nach einigen Hinweisen des Mitarbeiters der Entlassungsstelle zu seinen Bewährungsauflagen gehen sie in den Sonnenschein hinaus. Willow frohlockt innerlich, als sie ins Freie tritt, aber sie kann sich nicht einmal ansatzweise vorstellen, welche Ekstase ihr Onkel in diesem Augenblick empfinden muss. Auf dem Weg zum Parkplatz bleibt sein Blick trotzdem weiter einige Schritte vor ihm auf den Bürgersteig gesenkt.

»Das nenne ich mal einen fahrbaren Untersatz«, sagt Everett, beim VW-Bus angelangt. »Kannst du da drin ein richtiges Lager aufschlagen?«

Willow nickt stolz. »Ich nenne ihn meinen Fluchtwagen. Er sorgt dafür, dass ich die Nähe zur Natur nicht verliere.«

»So einen hätte ich zu meiner Zeit auch gebrauchen können«, sagt er wehmütig.

»Na ja, innen treten Abgase aus, darum muss man während der Fahrt die Fenster aufmachen, damit man nicht duselig wird, aber er hat mir immer treue Dienste geleistet.« Beim Einsteigen erzählt sie Everett, sie habe den Bus von dem Geld gekauft, das sie in ihren Zwanzigern mit dem Bepflanzen des von ihrem Vater gerodeten Landes verdient habe, und sie habe nicht einen Cent von seinem Blutgeld angenommen, seit sie das College abgebrochen habe. Sie erzählt von den einmonatigen Campingausflügen, auf denen sie jeden Sommer allein von Nationalparks zu geheimen Plätzen, Badestellen und verborgenen heißen Quellen fahre. »Nur ich, ein paar Säcke Reis, Sojabohnen und Kichererbsen, mein Schlafsack und die großen nordamerikanischen Wälder als mein persönlicher Ruheraum.«

»Das klingt wirklich nett«, sagt ihr Onkel in einem matten Tonfall, der darauf hindeutet, dass er sich nicht viel aus der Natur macht.

»Also, wo geht's hin?«, fragt Willow, nachdem der Bus spotzend angesprungen ist und ihr bewusst wird, dass sie mit Harris gar nicht besprochen hat, wohin sie Everett bringen soll.

Er rutscht auf den Holzperlen der Sitzauflage herum. »Ich habe in Saskatchewan etwas zu erledigen«, sagt er geradezu verlegen. »Und ich habe vor, mit einem dieser Flugzeuge zu fliegen.«

Willow schüttelt den Kopf. »Nach Saskatchewan ist es nicht weit. Da nimmst du besser den Zug in Richtung Osten.«

Sie könnte schwören, bei diesen Worten überkomme ihn ein Schauder. »Von Zügen habe ich genug«, sagt er mit starrer Miene. Ihr fällt ein, dass ihr Vater einmal an Weihnachten nach zu viel Reiswein erwähnt hat, während der Weltwirtschaftskrise sei Everett ein Landstreicher gewesen, der auf Güterzügen durchs Land fuhr, und davor ein Veteran des Ersten Weltkriegs, Einzelheiten, die ihr ganz und gar prähistorisch vorkamen. »Und außerdem«, fügt Everett hinzu, »muss ich in Vancouver bei meinem Bewährungshelfer vorstellig werden, bevor ich sonst irgendwohin gehe.«

»Nur damit du's weißt: Fliegen ist teuer geworden seit der Nahost-Ölkrise.«

»Das macht nichts«, erwidert er. »Ich habe im Bau Schreinerarbeiten erledigt. Ich habe bestimmt zehntausend Vogelhäuser und ein paar Regale für die Gefängnisbücherei gezimmert und dadurch ein bisschen Geld auf die Seite gebracht.«

»Dann auf nach Vancouver«, verkündet sie, obwohl sie der Gedanke, in die große Stadt zurückzukehren und sich dem Zugriff der Polizei auszusetzen, mit leichter Furcht erfüllt. Sie zündet sich eine Menthol-Zigarette an und fährt langsam vom Parkplatz der Strafanstalt herunter, während der ominöse schwarze Wagen, der ihr gefolgt ist, noch immer durch die finsteren Seitengassen ihrer Gedanken rollt.

All die Jahre dazwischen

Normalerweise ist es der Umweltschützerin in Willow zuwider, dass sie das Autofahren so innig liebt, dass ihr etwas, was so viel Smog in die Biosphäre bläst, eine solche Freude bereitet. Heute aber macht es ihr keinen Spaß. Sie ist es nicht gewohnt, einen Beifahrer zu haben, und es ist nicht eben hilfreich, dass Everetts Konversationsgeschick, das er in seinen Briefen an den Tag gelegt hatte, offenbar im Laufe seiner Haftstrafe verkümmert ist. Er ist zu steif. Zu förmlich. Zu sehr darauf bedacht, ihrem Blick auszuweichen. Von Angesicht zu Angesicht scheint ihr mysteriöser gesetzloser Onkel in etwa so unterhaltsam wie ihr Vater zu sein. Nach einigen schweigend zugebrachten Stunden – in denen Everett verwundert auf die vorüberziehende Landschaft gestarrt hat – werden Willows Lider schwer. Da fallen ihr die Weißen Kreuze im Handschuhfach ein, übriggebliebene Pillen von der dekadenten letzten Woche mit Sage. Zur Aufmunterung – und um Everetts geizigen Umgang mit Worten auszugleichen – steckt sie heimlich zwei in den Mund.

»Danke fürs Fahren«, sagt er schließlich, nachdem sie eine weitere Stunde lang die sich biegenden und stotternden Linien des Highways betrachtet haben und Willow dabei eine Menthol-Zigarette nach der anderen geraucht hat. Dabei sind ihre vom Rauch brennenden Augen alle paar Sekunden zum Rückspiegel gewandert, um nach dem schwarzen Wagen Ausschau zu halten. »Ich habe nie den Führerschein gemacht.«

»Gerne«, sagt Willow und versucht, die Zähne nicht aufeinanderzubeißen.

»Wie geht's denn dem alten Harris?«

»Wir tauschen uns nicht gerade regelmäßig aus«, sagt sie, und einen Augenblick lang kann sie nicht anders, als noch einmal über die unvorhergesehene Rührseligkeit ihrer jüngsten Begegnung nachzudenken. »Aber ich glaube, es geht ihm gut. Er lässt alles ein bisschen langsamer angehen, jetzt, wo er im Ruhestand ist. Zumindest ist er kein Vollzeit-Waldmörder mehr. Er lauscht lieber den Vögeln.«

»Und dieser Freund von ihm? Wie heißt er noch gleich – Feeney?«

Die Frage kommt ihr auf eine Art und Weise gravierend vor, die sich ihr nicht erschließt, doch der Name sagt ihr nichts. »Das muss vor meiner Zeit gewesen sein«, sagt sie. »Harris hatte nie Freunde. Er bevorzugt Assistenten. Die lassen sich viel leichter herumkommandieren.«

Aber ihre Antwort bekümmert ihren Onkel nur, dessen Miene sich verfinstert, und er schweigt eine Zeit lang. »Wenigstens hat er dich«, sagt er.

Sie lacht bitter. »Ich glaube, ich falle ihm eher zur Last als sonst irgendwas, vor allem seit ich das Studium an seiner Alma Mater geschmissen habe.« Mit vom Speed rasender Zunge berichtet sie von ihrem kurzen Yale-Aufenthalt – einem letzten Versuch, Harris' unerreichbares Wohlwollen zu erlangen – und davon, wie sie die Ausflüge in die Wälder von New York und Maine und die Kurse in Waldbewirtschaftung – was, wie ihr später klar wurde, nur ein Euphemismus für die Ermittlung der zuerst zu vernichtenden Bäume war – anfangs geliebt hatte. Doch als sie am Ende des zweiten Semesters unter einem gigantischen Kastanienbaum vor der Kapelle auf dem Universitätsgelände saß und ein Buch mit dem Titel *Unser ausgebeuteter Planet* las, brach ihre ganze Welt zusammen. Die Ausbeutung, die Vergeudung, die Zerstörung des Landes und seiner indigenen Völker wurden schonungslos offengelegt, und schlimmer noch, es waren Menschen wie *sie*, die diese Verbrechen begangen hatten. »In derselben Woche habe ich die Uni geschmissen und angefangen, Bäume zu pflanzen«, sagt sie.

Nachdem sie das Grasland hinter sich gelassen haben und in ein bewaldetes Tal voller hoher Küsten-Kiefern hinaufgefahren sind, bemerkt Willow einen dunklen Wagen im Rückspiegel. »Ich muss mal pinkeln«, sagt sie, biegt in einen Ziehweg ein und verspürt große Erleichterung, als der Wagen weiter dem Highway folgt. Sie parkt auf einem Stück Schotter an einem kobaltblauen Gebirgsbach und geht in den Wald hinein. Ihr Onkel humpelt zu einer vereinzelt dastehenden Zypresse, die sich über das Bachufer neigt, lehnt sich gegen ihren Stamm und zupft einige frische Nadeln von den untersten Ästen. Dann zerdrückt er sie zwischen seinen Fingern, hebt sie an sein Gesicht und atmet tief ein – ein Vorgang von einer so sonderbaren Intimität, dass Willow beim Zusehen ein schlechtes Gewissen befällt. Jede Kultur hat ihre Mythen mit Baumbezug: von den allgegenwärtigen Lebensbäumen, die buchstäblich den Himmel stützen, über die monströsen Bäume, die kleine Kinder fressen oder menschliches Blut trinken, bis zu den Bäumen, die Streiche spielen oder Kranke heilen, sich an Geschichten erinnern oder Feinde verfluchen. Und während sie ihren Onkel betrachtet, der aus einer anderen Ära durch die Zeit hierhergereist ist, wird ihr ins Gedächtnis gerufen, dass Bäume auch die Kunst der Auferweckung beherrschen.

Wieder am VW-Bus, ist sein Haar mit Bachwasser zurückgekämmt, und das Zitrusaroma von Tannen strömt Willow in die Nase. »Danke. Das habe ich gebraucht«, sagt er in spürbar lebhafterem Tonfall und sieht ihr dabei zum ersten Mal in die Augen. Willow erinnert sich an den bedrückenden Beton und Stahl des Gefängnisses, daran, dass die Innengestalter auf eine geradezu rachsüchtig wirkende Weise auf die Verwendung von Holz verzichtet haben.

»Wenn du so lange einsitzt, wirst du mehrmals umverlegt«, sagt er, als sie den Bus vorsichtig wieder auf den Highway lenkt, aber nicht ohne in beiden Richtungen nach dem schwarzen Wagen Ausschau zu halten. »Zuerst war ich in Stony Mountain. Dann in der Strafanstalt Kingston. Es gab Jahre, da war vor meinem Zellenfenster überhaupt kein Grün. Dann wieder standen ein paar verkümmerte schwarze Ahornbäume außerhalb der Hofumzäunung. Eine Zeit lang war es ein hübscher Hain nach Süden gewandter Birken, und ich konnte zusehen, wie sich die Rinde abschälte und wie Pergament wölbte. Das waren die besten fünf Jahre.«

»Weißt du, deine Briefe waren mir als Kind sehr wichtig«, sagt sie. »Tut mir leid, dass ich irgendwann einfach aufgehört habe zu schreiben und mich nie bedankt habe.«

»Ich wusste immer, dass es irgendwann zu Ende gehen wird. Und ich sollte mich bei dir bedanken. Ich weiß nicht, ob ich es ohne deine Briefe durch die ersten Jahre geschafft hätte.«

»Wie war es drinnen?«, fragt sie und bereut die Frage auf der Stelle. Eine Kinderfrage.

»Ach«, sagt er. »Es war, wie in einem Zugwaggon zu sitzen, der nirgendwohin fährt. Zusammen mit einigen der schlimmsten und einigen der besten Menschen, die man je getroffen hat. Und das jahrzehntelang.«

»Mein längster Gefängnisaufenthalt war eine Nacht für unbefugtes Betreten, und das war mehr als genug«, sagt sie und fragt sich im Stillen, was ihr das Zerstören dreier Fällmaschinen im Wert von mehreren Millionen Dollar wohl einbringen wird, sollte sie irgendwann geschnappt werden.

Auf Everetts Gesicht blitzt zum ersten Mal ein Lächeln auf. »Man gewöhnt sich dran. Irgendwie kriegt man die Zeit schon rum. Ich kam während der Weltwirtschaftskrise ins Gefängnis – und selbst nachdem ich lesen gelernt hatte, habe ich mich an Romane gehalten und nie die Nachrichten verfolgt. Ich dachte mir, wenn ich rauskomme, wird sowieso alles anders sein. Habe ich irgendwas Wichtiges verpasst?«

»Der Aktienmarkt ist gerade wieder zusammengebrochen und hat die Hälfte an Wert eingebüßt«, sagt Willow. »Wahrscheinlich nicht so schlimm wie zu deiner Zeit. Und dann ist, wie gesagt, das Benzin knapp, weil die Ölpreise durch die Decke gegangen sind. In Oregon wurde die zulässige Geschwindigkeit heruntergesetzt, um Benzin zu sparen.« Sie zündet sich noch eine Menthol-Zigarette an, fährt mit ihrem Vortrag über die schwärende Fäulnis der menschlichen Gier und des Konsumismus fort und betont dabei, dass Mutter Natur sich mit saurem Regen, Rohstoffverknappung und Wüstenbildung wehrt und dass die Menschheit nur aus einer globalen Umweltkatastrophe eine Lehre ziehen wird. Während sie sich selbst reden hört, fragt sie sich, ob es grausam von ihr ist, einem Mann, der die Welt gerade erst nach so langer Abwesenheit zurückgewonnen hat, von ihrem drohenden Ende zu erzählen.

»Aber dazwischen gab es doch ein paar gute Jahre, oder?«, fragt Everett. »Abgesehen vom Zweiten Weltkrieg?«

»Klar, danach war es eine Zeit lang ganz angenehm.«

Er nickt. »Schade, dass ich das verpasst habe. Nicht den Krieg natürlich. Aber all die Jahre dazwischen.«

Ich werde es nicht mehr erwähnen

Als es zu dämmern beginnt, biegen sie zum Abendessen in einen Ziehweg ein. Um ihren fortwährend Klimmzüge vollführenden Magen zu beruhigen, brüht Willow auf dem Propangaskocher Brennnesseltee auf. Everett nimmt die Tontasse, die sie ihm anbietet, und hält sie konzentriert zwischen den Händen, als wäre sie bis zum Rand mit flüssigem Gold gefüllt. Sie pflückt die Nesseln selbst mit Kuhlederhandschuhen an einem ihrer geheimen Orte, und die Gerbstoffe und das Chlorophyll machen den Tee geradezu cremig.

»Ich mag einfaches Essen«, sagt sie später, als sie Sesampaste in die Kichererbsen rührt, die sie gekocht hat, und eine Kelle voll über seinen braunen Reis schüttet. »Ich hoffe, es macht dir nichts aus.«

»Ich wüsste nicht, was ich gerade lieber essen würde«, sagt er und nimmt seine Schüssel.

»Wenn wir weniger auf industriell hergestelltes Essen zurückgreifen und an den stillen Orten der Welt leben«, wiederholt sie mit noch immer vom Turboantrieb der Pillen beschleunigtem Mundwerk etwas, was sie im *Whole Earth Catalog* gelesen hat, »wird unser Körper gekräftigt. Wir entdecken die heitere Gelassenheit, die das Leben in Einklang mit den Rhythmen der Natur mit sich bringt. Wir hören auf, einander zu unterdrücken.«

»Klingt schlüssig«, sagt er und schiebt sich eine Gabel Reis in den Mund. Sie weiß noch immer nicht genau, ob er zu Sarkasmus fähig ist.

Als Nachtisch bietet sie ihm etwas von ihrer selbst gemachten Sojamilch an. Everett nippt wohlwollend daran, während sie ihm die Herstellung erklärt: die Bohnen kochen, pürieren und das Mus durch eine Tasche aus Musselinstoff pressen.

»Als kleines Kind konntest du Kuhmilch schon nicht ausstehen«, sagt er nach einem genießerischen Schluck schmunzelnd, und die Vergangenheit lässt seine Stimme mit einem Mal erglühen. »Ich habe dir immer Ziegenmilch gegeben, wenn ich welche kriegen konnte. Aber diese Bohnenmilch ist ein guter Ersatz.«

»Komisch, Harris hat nie erzählt, dass du mich als Baby erlebt hast. Wann genau war das denn?«

»Ach«, sagt Everett und schaut zögernd in seine Tasse. »Ich bringe da was durcheinander. Tut mir leid. Dein Vater hat recht. Das mit der Ziegenmilch hat Harris mir mal erzählt.« Aber die Wärme, mit der er sich erinnert hat, rührt Willow, auch wenn es eine Erfindung gewesen ist. Harris hat nie wohlwollend zurückgeblickt, schon gar nicht auf ihre Kindheit.

Als sie fertig sind, besteht Everett darauf, im kleinen Waschbecken des Busses das Geschirr zu spülen, während die Sonne rasch hinter den Bergen versinkt.

»Also, warum hast du dich für dieses Leben entschieden?«, fragt Everett beim Schrubben. »Du könntest es dir ja gewiss auch leisten, ganz anders zu leben.«

»Ich wohne nicht durchgehend im Bus«, sagt sie. »Früher habe ich den Winter in einem Gemeinschaftshaus in Vancouver verbracht, aber jetzt muss ich mir etwas Neues überlegen. Doch hier draußen im Wald werde ich immer daran erinnert, dass ich nicht bedeutender bin als irgendein anderer Organismus und dass die Natur die größte Macht ist, die es gibt.«

Everett nickt zustimmend. »Als ich noch jünger war, habe ich mir auch nie viel aus Häusern gemacht. Oder aus Menschen.«

»Wusstest du, dass es auf diesem Planeten einmal sechs Billionen Bäume gegeben hat?«, fragt sie. »Und dass es nun nur noch drei

Billionen sind? Was meinst du, wie lange die noch halten, wenn wir so weitermachen wie bisher? Also verbringe ich lieber Zeit mit ihnen, bevor sie ganz verschwunden sind. Und rette in der Zwischenzeit vielleicht noch ein paar.«

Als das Geschirr gespült ist, ist es dunkel. Aber Willow ist noch zu high zum Schlafen, also sagt sie ihm, sie sollten besser weiterfahren. Sie will so schnell wie möglich nach Greenwood Island; das ist der einzige Ort, an dem sie vor den schwarzen Wagen sicher ist, deren Überwachung Teil einer koordinierten Ermittlung sein könnte. Sie setzt sich ans Steuer, aber obwohl der Motor anspringt, tut sich beim Einschalten der Scheinwerfer nichts. Da sie bei Sonnenaufgang aufsteht und bei Sonnenuntergang schlafen geht, ist es eine Ewigkeit her, dass sie zuletzt bei Nacht gefahren ist. Der Mond ist nicht zu sehen, und die gewundenen Bergstraßen ohne Licht entlangzufahren, wäre selbstmörderisch.

»Es wird wohl ein bisschen länger dauern, bis du ans Ziel kommst«, sagt sie.

»Das macht nichts. Die Zeit und ich haben ein Abkommen geschlossen«, sagt Everett, die Augen auf die sich verfinsternden Bäume geheftet. »Das ist ein schöner Ort zum Campen.«

Als sie sich nach dem Zeltdach streckt, reiben Willows Brustwarzen an ihrem Polyesteroberteil, das sich mit einem Mal wie Schmirgelpapier anfühlt. Als sie dann im Wald ihren Pyjama anzieht, untersucht sie ihre Unterwäsche im Licht der Taschenlampe und findet ein paar leichte Flecken. Nicht, dass sie auf einen Kalender angewiesen wäre, um zu merken, dass sich in ihrem Leib eine weitere Präsenz eingestellt hat, ein weiteres Aufflattern der Zukunft. In den neunundreißig Jahren von Willows Leben ist dieses Flattern achtmal gekommen und gegangen wie eine Reihe uteriner Verfinsterungen. Aber es hat immer rasch geendet, immer während des ersten Trimesters. Da werde ich in dich auch keine großen Erwartungen setzen, denkt sie.

Zurück am Bus, liest Everett im schwachen Licht der Innenbeleuchtung in einem Buch.

»Was liest du?«, fragt sie, während sie ihnen das Bett herrichtet.

Er zeigt ihr den Einband von *Die Odyssee.* »Ich habe es so oft ausgeliehen, dass die Gefängnisbibliothekarin es mir überlassen hat. Ich mag Bücher, die von einer Reise erzählen. Das geht wohl vielen Gefangenen so.«

Als sie gerade die Vorhänge zuzieht, spürt sie einen Batzen galligen Kichererbsenbreis in ihrer Speiseröhre und streckt den Kopf rasch aus der Schiebetür, um ihn auf den Schotter zu speien. »Keine Sorge, es ist nicht das Essen«, sagt sie hustend, als Everett ihr beispringt.

Sie putzt sich die Zähne und dreht sich dann einen Indica-Joint. Wie gehofft, vertreibt das Gras die Übelkeit, und aus reiner Gewohnheit reicht sie den Joint an Everett weiter, der ihn zu ihrer Überraschung zwischen die Finger nimmt.

»Ich kann gern draußen schlafen, wenn du deinen Bus lieber für dich haben möchtest«, sagt er, stößt eine dicke elfenbeinfarbene Rauchwolke aus und zeigt auf das Klappbett, das sie im unteren Teil des Busses aufgestellt hat.

»So weit oben in den Bergen ist es nachts eiskalt«, sagt sie. »Hier drinnen bist du besser dran.« Sie steigt in das Dachzelt, knipst die Taschenlampe aus und lauscht dem Wind, der seufzend durch das Gitternetz bläst, als sie die Wirkung des Joints zu spüren beginnt. Gras ist für sie immer der schnellste Weg gewesen, sich auf die lieblichsten Frequenzen der Natur einzuschwingen, ein Weg, ihren angestammten Platz im kosmischen Zusammenhang der Dinge einzunehmen. Sie liegt da und spürt, wie sich die Konturen der Zeit dehnen, lauscht der großen Symphonie von Gras und Wind und Baum.

»Es ist eine ganze Weile her, dass ich mit jemandem Zeit verbracht habe, der nicht gegen seinen Willen mit mir eingesperrt war«, sagt ihr Onkel von unten.

»Warum redet ihr nicht miteinander, mein Vater und du?«, fragt sie schläfrig.

Everett atmet tief aus. »Er hat etwas getan«, sagt er, und das Gras lässt seine Stimme heiser und philosophisch klingen. »Was er getan hat, war nicht gut, aber ich verstehe, warum er es getan hat. Er hat etwas beschützt, was ihm wichtig war. Etwas, was er am Ende doch verloren hat.«

»Lass mich raten«, sagt sie. »Etwas, was man auf der Bank aufbewahrt.«

»So in der Art«, antwortet er.

»Harris hat eine Begabung dafür, überall Verwüstung zu hinterlassen. Hektarweise Baumstümpfe und Schlagabraum können davon ein Lied singen. Aber ich muss dazusagen, dass es ihm wirklich wichtig zu sein schien, dass ich dich abhole. Im Gegenzug hat er mir angeboten, auf Greenwood Island zu leben.«

»Das war sehr nett von ihm«, sagt er. »Und es ist ein schöner Ort.«

»Du warst schon mal da?«

»O nein«, sagt er. »Das habe ich gehört.«

»Na ja, vor allem liebt Harris es jedenfalls, andere dazu zu bringen, dass sie etwas für ihn erledigen. Das gibt ihm ein Gefühl von Macht.«

»Weißt du, anfangs war ich sehr nervös, als ich hörte, dass du kommst. Ich wusste nicht, was ich sagen oder wie ich mich verhalten sollte«, sagt Everett mit vor Rührung unvermittelt geschwollener Stimme. »Aber ich kann dir gar nicht sagen, wie schön das ist. Dich einfach nur zu sehen. Es ist so lange her. Und du bist noch schöner geworden, als ich erwartet hatte, Schote.«

Überwältigt von einem surrealen Gefühl des Wiedererkennens, fährt Willow so rasch hoch, dass sie sich den Kopf am Aluminiumgestänge des Zelts stößt. »Wie hast du mich genannt?«

»Schön?«, stammelt er. »Es tut mir leid. Ich habe mir nichts dabei gedacht. Ich bin das Reden nicht mehr gewohnt. Und das Kraut hat mich ganz durcheinandergebracht.«

»Nein, der Name. Schote?«

»Ach«, sagte er nervös. »Das ist bloß ein Spitzname, den ich mir ausgedacht habe, als du noch ein Baby warst. Du warst wirklich was Besonderes. So ein kleines Päckchen, das so voller Leben steckte.«

»Du meintest doch, du hättest mich als Baby gar nicht gekannt«, sagt Willow kühl.

Mit einem Mal spürt sie die Schwere des Tages: das beklemmende Gefängnis, das Flattern der Zukunft, die kaputten Scheinwerfer, die nagende Angst vor dem schwarzen Wagen. Und jetzt hat sie genug von den sonderbaren Gefängnisfantasien ihres bekifften Onkels über ihre gemeinsame Vergangenheit.

»Tu mir einfach den Gefallen und behalt die Spitznamen für dich«, sagt Willow, legt sich wieder hin und kuschelt sich in ihren Schlafsack ein. »Das bringt mich jetzt schräg drauf, okay? Ich bin kein Baby mehr. Und ich bin auch ganz bestimmt nicht das kleine Mädchen von irgendwem.«

Langes Schweigen.

»Du hast recht«, sagt er fast unhörbar. »Das bist du nicht. Ich werde es nicht mehr erwähnen. Gute Nacht, Willow.«

Was, was ich nich habn durfte

Sie stehen wortlos auf. Der Wortwechsel, der den vergangenen Abend beschlossen hat, lastet noch auf ihnen. Sie trinken schwarzen Tee und essen die Hafergrütze, die Willow über Nacht eingeweicht hat, um Zeit zu sparen, und dann fahren sie fünf weitere wortlose Stunden lang durch grauen Nebel, der an der Straße haftet, von den Bergen hinunter nach Vancouver hinein.

In der Stadt parkt sie in einer Gasse hinter dem Büro seines Bewährungshelfers, zieht die Vorhänge des Busses zu und sitzt in Perücke und Sonnenbrille da und raucht. Als Everett zurückkehrt, fährt sie ihn zu dem Flughafen auf Meereshöhe und hält in der Be- und Entladezone, während er den Dufflecoat nimmt, den er vom Gefängnis bekommen hat. Willow steigt aus und steht inmitten der lärmenden Autos – viele davon sind schwarz, aber das ist wohl nicht ungewöhnlich. Ihre Lunge brennt von den giftigen Abgasen, während sie ihren Onkel zusammenzucken sieht wie ein Reh, wann immer der weiße Bauch eines Flugzeugs über ihnen dahindonnert.

»Hast du auch wirklich genug Geld?«, fragt sie, obwohl sie ihm keines geben könnte. Es scheint der richtige Satz zu sein, um die Sache voranzutreiben.

Er nickt, abermals ohne ihr ins Gesicht zu sehen.

»Denk nur dran, nächste Woche zurück zu sein zum Termin mit deinem Bewährungshelfer. Ich fahre nicht noch mal den ganzen

Weg nach Alberta«, sagt sie leicht jovial im Versuch, die Stimmung auf oberflächliche Weise so weit zu heben, dass sie sich ohne eine abermalige Rührseligkeitsattacke davonstehlen kann.

Er nickt wieder. »Ich glaube nicht, dass es sehr lange dauern wird.«

»Ich habe nie nachgefragt – was gibt es denn in Saskatchewan so Wichtiges?«

»Eine Frau, die ich mal gekannt habe. Ich meine, na ja« – nun wird er tatsächlich rot – »das ist einer der Gründe. Aber eigentlich geht es mir eher darum, dass sie ein Buch hat, das mir gehört. Ich habe es ihr vor Jahren gegeben, damit sie darauf aufpasst.«

»Du fliegst nach Saskatchewan und verstößt womöglich gegen deine Bewährungsauflagen, weil du ihr ein Buch geliehen hast? Das muss eine ziemlich besondere Frau sein.«

Everett nickt. »Das ist sie. Und es ist ein wichtiges Buch«, sagt er. »Ich glaube, für dich könnte es besonders interessant sein. Und wenn ich es wiederbekomme, würde ich es dir auch gern geben. Als Andenken.«

»Ich habe den Geschmack an Büchern schon vor einer ganzen Weile verloren«, sagt Willow. »Heutzutage lehren mich der Wald und der Himmel alles, was ich wissen muss.«

»Dein Vater hatte immer viele Bücher. Manche in Blindenschrift, manche nicht. Ich bin mir sicher, die kriegst du auch irgendwann.«

»Du meinst Harris Greenwoods Sammlung von Relikten voller Spießerweisheiten, die kein Mensch mehr braucht? Nein, danke. Ich verzichte. Ich meine, was hat ein Bücherregal denn für einen anderen Zweck, als die Gäste stumm an den überlegenen Intellekt seines Besitzers zu erinnern?«

»Mal angenommen, ich finde das bewusste Relikt tatsächlich. Wie kann ich dich dann erreichen?«

»Ich glaube, eine Zeit lang werde ich gar nicht zu erreichen sein«, sagt sie. »Ich werde mein Lager auf Greenwood Island aufschlagen, und da gibt es kein Telefon und keine Post, nur einen

Kurzwellenempfänger. Gib es einfach meinem Vater. Ich besuche ihn einmal alle zehn Jahre oder so. Dann nehme ich es mit.«

Jetzt hebt Everett das Kinn, und sie sehen sich in die Augen, wie Menschen es tun, bevor sie auseinandergehen. Er wirkt bereits anders als am Vortag, als sie ihn abgeholt hat, erschöpfter, auf eine gewisse Art und Weise verletzt. Er schluckt oft und hat feuchte Lider. Kann es wirklich sein, dass ihm die Jahre des Briefeschreibens so viel bedeuten? So war es mit Sage gewesen, der nach wenigen gemeinsamen Monaten eine sirupartige Liebe zu ihr offenbart hatte. Vielleicht ist ihr Onkel einfach verwirrt, denkt Willow, während sie ihm herzlich die Hand schüttelt und dann zusieht, wie er im Terminal verschwindet, nur ein kleiner Fleck Leben in einem tosenden Meer des Seins. Aus demselben Holz geschnitzt wie ihr undurchschaubarer Vater.

Nachdem sie ihren VW-Bus schildkrötenartig wieder in den Tumult des mittäglichen Verkehrs bewegt hat, beschließt sie, es – das Flattern – zu beenden, wenn es diesmal aus irgendeinem Grund nicht von selbst aufhören sollte. Saurer Regen, grassierende Inflation, auf Studenten schießende Polizisten, gedankenloser Konformismus, der drohende Zusammenbruch der Wirtschaft, Überbevölkerung, die Verstädterung der Stadtränder, das Aussterben der Spezies, zügellose Entwaldung – das Letzte, was diese Welt braucht, ist ein weiterer Rohstoffe verschlingender Mensch, der antritt, um sie zu zerstören. Ganz zu schweigen davon, dass sie höchstwahrscheinlich von der Polizei überwacht wird und es immer noch ungefähr drei Billionen Bäume gibt, die verteidigt werden wollen. Diese Zuckersäcke waren nur der Anfang, und sie kann niemanden gebrauchen, der von ihr abhängig ist und sie nur aufhält.

Sie steckt sich eine Menthol-Zigarette an und fährt in Richtung Hafen, um ihren Bus auf einem Frachtkahn zur Insel übersetzen zu lassen. Beim Rauchen kommt ihr eine Erinnerung; sie denkt an den ersten schriftlichen Austausch mit ihrem Onkel zurück, einen der wenigen Briefe, die sie zusammen mit ein paar anderen Dingen aus ihrer Kindheit in einem Schuhkarton irgendwo im Bus aufbewahrt. Sie war sechs, als sie ihn schrieb, und fragte ihn noch mit der Unverfrorenheit eines Kindes, warum er nicht zu ihrem Geburtstag kommen und auf dem Pony reiten könne, das ihr Vater gemietet hatte, warum die Richter und Polizisten ihn nicht ließen.

»Ich hab was genomen«, lautete seine nahezu unleserliche Antwort.

»Was denn?«, schrieb sie zurück.

»Was, was ich nich habn durfte.«

Gewiss, er war nett zu ihr gewesen, ihr seltsamer, straffälliger Onkel. Und es hat eine Zeit gegeben, da war das Lesen seiner Briefe ihre einzige Möglichkeit, als Kind wahrgenommen zu werden. Aber jetzt, da er in die Welt zurückgekehrt ist und sie die gesamte Wucht seiner rätselhaften Anhänglichkeit und dieser erdachten Intimität zu spüren bekommen hat, die sie seiner Meinung nach verbindet, inklusive sonderbarer Bücher, die er ihr geben will, und Spitznamen, die er sich ohne ihr Wissen für sie ausgedacht hat, ist es ihr gleich, ob sie ihn je wiedersehen wird. Am Ende hat sich ihr Onkel als nur ein weiterer Greenwood entpuppt, der von ihr verlangt, jemand zu sein, der sie nicht ist.

1934

Der Schrei

An jenem Abend dringt ein Geräusch an Everett Greenwoods Hütte – flehend, unablässig, unmöglich zu ignorieren. An manchen Abenden hört er das Schnaufen von Zügen, die Kohle zu den flachen Lastkähnen im Hafen des nahen Saint John schleppen, oder das Kreischen eines Tieres, das irgendwo in diesen Wäldern entweder gebiert oder dem Tod ins Auge blickt. Doch dieses Geräusch kommt aus einer anderen Welt.

Zweimal nimmt er fast seine Kerosinlampe, um ihm auf den Grund zu gehen, aber nach einer Stunde verstummt es glücklicherweise, und er schläft wieder ein.

Kurz vor Sonnenaufgang bricht Everett auf, um seine Spunde vorzubereiten, und ist erleichtert, es nicht erneut zu hören. Würde ihn irgendein Vertreter der Behörden danach fragen, könnte er es vielleicht identifizieren. Aber ein anderer, feigerer Teil von ihm beharrt darauf, dass es nichts weiter gewesen ist als zwei sich im Wind aneinanderreibende Ahornbäume oder ein Fuchs, der in eine seiner Kaninchenfallen geraten ist.

Es ist beinahe April, und die Ahornwälder sind kahl und mit frischem Schmelzwasser gefüllt. Jeden Tag kann nun der Saft von den tiefsten Wurzeln heraufschießen, und Everett muss die Spunde anbringen, mit denen er den Bäumen ihren Zucker abzapft. Er weiß, dass dieser Wald einem reichen Mann gehört, der sich jedoch selten dort aufhält, allenfalls um gelegentlich mit seinen Gästen

Jagd auf Moorhühner und Füchse zu machen. Dann schallen ihre Hörner, und an ihren Jagdwesten klicken Patronen des zehnfachen Kalibers, das man für Kleinwild braucht. Everett hat also keinen Grund, sich zu verstecken.

Entdeckt hat er diese Wälder, als er vor zehn Jahren im Alkoholrausch von einem Zug gerollt und hier aufgewacht ist. Nach seiner Rückkehr aus dem Großen Krieg hat er Jahre auf den Schienen zugebracht, ein Lebensabschnitt, den er lieber vergisst. Die meiste Zeit ließ er sich sturztrunken treiben, stahl anderen Landstreichern ihre wenigen Münzen, klopfte an Verandatüren und bot an, im Austausch gegen eine Mahlzeit Feuerholz zu hacken. Damals stand er oft auf Eisenbahnbrücken und versuchte, den Mut zum Springen aufzubringen, indem er sich die Erleichterung vorstellte, die er verspüren würde, wenn die gezackten Steine unten seinen Kopf spalteten.

Doch sein Zuckerbusch ist seine Rettung gewesen, und seit er ihn entdeckt hat, hat er keinen Tropfen Alkohol angerührt. Wie die Holzschnitzerei und die Zimmerei hat Everett sich als Junge auch das Sirupzapfen selbst beigebracht, und im Krieg hat er sogar Spunde aus leeren Patronenhülsen vom Kaliber .50 gemacht und sie während eines Kälteeinbruchs nahe der Somme in ein paar Schwarzahornbäume getrieben. Obwohl die Einheimischen seit Tausenden von Jahren dort lebten, sperrten sie die Münder staunend auf, als ein dicker, duftender Saft herauslief. In Everetts Augen ist der Sirup eines der seltenen Geschenke der Natur, eine echte Gunst, gegeben, ohne eine Rückvergütung zu erwarten.

Seine Stiefel saugen abwechselnd Schlamm an, als er nun einem Wildwechsel folgt, der sich durch den Bauch einer bewaldeten Schlucht zieht. Er findet seinen ersten Zuckerahorn, dessen silbergraue Rinde nach Jahren des Zapfens vernarbt ist. Er zieht seinen Bohrer hervor und treibt ein Loch in die südliche Seite. Die Rinde gibt nach, und Fäden von blondem Splintholz schälen sich von den Vertiefungen. Er nimmt einen Holzhammer und schlägt einen Eisenspund in das Loch – zu tief oder nicht tief genug, und er wird den Saft verfehlen. Er hält kurz inne und bewundert seine Arbeit, ehe er einen Auffangeimer aufhängt und weiterzieht.

Er hat die Bäume immer den Menschen vorgezogen. Ihre Gewohnheiten und Vorlieben sind viel einfacher zu erkennen. Und diese Bäume gehören zu den besten, die es gibt: vierhundert Hektar der schönsten Zuckerahornbäume, die sich je aus der Erde erhoben haben, mit Blättern, die sich so weit spreizen wie die Hand eines Riesen, und voll mit karamellartigem Sirup, so gehaltvoll, dass er kaum abgekocht werden muss. Wenn der Saft dieses Jahr versiegt, wird er seinen Sirup in Flaschen abfüllen und sie in Saint John gegen Hafer, Schmalz, Zucker, Mehl und ein kleines Bündel Scheine eintauschen. Die Arbeit eines Monats, höchstens. Den Rest des Jahres wird er am Bach faulenzen und Samenschoten zusehen, die auf dem Strom dahintreiben. Es ist ein zuweilen einsames, aber friedliches Leben – und nach einem Leben voller Arbeit und Mühe hat er das Gefühl, diesen Müßiggang zu verdienen.

Er zapft noch zehn weitere Bäume an und entfacht dann ein kleines Feuer, um sich Frühstück zu kochen: im Sirup des letzten Jahres gewendete Haferfladen. Er wäscht ab, watet durch den Bach und zapft am östlichen Ufer noch zwanzig weitere an. Er nähert sich gerade dem Ende seines Rundgangs, als er es sieht: ein Stück Brokatstoff, das schnurgerade von einem Nagel in seinem letzten Ahornbaum herabhängt. Beim Näherkommen bemerkt er, wie gespannt der Stoff ist, und scheucht eine Krähe mit öligem Gefieder davon. Mit einem heiseren Krächzen lässt sich die Krähe auf einem etwas höher gelegenen Ast nieder. Aus der Nähe ist zu erkennen, dass sich der Stoff leicht bewegt, was am Wind liegen könnte. Dann ist ein leises Schniefen zu hören.

Lass es einfach hängen, denkt er. Der Wald wird sich selbst darum kümmern. Widerstrebend teilt er die Falten des Stoffs und schiebt seine ledrige Hand hinein. Er spürt Wärme, Atem.

Er flüstert: »Scheiße.«

Harvey Bennett Lomax

Am Morgen des großen Tages fährt Harvey Lomax seinen Dienstherrn in dessen neustem Packard Straight Eight durch die frostbedeckten Straßen von Saint John. Weil die Rückbank mit Geschenken beladen ist, muss Mr. Holt vorn sitzen. Zur Feier des Tages hat er sich für einen modern geschnittenen Nadelstreifenanzug entschieden – anstelle des konservativen Tweeds, das er sonst immer trägt –, und an seiner Melone steckt die Feder eines Moorhuhns, das er einmal in den Wäldern um seinen Landsitz herum geschossen hat. Dorthin sind sie jetzt auch unterwegs. Mr. Holts heiterem Aufzug zum Trotz merkt Lomax es ihm nach den zwanzig Jahren in seinen Diensten an, wenn er verstimmt ist – ein angespannter und verärgerter Zug um die Augen –, also raucht er schweigend seine Parliaments. Obwohl sie noch nicht lange unterwegs sind, macht ihm sein Rücken zu schaffen, eine ausstrahlende Taubheit, die ihn dazu zwingt, seinen riesenhaften Körper hinter dem Lenkrad zu drehen und zu winden.

»Und wie ist Ihr Befinden heute, Mr. Lomax?«, fragt Mr. Holt, den steinernen Blick geradeaus gerichtet. »Die medizinischen Zigarren, die Ihnen mein Arzt zubereitet hat, helfen nicht?«

»Ich habe sie noch nicht probiert, Sir«, sagt Lomax. »Ich weiß, wo solche Mittel hinführen können. Und ich möchte nicht so enden wie mein Vater.«

»Sehr stoisch von Ihnen«, erwidert Mr. Holt. »Aber es besteht keine Notwendigkeit zu leiden.«

Harvey Lomax war ein großer Säugling gewesen, ein riesiges Kleinkind und ein geradezu gigantisches Kind. Mit elf Jahren gestand er seinem Vater eines Morgens, dass er nicht aus dem Bett aufstehen könne, ohne dass ihm Blitze durch den Rücken schossen und sich in seine Glieder verzweigten. Sein Vater brachte ihn zu einem Arzt, der mit einem Hämmerchen auf seine Gelenke klopfte, ihm mit einer Lampe in die Augen leuchtete und dann sagte, abgesehen von seiner außergewöhnlichen Körpergröße gebe es keinen körperlichen Anlass für seine Beschwerden. »Das hat sich ja gelohnt«, sagte sein Vater bitter und zerrte Harvey grob am Ellbogen nach Hause zurück.

Doch während Harvey im Laufe der Jahre immer größer wurde, verschlimmerte sich das Blitzgefühl zunehmend. Bald plagte es ihn nicht nur morgens, sondern den ganzen Tag lang. Es wurde zu einem unbeschreiblichen Leiden, einem Leiden, das sich mit jedem Tag tiefer in den Leidenden hineinbohrt, das ihn bösartig werden lässt. Harvey versuchte es mit jedem erdenklichen Gegenmittel: mit Hitze und Kälte, Salben und Tinkturen. Und als alles gescheitert war, lernte er zu akzeptieren, dass ein so kräftiger Körper wie der seine nicht ohne eine beträchtliche Portion Leiden existieren konnte und dass sein Blitz die Steuer war, die er für sein Überleben entrichten musste.

Dennoch hat diese Größe ihre Vorteile. Mit seinen Kohlkopfhänden und seiner fast zwei Meter fünfzehn hoch aufragenden Gestalt konfrontiert, weichen die Menschen vor ihm zurück. Und in Anbetracht der wenigen beruflichen Möglichkeiten für Männer seines Körperbaus kann er sich glücklich schätzen, seit zwanzig Jahren R. J. Holt persönlich zu dienen und sich um seine sensibelsten Angelegenheiten zu kümmern. Ob ihm ein Mieter in einem Holt-Gebäude die Miete schuldet, ein Minenarbeiter einen Rohdiamanten aus einer Holt-Mine geschmuggelt hat oder sich eines von Mr. Holts Mädchen indiskret verhält – es ist an Lomax, die Sache ins Lot zu bringen.

»Ich wollte schon immer Vater werden«, sinniert Mr. Holt unbekümmert, nachdem sie eine Stunde lang gefahren sind und das Straßenpflaster dem Schotterweg gewichen ist, der sich durch das weite Waldland schlängelt, das sich um sein Anwesen herum erstreckt. »Aber meine Frau ist nicht in der Lage dazu. Und wir haben es weiß Gott versucht. Ihrer Frau ist dieses Leiden selbstredend fremd, nicht wahr, Mr. Lomax? Wie viele sind es inzwischen? Sechs?«

»Sieben, Sir«, sagt Lomax und räuspert sich. »Das erste war nicht geplant. Bei der Heirat hofften wir nur auf zwei weitere. Aber es hat sich herausgestellt, dass Lavern und ich auf der schöpferischen Seite keine Schwierigkeiten haben. Wir müssen nur dieselbe Seife benutzen, und neun Monate später sind wir im Krankenhaus.«

Holt lacht leise in sich hinein, was nicht oft geschieht und Lomax freut, wenngleich ihm die Erwähnung seiner sieben Kinder auch das tiefe finanzielle Loch ins Gedächtnis ruft, das sie ihm gegraben haben – eine Geldschuld, die sich erst kürzlich zu einer ansehnlichen Hypothek auf sein Haus verdichtet hat. Großzügigerweise hat sie ihm Mr. Holt zinsfrei ermöglicht.

»Haben Sie einen Rat für mich?«, fragt Mr. Holt. »Von einem Vater zum anderen?«

»Bekommen Sie keine weiteren«, sagt Lomax tonlos. »Und geben Sie kein Geld aus, das Ihnen nicht gehört.«

»Weise Worte, weise Worte«, sagt Mr. Holt, und dann legt sich jener erbitterte, versonnene Ausdruck auf sein Gesicht, den es immer annimmt, wenn er über seine geschäftlichen Angelegenheiten spricht. »Dennoch werde ich Ihre finanziellen Sorgen vielleicht bald teilen, Mr. Lomax. Gesetzt den Fall, diese Krise setzt meinen Firmen weiterhin so zu.«

Lomax weiß, dass die Krise für seinen Arbeitgeber wohl keine ernsthafte Bedrohung darstellt. Er hat sein beträchtliches Vermögen von seinem Vater R. J. Sr. geerbt, und Juniors ausgiebigem Hang zu verschiedentlichen Liebeleien zum Trotz hat er das

Unternehmen so erweitert, dass ihm nun die halbe Provinz New Brunswick gehört: Kohle, Stahl, Öl, beide Zeitungen, Banken, Tankstellen, Automaten, Lebensmittelläden und Werften. Es heißt, man könne keinen Sonntagsspaziergang machen, ohne Holt unbewusst fünfzig Cent in die Tasche zu stecken.

»Und das Kind? Sie sind sicher, dass es wohlgestalt ist?«, fragt Mr. Holt.

»Ja, Sir«, bestätigt Lomax. »Die Mutter erholt sich noch von einigen Komplikationen. Aber das kleine Mädchen ist so gesund, wie man nur sein kann.«

»Gut, gut. Mädchen, Junge – das spielt für mich keine Rolle. Ich werde irgendwen brauchen, dem ich all das Geld vermachen kann, nicht wahr? Soweit ich es schaffe, es zu behalten.«

»Das werden Sie gewiss, Sir.«

»Und die Mutter?«, sagt Mr. Holt nach einigen Sekunden im beiläufigen Ton eines Nachsatzes. »Sie sagten, sie sei vollständig genesen?«

Wie viele von Mr. Holts Eroberungen hatte Euphemia Baxter als Angestellte begonnen. Nachdem sie ihm beim Putzen in einer seiner Banken ins Auge gefallen war, hatte er Lomax gebeten, sie in einer Wohnung einzuquartieren, die er für solche Zwecke unterhält, und dort hatte er sie sechs Monate lang regelmäßig besucht, während seine Frau Bridge spielte. Mr. Holts Vernarrtheit hatte irgendwann nachgelassen, wie sie es stets tat, und er war bereits zum nächsten Mädchen übergewechselt, als Euphemia ihm mitteilte, sie sei schwanger. Mr. Holt war unerwartet erfreut, einerseits wegen der Aussicht auf einen Erben und andererseits, weil die Schwangerschaft seine Theorie bestätigte: Es lag tatsächlich an seiner Frau, dass er bislang nicht Vater geworden war. Sogleich wurde eine Abmachung getroffen: Euphemia willigte ein, das Kind gegen eine Geldsumme auszutragen, woraufhin die Holts es adoptieren würden. Um einem Skandal aus dem Weg zu gehen, schlug Mr. Holt vor, dass Euphemia sich bis zur

Niederkunft in ihre Wohnung zurückzog. Während ihrer Schwangerschaft oblag es daher Lomax, ihr Lebensmittel, Bücher aus der Bibliothek und die Zehn-Cent-Zeitschriften zu bringen, die sie so gern mochte. Vor vier Wochen, nur wenige Tage vor dem Geburtstermin, hatte Mr. Holt dann darauf bestanden, dass Lomax sie vor der Ankunft des Kindes auf seinen abgelegenen Landsitz brachte.

»Nicht vollständig, Sir«, sagte Lomax. »Sie hat Blut verloren und leidet an Krämpfen –«

»Lieber Himmel, Lomax«, unterbricht ihn Mr. Holt und wedelt mit der Hand vor seinem Gesicht, um das Bild zu vertreiben. »Ersparen Sie mir die blutigen Einzelheiten.«

»Sie ruht nun schon seit drei Wochen und ist einigermaßen guter Dinge. Der Arzt sagt, sie wird wieder, solange sie das Bett hütet und nicht herumgeht.«

»Gut, gut. Sie werden dafür sorgen, dass sie sich daran hält, nicht wahr, Mr. Lomax? Und wenn Mrs. Holt nächste Woche von ihrer Mutter in Connecticut zurückkehrt«, fährt Mr. Holt fort, »setzen wir die Adoptionspapiere auf und holen das Kind heim nach Saint John.«

Lomax parkt den Packard vor dem Landhaus, das inmitten eines pittoresken Landstücks voller Bäume, Bäche und Anhöhen steht, die ein Jagdaufseher gegen Bezahlung mit Füchsen und Moorhühnern bevölkert, die Mr. Holt und seine Gäste den Sommer über schießen können.

Lomax unterdrückt ein Stöhnen, als er sich aus dem Wagen stemmt und eine Kaskade unterschwelliger Stromstöße durch seinen Rücken schießt und seine Schenkel hinunterwandert. Er unterdrückt ein weiteres Aufstöhnen beim Aufklauben der Geschenke von der Rückbank.

»Die Köchin ist noch nicht auf, Sir«, sagt Lomax, den Blick auf die dunklen Fenster im Erdgeschoss gerichtet, während sie auf das Haus zugehen.

»Wir werden leise sein«, sagt Mr. Holt, der mit flackerndem Blick ein Bukett violetter Narzissen schwenkt. »Lassen Sie uns die Zukunft willkommen heißen.« Er stößt die Tür auf und geht mit großen Schritten auf das Schlafzimmer im hinteren Teil des Hauses zu.

Als sie sich der Tür nähern, nimmt Mr. Holt seinen Hut ab und richtet seine Krawatte. »Euphemia, mein Schatz, ich bin es, R. J.«, sagt er mit sanfter Stimme, das Ohr ans Holz gepresst, während er mit seinem mächtigen Absolventenring an die Tür klopft.

Stille.

»Das Kind und sie schlafen vielleicht«, sagt Lomax leise.

»Ach, ein kurzer Blick kann nicht schaden«, sagt Mr. Holt und dreht behutsam am Knauf, doch die Tür ist verschlossen. Er klopft noch einmal.

Nach dem zehnten unbeantworteten Klopfen schlägt Mr. Holts gute Laune um wie bei einem Jungen, der voller Freude mit seinem neuen Luftballon auf ein Feld hinausgelaufen ist und dann sofort die Schnur losgelassen hat. »Wo ist der verdammte Schlüssel?«, fragt er und inspiziert das Schloss.

»Die Schlösser in diesem Haus sind alt, Sir. Jede Tür hat ein anderes.«

»Meine Güte!«, schreit Mr. Holt. »Wofür bezahle ich denn einen Oger wie Sie? Gewiss nicht für die guten Gespräche, das kann ich Ihnen versichern.«

Lomax stellt die Geschenke ab und dreht die Schulter zur Tür. Unbeholfen nimmt er einen kurzen Anlauf und rammt die Eichentür, die massiver ist als erwartet, und ein krächzendes Geräusch ertönt, als die Zarge aus dem Rahmen gerissen wird. Als er ins Zimmer stürzt, spürt Lomax ein schreckliches Reißen sein Rückgrat heraufschießen und bricht auf der Stelle zusammen, von dem Blitz, der nun seine Wirbel heraufzuckt und sich in seinem Gehirn verzweigt, an den Rand des Erbrechens gebracht.

»Sie sind weg!«, hört er Mr. Holt sagen.

Auf allen vieren versucht Lomax, seinen Blick scharfzustellen. Das Bett, in dem er Euphemia zuletzt das Kind stillen gesehen hat, ist nun leer. Daneben gähnt die Flügeltür, die zu den schwarzen Wäldern hinausgeht.

»Frauen verhalten sich nach der Geburt manchmal merkwürdig, Sir«, bringt Lomax heraus, während er sich unter großen Mühen auf die Knie erhebt. »Sie lassen sich zu komischen Sachen hinreißen. Lavern hat Geister gesehen. Aber Euphemia macht sicherlich bloß einen Waldspaziergang.«

»Im Schnee? Mit einem Neugeborenen?«, brüllt Holt. »Hier geht es nicht um einen Ihrer zwanzig wertlosen Welpen, Mr. Lomax! Sie hat mir mein einziges Kind geraubt!« Wütend ordnet Mr. Holt an, augenblicklich das Grundstück abzusuchen, und Lomax hinkt zum Telefon.

Während sie auf den Suchtrupp warten, den Lomax unter dem Vorwand, einer von Mr. Holts Gästen sei verschwunden, zusammengetrommelt hat, humpelt Lomax zur Unterkunft der Bediensteten, um den Koch und das Hausmädchen zu befragen, die Euphemia beide seit dem frühen Abend des vorherigen Tages nicht gesehen haben. Es ist bereits kurz vor Mittag, als die Hausmeister und Stallknechte aus Mr. Holts Villa in Saint John sowie eine Handvoll vertrauenswürdiger Männer aus dem Holtschen Stahlwerk eintreffen. Als der Trupp zusammengestellt ist, führt der Wildwärter die Männer mit einem Jagdhorn in der Hand in den Wald hinein. Sie suchen den ganzen Nachmittag lang, und zu Mr. Holts großer Verärgerung hindert Lomax' Verletzung ihn daran, sich für längere Zeit an der Suche zu beteiligen. Als die Finsternis durch die Bäume zu sickern beginnt, gesellt sich Mr. Holt auf der Terrasse im ersten Stock, die einen guten Blick über das Grundstück bietet, zu Lomax.

»Sie waren doch gestern Abend bei Euphemia, oder nicht?«

»Das war ich, Sir«, erwidert Lomax. »Gegen sieben Uhr. Um zu sehen, wie es ihr geht.«

»Hat sie da irgendwelche Zweifel bezüglich unseres Arrangements erwähnt?«

»Nein, Sir. Nichts dergleichen«, sagt Lomax mit gepresster Stimme. »Weshalb fragen Sie?«

»Ohne bestimmten Grund«, sagt Mr. Holt und nickt. »Aber im Nachhinein war es doch ein guter Einfall, nicht wahr? Sie hierherzubringen?«

»In der Tat, Sir«, antwortet Lomax, und sein Herz setzt sich wieder in Gang. Als Mr. Holt darauf bestanden hatte, dass die Geburt auf seinem Anwesen stattfand, hatte Lomax gewusst, dass es ihm nicht allein um die Ungestörtheit ging – Mr. Holt hatte darauf spekuliert, dass sie nirgendwohin konnte, sollte sie es sich anders überlegen.

»Und sie wird in ihrem geschwächten Zustand nicht weit kommen, Sir«, fügt Lomax hinzu. »Vor allem nicht mit einem Kind in den Armen. Ich bin mir sicher, wir werden sie bald finden. Sie wird die Sache überstehen.«

»Gewiss, gewiss«, sagte Mr. Holt. »Haben Sie denn ihr Buch irgendwo gesehen?«

»Ihr Buch, Sir?«

»Dieses Tagebuch, in das sie unentwegt geschrieben hat«, sagt er mit unverhohlener Abscheu.

»Nein, Sir«, sagt Lomax. »Sie muss es mitgenommen haben.«

Daraufhin setzt in Holt eine Veränderung ein: Er schlägt die Augen nieder und nimmt einen beunruhigten Ausdruck an, so als läse er eine erschreckende Textstelle in der Maserung der hölzernen Terrasse. »Ich glaube, Ihnen ist nicht recht bewusst, Mr. Lomax«, sagt er mit zögerlicher, ausgedörrter Stimme, »dass Euphemia in ihrem Buch gewisse … Akte vermerkt haben könnte. *Intime* Akte, wenn Sie verstehen, die wir vollzogen haben – in gegenseitigem Einvernehmen, sollte ich hinzufügen. Aber es könnte mir sehr schaden, wenn das Tagebuch in die falschen Hände fiele.«

Lomax kommen die Blutergüsse in den Sinn, die er gelegentlich an Mr. Holts Mädchen und auch an Euphemia bemerkt hat – vor allem in der ersten Zeit seiner Vernarrtheit in sie. Blasse Regenbögen, die unter den Bündchen ihrer langärmligen Kleider hervorschauten oder aus den mit Otterpelz besetzten Krägen der Mäntel, die er ihnen gekauft hatte, an ihren Hälsen hinaufkrochen. Aber keines der Mädchen hat sich je beklagt, und Lomax ist klug genug gewesen, nicht nachzufragen.

»Wir werden sie finden, Sir«, gelobt Lomax. »Und das Buch auch.«

»Natürlich werden wir das, Mr. Lomax«, sagt Mr. Holt finster und starrt in die sich rasch verdüsternden Bäume hinaus, zwischen deren Ästen ein Trio von Fledermäusen hindurchschießt.

Das Bündel

Es macht kein Geräusch, während Everett es durch den Wald zurückträgt. Unterwegs hört das leichte Zittern auf – eine Entwicklung, die er begrüßt. Vielleicht ist ihm die Entscheidung darüber, wie es weitergehen soll, schon abgenommen worden, und er muss nur noch ein Loch graben.

Er erreicht seine Hütte und verspürt Erleichterung, als er das Bündel in der Nähe des Ofens ablegt. Nicht, dass es schwer gewesen wäre, aber es zu halten, hat ihn nervös gemacht.

Er hat das Bündel nicht aus Mitleid mitgenommen. Hätte er es, wie geplant, dem Wald überlassen, sich um das Kind zu kümmern, und man hätte seine Überreste an einem von Everetts Nägeln hängen sehen, dann hätten die Mounties die Wälder durchkämmt, und es wäre nur eine Frage der Zeit gewesen, ehe sie seine Hütte gefunden hätten. Während seiner Jahre des Umherstreifens ist er schon einmal wegen Landstreicherei eingesessen, und sie hätten ihn ohne viel Federlesens für das Schicksal des Kindes verantwortlich gemacht. Und selbst wenn nicht, hätte man ihn ganz gewiss aus seinem Zuhause vertrieben, und das gute Leben, das er sich dort aufgebaut hat, wäre für immer verloren gewesen.

Everett entfacht mithilfe einiger gut brennender Eschenholzscheite ein Feuer, und bald leuchtet der Ofen rot vor Hitze, die sich in langsamen, pulsierenden Wellen ausbreitet. Einen Augenblick lang überlegt er, wie einfach es wäre, die Ofentür zu öffnen, das Bündel in die schwelende Glut hinabzulassen und die Tür wieder zu schließen. Obgleich er im Krieg vor allem als Blessiertenträger eingesetzt wurde, hat er auf so manchen Kraut geschossen, viele davon kaum mehr als Knaben. Und während seiner darauffolgenden Landstreicherzeit hat er zahlreiche arme Seelen zusammengeschlagen und mit Messerstichen entlang der miteinander verwobenen Schienenstränge Nordamerikas zurückgelassen. Welchen Unterschied sollte also dieses kleine Häufchen Asche machen?

Aber nach reiflicher Überlegung fürchtet Everett, die Tat könnte ihm auf der Seele lasten. Vielleicht noch mehr als das, was er in Frankreich mit angesehen hat und was bis heute zuweilen seine Träume verseucht. Die Visionen der zerfetzten Kreaturen, die er auf seiner Trage abtransportierte, deren Eingeweide heraushingen und durch den Schlamm schleiften, deren gequälte Stimmen nach ihren Müttern riefen, als würden die mit ihrem Flickzeug erscheinen und sie wieder zu etwas Menschlichem zusammennähen.

Everett lässt das Bündel beim Ofen liegen und legt sich schlafen. Beim Einnicken beginnt das Kind zu schreien wie eine Katze, der jemand auf den Schwanz getreten ist. Er weiß, was es zum Schweigen bringen würde: Lieder und Reime über Vögel und Sterne und Feen und engelsgleiche Geschöpfe. Aber er kennt nur Infanteriemärsche, unzüchtige Blues-Songs und schmutzige Limericks. Als das Gebrüll anschwillt, greift Everett zu dem Bienenwachs, mit dem er sich die Hände einreibt, wenn sie im Winter spröde werden, und steckt sich zwei Pfropfen davon in die Ohren. Doch der Lärm ist noch immer zu hören, also geht er, mit nichts als seinem roten Long John bekleidet, ins eisige Dunkel hinaus, um seine letzte Ziege zu melken, eine alte Geiß, die er im Austausch gegen ein paar Becher halb fermentierten Sirup bekommen hat. Obwohl sie weniger Milch gibt, seit ihr letztes Zicklein im Winter an der Ruhr gestorben ist, bekommt er eine Tasse voll zusammen und krault sie zum Dank hinter ihrem zuckenden Ohr.

Drinnen schüttet er die Milch in einen alten Teekessel und drückt dem Kind die abgestoßene Tülle in den Mund. »Das muss reichen«, sagt er und schaut bewusst in eine andere Richtung. »Sonst habe ich nämlich bloß Sirup, und den brauche ich noch.«

Das Kind verstummt, während es schluckt, und Everett gestattet sich, es einen Augenblick lang zu inspizieren: Nasenlöcher wirtelig wie Muscheln, Haut von der Farbe einer unreifen Erdbeere – ein Wesen, geschaffen um Mitgefühl zu wecken, wie ihm bewusst wird, ehe er rasch den Blick abwendet. Als der Teekessel leer ist, schlägt er das Kind wieder in das Bündel ein, legt es unweit des Ofens ab und schwört sich, es nie mehr direkt anzublicken. Mitleid ist der Widerhaken, mit dem Kinder dich fangen, also wird er sich gegen das Mitleid wappnen, bis er sich von diesem Fluch befreit hat.

Morgen früh, beschließt er. Er wird es nach Saint John bringen und irgendwo zurücklassen, wo es gefunden wird. Oder mit etwas Glück wird das Kind die Nacht vielleicht nicht überleben. Oder noch besser, es wird fort sein, wenn er aufwacht – nur die Einsamkeit seines Zuckerbuschs und dessen samtiger Ahornbäume wird ihn umhüllen. Es sind schon ganz andere Dinge geschehen. Seiner Erfahrung nach können solche Flüche auf ebenso unerklärliche Weise verschwinden, wie sie sich eingestellt haben.

Der Schuber

In seinem Backsteinbungalow in West Saint John ist Harvey Lomax am sorglosesten, am heitersten, am meisten bei sich. Seit Laverns Vater den Frischvermählten bei der ersten Anzahlung unter die Arme gegriffen hat – und das nach der unbeabsichtigten Zeugung von Harvey jr. –, ist das Haus für Lomax stets mehr als nur eine Behausung gewesen. Es ist seine Oase der Sinnhaftigkeit inmitten einer zunehmend sinnlosen Welt, ein Denkmal seiner unerschütterlichen Hingabe an seine Familie. Und es ist bis heute der einzige Besitz, den er unter Einsatz seines Lebens verteidigen würde.

Abends, nachdem sie sieben Münder gestopft und sieben Körper gebadet und in sieben Betten gesteckt haben, hört Lavern ihre Radioserie, und Lomax zieht sich in sein Arbeitszimmer zurück, wo er sich in seinen Lieblingssessel setzt. Harvey und Lavern, die nicht mehr als Fremde waren, als sie heirateten, haben über die Jahre hinweg eine feste häusliche Allianz geschmiedet, wie zwei Fabrikarbeiter, die schon so lange Ellbogen an Ellbogen am selben Fließband arbeiten, dass sie sich ohne Worte verständigen können.

Am Abend ruft Lomax den Jagdaufseher an, doch die Suche ist bislang erfolglos geblieben. Als Lomax das seinem Arbeitgeber mitteilt, klingt Mr. Holt angetrunken und trägt Lomax auf, umgehend Euphemias Wohnung zu durchsuchen. Aber seit er die Eichentür eingerannt hat, haben die Blitzeinschläge im Scheitelpunkt seiner Wirbelsäule nicht nachgelassen, und er kann kaum atmen. Lomax, der immer eifrig darauf bedacht ist, den Wünschen seines Lohnherrn Folge zu leisten, zieht die Schachtel mit Opium versetzter Zigarren, die er von Mr. Holts Arzt erhalten hat, aus seinem Schreibtisch. Lomax reißt das papierene Siegel ab, nimmt eine Zigarre und zieht sie unter seiner Nase entlang: ein Duft von Orchidee, Nelke, Dung. Und darunter verborgen eine lebhafte Erinnerung aus seiner Kindheit: die sonderbare Pfeife seines Vaters, die dieser im Kohleneimer versteckt hielt.

Walter Lomax war nicht nur ebenfalls ein großer Mann, sondern auch ein Trinker, Opiumraucher und nebenberuflicher Zauberer mit Taschen voller gezinkter Karten und einem unermüdlichen Interesse an Frauen. »Welch seltener Gast«, rief seine Frau aus, wenn er zum sonntäglichen Abendessen heimgeschlichen kam, mit gelockerter Krawatte in seinem Lehnsessel zusammensackte und Wasser in sich hineinkippte wie ein Preisboxer in seiner Ecke.

Als sein Vater die Familie schließlich verließ, musste der zwölfjährige Harvey im Auftrag des Molkereiunternehmens Holt von Haus zu Haus gehen und das Geld für Milchlieferungen kassieren, damit sie über die Runden kamen. Als jüngster Kassierer wurden ihm die hoffnungslosesten Fälle in den übelsten Gegenden zugeteilt. Die meisten Geldeintreiber verlegten sich auf Einschüchterung und Drohungen – offen oder angedeutet. Manche schubsten die Frau ein bisschen herum, wenn der Mann nicht zu Hause war. Aber Harvey brauchte das nicht zu tun. Selbst mit zwölf wirkte er schon einschüchternd, und nach dem ersten Monat hatte er mehr Geld eingetrieben als der beste Kassierer der Firma. Bald bekam er einen Dollar Kommission pro Woche, was seine Mutter und ihn vor dem Abrutschen in die Armut bewahrte. Vor zwanzig Jahren hatte Mr. Holt Lomax dann persönlich eingestellt. Die Gewalt ist eine Sprache, die Lomax unter dem trommelnden Rhythmus der Fäuste seines Vaters schon früh gelernt hatte, und schnell entdeckte er den Kitzel, den das Verprügeln eines Diebs oder Betrügers mit sich brachte. Das Leben hatte ihm schon so viel Leid beschert – warum sollte er nicht einen Teil davon wieder in die Welt hinaustragen, wenn die Situation es verlangte? Zwar hatten die regelmäßigen Gewaltanwendungen sein Leiden verschlimmert, doch der Beruf hatte ihm ermöglicht, für seine Familie zu sorgen und zu beweisen, dass er aus einem völlig anderen Holz geschnitzt war als sein Versager von Vater.

Also, was kann eine mickrige Zigarre schon anrichten?, denkt Lomax jetzt. Als sich der Rauch träge in den fleischigen Kammern seiner Lunge ausbreitet, spürt er nichts – keine Euphorie, keinen lebensverändernden Rausch –, und so nimmt er einen weiteren Zug. Aus Angst, es zu übertreiben, legt er die ausgedrückte Zigarre in die Schachtel zurück, setzt sich in seinen Sessel und wartet. Langsam, beinahe mit der Geschwindigkeit eines Sonnenaufgangs, fühlt er, wie ihn eine sanfte Erleichterung überkommt, eine heitere Empfindung, die lieblich der Länge nach durch seine Wirbelsäule strömt wie Wasser durch ein Rohr.

Lomax, der sich seit Jahren nicht mehr so gelenkig gefühlt hat, fährt zu der günstigen Wohnung in Hafennähe, die Mr. Holt Euphemia zur Verfügung gestellt hat. Er öffnet die Tür mit dem Generalschlüssel, und wie erwartet, ist sie nicht dort. Obwohl ihr Verstand ausgesprochen wohlgeordnet ist, herrscht in ihrer Wohnung immer völliges Chaos: ein Wirbelsturm aus Fruchtfliegen erhebt sich von mit Essensresten bedeckten Tellern in der Spüle; um den Schminkspiegel herum glitzern Häuflein von Schmuck; sämtliche Oberflächen sind mit aufgeschlagenen Büchern bedeckt, teils liegen mehr als zehn von ihnen mit dem Gesicht nach unten aufeinandergestapelt da wie Matrjoschka-Puppen. Er berührt die seidenen Kleider und Nachthemden, die in ihrem Schrank hängen, und entdeckt unweit davon auf einem Regal gerahmte Fotografien von ihrer Familie, im Zentrum ein von Kohlestaub geschwärzter Mann, der kerzengerade neben einer grinsenden Euphemia im Alter einer Mittelschülerin steht, die eine Zahnlücke hat und bereits sehr hübsch ist. Lomax stellt sich kurz vor, wie seine älteste

Tochter Hattie mit großen Plänen in die große Stadt zieht, nur um die mit Blutergüssen übersäte Gespielin eines reichen Industriemagnaten zu werden – bei dem Gedanken dreht es ihm den Magen um. Dann findet er in Euphemias aufklappbarem Schreibtisch den Schuber, in dem sie ihr Tagebuch aufbewahrt. Auf dem Rücken steht:

Die geheimen & privaten Gedanken & Taten
der Euphemia Baxter

Doch der Schuber ist leer.

Vielleicht hat sie es irgendwie geschafft, das Tagebuch aus der Wohnung zu holen, und danach die Stadt verlassen? Aber sie hing immer an ihrer Familie, warum also hätte sie ihre Fotos zurücklassen sollen? Augenblicklich versetzt ihn das unbestreitbare Fehlen des Tagebuchs zusammen mit der unvermeidlichen Enttäuschung Mr. Holts angesichts Lomax' Unfähigkeit, es zu finden, in Raserei. Er zieht Schubladen heraus, dreht die Matratze um, zerrt Schachteln aus dem Schrank und stürzt den Schreibtisch um. Er ignoriert die ausgreifenden Stromstöße in seinem Rücken, die sein wildes Gebaren auslöst, und reißt einige lose Stücke der Wandverkleidung ab, für den Falls, dass sie das Buch dahinter versteckt hat.

Schwer atmend und nahezu unfähig zu stehen, hebt er schließlich seinen Hut auf, greift den leeren Schuber, verschließt die Wohnungstür und humpelt zu seinem Wagen. Dort öffnet er das Handschuhfach und holt die halb gerauchte Zigarre heraus, die er mitgenommen hat, falls ihm sein Rücken Beschwerden bereiten sollte. Doch nachdem er sich vorgestellt hat, wie das fleischige Gesicht seines Vaters an dessen Opiumpfeife zieht, wirft Lomax die Zigarre auf den Gehweg und fährt davon.

Als er sich nachts im Bett wälzt, fürchtet er, dafür verantwortlich gemacht zu werden, sollte das Tagebuch in die falschen Hände fallen und Mr. Holt von jemandem erpresst werden, da es seine

Aufgabe war, die Sache zu verschleiern. Also sagt er sich, dass der Suchtrupp Euphemia und ihren Säugling spätestens bis zum Nachmittag gefunden haben wird und dass sie das Tagebuch vermutlich bei sich hat. Die zweite Nacht im Wald wird kalt, aber nicht tödlich kalt. Mr. Holt wird wütend sein auf sie, weil sie fortgelaufen ist, doch die Erleichterung darüber, dass er sein Kind wiederbekommen hat, wird überwiegen. Und noch ehe sich der Staub gelegt hat, wird Lomax das Tagebuch nehmen, es mit seinem Schuber vereinigen und dann beides ohne Umschweife in ein tosendes Kaminfeuer werfen, wo es hingehört. Und dann wird diese ganze ärgerliche Angelegenheit ein für alle Mal erledigt sein.

Blank

Bei Sonnenaufgang hüllt Everett das Kind in seinen Wollmantel und fixiert es mit seinem Gürtel, ehe er sich auf den Weg nach Saint John macht. Der Säugling strampelt ein wenig, ermattet aber, nachdem Everett etwa achthundert Meter durch den Wald marschiert ist. Er nimmt diese Wanderung so selten wie möglich auf sich und nie bei Nacht. Die Stadt verstört ihn immer: Automobile, deren Fehlzündungen wie deutsches Artilleriefeuer klingen; halsstarrige Holzfäller, die am helllichten Tag vor Kneipen aneinandergeraten; übermäßig gestutzte Bäume, die auf den Alleen ihr unterdrücktes Dasein fristen. Meist sieht er sich einen Spielfilm an, nachdem er im Gemischtwarenladen seinen Sirup eingetauscht hat. Oft hat er diesem Luxus abgeschworen, aber bei jedem Besuch in der Stadt ermüden ihn die Leute mit ihrem Gegaffe und Gerede, und das dunkle Filmtheater ist eine willkommene Entlastung, ein Ort, an dem er die Menschen beobachten kann und nicht umgekehrt.

Während er die Broad Street entlanggeht, erscheint ihm ein Platz so gut wie der andere, um das Kind zurücklassen, aber es sind zu viele Leute auf der Straße. Auch wenn er des Lesens nicht mächtig ist, sucht er an einem Zeitungsstand die Titelseiten nach Bildern eines vermissten Neugeborenen ab und findet nichts. Niemand vermisst das Kind, du Tölpel, denkt er. Es wurde zum Sterben im Wald aufgehängt.

Everett geht zum katholischen Hilfswerk in der Waterloo Street, wo sich eine lange Schlange heruntergekommener Gestalten aus dem Gebäude und den Block entlangzieht. Dort teilen ihm die Nonnen mit, dass sie von Männern keine Waisen entgegennehmen. Danach kann er es nicht einfach auf der Straße zurücklassen, dazu gibt es zu viele Zeugen, vor allem Männer, die ihn erkennen könnten. Ihm bleibt also nichts weiter übrig, als sich zum anderen Ende der Stadt aufzumachen, und an der Tür eines Mannes zu klopfen, den er aus seiner Zeit als Landstreicher kennt.

Als die Tür sich öffnet, stellt Everett fest, dass Howard Blank noch ebenso hässlich ist wie zehn Jahre zuvor. Blank hat auch im Krieg gedient, aber sie haben sich erst nach der Demobilisierung kennengelernt, in einem Obdachlosenlager irgendwo außerhalb von Oakland. Bei den Exerzierübungen in England war ein Rohrkrepierer im Lauf von Blanks Ross-Gewehr stecken geblieben, und als er den Abzug unbedacht ein zweites Mal betätigt hatte, war das an seine Wange gedrückte Gewehr explodiert. Er kehrte aus dem Krieg heim, ohne einen einzigen Schuss auf ein anderes Ziel als sein eigenes Gesicht abgegeben zu haben, und die Scham machte ihn bösartig.

»Greenwood. Pee-Wee Morton hat erzählt, du hättest dich irgendwo niedergelassen«, sagt Blank mit verwunderter Miene. »Er meinte, du würdest in der Nähe von dem alten Holt-Haus Zucker zapfen. Stimmt das?«

Everett bejaht.

»Er meinte auch, du wärst zu einem von den Männern geworden, über die Eltern ihren Kindern Schauergeschichten erzählen. Er hat keine Witze gemacht.«

»Ich verkaufe Pee-Wee ab und an ein Glas«, sagt Everett und zupft theatralisch an seinem zotteligen Bart.

Bei näherem Hinsehen bemerkt Everett, dass die Zeit es gut mit Blanks Narben gemeint hat, dass sie sie geglättet hat und seine schlimme Seite nun eher die Oberflächenbeschaffenheit einer Gurke als des Blumenkohls von einst hat.

»Nun komm schon«, sagt Blank, gibt Everett einen Klaps auf die Schulter und zieht ihn ins Haus. »Früher hast du nur aus zwei Gründen angeklopft: um Geld für Whiskey zu schnorren oder um Whiskey zu schnorren. Also, was soll's heute sein?«

»Nichts von beidem«, sagt Everett und lässt sich in einen wackeligen Sessel fallen, der an manchen Stellen abgewetzt ist wie das Fell eines räudigen Rehs.

»Gut, ich habe heutzutage nämlich bloß noch Selterswasser da. Wenn du ein Problem damit hast, kannst du auf der Stelle verschwinden.«

»Ich bin auch fertig mit der Sauferei«, sagt Everett, beeindruckt, dass Blank seinen eigenen Untergang ebenfalls hat abwenden können. Everett erinnert sich nur noch bruchstückhaft an die fuselbefeuerten Wochen, die er in diesem Haus verlebt hat, das Blank von dessen Vater, einem anglikanischen Geistlichen, vermacht wurde. Die meiste Zeit hatten sie gebechert und sich gezankt, um nicht über den Krieg reden zu müssen.

Als Blank mit zwei grünen Gläsern zurückkommt, sieht er den Kinderkopf an Everetts Hals. »Was hast du da?«, fragt er.

Während sie in kleinen Schlucken das Wasser trinken, berichtet Everett, wie sich der kleine Fluch über ihn gesenkt hat und dass er in Saint John ist, um sich davon zu befreien.

»Das war bestimmt irgendeine Näherin, die daheim schon eine Horde Kinder und leere Vorratsschränke hat«, sagt Blank. »Bring es zu den Nonnen. Die sind immer auf der Suche nach Schafen, die sie auf den falschen Weg führen können.«

»Hab's grad versucht. Von Männern nehmen sie keine«, sagt Everett ungeduldig. Draußen wird es mit jedem Tag wärmer, und der Saft wird jetzt jeden Augenblick zu fließen beginnen, und wenn er seine Auffangeimer nicht leert, laufen sie über. Der erste Saft ist am süßesten, und selbst die kleinste Verzögerung bedeutet, dass die

Hälfte seines Jahreseinkommens dahin ist. Sobald aus den Ästen der Ahornbäume grüne Knospen hervorlugen, ist der Karamellgeschmack verdorben. »Kannst du mir helfen, es irgendwo unterzubringen?«, fragt Everett. »Wo, ist mir gleich. Aber ich muss es heute Abend los sein.«

»Ich nehm's jedenfalls nicht, so viel ist sicher«, sagt Blank. »Was ist denn mit deinem Bruder? Dem Holzmillionär drüben im Westen? Kann der es nicht nehmen?« Das sagt Blank mit einem Funken Spott, was Everett ins Gedächtnis ruft, wie grausam er oft sein, wie rachsüchtig er mit ihm anvertrauten privaten Dingen umgehen konnte.

Auch wenn er vieles aus seiner Vergangenheit bereut, bereut er doch am meisten, erwähnt zu haben, dass sein von ihm entfremdeter Bruder Harris Greenwood ist, *der* Harris Greenwood, und dass der Einzige, dem er es je anvertraut hat, Howard Blank ist. »Wir haben seit achtzehn Jahren nicht miteinander geredet.«

»Brüder sind Brüder.«

Everett schüttelt den Kopf. »Nicht nach dem, was er gemacht hat. Nicht mehr.«

»Was ist es denn?«, fragt Blank.

»Was ist wa–«

»Junge oder Mädchen, du Esel!«

Everett zuckt mit den Schultern. »Weiß ich nicht.«

»Er weiß es nicht!«, ruft Blank zu der schäbigen Tannenholzdecke hinauf.

»Was geht's mich an?«

»Tja, wenn ich dir helfen soll, muss ich wissen, womit wir es zu tun haben«, sagt Blank und streckt die Hände nach dem Kind aus. »Komm zu Onkel Howie, du kleiner Wicht.«

Everett zieht das Kind aus seinem Mantel und reicht es ihm.

»Sieht mir nach einem Mädchen aus«, sagt Blank, den Stoff mit den Fingern spreizend. »Aber puh!«, sagt er und wedelt mit der Hand vor seiner Nase herum. »Sie hat eine ganz schöne Schweinerei gemacht. So ein Kind muss man baden, verstehst du? Die Windeln wechseln?«

Everett schüttelt den Kopf. »Nicht meine Aufgabe.«

»Dann machst du es besser mal zu deiner Aufgabe. In diesem Zustand wirst du sie um einiges schwerer loswerden.« Blank beginnt den Brokatstoff auseinanderzuwickeln und zieht ein Büchlein aus den Falten des Tuchs. »Was haben wir denn da?«, sagt er, legt das Kind ab und schlägt den festen Einband des Buches auf. »Eine Gebrauchsanweisung?«

»Was steht drin?«, fragt Everett und tritt an seine Seite.

»Kannst es immer noch nicht, was?«, sagt Blank und blättert in dem Buch. »Weißt du noch, wenn wir ein paar Kröten für was zu essen geschnorrt hatten und ich dir die Speisekarte von irgendeiner schmierigen Spelunke vorlesen musste?« Everett erinnert sich – und er weiß auch noch, wie Blank versucht hatte, ihm für diesen Dienst zehn Cent in Rechnung zu stellen, wofür Everett ihm gleich zwei Veilchen verpasste.

Blank bewegt die Lippen, während er das Geschriebene in Augenschein nimmt. »Den Einträgen nach ist es ein Tagebuch. Frauenschrift.«

»Kannst du mir einfach sagen, was drinsteht?«

»Sie spielt die Schlaue, benutzt viele schwierige Wörter.« Blank tippt sich stolz mit dem Zeigefinger an die Schläfe. »Aber die meisten kenne ich.«

»Meinst du, die Mutter hat das geschrieben?«

»Scheint so.«

»Irgendeine Anschrift? Vielleicht kann ich ihr das Kind zurückgeben.«

»Nee, aber warte mal … da steht ein Name.«

Everett folgt Blanks Finger, der die Seite hinuntergleitet, die für ihn nur ein einziger Brei aus Schnörkeln und Stäben ist.

»R. J.«, sagt Blank staunend, als läse er aus der Heiligen Schrift vor. »Meinst du, das könnte R. J. *Holt* sein? Das ist sein Grund,

auf dem du dein Quartier aufgeschlagen hast«, sagt er und nickt aufgeregt zu dem Säugling hinüber.

»Und wenn schon«, sagt Everett. »Wer auch immer es hatte, will es nicht mehr. Und ich will es auch nicht.«

Blank klappt das Buch zu und nimmt gedankenvoll einen Schluck Selterswasser. Everett kann die Kohlensäure in Blanks Mund knistern hören, während dieser irgendetwas durchrechnet.

»Also, hör zu, wir müssen die ganze Sache aus verschiedenen Richtungen betrachten«, sagt er mit gewitzter Miene. »Vielleicht kann *ich* sie ja nehmen, wo sie doch niemanden hat und so weiter.«

Everett kommt in den Sinn, wie Blank und er einmal zwei Saufbrüder vertrimmt haben, die ihnen von einem Würfelspiel Geld schuldeten. Was bedeutet, dass Blank zum Kinderhüten in etwa so geeignet ist wie er.

»Du hast doch selbst gesagt, du willst sie nicht«, sagt Everett und steht auf. »Ich suche mir die geschäftigste Ecke von Saint John, lege sie dort ab und nehme die Beine in die Hand.«

»Moment mal, das kannst du doch nicht machen! Dieses arme kleine Lämmchen? Was, wenn ein Droschkenpferd auf sie trampelt?« sagt Blank. »Dann werden sie dir die Schuld geben.«

»Ich würde gar nichts davon mitkriegen. Ich säße längst wieder in meinem Zuckerbusch. Wie der Mops im Paletot.«

»Weißt du, Everett, du hast wirklich Glück, dass du zu mir gekommen bist«, sagt Blank herzlich und klopft Everett auf die Schulter. »Auch nach der Krise kenne ich noch eine Menge Leute, die nach einem gesunden Gör suchen, das noch feucht hinter den Ohren ist.«

Zum Baum

Am nächsten Morgen fährt Lomax vor Sonnenaufgang zu Mr. Holts Landsitz, um zu sehen, was der Suchtrupp macht. In der Einfahrt kommt ihm der Jagdaufseher mit bleicher, gramvoller Miene entgegen. Er hat eine elektrische Taschenlampe in der Hand und trägt eine Öljacke, obwohl es nicht regnet.

»Wir haben im Wald etwas gefunden«, sagt er. »Wir haben auf Sie gewartet, damit Sie es sich ansehen, bevor wir Mr. Holt wecken.«

Lomax folgt ihm in den Wald. Bald schwenkt der Jagdaufseher seine Lampe und erhellt etwas, was aussieht wie die Gestalt einer Frau, die vor einem großen Ahornbaum kniet, die Arme umklammern den Stamm, als flehte sie ihn um Hilfe an. Lomax geht neben ihr in die Knie und nimmt dabei, wie ihm bewusst wird, beinahe die gleiche Haltung ein. Sie ist barfuß und nur mit einem Nachthemd bekleidet. Und als er ihr im Pagenschnitt geschnittenes Haar zurückstreicht, sieht er, dass sich die Tiere schon an ihrem Gesicht zu schaffen gemacht haben. Die Nase halb verschwunden. Die Wangen angenagt. Die Augen fort. Durch die Luft davongetragen. Vielleicht sind sie irgendwo in diesem Ahornbaum und sehen ihn jetzt an. Als Lomax den Blick senkt, sieht er ein Rinnsal von Wanderameisen an ihren Armen hinuntermarschieren, die bleich wie Dorsche sind – und leer. Von dem Säugling und dem Tagebuch ist nichts zu sehen.

»Irgendeine Spur von ihrem Kind?«, fragt Lomax und müht sich, die heißen Blitze in seinem Rücken zu ignorieren, die immer heftiger werden, je länger er kniet.

»Nein. Aber in den Boden um sie herum ist eine Menge Blut gesickert«, sagt der Jagdaufseher düster. »Und es scheint, als wäre sie auf allen vieren gekrochen, bevor sie an diesem Baum geendet ist. Füchse müssen mit dem Kind davongelaufen sein.«

Während der Jagdaufseher spricht, führt Lomax sich den Ablauf vor Augen: Euphemia muss es bereut haben, den Holts ihr Kind versprochen zu haben, und war dann spät am Abend von dem Landsitz geflohen. Auf der Flucht hatte die Blutung eingesetzt. Als sie zu schwach zum Weiterlaufen war, kroch sie zu diesem Ahornbaum, um zu Kräften zu kommen, und verblutete, das Kind an ihrer Brust.

Was für ein Fluch, in diesen elenden Zeiten zu leben, denkt Lomax, und eine Klinge aus bitterer Traurigkeit durchstößt den Panzer, den er als Holts Geldeintreiber über die Jahre hinweg aufgebaut hat.

Er verspürt einen jähen väterlichen Drang, Euphemia die Haare zu kämmen, die entflohenen Teile ihres Gesichts zurückzuholen. Ihre ganze Lebhaftigkeit und Intelligenz – wohin sind sie verschwunden? In den Baum hinein? Mit einem ängstlichen Stich nimmt Lomax den Baum plötzlich als ein lebendiges Wesen wahr. Eine ausgreifende, versteinerte Seele. Ein Zeuge vielleicht. Lebendiger, als Euphemia und ihr Kind es je wieder sein werden.

Er stöhnt beim Aufstehen und bereut ein wenig, seine Zigarren zu Hause gelassen zu haben – ein paar Züge hätten all das so viel einfacher gemacht.

»Ich will, dass die Überreste des Kindes gefunden werden«, sagt Lomax.

»Da wird es nichts zu finden geben«, sagt der Jagdaufseher kopfschüttelnd. »Die Zähne eines erwachsenen Fuchses können Knochen zermalmen. Erst recht kleine.«

»Das ist mir gleich, suchen Sie weiter«, sagt Lomax. »Und wenn sie irgendetwas verloren hat, will ich es auch haben. Und tun Sie mir den Gefallen und sagen Sie Mr. Holt nichts davon. Ich rede selbst mit ihm, wenn ich die Geschenke für das Kind aus dem Haus geholt habe. Wir wollen es nicht noch schlimmer machen, als es ist.«

»Was für eine Art zu sterben«, sagt der Jagdaufseher, als er Lomax durch den schwarzgrünen Wald zum Haus zurückführt. »So allein und verlassen.«

Auch wenn Lomax ihm zustimmt, dass der Wald ein einsamer Ort ist, beruhigt es ihn einen Augenblick lang, dass Euphemia und ihr Kind an einen kräftigen Baum gelehnt sterben konnten. Er hofft, dass er ihnen etwas Trost spenden konnte.

Das Haus

Von einem Hain dünnstämmiger Pappeln aus beobachtet Everett den einstöckigen Holzrahmenbau mit dem fauligen Zedernschindeldach, dessen Oberholm schon absackt. Das ganze Gebäude wirkt, als ließe es den Kopf hängen wie ein gescholtener Hund. Drinnen schwimmt hinter schäbigen Chintzvorhängen eine Gestalt hin und her.

»Haben Sie das Kind dabei?«, fragt eine Männerstimme hinter einer klappernden Sturmtür, als Everett auf das Haus zugeht.

»Habe ich. Ein Neugeborenes. Bloß ein paar Wochen alt.«

»Es hat doch keine Flöhe oder Husten oder irgendwas, wie?«, fragte der Mann; skeptische Gräben furchen die Stirn eines eulenhaften Gesichts.

»Soweit ich sagen kann, ist sie gesund wie ein Fisch im Wasser. Hat auch einen schön kräftigen Schrei am Leib.«

Der Mann öffnet die Tür ganz und bittet Everett herein. Er ist klein, fast ein Zwerg, in seinen Bartstoppeln kleben Schnupftabakkrümel, und er trägt einen schäbigen Schlafanzug mit Nadelstreifenmuster. Everett zieht das Kind aus seinem Mantel und hält es ungelenk in den Armen, während der Mann sein schlummerndes Gesicht betrachtet.

»Schau dir das an«, sagt er bewundernd, und seine Freude beruhigt Everett. Nachdem er Blanks Angebot, das Kind selbst an sich zu nehmen, zurückgewiesen hatte, hatte dieser sich mit einem Paar in Verbindung gesetzt, das vor Kurzem ein Kind bei der Geburt verloren hatte, wobei die Mutter so verletzt wurde, dass eine weitere Geburt ausgeschlossen war.

»Kommen Sie, geben Sie es her«, sagt der kleine Mann und streckt die Arme aus.

Als Everett auf ihn zutritt, um ihm das Kind zu übergeben, kommt eine der waschbärenartigen Hände des Kindes frei und reißt an seinem Bart. Nach allem, was er für sie getan hat, fühlt er sich von dieser letzten vorwurfsvollen Geste unwillkürlich etwas verletzt. Der Mann drückt das Kind sogleich an seine Brust, als wären sie alte Freunde.

»Ich möchte Ihnen mein Beileid ausdrücken, Sir«, sagt Everett und zieht seinen Hut. Der Fußboden ist mit Tierhaaren und Dreck übersät, schmutziger fast als der in seiner Hütte. Hatte Blank nicht behauptet, das Paar sei wohlhabend?

Der Mann murmelt irgendetwas zur Bestätigung, was er nicht versteht. Auch wenn er ausgesprochen froh ist, das Kind los zu sein, hält ihn noch etwas zurück. »Ihre Frau sollte ihr ein paar neue Strampler nähen. Ich glaube, der Wollanzug gefällt ihr nicht. Er kratzt.«

»Mmmhmm«, macht der Mann und küsst ihre flaumige Stirn. »Ich werde mich gut um sie kümmern. Kleidung und Essen und alles.«

»Davon gehe ich aus«, sagt Everett unverbindlich. Dann deutet er mit dem Hut nach oben. »Und Ihr Dach ist undicht. Sie sollten es flicken, bevor das ganze Haus zusammenfällt.«

Der Blick des Mannes verhärtet sich. »Das sind ganz schön viele Vorschläge von einem Mann, der sein eigenes Kind nicht behalten will.«

Everett beißt die Zähne aufeinander. Darum geht er Menschen lieber aus dem Weg. »Kümmern Sie sich einfach gut um sie«, brummt er und unterdrückt seinen Ärger, indem er sich zum Gehen wendet.

»Sicher, ich kümmere mich schon«, sagt der Mann.

»Was ist eigentlich mit Ihrer Frau?«, fragt Everett und dreht sich noch einmal um. »Sie sprechen immer nur von sich.«

»Sie wird sich auch kümmern«, sagt er ausdruckslos. »He, warten Sie mal, wo ist das Buch? Blank hat gesagt, es hätte ein Buch dabei.«

»Das hätte ich fast vergessen«, sagt Everett, zieht das Tagebuch aus seinem Mantel und drückt es dem Mann in die freie Hand. »Ich würde es nicht mal merken, wenn ein Flugzeug meinen Namen an den Himmel schreibt«, sagt er, um die Stimmung aufzulockern. »Aber das könnte ihr eines Tages wichtig sein. Es könnte ihr etwas über ihre Familie oder vielleicht ihre Mutter verraten.«

»Jedes Kind braucht ein Andenken«, sagt der Mann und nimmt Everett das Buch aus der Hand.

Everett verkneift sich einen letzten Blick auf das Kind, ehe er durch die Tür schlüpft.

Im Dunkeln kann er nicht nach Hause gehen, also läuft er in die Innenstadt und geht in ein elegantes Hotelrestaurant. Er bestellt ein Steak und ein bayerisches Bier, um seine zurückgewonnene Freiheit zu feiern. Das Bier wird in einer Flöte serviert, die hoch über seinen Tisch aufragt, und er schämt sich ein wenig dafür. Aus Versehen bestellt er ein weiteres, als er den Kellner heranwinken will, um nach der Toilette zu fragen. Nach zehn stocknüchternen Jahren steigt ihm das Bier rasch zu Kopf. Er sitzt da und sieht zu, wie der Kellner das funkelnde Silberbesteck auflegt, als wären die verschiedenen Gabeln und Löffel die wertvollsten Gegenstände der Welt.

Doch beim Essen wird er von Gedanken an den kleinen Mann und sein Haus gestört, das ihm im Rückblick sogar noch trostloser erscheint. Der getrocknete Schlamm in der Diele. Die schimmelgesprenkelte Tapete. Die unheilvoll durchhängenden Balken. Und der Mann selbst: hartherzig, unwirsch. Warum war seine Frau nicht dort gewesen? Zumal am Abend? War sie noch im Krankenhaus? Es war doch ein ziemliches Ereignis, ein neues Kind zu bekommen.

Und was, überlegt Everett, während er sein blutiges Steak schneidet, wenn der kleine Mann sie gar nicht behalten wollte? Was, wenn er das Kind nur Blank zuspielen wollte, der es dann an Holt zurückverkaufte?

Mitleid ist eine Empfindung, die Everett Greenwood vor Langem abhandengekommen ist. Ausgelöscht von den zerstörten Männern, die er im Krieg getragen hat, vom Verrat seines Bruders, von der scharrenden Natur des Lebens – wie eine blinkende Münze, die in einen schwarzen See fällt.

Doch da ist es wieder, liegt, von dem schlammigen Boden aufgestiegen, funkelnd in seiner Hand.

Ein Anrufer

Zuerst hält Lomax es für einen Telefonstreich, als er an seinem freien Tag zu Hause angerufen wird.

»Ein Säugling«, sagt der Anrufer, der sich als ein gewisser Howard Blank vorstellt. »Vielleicht einen Monat alt.«

»Was für ein Säugling?«, fragt Lomax und versucht dabei, seine Erschütterung zu verbergen.

»Keine Sorge, ich habe schon eingefädelt, dass sie Mr. Holt persönlich zurückgebracht wird«, sagt der Mann mit vorgeschütztem Mitgefühl. »Gegen eine Belohnung.«

»Unter keinen Umständen werden Sie meinen Arbeitgeber kontaktieren«, knurrt Lomax. »Und Mr. Holt hat keinerlei Belohnung ausgelobt, Mr. Blank«, setzt er hinzu. »Aber sagen Sie mir: Wer hat es noch gleich gefunden?«

»Wie gesagt, ein Einsiedler«, erwidert Blank. »Ich war nach dem Krieg mit ihm unterwegs, bis sich unsere Wege getrennt haben. Ein verquerer Lump. Er verdient sein Geld mit dem Anzapfen von Ahornbäumen. Er lebt in einer Hütte auf Mr. Holts Grund, die er besetzt hat. Aber gestern hat er das Kind in einem Bündel an einem seiner Nägel gefunden.« Dann beschreibt Blank eine nur anderthalb Kilometer vom Fundort von Euphemias Leiche entfernte Stelle. Lomax war selbst gelegentlich durch diese Wälder gegangen, und er erinnert sich dunkel, Nägel in einigen der Ahornbäume gesehen zu haben, doch seinerzeit hatte er sich nichts dabei gedacht. »Und jetzt, wo er nach Saint John gekommen ist, um das arme Kind in die Sklaverei zu verkaufen, habe ich dafür gesorgt, dass er es loswird.«

»Der Einsiedler hatte nicht womöglich noch etwas bei sich?«, fragt Lomax. »Etwas, was zusammen mit dem Kind gefunden wurde?«

»Ein Tagebuch«, verkündet Blank stolz. »In ihre Decke gewickelt. Darin wird sogar ein Mr. R.J. Holt erwähnt. Scheint um persönliche Dinge zu gehen. So bin ich überhaupt daraufgekommen, Sie anzurufen, Sir. Sie waren einmal hier, um Geld für Mr. Holt zu kassieren – das ich bereitwillig gezahlt habe, wenn Sie sich erinnern –, und ich wusste, dass es Sie interessieren würde, wenn jemand den guten Ruf Ihres Arbeitgebers zu schädigen versucht. Mit einem guten Mahl im Bauch fällt mir vielleicht sogar der Name des Einsiedlers wieder ein.«

»Nennen Sie mir den Namen«, sagt Lomax monoton, »und Sie bekommen zwanzig Dollar.«

Nachdem er auf wundersame Weise den Namen Everett Greenwood heraufbeschworen hat, versucht Blank einen weiteren Fünfziger herauszuschlagen, indem er Lomax eine Geschichte darüber auftischt, dass der Einsiedler der Bruder des Holzmagnaten Harris Greenwood von der Westküste sei, doch Lomax schneidet ihm das Wort ab. Eines haben ihn die Jahre des Geldeintreibens gelehrt: In den eigenen Augen sind diese zwielichtigen Erscheinungen immer nur ein winziges Stück vom Hochadel entfernt.

»Aber ich gebe Ihnen hundert, wenn Sie mir bis morgen Nachmittag Kind und Buch bringen«, fügt Lomax hinzu.

Nachdem Blank in den Handel eingewilligt hat, zieht sich Lomax in sein Arbeitszimmer zurück und sitzt eine Zeit lang einfach da, den Kopf in die Hände gestützt. Er sollte Mr. Holt umgehend anrufen, will ihm aber nicht grundlos Hoffnungen machen. Mr. Holt war am Boden zerstört, als Lomax ihn am Morgen über den Verlust seiner Tochter informierte. Was also, wenn sich das Ganze als Betrug entpuppt? Er würde Lomax nie verzeihen.

Den ganzen Tag lang wandern Lomax' Augen, während er auf Blanks Anruf wartet, zu der Zigarrenkiste auf seinem Schreibtisch hinüber, doch er weigert sich, der Versuchung nachzugeben. Seine Selbstdisziplin ist das Einzige, was ihn von Männern wie seinem Vater, diesem Blank und all den anderen Abhängigen und zwielichtigen Typen unterscheidet, die er zur Strecke bringt, um seinen Lebensunterhalt zu verdienen. Also legt Lomax die Hände mit den massigen Knöcheln in den Schoß und wartet.

Wieder das Haus

Von bayerischem Pilsner befeuert, steht Everett vor der Tür des heruntergekommenen Hauses und schlägt mit der Hand gegen die blecherne Tür.

»Tut mir leid, aber ich brauche sie zurück«, sagt er, als der kleine Mann in denselben schmutzigen Schlafkleidern an die Tür kommt. Das Kind ist nirgends zu sehen.

»Ich dachte, Sie wollen sie nicht?«, sagt er wütend.

»Das will ich immer noch nicht, aber bei Ihnen kann ich sie nicht lassen«, erwidert Everett. »Nicht, solange ich nicht mit Ihrer Frau gesprochen habe. Und vielleicht nicht mal dann.«

»Und was ist mit dem Geld, das Blank mir versprochen hat, wenn ich auf das Kind und das Buch aufpasse, bis er sie holt?«

»Blank?«

»Nicht weniger als einen Zehner. Und einen Krug Wein.«

»Tja, damit habe ich nichts zu tun«, presst Everett zwischen den Zähnen hindurch. Jetzt ertönt das Schreien des Kindes irgendwo in den Tiefen des Hauses. Der Schock bringt etwas in seinem Kopf zum Aussetzen, und schon schiebt er den Mann beiseite und stapft den Flur entlang.

»Du bist dieser Einsiedler, der Zucker aus den Bäumen holt«, zischt der Mann, während er Everett mit der aggressiven Art eines Terriers ins Hinterzimmer folgt. »Blank hat mir von dir erzählt. Irgendwas mit Green. Greenland. Greenleaf.«

Everett findet sie in einem Gewirr stinkender Decken auf einem gusseisernen Bett liegend. Er hebt das schreiende Kind an seine Brust, das Gesicht violett, die Augenlider fest zugedrückt wie Muscheln. Ihre Stimme schraubt sich eine Oktave höher, und Everett will fort, aber er hat irgendetwas vergessen. Er haut sich mit der Faust gegen das Ohr. Wie soll man bei diesem Höllenlärm klar denken können?

»Wo ist das Buch?«, fragt Everett, in dessen Händen der Säugling sich nun windet wie eine gestrandete Forelle. Der Mann sagt nichts, und Everett schlägt ihm gegen den Kopf. Das überrascht ihn nicht weniger als sein Opfer. Seit er seinen Zuckerbusch gefunden hat, ist er niemanden mehr mit Gewalt angegangen. Aber das Bier hat die Tat erleichtert und das Schreien des Säuglings ebenso.

»Ich habe es weggeworfen«, sagt der Mann mit hinterhältigem Blick, also holt Everett noch einmal zu einem Schlag aus. »Es liegt unter der Matratze«, sagt er schließlich, auf dem Boden kauernd.

Everett wirft das Bett um, zieht das Buch heraus, drückt den Säugling an seine Rippen und tritt die Tür aus ihren losen Lederscharnieren. Er huscht durch die Gasse, aus einem Fenster ruft der kleine Mann nach den Schutzmännern, und Everett rennt über einen Schrottplatz und einige Privatgrundstücke. Nach einer Weile verschnauft er in ein paar Rosenbüschen, über deren Wurzeln er Steak und Bierschaum erbricht. Als er fertig ist, hört er einige Häuserblocks weiter Rufe. Hektisch rüttelt er an den Türen mehrerer Automobile, bis sich eine öffnet. Obwohl er noch nie selbst gefahren ist, legt er das Kind auf dem Rücksitz ab und schafft es, das Startpedal und die Zündung zu betätigen, und der Motor springt an. Er fährt ohne Beleuchtung los, ringt mit der Lenkung, holpert durch Gräben und prallt von Zäunen ab.

Ohne Zweifel wollte Blank einen Handel mit R. J. Holt abschließen, also kann Everett wohl nicht in seine Hütte zurückkehren. Wahrscheinlich niemals wieder. Männer würden dort warten. Fragen würden gestellt werden. Und Everett würde eher das Automobil über eine Klippe lenken, als sich noch einmal ins Gefängnis sperren zu lassen.

Als er das Gleisgelände in der Nähe des Hafens erreicht, macht er den Motor aus, dreht sich um und sieht, dass die Rückbank leer ist. Einen Augenblick lang stellt er sich vor, dass der Säugling die Tür geöffnet hat, hinausgekrabbelt ist und sich an irgendeinen anderen armen Tropf gehängt hat, dessen Leben dringend zerstört werden musste. Aber sie ist nur auf den Boden des Wagens gerollt und schläft fest. Im Kofferraum findet er eine gute Trapperdecke aus grobem Stoff und ein paar Vier-Liter-Gläser mit eingekochten Brombeeren, von denen er eines ausleert und an einer Handpumpe hinter einer Tankstelle mit Wasser füllt. Nachdem er den Säugling in die Decke gehüllt hat, schiebt er den Wagen in ein Gebüsch, damit man ihn von der Straße aus nicht sieht, erklimmt den Drahtzaun und läuft über die schimmernden Gleise davon.

Er versteckt sich hinter einem Wintergrüngebüsch, während Sterne den sich verfinsternden Himmel durchstechen. Bald schiebt sich ein Personenzug pfeifend und rumpelnd durch das Gleisgelände. Er ist langsam genug, um aufzuspringen, aber Everett fährt nie mit Personenzügen. Sie sind zwar schneller als Gütertransporte, erfordern aber mehr Katz-und-Maus-Spiel mit dem Personal. Er hat geschlossene Güterwaggons immer vorgezogen – mehr Platz, wenngleich riskanter wegen der Schurken, mit denen man zusammengepfercht werden kann. Und jetzt nach der Krise werden sie voller sein als je zuvor.

Als ein Güterzug vorbeifährt, ein Goliath aus Kohlen und Rauch, dessen Bremsen kreischen und zischen, rennt er los, den hüpfenden Säugling an die Brust gedrückt, und lässt zwei Kohlentender an sich vorbeiziehen, ehe er in die offene Tür eines Güterwaggons springt. Die Pfeife ertönt, und das Kind erschrickt und beginnt zu schreien. Als er sich in den Waggon hineinzieht, kugelt er sich beinahe die Arme aus. Das Innere ist leer bis auf einen Haufen Heu, das halbwegs frisch zu sein scheint, und einen Stapel Futtersäcke.

Er zieht die Tür fast zu und schmiegt sich mit dem Kind ins Heu. Der Zug beschleunigt, nachdem er das Gleisgelände verlassen hat, und Everett ist froh über die Schienenstöße, das unausgesetzte bum-*bump*, bum-*bump*, bum-*bump*, das die Wangen des Kindes zum Wackeln bringt und es in den Schlaf wiegt.

Während ein verschwommenes Band aus Hügeln und Wäldern am Türschlitz vorbeipeitscht, erfüllt der Duft von Wintergrün den Waggon. Everett hatte sich geschworen, niemals im Leben mehr auf einen Güterzug aufzuspringen. Doch aller Mühen zum Trotz hat ihn diese verfluchte Kreatur zurück in das rastlose Schnorrerleben getrieben, das er aufgegeben zu haben glaubte.

Bald versinkt der Güterwaggon in völliger Finsternis. Wie nimmt so ein Säugling die Dunkelheit wahr?, fragt er sich. Und auch wenn es ihn stets quält, an seinen Bruder zu denken, kommt ihm in den Sinn, wie Harris' Augenlicht mit sechzehn nachließ, als würde ein dicker schwarzer Keil zwischen ihn und die Welt stoßen. Im Laufe der Jahre ist Everett sich manches Mal sicher gewesen, das schablonierte *G* der Firma seines Bruders auf hoch aufgetürmten Holzstapeln gesehen zu haben, die auf den Schienen aus westlicher Richtung kamen, und hat stets einen verhaltenen Stolz darauf empfunden, was Harris erreicht hat. Doch auch wenn gelegentlich eine schöne Erinnerung seine Verteidigungslinien durchbricht, ist seine Wut über den Verrat seines Bruders im Laufe der Jahre keine Handbreit gewichen. Und das wird sie auch so bald nicht.

Diese brennende Insel

Fünftausend Kilometer westlich, am anderen Ende des Kontinents, auf einer namenlosen Insel, die wie ein grünes Juwel nahe Vancouver ins Meer eingelassen ist, trägt ein Bentley Harris Greenwood auf einer Holzabfuhrstraße zwischen Douglastannen hindurch, die allesamt nicht weniger als dreißig Meter hoch in den Himmel stechen. Auch wenn es mitten am Tag und die Sicht klar ist, weiß Harris, dass die Bäume Finsternis um sich sammeln und einen permanenten Schatten auf die Insel werfen. Obgleich er seit achtzehn Jahren ohne Augenlicht lebt, richtet er sein Gesicht noch immer nach Fenstern aus, um die Luft zu schmecken und Fetzen von warmem Licht über seine Wangen tanzen zu fühlen. Die Gerüche von Bleistiftzeder und Seetang fegen kreuzweise durch den Wagen, während der Boden über die Steine und Wurzeln schabt und poltert, die zwischen den Spurrinnen der Straße aufragen – einer Straße, die Harris zu seinem großen Ärger nicht gebaut hat.

»Ich lasse mir von einer Bande von Baumwilderern doch nicht das Wasser abgraben«, brummt Harris. »Für welchen Zeitraum haben wir die Holzschlagrechte für die Insel gepachtet?«

»Etwa fünf Jahre, Sir«, erwidert Baumgartner.

»Und wie viel haben wir Mr. John D. Rockefeller für diese Ehre in die Tasche geschoben? Alles in allem?«

»Das müsste ich Milner fragen, aber ich würde sagen, um die fünftausend. Etwas in der Größenordnung.«

»Und trotzdem glauben die Wilderer, die diese Straße gebaut haben, sie könnten Bäume umhauen, an denen ich noch die Rechte habe, ohne dass ich es merke?«, sagt Harris. »Vielleicht meinen sie, ich würde es nicht *sehen*?«

»Hier ist ihr Lager«, sagt Baumgartner und hält an. Mart Baumgartner, wahrscheinlich der beste Waldarbeiter, den Harris je getroffen hat, hat von Anfang an zu ihm gestanden. Harris und er haben sich während des Forstwissenschaftsstudiums in Yale kennengelernt, und auch wenn Harris nie sein Gesicht gesehen hat, haben sie sich einmal umarmt – nach der Unterzeichnung eines lukrativen Vertrags mit der Royal Air Force über Sitka-Fichtenholz zum Flugzeugbau –, und dabei hat Harris sich ein Bild gemacht. Ein kleiner Mann von starkem, gedrungenem Wuchs mit einem maladen Knie und einem holzigen, moschusartigen Geruch, der auch nach einer Woche von Versorgungskettenbesprechungen in Vancouver noch nicht verflogen ist.

Harris stößt die Tür auf und stellt fest, dass der Boden von federndem Moos bedeckt ist und im Wald angenehme Stille herrscht. »Was haben wir hier vor uns?«, fragt er. »Sind das MacMillans Leute?«

»Es sieht aus wie eine unserer Einrichtungen von früher, Sir«, antwortet Baumgartner. »Ochsenställe. Segeltuchzelte für die Männer. Eine in der Bucht treibende Kochhütte. Zweischneidige Fälläxte, Ablängsägen, Gilchrist-Holzböcke und ein kleines Aggregat, um die Hölzer ins Wasser zu ziehen. Sie schöpfen nur die wertvollen Bäume ab – einige der Stümpfe hier sind groß wie Esstische. Aber es ist weit und breit niemand zu sehen. Wahrscheinlich triften sie heute ein Gestör zum Festland. Und für MacMillans Leute ist es zu heruntergekommen. Wahrscheinlich Männer aus der Gegend. Wir funken vom Schoner aus die Mounties an und sorgen dafür, dass sie die Ausrüstung beschlagnahmen und sie vertreiben, bevor der nächste Baum fällt.«

Harris schüttelt den Kopf. »Wir müssen es nicht übertreiben«, sagt er, folgt mit den Fingern der Dachkante des Bentleys bis zum Kofferraum und öffnet ihn. Er ertastet das geschmeidige Krokodilleder seiner Aktentasche und entnimmt ihr ein vorbereitetes Einmachglas, mit dem er in den Wald hineingeht.

Harris Greenwood ist einen Meter dreiundachtzig groß und hat gewelltes Haar in der Farbe von nassem Sand. Ungeachtet seiner Sehbehinderung hat er den zähen Körper eines Holzfällers. Wie immer, wenn er einen Wald betritt, spürt er nun, wie sich sein Kiefer lockert, seine Muskeln entspannen und seine Unruhe verfliegt, und bald weicht sein steifer Gang einem lässigen Schlendern. In der Stadt können Straßenecken wie Kobras zuschnappen, und harte Schultern können ihn zur Seite stoßen, Bäume aber spürt er, lange bevor er sie erreicht, an der Aura der Stille, die sie ausstrahlen, und der Art und Weise, wie der Boden vor ihnen ansteigt. Als Jungen haben Harris und sein Bruder Everett allein in einem Waldstück gelebt und selbst für ihren Unterhalt gesorgt, indem sie Windwurf als Feuerholz verkauften, und nach all den Jahren sind Wälder noch immer die eigentliche Landschaft seines inneren Wesens.

In der vergangenen Nacht hat Harris geträumt, sein Sehsinn sei zurückgekehrt, wenngleich die Gesichter derer, denen er begegnete, blank wie Eierschalen waren, alle bis auf das eine, das er vor sich sieht: das seines toten Bruders Everett. In den letzten Kriegstagen hatte Harris Everett, dessen Einsatz in Frankreich sich dem Ende näherte, geschrieben und ihm einen großen Anteil an der damals noch jungen Greenwood Timber Company angeboten. Everett hatte das Angebot angenommen, doch als er nach Kanada zurückkehrte, war er nicht, wie versprochen, nach Hause gekommen. Harris kochte vor Wut. Er war davon überzeugt, dass sich sein Bruder während der Zeit in Übersee an ein Leben ohne die Bürde eines blinden Invaliden, der im Wald zu nichts mehr nutze war, gewöhnt hatte. Und obgleich Everett immer der weniger Ambitionierte von beiden gewesen war, wusste Harris, dass er sich nun mehr davon versprach, sich allein durchzuschlagen. Doch Harris widerlegte ihn – ihn und alle anderen, die je an ihm gezweifelt hatten.

Dem Verrat seines Bruders zum Trotz beauftragte Harris während der erfolgreichen Jahre seines Unternehmens in der Nachkriegszeit einen Anwalt damit, ihn zu finden. Er erfuhr, dass Harris seit seiner Rückkehr für mehrere Vergehen verurteilt worden war – darunter Landstreicherei, Trinken in der Öffentlichkeit und geringfügiger Diebstahl – und in verschiedenen Gefängnissen in ganz Nordamerika eingesessen hatte. Da die Reihe der Anklagen und Gesetzesübertretungen vor etwa zehn Jahren unvermittelt abgebrochen war, bedeutete das nach Ansicht des Anwalts nicht, dass Everett auf den Pfad der Tugend zurückgefunden hatte, sondern dass es mit Harris' auf Abwege geratenem, ungebildetem, kriminellem Bruder vielmehr zu Ende gegangen war. Harris betrachtete diesen Ausgang als eine Art Barmherzigkeit. Es ist immer besser, einen kranken Baum gleich zu fällen, als ihn Fäulnis und Verfall zu überlassen.

Harris erreicht jetzt eine gewaltige Zeder – das erkennt er an der samtigen Rinde und dem Duft nach gesüßtem Tee. »Sie hatten gefragt, warum ich darauf bestanden habe, heute mit dem Bentley herzukommen«, ruft er seinem Assistenten zu und schraubt den Deckel von dem Glas. »Der Grund war, dass wir etwas brauchen, womit wir zügig zum Boot zurückkommen.« Harris begießt die Rinde mit Petroleum, und die Dämpfe dringen in seine Nase ein. Dann schleudert er das leere Glas in den Wald, wo es auf ein Mooskissen prallt, ohne zu zerspringen.

»Mit etwas Glück grillen wir dabei noch ein paar dieser dreckigen Baumdiebe«, sagt Baumgartner hart.

»Zumindest hoffe ich, sie haben Lust, eine Runde zu schwimmen«, sagt Harris und fischt ein Überallzündholz aus der Manteltasche.

»Nicht, dass es mir etwas ausmachen würde, Sir, aber es war ein trockener Winter, und diese Insel ist ein Pulverfass«, sagt

Baumgartner. »Das sind viertausend Hektar Primärbestand, die in Flammen aufgehen.«

Im Verlauf seiner Karriere hat Harris Greenwood die Rodung von über zweihundert Millionen Hektar Primärwald überwacht. Einige der dicksten, höchsten, prächtigsten Bäume, die dieser Planet je genährt hat, sind unter seiner Führung gefallen. Aber in nur drei Monaten wird seine Genehmigung für diese Insel erlöschen, was vermutlich ein Bietergefecht auslösen wird, das zweifellos das Holzsyndikat von Harris' finanziell bessergestelltem Rivalen H. R. MacMillan gewinnen wird. Und auch wenn ihn diese Holzverschwendung schmerzen wird, ist ihm der Gedanke, die Bäume würden entweder von Baumwilderern oder von MacMillan gefällt, unerträglich.

Mit einer kurzen Bewegung lässt er das Streichholz aufseufzen. Während die Flamme in seiner Hand von warm zu heiß wechselt, zählt Harris in Gedanken alles auf, was notwendig war, um einen solchen Baum hervorzubringen: ganze Ozeane an Regen und Jahrhunderte von Sonnenlicht. Dasselbe Sonnenlicht, das die Helme der Römer zum Funkeln brachte. Derselbe Wind, der die ersten Entdecker zu diesem Kontinent trug. Hier stehen Bäume, die höher sind als zwanzigstöckige Häuser; Bäume, die schon riesig waren, als die ersten Druckerpressen anliefen. Baudelaire hatte sie »lebendige Pfeiler« der Natur genannt, und Harris stimmt ihm zu. Und doch – fragt man irgendjemanden, der sein Leben inmitten von Bäumen verbracht hat, sagt er einem, dass Bäume zwar unbestreitbar beeindruckend, aber zugleich auch nur Unkraut auf Pfählen seien.

»Die wachsen schon wieder«, sagt Harris und wirft das Streichholz. Eine Wölbung aus Hitze presst sich gegen ihn, als Baumgartner seine Hand ergreift und ihn zum Wagen zieht. Nach einer noch holprigeren Fahrt zu dem kleinen Steg verfrachtet die Besatzung den Bentley rasch auf Harris' Schoner, und sie legen ab.

Draußen in der Bucht lehnt Harris sich auf dem Deck in den Stuhl mit der Leiterlehne zurück, umgeben vom halb wundersamen, halb grässlichen Geruch eines gesamten Waldes, der in Flammen steht. Er wittert Spuren von verkohltem Moos und siedendem Harz, den Duft in Brand gesetzten Holzes. Dann folgt das Krachen faustgroßer Tannenzapfen, die wie Maiskolben geröstet werden, und die hohen Schreie im Rauch umherstolpernder Rehe, die kaum durch das anschwellende Knacken und Grollen des Feuers dringen. Bald liegt puderfeine Asche auf seiner Haut, und er stellt sich den Flammenvorhang vor, der sich um die Insel zieht, das emporsteigende große Luftschiff aus Rauch und Funken, und er fragt sich, wie es aussieht. Baumgartner gibt sein Bestes, doch wie für die meisten Waldarbeiter sind Wörter für ihn nur grobes Werkzeug. Hätte Harris doch nur jemanden, der ihm die brennende Insel anständig beschreiben könnte. Er ist sich sicher, dass Schönheit darin steckt.

Man sollte darüber nachdenken. Eine ganz neue Stelle. Ein frisches Augenpaar. *Ein Beschreiber.* Er sinnt noch darüber nach, als sein Schoner aus der Bucht fährt und sich das tiefe Grollen des Feuers im allgemeineren Tosen des Ozeans auflöst.

Der Einsiedler

»Er hat es mit der Angst bekommen und ist mit dem Kind abgehauen«, sagt Howard Blank am Nachmittag darauf in dem Imbisslokal, das Lomax trotz des verwässerten Ketchups und des nach Spülwasser schmeckenden Kaffees regelmäßig aufsucht. »Aber das Tagebuch habe ich, ganz wie versprochen«, setzt Blank hinzu und zuckt mit den Augenbrauen. »Und gegen einen Teil der Belohnung gebe ich es gern zurück.«

Wenngleich es ihn enttäuscht, dass er das Kind nicht bekommt, befällt Lomax eine gewisse Erleichterung, als Blank – ein Schwachkopf mit einem halb ruinierten Gesicht, das ihm bereits den Appetit auf sein Club-Sandwich verdorben hat – in seinem Tornister kramt und ein kleines Buch mit festem Einband hervorzieht. Als Lomax es in die Hände nimmt, breitet sich eine Welle der Zufriedenheit in seiner Brust aus.

Doch seine Zufriedenheit verebbt ebenso schnell wieder, als er das Tagebuch durchblättert und nur eine Handvoll Einträge in einer kruden, männlichen Handschrift findet, die mit der sorgfältigen Kalligrafie auf Euphemias Schuber wenig gemein hat. Lomax zieht die Stirn kraus, streckt Blank mit der freien Hand auf den mit Sägespänen bestreuten Boden des Lokals nieder und geht hinaus.

Kurz vor Sonnenuntergang fährt Lomax zum Holtschen Anwesen. Nach der langen Autofahrt fühlt er sich, als wäre sein Rückenmark abgelassen und durch Säure ersetzt worden, also gestattet er sich einige satte Züge an einer Zigarre. Die Linderung setzt augenblicklich ein. In dem abgelegenen Waldstück, das Blank ihm am Nachmittag beschrieben hat, findet Lomax einen Blecheimer an einem Nagel.

Nachdem er einige Minuten lang die umstehenden Bäume inspiziert hat, findet er einen großen mit einem Nagel darin, an dem jedoch kein Eimer hängt, und er überlegt, dass Euphemia es bis hierher geschafft haben muss, ehe ihren Muskeln das Blut ausging und sie ihr Kind nicht weitertragen konnte. Er versucht, sich auszumalen, wie schwer ihr die Entscheidung gefallen sein muss, den Säugling in ein Bündel zu stecken und hierzulassen, weit oben aufgehängt, um es vor räuberischen Tieren zu schützen, während sie zum Anwesen zurückkroch, um Hilfe zu suchen.

Nicht weit entfernt findet Lomax noch weitere Eimer und folgt ihrer Spur bis zu einer gut versteckten, mit Schindeln verkleideten Hütte. Vor der Hütte liegt eine Ziege tot in ihrem Gehege, die heraushängende Zunge rosig wie Zuckerwatte. Drinnen entdeckt Lomax nur wenige menschliche Spuren: ein klobiger Holzofen – kalt. Ein paar fettige Kochutensilien. Ein archaisches Steinschlossgewehr. Kaninchenfallen. Säcke mit Maismehl. Kein Tagebuch.

Der Ärmlichkeit zum Trotz verspürt Lomax einen Anflug von Neid auf die karge Existenz des Einsiedlers. An Tagen, an denen ihm seine väterlichen Pflichten besonders schwerfallen, stellt er sich manchmal vor, an einen solchen ruhigen Ort zu verschwinden, wo er frei von Schulden und Verantwortung wäre. Kein Wunder, dass Greenwood das Kind unbedingt loswerden will. Wer ein so gutes Leben hat, für den gibt es keinen Grund, es sich mit Elternschaft zu verderben. Das Nichtvorhandensein von Kleidung und Geld deutet nichtsdestoweniger darauf hin, dass er endgültig verschwunden ist. Gewiss hat ihn sein Instinkt zur Flucht getrieben, und ihm ist gar nicht bewusst, dass er nichts Verbotenes getan hat.

Lomax weiß, dass er seinen Arbeitgeber nicht länger im Dunkeln lassen kann, und er stapft durch den Wald zurück und fährt zu Mr. Holts Stadtvilla. Als Lomax ihm von dem Einsiedler berichtet, der einen Säugling im Wald gefunden und nun vermutlich die Stadt verlassen hat, springt Mr. Holt auf.

»Und Sie glauben, das könnte mein Kind sein?«

»Gewiss, Sir. Es wurde am Morgen nach Euphemias Verschwinden auf Ihrem Grundstück gefunden.«

»Und das Tagebuch? Hat er es?«

»Das müssen wir noch herausfinden. Aber angeblich hat er es.«

Mr. Holt reckt sich jetzt und legt Lomax seine beiden wohlriechenden Hände auf die Schultern. »Wenn Sie sie mir wiederbringen – mein Kind und das Tagebuch –, dann wird ihre Hypothek auf ihren hübschen kleinen Backsteinbungalow vollständig getilgt, Mr. Lomax. Sie haben mein Wort. Sollten Sie jedoch scheitern«, fügt Mr. Holt hinzu und fegt Lomax ein paar unsichtbare Fussel von den Schultern, »und diese Laus entwischt mit meiner Tochter und dem Material, das ausreicht, um mich zu ruinieren, dann wird Ihr Haus noch Ihr geringster Verlust sein. Tatsächlich wären Sie dann besser beraten, gar nicht erst nach Saint John zurückzukommen.«

Um das Vertrauen seines Arbeitgebers zu stärken, erklärt Lomax sein Vorhaben, Bahnhöfe und Absteigen an der Bahnlinie entlang zu kontrollieren. »Sobald ich ihn gefunden habe«, sagt Lomax, »biete ich ihm eine angemessene Summe an. Kein Grund für ein Drama. Und bestimmt kein Grund, die Mounties in eine so sensible Angelegenheit hineinzuziehen.«

Lomax will sich gerade zum Gehen anschicken, da wendet sich Mr. Holt mit einem frostigen Lächeln zu ihm um und sagt: »Mr. Lomax? Sollten Sie irgendwann vor der Wahl stehen, entweder das Kind oder das Buch zu retten, entscheiden Sie sich für das Buch. Ist das klar?«

Als Vater von sieben weiß Lomax, dass das Gedächtnis eines Kindes unbeständig, formbar ist, während es sich mit Papier anders verhält.

»Vollkommen klar, Sir«, sagt er.

Kein Geschäft

Nun, da er das Kind am Hals hat – zumindest bis er einen halbwegs anständigen Ort findet, um es loszuwerden –, hat Everett sich geschworen, es nicht direkt anzusprechen. In seinem Zuckerbusch hat er eine ähnliche Regel angewandt: nicht mit Bäumen reden. Im Krieg hat er so etwas gesehen, Männer, die sich Dingen zuwenden, die nicht antworten können: Gewehren, Schützengräben, Schlamm, selbst ihren Stiefeln – das war stets der erste Schritt hinab in den Rübenkeller des Irrsinns gewesen. Als er in Europa zum ersten Mal im Leben ohne seinen Bruder war – der immer für sie beide gesprochen hatte –, ging Everett den Gesprächen mit seinen Militärkameraden aus dem Weg, indem er verschiedene Aufgaben übernahm. Als seine Vorgesetzten herausfanden, dass er als Holzfäller gearbeitet hatte, bekam er den Auftrag, die morschen Bretter zu ersetzen, die die Männer in den Schützengräben über den übelriechenden Schlamm hoben. Everett zog diese Tätigkeit dem gewöhnlichen Soldatendienst vor, auch wenn es sich bizarr anfühlte, in einer so verkümmerten, baumlosen Landschaft mit Holz zu arbeiten, mit aus Skandinavien oder gar Kanada herbeigeschafften Brettern, weil es in einer Entfernung von achtzig Kilometern keinen einzigen lebenden Baum gab.

Nachdem die Schreinerarbeiten erledigt waren, meldete Everett sich freiwillig als Blessiertenträger, wo ihm sein jugendliches Lauftempo sehr zupasskam. Während Kugeln die Luft zerschnitten, rannte er auf das mit Leichen übersäte Gelände zwischen ihnen und dem Feind hinaus und schaffte die Verwundeten auf einer Schlepptrage zurück. Nach einem Jahr wurde sein Regiment an die Somme versetzt. Dann nach Vimy. Dann nach Arleux-en-Gohelle. Dann nach Passendale. Jedes Gefecht grausamer und barbarischer als das vorherige. Aus Schlamm, so zähflüssig wie Rindertalg, zog er abgetrennte Gliedmaßen, an denen Stränge von gelblichem Fett und grauer Haut baumelten. Er sah, wie ein Schrapnell von der Größe eines Mülleimerdeckels einem Mann den Kopf wegsprengte. Er sah abgetrennte Hände im Schlamm liegen, streif und zusammengezogen wie große Alabasterspinnen. Es war, als würden die Schrecken, deren Zeuge er wurde, in einem Vorratsbehälter in seinem Inneren gespeichert, der sich mit jedem Tag ein Stück weiter füllte, bis er voll war und sein Gift in Everetts Blutbahn sickerte. In den letzten Kriegstagen wurde er aufgrund so heftiger Anfälle von Zittern und Verwirrung, dass er sich nicht einmal mehr die Stiefel schnüren konnte, ins Lazarett eingeliefert und dann nach Hause entlassen.

Heute Nacht jedoch schläft Everett gut und wacht bei Morgengrauen in dem Güterwaggon auf, den Säugling zusammengerollt neben sich. Sie fahren stumm dahin, bis der Zug gegen Mittag auf einem Nebengleis haltmacht, um einen Expresszug vorbeizulassen, und ein alter Vagabund zu ihnen in den Wagen steigt. Er ist unterernährt und mager, rote Halbmonde unter den Augen wie Wunden, und angesichts seiner Gebrechlichkeit schenkt Everett ihm wenig Beachtung und gönnt sich noch ein kleines Nickerchen. Doch als er erwacht, ist der Mann fort und Everetts rechter Fuß nackt wie ein Welpe. Der andere Stiefel ist noch da, aber die Schnürsenkel sind durchgeschnitten und halb herausgerissen worden.

»Was für ein Halunke klaut denn einen einzelnen Stiefel?«, fragt Everett das schlafende Kind und verflucht sich sogleich dafür, dass er sein Schweigegelübde gebrochen hat.

Everett sitzt da und betrauert sein Schicksal, bis sie die Augen aufschlägt. Sofort zieht sie die Mundwinkel herunter und legt los. Er öffnet ihren Strampelanzug und sieht, dass eine widerwärtige Paste ihre Flanellunterwäsche säumt, begleitet von einem überwältigenden Gestank. Mit angehaltenem Atem schlägt er den Stoff zurück. Noch nie hat er die weibliche Region so unmittelbar begutachtet: diese gleichzeitige Abwesenheit und Anwesenheit. Everett feuchtet einen Jutesack an und wischt sie sauber, dabei schreit sie wild. Da er keine Wäsche zum Wechseln hat, wickelt er sie in einen Futtersack, nachdem er die Rüsselkäfer herausgeschüttelt hat. Dann kratzt er mit dem Finger etwas Blaubeermarmelade aus dem Glas und steckt in ihr in den Mund. Glücklicherweise verstummt sie, schmatzt mit den Lippen und strampelt mit beiden Beinen gleichzeitig wie ein Ochsenfrosch.

Als der Güterzug später mitten in einem Stück Plantagenland hält, schaut er hinaus und sieht das Auslaufrohr eines Wasserturms, das sich auf den Kessel der Lokomotive herabsenkt. Jeder Landstreicher weiß, dass es unweit eines Wasserturms immer auch eine Wasserquelle gibt, und so lässt er den schlafenden Säugling im Stroh liegen und springt in den Schotter neben dem Gleisbett. In der Nähe findet er einen plätschernden Bach. Er taucht den beschmutzten Strampelanzug und die Flanellwäsche ins Wasser ein, zieht sie über die Bachkiesel, und der Schmutz taumelt in Klümpchen bachabwärts. Er beschwert die Wäsche des Säuglings mit Steinen, um den Bach seine Arbeit tun zu lassen, und geht dann bachaufwärts, um das Glas mit Wasser aufzufüllen.

»Sie haben auf meinem Land nichts verloren«, verkündet unvermittelt eine Stimme hinter ihm. Everett fährt herum und sieht sich einem kräftigen Mann von etwa fünfzig Jahren gegenüber, breiter Strohhut über sonnenverbrannten Ohren, in der Hand eine dicke Baumschere, wie man sie zum Stutzen großer Äste benutzt.

»Ich wasche mich bloß, Sir«, sagt Everett liebenswürdig und verflucht das Plappern des Bachs, das die Schritte des Mannes übertönt hat.

»Gut, Sie sind gewaschen, also gehen Sie.«

»In einer Minute. Es gibt doch keine örtlichen Gesetzesbestimmungen gegen Reinlichkeit, oder?«

»Nein, aber es gibt einige dagegen, dass Sie wieder in den Zug dort steigen«, sagt der Mann und deutet mit der spitzen Schere zu den Gleisen hinüber.

»Sie irren sich, Sir. Ich komme von der Straße her«, sagt Everett und nutzt die Gelegenheit, um zum Zug hinüberzusehen: Das Rohr des Turms ist zurückgezogen worden, aber die Waggons stehen noch still. »Ich bin per Autostopp gefahren. Auf der Suche nach Arbeit.«

»In welcher Richtung liegt denn die Straße?«, fragt der Mann.

Everett sieht sich um – verräterisch lange, wie er weiß. »Dort entlang«, sagt er und deutet über die linke Schulter des Mannes.

»Dann macht es Ihnen doch wohl nichts aus, *dort entlang* zu gehen, oder?«, erwidert er.

Everett hört das ferne *Knirsch-kratz* der Heizerschaufel, und die Lokomotive pfeift schrill. Geradezu unmerklich langsam setzt sich das Rädergetriebe in Bewegung. »Ist gut, ist gut, Sie haben recht, Sir«, sagt Everett und hebt die Hände. »Ich bin mit diesem Güterzug gekommen. Aber ich muss erst noch etwas holen. Dann gehe ich.«

Der Mann zeigt mit der Schere auf Everetts nackten Fuß. »Sie werden sich woanders einen Stiefel besorgen müssen.«

»Es ist nicht nur der Stiefel«, sagt er flehentlich. »Mein Besitz ist in dem Zug. Mein Schlafsack, meine gesamten Ersparnisse, Schnappschüsse von meiner Familie. Ich hole mir nur die Sachen und mache mich davon. Sie können mir die ganze Zeit zusehen.«

Quälend nimmt der Zug an Fahrt auf und pfeift erneut. Bald wird er etwa so schnell sein, wie ein Mann in Everetts Alter laufen kann. Seine Gedanken springen zu dem splitternackten Säugling, der in eine einsame Hölle aus Flüssigkeitsmangel und Tod davongekarrt wird.

»Sie gehören nicht in diesen Zug«, blafft der Mann. »Und ich bin es leid, dass uns Herumtreiber in den Bach scheißen.«

»Ich will ehrlich zu Ihnen sein«, fleht Everett. »Ich habe ein Kind da drin. Einen Säugling. Wenn Sie mich nicht gehen lassen, fährt es allein davon.«

»Ach, Bockmist. Wenn ich bis drei gezählt habe, sind Sie in Richtung Straße verschwunden«, sagt er und kommt mit erhobener Baumschere auf Everett zu.

Everett fühlt das alte Gift in seiner Blutbahn – die Brutalität, die er entwickelt hat, während er seinen Bruder und sich selbst auf dem Schulhof verteidigen musste, und die sich in ihm weiter konzentriert hat, während er im Krieg zusah, wie all die Jungen grundlos abgeschlachtet wurden.

»Zwei …«

Er wirbelt von der Schere fort und zieht den Mann mit sich, dreht ihn so, dass er in die Sonne schauen muss. Als er beide Augen zukneift, stößt Everett ihm die Spitze seines Ellbogens ins Gesicht.

Im Laufen hat er keine Deckung, und die Sonne steht hoch. Seine Füße trampeln laut auf dem Schotter neben dem Gleis, und das Zugpersonal wird ihn mit Sicherheit entdecken. Everett rennt, so schnell er kann, und schafft es kaum, mit dem Zug Schritt zu halten, aber als er gerade am Ende seiner Kräfte ist, erreicht er den Waggon, den er für den richtigen hält, und greift nach der Leitersprosse. Er wirft seine Brust auf die Holzplanken des Waggons und hofft nur noch halb darauf, drinnen das Kind vorzufinden.

Ein Beschreiber

Die Zentrale der Greenwood Timber Company befindet sich im Ostflügel von Harris Greenwoods weitläufiger Privatvilla in Shaughnessy. Harris weiß, dass die örtliche Geschäftswelt es exzentrisch von ihm findet, keine Büroetage in einem noblen Gebäude in der Innenstadt von Vancouver zu kaufen, aber er bevorzugt es, Unternehmen und Privatleben zu vermischen, und pariert alle Fragen zu dem Arrangement mit einem einstudierten Witz: »Warum sollte *ich* für eine schöne Aussicht bezahlen?«

Um sieben Uhr morgens sitzt Harris an seinem Schreibtisch und bereitet sich innerlich auf die Aufgaben des Tages vor, geht im Geiste die Sägewerksleiter, Holzkäufer und renommierten Kunden durch, mit denen er heute sprechen wird. Sein Büro ist seine Einsatzzentrale und zugleich seine Zufluchtsstätte, ein Ort, der ihm so vertraut ist wie die windschiefe Hütte, die Everett und er als Jungen gebaut hatten. Es gibt ihm Halt, sich am Schreibtisch seiner Routine zu widmen; dann strauchelt er nie, prallt nie gegen Wände oder stößt Regale um, muss nie nach Hilfe rufen wie ein im Wald verirrtes Kind.

Harris lässt Terrance Milner kommen, seinen langjährigen Sekretär und Buchhalter, einen vertrauenswürdigen Mann und unerschütterlichen Zahlenjongleur, der ihm die zu unterschreibenden Dokumente vorliest. Vor langer Zeit hat sich Harris von Baumgartner ein Tintenfässchen an den Schreibtisch schrauben lassen – dreißig Zentimeter vor, dreißig Zentimeter nach rechts –, und er verspürt einen zuverlässigen Kitzel der Befriedigung, wenn er den Füller in das Fass taucht, das genau dort steht, wo er es vermutet.

Dem Schreibtisch gegenüber hängen Käfige mit drei Dutzend exotischen Vögeln darin – abgesehen von seiner täglichen Routine sein einziges beständiges Vergnügen. Harris bestellt die Vögel per Telegramm bei spleenigen britischen Händlern, die sie ihm mit seinen heimkehrenden Frachtschiffen schicken. Diamanttauben. Zimter-Wellensittiche. Japanische Mövchen. Afrikanische Silberschnäbel. Ein Kunde, der das Pech hat, in den Morgenstunden mit Harris zu sprechen, kann ihn über das Krächzen und Zwitschern seiner Sammlung hinweg kaum verstehen. Seit vielen Jahren reicht der Gesang der Vögel aus, um die Anfälle von Lethargie und Niedergeschlagenheit zu vertreiben, die ihn gelegentlich überkommen. Doch die Freude an seiner gegenwärtigen Sammlung hat in den vergangenen Wochen nachgelassen, und um dem entgegenzuwirken, nimmt Harris sich vor, bald eine neue Bestellung aufzugeben.

Nachdem er den kümmerlichen Stapel von Ladungsmanifesten und Briefen des Tages unterschrieben hat, lässt ihn die relative Leere seines Schreibtisches enttäuscht zurück. Die Kaufbestellungen haben sich hier einst mannshoch getürmt – nach dem Krieg schien es, als müsste die ganze Welt wiederaufgebaut werden: öffentliche Gebäude, Häuser, Gleiskörper, Brücken. Mit fünfundzwanzig hatte er seine ersten tausend Hektar abgeholzt und mit siebenundzwanzig seine erste Million verdient. Viele behaupteten, seine Blindheit verschaffe ihm einen Vorteil, mache ihn scharfsinnig und unmöglich zu täuschen, und sein Riecher für Holz wurde legendär.

Aber seit die Krise sämtliche Gleisausbauten und Bergbauvorhaben sowie die Errichtung von Wohn- und Geschäftsgebäuden im Keim erstickt hat, blutet Greenwood Timber aus: fünfzigtausend Dollar im Monat an laufenden Überschreibungen, vor allem aufgrund rasch an Wert verlierender Lagerüberschüsse – erstklassige Balken und Bretter, die sich in der Witterung verziehen und verrotten – und steigender Löhne, gezahlt an Männer, die jede zweite Woche mit einem Streik drohen. Es ist auch nicht förderlich, dass sich die Russen im Grunde genommen der Zwangsarbeit bedienen. Ihr bestes Holz ist ebenso gut wie seines und auch anständig genormt, im Gegensatz zu den vier mal neun Zentimeter großen Latten, die einem die meisten Produzenten hier als fünf mal zehn verkaufen wollen.

Ohne Rotationspapier und Zeitungen wäre Greenwood Timber längst am Ende. Er beliefert alle kanadischen Zeitschriften und die Hälfte der großen amerikanischen Buchdrucker. Doch bald wird er Bäume zu Brei verarbeiten müssen, die früher als die Säulen von Palästen gedient hätten, was für einen Waldarbeiter so ist, als würde man ein erstklassiges Lendensteak zu Fleischwurst verarbeiten. Und alles nur, damit die Leute sinnlose Kreuzworträtsel ausfüllen und hirnlose Groschenromane lesen können.

Harris bekämpft seine Niedergeschlagenheit, indem er sich mit Telegrammen, diktierten Briefen und Telefonanrufen auf Trab hält, ehe er am Schreibtisch das Mittagessen einnimmt – Fasan, wie üblich –, während Milner ihm aus dem *Globe* vorliest, dem zufolge die wirtschaftlichen Grundlagen dem Markteinbruch zum Trotz stabil bleiben. Aber so einfach lässt Harris sich nicht überzeugen.

»Ein Baum verrät einem alles, was man über die Schwankungen des Wohlstands wissen muss«, sagt Harris zu Milner, den Mund noch voller Fasan. »Dunkle, dünne Ringe lassen auf trockene Jahre schließen. Dicke Ringe auf nasse mit reichlicher Ernte. Und der Waldarbeiter in mir vermutet, wir werden noch eine ganze Zeit lang dünne Ringe haben.«

Wäre er klug, hätte er sich längst auf Stahl verlegt und die Holzfällerei ganz drangegeben. Holz ist ein brutales Geschäft, und es braucht brutale Menschen, um es zu schlagen. Letztes Jahr war er auf der Weltausstellung in Chicago und hat dort nicht ein Mal das Wort Bauholz gehört – es ging nur um Legierungen, Glas und Plastik. Gebäude aus Stahlträgern, die jedes Feuer und jede Flut überstehen. Zwar hatte Harris vor Jahren die Gelegenheit, R. J. Holt aus Brunswick einige Bessemer-Stahlwerke abzukaufen, doch die Zahlen waren ihm zu riskant erschienen, und er war aus dem Geschäft ausgestiegen. Aber jeder, der nicht ganz auf den Kopf gefallen war, konnte den unvermeidlichen Niedergang der Holzbranche vorhersagen. »Die Zukunft ist nicht aus Holz gemacht«, hat er einmal einen Arbeiter aus einer seiner Fällmannschaften sagen hören, und seither verfolgen ihn diese Worte.

Um vierzehn Uhr klopft Baumgartner, und Harris lässt ihn eintreten.

»Wir haben erfahren, dass Regen eingesetzt hat und die Insel nur zur Hälfte abgebrannt ist«, erklärt Baumgartner. »Und es wird Sie freuen, dass auch keine Leichen zu beseitigen waren.«

Das freut Harris. Sowohl der Regen als auch die Tatsache, dass es keine Opfer gab. Nachdem sein Zorn auf die Baumwilderer verebbt war, hatte er die Vergeudung des guten Holzes bereut. Und nun haben ihn die Überlebenskünste der tapferen kleinen Insel noch mehr verzaubert.

Harris entscheidet sich, das Abendessen auch am Schreibtisch einzunehmen, und arbeitet während des Essens. Als er gerade den Schreibtisch aufräumt und sich in sein Zimmer zurückziehen will, erhält er einen Anruf von einem Absatzmittler, der ein Telegramm von Japans größter Eisenbahngesellschaft erhalten hat.

»Die sind offenbar auf der Suche nach Holz für ein Mammutprojekt«, sagt der Agent. »Sie haben Douglastannen in die Auswahl genommen, und sie brauchen fast eine Million davon. Das könnte ein beträchtliches Geschäft sein, Sir. Wie in alten Zeiten.«

»Haben sie die Russen erwähnt? Nehmen die an den Verhandlungen teil?«, fragt Harris und erhebt sich rasch.

»Sie hassen die Russen«, sagt der Agent. »Die würden nicht mal einen Klafter russisches Feuerholz kaufen, wenn ihre Hände an ihren Pimmeln festgefroren wären.«

»Und die Amerikaner?«

»Die Yankees haben kein gutes Holz mehr. Vor allem keine Tannen in diesen Mengen. Sie haben ihre schon selbst umgehauen.«

Noch bevor er aufhängt, beginnt Harris eifrig zu rechnen. Er wird selbst nach Japan reisen, um das Geschäft auszuhandeln, auch wenn er bereits die gigantische Leere des Ozeans spürt, die desorientierende Abwesenheit seiner Routine und die demütigenden Verwirrungen eines fremden Landes: unbekannte Unterbringung, unbekanntes Essen, unbekannte Architektur, unbekannte Stimmen, die in einer unbekannten Sprache trällern. Seine Vogelkäfige wird er nicht mitnehmen können; was, wenn ihn in Japan Niedergeschlagenheit und Lethargie überkommen und sich nicht bezwingen lassen? Wieder kommt ihm die Idee eines visuellen Assistenten in den Sinn. Jemand, der Licht in seine Geschäfte bringt, ihm innere Energie verleiht, seine Tage mit wohlformulierten Beobachtungen und seine Nächte mit dem Vorlesen der größten literarischen Werke erhellt. Ein *Beschreiber*. In diesem Augenblick seines langen, einsamen Lebens ist Harris Greenwood der Finsternis überdrüssig.

Der Holzstift

Als der Zug vor einer Kurve die Fahrt verlangsamt und die nächste Weiche mit einem Pfeifen ankündigt, sieht Everett unweit des Verbindungsbahnhofs vor ihnen fünf oder sechs Automobile und dazu Mounties in blutroten Uniformjacken, die unter den beleuchteten Dachvorsprüngen des Bahnhofsgebäudes vor dem Regen Schutz suchen. Was bedeutet, dass er den Mann in dem Obsthain stärker verletzt hat, als er dachte.

Das Kind in die Ellenbeuge gedrückt, senkt Everett das Kinn und wirft sich aus der Tür des Güterwaggons. Er taumelt in einen Graben und überschlägt sich, um schließlich schlitternd zum Stehen zu kommen. Er sammelt sich und zieht den Jutesack fort, um nach dem Kind zu sehen: weit aufgerissene Augen, ein Ausdruck blanken Entsetzens, an dessen Stelle bald eine langsam heraufziehende Grimasse tritt, die ihr ganzes Sein beherrscht – alles, während sie eine große Menge Luft in die Lunge saugt.

Dann geht es los.

»Tut mir leid, verdammt«, knurrt Everett inmitten des Grollens des vorüberfahrenden Zuges, während er sich in einen Birkenhain schlägt, der sich an den Gleisen entlangzieht. Er läuft und geht eine halbe Stunde lang, hält sich dicht an der Baumreihe, blickt sich regelmäßig nach Mounties um, die ihm folgen könnten, während das Kind brüllt, als stünde es in Flammen.

Nachdem sie der Rhythmus seiner Schritte schließlich eingelullt hat, bleibt er stehen, um sich zu orientieren, und Regen tropft von seinem Hut direkt in ihr Auge, und sie beginnt wieder zu schreien. Mit einem kohlenschwarzen Daumen wischt Everett ihr das Wasser aus dem Auge. »Ach, komm schon, du kleines Rabenaas«, sagt er. »Bei deiner Geburt warst du weniger trocken.«

Nach seiner Taufe wird das Kind trotzig, seine Augen verengen sich zu Schlitzen wie die einer Katze, die man wochenlang alleine gelassen hat. Und da erst bemerkt Everett sie: eine Delle, mitten auf der Krone ihres flaumigen Schädels. Entsetzt drückt er mit dem Daumen in die grausige Mulde und ertastet keinen Knochen, nur pulsierendes Blut und weiches Hirn. Er reißt die Hand zurück und untersucht ihre Pupillen, aber ihr Blick ist stet, und sie atmet normal. Es muss passiert sein, als sie durchs Gras gerollt sind.

Nachdem er eine Stunde lang gelaufen ist, löst sich die Wolkendecke auf, und da von Mounties nichts zu sehen ist und er auch keine Bluthunde bellen hört, riskiert er es, quer über ein Feld auf ein Farmhaus zuzugehen. Er lässt den Säugling an einem halb umgestürzten Zaun liegen und betritt die Veranda. Everett hat seit Jahren nicht mehr auf diese Weise um Almosen gebeten, und die Scham gräbt sich bereits tief in seine Brust. Ein schlaksiger Farmer in einem himmelblauen Overall erscheint in der Tür und sagt etwas auf Französisch. Offenbar sind sie nach Quebec hineingefahren, weiter, als er gedacht hatte. Als Everett zum Ausdruck bringt, dass er bereit ist, im Austausch gegen eine warme Mahlzeit zu arbeiten, schüttelt der Farmer den Kopf und schließt die Tür.

Einige Stunden weitergelaufen, pochen seine Waden, und ihm ist schwindelig vor Durst. Das Kind schreit erneut, und diesmal ist sein Gesicht nahezu blau, und die Schreie werden mit jeder Minute abgehackter. Womöglich hat es eine Hirnblutung und steht schon mit einem Fuß im Grab, und als er ein weiteres Farmhaus sieht, geht er diesmal mit dem Kind hinüber, das heult wie eine Luftschutzsirene. Eine Frau hält beim Aufhängen ihrer Bettlaken inne und kommt auf ihn zu.

»Dieses Kind braucht einen Arzt«, ruft Everett. »Es hört einfach nicht auf zu schreien. Und ich glaube, ich habe ihm ein Loch in den Kopf gemacht.«

Ruhig nimmt ihm die Frau das Kind aus den Armen, um es zu inspizieren. Sie trägt eine sorgfältig genähte Baumwollschürze, und ihre schwarzen Haare sind mit einer Schleife zurückgebunden. Er sieht zu, wie sie dem weichen Flaum auf der Mulde einen Kuss aufdrückt.

»Das ist nichts«, erklärt sie in breitem Quebec-Dialekt. »Der Kopf ist noch nicht ganz fertig gewachsen.«

Erleichterung überkommt Everett. Die Anwesenheit der Frau und der sanftere Nachhall ihrer Stimme haben das Kind beruhigt, das seine Nase in die Brust der Frau drückt und sich mit den Rückseiten seiner Handgelenke die Augen reibt.

»Sehen Sie, wie sie nach Milch sucht?«, sagt die Frau. »Ist bloß müde und hungrig.« Der Anblick beschämt Everett, und er schlägt die Augen nieder. Die Frau folgt seinem Blick hinunter zu seinem nackten, vor Schmutz schwarzen Fuß, dann bittet sie ihn herein.

Ihr Haus ist lichtdurchflutet, aufgeräumt, die im Landhausstil gehaltenen Wände der luftigen Küche kürzlich weiß getüncht. Ein hölzernes Kruzifix wacht über einen stabilen Tisch aus Ahornholz. Sie stellt einen Kupferkessel auf die Kochplatte und trägt das Kind zum Kühlschrank. Sie nimmt einen Krug Buttermilch heraus und gießt etwas in ein kleines Kännchen, aber als sie das Kind füttern will, setzte es eine trotzige Miene auf, fängt wieder an zu schreien und will nicht an der Tülle saugen.

»Sie mag Ziegenmilch«, sagt Everett. »Sie hat nur einmal welche bekommen, aber es hat ihr geschmeckt. Haben Sie hier Ziegen?«

Die Frau nickt, holt Ziegenmilch, und schon bald trinkt das Kind gierig.

Dann holt die Frau einen verzinkten Kübel, gießt das Wasser hinein. Sie schlägt den Jutestoff zurück, den das Kind beschmutzt hat, doch der Frau scheint das nichts auszumachen.

»Darum weint es«, sagt sie und zeigt auf die roten Quaddeln an dem Übergang, der ihre Beine mit ihrem unfassbar winzigen Körper verbindet. Im Kübel hält die Frau das Kind mit einer Hand über Wasser und schrubbt es mit der anderen ab. Danach schmiert sie ihm gelben Talg zwischen die Beine. »Das sollte gegen den Ausschlag helfen«, sagt sie. Dann wickelt sie es in ein Geschirrtuch, trägt es in das angrenzende Schlafzimmer und schließt die Tür.

Allein in der Küche, nimmt Everett die Diele in Augenschein und sieht keine kleinen Schuhe, nur zwei Paar glänzend schwarze Halbschuhe – ein Paar für Herren, eines für Damen –, die vermutlich nur zur Kirche getragen werden. Die Frau ist beinahe so alt wie Everett. Wenn es ein Kind geben könnte, wäre es schon da.

Nach einigen Minuten kommt die Frau aus dem Schlafzimmer geschlichen und zieht die Tür leise hinter sich zu, einen Finger an die Lippen gelegt. Sie macht ihm ein Brot mit Hüttenkäse und stellt ihm ein Glas Milch hin. Everett isst schweigend und muss sich zurückhalten, um das Brot nicht mit einem Bissen zu verschlingen. Bald sind auf der Veranda schwere Schritte zu hören, und ein Mann kommt herein und wischt sich die Hände mit einem Wachstuch ab. Er ist braun gebrannt, hat dicke Augenbrauen und eine gefährlich spitz wirkende Nase, und er trägt den gleichen Overall wie der Farmer, der Everett davongescheucht hat. Das Paar spricht in gedämpftem Ton miteinander. Die Frau zeigt mit unverhohlenem Entzücken auf das Nebenzimmer, während der Mann ernst nickt und seine Miene weder Missfallen noch Begeisterung verrät.

Der Mann schüttelt Everett die Hand und setzt sich zu ihm an den Tisch. Er massiert seinen Nasenrücken zwischen Daumen und Zeigefinger und spricht dann ein langes Dankesgebet, bevor er schweigend isst und dabei hin und wieder Everetts und sein eigenes Glas mit Milch auffüllt.

»Vielen Dank für das Essen, Sir«, sagt Everett anschließend. »Ich mache mich sehr gern nützlich, wenn Sie irgendwelche Arbeiten zu erledigen haben.«

Die Frau übersetzt, und der Mann geht in den Keller und kommt mit einem Paar alter Stiefel mit Zehenkappe zurück. Everett schiebt seine schmutzigen Füße hinein, die in den Stiefeln ein wenig hin und her rutschen, aber es wird gehen, und die beiden füttern den ganzen Nachmittag lang Schweine und misten Ställe aus. Mit gefülltem Bauch geht die Arbeit leicht von der Hand. Zur Farm gehören dreißig Milchkühe, Ziegen, Schweine, Maultiere und ein Hühnerstall. Am Rand der Weide erspäht Everett einige Zuckerahornbäume, zu stark angezapft für ihre Größe, die Auffangeimer allesamt zu hoch aufgehängt, aber er hält seine Zunge im Zaum, um nicht undankbar zu erscheinen.

Am Abend finden sie die Frau auf der Verandaschaukel sitzend, deren Messingkette im Takt des französischen Liedes quietscht, das sie für das Kind singt. Es liegt in ihrem Schoß, hält eine Sockenpuppe umklammert, die die Frau genäht haben muss, und trinkt aus einer Flasche mit einem roten Gummisauger. »Von den Nachbarn«, sagt die Frau mit Blick auf die Flasche. Die Männer nehmen ihre schweißbefleckten Hüte ab, setzen sich und lauschen ihrem Gesang, während der aufreizende Duft frisch gekochten Essens durch das Fenster dringt. Nach einer Weile gehen sie hinein und hängen ihre Kleider zum Trocknen über den Ofen. Everett nimmt die saubere Hose und das saubere Hemd, die ihm der Mann anbietet, und als er sich gerade auf der überdachten Veranda umzieht, bemerkt er ihn. Unter ihren Mänteln in die Wand geschlagen. Ein einzelner Holzstift. Sechzig Zentimeter über dem Boden, auf Augenhöhe eines kleinen Kindes.

Als Everett hineingeht, stellt die Frau Teller mit Hacksteaks, gekochtem Gemüse und kleinen Salzbrötchen auf den Tisch. Wieder betet der Mann. Die Frau legt ihre kupferbraune Stirn an das Ohr des Kindes und spricht das Gebet leise mit. Das ist also ein

Zuhause, ist alles, was Everett während der unverständlichen Rezitation zu denken vermag.

Nach dem Abendessen hält die Frau den Säugling auf der Hüfte, während sie einhändig den Abwasch macht, und der Mann fordert Everett zu einer Partie Schach heraus. Sie spielen schweigend, bis der Mann spricht, ohne den Blick von den Figuren zu heben: »Sie getauft?«, sagt er und stellt über seinem eigenen kahlen Schädel eine sprenkelnde Bewegung dar.

»Selbstverständlich«, versichert ihm Everett und verliert absichtlich. Hinterher führt der Mann Everett in ein leer stehendes Zimmer hinauf, wo ein Nachthemd neben alten Rasierutensilien liegt. Everett zieht sich um und legt sich hin, satt und zufrieden, wenngleich sich die mit Lappen gestopfte Matratze ungewohnt anfühlt, in der man wie in einem riesigen fleischigen Mund versinkt.

Aber wie das Kind gluckst und kräht, sobald die Frau es hochnimmt! Und wie ergiebig die Farm ist. Der Mann ist ein wenig ernst, aber was weiß eine Waise wie Everett schon darüber, wie Väter zu sein haben. Am nächsten Morgen, nach einem Bad und einer Rasur in aller Frühe, wird er es ihnen allen einfacher machen und sich in Richtung der Schienen davonstehlen.

Alle Güterzüge

Als Lomax von Mr. Holts Villa nach Hause zurückkehrt, schläft Lavern bei laufendem Radio im Wohnzimmer. Er trägt sie ins Bett, kommt neben ihr nur schlecht zur Ruhe und wacht am nächsten Morgen früh auf, packt seine Reisetasche und hinterlässt auf dem Küchentisch einen Zettel. Er müsse für Mr. Holt einen wichtigen Auftrag erledigen, schreibt er, der im Erfolgsfall alle ihre finanziellen Sorgen aus dem Weg räumen könne. Und er werde vor dem Geburtstag der Zwillinge in einer Woche zurück sein.

Er steigt in einen Zug und fährt erster Klasse nach Montreal, in einem Privatabteil mit smaragdgrünen Samtwänden. Normalerweise ist Mr. Holt eher knauserig, was Spesen angeht, doch er hat Lomax nicht nur ein großzügiges Gehalt ausgezahlt, sondern ihm auch erlaubt, sein persönliches Bahn- und Hotelkonto zu belasten.

Er wird zuerst in Montreal suchen, die Fremdenheime abklappern, nach einem alleinstehenden Mann mit einem Säugling fragen und dann improvisieren. Wäre er bei klarem Verstand gewesen, hätte Lomax sich bei der ersten Erwähnung der unsteten Vergangenheit des Einsiedlers sofort auf den Weg gemacht, aber Blanks Mumpitz hat ihn wertvolle Zeit gekostet.

Obwohl es erst Nachmittag ist, ist Lomax bereits erschöpft, und in seinem Rückgrat knistert ein Schwachstromschmerz, der ihm das Sitzen erschwert, also lässt er sich vom Schlafwagenschaffner sein Bett herrichten. Er hatte die Kiste mit den medizinischen

Zigarren eigentlich zu Hause lassen wollen, aber als er erfährt, dass das Schlafwagenbett für einen halb so großen Mann gebaut ist, ist er froh, dass sie doch ihren Weg in seine Reisetasche gefunden hat. Lomax zündet sich eine der Zigarren an und raucht sie komplett. Er bläst ihren süßen Dunst aus dem Fenster des Zugabteils, und bald krabbeln phosphoreszierende Käfer der Erleichterung durch seinen Körper.

Er lässt sich in das sanfte Schaukeln des Zugs fallen und spürt die unfassbare Weichheit der Laken kühl auf seiner Haut. Er schließt die Augen und gleitet in eine Erinnerung an Euphemia hinüber: Sie ist hochschwanger und schreibt, das kurz geschnittene Haar hinter die Ohren geklemmt, mit der tiefen Konzentration, die sie so mühelos heraufbeschwören kann, in ihr Tagebuch. Als sie schließlich hört, wie er ihre Wohnung betritt, blickt sie auf und lächelt, ein helles Strahlen wie von Sonnenlicht, das auf Wasser trifft.

»Ah, der Nachschub«, sagt sie fröhlich und kommt herüber. Ihr Bauch ist rund und prall und lässt sie nicht ganz an den Küchentresen herantreten.

Nachdem Lomax die Vorräte abgestellt hat, nimmt sie einen kleinen Stapel Bücher aus der Bibliothek, hebt sie an die Nase und atmet tief ein.

»Gibt es einen schöneren Geruch?«, fragt sie. »Und warum riechen Bibliotheksbücher wohl so ganz und gar anders als unsere eigenen? Wird dafür anderes Papier verwendet? Oder liegt es daran, dass sie von so vielen Menschen berührt wurden? Vielleicht ist es auch der gemeinsame Geruch all der Bücher in den Regalen der Bibliothek? Oder gibt es einen anderen Grund?«

Lomax sagt, er wisse es nicht, da er noch nie Anlass gehabt habe, über so etwas nachzudenken, was sie zum Lachen bringt. Sie findet das, was er sagt, immer sonderbar entzückend – aber es steckt nie Boshaftigkeit darin, und daher stört es ihn nicht. Tatsächlich gibt es wenige Dinge, die nicht ihre Neugier wecken, zumal wenn es um Geschriebenes geht: eine merkwürdige Formulierung auf einer Verpackung, die er mitgebracht hat; eine schlecht geschriebene Todesannonce in einer von Mr. Holts Zeitungen; eine Werbeanzeige mit Anführungszeichen an einer unerwarteten Stelle. Irgendetwas entlockt ihr immer ihr perlendes Lachen.

»Warum bleibst du nicht noch ein wenig?«, sagt sie, als er sich zum Gehen anschickt. »Ich mache uns einen Kaffee. Ich werde noch verrückt, wenn ich den ganzen Tag hier herumsitze ohne jemanden zum Reden.«

»Ein andermal«, sagt er.

»Warum hast du es in letzter Zeit immer so eilig?«

»Du weißt, warum«, sagt er knapp, lüftet seinen Hut und verlässt die Wohnung.

Als Lomax die Augen aufschlägt, füllt der blaue Schimmer des Morgens das kleine Fenster seines Schlafwagenplatzes aus. Mithilfe der Zigarre ist es ihm gelungen, die Nacht durchzuschlafen. Ohne den geringsten Blitzeinschlag steigt er aus dem Bett und fühlt sich so ausgeruht wie seit Jahren nicht. Er zieht sich an und fragt beim Frühstück das Zugpersonal nach einem allein mit einem Kind reisenden Mann. Anschließend geht er zur Spitze des Zuges und erkundigt sich bei Heizer und Bremser. Beide schütteln den Kopf. Als Nächstes sieht er in dem äußeren Gepäckraum nach. Zwischen den Koffern im rauen Wind findet er einen alten Indianer, der auf dem Boden kauert, einen abgetragenen runden Filzhut tief über die Ohren gezogen.

»Ich habe eine Frage, mein Freund. Bringt Ihnen ein Fünf-Cent-Stück ein.«

»Ich höre«, ruft der Mann argwöhnisch.

»Angenommen, Sie würden auf Züge aufspringen und hätten ein kleines Kind dabei.«

»Ich habe kein Kind –«

»Hören Sie einfach zu«, unterbricht ihn Lomax. »Angenommen, Sie *hätten* eins dabei – niemand unterstellt irgendetwas –, hätten aber nicht viel Geld und würden von Zug zu Zug springen. Wo würden Sie sich dann aufhalten? Genau hier?«

»Na ja, ich würde gar nicht in einem Personenzug mitfahren.«

Kein Wunder, dass der Bursche mittellos ist, stöhnt Lomax innerlich; sein Verstand ist in etwa so flexibel wie Glas. »Nein, ich habe mich nicht klar ausgedrückt«, fährt Lomax mit leicht herablassender Deutlichkeit fort. »Ich meine, *wenn* Sie in diesem Zug mitfahren würden. Wo würde man Sie dann finden?«

»Wie gesagt, ich würde gar nicht in diesem Zug mitfahren.« Der Unterhaltung überdrüssig, greift Lomax nach der Klinke und will die Tür hinter sich zuwerfen. »Ich würde mit einem Güterzug fahren«, sagt der Mann. »In einem offenen Güterwaggon. Ist sicherer. Weniger Gefahr, dass mich die Bullen erwischen oder mir das Kind auf die Schienen fällt. Außerdem sind Holzbohlen für so ein Kind viel wärmer als der Eisenboden.«

»Und wo genau würden Sie hinfahren?«, fragt Lomax grinsend und geht in die Knie, um dem Mann einen Dollarschein ins Hutband seiner schmutzigen Melone zu stecken. »Auf so einem Güterzug?«

»Toronto«, sagt er, als läge die Antwort auf der Hand. »Alle Güterzüge fahren durch Toronto. Da beginnen die ganzen Nebenstrecken.«

Liam Feeney

Im Normalfall hätte Harris eine solche Aufgabe an seine Untergebenen delegiert. Schließlich ist Milner ausgezeichnet im Erkennen von Dummköpfen und Baumgartner im Erkennen von Faulenzern, und zusammen haben sie schon etliche fleißige Arbeitskräfte aus dem wimmelnden Meer menschlicher Inkompetenz gezogen, das seit dem Markteinbruch von Tag zu Tag ansteigt. Aber bei einer so einzigartigen Position ist es entscheidend, dass Harris die heutigen Vorstellungsgespräche selbst durchführt, ohne jede Ablenkung oder Einmischung.

Bislang aber sind die Bewerber allesamt glanzlos gewesen: geistlos, uninspiriert, ohne Charme. Doch in den letzten Mann, der ihm von einem seiner regionalen Werksleiter empfohlen wurde, setzt er große Hoffnungen: ein irischer Poet von Ruf, der herübergekommen ist, um die großen kanadischen Wälder zu fällen. Neben seinen literarischen Fähigkeiten gilt er als einer der besten Schleppkahnführer weit und breit.

Für gewöhnlich vermeidet es Harris, von Angesicht zu Angesicht mit Fremden zu sprechen. Bei der Kommunikation über Telefon oder Telegraf stützen sich die Leute nicht auf Gesichtsausdrücke oder Gesten. Sie füllen Gesprächspausen und wählen ihre Worte mit Bedacht. Sie *beschreiben*. Einen Fremden zu treffen, ist für Harris, als würde er einen zufällig ausgewählten Zookäfig öffnen. Man muss auf einen Tiger oder einen Pfau gefasst sein. Einen Hasen oder einen Bärenmarder. Und wenn man herausgefunden hat, mit wem man es zu tun hat, ist es oft bereits zu spät.

Zur vereinbarten Uhrzeit geleitet Milner Liam Feeney herein. Sie schütteln sich über Harris' Schreibtisch hinweg die Hände. Feeneys Handschlag ist kühl, die Fingerbeeren sind dick wie Filz. Er riecht nach Tannenharz, Kufenfett, dem Meer und vielleicht – oder trügt seine Nase? – einem Hauch französischen Parfüms.

»Freut mich, Sie kennenzulernen, Mr. Greenwood, Sir«, sagt Feeney. Abgesehen von seinem irischen Akzent – messerscharfe *t*s und *l*s, die sich wie ein Teppich über die Zunge entrollen –, haftet seiner Stimme nichts übermäßig Poetisches an. Doch sie hat einen klaren Klang, deren Nachhall an ein Instrument erinnert, das Harris nicht genau bestimmen kann, eine Stimme, die mit einem Flüstern ein ganzes Theater auszufüllen vermag.

Da einer der anderen Bewerber den Stuhl verschoben haben könnte, deutet Harris nicht darauf, als er Mr. Feeney auffordert, Platz zu nehmen. Ohne Umschweife beginnt er von der anstehenden Reise nach Tokio zu erzählen, wo er mit dem größten Eisenbahnunternehmen einen Vertrag über Gleisschwellen aushandeln wird.

»Das beinhaltet natürlich eine Seereise«, sagt Harris. »Wäre Ihnen das recht, Mr. Feeney?«

»Seereisen sind meine Spezialität, Sir.«

»Mein Assistent Mr. Baumgartner wird ebenfalls mitkommen«, fährt Harris fort. »Er ist nicht nur der beste Holzfäller der Westküste, sondern auch immer für eine grobe Einschätzung gut. ›Der Himmel ist grau‹; ›Diese Bäume sind gerade gewachsen‹; ›Die Sonne scheint‹ – in dieser Art. Was ich aber benötige, ist ein ausgeprägteres Empfindungsvermögen. Jemanden, der Feinheit erkennt, Menschlichkeit, Schönheit« – das letzte Wort bringt ihn aus dem Gleichgewicht –, »jemanden mit einem Blick für Details. Glauben Sie, dass Sie diese Eigenschaften verkörpern, Mr. Feeney?«

»An einem guten Tag, Sir.«

War das schnippisch gemeint? »Ihre Hauptaufgabe wird es sein, mir Dinge zu beschreiben«, hört Harris sich fortfahren. »Meine Augen zu sein. Auf Englisch kann ich einem Zebra die Streifen abschwatzen. Aber wenn ich mich mit diesem japanischen Blödsinn herumschlagen muss, bin ich verloren. Dolmetscher kratzen nur an der Oberfläche. Ich brauche jemanden, der Gesichter beobachten, Manierismen erfassen, Situationen lesen kann.«

»Ich war immer ein Beobachter, Sir, schon seit meiner Kindheit. Das ist der Fluch des Dichters.«

Hört er den Anflug eines Grinsens? Mehr Schnoddrigkeit? Harris muss ihn ausführlicher reden lassen. »Haben Sie viel Erfahrung mit Blinden, Mr. Feeney?«

»Viel nicht, Sir. Nur mit der Handvoll Verwandter, die der Fusel hat erblinden lassen, fürchte ich.«

»Das macht nichts, ich brauche kein Kinderfräulein«, sagt Harris, ermutigt von der Schlagfertigkeit des Mannes. »Sie werden sehen, dass ich recht selbstständig bin. Und dann erzähle ich Ihnen vielleicht noch etwas über mich«, fährt Harris unermüdlich fort. »Ich bin durch und durch Waldarbeiter. Ich habe keine Familie. Weder Frau noch Kinder. Keine Zeit für solche Frivolitäten. Ich lebe für meine Arbeit. Und meine Arbeit sind die Bäume«, sagt er, ehe er einige weitere seiner Errungenschaften aufzählt.

Nachdem er geendet hat, äußert sich Feeney nicht dazu, und Harris baumelt über dem Abgrund des Schweigens und bereut bitterlich, seine Vögel fortgeschafft zu haben. Und warum erzählt er diesem Mann das alles? Als wäre *er* derjenige, der sich für eine Stelle bewirbt, und nicht umgekehrt? Er hat schon jetzt mehr persönliche Details mit diesem Fremden geteilt als mit Baumgartner in all ihren gemeinsamen Jahren. Dieses ganze Gerede darüber, dass er keine Frau habe und »durch und durch Waldarbeiter« sei. Was für ein Blödsinn.

»Haben Sie Familie?«, fragt Harris, an die Kante des Abgrunds geklammert.

»Kaum, Sir. Eine Tante in Cork. Eine Schwester, die vor meiner Abreise gestorben ist. Das ist im Grunde alles.«

»Gut, gut.« Warum sollte es gut sein, wenn er keine Familie hat? »Und was treibt einen irischen Dichter in die Wälder Kanadas?«

»In meinem Heimatland habe ich mich nicht wohlgefühlt, Sir. Es ist zu kleingeistig und weltabgeschieden. Und im Wald zu arbeiten bringt einen dem Wesen der Dinge näher. Außerdem verdient man damit mehr als mit dem Schreiben von Gedichten«, sagt Feeney knapp, und diesmal kann Harris das Grinsen hören.

»Wohl wahr«, sagt Harris wissend – warum spricht er ihn als Dichterkollegen an? Was weiß Harris schon über deren Finanzen? »Wissen Sie, während meines Studiums der Forstwissenschaft in Yale sagte man mir nach, ich hätte eine ›leichte Feder‹. Und trotz meiner offensichtlichen Beschränkungen habe ich die literarischen Klassiker studiert. Überrascht Sie das?«

»Nicht im Mindesten. Sie wirken wie ein klassischer Typ.«

Harris riskiert eine Geste zu seinem Bücherregal: »Ich habe eine schöne Sammlung von Büchern zusammengetragen, auch wenn ich Blindenschrift mühsam finde, zu schwerfällig für den flinken Geist. Ich bevorzuge die Musik der menschlichen Stimme.«

»Wer tut das nicht, Sir.«

»Die Stimme enthält viele Informationen, Mr. Feeney, mehr als nur die gemeine Bedeutung der Wörter. Da ist ein Tonfall, der Hintergrund eines Menschen, seine Empfindungen.« Eine weitere Pause, und Harris kann nicht abschätzen, wie seine Bemerkungen aufgenommen wurden. Ist er pedantisch? Natürlich kennt ein Dichter die Feinheiten der menschlichen Stimme!

»Ich brauche nicht einfach nur einen Beschreiber«, fährt Harris fort, »sondern einen Mann, der der Sprache Leben einhauchen kann. Einen, der mein Interesse aufrechtzuerhalten vermag. Hatten Sie als Dichter schon viele öffentliche Lesungen, Mr. Feeney?«

»Ab und an«, sagt er unverbindlich.

Das genügt. Harris hat sich von seinen vorschnellen, laxen Antworten genug provozieren lassen. »*Ab und an?*«, versetzt er. »Ich habe Sie gefragt, ob Sie viele Lesungen abgehalten haben, Mr. Feeney.«

»Ja, Sir, das haben Sie. Worauf ich antwortete: ›Ab und an.‹ Gut, dass wir auf demselben Stand sind.«

Eine weitere nervenzerfetzende Pause. Harris erinnert sich daran, wie Everett als Junge der Welt ähnlich flinkzüngig begegnet war und wie ihn das immer wütend gemacht hatte. Jetzt nimmt er einen tiefen, schroffen Atemzug. »Ich rate Ihnen, vorsichtig zu sein, Mr. Feeney. Vielleicht glauben Sie, dass Sie mir als Künstler intellektuell überlegen sind? Dass ich die Rolle des vulgären Industriellen spiele und Sie die des edlen, sorglosen Dichters? Meiner Erfahrung nach ignorieren Künstler nur allzu gern die unangreifbare Tatsache, dass sie ohne mein Holz bibbernd im Dunkeln sitzen würden und allein in den leidenden, unterkühlten Gesichtern ihrer Kinder lesen könnten. Ohne Männer wie mich wäre selbst Shakespeare nur ein zitternder Spinner gewesen, der mit seinem eigenen Urin an die Wände einer feuchten Höhle geschrieben hätte.«

Nun ist er sich sicher, dass Feeney in sich hineingluckst, was ihn halb zornig macht und halb selbst zum Lachen anstiftet. Er übertreibt wirklich etwas, oder? *Mit seinem eigenen Urin?*

»Vielleicht glauben Sie auch, ein Blinder sei nicht in der Lage, einen Laden wie diesen zu führen?«, fragt Harris bedrohlich, die Hände auf den Schreibtisch gestemmt.

»Einen *Laden*, Sir?«, sagt Feeney. »Bei einem Jahresauskommen von drei Millionen kann man kaum von einem Laden sprechen. Ich würde sagen, Sie schlagen sich sehr gut.«

Für Harris ist es so ungewohnt, mit einer solchen Offenheit angesprochen zu werden, dass er es beinahe genießt. »Das waren die Zahlen vor dem Markteinbruch«, sagt er, lehnt sich in seinen Sessel zurück und klemmt die Daumen unter die Achseln. »Aber wie es scheint, wissen Sie doch etwas über mich.«

»Nur die wichtigen Dinge, Sir.«

»Wie zum Beispiel?«

»Nun, dass Sie Ihr Augenlicht im Krieg verloren und als Entschädigung eine Auszeichnung erhalten haben.«

»Bloße Gerüchte und Übertreibungen. Noch etwas?«

Eine weitere Pause.

»Ich verlange von meinen Angestellten Ehrlichkeit, Mr. Feeney.«

»Dass Sie Ihre Ochsen besser bezahlen als Ihre Männer. Ungeachtet ihrer Ehrlichkeit.«

Harris überlegt, ihn augenblicklich vor die Tür zu setzen und ihn von Baumgartner am Ohr auf den Bürgersteig schleifen zu lassen. Aber es war eine gut gesetzte Spitze. In gewisser Weise wahr. Und sie bedurfte Verve.

»Bislang hat sich noch kein Ochse beschwert«, sagt Harris. »Nichtsdestoweniger versichere ich Ihnen: Wenn Sie Ihre Pflichten zu meiner Zufriedenheit erledigen, werde ich Sie dafür gut bezahlen, viel besser als dafür, dass Sie mir die Baumstämme zu den Sägewerken schleppen. Interessiert Sie *das* vielleicht?«

»Das tut es«, sagt Feeney, von der Allmacht des Dollars zur Einsicht gebracht.

»Dann hätten wir das«, sagt Harris und klatscht in die Hände. »Aber ehe ich meine abschließende Entscheidung treffe, möchte ich Sie bitten, sich einen Band aus meinem Bücherregal auszusuchen und mir einen Vers Ihrer Wahl vorzulesen.«

Er hört, wie Feeney aufsteht und sich mit schlurfenden Schritten durch den Raum bewegt. Einen Moment lang befürchtet Harris, er werde das Büro verlassen, bis er das lederne Seufzen des Sessels und das Geräusch umgeschlagener Seiten hört. Dann beginnt Feeney ansatzlos zu lesen.

Harris erkennt die Stelle sofort: Tennyson, ein guter und weniger bekannter Vers von ihm. Doch mehr noch als die Worte ist es die Stimme – ein liebliches, erhebendes Instrument –, die ihn umgarnt. Sie ist allenfalls eine Cousine der Sprechstimme dieses Mannes und ihr doch überlegen. Der klare Ton eines Saiteninstruments – ein Cello, ja, das ist es –, aber ausdrucksstärker, vor Leben strotzend, die Vokale und Konsonanten fügen sich so säuberlich ineinander wie bei einem verleimten Holzkästchen.

Baumgartner begutachtet Holzfälleranwärter oft wie Vieh, ehe er sie einstellt, untersucht ihre Zähne und gleicht die Farbe ihrer Augäpfel mit einem Stück weißer Pappe ab. Und auch wenn Harris weiß, dass Blinde oft mit der Hand über jemandes Gesicht fahren, um sich ein Bild zu machen, hat er das noch niemandem zugemutet. Es ist ihm immer so vulgär erschienen. Wie ein grabschendes Eingeständnis seiner Schwachheit. Doch zum ersten Mal im Leben wünscht Harris nun, er könnte das Gesicht Liam Feeneys ertasten, dieses Mannes, den er zu seinem Beschreiber auserkoren hat und der über eine Stimme verfügt, die so viel packender ist als alles, was er je erlebt hat.

»Sie sind eingestellt«, sagt Harris brüsk, nachdem Feeney geendet hat. »Also reden Sie nie wieder so mit mir.«

Ein Riegel Seife

Er hat gehört, die Mineralien im Ahornsirup würden die Haare doppelt so schnell wachsen lassen, und Everett glaubt es. Früh am Morgen macht er Jahre dieses Wachstums mit der Schere der Frau ungeschehen, zupft eine Handvoll Bart nach der anderen ab wie die Pelze kleiner Tiere und wirft sie aus dem schwach beleuchteten Fenster, damit die Eichelhäher sie zum Nestbau verwenden können. Nachdem er sich mit einem Rasiermesser glatt rasiert hat, stutzt er sich die Haare im Nacken wie früher im 116. Kanadischen Infanteriebataillon und lässt sich dann ein Bad ein. Es ist gute zehn Jahre her, dass er irgendwo anders als in einem Bach gebadet hat, und es erfüllt ihn mit Ruhe und Gelassenheit, zumal da sich seine Sorgen ihrem Ende nähern. Ohne einen lästigen Säugling im Schlepptau werden ihn die Güterzüge in zwei Tagen nach Saint John zurückbringen, wo er seine Zapfinstrumente einpacken wird, um an einem anderen Ort neu anzufangen. Vielleicht wird er dem Paar sogar ein paar Dollar für einen Zugfahrschein stibitzen und wie ein aufrechter Bürger nach Hause fahren.

Er schrubbt seinen Körper ab, als unten laut gegen die Tür gehämmert wird. Der Mann spricht Französisch mit anderen Männern. Zwei von ihnen. Dann spricht die Frau. Nach dem Gespräch wird die Tür geschlossen, und das Paar flüstert eine Zeit lang. Dann wird geflüstert und geschrien. Dann nur noch geschrien. Bald schluchzt und weint die Frau, und der Mann bellt eine letzte

Anweisung heraus, die das Badewasser um Everett erzittern lässt. Zuletzt klappert die Frau in der Küche herum, lässt nur noch das grob behandelte Geschirr für sich sprechen.

Als Everett in sein Zimmer zurückkehrt, liegen seine Kleider gewaschen und gefaltet auf der Bettdecke. Er zieht sich an und geht mit leisen Schritten hinunter, wo er seinen gepackten Rucksack neben den Stiefeln stehen sieht, die er von dem Mann bekommen hat. Der Mann steht mit versteinerter Miene kerzengerade im Flur. Neben ihm seine Frau. »Die Nachbarn«, sagt sie. »Die, von denen ich die Flasche hatte. Sie sagen, die Mounties suchen nach einem Mann mit … einem Säugling.«

Der Mann im Obsthain muss Everetts Behauptung, sein Kind sei im Zug, an die Behörden weitergetragen haben. Entweder das, oder die Mounties haben die schmutzige Flanellunterwäsche und den Strampelanzug aus dem Bach gezogen und selbst eins und eins zusammengezählt. »Immer mit der Ruhe«, setzt Everett an. »Das heißt ja nicht, dass wir nicht –«

»Gehen Sie«, sagt der Mann mit fester Stimme und macht einen Schritt auf ihn zu.

»Ich habe Ihnen ein paar Sachen eingepackt«, sagt die Frau. »Etwas zu essen. Und neue Flanellunterwäsche, die ich für … für sie genäht habe.« Sie verschwindet im Schlafzimmer, während Everett seine Stiefel schnürt, und kehrt mit dem schlafenden Säugling zurück. Die Frau reicht ihm das Kind mit abgewandtem Gesicht, als handelte es sich um einen schrecklichen Unfall, den man besser nicht mit ansehe.

»Ich danke Ihnen für Ihre Gastfreundschaft«, sagt Everett auf der Türschwelle. »Und es tut mir leid, wenn ich Ihnen Scherereien bereitet habe.«

Der Mann presst die Lippen aufeinander und nickt.

»Warten Sie«, sagt die Frau und streckt die Hand aus; darin liegt ein Riegel selbst gemachter Olivenölseife, die nach Lavendel duftet. Noch Jahre später wird sich Everett an diese Seife – und an den auf halber Höhe eingetriebenen Holzstift – erinnern. Es waren die zwei traurigsten Dinge, die er je gesehen hatte. Dieser Holzstift. Diese Seife in der ausgestreckten Hand der Frau.

Er schleicht sich aus dem Haus und marschiert über das Feld, hält sich von der Straße fern, bis er den Birkenwald erreicht. Bei Tageslicht kommt er besser voran, und er horcht aufmerksam auf Hunde. Sie warten kurz an der Bahnabzweigung, bis ein leerer Güterzug vorbeikommt, auf den sie aufspringen – um sogleich von einem Bremser erwischt zu werden, der Everett sein Bedauern ausspricht, sie aber dennoch hinauswirft. Sie ziehen sich zum Warten in eine verlassene Telegrafenstation zurück, wo Everett an dem gepökelten Wildschweinfleisch knabbert, das ihm die Frau zusammen mit zwei Eierbroten und fünf in ein paar frischer Socken gewickelten Silberdollar eingepackt hat, und das Kind an seiner Sockenpuppe herumnuckelt. Als es Hunger bekommt, gibt er ihm etwas Milch aus der Trinkflasche – keine Ziegenmilch, sondern Buttermilch, die die Frau in der Eile versehentlich eingepackt haben muss. Diesmal aber ist das Kind hungrig genug, um sie zu trinken, wenngleich es nicht lange dauert, bis es explosionsartige Blähungen bekommt.

Um die Abendessenszeit springen sie unbemerkt auf einen weiteren Zug auf. Der Waggon ist zur Hälfte mit Kisten voller flatternder Hennen gefüllt. Daunen fliegen durch die Luft, und der schweflige Exkrementgestank ist zwar unangenehm, aber erträglich. Everett bindet die Tür von innen mit etwas Hühnerdraht fest, damit keine Landstreicher zu ihnen hereinkommen können. Aber immer wenn die Hennen flattern und gackern, zuckt das Kind ängstlich zusammen, und als Everett ihm zum Trost die Sockenpuppe geben will, merkt er, dass er sie bei der Einfahrt des Zugs in der Eile dort vergessen hat, wo sie gewartet haben. »Deine Puppe. Diese Menschen. Das Zuhause. Alles dahin.«

Sie schreit stundenlang.

Die Stadt

Harvey Lomax nimmt sich auf Mr. Holts Rechnung eine Suite im fünfzehnten Stock des King Edward Hotel in Toronto, hoch über dem großen kobaltblauen See. Es ist luxuriös ausgestattet, einschließlich einer großzügigen Sitzgruppe und eines eigenen Badezimmers mit einer muschelförmigen Badewanne. Normalerweise würde Lomax es sich im Traum nicht einfallen lassen, solche Kosten zu verursachen, aber Mr. Holt hat ihm versichert, dass er seine wichtige Suche nicht anständig durchführen kann, wenn er dabei in engen, schlecht belüfteten Räumen nächtigen muss.

Lomax weiß, dass er sich verraten wird, wenn er seinen üblichen maßgeschneiderten Dreiteiler trägt, also kauft er sich bei einem Straßenhändler einen Blaumann und ein Leinenhemd. Er zieht beides an, dann nimmt er eine Handvoll Erde aus dem Lilienbeet vor seinem Hotel und reibt sie sich über Gesicht und Kleider, was ihm neugierige Blicke von den Hoteldienern einträgt. Auf diese Weise getarnt, zieht Lomax von Absteige zu Absteige, vor allem in der Nähe der Gleisgelände. Den Empfangsleuten steckt er einen Dollarschein zu, auf den er den Namen seines Hotels geschrieben hat, und bittet sie, nach einem mittellosen Mann mit einem Säugling Ausschau zu halten. »Die meisten rennen vor ihnen davon, statt sie mitzuschleppen«, bemerkt einer von ihnen skeptisch.

»Bist du's, Everett?«, sagt Lomax zu einem dunkelhaarigen Mann in der passenden Größe, der einen Kinderwagen vor sich herschiebt. Von allen Kniffen, die er beim Geldeintreiben über die Jahre hinweg angewandt hat, um jemanden zu identifizieren, ist dies der mit Abstand effektivste. Doch der Mann bleibt ungerührt, und bei näherer Betrachtung sieht Lomax, dass der Kinderwagen voller leerer Dosen und Eisenteile ist.

Abends kabelt Lomax Mr. Holt, er müsse ihm mit Bedauern mitteilen, dass sein erster Tag in Toronto erfolglos verlaufen sei. Die Antwort seines Dienstherrn folgt postwendend:

habe ganzes vertrauen in sie gesetzt mr lomax stopp enttäuschen sie mich nicht stopp rj

Tag für Tag dreht Lomax seine Runden durch Hotels, Absteigen und Kneipen. Das stundenlange Marschieren ist Gift für seinen Rücken, und gegen Abend bricht Lomax beinahe auf der Straße zusammen. Um es zum Hotel zurückzuschaffen, muss er die letzte Zigarre rauchen, was er bedächtig tut, mit zahlreichen Pausen zwischen den einzelnen Zügen. Als alle aufgeraucht sind, schämt er sich, Mr. Holt zu bitten, er möge ihm Nachschub schicken. Also beißt er die Zähne zusammen, kauft sich ein Paar gute Halbschuhe und marschiert tapfer weiter. Doch um ihn herum wird die Stadt immer düsterer: Eisengepanzerte Wolken schleifen ihre grauen Bäuche über die Dächer verklinkerter Mietshäuser; ein Krüppel schiebt sich auf einem Stück Autoreifen durch die Gegend; eine Frau steckt den Kopf in einen Mülleimer und schreit. Die Stadt, so wird ihm bewusst, ist eine Art Irrgarten, in dem Seelen umherstreifen und zusammenbrechen, verdammt durch irgendetwas, was sie getan haben, oder etwas, was sie nicht tun können.

Jeden Abend kabelt er Holt pflichtschuldig den immer gleichen Bericht. Und obwohl er an den Antworten seines Dienstherrn eine zunehmende Knappheit wahrnimmt, beteuert Lomax sich selbst, dass er mit etwas Beharrlichkeit sein Ziel erreichen wird.

Als Lomax am Ende seiner ersten Woche in einem Schnellimbiss zu Mittag isst, setzt sich ein Mountie neben ihn, der mit Lavern zur Schule gegangen ist. Der Mountie erwähnt beiläufig, der Bruder eines Senators sei kürzlich auf einer Apfelplantage in Ontario von einem Landstreicher angegriffen worden, der behauptete, ein kleines Kind in seiner Obhut zu haben. »Inspektoren der Kanadischen Bundesbahn verhören entlang der ganzen Bahnstrecke Herumtreiber, führen Razzien in Obdachlosenlagern durch, kontrollieren die Gästeverzeichnisse billiger Hotels. Hundert Gammler sind festgenommen worden. Ein Kind wurde bislang bei keinem gefunden.«

Lomax eilt zurück in die Suite, wo er auf und ab geht. Wenn Greenwood, das Kind oder das Tagebuch den Bahnbeamten in die Hände fallen, wird das für seinen Arbeitgeber fürchterliche Auswirkungen haben. Aber wenn sich der Vorfall in Ontario ereignet hat, bedeutet das, dass Greenwood tatsächlich auf dem Weg nach Westen war. Also kabelt Lomax Mr. Holt und bringt ihm die Nachricht behutsam als eine positive Entwicklung näher, und er ist erleichtert, als Holt erfreut reagiert. Lomax gelobt, seine Anstrengungen, Greenwood vor den Mounties zu finden, zu verdreifachen.

Nach dem Abendessen bringt ihm ein Page ein weiteres Telegramm an die Tür:

bist schon über 1 Woche weg stopp hast geb.tag der zwillinge verpasst stopp harvey jr hat krupphusten stopp angie hat 2 zähne verloren stopp konnte keine münzen unter kopfkissen legen stopp konto fast leer stopp alles liebe lavern

Nachdem er sie gelesen hat, wirft er die ärgerliche Karte aus dem Fenster seiner Suite und blickt ihr hinterher, als sie auf die Straße flattert wie eine verkrüppelte Taube. Es sieht Lavern nicht ähnlich, so ungeduldig zu sein, und das ist gerade das Letzte, was er brauchen kann, während Mr. Holt ihm im Nacken sitzt und Ergebnisse vorgelegt bekommen möchte. Und außerdem weiß er ganz genau, dass im Haus genug Geld für Einkäufe herumliegt und es genug Münzen gibt, die man Angie unter das Kopfkissen legen könnte. Lavern sollte dankbar sein, dass die Kinder ihren Vater überhaupt kennen, ganz zu schweigen davon, dass sie ausreichend zu essen haben und nicht arbeiten müssen wie Lomax als Kind. Aber um des lieben Friedens willen ruft er den Telefonisten des Hotels an und drahtet seiner Frau hundert Dollar von dem Gehalt, das Mr. Holt ihm gezahlt hat, zusammen mit der Nachricht, dass er wohl in wenigen Wochen nach Hause kommen wird. Wobei ihn die Ahnung beschleicht, dass ihn diese Angelegenheit weiter von seinem geliebten Zuhause fortführen wird, als er es je gewesen ist.

Die Stadt

Selbst im Dunkeln erkennt Everett an dem besonderen Duft der Pflanzen – Buche, Balsam und Schwarzbeere mit einem Hauch Zirbelkiefer –, dass sein Güterzug an Kingston und damit an dem Waldstück vorüberfährt, in dem sein Bruder und er ihre Jugend bei Mrs. Craig verlebt haben. Und es überrascht ihn, dass er sich nach dieser langen Zeit an sämtliche Grünschattierungen dieses Waldes erinnert. An den Bach, der nach Kupfer schmeckte und nach den Bäumen, zwischen denen er hindurchfloss. Und er fragt sich, ob Harris es sich auch noch ins Gedächtnis rufen kann oder ob die Erinnerung geschwunden ist, nachdem er sein Augenlicht verloren hat, wie bei einer Pflanze, die in einen Schrank gesperrt wird. Wahrscheinlich hat die Gier Harris zu sehr die Sinne vernebelt, als dass er sich an den Kastanienbaum erinnern könnte, der über die Hütte ragte, die sie gebaut hatten, und seine Früchte auf ihr Blechdach fallen ließ. Das brachte die Brüder immer zum Lachen.

Als der Zug in Toronto ankommt, nimmt Everett den Säugling, springt aus dem Güterwaggon und trottet über einen Viehhof voller dampfender Rinder in die Stadt hinein. Die ersten beiden Fremdenheime, die er aufsucht, sind angeblich voll belegt, aber er hat den Verdacht, dass die Brandlöcher in seinem Mantel, seine Waschbärenmaske aus Kohlenstaub und die seltsame, sich windende Ausbeulung an seinem Bauch seiner Sache nicht gerade zuträglich sind. Everett wagt sich in einen heruntergekommeneren Teil der Stadt, wo grauenhaft stinkende Mülltonnen auf den Gehwegen in der Sonne stehen und in den Gassen eiercremegelbe Unterwäsche flattert. Über ihnen wird ein Nachttopf ausgeschüttet, und ein Schwall Unrat verfehlt sie nur knapp.

Es wirkt auf ihn, als hätte die Krise Toronto noch stärker in Mitleidenschaft gezogen als Saint John. Es ist, als wäre ein Artilleriegeschütz abgefeuert worden, gefüllt mit Verzweiflung und Elend statt mit Schießpulver. Auf Bänken und Stufen, auf Überröcken, gewachster Pappe und kreuz und quer übereinandergelegten Stöcken schlafen Menschen. In einem Park sieht Everett eine Frau, nicht älter als zwanzig, auf der Erde liegen, die entweder bewusstlos ist oder nie wieder zu Bewusstsein kommen wird – in ihrem Schritt bereitet sich ein dunkler Fleck aus, im Knopfloch ihres Kragens steckt eine frische Blume.

Schließlich darf sich Everett am Empfang eines heruntergekommenen Fremdenhauses mit falschem Namen in ein Gästeverzeichnis eintragen. »Kein Alkohol, keine Mädchen, keine Kinder«, sagt der Mann und zeigt auf ein Schild hinter Everett, auf dem wohl genau das steht. Er führt Everett hinauf in einen großen Gemeinschaftsraum, wo dreißig Matratzen auf dem Boden zu einem Gittermuster angeordnet sind. Nachdem der Empfangsmann gegangen ist, dreht Everett den anderen den Rücken zu und wickelt das Kind aus, um es mit der Lavendelseife der Frau abzuschrubben.

Am Abend schmiegt sich das Kind an ihn, während schattenhafte Gestalten hereinkommen, bis alle Matratzen belegt sind und ihre animalischen Gerüche und nächtlichen Ausströmungen den Raum erfüllen. Mitten in der Nacht zerrt ein Mann ein Mädchen auf die Matratze neben ihnen, das er eine Stunde lang unter Flüstern und Zischen bedrängt. Das Kind erwacht, und Everett hält ihm die Ohren zu, bis der Mann aufstöhnt und dem Mädchen sagt, es solle verschwinden.

Als Everett später aufwacht, sind die meisten der Schlafgäste schon aufgebrochen, um zu betteln, zu arbeiten oder sich in einer

Mischung aus beidem zu betätigen. Nachdem er den Schlafplatz eine Woche im Voraus bezahlt und am Morgen ein Glas Ziegenmilch gekauft hat, sind die Silberdollar der Frau beinahe ausgegeben. Draußen auf der Straße hört er einen Mann mit einem elektrischen Megafon von einem Laster rufen: »In der Holtschen Koksmühle in Fredericton werden fünfzig Männer gebraucht! Ein Dollar fünfunddreißig am Tag! Bahnfahrt inbegriffen!«

»Ich kann doch nicht für diesen garstigen alten Holt arbeiten, oder?«, sagt Everett zu dem Kind. »Wo er dich in der Kälte an den Baum gehängt hat?«

Nachdem er den ganzen Morgen lang nach Arbeit gesucht hat, füttert Everett das Kind auf einer Bank in einem Park, wo sich eine Reihe arbeitsloser Männer versammelt hat, um lose Zeitungsseiten und ergatterte Zigaretten zu teilen. Irgendwann ruft ein Mann in einem nicht fahrtüchtigen, von einer gescheckten Stute gezogenen Ford Model T von der Straße herüber: »Sucht ihr Arbeit?« Keiner der Männer auf den Bänken rührt sich, und obwohl Everett weiß, dass dieses Desinteresse wahrscheinlich ein böses Omen ist, geht er zu dem Wagen hinüber.

»Ich schon«, sagt er. »Aber ich habe ein kleines Kind dabei.«

»Kein Problem«, sagt der Mann. »Ich kenne eine Frau, die darauf aufpassen kann, wobei dich das wahrscheinlich die Hälfte des Tageslohns kostet, den ich dir zahle.«

»Das macht mir nichts aus. Was ist es für eine Arbeit? Befrachten?«, fragt er und deutet auf das Wägelchen, das an dem Fahrzeug hängt und hauptsächlich aus mit billigen Nägeln grob zusammengezimmertem Altholz besteht.

Der Mann zuckt mit den Schultern. Er ist untersetzt und hat ein ölverschmiertes Gesicht, belegte Zähne und teigige Lippen. Seine Augen sind trüb und klein und sehen aus, als wären sie herausgekratzt, in Schweineschmalz gebraten und wieder in die Höhlen gedrückt worden. »Es gibt nie bloß eine einzige Arbeit«, sagt er. »Nicht in harten Zeiten. Wir machen von allem etwas: Transport, kleine Reparaturen, Abrissarbeiten, Bauarbeiten, Spitz- und Schachtarbeiten. Größtenteils fahren wir irgendwelchen Mist von hier nach da. Wäre das was für dich?«

Everett hüpft auf den Sitz neben dem Mann, der sich als Sinclair Monahan vorstellt. Er lenkt den Pferdewagen zu einem dreistöckigen Mietshaus aus roten Klinkersteinen, vor dem eine Frau um die vierzig auf einem Flecken Gras sitzt und zwei Kleinkinder füttert.

»Wie nenne ich sie?«, fragt die Frau, Mrs. Papadopoulos, Everett, als sie sich über die Pflege des Kindes einig geworden sind.

»Nennen Sie sie, wie Sie wollen«, sagt Everett und steigt wieder in den Wagen. »Ihr ist es gleich.«

»O ja, das sind Zeiten, in denen Heilige aufs Kruzifix spucken«, sagt Everetts Chef, als sie losfahren. Everett zieht die frühe Schlussfolgerung, dass die Härten ihrer Zeit sein vornehmliches Gesprächsthema sein werden. Nicht, dass ihm das Geplauder etwas ausmacht. Es ist ihm lieber, wenn andere das Reden übernehmen.

Hinter einem Bootshaus laden sie einige gehobelte Bretter auf den Anhänger und fahren sie zu einem nahe gelegenen Holzplatz. Als Nächstes wuchten sie drei Klauenfußwannen aus einem abbruchreifen Hotel, jede für sich schwer genug, um beim Anheben Funken durch Everetts Kopf stieben zu lassen. Am frühen Vormittag hat die Sonne die Wolken weggebrannt. Die beiden trocknen sich die Stirn mit ihren Hemdsärmeln, und das Zugpferd schäumt unter seinem Geschirr, als es die Wannen zum Schrottplatz zieht. Abgesehen von der Arbeit auf der Farm der Franzosen hat Everett viel zu lange nur das Kindermädchen spielen müssen, und die körperliche Arbeit heitert ihn auf. Es ist nicht ganz klar, ob sie die Sachen stehlen, wieder in Besitz nehmen oder spenden, aber Everett ist klug genug, nicht nachzufragen.

»In harten Zeiten gehört nichts irgendwem«, sagt Monahan, als hätte er Everetts Gedanken gelesen, während er beim Fahren sein Zwiebelbrot mit ihm teilt. »Nicht richtig. Nicht für immer.«

Nach dem Mittagessen lenkt Monahan den Wagen zu einem

zur Zwangsversteigerung freigegebenen Waisenhaus unten am Westufer des Sees. »*Happy days are here again*«, singt er, während sie Dutzende von Kinderbetten aus einem Gewirr schäbiger Räume schleppen. »Trag sie nicht zu eng am Körper«, sagt er, als sie holpernd durch die Gänge gehen. »Es sei denn, du willst ein Läusehotel eröffnen.«

Aus den finsteren Ecken lugen Kinder mit Gesichtern voller Flohbisse und unterernährten Körpern. Everett ist Kindern immer aus dem Weg gegangen, aber seit er den Säugling gefunden hat, fällt es ihm auf, wenn ihre Hosen mehr Flicken als Hose sind oder wenn ihre Rachitis so heftig ist, dass sie auf ihren Handflächen herumkauen, um die Textur von Fleisch zu fühlen.

»Meine Stiefschwester arbeitet im Stadtarchiv«, sagt Monahan auf der Heimfahrt. »Sie sagt, seit der Krise heiratet niemand mehr. Es werden keine neuen Heiratserlaubnisse mehr ausgestellt. Noch weniger Geburtsurkunden. Die Zukunft wird bloß noch aus Staub und Knappheit bestehen, und die Leute wissen das genau. Ich weiß nicht, wieso sich in Zeiten wie diesen irgendwer vermehren sollte. Nichts für ungut.«

»Kein Problem«, sagt Everett.

»Und wer könnte es ihnen verübeln? Siehst du diese Bankgebäude dort hinten? Leer. Jedes einzelne. Da gibt es keine Unze Gold mehr. Und ich, o nein, ich vergrabe mein Geld. Habe eine gute Stelle dafür. Wenn du schlau bist, machst du es auch so.«

Als sich der Tag dem Ende zuneigt, bringt Monahan Everett zu Mrs. Papadopoulos zurück, und die Kleine schreit nicht, als er sie hochnimmt. Später beim Baden im Waschbecken sucht er ihren milchig weißen Körper nach Milbenbissen oder blauen Flecken ab und findet keines von beidem. Nach dem Abendessen kauft er sich von dem verdienten Geld ein Arbeitshemd und eine mit Kupfernieten versehene Hose und für sie einen neuen Strampelanzug in Blau, weil Rosa zu schnell schmutzig wird, und zwei Paar neue Flanellunterwäsche, damit er nicht jeden Tag waschen muss.

Nachdem er eine Woche lang für Monahan gearbeitet hat, kauft sich Everett ein Paar Handschuhe aus Pferdeleder und einen Koffer, den er gepackt lässt, für den Fall, dass die Mounties kommen und sie eilends die Stadt verlassen müssen.

Monahans Aufträge werden mit jedem Tag offensichtlicher illegal. Sie zapfen eine Gasleitung der Stadt an und verbinden sie mit dem Kochherd eines alten Trinkers. Sie klemmen den Strommesser einer zehnköpfigen schwarzen Familie ab, die Hütte so klein, dass sie sich mit dem Schlafen abwechseln müssen, weil der Boden nicht allen Platz bietet.

Nach Feierabend im Park befolgt er Monahans Rat, schlägt seine Ersparnisse und das Tagebuch in ein Öltuch ein und vergräbt sie bei der Wurzel eines ausladenden Magnolienbaums. Im Fremdenheim haben einige der anderen Gäste das Kind bemerkt, behalten es aber für sich, da es nie weint oder jammert. Nachdem sie eingeschlafen ist, schrubbt Everett ihre Flanellunterwäsche im Waschbecken und hängt sie auf einer Leine über der Gasse zum Trocknen auf, ehe er sich auf die überraschend warme Matratze neben das Kind legt, das einem frischen Laib Brot gleicht, der nie abkühlt.

Auch wenn ihm das Kind ans Herz gewachsen ist, glaubt er nicht, sich noch viel länger um es kümmern zu können, und er hat nun vor, genügend Geld zusammenzusparen, um Mrs. Papadopoulos dafür zu bezahlen, es ganz bei sich aufzunehmen. Wenn er noch etwas mehr gearbeitet hat, wird er neue Spunde und Eimer kaufen und sich dann irgendwo am Rand der Stadt einen neuen Zuckerbusch suchen und von vorn anfangen. Wenn es im Staate Kanada eines gibt, dann ist das ein endloser Vorrat an Bäumen, die niemand nutzt – das heißt, wenn sein Bruder sie nicht zuerst alle umhaut.

Everett arbeitet eine weitere Woche, ehe Monahan ihm am Sonntag freigibt. Er überlegt, mit dem Kind ins Kino zu sehen, fürchtet dann jedoch, die geisterhafte Leinwand könnte es ängstigen. Stattdessen geht er zu einem Ententeich in einem nahe gelegenen

Park, wo er einige der letzten Blüten von einem Kirschbaum rupft und ihr damit über die Wange streicht. Ihre Augen folgen den zwischen den Baumkronen hindurchjagenden Schwalben, und sie zeigt quietschend auf die Enten, die über den See patrouillieren.

Wer weiß, wenn sie erst einmal bei Mrs. Papadopoulos lebt und er sich seinen neuen Zuckerbusch aufgebaut hat, bleibt vielleicht sogar etwas Geld für ihre Ausbildung übrig. Er könnte eine Art Gönner werden. Wie in irgendeiner alten Geschichte. Everett hat mit Geld ohnehin nie viel anfangen können. Und da sie die Natur so zu mögen scheint, wird er sie gelegentlich besuchen und mit ihr in diesen Park gehen. Womöglich wächst sie sogar zu einem schätzenswerten, edlen, intelligenten, würdevollen Menschen heran. Ganz so, wie er es nicht ist.

Sein geringster Verlust

Lomax umrundet sein Zimmer, geplagt von einer aufgewühlten Unruhe. Er hat sich regelmäßig mit dem Mountie getroffen, der sein Mittagessen jeden Tag im selben Imbiss einnimmt, und glücklicherweise ist der Landstreicher mit dem Säugling noch nicht gefasst worden. Doch in seinem gestrigen Telegramm hat Mr. Holt Lomax' steigende Hotelrechnung angesprochen und ihm vorgeschlagen, in ein weniger luxuriöses Zimmer im selben Hotel umzuziehen. Ein weiteres Anzeichen seiner Unzufriedenheit mit Lomax' Unvermögen, das Kind oder das Tagebuch zu finden, vor allem nachdem er sich so zuversichtlich gezeigt hatte, dass die Angelegenheit rasch erledigt sein würde.

»Ihr Haus wird noch Ihr geringster Verlust sein«, hatte sein Arbeitgeber gesagt. Und Lomax erschaudert jetzt, als er darüber nachdenkt, was in dieser Drohung eigentlich mitschwingt. Wenn Mr. Holt die Hypothek auf Lomax' Bungalow einfordert, wird seine ganze Familie ohne ein Dach über dem Kopf dastehen und zu einem Leben im Armenhaus verdammt sein – ein Schicksal, das fast zu katastrophal ist, um darüber nachzudenken.

Und nun hat Lavern um mehr Haushaltsgeld gebeten, und Lomax hat sein Gehalt schon beinahe ausgegeben und kann Mr. Holt unmöglich nach einer Zulage fragen. Lomax fühlt einen unvermittelten Druck auf seiner Brust und fürchtet, in Tränen auszubrechen. Er hat nicht mehr geweint, seit sein Vater fortgegangen ist. Aber im Laufe seines langen, leidvollen Lebens hat er eines gelernt: Fängt man einmal damit an, gibt es nur noch Tränen. Ein ganzes Meer davon. Und ein Meer von Tränen wird weder seine Aufgabe zu Ende bringen noch für die Sicherheit seiner Familie sorgen. Stattdessen nimmt er ein heißes Bad, das weder seine Rückenschmerzen noch seine geistige Unruhe lindert. Wütend zieht er sich an und verlässt das Hotel. Als der Blitz in seinem Rückgrat ihn vor einer chinesischen Wäscherei zum Stehenbleiben zwingt, begegnet sein Blick dem eines dünnen Mannes, der den Bürgersteig mit einem Holzrechen von Unrat befreit. Der Kopf des Mannes zuckt zur Gasse hinüber, und irgendwo in den Tiefen seines Verstands begreift Lomax, was er meint. Er folgt ihm um die Ecke, wo der Mann die Hand ausstreckt. Lomax gibt ihm etwas Geld, und der Mann holt ein kleines, in Fleischerpapier gehülltes Päckchen aus einem Abflussloch in der Nähe.

Ohne etwas Linderung kann Lomax den elenden Marsch zurück ins Hotel nicht ertragen, also duckt er sich in eine weitere Gasse, diesmal neben einer Absteige, die er schon unzählige Male überprüft hat. Nicht ohne Scham krümelt Lomax etwas Tabak aus einer Zigarettenspitze und drückt etwas von dem öligen Opium, das er soeben gekauft hat, in das entstandene Loch, ein Verfahren, das er sich bei den seltenen Besuchen seinen Vaters zu Hause von diesem abgeschaut hat. Lomax zündet die Zigarette an und inhaliert Lilie, Lakritz und Teeröl; jede seiner Kapillaren streckt die Arme nach dem wiederbelebenden Rauch aus. Er kämpft so lange wie möglich gegen das Ausatmen an, während ihm göttliche Glocken in den Ohren klingen und seine Wirbelsäule in Genugtuung badet. Dieses Opium ist doppelt so wirksam wie die Zigarren des Arztes, und Lomax fragt sich, ob die Kräfte der Droge noch weiter zunehmen werden, je weiter er nach Westen vordringt – was womöglich das einzig Trostreiche an dieser bislang katastrophalen Expedition wäre. Er raucht die Zigarette auf, sein ganzer Körper wird zu Butter, und ihn überkommt der Drang, sich hinzulegen. Er erspäht ein paar vergleichsweise bauschige Müllballen und rollt sich mit summendem Blut darauf zusammen.

Es vergeht eine nicht abzuschätzende Zeitspanne, ehe das besänftigte Gefühl den Scheitelpunkt erreicht und nachlässt. Als Lomax die Augen öffnet, bietet sich ihm ein kurioser Anblick: Ein weißer Baumwollvogel fliegt in den bewölkten Himmel der Gasse hinauf. Er baumelt an einer Wäscheleine in der stinkenden Brise, bläht sich, zieht sich zusammen, atmet beinahe. Und trotz seiner anfänglichen Verwunderung erkennt Harvey Lomax dieses Stück Stoff als genau das, was es ist. Das sollte er auch. Als Vater von sieben Kindern kommt es ihm vor, als hätte er sein Leben lang Flanellunterwäsche gewechselt. Und auch wenn er eine ganze Menge davon an Wäscheleinen in der ganzen Stadt hat hängen sehen, war bisher keine Absteige in einem heruntergekommenen Viertel darunter.

Die Eisenbahnbefehlsgruppe

Als der Transpazifikdampfer Empress of Australia in Victoria ausläuft, packt Harris seinen Koffer sorgfältig aus und prägt sich den ungewohnten Grundriss der Kabine ein. Er zieht sein feinstes Seidenjackett an und lässt Baumgartner gehen, der überrascht und vielleicht sogar ein wenig beleidigt wirkt, als er sich aufmacht, um nach einem Bridge-Spiel zu suchen. Dann ruft Harris nach Feeney, der ihn auf das Oberdeck des Dampfers begleitet. »Also schön, Herr Dichter«, sagt er. »Was haben wir hier?«

»Die Olympic-Halbinsel, Sir«, erwidert Feeney. »Eine Wand aus Hemlock-Tannen, Zedern und einem Erdbeerbaum hier und da. Und da ist noch ein hübscher Bestand von Nachwuchstannen, aber zu jung, um geschlagen zu werden. Dahinter ist ein felsiges Ufer, abgestuft, um die Stämme ins Wasser befördern zu können.«

»Ach, kommen Sie, Mann!«, sagt Harris. »Wenn ich die Eindrücke eines Holzfällers hören wollte, hätte ich Baumgartner mit hier raufgenommen.«

Aufgrund von Feeneys spitzer Bemerkung, bei Greenwood Timber würden die Ochsen besser bezahlt als die Männer, hat Harris ihm bewusst ein Einstiegsgehalt angeboten, das doppelt so hoch wie das Baumgartners ist. »Ich werde im Leben kein Gedicht mehr veröffentlichen«, hatte Feeney gesagt, als sie die Vereinbarung unterzeichneten. Aber jetzt fürchtet Harris, den Wert des Mannes überschätzt zu haben.

Feeney lacht. »Schon gut, immer langsam mit den jungen Pferden«, sagt er. »Ich muss sagen, ich bin noch nie dafür bezahlt worden, ein Dichter zu sein. Was an sich schon ein ungeheures Sakrileg ist, wenn ich das hinzufügen darf. Aber ich will es versuchen.«

Harris wartet gespannt, und über das Schnaufen des Dampfers hinweg hört er seinen Beschreiber Luft holen. »Nebel sickert zwischen den gescheckten Stämmen hindurch«, beginnt Feeney, »und die vom seewärts strebenden Dunst verschleierte Sonne brennt auf den strebenden Armen der Äste ...«

In Harris' Kopf entsteht ein lebendiges Panorama, begleitet von einem überwältigenden Gefühl der Entspannung. Der Gutheit, Richtigkeit und Exaktheit. Während der restlichen Reise nach Japan lässt Harris Feeney zu festgelegten Zeiten im Laufe des Tages weitere Beschreibungen der Meereslandschaft – »meine Postkarten«, wie Feeney sie nennt – heraufbeschwören. Auch wenn die Sprache des Dichters gelegentlich etwas schwülstig ist, erfreut sich Harris nichtsdestoweniger daran.

Es sind sechs Tage bis Yokohama, dann ein weiterer Tag bis Tokio, an dem sie von in Graupel übergehendem Regen unter Deck getrieben werden. Sie vertreiben sich die Zeit mit der Lektüre von Wordsworth und Yeats – beides Feeneys Vorschläge. Harris zieht die Lyrik allem anderen vor. Sie härtet in seinem Geist aus wie Beton, ganz anders als das nur kurzzeitig wirkende Feuerwerk des Romans, langer, quälender Geschichten über Menschen und Familien, die er nie kennen wird.

Von dem Tokioter Landungsplatz aus bringt sie ein sich pausenlos entschuldigender Regierungsbeamter zu ihrem, wie er beteuert, vorübergehenden Quartier, wo sie wohnen sollen, solange ihre eigentlichen Unterkünfte noch hergerichtet werden. Feeney beschreibt das Gästehaus als ein niedriges Gebäude am Rand eines Sumpfgebiets. Begleitet von reichlich Glockengeläute und dem Abbrennen beißend riechenden Räucherwerks, wird ein sonderbares Abendessen aus Meeresbewohnern serviert.

Mitten in der Nacht wird Harris vom Rascheln der papierenen Wände im Wind geweckt. Irgendwo in der Nähe hört er Baumgartners grizzlybärartiges Schnarchen, aber auch Feeneys sanfte Atemzüge im unmittelbar angrenzenden Raum. Schockiert und angewidert wird Harris sich bewusst, dass sie alle durch so gut wie nichts voneinander getrennt sind.

In einem seiner Holzfällerlager waren eines Morgens einmal zwei Hilfsarbeiter nackt, betrunken und eng umschlungen unter einem umgedrehten Ruderboot entdeckt worden. Die anderen Holzfäller hatten mit den stumpfen Enden ihrer Äxte auf sie eingeschlagen und mit ihren Nagelstiefeln auf sie eingetreten. Nicht ohne eine gewisse Freude hatte Baumgartner Harris berichtet, man habe die Leichen in den Verschnitt geworfen und den Mounties erzählt, die Männer hätten sich betrunken und seien davongelaufen. Obgleich ihn die Angelegenheit empörte, war Harris klug genug, nicht in die Holzfällerjustiz einzugreifen.

Hier in Japan aber, ruft sich Harris in Erinnerung, gilt dieses dünne Blatt Papier offiziell als Wand. Und niemand könnte es als anstößig erklären, wenn ein Mann einen anderen im Schlaf durch eine Wand atmen hört. Erleichtert zieht sich Harris das Kissen über den Kopf und dreht sich auf die Seite.

Am Morgen werden Harris, Baumgartner und Feeney zum Kaiserpalast gebracht. Dort teilt man ihnen mit, dass sie sich gar nicht mit einer privaten Eisenbahngesellschaft treffen werden, sondern mit dem japanischen Militäroberkommando. Nach einer Stunde müßigen Wartens, in deren Verlauf Harris' wachsende Frustration nur von Feeneys detaillierter Schilderung der exotischen Vögel im Garten abgemildert wird, bringt man sie in das Verhandlungszimmer. Feeney beschreibt ihm eine gewölbte Kammer mit astreinen Balken, die ohne Nägel ineinandergefügt sind. Harris' Erfahrung nach kennen die Japaner sich besser mit Holz aus als sonst irgendwer. Nach dem Erdbeben hier im Jahr 1923 hat er ihnen ganze Schiffsladungen verkauft, und seine besten Holzstücke im

Radialschnitt schnappen sie immer als Erste weg. Ein Dolmetscher stellt ihnen zwölf Uniformierte als die Eisenbahnbefehlsgruppe vor, und sie knien sich alle an einen niedrigen Tisch, in dessen Mitte Feeney zufolge ein Schwert liegt.

»Was für ein Schwert?«, presst Harris aus dem Mundwinkel hervor.

»Ein Zeremonienschwert«, antwortet Feeney. »Stumpf wie eine Blechdose.«

»Ich hätte mein zeremonielles Gewehr mitbringen sollen«, knurrt Baumgartner, der unbequem auf seinem kranken Knie ruht. Auch wenn er sich aus Auslandsreisen nie viel gemacht hat, ist Baumgartner an diesem Morgen und eigentlich seit sie Vancouver verlassen haben, ganz besonders grantig.

»Scheinen sie gewillt, uns Geld zu geben?«, flüstert Harris Feeney zu.

Feeneys Mund nähert sich Harris' Ohr, was ihm einen Stromstoß durch den Magen schießen lässt: »Nicht besonders.«

Als sie nach ausgiebigen Einleitungen und feierlichen Worten inklusive mehrfacher Erwähnungen des »kaiserlichen Willens«, abermaligen Glockengeläuts und nach eingeweichter Tanne schmeckendem Tee eine Mittagspause einlegen, haben die Verhandlungen noch nicht einmal ein Vorstadium erreicht. Nach dem Essen werden Karten, Pläne und technische Zeichnungen herangebracht, die Feeney ihm nach besten Kräften beschreibt. Ingenieure kommen hinzu und stellen komplizierte Fragen zu Baumarten und der jeweiligen Biegsamkeit ihres Holzes. Mithilfe des Dolmetschers tut Harris sein Bestes, um ihre Vorbehalte gegenüber der Verwendung von Douglastannen für Gleisschwellen zu zerstreuen, betont die Stabilität des Baumes und seine Widerständigkeit gegen Fäule und versichert ihnen, Kanadas eigene Eisenbahnkommission habe sie mit gutem Grund für ihre den Kontinent umspannenden Bahnlinien ausgewählt.

Nach fünf Tagen voller eingeschlafener Beine und bizarrer

Mahlzeiten aus Seeigel und Fischrogen berichtet ihnen einer der Unterhändler, die Eisenbahnkommandogruppe habe in Bezug auf die kürzlich verstaatlichte Eisenbahn eigentlich gar keine Kaufermächtigung und die tatsächlichen Verhandlungen mit der Kaiserlichen Eisenbahnerwerbsgruppe würden am darauffolgenden Tag beginnen. Baumgartner erwürgt den Mann beinahe und muss mit Gewalt zurückgehalten werden. Damit die Sache nicht aus dem Ruder läuft, bittet Harris seinen unwirschen Assistenten, nach Vancouver zurückzukehren, um einen im Sägewerk in Chemainus aufgeflammten Arbeitskonflikt zu schlichten. Erst als Harris Baumgartner sagt, nur sein starker Arm könne Ordnung in die Sache bringen, willigt er ein.

Am Morgen seiner Abreise schlägt Baumgartner vor, da die Japaner die Gästehäuser mit den Papierwänden ganz gewiss einsetzten, um ihre Gespräche zu belauschen, solle Harris umgehend ins Imperial Hotel umziehen. »Und knausern Sie nicht, Mr. Greenwood«, sagt er eindringlich. »Nehmen Sie sich zwei Suiten. Eine für Sie und eine für Mr. Feeney. Ich rufe gleich dort an und sorge dafür, dass man Sie gut unterbringt.«

»Ein guter Vorschlag, Mort«, erwidert Harris und schlägt Baumgartner auf den Rücken. »Wir nehmen zwei Suiten.«

Als sie abends im Imperial Hotel eintreffen, lässt Harris, noch immer etwas verdutzt über Baumgartners sonderbaren Abschiedswunsch, die abendliche Lyriklesung ausfallen und beschließt, allein in seiner Suite zu essen und Mr. Feeney sich selbst zu überlassen.

Die Flanellunterwäsche

Lomax erhebt sich aus seinem Müllhaufen, wischt sich Abfallreste von der Hose, blickt nochmals zum Himmel hinauf und sieht, dass es kein Phantom gewesen ist: Hoch oben in der stinkenden Luft der Gasse hängt die Flanellunterwäsche eines Säuglings.

Von Neuem beflügelt, betritt Lomax das Gebäude, aus dem die Leine heraushängt. Diesmal bezahlt er den Mann am Empfang dafür, ihn hinauf zu einer nach saurer Sahne riechenden Matratze zu führen. Da es in dem großen Raum keine Stühle gibt, setzt sich Lomax mit dem Rücken zur Wand auf eine Matratze, raucht Parliaments, liest einzelne Fetzen aus dem *Star* vom Vortag und wartet. Doch auf keinen der eintretenden Männer passt Greenwoods Beschreibung. Zu verlottert. Zu jung. Zu alt. Zu zerstört. Zu blond. Zu städtisch für einen Einsiedler. Dann, nach einigen Stunden: ein schlanker, streng wirkender Mann im richtigen Alter, wenn auch bartlos, mit kurz geschorenem dunklem Haar. Lomax sieht zu, wie er einem Koffer ein Paar Handschuhe aus Pferdeleder entnimmt, sie in die Gesäßtasche steckt und dann zum Fenster auf der gegenüberliegenden Seite des Raums geht, wo er die Flanellunterwäsche hereinzieht und sie mit hausfraulicher Sorgfalt zusammenzulegen beginnt.

»Everett, bist du das?«, ruft Lomax freundlich aus.

Obwohl Lomax schwören könnte, dass seine Wange kurz erzittert und er sich kaum merklich versteift, legt der Mann weiter die Wäsche zusammen.

»Ob du's bist, Everett?«

»Sie verwechseln mich mit jemandem«, sagt der Mann und steckt die gefaltete Unterwäsche in den Koffer, ohne zu ihm herüberzublicken.

»Entschuldigung, mein Freund«, sagt Lomax. Dann steckt er sich, um nicht übereifrig zu erscheinen, eine weitere Parliament an und nimmt einen langen Zug. »Wissen Sie, ich habe einen alten Kriegskameraden namens Everett Greenwood«, erklärt er. »Wir kennen uns seit Ewigkeiten. Und er ist Ihnen wie aus dem Gesicht geschnitten, wissen Sie. Leider steckt er momentan etwas in der Bredouille. Er muss sich um ein Kind kümmern, worauf er wohl nicht vorbereitet war. Wobei man sagen muss, dass er sich bislang ganz wacker schlägt –«

»Ich habe keine Ahnung, wovon Sie reden, Mister«, unterbricht ihn der Mann.

»Ach ja? Und was ist mit der Flanellunterwäsche?«

»Die wasche ich für ein Mädchen, in das ich verschossen bin.«

»Das ist wirklich freundlich von Ihnen«, sagt Lomax, der sieht, dass der Mann nun den Rest seiner wenigen Habseligkeiten in den Koffer packt. »Aber dieses Mädchen«, setzt er vorsichtig hinzu, »hat schon ein kleines Kind, nicht wahr?«

Der Mann zögert. »Das hat sie«, sagt er bedächtig. »Und sie kümmert sich gut darum, trotz allem, was sie durchmacht.«

»Nun, ich arbeite für einen mächtigen Mann, der Ihrer Freundin seine tiefe Dankbarkeit ausdrücken will. Und er möchte gern ihre Bürde von ihr nehmen. Das könnte auch ein Waldstück mit einer reizenden kleinen Hütte einschließen, die irrtümlich auf seinem Land gebaut wurde. Er hat mir versichert, dass dem Bewohner der Hütte das Land dauerhaft zur Verfügung gestellt würde, zusammen mit einer ansehnlichen Geldsumme. Insbesondere, wenn ein Tagebuch wieder auftauchen würde.« Lomax merkt, wie sich bei Erwähnung des Tagebuchs der Kiefer des Mannes anspannt.

»Was würde aus dem Kind werden?«, sagt der Mann gemessen. »Angenommen, es wird alles so gemacht, wie Sie sagen.«

Er ist es, und er hat es noch, denkt Lomax, und sein Pulsschlag hüpft wie eine Grille. Er überlegt, aufzuspringen und sich auf ihn zu stürzen, aber Greenwood steht auf der anderen Seite des Raums, und es ist gut möglich, dass Lomax' Rücken streiken wird. Außerdem scheint Greenwood zu einem Handel bereit zu sein, was stets die leiseste Art ist, so etwas zu regeln. »Ich würde persönlich dafür sorgen, dass sie in ihr sicheres und rechtmäßiges Zuhause zurückgebracht wird«, sagt Lomax.

»Die Mutter?«

»Sir«, sagt Lomax und legt die Hand über sein Herz. »Ich muss Ihnen leider mitteilen, dass sie verstorben ist. Ein unglücklicher Unfall. Umso mehr möchte der Vater das Kind bei sich zu Hause haben. Die ganze Angelegenheit setzt ihm sehr zu, und er will sie hinter sich lassen und mit dem Kind neu anfangen.«

»Der Vater, unter dessen Aufsicht sie verloren ging? Der zugelassen hat, dass sie bei irgendeinem Fremden landet?«, sagt Greenwood in scharfem Ton.

Er schließt den Koffer, hebt ihn auf und eilt quer durch den Raum zur Tür.

»Nach einer Geburt kann es ganz schön durcheinandergehen«, sagt Lomax, der Zeit zu schinden versucht, während er sich müht, seinen großen Körper aufzurichten. »Die Leute stehen manchmal neben sich.«

Greenwood stößt die Tür auf. Er ist zwanzig Schritte entfernt und gut zu Fuß. Er wird Lomax entkommen. Vor allem, wenn er ihn drei Treppen hinunter verfolgen muss.

»Seien Sie vernünftig, Everett«, sagt Lomax in seinem freundlichsten Tonfall. »Die Mounties sind hinter Ihnen her, weil Sie diesen Mann niedergeschlagen haben, und dies ist Ihre einzige Chance, sich an einen ruhigen Ort zu verdrücken, wo Sie niemand mehr belästigen wird. Mein Auftraggeber, Mr. Holt, sieht keine

Notwendigkeit, die Behörden zu informieren. Er möchte einfach nur sein verlorenes Kind zurück.«

»Ein kleines Mädchen ist kein Schlüsselbund, den man einfach so verliert, Mister«, versetzt Greenwood und schickt sich an, durch die Tür zu gehen. »Vor allem, wenn man das nicht will. Irgendwer hat das Kind absichtlich an einen von meinen Zapfnägeln gehängt. Zuerst dachte ich, der- oder diejenige wollte es loswerden. Aber allmählich glaube ich, es sollte eher ihrem Schutz dienen. Und jetzt, wo ich Sie getroffen habe, denke ich, dass es dafür gute Gründe gab.«

»Werfen Sie dafür nicht Ihr Leben weg!«, ruft Lomax, um ihm Angst zu machen, um irgendwie zu verhindern, dass er den Raum verlässt.

»Keine Sorge«, sagt Greenwood unbeeindruckt. »Da gab es nie viel wegzuwerfen.«

Ihre kleine Hölle

»Mr. Greenwood, wie ist Ihre Sicht auf unsere Abmachung?«, fragt der Vorsitzende der Kaiserlichen Eisenbahnerwerbsgruppe über den Dolmetscher.

»Offen gestanden verfügt Mr. Greenwood nicht über eine *Sicht*«, bemerkt Feeney mit stacheliger Verdrossenheit. »Aber er verfügt über Bäume. Bäume, die er gern säuberlich in Balken schneiden und Ihnen zu einem angemessenen Marktpreis verkaufen würde, damit Sie Ihrem Kaiser seine kleine Spielzeugeisenbahn bauen können.«

Nachdem Baumgartner zurück nach Vancouver gereist ist, hat Feeney seine Rolle des Beschreibers auf die von einer Art Koverhandler erweitert, und bislang hat er die während des Vorstellungsgesprächs an den Tag gelegte respektlose Freimütigkeit gut im Zaum halten können. Doch seine Zurückhaltung schwindet offenbar.

Nun antwortet der Vorsitzende selbst in glasklarem Englisch: »Es ist der Wunsch des Kaisers, dass unser Vorgehen den Richtlinien –«

»Warum sagen Sie Ihrem Kaiser nicht«, sagt Feeney, »er soll mit dem Wünschen aufhören und sich einen vernünftigen Meterpreis aus dem –«

»Das reicht, Liam«, geht Harris dazwischen.

Feeney überschreitet eindeutig seine Kompetenzen – Baumgartner ist nie so forsch aufgetreten –, aber es muntert Harris auf, jemanden zu haben, der an seiner Seite kämpft, so wie Everett und er auf dem Schulhof, Rücken an Rücken stehend, die Fäuste geschwungen haben, wenn die anderen Jungen sie hänselten, weil sie Waisen waren.

»Könnte mir vielleicht irgendjemand erklären, was wir hier genau machen?«, fragt Harris in den Raum hinein. »Meine Fällmannschaften stehen bereit. In meinen Sägewerken kreisen die Sägen. Ich habe fest vor, Ihnen diese Gleisschwellen zu liefern. Und Sie wollen sich nur hinter Ihren Dolmetschern verstecken. Warum fällen Sie nicht Ihre eigenen Bäume und ersparen uns den ganzen Aufwand? Sie haben doch da draußen einen ganzen Garten voller Bäume!«

»Unsere Bäume sind uns heilig, Mr. Greenwood«, sagt der Vorsitzende.

»Unsere Bäume sind uns auch heilig, Sir«, erwidert Harris. »Wir haben nur eine Milliarde mehr davon als Sie. Ich brauche also bloß Ihren gottverdammten Meterpreis.«

»Mr. Greenwood«, sagt der Vorsitzende in aufgebrachtem Ton, »vielleicht ist es in Ihrem Land üblich, auf diese Weise mit –«

»Gentlemen! Es ist beinahe Mittagszeit, und Sie sehen alle hungrig aus«, unterbricht Feeney, ehe er Harris aus dem Raum, am Essbereich vorbei und durch die Eingangstore des Palasts in einen Ziergarten zieht.

»Tut mir leid, dass da drin die Pferde mit mir durchgegangen sind, Harris, aber ich hasse es, wenn die so herablassend mit Ihnen reden«, sagt Feeney im Gehen.

Irgendwann nach Baumgartners Abreise hat Feeney begonnen, Harris beim Vornamen zu nennen, und Harris hat ihn bislang nicht korrigiert.

»Und ich bin mir nach wie vor unsicher, ob dieses Geschäft wirklich in unserem Interesse ist«, fährt Feeney fort. »Japan ist in die Mandschurei einmarschiert und aus dem Völkerbund ausgetreten.

Die reden über diesen Hirohito, als wäre er der ältere Bruder von Jesus Christus, und man könnte im Moment keinen Baseball in den Hafen werfen, ohne ein Schlachtschiff zu treffen. Auf mich wirkt das, als wollten sie auf Teufel komm raus einen Kampf vom Zaun brechen. Und raten Sie mal, mit wem?«

»Wir können die Verhandlungen nicht abbrechen, Liam. Die Sache ist zu wichtig. Solange sie unser Holz kaufen, können sie meinethalben machen, was sie wollen.«

Abends kommt Harris in der Bar des Imperial Hotel mit einem Mitarbeiter der Ford-Motorenwerke ins Gespräch. Als Harris ihm von seinen schwierigen Verhandlungen erzählt, sagt der Mann: »Die haben die Gästehaus-und-Dolmetscher-Nummer mit Ihnen abgezogen, wie? Sie müssen denen einen glühenden Schürhaken in den Arsch schieben. Anders bekommt man ihren Respekt nicht.«

Am Morgen darauf schickt Harris der Eisenbahnerwerbsgruppe ein Telegramm, in dem er behauptet, die indische Regierung habe eine beträchtliche Anzahl an Gleisschwellen bestellt, und er brauche Japans Antwort bis zum Mittag, sonst werde er sein Holz stattdessen nach Indien verkaufen. Eine Stunde später trifft in ihrem Hotel ein Unterhändler mit einer Kaufvereinbarung über drei Schiffsladungen Gleisschwellen zu einem besseren Preis als erwartet ein. Die Kaiserliche Eisenbahnerwerbsgruppe wird zehn Prozent im Voraus zahlen und die übrigen neunzig Prozent bei Lieferung.

Zur Feier des Tages teilen sich Harris und Feeney ein üppiges Mahl; beide haben sie Gefallen an dieser Küche gefunden. »Er ist belebend, schmeckt nach Lakritz und Kampfer«, sagt Harris über den angewärmten Likör, der an den Tisch gebracht wird. Im Nachglanz ihrer monumentalen Vereinbarung, die den langfristigen Erfolg von Greenwood Timber zementieren wird, schmeckt dieser Sake für Harris nach dem destillierten Nektar des Sieges.

Im Anschluss an das Abendessen bringt Harris, teils aus alkoholinduzierter Albernheit und teils aus dem Drang heraus, Feeneys Beschreibungsfähigkeiten auf die Probe zu stellen, den Wunsch zum Ausdruck, sich einen japanischen Film »anzusehen«. Sie machen ein Kino ausfindig und sitzen Ellbogen an Ellbogen im Dunkeln, während der Projektor vor sich hin rattert. Selbst nach Wochen im Ausland hängt der Duft des Waldes – Tannenharz und Zederngerbstoffe – noch immer an Feeney, und mit einem Mal verspürt Harris eine traurige Sehnsucht nach den Anfangstagen seiner Karriere, als er die Arbeit in den Sägewerken noch persönlich überwacht und die Waldgebiete Nordamerikas nach frischem Holz abgesucht hat. Wie konnte er nur nach seiner Büroroutine und der Gefangenschaft am Schreibtisch streben, fragt er sich, wo er eingesperrt ist wie einer seiner Vögel?

Trotz seiner mangelnden Japanischkenntnisse tut Feeney sein Bestes, um ihm die Samurai-Geschichte zu schildern, einen Tonfilm, in dem die Kamera immer auf das Gesicht des Hauptdarstellers gerichtet ist: »Als hätte man die Mienen einer ganzen Schauspielertruppe eingeschmolzen«, sagt er, »und in einen einzigen Mann gegossen.« Während sich der Film, begleitet von schmetternden Trompeten, ohrenbetäubend laut aufeinanderprallenden Schwertern und kehligen Schlachtrufen dem Ende nähert, rückt Feeneys Mund näher und näher an Harris' Ohr heran.

»Sie haben gar nicht gesagt, ob er gut aussieht«, sagt Harris mit gedämpfter Stimme.

»Wer?«, fragt Feeney.

»Dieser Samurai. Der Hauptdarsteller. Der, den Sie vorhin erwähnt haben.« Harris räuspert sich. »Ganz allgemein betrachtet, natürlich.«

Eine Pause. Harris befürchtet schon, Feeney habe ihn nicht gehört, und beschließt, die Frage nicht zu wiederholen.

»Ja«, sagt Feeney. »Das tut er durchaus.«

»Und ich?«, sagt Harris nahezu unhörbar. Er ist sich seiner Trunkenheit absolut bewusst, lässt sich aber dennoch von ihrem angriffslustigen Schwung mitreißen.

»Verzeihung?«

»Gut aussehend? In der gleichen Weise? Wenn ich auf derselben Leinwand zu sehen wäre?«

»So etwas ist natürlich subjektiv«, antwortet Feeney.

»Natürlich. Ganz recht. Eine alberne Frage«, sagt Harris, und sein Gesicht erglüht. »Denken Sie nicht weiter darüber nach.«

»Und außerdem bin ich mir nicht sicher, ob Sie die Antwort wirklich hören wollen.«

»Vergessen Sie es einfach. Ein verunglückter Witz.«

Unvermittelt fühlt Harris seinen Atem am Ohr. »Ja«, sagt Feeney. »Das sind Sie. Zutiefst.«

Ohne sich von der Leinwand abzuwenden, streckt Harris die Hand aus, um über Feeneys unrasierte Wange zu streichen und endlich ihre Form zu ertasten – wobei er augenblicklich versteinert, als ihm bewusst wird, wie ungehörig diese Geste den übrigen Kinobesuchern erscheinen könnte, wenngleich er sich in Erinnerung ruft, dass sie allesamt Ausländer sind, die keinerlei Macht über ihn haben.

»Sie ebenfalls«, sagt Harris und zieht die Hand zurück. »In ganz allgemeiner Weise.«

»Um die Wahrheit zu sagen«, antwortet Feeney, »bin ich wie alle wahren Dichter hässlich wie die Nacht. Aber danke.«

»Bitte entschuldigen Sie die Entgleisung«, stößt Harris hervor, ebenso über seine Impulsivität erschrocken wie über die seltsame Gefühlsströmung, die in seinem Inneren tost. »Ich habe eine Hölle in mir. Eine kleine Hölle. Ich verberge sie. Aber wenn ich Alkohol trinke, kommt sie zum Vorschein.«

»Ach, seien Sie nicht so streng mit ihr«, sagt Feeney und tätschelt Harris' zitterndes Knie. »Ihre kleine Hölle.« Dann nimmt er Harris' feuchte Hand in seine eigene. »Wir werden sie vielleicht noch brauchen.«

Der große Mann

Als Everett in das Fremdenheim zurückkehrte, um seine Handschuhe zu holen, war ihm der unbekannte Gast aufgefallen, der rauchend auf einer der Matratzen saß. Zunächst hatte er die Flanellunterwäsche nicht vor den Augen des Fremden einholen wollen, aber es drohte zu regnen. Außerdem strotzen die Kleider des Mannes vor Dreck, und er wirkte zu ausgezehrt für einen Mountie. Aber er war ohne Frage einer von Holts Männern. Obgleich er höflich blieb, schwang in seinem Tonfall etwas Gefährliches mit, und in seinem riesenhaften Körper wand sich eine finstere Bedrohung; seine Hände waren wie an die Arme genietete Vorschlaghämmer, mit denen er Everett gewiss wie eine Puppe hätte herumschleudern können, hätte er ihn zu fassen bekommen. Schon die Art und Weise, wie er von dem Kind und dem Tagebuch sprach, war beängstigend. Und seine stecknadelkleinen Pupillen, als hätte der Mann die ganze letzte Woche in die Sonne gestarrt, und seine wie verbrannt klingende Stimme – *dämonisch*. Er will ihr schaden, das spürt Everett.

Nachdem Monahan und er Feierabend gemacht haben, holt Everett das Kind bei Mrs. Papadopoulos ab und bucht ein neues Einzelzimmer, was ihn mehr als das Dreifache seiner bisherigen nächtlichen Unterbringung kostet. Als abends die Straßenbahnen die dünnen Fensterscheiben des Zimmers erzittern lassen, braucht es stundenlanges Wiegen und vierzehn Limericks. Dann endlich schläft das Kind, und er legt es in ein behelfsmäßiges Kinderkörbchen, das er auf dem Boden hergerichtet hat, und trottet mit tief ins Gesicht gezogenem Hut zu seinem alten Fremdenheim zurück. Der Mann am Empfang gibt ihm einen Zettel mit einer Nachricht.

»Könnten Sie es mir vorlesen, Sir?«, sagt Everett und legt ein glänzendes Fünf-Cent-Stück auf den Tresen. »Ich habe meine Brille verlegt.«

Der Empfangsmann runzelt die Stirn, faltet das Papier auf und hebt seine Stielbrille:

Everett, mit einem Säugling ist es nicht sicher, auf Güterzügen mitzufahren oder in solchen Absteigen zu übernachten. Es ist nicht Ihr Kind, und Sie wollen es auch nicht haben. Wir müssen einfach in Ruhe darüber sprechen. Wir wollen das Buch UND das Kind. Kein Grund, die Polizei einzuschalten. Würden Sie mich kennen, wüssten Sie, dass ich Sie nicht davonkommen lasse. Nie im Leben.
Harvey Lomax

»Sind Sie beschränkt?«, sagte der Empfangsmann verächtlich und steckt Everetts Fünf-Cent-Stück in die Westentasche. »Kinder nicht gestattet.«

»Ist ja gut, wir sind sowieso schon ausgezogen«, sagt Everett. »Aber ich habe für eine Woche im Voraus bezahlt. Das Geld hätte ich gern zurück.«

»Tja, wenn Sie lesen könnten, wüssten Sie auch, was dort steht, nicht wahr?«, sagt der Mann und zeigt mit seiner Brille auf das Schild hinter ihm.

Everetts Augen bleiben auf den Mann geheftet. »Ich kann bestens lesen. Da steht, es wäre klug von Ihnen, mir mein Geld zurückzugeben und sich um Ihre eigenen Angelegenheiten zu kümmern.«

»Kin-der«, faucht der Mann und schlägt bei jeder Silbe mit der

Faust auf den Tresen, »nicht ge-*stat*-tet.« Er fängt an, unter dem Tresen nach etwas zu tasten, einem Knüppel oder einer Pistole vermutlich. Everett fühlt das alte Gift in seinem Blut aufschreien, er sollte ihn schlagen, aber dann würde man ihn bloß in Gewahrsam nehmen, und das Kind würde in dem schäbigen Zimmer zurückbleiben, also trollt er sich. Er geht quer über einen lichtlosen Friedhof, um sicherzustellen, dass Lomax ihm nicht folgt, und findet das Kind schlafend vor und den Raum vom Geruch seines Atems erfüllt.

Everett hält sich an seinen Sparplan und arbeitet bis Mitte Juni, stets darauf bedacht, seinen Hut tief ins Gesicht zu ziehen. Aber die zusätzlichen Kosten des neuen Zimmers in Verbindung mit den Pflegekosten für das Kind bedeuten, dass Everett nach einem ganzen Arbeitstag nur zwei kleine Münzen auf die Seite legen kann. Und vielleicht liegt es an dem klirrenden Fenster oder an der Abwesenheit schnarchender Betrunkener, aber in ihrer neuen Umgebung wehrt sich das Kind gegen den Schlaf wie andere gegen das Ertrinken. Nach vielen Nächten dieser Art gibt Monahan ihm einen in Rum getränkten Lappen, an dem es vor dem Schlafengehen nuckeln soll, und das funktioniert auch, aber morgens ist es phlegmatisch, und Everett bricht den Versuch ab. Als er seine Ziegenmilch mit Wasser streckt, um etwas Geld zu sparen, hört es ganz auf zu trinken und brüllt, bis es sich auf seine Decke erbricht.

»Hör auf zu heulen!«, schreit er in das verzerrte Kindergesicht. »Ich gebe mein Bestes!« Halb verrückt vor Schlaflosigkeit geht er mit ihm zu einem Spaziergang in der kühlen Nachtluft vor die Tür und lässt es in seinen Armen weinen, Lomax hin oder her.

»Ein unverwechselbares Geräusch«, sagt eine Frau, die in einer engen Satinhose und High Heels unter einer Markise steht, als er vorbeigeht. Ihre kurzen Locken sind mit Lack an ihre Wangen geklebt, und sie hat mit einem Stift zwei Linien gezogen, wo einmal ihre Augenbrauen wuchsen.

»Sie verweigert die Flasche«, gibt Everett zu.

Die Frau tritt näher, um das Kind in Augenschein zu nehmen. Ihre Wimpern scheinen in Erdöl getaucht zu sein. »Für einen Dollar füttere ich sie selbst«, sagt sie.

Es dauert einen Augenblick, bis Everett begreift. »Wird sie sich dann beruhigen?«

»Eine Garantie gibt's nicht«, sagt sie. »Könnte sein. Meiner Erfahrung nach geben Sie alle irgendwann auf. Je früher, desto besser.«

Everett willigt ein und folgt ihr eine Treppe hinauf in einen Raum mit kahlen Wänden, wo ein Sessel, ein Tisch und eine über einem alten Schlafsack baumelnde nackte Glühbirne die einzigen Anzeichen von Häuslichkeit sind. Neben einer Schüssel auf dem Boden liegt eine große Spritze mit einem Gummidruckball. Die Frau lässt sich in dem Sessel nieder, schließt das Kind in ihre Arme und spricht leise mit ihm. Sie schiebt eine Hand in ihren Büstenhalter, um ihre Brust freizulegen, die groß und von blauem Adergeflecht durchzogen ist. Everetts Gesicht wird heiß.

»Wollen Sie da stehen bleiben und gaffen?«, sagt sie, faltet ihre pflaumenfarbene Brustwarze in der Mitte und drückt sie dem Kind in seinen winzigen Mund.

»Es tut mir leid«, sagt er kleinlaut und wendet sich ab. »Woher weiß ich denn, dass Sie sie füttern?«

»Ich habe auf diese Art sechs Kinder großgezogen«, sagt sie. »Ich kann gar nicht anders. Aber wenn Sie zugucken, kostet es das Doppelte.«

Everett tritt auf den Flur hinaus und wartet betreten, bis die Frau herauskommt und ihm das nun komatöse Kind gibt, dessen Atem süß wie Honig riecht. In der Nacht schläft es tiefer als je zuvor, und es erwacht fröhlich wie ein Welpe.

Obwohl Everett und Monahan in den darauffolgenden Wochen bis in die Abendstunden arbeiten, reicht sein Gehalt nicht für die Kinderbetreuung, das Einzelzimmer und eine nächtliche Fütterung durch das Straßenmädchen. »Wie soll ich denn dein Gönner werden, wenn ich nichts habe, was ich dir gönnen kann?«, fragt er den Säugling, als sie bei ihrem Haferschleimfrühstück sitzen.

Am 1. August muss Everett ausgraben, was von seinen Ersparnissen übrig ist. Und auch wenn er dem Kind versprochen hat, dass ihre Tage auf den Gleisen gezählt sind und es ihn schmerzt, Monahan nicht dafür danken zu können, dass er ihm Arbeit gegeben hat, geht Everett mit einem Päckchen magerer Vorräte und einer Wolldecke über der Schulter zum Gleisgelände. Sein einziger Trost ist der Gedanke, dass Harvey Lomax trotz seiner Drohung – »Ich lasse Sie nicht davonkommen. Nie im Leben« – schließlich aufgeben wird. Denn wenn sich Everett Greenwood jemals ausgezeichnet auf irgendetwas verstanden hat, dann darauf, tiefer im Rinnstein zu verschwinden, als ihm je irgendjemand folgen würde.

Vielleicht ein Verwandter?

Am Auskunftstresen der Archives of Canada erkundigt sich Lomax nach den Militäraufzeichnungen Everett Greenwoods. Die Bibliothekarin bedeutet ihm zu warten, während sie die Akte heraussucht. Er entscheidet sich für eine abgelegene Arbeitsnische und quetscht seinen Körper in den winzigen Lehnstuhl.

Nachdem Greenwood ihm in der Absteige entwischt ist, hat Lomax eine Woche lang erfolglos das Gleisgelände von Toronto abgesucht. Doch wie hätte er Mr. Holt sagen können, dass er bis auf drei Meter an Everett Greenwood herangekommen ist und ihn dennoch nicht erwischt hat? Also hat Lomax die Begegnung für sich behalten. Und da es sonst keine Entwicklungen zu berichten gab, hat er vor einer Woche seine täglichen Nachrichten an Mr. Holt vollständig eingestellt. Nun wartet in seinem Hotelzimmer ein kleiner Stapel ungeöffneter Telegramme seines Dienstherrn auf ihn (zusammen mit einigen von Lavern, die vermutlich mehr Geld will, das er nicht hat).

Zweifellos ist Greenwood aus Toronto geflüchtet und wieder mit dem Zug unterwegs. Aber Lomax kann ihn nicht einfach quer durch das ganze Land jagen, vor allem nicht, nachdem er Mr. Holts Sondergehalt nahezu aufgebraucht hat. Was bedeutet, dass Mr. Holt ihn ruinieren wird, wenn er sich nicht irgendetwas einfallen lässt. Es zeugt daher von Lomax' Verzweiflung, dass er nach Ottawa gereist ist, um Howard Blanks Behauptung zu überprüfen, er habe mit Greenwood im Ersten Weltkrieg gekämpft.

Um seine angegriffenen Nerven zu beruhigen und den engen Lehnstuhl erträglicher zu machen, raucht er eine mit Opium versetzte Parliament und hofft, dass keiner der anderen Lesenden so weitgereist ist, dass er den Geruch erkennt. Um die Strapazen seiner Suche zu lindern, hat Lomax sich in einem chinesischen Badehaus einen kleinen gepressten Riegel der Droge besorgt und täglich in Maßen davon geraucht. Bislang hat er noch keine negativen Auswirkungen des Opiums feststellen können; er spürt nur eine warme und verlässliche Linderung der Blitzeinschläge in seinem Rücken. Trotzdem bleibt er unerschütterlich in seinem Vorhaben, die Gewohnheit in der Sekunde seiner Heimkehr nach Saint John einzustellen.

Er muss eingenickt sein, denn er schreckt hoch und sieht die Bibliothekarin vor sich stehen. »Es hat nie ein Everett Greenwood bei den Streitkräften gedient«, sagt sie unbewegt. »Ich habe nur einen *Harris* Greenwood gefunden. Aus Kingston?«, fügt sie hinzu und hält eine Aktenmappe hoch. »Vielleicht ein Verwandter?«

Lomax nimmt ihr den Umschlag aus der Hand und erinnert sich vage an Blanks haarsträubende Behauptung, Everett sei mit dem berühmten Holzmagnaten verwandt. Auch wenn Lomax die Militärbegriffe fremd sind – Mr. Holt hat sich darauf verstanden, seine Freunde vom Militärdienst befreien zu lassen –, scheint es ihm, als hätte sich Harris freiwillig für die Militäreinheit von Kingston gemeldet und wäre im Jahr 1919 aus Europa zurückgekehrt, nachdem er den Mons Star und die Canadian General Service Medal erhalten hatte. Der Akte zufolge hat er keine Verletzung erlitten, und es gibt keine Aufzeichnungen darüber, dass er im Gefecht erblindet ist. Dann findet Lomax die mit einer Büroklammer an den Rücken der Mappe geheftete Armeefotografie: ein Soldat mit dunklem Haar, erhobenem Kinn und an die Rippen gedrücktem

Helm – der dem Mann, der ihm in der Absteige entflohen ist, zum Verwechseln ähnlich sieht.

Lomax steckt die Fotografie ein und besteigt am Tag darauf einen Zug nach Toronto, beflügelt durch diese neue Entwicklung, die es ihm erlauben wird, Mr. Holt zu beschwichtigen – um festzustellen, dass sich die Tür seiner Suite nicht mehr aufschließen lässt. An der Rezeption teilt man ihm höflich mit, sein Hotelguthaben sei auf Mr. Holts Wunsch eingefroren worden. »Wenn Sie heute Nacht unser Gast bleiben möchten, benötigen wir eine Barzahlung, Sir«, fügt der Mann hinzu. Lomax gibt ihm die letzten Scheine aus seiner Brieftasche und erhält einen neuen Schlüssel.

Im Zimmer reißt er das zuoberst liegende von Holts Telegrammen auf.

spesenkonto wie angekndgt eingefroren stopp detect mcsorley von der kanad polizei leitet jetzt suche stopp kommen sie sofort nach st john zurück, um weitere maßnahmen zu vermeiden

Da Holt Steel einen großen Teil der Gleise der Bundesbahn gebaut hat, sitzt Mr. Holt in ihrem Vorstand, und in der Vergangenheit hat er sich eines Bahninspektors namens Art McSorley bedient, um Abtrünnige ausfindig zu machen, die aus Saint John geflohen sind. Lomax weiß, dass McSorley ein gerissener Mann ist, und sollten ihm das Kind und das Tagebuch zuerst in die Hände fallen, wäre das ein unwiderlegbarer Beweis für Lomax' völlige Inkompetenz. Was Mr. Holt mit »weitere maßnahmen« meint, ist nicht klar, aber es könnte eine Drohung gegen Lomax' Familie gewesen sein. Wenn Mr. Holt zornig genug wird, dann ist ihm Lomax' Erfahrung nach keine Tat zu grausam. Zum ersten Mal in seinem Berufsleben entscheidet sich Lomax daher, sich seinem Dienstherrn zu widersetzen. Er wird nicht wie befohlen nach Saint John zurückkehren. Stattdessen wird er nach Vancouver fahren, Harris Greenwood ausfindig machen und darauf warten, dass Everett dort auftaucht.

Bahninspektor McSorley ahnt gewiss nichts von Everetts jüngerem Bruder, und Lomax' Erfahrung nach ist es immer einfacher, jemanden auf der Flucht an seinem Ziel in Empfang zu nehmen, als ihn auf dem Weg dorthin zu fangen. Wenn Lomax in der Lage ist, das Kind mit Tagebuch vor Bahninspektor McSorley sicherzustellen und Mr. Holt zurückzubringen, wird er seine Arbeitsstelle und das Haus vielleicht doch noch behalten können.

Aber reisen kostet Geld, also stapft Lomax am nächsten Morgen nach unten und sagt dem Concierge, er sei gerade vom Frühstück zurückgekommen und habe sein Zimmer verwüstet vorgefunden. Als ihn der Mann nach oben begleitet, sehen sie, dass die Kommode umgeworfen wurde und faustgroße Löcher in die Gipswand geschlagen wurden.

»Das tut uns sehr leid, Mr. Lomax!«, sagt der Concierge erschüttert. »Vermissen Sie irgendetwas?«

»Ja«, sagt Lomax, nachdem er in die leere Brieftasche im Regal neben dem Bett gesehen hat.

»Was genau, Sir? Ich setze einen Bericht auf. Natürlich wird Ihnen das Hotel die vermissten Wertsachen ersetzen.«

»Vierhundert Dollar«, antwortet Lomax. »In bar.«

Nachdem er die Formulare des Hotels ausgefüllt und einen Bericht über den Vorfall verfasst hat, erhält Lomax nachmittags am Auszahlungsschalter das Geld und drahtet umgehend zweihundert Dollar an Lavern. Das übrige Geld ist mehr als ausreichend für eine Fahrt erster Klasse nach Vancouver.

Das Urteil

In der Hoffnung, es werde Ihnen für die Heimreise Glück bringen, bucht Harris Greenwood für Feeney und sich selbst dieselben beiden Kabinen auf demselben Dampfer, der Empress of Australia. Tagsüber ist die Überfahrt angenehm: Passatwinde aus südwestlicher Richtung, das unbewegte Meer von einem tiefen Blaugrün, das Feeney als eine Farbe beschreibt, »die man sonst nur in der Palette eines Malers findet«. Abends jedoch wird die See rauer, und Harris und sein Beschreiber speisen im Salon der ersten Klasse neben einem am Boden festgeschraubten Stutzflügel. Sie essen größtenteils schweigend, wie Kinder, die ein gemeinsames Geheimnis haben, da Harris sich größte Mühe gibt, nur über geschäftliche Dinge zu sprechen und auf keinen Fall zu lächeln oder zu lachen. Als Feeney ihm mitteilt, an ihrem dritten Tag auf See habe ihm einer der Schiffsjungen einen merkwürdigen Blick zugeworfen, besteht Harris darauf, dass sie die Mahlzeiten fortan getrennt voneinander einnehmen.

Trotzdem schleicht sich Feeney über den Gang in Harris' Kabine, um eine nächtliche Lyriklesung abzuhalten, und seine köstliche celloartige Stimme versüßt die Luft, während sie sich in Ledersesseln zurücklehnen. Nach der Lesung dimmt Feeney die Lampe, und sie legen sich nebeneinander in die schmale, hin- und herschaukelnde Koje, Harris wie festgenagelt vor Angst. In Yale hat er manchmal den Tagessatz seines Stipendiums angespart, um den

Campus zu verlassen und mit seinen Kommilitonen eines der zahlreichen Bordelle zu besuchen. Aber er hatte nie so viel Freude daran, wie seine Mitstudenten zu haben behaupteten. Während des Akts fürchtete er, sie hätten ihm eine zweitklassige Frau zugeteilt, irgendeine hässliche Spinatwachtel, die jeder sehende Kunde schlankweg zurückgewiesen hätte, und das führte dazu, dass er diese Begegnungen nie zu einem befriedigenden Abschluss bringen konnte.

Doch nachdem er sich viele Minuten gewaltsam verdeutlicht hat, dass keine Blicke auf ihnen liegen – weder Gottes noch Baumgartners, noch die der Holzfäller, die die beiden Hilfsarbeiter zu Tode getreten hatten –, zieht Harris Feeney an sich. Irgendwann gestattet er sich sogar, seine Hände über Feeney wandern zu lassen, und erkennt, dass sein Körper, abgesehen von seinen sonderbar behaarten Waden und einem kleinen Bäuchlein, ganz wie sein Gesicht ist: so geschmeidig, glatt und muskulös wie eine Robbe.

Ursprünglich wollte Harris den Vorfall im Kino in sich einschließen wie die »kleine Hölle«, die er dort immer gespürt hatte. Er hätte die Entgleisung leicht auf den Sake schieben können, auf die kulturelle Verwirrung, die strapaziösen Verhandlungen oder die Aale und Seeigel, die sie gegessen hatten. Aber wie kann er diese unbestreitbare Freude, die er in der Gegenwart seines Beschreibers empfindet, anzweifeln? So ähnlich der Freude, die ihm seine Vogelsammlung über die Jahre hinweg bereitet hat, nur in diesem Fall um das Hundertfache gesteigert.

»Sie haben während des Vorstellungsgesprächs nicht erwähnt, dass Sie ziemlich schiefe Zähne haben, Mr. Feeney«, sagt Harris, nachdem sie sich geküsst haben, ein Akt, den er noch immer nicht ohne eine gewisse Übelkeit vollführen kann.

»Das Thema kam nie zur Sprache«, sagt Feeney und knabbert an der Wölbung von Harris' Nase, sanft wie ein Pferd, das einen Apfel aufnimmt. »Du warst zu sehr damit beschäftigt, über dein geliebtes Holzunternehmen zu schwadronieren.«

Während der Reise findet Harris heraus, dass sich unter der stacheligen Ehrlichkeit seines Beschreibers eine Schicht vernarrter Lieblichkeit verbirgt. Feeney erzählt ihm, er sei mit einer älteren Schwester aufgewachsen, die sowohl körperlich als auch geistig behindert gewesen sei, ein Mädchen, das er selbst pflegte, das er täglich ankleidete und fütterte. Feeney hatte die Messer seiner Schlagfertigkeit gewetzt, indem er sie auf den Bürgersteigen von Cork verteidigte, und ihr Tod durch Herzversagen, als er zwanzig Jahre alt gewesen war, hatte zu seinem Umzug nach Kanada geführt. Nicht, dass Harris einer solchen Verteidigung bedürfte, aber in Feeney steckt eine tief gehende Loyalität, die er schätzt. Feeney beschreibt die Dinge, wie sie sind, nicht, wie Harris sie hören möchte. Und sein Dichterblick durchdringt das Wesen der Dinge, ob die Beobachtung der allgemein vorherrschenden Meinung entspricht oder nicht.

Trotz der mit den Japanern getroffenen Vereinbarung denkt Harris während der Reise selten über seine geschäftlichen Angelegenheiten nach. Seine Gedanken kreisen größtenteils um die Gefahr, von der Besatzung des Dampfers entdeckt zu werden, die seltenen Vögel, die er Feeney zeigen will, und die verborgenen Orte, an die er nach ihrer Rückkehr mit ihm flüchten will.

Aber Harris ist kein Narr. Er weiß genau, was sie in Vancouver erwartet. Im Gegensatz zu dem anonymen Filmtheater werden sie zu Hause beobachtet werden. Baumgartner, der die Unverfrorenheit besessen hatte, darauf zu bestehen, dass Harris im Imperial Hotel zwei Suiten buchte, ahnt vielleicht schon etwas. Wenn sich das je herumspräche, könnte es sowohl Harris als auch sein Unternehmen ruinieren.

Doch wem wäre das erbarmungslose Urteil der Welt vertrauter als Harris? Und wer wüsste besser, dass ihm irgendeine Macht dieses wonnige Geschenk, das ihm so spät im Leben zuteilgeworden ist, früher oder später wieder entreißen wird, so wie ihm auf der Höhe seiner Männlichkeit sein Augenlicht von einer gnadenlosen

Krankheit geraubt, so wie ihm sein Bruder von seiner eigenen Selbstsüchtigkeit und Dummheit genommen worden ist?

Dennoch hat Harris keine Angst. Blinde agieren schon von Natur aus als Außenseiter. Und seit seiner Kindheit hat er sich immer bestens auf Tarnung und Selbstschutz verstanden. Als Waisen hatten Everett und er sich durch den Bau der windschiefen Blockhütte auf Mrs. Craigs Waldstück schützen können, und Harris' Vereinbarung mit Feeney wird nicht anders aussehen. Wenn ihn das Leben eines gelehrt hat, dann, dass man immer verschlossener, wehrhafter und gnadenloser als die anderen sein muss. Andernfalls kann alles, was man ist, alles, was man geschaffen hat, und alles, was man liebt, von einem Augenblick auf den nächsten zerstampft werden.

Der salzige Schleim

Die Krankheit stiehlt sich in ihren mit Heu gefüllten Güterwaggon, während sie aus dem schwarzen Herzen Ontarios westwärts rasen. Sobald sie einschläft, bekommt sie durch ihre mit Schleim verstopfte Nase keine Luft mehr und wird von ihrem eigenen Schnarchen geweckt. Dann folgt ein trockener Husten, bei dem ihre Zunge zum Vorschein kommt. Er legt ihren Kopf zurück, um ihre Luftröhre zu befreien, was wenig Linderung bringt, und der ganze Vorgang wiederholt sich endlos. Schließlich gibt er auf, und sie sitzen wach da, die Augen des Kindes verklebt und im Dunkeln leuchtend wie Edelsteine, während sie *klicketiklack* abwechselnd an kerzengeraden Immergrünen und tintenschwarzen Seen vorbeifahren und sich das Kind mitleiderregend an seinem Hemd festklammert, als hätte er vor, es fallen zu lassen.

Everett hat ihr einen vorläufigen Namen gegeben: Schote. Bisher hatte er das vermieden, so wie ein Farmer den Schweinen auf dem Weg in seine Räucherkammer keine Namen gibt. Aber »Schote« ist nur ein Platzhalter. Ein Straßenname, ein Landstreicherspitzname, den sie abstreifen kann, sobald sie sich in ihrem wahren Leben einlebt, was auch immer das sein mag. Er weiß, dass sich Bäume oft Vögel und Eichhörnchen bedienen, um ihre Samen zu verteilen, sowie verschiedener Flugvorrichtungen wie kreiselnder Samen oder baumwollartigen Flaums, der über weite Strecken geweht werden kann. Ein großer Teil der Schöpfung funktioniert auf diese

Weise: Lebewesen schicken kleinere Versionen von sich selbst in die geheimnisvolle Zukunft hinein. Wie ein Samen benötigt dieses Mädchen dringend einen wirtlichen Ort zum Landen. Und es ist seine Aufgabe, einen solchen Ort zu finden.

Bei Sonnenaufgang des nächsten Tages ist der salzige Schleim beinahe getrocknet, auch wenn Schote noch leichtes Fieber hat und ihre Haut unnatürlich glänzt. Sie verweigert die mitgebrachten Kekse, selbst nachdem er sie in Milch eingeweicht hat, und als sie endlich schläft, wacht sie mit einer dicken grünen Kruste über den Augen auf. Everett hält seinen angefeuchteten Hemdsärmel an ihr grimassierendes Gesicht, bis sich ihre Wimpern voneinander lösen. Doch bis zum Nachmittag verschlimmert sich ihr Husten, und sie fühlt sich glühend heiß an und will kein Wasser trinken.

Da er fürchtet, der Heustaub könnte ihren Zustand verschlimmern, klettert er vom Güterwaggon in einen hölzernen Niederbordwagen, damit sie an der frischen Luft fahren können. Er zieht eine Wolldecke über sie, und Schote folgt der vorbeiziehenden Landschaft mit benommenem Interesse. Als es dunkel wird, fließen Schotes Augen vor Sternenlicht über, und der Mond überflutet den vorbeipeitschenden Wald. Einen Augenblick lang sehen sie einen Bärenmarder, der seine Klauen an einem Baumstumpf wetzt, dann zwei Rehe mit aufgestellten Ohren, erstarrt, als hätte man sie bei einer kriminellen Handlung ertappt statt beim Kleefressen in der Einöde.

Um das Kind abzulenken, beginnt Everett mit ihm zu sprechen, auch wenn ihn das wahnsinnig machen wird. »Du heißt Schote«, sagt er. *»Schote«*, wiederholt er und tätschelt ihren Strampelanzug. »Und das hier ist ein *Niederbordwagen*«, sagt er und deutet auf alles um sie herum. »Er hängt an anderen *Waggons*, die alle von einer *Lokomotive* gezogen werden. Das Ganze nennt man dann *Zug*.« Obwohl Schote mit weit geöffneten Augen an seinen Lippen hängt, hinterlassen seine Worte keinen bleibenden Eindruck. Denn als er sie später bittet, auf den *Niederbordwagen* zu zeigen, ächzt sie nur und nässt ihre Flanellunterwäsche ein. »Wie soll ich dir denn die Bezeichnungen für irgendwelche Sachen beibringen, wenn ich dafür nichts als andere verdammte Bezeichnungen habe?«

Als ihm die Begriffserklärungen ausgehen, verfällt er darauf, ihr sein eigenes Leben zu erzählen. Mit einer Offenheit, die er sonst nur Harris gegenüber in ihrer Kindheit an den Tag gelegt hat, beginnt er damit, wie sie Brüder wurden und wie sie als Holzfäller begannen, und spinnt die Erzählung von dort aus fort. Manchmal sieht Schote ihn wissend an, als hätte sie die Geschichte schon tausendmal gehört, und Everett ist davon überzeugt, dass ihr Kopf mit Wissen gespickt ist, nicht nur Wissen über sein Leben und seine Geschichte, sondern über alles, was je irgendjemandem widerfahren ist. Dennoch beruhigt sie die Geschichte, ob sie sie nun kennt oder nicht, und bald schließen sich ihre hellen Augen.

Am nächsten Morgen ist das Fieber zurückgegangen, und sie trinkt den größten Teil des Wassers. Der Zug fährt den ganzen Tag lang mit hohem Tempo und hält nie auf Nebengleisen, um andere Züge vorbeizulassen – es könnte sich um einen Expresszug handeln, der irgendetwas wie frisch geschlachtete Stiere oder eilige Postsendungen befördert, was, wie Everett weiß, ein Problem darstellen könnte, wenn ihre Vorräte zur Neige gehen, bevor er sein Ziel erreicht.

Schote und er machen es sich zwischen den duftenden Holzstapeln gemütlich, bis die Sonne untergeht und der Himmel über dem Lake Superior mit fuchsienfarbenen Lichtspeichen durchschossen ist. Everett zieht seine Stiefel aus und lässt die Füße über den Rand des Waggons baumeln. Schote liegt ausgestreckt auf seinem Bauch, und ihre Wärme bohrt sich in ihn hinein. Als sie sich dem Randgebiet von Port Arthur nähern, überkommt ihn ein Gefühl ausgedehnter Freiheit, so als wären Schote und er selbst der Wind, der ungehindert durch die ganze Welt fegt. Er wackelt im blattsüßen Wind mit den Zehen wie ein Junge.

1908

Kernholz

Man hört heutzutage viel Gerede über Stammbäume und Wurzeln und Blutlinien und dergleichen, so als wäre eine Familie eine ewige Tatsache, eine durch unvordenkliche Zeit immer weiter emporstrebende Verästelung. In Wahrheit aber sind alle Familienlinien von der höchsten bis zur niedrigsten irgendwo entstanden, an irgendeinem bestimmten Tag. Selbst die größten Bäume müssen einmal hilflos im Wind kreiselnde Samen gewesen sein und dann Schösslinge, die sich nur zaghaft aus dem Boden schieben.

Wir wissen das so genau, weil in der Nacht des 29. April 1908 eine Familie vor unseren Augen Wurzeln schlug. Wir erwachten mitten in die Apokalypse hinein. Das Beben schleuderte die Teller aus unseren Küchenschränken und löste die Bilderrahmen von unseren Wänden. Zwei Personenzüge mit je zwanzig Waggons waren eineinhalb Kilometer von unserem Ort entfernt frontal zusammengestoßen. Der Tender der westwärts fahrenden Lokomotive fing Feuer, und die Flammen sprangen von einem Zug auf den anderen über, und es vergingen Stunden, ehe wir unsere Spritzenwagen tief genug in den öligen Kohlenrauch schieben konnten, um die Feuersbrunst zu löschen. Das Feuer hinterließ eine grauenhafte Szenerie: mit schwarzen Zähnen gespickte Schädel; nicht zu identifizierende verkohlte Körperglieder, vermischt mit deformierten Eisenteilen und verbrannten Kleidern. Die Toten zu zählen war unmöglich, doch von den sechzehn Passagieren, die beim Aufprall aus den Fenstern des Zuges geschleudert worden waren, hatten nur zwei Jungen überlebt. Einer von ihnen hatte sich tief im Gestrüpp verfangen, der andere strampelte in einem nahen Bach. Wir schätzten beide auf etwa neun Jahre.

Unser Gemeindearzt kam zu dem Schluss, sie seien durch ihren geringen Körperwuchs gerettet worden, so wie ein Eichhörnchen von einem Baum springen und unversehrt davonhuschen kann. Dass die beiden Jungen eine solche Katastrophe überlebt hatten, erschien uns damals in jedem Fall als ein größeres Wunder denn heute.

Wir informierten die Kanadische Bundesbahn über die beiden Überlebenden, doch laut ihrer Aufzeichnungen waren angeblich in keinem der beiden Züge Kinder mitgefahren, sodass sie auch keine Verantwortung für sie übernehmen wollte. Wiewohl es uns erschütterte, sich den jungen Opfern einer solchen Tragödie gegenüberzusehen, so war es doch die Schuld unseres Bahnknotenpunkts – und unseres achtzigjährigen Weichenstellers –, dass sie zu Waisen geworden waren, und nach dem vergeblichen Versuch, überlebende Familienmitglieder ausfindig zu machen, nahmen wir sie in unsere Obhut. Damals wurden die Dinge anders gehandhabt, und heimatlose Menschen zirkulierten unbemerkt wie eine leichte Windböe.

Wenngleich die Tortur beide Jungen hatte verstummen lassen, war sogleich offensichtlich, dass das mysteriöse Paar nicht vom selben Blut war. Der eine von beiden war etwas kleiner, mit gewelltem dunklem Haar und Mandelaugen, die fremden Blicken stets auswichen; dennoch bewegte er sich auf eine unbeschwerte, geradezu sorglose Art durch die Welt, trotz allem, was er durchgemacht hatte. Der größere hatte lange Finger und dickes honigfarbenes Haar; dieser sah jedem mit einem scharfsinnigen, prüfenden Blick in die Augen, so als wäre selbst seine Rettung eine List von uns gewesen, eine Verlängerung des Unglücks, das über ihn gekommen war. Doch trotz ihrer äußerlichen Unterschiede erschien es uns besser, wenn die beiden Jungen zusammenblieben, und wir quartierten sie in mehreren gastfreundlichen Eigenheimen in der Gegend ein, während wir vergeblich darauf warteten, dass sich Angehörige meldeten.

Es ist wohlbekannt, dass die Erinnerungen junger Menschen verlässlich wie ein Regenbogen sind. Das gilt, wie wir feststellten, insbesondere für frisch verwaiste Kinder. Als die Knaben nach einer Woche endlich zu sprechen begannen, war die Schwierigkeit nicht, dass sie ihre Namen vergessen hätten, sondern dass sie mit zu vielen davon um sich warfen: ein Ramschladen voller genuschelter und miteinander vermischter Vor- und Nachnamen – Tommy, Mackenzie, Buck, Smith, Jacob, Finnegan, Seymour, Gordon, Aaron. Vielleicht hatte der Aufprall etwas in ihren Köpfen durcheinandergeworfen, oder vielleicht war es ihnen zu schmerzhaft, ihre wahren Namen auszusprechen, nun, da ihre Familien tot waren, aber uns blieb nur die Möglichkeit, sie alle niederzuschreiben, zwei aus einer Kaffeedose zu ziehen und uns damit zu arrangieren. Was ihre Vergangenheit anging, so konnte sich der Blonde, für den wir den Namen *Harris* zogen, nur an Bruchstücke erinnern: Schafe, fünf oder sechs Schwestern, ein Onkel, Regen, der auf das metallene Dach einer Hütte prasselt. Der Dunklere, für den wir den Namen *Everett* ermittelten, erinnerte sich an schleimige Fischmesser, einen brüllenden Mann ohne Haare, eine kränkliche Mutter, einen Radioapparat, der nie funktionierte.

Doch mit jedem vergangenen Tag müssen diese Spuren etwas schwächer geworden sein. Bald schwand ihre Vergangenheit ganz, und zurück blieben nur Dunst und Hörensagen.

Kurz nachdem wir ihnen Namen gegeben hatten, begannen wir ihre Betten nachts leer vorzufinden. Die Menschen aus unserem Ort nahmen Petroleumlampen und spürten sie im Wald auf, wo die Knaben eng umschlungen unter einem weit ausladenden Baum kauerten und Wörter einer verstörenden gemeinsamen Sprache murmelten. Nachdem sich das in mehreren aufeinanderfolgenden

Nächten wiederholt hatte, waren wir schon drauf und dran, die Burschen erneut in einen Zug zu setzen und es dabei bewenden zu lassen. Und angesichts der späteren Entwicklungen kommen wir in letzter Zeit nicht umhin, uns zu fragen, ob es ein Fehler war, es nicht zu tun.

Es war Pastor Brennan, dem auffiel, dass die Jungen oft zu einem bestimmten Waldstück verschwanden, einem ansonsten verwaisten Grundstück, das offiziell Mrs. Fiona Craig gehörte. Den Grund dafür kennen wir bis heute nicht. Vielleicht zog es sie zu der alten Trapperhütte hin, die sie dort entdeckt hatten, einer morschen, fensterlosen Baracke, die einst zur Unterbringung entlaufener Sklaven aus den Vereinigten Staaten gedient hatte. Vielleicht war es auch eine trostreiche Seite des Waldes, der dicht mit Eichen und Ahornbäumen, mit Fingerhut und Waldlilie, Holunderbeere und Apfelbeere bewachsen war.

Vor allem nachdem sie begonnen hatten, den Wald aufzusuchen, hatten die beiden etwas Außerweltliches und Spukhaftes an sich. Und wenngleich einige von uns ein paar helfende Hände hätten brauchen können, wollte niemand die Jungen freiwillig ganz bei sich aufnehmen. Als letzten Ausweg schlugen wir Mrs. Craig vor, sie in der Hütte auf ihrem Waldstück wohnen zu lassen. Die Stadt würde ihr einen jährlichen Betrag für die Unterbringung und Versorgung der beiden zahlen, bis sie erwachsen waren. Und obgleich die alte Witwe keine eigenen Kinder hatte und man sie nicht als besonders fürsorglich bezeichnen konnte, willigte sie zu unserer freudigen Überraschung ein.

Mrs. Fiona Craig

Gemeinsam mit ihrem Ehemann James Craig, einem hohlwangigen Arzt, war sie im Jahr 1893 am Hafen von Halifax in Kanada angekommen. Der Umzug auf die andere Seite des Atlantiks war seine Idee gewesen. Fiona, ein zartes, aber attraktives Mädchen, das im Armenviertel von Glasgow aufgewachsen war, hatte James dort kennengelernt. Er untersuchte die Ausbreitung der Lungenschwindsucht unter den Mittellosen, trug aber nur selten eine Atemschutzmaske und steckte sich kurz nach ihrer Vermählung selbst mit der Krankheit an. Das war Fionas erster Einblick in James' Tollkühnheit, die sie noch unendlich frustrieren sollte.

Als James erkrankte, spitzte er die Ohren in Richtung der Neuen Welt mit ihrer gesunden Luft, ihren wirtschaftlichen Möglichkeiten und ihrer überreichen Vegetation. Fiona wusste, dass ihr Mann schon immer einen romantischen Hang zu Wäldern gehabt hatte – vielleicht hatte er in seiner Jugend zu viel Burns und Wordsworth gelesen –, und er betrachtete sogar seine Schwindsucht als eine Art poetisches Leiden, das seine Sinne vertiefte. Sie würden, entschied James, die trostlosen Moore von Schottland verlassen, einem Land mit zu wenigen Bäumen und zu vielen Menschen, und in der bewaldeten Provinz Ontario nahe der Stadt Kingston eine Landarztpraxis eröffnen. Irgendwann später wollte James dann noch weiter nach Westen bis nach British Columbia, wo die Meeresluft angeblich süßlich war und die Bäume bis zu den Wolken hinaufwuchsen und wochenlang mit der Axt bearbeitet werden konnten, ehe sie auch nur ins Wanken gerieten.

Bei seiner Ankunft im »Land der Bäume« musste das Paar feststellen, dass die zwölf Hektar, die es beim kanadischen Grundbuchamt beantragt hatte, bereits von umherziehenden Mohawk-Indianern besetzt waren, die von einem lokalen Holzkonzern aus ihren angestammten Jagdgründen vertrieben worden waren. James Craig, eigentlich ein mitfühlender Mann, kaufte sich ein Gewehr und stellte eine Bürgermiliz zusammen, um die Gruppe von seinem Besitz zu vertreiben. Einige der Mohawks wurden so aufsässig, dass nicht viel mehr übrigblieb, als ein Exempel zu statuieren, indem man sie erschoss, und dann Feuer zu legen, bis ihre Frauen und Kinder das Weite suchten.

Auf dem niedergebrannten Teil wurde ein gut ausgestattetes Haus errichtet. Dort nahm James die Forstarbeiter und Holzfäller aus der Gegend als Patienten auf, die auf der Flucht vor dem Hunger oder in vielen Fällen ihrer eigenen zweifelhaften Vergangenheit ebenfalls von den großen Wäldern des Landes angelockt worden waren. Iren, Norweger, Finnen, Deutsche, Dänen, Schweden, Franzosen und andere Schotten niederer Herkunft – Fiona Craigs Einschätzung nach waren sie allesamt Ausgestoßene, die ihres Mannes nicht würdig waren. Fiona blieb auf ihrem Zimmer, wenn die Männer die Praxis ihres Gatten aufsuchten.

Doch die gesunde Landluft hatte wenig Einfluss auf James' Gesundheit, und als sich sein Zustand verschlechterte und er von blutigem Auswurf und Schweißausbrüchen geplagt wurde, nahm er innerhalb von zwei Wochen um die Hälfte ab. Nach nur einem Monat lag er mit dreißig Jahren tot im Ehebett. Die Erschütterung über den plötzlichen Tod ihres Mannes ließ Mrs. Craig instabil werden. Ihrer Ansicht nach war sie mit falschen Versprechungen von Wohlstand und einem neuen Leben in die Falle gelockt worden. Viele sagten, sie mache den bewaldeten Kontinent selbst für diesen Betrug verantwortlich. In jedem Fall blieb Fiona Craig vom erbitterten Zorn des Teufels durchdrungen.

James hatte ihr, so wurde gemunkelt, einen ansehnlichen Notgroschen hinterlassen, der ihr erlaubte, die Existenz einer begüterten Frau fortzuführen. Sie behielt das Haus und nahm überraschenderweise keine Mieter auf. Sie ließ es in einem blendenden Weiß streichen, jener Art von Weiß, die nach einem Jahr matt wird. Ihre nächsten Nachbarn wohnten sechseinhalb Kilometer entfernt, sie ging selten zur Kirche und ließ sich kaum je in der Stadt sehen, doch wenn sie es tat, war sie stets gut hergerichtet: Korsetts, Tournüren und Rüschenkleider, die sie selbst genäht oder per Post bestellt haben musste. Sie kaufte im Gemischtwarenladen eigentümliche Dinge wie Nadel und Faden, giftige Chemikalien und meterweise französische Spitze. Alles im Tonfall eines herablassenden Kreischens, das manche der weniger Gnädigen unter uns mit dem eines sterbenden Adlers verglichen. Bei unseren Kindern war sie als Hexe gefürchtet.

Wenngleich sie niemand von uns für eine nette Frau hielt, stieg sie doch in unserer Achtung (wenn auch nur ein wenig), als sie sich bereit erklärte, die Waisenjungen aufzunehmen. Viele von uns waren zuversichtlich, dass diese armen Wichte sie im Laufe der Zeit milder stimmen würden. Und dass Mrs. Craig sie nach einigen unglücklichen Wochen draußen in dieser trostlosen Hütte in eines der vielen Schlafzimmer ihres großen weißen Hauses einziehen lassen und sie, wenn sich einmal die Möglichkeit bot, lieben würde wie ihr eigenes Fleisch und Blut.

Doch an dem Tag, da wir die Jungen an ihre Veranda brachten, ohrfeigte sie erst Everett, weil er krumm dasaß, und dann Harris, weil er zu viele Fragen stellte. Dann nahm sie beiden den Schwur ab, zeit ihres Lebens niemals ihr Haus zu betreten. Im Rückblick müssen wir uns eingestehen, dass wir die Nachgiebigkeit von Mrs. Craig überschätzt haben.

Diese Burschen

Nachdem die Jungen das Craigsche Waldgrundstück bezogen hatten, vergingen nur wenige Tage, ehe unsere Gemüsebeete systematisch geplündert wurden. Rüben, Erbsen und Salatköpfe verschwanden, sobald sie reif waren. Wir blieben bis in die Nacht auf, um eine Handvoll Steine auf die beiden schattenhaften Figuren zu schleudern, die in die Wälder flohen. Kleine Steine, wohlgemerkt. Das war seinerzeit Mildtätigkeit: kleine Steine. Mildtätigkeit ist ein Konzept, das nicht mehr begriffen wird. Hätten wir diesen Burschen einfach zu essen gegeben, dann hätten sie geglaubt, die Welt schulde ihnen etwas, und wir wissen alle, dass das ein Irrtum ist. Also befragten wir Mrs. Craig, um sicherzugehen, dass sie in ausreichender Weise für sie sorgte. Ihren Beteuerungen und unseren Steinen zum Trotz fielen die Burschen weiter über unsere Gärten her und betraten ungestraft unser Land. Sie entführten sogar eines der Lämmer des alten Gord Campbell.

Viele gaben Mrs. Craig die Schuld und behaupteten, sie schenke den beiden Knaben immer nur dann Beachtung, wenn sie ihnen einen Eimer mit den täglichen Vorräten vor die Tür stellte, mit denen sie sie vertragsgemäß zu versorgen hatte. Viele waren der Ansicht, Mrs. Craig habe sie nur aufgenommen, um Geld für Spitzenware oder ein Schloss in Schottland sparen zu können.

Dennoch hatte niemand die Standhaftigkeit, die Jungen zu maßregeln, wie man es hätte tun sollen. Stattdessen legten wir ihnen, als wir hörten, dass das Dach ihrer Hütte leckte und der Regen ihre Kleider schimmeln ließ, eine Rolle Teerpappe vor die Tür. Dann ein Scheffel Äpfel, als sie scharbockig aussahen. Wenn wir vom Wald her ein Husten vernahmen, hinterließen wir Gläser mit Fischöl und ein paar alte Decken sowie etwas Rahm.

In diesem ersten Jahr klopften die Jungen oft an unsere Türen, woraufhin Harris, der in der Zwischenzeit die Rolle des Sprechers der beiden angenommen hatte, seltsame Fragen der Art »Wie spät ist es?« oder »Wie hoch sind die Wolken?« stellte. Und wenngleich einige von uns argwöhnten, diese Fragen dienten in Wahrheit dazu, unsere Häuser als etwaige Einbruchsziele zu bewerten, glaubten die Mitfühlenderen unter uns, sie wollten lediglich den Duft eines Zuhauses – nach Selbstgebackenem und Putzmitteln, nach Obst und Kaffee – schnuppern, und sei es nur für einen Augenblick.

Wenn die Jungen in die Stadt kamen, war das stets ein Ereignis. In Anbetracht der Regelmäßigkeit, mit der Everett Dinge in die Taschen fielen, folgten ihnen die Ladenbesitzer entweder auf Schritt und Tritt oder scheuchten sie davon. Harris lief auf dem hölzernen Gehweg immer ein paar Schritte vor seinem Bruder, der mit seinem verträumten Lächeln und seinem unbeschwerten Gang fröhlich hinter ihm hertrabte. In ihrem besten Sonntagsstaat folgten unsere Kinder den beiden Primitivlingen, um zuzusehen, wie sie auf die hohen Ulmen kletterten, die die Gründer unserer Stadt auf dem Marktplatz gepflanzt hatten, und von Ast zu Ast hüpften wie ein Brüllaffenpaar, sich so hoch hinaufschwangen, dass die Äste sie kaum noch trugen. An manchen Sonntagen sah man von den beiden Burschen nur die Sohlen ihrer Stiefel, und oft übten sie dort oben ihre Beschimpfungen ein.

»Sackgesicht!«, schrie Harris, so laut er konnte.

»Pissnelke!«, schrie Everett zurück. Und dieser obszöne Überbietungswettstreit zog sich über eine halbe Stunde hin, während die beiden so sehr lachten, dass sie beinahe vom Baum fielen.

Wenn wir unsere eigenen Kinder abends zu Bett brachten, riefen wir ihnen in Erinnerung: »Immerhin seid ihr nicht allein dort draußen in dem dunklen Waldstück, wo euch die Bären und Wölfe in den Schlaf singen«, und sie schmiegten sich fester an uns, saßen am nächsten Tag aufrechter am Tisch und widmeten sich ihren Aufgaben mit größerer Hingabe.

Im zweiten Sommer der Jungen auf dem Waldgrundstück gelang es Everett, aus Erlenwindwurf ein Paar Bögen zu fertigen, zusammen mit Pfeilen, die er aus Hornstrauchtrieben schnitzte und mit Häherfedern befiederte. Bald waren die Jungen geübt im Schießen von Hasen. Sie lernten, ihnen das Fell abzuziehen und zu gerben, und schliefen, so erzählten sich unsere Kinder, unter einem Haufen Kaninchenpelze. Wir begrüßten dieses Stück Selbstständigkeit – jedenfalls, bis sie den preisgekrönten Terrier des Ratsherrn erschossen und häuteten. Daraufhin wurde entschieden, dass die Jungen fruchtbarere Tätigkeiten brauchten, um ihre Tage auszufüllen. Sie waren zu ungeschliffen, um sich als Hausangestellte zu bewähren, also ließen wir sie die Tauben von den Steinsimsen des Rathauses schießen. Danach eggten sie unsere Felder, gruben Baumstümpfe aus und fingen lästige Eichhörnchen.

Die Jungen besaßen Unternehmergeist – vor allem Harris, der selbst für die kleinsten Aufgaben oft maßlos übertriebene Summen verlangte –, und körperliche Arbeit ging ihnen gut von der Hand. Manche sagten, sie müssten aus einer Familie fleißiger Arbeiter aus Deutschland, England, Irland oder Frankreich stammen – oder vielleicht sogar Yankees sein. Aber die Tätigkeiten waren alle von begrenzter Dauer, und hinterher verfielen die beiden wieder auf kriminelle Beschäftigungen: Füchse jagen, Bienenkörbe umtreten und die Fische in unseren privaten Bächen angeln. Wir beriefen eine Notsitzung ein und einigten uns darauf, ihnen einen Satz Stahlfeilen und einen Wetzstein zu besorgen. Die Ausgabe wurde als Investition in die Sicherheit unserer Gemeinde gerechtfertigt. Tags darauf lagen diese Gerätschaften vor ihrer Tür.

Die Grünholz-Jungen

Den ganzen Winter des Jahres 1910 über brachten wir ihnen unsere stumpfesten Pflugscharen, Messer, Äxte und Sägen. Als diese Klingen geschärft waren, trugen wir unsere längst aufgegebenen Werkzeuge zu ihnen: Rahmensägen, Spitzhacken, Ahlen, Beile, Dechseln, Feilen, Spalt- und Schäleisen – allesamt stumpf wie Bachkiesel und verrostet. Und bekamen sie von den Jungen scharf wie Skalpelle zurück, die Klingen leuchtend hell und silbrig vor Mineralöl. Als es nichts mehr zu schärfen gab, besserten sie Axtstiele aus und brachten sich selbst bei, Pferde zu beschlagen und Sattel und Zaumzeug neu zu vernähen. Und als all das erledigt war, begradigten sie um die Wette gebrauchte Nägel mit Hämmern auf flachen Steinen, bis einer von ihnen zuerst einen ganzen Eimer voll hatte.

Danach nahm das Stehlen und Unruhestiften ab, und mit all den Sägen und Äxten um sie herum konnten die Jungen gar nicht anders, als sich mit ihrem Gebrauch vertraut zu machen. Als Taisto Maki, ein Finne und der beste Holzfäller der Stadt, beim Fällen einer großen Weymouth-Kiefer zermalmt wurde, ließ seine Witwe die Jungen sein Werkzeug behalten, das sie in der Vergangenheit so gut gepflegt hatten. Auch wenn sie damals erst elf Jahre alt waren und ihnen zum richtigen Baumfällen schlicht die Körperkraft fehlte, schafften sie es, den in ihrem Waldstück reichlich herumliegenden Windwurf klein zu machen und am Straßenrand klafterweise zu verkaufen. Zu dieser Zeit trat Harris' unternehmerische

Ader richtig in Erscheinung. Er rief zu den vorbeifahrenden Wagen hinüber und handelte Preise aus, als wäre er dafür geboren.

Mit der Zeit verfeinerten sie ihre Axthiebe, und bald wussten sie genau, an welcher Stelle sich ein wirteliges Holzstück als schwierig erweisen würde und wie man das Gewicht des Spalthammers die Arbeit übernehmen ließ. Aber keiner von uns brachte es übers Herz, den Jungen zu sagen, dass sie das Grünholz ein Jahr und im besten Fall zwei oder drei Jahre lang hätten trocknen müssen. Und weil wir vermuteten, dass das Geld, das wir Mrs. Craig zahlten, nicht vollständig für die Jungen verwendet wurde, waren die Menschen großzügig genug, um das Grünholz zum vollen Klafterpreis zu kaufen und es dann selbst abzulagern, damit unsere Holzöfen nicht mit Teeröl verstopften und uns die Häuser abbrannten.

Und so kam es, dass wir die beiden nicht mehr wie zuvor entweder »diese armen Burschen« oder »diese verdammten Burschen« nannten, je nachdem, was sie angestellt hatten, sondern dass sie als »die Grünholz-Jungen« bekannt wurden.

Im Laufe der Jahre setzte sich der Name fest und verwurzelte sich. Sie wirkten nun weniger wie Geister und immer mehr wie normale Jungen. Wir waren uns nicht mehr sicher, ob sie nicht schon immer den Namen Greenwood getragen hatten, auch vor dem Zugunglück schon. Manche schworen, trotz ihrer Unterschiede sähen sich die beiden zunehmend ähnlicher, so sehr, dass viele von uns vergaßen, dass sie aus verschiedenen Zügen geschleudert worden waren. Und so ging ins öffentliche Gedächtnis ein, dass man die armen Brüder eng umschlungen gefunden hatte, barfuß, den Namen *Greenwood* in die Etiketten ihrer Mäntel gestickt.

Zahlen und Buchstaben

Wir sahen zu, wie die Bänder der Brüderschaft zwischen den beiden Jungen mit der Zeit immer enger geknüpft wurden. Es hieß, sie teilten alles miteinander: Selbst Kleinigkeiten wie ein gekochtes Ei schnitten sie genau in der Mitte durch. Doch trotz dieses gegenseitigen Vertrauens ging es zwischen ihnen nicht immer friedlich zu. Wie bei Geschwistern üblich, beruhte ihre Beziehung zu gleichen Teilen auf Liebe und Rivalität, und wütender Verdruss machte den Rest aus. Die Schrift ruft uns in Erinnerung, dass Bruder stets gegen Bruder gekämpft hat: Kain gegen Abel; Isaak gegen Ismael; Esau gegen Jakob. Heißt es, Gott habe den Bäumen ihre Höhe verliehen, sodass sie um die Aufmerksamkeit der Sonne konkurrieren können, so schien es uns, dass Brüder in einem ähnlichen Wettstreit aufwuchsen, einander beiseitestießen und sich um einen Flecken desselben Lichts zankten.

Auch wenn Harris weiterhin größer war als Everett, verfügten die Jungen über nahezu identische Stärke, Klugheit und Leichtfüßigkeit – was sie in niemals endenden Spielen, Boxkämpfen und Wettläufen bewiesen, denen sie sich täglich widmeten. In einem Wettstreit, wer die größte Beule hervorbrächte, bewarfen sie einander gnadenlos mit Holzäpfeln, und da Mrs. Craig sich in ihrem Haus verschanzte, gab es keine richtende Instanz, die ihre Auseinandersetzungen geschlichtet oder sie auseinandergebracht hätte.

Mit zwölf Jahren hatte das Holzhacken bereits Muskeln unter

ihre harzverschmierten Hemden getürmt, und ihre jungen Körper wurden sehnig wie die Zweige, die sie täglich von den Weymouth-Kiefern schnitten. Ihre blutigen Auseinandersetzungen konnten sich über Tage hinziehen: eine Abfolge von Hinterhalten, Gegenhinterhalten und Vergeltungsschlägen, die jeden Trojaner stolz gemacht hätten. Bald schlugen sie sich gegenseitig die Zähne locker, rissen sich beinahe die Ohren ab und rupften sich ganze Haarbüschel aus. Es war, als hätten sie mit dem Bruderbund, den sie geschmiedet hatten, auch die Inhaberschaft an ihren Körpern geteilt, das gottgegebene Recht zur Selbstzerstörung eingeschlossen.

»Diese Burschen bringen sich noch gegenseitig um«, sagten wir immer wieder, aber niemand hatte den Mumm, viel dagegen zu unternehmen, außer dem Pastor, der ihnen ein Gesangbuch mit alten Kirchenliedern vor die Tür legte, in der Hoffnung, die friedlicheren Lehren Christi würden sie besänftigen. Doch da keiner von beiden lesen konnte, wurden die Buchseiten zum Feuermachen verwendet.

Obwohl die Jungen erkennbar einfältig waren, legte der Schuldirektor nahe, seine Institution könnte für sie von Nutzen sein. Sie könnten den Unterricht versuchsweise besuchen und sich vielleicht die Grundlagen des Rechnens und Lesens aneignen, die sie als Erwachsene brauchen würden, um die Holzfällerei als anständiges Geschäft zu betreiben. Und ein wenig schulische Disziplin mochte sie, so glaubten wir, vielleicht davon abhalten, einander bleibende Verletzungen zuzufügen. Also wagten sich einige von uns zusammen mit dem örtlichen Schutzmann zu ihrer Hütte hinaus, um sie über ihre Zwangsverpflichtung in Kenntnis zu setzen. Harris öffnete uns mit der gleichen prüfenden, argwöhnischen Miene, die er aufgesetzt hatte, als wir ihn damals fanden.

Der Schuldirektor fragte, ob sie eine Schule besucht hätten, ehe sie zu Waisen geworden waren, und Harris behauptete, sie könnten sich an nichts erinnern. »Wir haben sowieso zu viel Arbeit, um zur Schule zu gehen«, sagt er, den Grund unseres Besuchs ahnend.

»Haben die Herrschaften auch sicher genügend Feuerholz für den Winter? Es soll sehr kalt werden, und wir haben schönes –«

»Wollt ihr denn gar nicht lesen lernen?«, unterbrach ihn der Schutzmann.

»Nein«, sagt Harris ausdruckslos und wollte schon die Tür schließen.

»Nun komm schon«, sagt der Schutzmann und steckte den Stiefel dazwischen. »Was ist mit deinem Bruder? Du kannst nicht für ihn sprechen.«

Harris wandte sich zu seinem Bruder um. »Everett, willst du dich den ganzen Tag in irgendeinem muffigen alten Schulhaus einpferchen lassen, um lesen zu lernen?«

Everett zuckte bloß mit den Schultern.

»Mein Bruder sagt, er will nicht in eine verdammte Schule«, sagte Harris. »Und wenn Sie uns nicht in Ruhe lassen, haut er Ihnen ein Beil in den Rücken.«

Wir konnten sie nicht in ein Waisenhaus oder ins städtische Gefängnis stecken, und so blieb uns nichts anderes übrig, als ihnen zu sagen, es sei Mrs. Craigs persönlicher Wunsch, dass sie sich mit Zahlen und Buchstaben vertraut machten, und wenn sie regelmäßig zur Schule gingen, wäre sie bereit, sie als ihre Söhne in ihrem Haus aufzunehmen. Was zugegebenermaßen nicht der Wahrheit entsprach, aber es war zu ihrem Besten, und wir waren erfreut, als die Jungen den Köder schluckten und einwilligten.

Auf die Aufnahmeformulare schrieben wir in Ermangelung einer Alternative den Nachnamen Greenwood und machten ihn damit offiziell. Wir ahnten nicht, dass wir diesen Namen später jahrelang auf Holzlieferungen und in schändlichen Zeitungsschlagzeilen lesen sollten.

»Ihr seht nicht aus wie Brüder«, sagten einige der ruppigeren Jungen an jenem ersten Morgen zu ihnen.

»Wir sind Brüder. Weil wir es sagen«, erklärte Harris, während Everett die Fäuste ballte.

Kämpften die Greenwood-Jungen zu Hause von Angesicht zu Angesicht, so taten sie es in der Schule nur Rücken an Rücken. Everett, der sein gutmütiges Wesen rasch abstreifte, war im Kampf besonders brutal und wirkungsvoll, und die Brüder gewannen allein am ersten Tag fünf Faustkämpfe.

Im Unterricht jedoch schlugen sie sich weniger gut. Sie waren zu lange im Wald gewesen und konnten nicht stillsitzen. Ihre Blicke wanderten zu dem Grün vor den Fenstern, und sie mussten tagtäglich mit dem Paddel für unterschiedliche Vergehen gezüchtigt werden, was Everett stets nur zum Lachen brachte und Harris die Zornesröte ins Gesicht trieb, so fest Ms. Miller auch zuschlug.

Auch wenn sie in akademischer Hinsicht bereits kilometerweit hinter den anderen herhinkten, eigneten sich die Jungen vom Lehrplan an, was sie konnten, und beide machten leichte Fortschritte. Aber nach nur sechs Monaten waren Ms. Miller und der Schuldirektor mit ihrer Geduld am Ende und konnten die störenden Auseinandersetzungen mit den anderen Schülern nicht mehr ertragen.

Und so wurde vorgeschlagen, wenn nur einer der Greenwood-Jungen zur Schule ginge, könnte ihr in den Kinderschuhen steckendes Geschäft dennoch davon profitieren. Und auch wenn Harris der unberechenbarere von beiden war, war er auch offenherziger und unternehmerischer – und zudem etwas weniger gefährlich –, und so entschieden wir, dass er derjenige sein sollte, der am Unterricht teilnahm. Seit diesem Tag haben wir häufig darüber gesprochen, dass Everett nicht weniger klug als sein Bruder und vielleicht der ausgeglichenere und lernbegierigere der beiden war; und wir können nicht umhin, uns zu fragen, wie die Dinge verlaufen wären, hätten wir stattdessen ihn bleiben lassen.

Am folgenden Montagmorgen wurde Everett Greenwood vom Unterricht ausgeschlossen und nahm unter großer Erleichterung wieder die stille, blätterreiche Waldarbeit auf.

Die Blockhütte

Ohne die Ablenkung durch seinen Bruder richtete Harris Greenwood seinen Wettbewerbsgeist auf die Schulbücher und bestand mit vierzehn Jahren die achte Klasse. Als Harris schließlich wieder mit seinem Bruder Holz hackte, war er nicht länger nur der Sprecher der beiden, sondern der Anführer. Er entschied, welche Bäume sie nahmen und wohin sie sie zum Kleinhacken schleppten, eine Verantwortung, die der leichtlebige Everett gern aus der Hand gab.

Als der Windwurf in ihrem Waldstück erschöpft war, entschied Harris, sie seien nun stark genug, um selbst Bäume zu fällen. Nach einigen Beinaheunfällen lernten die Jungen, einen ordentlichen Fallkerb zu setzen, statt die Stämme einfach gerade durchzuschlagen, und bald hätten sie einem Mann einen Baum genau zwischen die Augen fallen lassen können. Ihre zwölf Hektar waren eine gute Mischung aus Harthölzern und Weymouth-Kiefern, und sie konnten einen Baum an einem einzigen Tag fällen, entasten, zurechtschneiden und spalten. Es hieß, Everett könne Roteiche von Schwarzeiche oder Birke von Pappel allein an der Musik ihrer Blätter unterscheiden, und Harris könne mit einem einzigen flüchtigen Blick auf ein paar stehende Bäume einen Klafter Holz abschätzen. Bald hatten sie genügend Geld für ein Pferdegespann und einen Schlitten zusammen, um im Winter Stämme zur Straße ziehen zu können.

»Seht nur die mächtigen Holzfäller!«, spotteten die Arbeiter in der Stadt, wenn die beiden vorbeikamen, die Äxte über die Schultern gelegt.

»Bestes Feuerholz der Welt«, stand auf ihrem von Harris sorgfältig beschrifteten Schild, und das war nicht weit von der Wahrheit entfernt. Für fünf Dollar pro Klafter war das Feuerholz der Greenwoods nicht zu schlagen, und man kaufte nicht mehr aus bloßer Mildtätigkeit bei den Jungen. Ihr Holz war immer gut gespaltet und knochentrocken, und es brannte heißer als Kohle und wurde immer im ganzen Klafter geliefert, anders als die Dreiviertelbündel, die uns die Bonnevilles jahrelang untergejubelt hatten.

Während ihr Geschäft wuchs, wurde es Harris, der noch immer der Größere von beiden war, leid, sich den Kopf an den niedrigen Balken der Hütte zu stoßen. Da nicht damit zu rechnen war, dass Mrs. Craig sie bald in ihr Haus lassen würde, machten sich die Jungen daran, sich eine anständige Behausung zu bauen. Everett fertigte Zeichnungen an, während Harris die beste Ecke des Waldstücks mit Blick auf den Bach auswählte. Sie fällten Bäume und schufen eine Lichtung, entasteten die Kiefernstämme, entfernten die Rinde mit einem Abziehmesser, richteten die Stämme zu, kerbten sie und bestrichen die Enden mit Teer. Mithilfe der Pferde zogen sie die nackten Stämme heran und brachten sie in Position, und dann kleideten sie die Lücken mit Bachschlamm und Hanf aus. Nachdem das Dach fertig war, begannen sie ein paar grobe Möbel zu zimmern. Sie zankten sich noch immer hin und wieder, wurden dabei jedoch nicht mehr handgreiflich, und jeder, der sie bei der Arbeit beobachtete, sagte, es sehe aus, als wären sie in einer gemeinsamen Trance, und dass sie sich bewegten wie zwei Hände, die zu einem einzigen Körper gehörten.

Die fertige Blockhütte war ein primitives Bauwerk. Tatsächlich war sie so schief, dass Stühle und Tische wackelten, ganz gleich, wo man sie im Inneren hinstellte. Zum feierlichen Anlass der Fertigstellung gelang es den Jungen, Mrs. Craig – die seit einiger Zeit nicht wohlauf war und unausgesetzt in ihre Spitzentaschentücher hustete – dazu zu bringen, dass sie sie in Augenschein nahm. Der Mann, der ihnen an jenem Tag ihren Holzofen lieferte, behauptete, obwohl die Greenwood-Jungen Mrs. Craig ein feines Mahl bereitet und sich mit Krawatten herausgeputzt hätten, um ihren Vormund auf der Veranda stehend zu empfangen, das buschige Haar mit Kufenfett zurückgekämmt, die Brust geschwellt wie ein Paar siegreicher Generäle, habe die alte Witwe nicht einen Fuß in die Hütte gesetzt.

»Ein paar Fenster mehr wären gut gewesen«, sagte sie mit geschürzten Lippen zu ihnen. »Ist mir zu düster da drinnen. Ich fürchte, das Abendessen werdet ihr alleine zu euch nehmen müssen.«

Ein Leiden

Als die Greenwood-Jungen fast sechzehn Jahre alt waren, wendete sich Fiona Craigs Gesundheit zum Schlechteren. Sie krümmte sich vor Husten über dem Tresen des Gemischtwarenladens, und unter ihren feinen Strümpfen schwollen ihre Knöchel unnatürlich an – obgleich sie Doc Kane stets mit wohlgesetzten Worten davonschickte, wenn er sich während ihrer immer selteneren Ausflüge in den Ort nach ihrem Befinden erkundigte.

Bald kam sie gar nicht mehr. Und nachdem ihre offenen Rechnungen im Gemischtwarenladen und beim Friseur wochenlang nicht beglichen wurden, beschlossen wir, die Jungen zu bitten, nach ihrem Vormund zu sehen. Everett und Harris behaupteten beharrlich, eine Stunde lang an jedes Fenster und jede Tür geklopft zu haben, ehe sie aufgegeben hatten. Ihre strenge Regel, die den Jungen das Betreten des Hauses untersagte, war noch immer in etwa die einzige, die diese Übeltäter nicht gebrochen hatten.

Einige von uns begleiteten Doc Kane am nächsten Tag zum Haus. Wir brachen die Tür auf und fanden ihre Leiche in der Stube, grässlich aufgedunsen und halb verfault. Schwindsucht, folgerte Doc Kane, nachdem er den Leichnam untersucht hatte. Vermutlich hatte sie sich bei ihrem Mann mit der Krankheit angesteckt, die sie mit der Zeit verzehrt hatte, bis ihre Lunge nichts mehr war als eine Flüssigkeit, die in ihrer Brust umherschwappte. »Diese arme Frau ist an sich selbst ertrunken«, sagte Doc Kane. »Und sie hat sich nie beklagt.«

Es war ein mitleiderregender, qualvoller Tod, und wir brachten es nicht über uns, den Jungen zu sagen, wie sehr sie gelitten haben musste. Wir verheimlichten ihnen auch eine gewisse Mutmaßung, welche die Großzügigsten unter uns angestellt hatten: dass Mrs. Craig nicht all die Jahre Abstand zu ihnen gewahrt hatte, weil sie ihr Missfallen erregten, sondern um sie vor dem Leiden zu schützen, das ihren Mann und schließlich auch sie selbst dahingerafft hatte. Selbst wenn es die Wahrheit gewesen wäre, hätte es die Jungen nicht satt gemacht oder die vielen Verluste ausgeglichen, die sie bereits erlitten hatten. Die Frau war nun fort. Und es ist Allgemeinwissen, dass wir alle besser beraten sind, nicht über die Opfer derer, die vor uns kamen, nachzusinnen. Da es offiziell keine überlebenden Verwandten gab, konnte Doc Kane glücklicherweise Stillschweigen über die Todesursache bewahren, und wir konnten uns anderen Dingen widmen.

Aber die Jungen rauften sich die Haare und sackten zu bemitleidenswerten Haufen zusammen, als sie die Nachricht erreichte. Noch nie hatten wir einen solchen Kummer in irgendjemandem Wurzeln schlagen sehen. Es ging das Gerücht, abgesehen vom ersten Tag, an dem sie sich begegnet waren und Mrs. Craig sie beide geohrfeigt hatte, habe sie ihnen nie gestattet, sie zu berühren, solange sie am Leben war, nicht ein einziges Mal. Was bedeutete, dass diese beiden Knaben, nun zum ersten Mal ihre Haut fühlen konnten, als sie sie in den kunstvoll verzierten Sarg legten, den sie selbst aus einer von ihnen gefällten Roteiche gezimmert hatten. Diese beiden Jungen um eine Frau trauern zu sehen, die sich nie mit dem geringsten Eifer um sie gekümmert hatte, war für uns alle ein kummervoller Anblick. Was sie ihnen war, werden wir nie erfahren: vielleicht Göttin, Monster, Mutter und Vormund auf unmögliche Weise in einer einzigen Person vereint.

In Anbetracht dessen, wie sie die beiden behandelt hatte, war es eine große Überraschung für uns, als sich nach der Beerdigung ein in Kingston ansässiger Anwalt mit uns in Verbindung setzte. Er hatte im schriftlichen Austausch mit Mrs. Craig ein Testament aufgesetzt, in dem Everett und Harris Greenwood als Alleinerben aufgeführt waren, vorausgesetzt, sie befolgten ihre eine Bedingung. Aus dem Testament erfuhren wir auch, dass Mrs. Craig tatsächlich Monat für Monat einen kleinen Teil der Summe, die sie von uns für die Pflege der Jungen bekam, beiseitegelegt hatte, um eine erkleckliche Hypothek auf das bewaldete Grundstück abzuzahlen, die ihr Mann in tausend verlorenen Pokerspielen gegen die Holzfäller und Arbeiter, die er behandelte, auf sich geladen hatte.

Ihre letzten Wünsche ließen Mrs. Craig noch weiter in unserer Gunst steigen, und die Weichherzigeren unter uns malten sich aus, wie die beiden Jungen als respektierte Bürger bis in alle Ewigkeit auf diesem Gelände leben, ihr bescheidenes Geschäft in dem Waldstück fortführen und das Haus jeden Sommer blendend weiß streichen würden – ein Haus, das von ausreichender Größe für zwei Familien war, vorausgesetzt, sie waren einander vertraut genug. Wir wagten, uns sogar ein paar kleine Greenwoods vorzustellen, die über die Wurzeln der von ihnen verschonten Bäume krabbelten, an deren Ästen Reifenschaukeln hingen.

Doch an dem Tag, an dem wir ihnen Mrs. Craigs Umschlag überbrachten, wurden wir Zeuge, wie sich die Greenwood-Jungen daranmachten, ihre Bedingung zu erfüllen. Sie türmten ihr bestes Eschenfeuerholz klafterweise an den Wänden des Hauses auf, das James Craig im Land der Bäume für seine Frau gebaut hatte. Am Abend ragte die Wand aus Holz bis zu den Fenstern im ersten Stock hinauf.

Bei Sonnenuntergang steckten sie sie in Brand. Das Feuer loderte wochenlang.

Rekrutierung

Bald nachdem die wogende Glut des Craigschen Hauses erloschen war, nahmen wir an Harris Greenwood eine Veränderung wahr. Er begann sich der Körperpflege zu widmen: rasierte sich jeden Morgen sorgfältig und strich sein honigfarbenes Haar mit Brillantine zurück. Man hörte ihn seinen Bruder, der es ihm nicht gleichtat, zurechtweisen, und oft marschierte er mit ihm zum Barbier, wenn er zu ungepflegt aussah. Bei einem dieser Besuche hörte der örtliche Friseur Harris zum ersten Mal seinen Plan schildern.

»Jetzt, wo uns das Waldstück gehört, müssen wir über diese zwölf Hektar hinausdenken, Everett. Sogar über die Gemeinde hinaus«, sagte Harris. »Wir verschwenden gute Bäume, indem wir sie zu Feuerholz verarbeiten, und das weißt du auch. Es macht mich krank, wenn ich an das ganze Geld denke, das wir im wahrsten Sinne des Wortes verbrannt haben. Ich will also ein paar Leute aus Kingston holen, die alles vollständig abholzen sollen, und dann lassen wir es im Sägewerk zu erstklassigem Bauholz verarbeiten und verdienen ein Heidengeld.«

»Und wo sollen wir dann wohnen?«, fragte Everett aufrichtig verwirrt, so als hätten sie noch nie darüber nachgedacht, irgendwo anders als inmitten dieser Bäume zu leben. In etwa zu dieser Zeit hatte Everett begonnen, die Zuckerahornbäume des Waldstücks anzuzapfen und seinen Sirup zusammen mit ihrem Feuerholz am Straßenrand zu verkaufen.

»Von dem verdienten Geld kaufen wir uns ein anderes Stück Wald«, erwiderte Harris. »Ein besseres. Mit einem richtigen Haus statt so einer schiefen Hütte. Und dann fangen wir wieder von vorne an.«

»Wir kennen uns nicht mit Holzverarbeitung aus, Harris.«

»Du meinst, *du* kennst dich nicht mit Holzverarbeitung aus.«

»Wieso kann nicht einfach alles bleiben, wie es ist?«, sagte Everett. »Wir haben hier ein paar gute Bäume. Wir könnten die Kiefern schlagen, die Ahornbäume stehen lassen und vom Sirupverkauf gut leben. Wir bauen ein neues Haus, ein schöneres, direkt auf der Asche von Mrs. Craigs. Wir sollten dankbar für das sein, was sie uns hinterlassen hat.«

»Dankbar?«, sagte Harris mit einem verächtlichen Schnauben. »Für eine gammelige Hütte und ein paar Eimer voll Lebensmittel? Wir könnten dieses Land jederzeit verlieren, und das weißt du auch. Irgendwelche entfernten Verwandten könnten morgen durch den Wald anspaziert kommen und es uns abnehmen.«

Everett schien darüber nachzudenken, während der Barbier an seinem verfilzten Haarschopf herumschnitt. »Du hast immer für uns beide gesprochen, Harris. Und du hast es besser gemacht, als ich es jemals gekonnt hätte«, begann er. »Aber meine Meinung zählt genauso viel wie deine. Wenn du willst, kannst du also deine Hälfte abholzen«, sagt er und begegnete dem Blick seines Bruders im Spiegel, »aber lass meine, wie sie ist.«

»Wir brauchen das ganze Stück, damit es sich lohnt«, sagte Harris und schüttelte den Kopf. »Sonst schlucken die Transportkosten den ganzen Gewinn.«

»Ich habe dazu nichts weiter zu sagen«, sagte Everett, schloss die Augen und verschränkte die Arme unter dem Drillichkittel, den ihm der Barbier umgehängt hatte.

»Du warst schon immer einfach gestrickt«, sagte Harris, zog seinen Mantel über und stieß beim Hinausstürmen beinahe einen anderen Kunden um.

Nach dieser Auseinandersetzung sah man Harris Greenwood gelegentlich mit Jammermiene vor dem behelfsmäßigen Rekrutierungsbüro auf und ab gehen, das in der alten Bank eingerichtet worden war. Es war das erste Mal, dass wir einen der beiden Brüder allein im Ort antrafen.

Im Jahr 1915 kämpften viele unserer ältesten Söhne bereits im Krieg, und bislang waren erst so wenige gefallen oder verstümmelt worden, dass ihre Bemühungen noch von einem gewissen Enthusiasmus begleitet wurden. Aufmerksamkeitsheischende Plakate wurden an Orten aufgehängt, an denen junge Männer verkehrten. Das Radioprogramm wurde von eingängigen Kriegsliedern beherrscht. Und selbst Knaben, die sich aus irgendwelchen Gründen nicht für die Armee verpflichtet hatten, trugen Militärhaarschnitte. Unsere sanftmütigsten Farmer und schwächlichsten Büroangestellten hatten sich überschlagen, um an Bord eines der Transportschiffe gehen zu können, die nach England und von dort aus weiter nach Belgien oder Frankreich fuhren. Für viele war der Krieg eine perfekte Gelegenheit, ihre Männlichkeit unter Beweis zu stellen, und auch wenn er noch nicht erwachsen war, mochte Harris Greenwood eine ähnliche Berufung in sich gespürt haben.

Als er schließlich den Mut aufbrachte, das Rekrutierungsbüro zu betreten, machte er auf den ersten Blick eine gute Figur – ein stattlicher Mann, der Jahre älter wirkte, als er eigentlich war. Doch war es seine Verrufenheit, die ihm an jenem Tag zum Hindernis wurde. Der Einberufungsoffizier erkannte Harris auf Anhieb – er hatte einmal eine Schulhofprügelei gegen ihn verloren, obwohl der Offizier drei Jahre älter war als er, und wusste, dass die Greenwood-Jungen um die sechzehn Jahre alt waren.

Was uns betraf, war Harris' Eintritt in die Armee damit erledigt.

Ein Schwur

Ich, Harris Greenwood, schwöre, dass ich Seiner Majestät König Georg V., seinen Thronerben und all jenen, die ihm in Person, Herrschaft und Würde nachfolgen, stets ergeben sein und treue Gefolgschaft leisten werde und dass ich Seine Majestät, seine Thronerben und all jene, die ihm in Person, Herrschaft und Würde nachfolgen, in pflichtschuldiger Weise ehrenvoll und getreulich gegen alle Feinde verteidigen und jeglichen Befehl Seiner Majestät, seiner Thronerben und Nachfolger und aller mir übergeordneten Generäle und Offiziere befolgen werde, so wahr mir Gott helfe.

Ein falscher Axthieb

Letzten Endes fuhr Harris mit dem Greenwoodschen Holzwagen ins nahe gelegene Kingston, um sich dort zu verpflichten. In größeren Städten verließen sich die Rekrutierungsbeauftragten vor allem auf Körpergröße und Gewicht, um Minderjährige aus den Reihen der Militäranwärter auszusondern – Maße, in denen der von Natur aus groß gewachsene und durch die körperliche Arbeit gekräftigte Harris seine Altersgenossen weit übertraf. Später lasen wir, dass der Amtsarzt den Rekruten in seinen Aufnahmeunterlagen wie folgt beschrieben hatte: *Ein alleinstehender Mann ohne Religionszugehörigkeit, der in einer nicht benannten Ortschaft außerhalb von Kingston als Holzfäller tätig ist und mit glattem blondem Haar 1,83 Meter misst und einen Brustumfang von 97 Zentimetern hat.*

Als Harris mit den unterzeichneten Kriegsartikeln in der Hand nach Hause kam, brach in der Greenwoodschen Hütte, obwohl die Brüder seit Jahren nicht mehr handgreiflich geworden waren, ein erbitterter Faustkampf aus, der Stunden anhielt und bis zur McLaren Road zu hören war. Ein großer Teil des kruden Mobiliars, das sie gemeinsam gezimmert hatten, wurde in jener Nacht zu Kleinholz gemacht, und jedes einzelne der wenigen Fenster musste anschließend neu verglast werden.

Wie wir erfuhren, hatte Everett kein Verlangen, ein Gewehr in die Hand zu nehmen, und wollte lieber für immer auf dem Waldgrundstück bleiben. Zwar hätte er das Geschäft weiterbetreiben können, doch musste ihm diese Aussicht trist erschienen sein. Angesichts der Tatsache, dass die beiden nie voneinander getrennt gewesen waren, musste es Everett so vorgekommen sein, als würde seine ganze Welt über ihm zusammenstürzen.

Dennoch absolvierte, nachdem sich der Staub gelegt hatte, ein ramponierter Harris seine einmonatige Grundausbildung in Lethbridge, Alberta. »Er war eifrig, diszipliniert und akkurat«, berichtete einer unserer Söhne, der im Militärlager mit Harris einquartiert gewesen war. Er war herausragend im Kartenzeichnen, im Schießen, im Reiten und im Ausrichten der Geschütze, und beim Appell war seine Uniform stets auf das Sorgfältigste gepflegt. Wir waren überrascht zu hören, dass der einstmals unverbesserliche Harris innerhalb der militärischen Strukturen aufblühte.

Nur eine Woche nachdem er von der Ausbildung heimgekehrt war, um auf seinen Einsatz zwei Monate später zu warten, spaltete Harris mit einem falschen Axthieb seinen großen Zeh säuberlich in der Mitte. Anfangs glaubten wir, die auf ihm lastende Trauer um Mrs. Craig oder seine Nervosität angesichts des bevorstehenden Kampfeinsatzes und der unvermeidlichen Trennung von seinem Bruder sei für diesen uncharakteristischen Ausrutscher verantwortlich gewesen.

Doch eine Woche später fuhr Harris mit ihrem Transportwagen gegen Ross Smiths Pflug und brach dem besten Maultier das Bein – die Jungen mussten drei Wochen Holz hacken, um für den Schaden aufzukommen.

Hinter dem Rücken seines Bruders ging Everett zu Doc Kane und teilte ihm mit, Harris habe sich in letzter Zeit sonderbar benommen, sei gegen Wände gelaufen und habe die eine Hälfte seines Tellers leer gegessen, die andere jedoch unangetastet gelassen. Einige von uns, die die Jungen kannten, begleiteten Doc zu ihrer Hütte, wo Harris, von Everett auf wenig sanfte Weise genötigt, einer Untersuchung zustimmte. Als festgestellt wurde, dass sein Augenlicht schwand – der Junge beschrieb es als eine Art schwarzen

Spitzenstoff, der sich über ihn legte –, wurde ordnungsgemäß eine Brille für ihn angefertigt. Doch das war teuer, und sie half nur einige Wochen lang, ehe eine mit dickeren Gläsern notwendig wurde. Bald sprach Harris nicht mehr von Spitze, sondern von einer schwarzen Blende, die sich vor seinen Augen schloss – ein Bullauge, dessen Durchmesser mit jedem Tag weiter abnahm. Da Harris' Einsatz bei der Armee kurz bevorstand, schlug Doc Kane eine Freistellung aus medizinischen Gründen vor.

»Sie werden mir nicht glauben«, hörte man Harris vor der Arztpraxis schluchzen. »Ich würde mir selbst nicht glauben. Irgendein dahergelaufener Kerl erblindet eine Woche vor seinem Einsatz in Europa? Würden Sie das glauben?«

Und er hatte recht. Heute müssen wir leider zugeben, dass wir ihm nicht glaubten, nicht voll und ganz. Damals kursierten viele Geschichten über Männer, die alle möglichen Arten von Phantombeschwerden vorschützten, um nicht in den Krieg ziehen zu müssen. In einem benachbarten Landkreis behauptete ein Mann, Jesus Christus persönlich zu sein. Und nach Einführung der Wehrpflicht griff diese Art von Feigheit um sich.

Selbst Doc Kane bestätigte, dass es sich bei Harris' speziellem Fall von partiellem Verlust des Sehvermögens tatsächlich um Simulantentum handeln könne, zumal die Jungen Autoritäten gegenüber stets so starrköpfig gewesen waren. Anderenfalls mochte es ein Hirngespinst sein, hervorgebracht von all den Tragödien, welche die beiden schon erlitten hatten. Und dem Arzt zufolge gab es aufgrund der Tatsache, dass die Blindheit noch nicht vollständig war, keine wissenschaftliche Methode, das mit Sicherheit zu bestimmen.

Gefreiter Greenwood

Am 18. Dezember 1915 lief das 116. Kanadische Infanteriebataillon auf der RMS Missanabie aus dem Hafen der Stadt Quebec aus. Das Regiment bestand zum Großteil aus gerade einmal achtzehn Jahre alten Soldaten, die frisch aus den Holzfällerlagern und Werkhallen von Ontario gekommen waren, allesamt begierig darauf, ihren Mut auf den Schlachtfeldern Europas unter Beweis zu stellen.

Unter ihnen war ein Gefreiter, der sich unter dem Namen Harris Greenwood verpflichtet hatte und unter Oberstleutnant Sam Sharpe dienen sollte, unter dessen Führung er während seines vierjährigen Militärdienstes für seine Tapferkeit vor allem als Verschrtenträger zahlreiche Auszeichnungen und Orden erhalten würde. Diese herausragende Leistung war eine Überraschung, denn anfangs hatten sich viele seiner Kameraden über das offenkundige Unwissen des Gefreiten Greenwood in Bezug auf die militärischen Übungen, Abläufe und Vorschriften gewundert. Gepaart mit dem bemitleidenswerten Zustand seiner Uniform und seiner Ausrüstung, führte das dazu, dass es unter den übrigen Soldaten in seinem Regiment immer wieder hieß, der Gefreite Greenwood erwecke den Eindruck, gar keine Grundausbildung absolviert zu haben.

Keine Rückkehr

Am Tag bevor der Truppentransporter seines Regiments aus Quebec auslaufen sollte, wankte Harris gegen Mittag durch den Schnee in die Stadt, noch im Schlafanzug, tastete blind um sich und rief: »Wo ist Everett? Wo ist mein Bruder?« Er packte alle, denen er begegnete, am Kragen und zog sie dicht an sich heran, damit seine trüben Augen ihre Gesichter erkennen konnten.

Als wir Harris erzählten, die anderen Burschen aus seinem Regiment seien am Morgen mit dem Zug abgefahren, stieß er einen kehligen Schrei aus und stürzte sich mit der Mistschaufel, die für die Pferde draußen stand, auf die Kneipe. Nachdem sich drei ausgewachsene Männer in einer Schneewehe auf ihn legen mussten, um den Jungen zu beruhigen, sagte Harris, er sei beim Aufwachen mit einem Reitsattel an seinem eigenen Bettgestell festgezurrt gewesen. Er hatte drei Stunden gebraucht, um den schweren Sattel umzudrehen und die Schnallen zu lösen. Als er es geschafft hatte, durchsuchte er die Hütte und stellte fest, dass Uniform und Militärausrüstung verschwunden waren. Wir sind seitdem alle der Ansicht, dass Harris seinen Bruder Everett, hätte er ihn an jenem Nachmittag in die Hände bekommen, getötet hätte.

Wir zögerten dennoch, das Miliz- und Verteidigungsministerium über die Vertauschung zu informieren, auch da wir selbst nach all ihren Fehltritten und Vergehen noch eine gewisse Verantwortung für diese Burschen empfanden und keinen von beiden in einem Militärgefängnis sehen wollten. Zudem hatten die Greenwood-Jungen einen Schwur geleistet, dem Staat einen Soldaten zur Verfügung zu stellen, und sie hatten Wort gehalten. In unseren Augen war kein Schaden entstanden.

Nachdem sein Bruder an seiner statt nach Übersee gegangen war, sahen wir Harris Greenwood nur noch selten. Allein und mit schwindendem Augenlicht konnte er in jenem Winter nicht mehr als ein paar Klafter Holz für sich selbst schlagen, und um überleben zu können, war er gezwungen, den Vorrat zu verkaufen, den sie sich im Laufe der Jahre zugelegt hatten. Ein paar von uns gingen in jenem Frühjahr zu seiner Hütte und fanden ihn fast vollständig erblindet, verwahrlost und halb verhungert vor. Wir hatten Mitleid mit ihm, ließen in der Kirche einen Hut herumgehen und schrieben ihn an einer neu gegründeten Bildungsanstalt für Taube und Blinde in Montreal ein. Der dortige Dekan, ein Mr. Gilles Thibault, hatte in Yale studiert und erwärmte sich sogleich für Harris' Aufgewecktheit, seinen Unternehmergeist und seine verblüffende körperliche Stärke. Wir haben gehört, Mr. Thibault habe Harris eine gute Position im Ruderkader der Lehranstalt gesichert und die Mannschaft sei von den kräftigen Armen und dem eisernen Griff des Jungen weit in den Landesentscheid hineingetragen worden und habe viele von Montreals Eliteschulen um mehrere Bootslängen geschlagen. Mr. Thibault ließ Harris in Latein, Griechisch, Mathematik und antiker Geschichte unterrichten. Lesen konnte er inzwischen nur noch mithilfe der dicksten Brillengläser, die es gab. Wie ein Schauspieler, der sich weigert, von der Bühne zu gehen, obwohl sich der Vorhang schließt und das Licht verlöscht, sammelte Harris fieberhaft Informationen zu jedem erdenklichen Thema, vor allem der Forstwirtschaft. Tatsächlich bewarb Harris sich mit Mr. Thibaults Empfehlung in dem neuen forstwissenschaftlichen Institut von Yale, wo ein spezielles mündliches Examen entwickelt wurde, das Fragen aus den Bereichen Physiologie, Trigonometrie und Botanik umfasste. Harris bestand das Examen mit Bravour und war der erste Kanadier, der in das angesehene Programm aufgenommen wurde, und allen Berichten nach schlug er sich glänzend. Er studierte wissenschaftliche Holzgewinnung und Forstproduktmanagement – Aktivitäten, die er sein Leben lang ausgeübt hatte und mit denen er sich jetzt in einem weit größeren Maßstab auseinandersetzte. Seiner Behinderung zum Trotz war er ein gern gesehener Stammgast in den botanischen Laboren der Universität und ihrem legendären Peabody-Herbarium, wo er seine Tage damit verbracht haben soll, jedes einzelne der Tausende von Schubfächern mit unterschiedlichen Arten zu öffnen und sich mit jedem Baum vertraut zu machen, indem er die gepressten Blätter über seine Fingerspitzen zog.

Wir können das nicht mit Gewissheit behaupten, aber viele von uns glauben, es muss zu seiner Zeit dort in Connecticut gewesen sein, wahrscheinlich während er allein in seinem Wohnheimzimmer saß, als sich Harris Greenwoods Netzhäute ablösten – wie ein Muschelpaar, das sich nicht länger an einem Felsen festklammern kann – und die Welt, wie er sie gekannt hatte, für immer verschwand.

Es hätte ebenso gut anders kommen können

Als Harris drei Jahre später aus Yale zurückkehrte, war er ein neuer Mann. Er hatte seine Holzfällerkluft gegen einen Tweed-Anzug und einen eleganten Hut getauscht. Ein anderer Mann begleitete ihn, ein kurzgewachsener, stämmiger Kerl, der Harris' Automobil fuhr und ihm bei der Orientierung half. »Ich darf Ihnen meinen stellvertretenden Befehlshaber Mort Baumgartner vorstellen«, verkündete Harris stolz und schüttelte uns mit seinem starken Griff die Hände.

Wir hielten zur Rückkehr unseres eingeborenen Sohnes eine Feier im Gemeindehaus ab. Harris sagte, er habe seinem Bruder im Laufe der Jahre oft geschrieben, aber eine Antwort blieb aus. Bei dem Abendessen brachte Harris einen Toast auf unsere Großzügigkeit aus und erklärte lautstark, seinem Bruder die Gaunerei vergeben zu haben. Dann verkündete er seine Absicht, nach Everetts Heimkehr mit ihm als vollwertigem Teilhaber ein Holzunternehmen zu gründen. Der Aufschwung nach dem Krieg würde aller Erwartung nach die Preise von Gütern wie Metall, Chemikalien, Kohle und auch Holz ansteigen lassen, und es war allgemein bekannt, dass sich jedes Holzunternehmen, das etwas auf sich hielt, auf ein großes Geschäft vorbereitete.

Während sie auf den Waffenstillstand warteten, wohnten Harris und Baumgartner drei Monate in der schiefen Blockhütte. Sie reisten durch die Region, suchten nach Holz, fertigten Karten an, heckten Pläne aus und markierten die Hälfte der Bäume auf Mrs. Craigs Waldstück für die Abholzung. Kurz vor der Demobilisierung erfuhren wir dann von einem Jungen aus dem Ort, der in Übersee als Sanitäter gedient hatte, ein Gefreiter mit Namen Greenwood sei in das No. 5 Canadian General Hospital in Liverpool eingeliefert worden.

»War er verwundet?«, fragte Harris, als wir es ihm berichteten.

Wir sagten ihm, von körperlicher Versehrtheit sei nicht die Rede gewesen, und er warte auf seine Überführung nach Kanada. Dann bat Harris uns, dafür zu sorgen, dass ein Brief, den er an Everett geschrieben habe, umgehend dem Krankenhaus zugestellt werde und dass der Sanitäter aus unserer Gemeinde ihn ihm persönlich vorlese und bestätige, dass der Gefreite Greenwood den Inhalt verstanden habe. Wir kamen seinem Wunsch nach, öffneten den Umschlag jedoch vorher unter heißem Wasserdampf – nicht aus Neugierde, sondern um sicherzugehen, dass in dem Brief keine mörderische Kampfansage oder schwelender Groll zum Ausdruck kam – und fanden einen aufrichtigen Vorschlag zu den Bedingungen ihrer gemeinsamen Teilhaberschaft, begleitet von einer gespreizten Entschuldigung dafür, dass er so stur darauf beharrt hatte, das gesamte Waldstück zu roden, und ein abgeändertes Angebot, es gemäß Everetts Wunsch nur zur Hälfte abzuholzen. Er schloss mit der Bitte, Everett möge nach seiner Entlassung nach Hause zurückkehren.

Als Harris erfuhr, dass der Brief seinem Bruder vorgelesen worden war und dieser das Angebot angenommen habe, lieh er sich eine Geldsumme von der örtlichen Bank, um ein großes Fest zu Everetts Ehren zu organisieren. In der darauffolgenden Woche verdoppelten Harris und Baumgartner ihre Anstrengungen und konnten mit der Kanadischen Bundesbahn einen Vorzugspreis für den Transport des geschlagenen Holzes in die Sägewerke von Kingston aushandeln.

Es dauerte einen weiteren Monat, bis endlich ein Telegramm

des Miliz- und Verteidigungsministeriums eintraf, dem zufolge der Gefreite Greenwood am 3. Juni 1919 entlassen worden war. Sein Truppentransporter würde tags darauf in Halifax ankommen, und die Feier sollte drei Tage später stattfinden, damit Everett ausreichend Zeit bliebe, mit dem Zug heimzureisen.

Harris ließ das Gemeindehaus dekorieren und stellte ein großes Bierfass bereit. Als der bewusste Tag kam und der Gefreite Greenwood nicht wie erwartet mit dem Morgenzug eintraf, war Harris unverzagt. Zum Abendmahl ließ er üppig auftragen und die größte Portion auf den Teller laden, von dem sein Bruder seit ihrer Kindheit stets am liebsten gegessen hatte. Während wir aßen, hielt Harris eine weitschweifige Rede, in der er erklärte, sein Bruder könne »nicht mal die Uhr lesen« und seine Unpünktlichkeit sei nur ein weiterer Beweis, dass Harris besser die Mehrheit an dem Unternehmen halten solle. Wir lachten beklommen und sahen auf unsere Uhren. Als mit dem letzten Abendzug offensichtlich wurde, dass sein Bruder nicht zurückkommen würde, nahm Harris den schwer beladenen Teller, den er vorbereitet hatte, und bat Baumgartner, ihn zu einem nahe gelegenen Brunnen zu führen, und warf den Teller hinein, der auf dem Weg hinunter ins Wasser zersprang.

Danach wurde Harris tagelang nicht gesehen, bis eine Fällmannschaft mit dem Zug aus Kingston kam und sich über Mrs. Craigs Waldstück hermachte. Von der Straße aus konnten wir hören, wie Harris die Männer lautstark anwies, keinen Baum stehen zu lassen, und sogar verlangte, dass sie die Stämme, aus denen die Hütte gebaut war, ebenfalls zum Sägewerk verfrachteten. Als das erledigt war, bestieg Harris denselben Zug, der seine Stämme transportierte, und wir sahen ihn nie wieder – außer natürlich auf den Seiten unserer Zeitungen und Zeitschriften.

Sein Bruder kehrte schließlich zurück, wenn auch erst nach fünf Jahren, in deren Verlauf Greenwood Timber sich drüben im Westen bereits als eines der führenden Holzunternehmen des Landes etabliert hatte. Wobei es irreführend ist zu behaupten, Everett sei tatsächlich zurückgekehrt. Er war ebenso verändert, wie Harris es gewesen war, nur zum Schlechteren. Sein Gesicht war voller Schatten und Kanten, die Stirn zerknittert wie altes Zeitungspapier, und der einst fröhliche Blick in seinen Augen hatte sich verhärtet. Seine allgemeine Ungepflegtheit verriet uns, dass er zu einem Landstreicher geworden war, einem der unterernährten Männer, die wir oft an den Rändern der Stadt sahen, wo sie aus den Regentonnen tranken oder Dinge fortschleppten, die nicht in Gebrauch waren.

Einige von uns mutmaßten, das Kriegsgemetzel habe seinen Geist so sehr in Mitleidenschaft gezogen, dass ihm ein Leben innerhalb der Zivilisation unmöglich geworden war. Die anderen glaubten, in Europa habe er sich schlicht zu der bösartigen Kreatur entwickelt, die er immer schon gewesen sei. Nichtsdestoweniger bot er einen mitleiderregenden Anblick, als wir ihn zu dem verheerten Waldstück begleiteten, das sein Bruder an einen lokalen Grundstücksspekulanten verkauft hatte. Er ging zwischen den stoppeligen, allesamt schwarz gefaulten Stümpfen umher, und seine Füße versanken in den alten Sägespänen, die den Boden noch immer bedeckten wie Schnee. Nahe der Stelle, an der ihre Hütte gestanden hatte, ließ er sich auf einen Baumstumpf sinken und blieb etwa eine Stunde lang dort sitzen und murmelte mit stumpfem, ins Leere gerichtetem Blick leise vor sich hin. Um ehrlich zu sein, wirkte er wie ein Verdammter, ein Mann, der bereits mehr als seinen rechtmäßigen Teil durchlitten hatte und immer weiter leiden würde.

Wir taten dennoch, was wir konnten. Wir boten ihm an, ihn bei uns einzuquartieren wie damals, als sein Bruder und er als Waisen zu uns gekommen waren. Aber Everett ballte nur die Fäuste und schrie, wir sollten ihn zufriedenlassen. Da seine kämpferische Ader die einzige Charaktereigenschaft zu sein schien, die den Krieg überstanden hatte, drangen wir nicht weiter in ihn. Jeden Morgen trugen wir einen Eimer mit Lebensmitteln in das Waldstück hinaus, zusammen mit einem Bierglas voll billigem Fusel, damit Everett seinen Flachmann auffüllen konnte. Wir stellten alles auf einen der Baumstümpfe in der Nähe seines Schlafplatzes auf der rechteckigen Narbe, die die Hütte im Gras hinterlassen hatte. So ging das zwei Wochen, bis Everett eines Morgens zu den Bahngleisen ging, auf einen Güterwaggon aufsprang und für immer verschwand.

Die Zeit verging, und ab und an kam das Gespräch auf die Greenwood-Jungen und darauf, was wohl aus ihnen geworden war. Wir malten uns aus, wie Everett all die Jahre im Gefängnis gesessen hatte für das, was er diesem armen Kind angetan hatte, oder wie er sein Dasein mit anderen Kriminellen in irgendeinem Obdachlosenlager am Rand der Zivilisation fristete. Auch stellten wir uns Harris in seiner Villa in Vancouver vor, von der wir gelesen hatten, mit der Bowlingbahn, dem Ballsaal und dem weitläufigen Garten.

Trotz des Skandals und der schändlichen Geschäfte mit den Japanern kauften wir für unsere Häuser und für die Renovierung der Kirche immer Greenwood-Holz.

Ja, wir hatten die Anfänge der Familie Greenwood mit angesehen, was ein großes Privileg war, wenn man es sich überlegt. Und auch wenn die Engherzigsten unter uns vorgeben, schon an dem Tag, an dem wir die beiden Knaben barfuß neben den brennenden Zugwaggons kauernd fanden, gewusst zu haben, dass ein Fluch auf ihnen lag, kannten wir Übrigen die Wahrheit. Dass es nämlich ebenso gut Everett hätte gewesen sein können, dem eine ordentliche Schulbildung zuteilwurde und der daraufhin erblindete. Und dass es Harris hätte gewesen sein können, der sich für seinen Bruder aufopferte und als gebrochener, ziellos umherstreifender Mann zurückkehrte. Wir wissen, dass es mit diesen Greenwood-Jungen ebenso gut anders hätte kommen können.

1934

Der Staub

An diesem Morgen ist Temple Van Hornes Farm, die acht Kilometer außerhalb von Estevan, Saskatchewan, liegt, in einen erstickenden Staubsturm gehüllt. Dieses Jahr haben die Stürme schon die Bleifarbe von ihrer Scheune, dem Haus und der Bibliothek gescheuert und dicke Streifen bloßen Kiefernholzes zurückgelassen. Der Staub hat die Nahverkehrszüge entgleisen lassen und ist durch die Ritzen und Türrahmen der dicht verschlossenen Gebäude gekrochen, wo er auf Teppichen, Bettlaken und Vorhängen einen dünnen Film hinterlassen hat. Jetzt trinkt Temple ihren morgendlichen Kaffee und sieht durch die Verandatür zu, wie ihre Jersey-Rinder blind umherirren, die Köpfe gesenkt, um den wirbelnden Staub aufzustöbern, in der Hoffnung, es könnte etwas Grünes darunterliegen. In der vergangenen Woche hat Temple ihre beste Kuh geschlachtet, nachdem sie braune Milch gegeben hatte, und sie fürchtet, mit den anderen früher oder später das Gleiche tun zu müssen, ehe sie mit Schlamm in den Eingeweiden dahinsiechen.

»Wie oft muss ich denen sagen, dass es da unten kein Gras gibt?«, fragt Temple Gertie, die für die Hilfsarbeiter einen Bottich Porridge anrührt wie jeden Morgen, wobei sie immer vor Temple in der Küche ist, obwohl sie auf die siebzig zugeht.

»Kühe sind begriffsstutzige Tiere«, erwidert Gertie. »Aber wenn diese Dürre anhält, solltest du lieber Kamele züchten.«

Am Vormittag flaut der rüpelhafte Wind ab, und der Staub legt sich und gibt den Blick auf einen weiten, fast lavendelblauen Präriehimmel frei. Temple zieht ihre Arbeitshose an und tritt in die hautweichen Staubwehen hinaus, um den Schaden zu begutachten.

Die Dürre hält nun schon seit drei Jahren an, und diese Staubstürme werden immer heftiger und häufiger. Sie hat die örtlichen Farmer über die gierigen Amerikaner im Süden murren hören, die ihr Grasland mit mechanischen Traktoren umgepflügt haben. In ihren Augen kommt die Plage aus der Fremde: aus Texas, Oklahoma, Nebraska, Kansas. Doch in Wahrheit ist es auch ihr Staub. Würde Temple glauben, dass ihr irgendjemand zuhört, dann würde sie darauf hinweisen, dass sie in ihrer Gier, mehr Weizen zu ernten, ihr Büffelgras auf die gleiche Weise ausgerissen haben. Seit ihrer Kindheit hat Temple immer in Büchern nach Rat gesucht, wenn sie sich einem Problem gegenübersah, und in den Anfangstagen der Dürre hat sie Bodenchemie und Bewässerungswissenschaft studiert. Sie hat gelernt, ihre Felder im Wechsel zu besäen und das Land zwischendurch brachliegen und sich erholen zu lassen, und auf den Versammlungen der Landwirte in Estevan hat sie die anderen ermahnt, es ihr gleichzutun. Aber sie wollten nicht von ihren Methoden abrücken, und sie hatten die örtliche »Farmerlady« nicht um Rat gebeten. Anfangs immerhin war Temples Erde durch ihre Techniken schwarz wie Wegschnecken und weich und saftig wie Kuchen, doch all das spielt nun keine Rolle mehr. Der Staub ist trotzdem herangeweht. Was diese alten Narren nicht ahnten: Grün ist das Einzige, was Himmel und Erde daran hindert, die Plätze zu tauschen.

Mit dem Zeigefinger ein Nasenloch zuhaltend, zieht Temple ein teerschwarzes Band über die Umzäunung aus Holz und Draht, die die Grenze ihres Grundstücks neben der Bahnstrecke markiert. Als Nächstes kauert sie sich hin und nimmt eine Handvoll Staub auf, erhebt sich, öffnet langsam die Finger und sieht zu, wie die leichte Brise ihn aufzehrt, während unhaltbare Einkommenspläne gleichermaßen in ihren Gedanken zergehen. Selbst wenn es regnen sollte, ist der Boden zu einer solchen Kruste gebrannt, dass das Wasser einfach darüberrinnen wird, ohne einzusickern. Nun, da ihre Saatpflanzen verloren sind, wird sie für das kommende Jahr Samen kaufen müssen, was ihre eiserne Reserve erschöpfen wird. Sie bringt es nicht über sich, die Bücher in ihrer Bibliothek zu verhökern (einige der seltensten Bände sind gutes Geld wert) oder den Vagabunden, die sie aufnimmt, die kostenlosen Mahlzeiten zu streichen, also wird ihr nichts anderes übrigbleiben, als einige Pferde zu verkaufen – vorausgesetzt, sie findet einen Käufer, der sich noch Heu und Hafer leisten kann.

Sie hat gehört, die Landwirtschaft werde als eine friedliche Tätigkeit bezeichnet, aber Temple hat von Beginn an gegen ihr Land kämpfen müssen. Sie hat es gepflügt, gestutzt und flach gehauen. Es hat sie Dinge gelehrt, die sie in einem höflichen Gespräch nie erwähnen würde. So zum Beispiel, dass das wahre Ziel von Mutter Erde ist, uns Menschen so rasch wie möglich zu dem Staub zu machen, aus dem wir gekommen sind.

Temple geht an der Bibliothek in der alten Kirche vorbei und dann querfeldein zur Scheune, wo sie einen Inspektor der Kanadischen Bundesbahn mit einigen ihrer Männer reden sieht. Art McSorley ist klein und stämmig, mit einem kantigem Kinn und den hervorstehenden Augen einer erdrosselten Forelle, einer Krawattenklammer aus Zinn, geöltem Haar und einer hoch über seinen massigen Bauch gezogenen Hose, sodass die entstandene Wölbung an den Bug eines Schiffes erinnert. Er kontrolliert das gesamte Schienennetz der Kanadischen Bundesbahn, und es heißt, er würde jemanden eher vor die Eisenräder eines fahrenden Zuges stoßen und es als Unfall verbuchen, als ihn wegen Betretens der Bahngleise zu verhaften. Es wird auch behauptet, McSorley melde jährlich ein Dutzend solcher Unfälle.

»Womit soll ich eure Zeit nehmen, Jungs? Mit einer Stoppuhr? Oder einem Kalender?«, ruft Temple und klatscht in die Hände, um ihre Männer auseinanderzutreiben, die demonstrativ aufspringen, aber weiter in der Nähe herumlungern, um herauszufinden, welchen Grund der Besuch des Bahninspektors hat.

»Ein paar Säufer sind am Wochenende in den Wasserturm von Estevan gehüpft, Miss Van Horne«, sagt McSorley enttäuscht. »Ich wollte nur nachsehen, ob irgendwelche von Ihren Jungs hier noch nass sind.«

»Ich verstehe nicht ganz, warum Sie ein Wasserturm in unserem bescheidenen kleinen Estevan etwas angeht, Mr. McSorley«, sagt Temple, als sie bei ihm angekommen ist.

»Dieser Turm dient der Bundesbahnstrecke, Miss. Und jede Störung, die sich irgendwo im gesamten Land im Umkreis von eineinhalb Kilometern um diese Gleise herum ereignet, geht mich augenblicklich etwas an.«

»Dann können Sie mir vielleicht erklären, warum Sie glauben, jedes Mal wenn in Estevan irgendwer einen über den Durst trinkt, geschieht das auf meinen Wunsch hin?«

»Kommen Sie, Temple, die sollen den Turm beschmutzt haben.«

»Be*schmutzt*? Mit ihren unreinen Seelen?«, sagt sie außer Atem. »Du liebe Güte, Herr Bahninspektor.«

Er beugt sich zu ihr vor. »*Hineingeschissen*, Miss«, sagt er und wendet den Hut in seinen Händen.

»Und wie können Sie so sicher sein, dass das meine Männer waren?«, fragt Temple, auch wenn sich in ihren Eingeweiden eine leichte Besorgnis regt. Sie hat im Moment dreißig Hilfsarbeiter auf dem Dachboden ihrer Scheune untergebracht, die Temples Mahlzeiten essen, Karten spielen und Däumchen drehen. Kein Wunder, dass sie auf dumme Gedanken kommen. Nichts macht einen wahnsinniger als eine Weizenfarm während einer Dürre. »Es könnten Kinder gewesen sein«, setzt Temple hinzu. »Oder Kühe, um Himmels willen.«

»Kühe steigen keine Leitern hoch«, sagt McSorley. »Und es waren auf jeden Fall welche von Ihren Durchreisenden. Das Wasser hat heute Morgen so einen öligen Film.«

Obwohl sich ihre Farm am Rand der Stadt befindet, ist die breite Bevölkerung von Estevan nicht sonderlich begeistert über Temples Mahlzeiten für die Armen oder die Bibliothek, die sie den Aufgenommenen zur Verfügung stellt. »Was interessieren sich diese Blutsauger denn überhaupt für Bücher?«, hat sie sie bei Stadtversammlungen laut fragen hören.

»Irgendeine alte Kuh findet morgens ihren Ohrring nicht«, sagt Temple, »und um zehn Uhr sind Sie sicher, dass ihn einer von meinen Männern geklaut hat.«

»Sie ziehen diese Kerle einfach an«, sagt er. »Die meisten von ihnen sind Berufskriminelle. Gesetzesflüchtige. Nassauer, zu faul, um sich zu kratzen, wenn es sie juckt. Die guten Leute in Estevan haben sich wirklich gefreut, als Sie das Grundstück gekauft haben, Miss, aber niemand hat damit gerechnet, dass Sie darauf eine Suppenküche aufmachen.«

»Das hier ist keine Suppenküche, Herr Bahninspektor. Es ist eine Farm. Und wie jeder Farmer stelle ich ein, wen ich will. Und ich gebe zu essen, wem ich will.« Temple achtet darauf, ihren Männern gegenüber keine Mutterrolle einzunehmen. Während der Woche erledigen sie ihre Arbeit, und an den Wochenenden können sie Geld verprassen, trinken und spielen, so viel sie wollen. Normalerweise zahlt Gertie ihnen den Lohn montagmorgens aus – so können sie sich ein paar Tage lang daran gewöhnen, Geld in der Tasche zu haben, ehe die Versuchung eines freien Tages zuschlägt. An diesem Freitag aber hat Temple sie früher bezahlt, während Gertie bei ihrer Schwester oben in Regina war. Jetzt wird ihr bewusst, dass das ein Fehler gewesen ist. Vor allem wenn die Geschichte mit dem Wasserturm stimmt. Sie dreht sich um und studiert die staubigen Gesichter der Männer, die in Hörweite irgendwelche Kleinarbeiten verrichten. Sobald McSorley fort ist, wird sie jeden Einzelnen von ihnen fragen, wo er am Samstagabend gewesen ist, und jeder, der mit nasser Unterwäsche heimgekommen ist, wird für ein Jahr verbannt. Doch McSorley darf das nicht wissen. Gib einem wie ihm nur eine Handbreit nach, und er schiebt und schiebt immer weiter, bis du selbst auf den Schienen liegst.

»Ich gehe der Sache nach, Mr. McSorley«, sagt sie.

»Ich danke Ihnen«, sagt er und setzt seinen Hut wieder auf. »Ach, und Temple? Ich wäre eher geneigt, diese Störung zu übersehen, wenn Sie für mich ein Auge aufhalten würden. Vor Kurzem ist in Ontario ein Vagabund von einem Güterzug gesprungen und hat einen Mann in seinem eigenen Obsthain zusammengeschlagen, den Bruder eines Senators, um genau zu sein. Nun sind die Prügel das eine, aber das Ungewöhnliche an der Sache ist, dass der Landstreicher behauptet hat, ein kleines Kind dabeizuhaben. Und es gibt einen mächtigen Mann, der ein großes Interesse daran hat, die Identität dieses Kindes zu erfahren, insbesondere wenn es sich dabei um ein kleines Mädchen handeln sollte.«

»Ich nehme keine Kinder auf, Mr. McSorley. Das wissen Sie. Also nein, er ist nicht hier gewesen. Und außerdem ist Ontario weit weg.«

»Nun ja, es heißt, er sei nach Westen unterwegs, auf der Suche nach Arbeit, so wie diese ganzen anderen Herumtreiber. Und da Sie im Umkreis von tausend Kilometern ungefähr die Einzige sind, die irgendwen einstellt, dachte ich, ich erwähne es zumindest einmal. Sollten Sie also doch irgendwann einen Mann und einen Säugling an Ihrem Tisch sitzen sehen, schreiben Sie mir kurz. Das würde sehr dabei helfen, Ihr Ansehen bei der Bundesbahn und den aufrechten Bürgern von Estevan zu verbessern. Denn wenn es mit Ihnen weiter bergab geht«, sagt McSorley und schaut auf die stauberstickte Einöde, die einmal ihr Feld war, »dann wird Sie bald jemand ausgraben müssen.«

Temple

»Du hast dir eine sterbende Welt zum Geborenwerden ausgesucht«, sagt Everett zu Schote, während sich staubige Segel von dem gebeutelten Präriebodenschälen, aufstieben und ihnen über die Augen schaben. Allerdings müssen sie dem Staub auch dankbar sein: Der Expresszug, in dem sie drei Tage lang gefangen gewesen sind, hat erst angehalten, als sie an diesem Morgen nach Saskatchewan hineinfuhren und die Luftzufuhr zum Kessel der Lokomotive verstopfte.

Mit vor Erschöpfung und Hunger zitternden Schenkeln stolpert Everett einige Kilometer weit zu dem rostroten Getreidesilo bei Pasqua, wie von der Gruppe Landstreicher angewiesen, denen er nach dem Aussteigen aus dem Zug unter einer Brücke begegnet ist. Als sie das Kind gesehen und bemerkt haben, wie ausgehungert die beiden waren, haben die Landstreicher von einer Weizenfarm gesprochen, deren Besitzerin im Austausch gegen etwas Feldarbeit freie Kost und Unterkunft bietet.

Am frühen Nachmittag besteigen sie einen Güterzug nach Süden. Es ist ein Nahverkehrszug, der unter lang gezogenen, fedrigen Wolken, die das Licht reflektieren wie getriebenes Kupfer, langsam dahinkriecht. Everett zerkaut die Löwenzahnstängel, die er an den Schienen ausgerissen hat, und schiebt Schote den Brei mit den Fingern in den Mund, die ihn annimmt, wenn auch mit wenig Begeisterung.

Das Kind aufrecht vor den Bauch gebunden, springt Everett am Wasserturm von Estevan ab und geht südwärts. Seit er Schote in dem Expresszug die Geschichte seiner Kindheit erzählt hat, brabbelt sie beinahe ununterbrochen irgendwelchen Kauderwelsch, und während er läuft, gibt sie eine Reihe schnaufender Geräusche von sich, fast wie ihre eigene Imitation eines Dampfkessels.

Die Augustsonne nagt an seiner Haut, und Schweiß macht seinen Nacken glitschig, während eine erschöpfte Finsternis an den Rändern seines Sichtfelds zupft. Nach einigen Stunden kommen sie an einen Bewässerungsgraben, wo peitschender Wind weiteren Staub aufwirbelt, der seinen Mund verklebt und seine Augen verkrusten lässt. Schote beginnt zu schreien und wild den Kopf zu schütteln, um dem Staub auszuweichen. Er würde ihr gern sagen, dass es besser werden wird, dass sie bald ein gutes Zuhause finden werden, aber er bringt die Worte nicht glaubhaft über die Lippen. Dann erscheint im Nebel eine Gestalt, die einen Zaun mit Draht an ein paar Holzpflöcke bindet.

»Das ist nah genug«, ruft die Frau, als sie ihn sieht.

Everett bleibt stehen. Schote strampelt ungeduldig mit den Beinen, damit er weitergeht.

Die Frau steckt ihre Zange weg und kommt langsam in seine Richtung, bleibt aber zwanzig Schritte vor ihm stehen. Durch den sonnenbefeuerten Staub kann er ihre von der Arbeit gekräftigten Schultern und die vom Wind an ihren Körper gepressten Kleider erkennen. Sie trägt das kastanienbraune Haar hochgesteckt und hat ein Tuch über Nase und Mund gebunden.

»Sind Sie mit dem Zehn-Uhr-Zug gekommen?«, ruft sie. Aus ihrer Direktheit und der Art und Weise, wie sie mit dem Boden verwurzelt zu sein scheint, schließt Everett, dass ihr das Land gehört. Und wer so dicht an der Bahnstrecke lebt, kann vermutlich die Uhr nach dem Pfeifen der Lokomotiven stellen.

»So ist es«, sagt er.

»Aus Richtung Osten? Davor?« Sie zieht das Tuch herunter. Ein Mund wie eine Rosenknospe. Eine hübsche Nase. Augen so blau wie frische Tinte.

»Ich brauche Arbeit und etwas zu essen. Man hat mir gesagt, hier könnte ich beides finden.«

»Und was haben Sie da?«, fragt sie.

»Ein kleines Kind, Ma'am«, gesteht er.

»Es ist nicht zufällig ein kleines Mädchen, oder?«

»Doch«, sagt er, beeindruckt, dass die Frau das auf diese Entfernung erkennen kann.

Sie stemmt die Hände in die Hüften und verharrt so eine ganze Zeit lang. Über das Seufzen des Windes hinweg hört Everett, wie ihr ein Fluch entweicht. Sie ist um Haaresbreite größer als er, trägt Männerstiefel mit Zehenkappe, ein Hemd aus Breitgewebe und eine Leinenhose. Er senkt den Blick. Er weiß nicht, ob es am Durst oder am Hunger liegt, aber er ist schon so trunken von ihrem Anblick, dass ihm beinahe schwindlig wird.

»Ich habe leider schon mehr Arbeiter, als ich Arbeit habe«, sagt sie. »Sie sehen ja, dass es nicht gerade ein Rekordjahr ist. Außerdem nehme ich üblicherweise keine Kinder auf.«

»Das verstehe ich«, sagt er, zu erschöpft zum Diskutieren. Der Gedanke, zu den Schienen zurückzutrotten, lässt ihn beinahe an Ort und Stelle zusammenbrechen. »Verzeihen Sie, dass wir Sie gestört haben.« Er schickt sich an, wieder in die Wolke einzutauchen.

»Zu den Schienen geht es dort entlang«, ruft sie und zeigt in die entgegengesetzte Richtung.

»Danke«, sagt er und macht auf der Stelle kehrt.

»Der Staub könnte im Laufe des Tages zunehmen, und der Wind bläst sich gerade erst ein«, sagt sie. »Am besten halten Sie sich immer links von der Sonne. Und gehen Sie zügig, bevor sich der Sonnenstand verändert.«

»Ich danke Ihnen«, sagt er.

»Und legen Sie ihr ein Tuch übers Gesicht, sonst bekommt sie Husten.«

Dass ihr das Wohlergehen des Kindes am Herzen liegt, gibt Anlass zu Optimismus, und Everett entscheidet sich, einen Vorschlag zu riskieren. »Verzeihen Sie, dass ich es anspreche«, sagt er. »Aber mir scheint, Ihr Feld könnte einige Bäume als Windbrecher gebrauchen. Ahorn ist dafür am besten geeignet. Anderthalb Meter Abstand. Vielleicht hundert Bäume. Sie wachsen rasch. Und in ein paar Jahren werden Sie ordentlich davon profitieren. Ich kenne mich mit Bäumen besser aus als die meisten anderen.«

Sie nickt. Sieht ihm unverwandt in die Augen. Seit sie an dieser Stelle steht, hat der wirbelnde Staub ihre Stiefel bedeckt.

»Sie sind sicher beide hungrig und durstig?«

»Wir haben ein paar Mahlzeiten ausfallen lassen«, sagt er. Bei der Erwähnung von etwas Essbarem knicken ihm beinahe die Knie ein.

Sie blickt sich um, fast wie um sicherzugehen, dass sie nicht beobachtet werden, und sieht ihn dann an. »Nur bis wir ein paar Bäume eingepflanzt haben«, sagt sie und winkt die beiden heran, geht aber weiter zwanzig Schritte vor ihnen her. »Dann machen Sie sich wieder auf den Weg.«

Nachdem er ihr eine Zeit lang gefolgt ist, erscheint eine Farm vor ihm, als wäre sie aus dem Staub beschworen worden. »Die Hälfte der Männer da oben haben die Schwindsucht oder irgendetwas anderes«, ruft die Frau und deutet auf den Speicher der Scheune. »Ich lasse Sie mit dem Kind im Gästezimmer im Haus wohnen. Ich will nicht, dass sich die Kleine etwas einfängt.«

Sie führt die beiden ins Haus, wo Stoff über jeden Türknauf gezurrt ist, um elektrische Schläge durch die trockene Luft zu vermeiden. Die große Küche mit dem Linoleumboden erinnert Everett an die Armee: alles überdimensioniert, ein Koloss von einem Holzofen mit sechs Kochplatten, ein Satz riesiger Pfannen und emaillierte Töpfe und Bräter, allesamt mit einem gewaltigen Fassungsvermögen.

Sie macht ihn mit der Köchin bekannt, einer älteren Frau namens Gertie mit einem verkniffenen Mund und einem freundlichen, aber kurz angebundenen Auftreten, die ihn zum Gästezimmer bringt. Während Everett Schote von seiner Brust losbindet, holt Gertie Wasser aus dem Behälter im Keller und füllt das Waschbecken damit. Das Wasser ist überraschend süß und klar, und ehe er Schote badet, gibt er ihr zu trinken und stürzt dann selbst so viel davon hinunter, dass sich sein Bauch über die Gürtelschnalle wölbt. Als er Schote im Becken treiben lässt, kommt Gertie zurück und beginnt die Fenster mit Bettlaken abzuhängen.

»Das ist nicht nötig«, sagt Everett. »Sie schläft auch im hellsten Sonnenschein.«

»Miss Temple hat darauf bestanden«, sagt Gertie mit Stecknadeln im Mund. »Das ist gegen den Staub. Sie sollten die Bettdecke anfeuchten, bevor Sie sie hinlegen. Dr. Stone sagt, ein paar Kinder in Estevan haben so schlimmen Staubhusten bekommen, dass sie sich die Rippen gebrochen haben. Normalerweise nehmen wir hier keine Kinder auf. Aber in Ihrem Fall macht Miss Temple eine Ausnahme.«

»Wir werden nicht lange bleiben«, sagt er.

»Sie wollen ein paar Bäume pflanzen, richtig?«

»Ja«, sagt er und bewegt Schote im Wasser hin und her, das von ihrem Schmutz schon ein trübes Grau angenommen hat.

»Und dann ziehen Sie weiter«, fügt sie hinzu, während sie das letzte Laken befestigt; es ist eher eine Feststellung als eine Frage. »Gut«, sagt sie und macht sich entschlossen wieder auf den Weg in die Küche. »Die anderen Männer werden eifersüchtig werden, wenn Sie hier im Haus und nicht draußen in der Scheune schlafen. Und ein eifersüchtiger Mann ist meiner Erfahrung nach ein dummer Mann.«

Nach Schotes Bad werden sie auf die Veranda unter einer ausladenden Weide herausgerufen, wo bereits etwa dreißig Männer an einem Gemeinschaftstisch sitzen. Everett sucht den Tisch nach der

Frau, Miss Temple, ab, kann sie jedoch nicht finden. Gertie tritt mit einer großen Röstpfanne voller mit Käse überbackener Brote und einem Kessel mit rahmigem Hühnereintopf aus dem Haus. Nach dem Glockengeläut will Everett sich setzen, doch als er den einzigen freien Platz ansteuert, hebt ein mächtiger Mann seinen schlammverkrusteten Stiefel und versperrt ihm den Weg.

»Verzeihung«, sagt Everett, aber der Mann beachtet ihn nicht und beginnt stattdessen, sich lautstark mit seinen Tischgenossen zu unterhalten. Ausgehungert und darauf bedacht, Ärger zu vermeiden, übergeht Everett die Beleidigung und setzt sich mit Schote auf dem Schoß auf eine in der Nähe stehende Apfelkiste. Er pustet auf den Eintopf, um ihn abzukühlen, ehe er sie löffelweise damit füttert. Sie isst wenige Happen und speit dann in den Staub.

»Ich möchte keine Umstände machen«, sagt Everett zu Gertie, die am Tisch sitzt. »Aber haben Sie zufällig etwas Ziegenmilch? Das Kind verträgt keinen Rahm oder Käse.«

Gertie legt den Löffel aus der Hand und schürzt die Lippen. »Unsere letzte Ziege ist vergangenen Monat gestorben«, sagt sie. »Aber ich schaue mal, was ich für sie finde.«

»Ich habe schon von wählerischen Bettlern gehört«, murmelt der Rohling, der ihm den Platz weggenommen hat. »Aber noch nie von einem wählerischen Bettelsäugling.« Everett hält den Blick gesenkt, während die übrigen Männer in Hörweite lachen.

»Das ist die weichste Speise, die wir haben«, sagt Gertie, als sie zurückkommt, und steckt Everett verdeckt eine Schale Porridge zu.

Everett setzt sich wieder auf die Apfelkiste, diesmal vom Tisch abgewandt, und sieht zu, wie Schote den Brei vergnügt zwischen den Rändern ihres Zahnfleisches zermalmt wie ein Wiederkäuer. Auch wenn es ihr zu schmecken scheint, macht er sich noch immer Sorgen, dass sie zu wenig isst.

Die große Bibliothek von Estevan, Saskatchewan

Man könnte behaupten, dass sie begann, wie alle Bibliotheken beginnen müssen: mit einem einzigen Buch. Doch in Wahrheit hatte Temple Van Horne die Idee von ihrem Vater, einem calvinistischen Priester, der von der Regierung mit einem Stück Land aus den Niederlanden in die kanadische Prärie gelockt worden war, einem Mann, der stets einen Tisch auf seiner Veranda stehen hatte. Jeden Abend deckten Temple und ihr Vater, nachdem die Feldarbeit erledigt war, vier Plätze an dem Tisch ein – vier gestärkte Servietten, vier Gabeln, vier Löffel, vier Gläser mit Wasser – und trugen dann vier Portionen derselben Speisen auf, die sie drinnen zu sich nahmen. »Wenn man an der Bahnstrecke wohnt«, sagt ihr Vater immer, »gebietet das der Anstand. Gott unterscheidet nicht zwischen seelischer, geistiger und körperlicher Nahrung. Und wir tun es auch nicht.«

Temples österreichische Mutter ärgerte sich über die wohltätige Geste und nannte es »Parfüm auf Mist sprühen«. Im Sommer des Jahres, in dem Temple zehn wurde, lief ihre Mutter mit einem umherziehenden Wünschelrutengänger davon. In der Weihnachtszeit schrieb ihre Mutter mehrere Briefe, in denen sie darum flehte, nach Hause zurückkommen zu dürfen, aber der Vater verbrannte sie alle.

Ihr Vater war zwar streng, steckte aber voller Ideen und Erfindungen und schien jedes Buch außer der Bibel zu lesen. Im Herzen war er eher Farmer als Priester und sprach mit Temple offen und unumwunden über sexuelle Themen – am Abendbrottisch ging es ständig um Bullensperma, brunftige Ziegen und die Geschlechtsbestimmung von Hühnern. Um Nacktheit wurde kein Aufhebens gemacht, weder von ihrer noch von seiner Seite. Und als sie sechzehn wurde, betrachtete er die nervöse Parade junger Verehrer – blutleere Bohnenstangen, die sich lang und breit über Weizenarten ausließen – eher mit der Amüsiertheit eines Viehauktionators als mit irgendeiner Spur von Beschützerverhalten.

Als Temple achtzehn Jahre alt war, starb ihr Vater in der Klauenfußbadewanne an einem Schlaganfall; über ihm trieb wie ein Frachtkahn ein zu doppelter Größe angeschwollenes Maschinenbauhandbuch. Danach beendete Temple ihre Ausbildung zur Lehrerin und verbrachte die folgenden drei Jahre in einem Schulhaus mit einem einzigen Klassenzimmer. Auch wenn sie die Gesellschaft von Kindern genoss, unterrichtete sie sie nicht gern in irgendetwas anderem als Lesen. Und die Kinder taten ihr fortwährend leid, wie sie Tag für Tag in denselben Lumpen erschienen, husteten, zankten, sich die Knie aufschürften und den Unterrichtstoff vergaßen, sobald sie die Schule verließen, um die immer gleichen ausgelaugten Felder ihrer Eltern zu pflügen.

Doch sie hielt durch, und mit einundzwanzig traf Temple einen Mann namens Jürgen Kohler, der selbst Weizenfarmer und im Nebenberuf Erfinder war. Er sprudelte über vor Plänen und Ideen und war der einzige Mann, der sie je an ihren Vater erinnert hatte. Nach einer kurzen Zeit des Brautwerbens heirateten sie und zogen in das Haus, das Temple geerbt hatte. Anfangs gingen sie liebenswürdig miteinander um, doch nach einem Jahr begann Jürgen sich um ein Patent für eine von ihm erfundene Wasserpumpe zu bemühen. Nach mehreren abschlägigen Bescheiden fing er an, Temple herabzuwürdigen, zuerst leise und meist vor dem Zubettgehen oder wenn er sich für die Farmarbeit des Tages zurechtmachte – eine Tätigkeit, die er zunehmend als unter seiner Würde erachtete.

Er bejammerte ihre »Lehrerinnensicht auf das Leben« und ihren Hang zur Literatur, die er als »Schwachsinn« bezeichnete. Mit fünfundzwanzig verlor Temple ein Kind und büßte ihre Eierstöcke ein, nachdem eine Bauchhöhlenschwangerschaft zu einem Eileiterbruch geführt hatte, der sie beinahe das Leben kostete. Als sie aus dem Krankenhaus in Regina zurückkehrte, stellte sie fest, dass sich ihr Mann in die Vereinigten Staaten davongemacht hatte, um dort als Erfinder sein Glück zu suchen, ohne sich auch nur die Mühe einer Scheidung zu machen.

Statt am Boden zerstört zurückzubleiben, lernte sie aus ihrer gescheiterten Ehe, wie töricht es war, alles auf einen einzigen Mann zu setzen. Sie hörte auf zu unterrichten, verkaufte das Haus ihres Vaters und erwarb eine achtzig Hektar große Farm unweit der Bahnabzweigung des hundertsechzig Kilometer südlich gelegenen Estevan. Das Haus war solide gebaut und verfügte über große Räume, einen bombensicheren Kochherd, mehrere Nebengebäude, darunter eine Scheune, eine leer stehende, in Rahmenbauweise konstruierte Kirche und einen hübschen Brunnen mit einer windkraftgetriebenen Pumpe, der sie bis heute nie im Stich gelassen hatte, auch dann nicht, als die meisten Brunnen in der Umgebung während der Dürre versiegt waren.

An dem Tag, als sie die Farm in Besitz nahm, stellte Temple selbst einen Tisch auf die Veranda: Truthahn, Kartoffeln und Brötchen, Teller, Silberbesteck, Gläser mit Limonade und von ihrer Großmutter bestickte Servietten, alles perfekt angeordnet. Am Morgen darauf fand sie das Essen unangetastet vor. Unbeirrt richtete sie am Abend Roastbeef und Limabohnen an und setzte sich drinnen im Dunkeln hin, aß und las im Licht von Streichhölzern, um niemanden mit einer Lampe zu vergraulen. Nachdem sie wochenlang gutes Essen vergeudet hatte, hörte sie eines Abends gegen neun Uhr draußen leise Schritte. Dann das Kratzen von Besteck auf Tellern. Gedämpfte Stimmen. Morgens fand sie die Teller säuberlich übereinandergestapelt vor, allesamt saubergeleckt.

Am nächsten Abend deckte sie den Tisch, und diesmal kamen sie früher, vier abgerissene Gestalten, die die Treppe heraufstiegen. Sie wollte rufen: »Ihr könnt mit der Heimlichtuerei aufhören!«, aber sie wusste, sie würde sie beschämen, wenn sie sie ansprach. Als sich die Kunde verbreitete, lauschte sie manchmal Zank am Abwassergraben, doch das endete bald. Danach kamen nie dieselben Besucher in zwei aufeinanderfolgenden Nächten, und sie vermutete, dass sie eine Art Terminplan entwickelt hatten, und bewunderte sie dafür. Die Männer unterhielten sich beim Essen leise und nahmen stets die Hüte ab. Nur hin und wieder war eine Frau darunter – was Temple beunruhigte, denn ihrer Erfahrung nach bekamen Frauen ebenso regelmäßig Hunger wie Männer. Eine der ersten war Gertie, die mittellos geworden war, nachdem sie ihren Mann und die drei erwachsenen Söhne an die Grippe verloren hatte, und die Temple vom Fleck weg einstellte.

Als fünf Jahre später die Krise einsetzte, ließ Temple Zimmermänner kommen und eine noch geräumigere überdachte Veranda bauen und stellte einen langen Tisch darauf. Obgleich der Preis der Weizensorte No. 1 Northern während der Dürre von einem Dollar dreiundvierzig auf sechzig Cent pro Scheffel fiel, hielt ihr Brunnen stand, und die Farm blieb ertragreich. Auch wenn Gertie es für keine gute Idee befand, begann Temple Gästen zu erlauben, auf dem Heuboden zu schlafen, wenn sie dafür am Morgen Feldarbeit verrichteten, und sie sah erfreut, dass die Arbeit ihnen beinahe ebenso guttat wie das Essen. Noch heute hat sie in ihren besseren Momenten das Gefühl, mit diesem unrentablen Unterfangen das Andenken an ihren Vater zu ehren.

Vor drei Jahren hatte sie eine Eingebung, als sie daran zurückdachte, was ihr Vater über Nahrung gesagt hatte. Noch am selben Abend kleidete sie die alte Kirche auf ihrem Grundstück mit einigen behelfsmäßigen Holzregalen aus, doch es dauerte ein ganzes Kalenderjahr, bis sie genügend Bücher zusammengetragen hatte, um das erste Regal zu füllen. Dann kam ihr der Einfall, dass diejenigen, die eine Mahlzeit und Unterkunft suchten, eines als Bezahlung mitbringen könnten – ein Buch so gut wie das andere. Und so kam es, dass eine alte Kirche in Estevan eine der größten Bibliotheken der Welt beherbergt. Die Bücher waren der Bibliothek nicht gespendet – die meisten waren gestohlen, gefunden, erbettelt, geliehen oder von den niedersten Menschen aus den entlegensten Winkeln herbeigeschafft worden. Gesammelt von Vagabunden und Vandalen, Verurteilten und bedingt Entlassenen. Landstreichern und Prostituierten. Giftmischern, Bankräubern und Scheckbetrügern wie auch vom Glück verlassenen anständigen Männern und Frauen. Ihre Sammlung ist nicht katalogisiert. Die Bücher stehen auf Regalen aus grob behauenem Holz und aufeinandergestapelten Ziegeln, in einem ebenso fragilen Gleichgewicht wie die Leben derer, die sie beschafft haben. Wer ein Buch mitnehmen möchte, muss lediglich ein anderes Buch zum Tausch mitbringen, ohne dass Fragen zu dessen Herkunft gestellt werden. Temple bekommt Bücher mit Banknoten zwischen den Seiten, mit Blutflecken, Theaterkarten, Liebesbriefen oder hastig hingekritzelten Drohungen darin – allesamt Entdeckungen, die ihr eine Art archäologisches Vergnügen bereiten. Einmal hat ein Mann eine zweibändige Ausgabe von Dantes *Göttlicher Komödie* mit einer gepressten Wildblume auf jeder zweiten Seite mitgebracht.

Was die mitgenommenen Bücher angeht, sind die Russen sehr beliebt (ihre Gäste sind bewandert in den Dialekten der Verdorbenheit, des Verrats und des Wahnsinns). Ebenso Homer, der Barde der unglückseligen Heimreisen. Bücher über das Eindosen und Haltbarmachen von Lebensmitteln werden gleichermaßen geschätzt. Ebenso wie Leitfäden jeglicher Art. Alles, was einem ermöglicht, mit wenig viel anzufangen.

Dennoch gibt sich Temple keinen Illusionen hin, was die nachhaltige Wirkung ihrer Bibliothek angeht. Ihre Bücher werden niemanden aus seinem niederen Stand erheben. Sie werden kein Unrecht ungeschehen machen oder verlorene Seelen vor dem

Untergang retten oder knurrende Mägen füllen. Aber sie könnten ein paar Sonnenstrahlen in ein entbehrungsreiches, trostloses Leben fallen lassen, und das ist doch immerhin etwas.

Daran hatte sie gedacht, als sie den Landstreicher mit seinem Säugling vor sich stehen sah. Sie hat bisher nur wenige Kinder auf der Farm geduldet, stets haben sie Schwierigkeiten mit sich gebracht. Am Zaun war sie schon drauf und dran gewesen, die beiden fortzuschicken, womit sie ihnen in Anbetracht von McSorleys Gewohnheit, alle paar Wochen auf ihrer Farm zu erscheinen, vielleicht einen Gefallen getan hätte. Doch das tiefstapelnde »Wir haben ein paar Mahlzeiten ausgelassen« des Mannes hatte sie die Sache überdenken lassen. Ihr Umgang mit Bedürftigen hat sie gelehrt, dass gerade die, die nicht jammern, den größten Anlass zur Sorge geben. Es sind die Stillen, die man mit glasigen Augen irgendwo in einer Ecke findet, verhungert, zu stolz, um zu fragen.

Sollte McSorley die beiden tatsächlich hier finden, so wird er Temple im besten Fall endgültig aus Estevan fortjagen lassen; über den schlimmsten Fall will sie gar nicht nachdenken. Sie beabsichtigt daher, sie nur so lange zu beherbergen, bis der Windschutz steht. Sie hat Gertie Laken vor ihre Fenster hängen lassen, um sie vor neugierigen Blicken zu schützen. Und im Übrigen scheint dieser Everett keine unmittelbare Bedrohung für das Mädchen darzustellen. Sollte er sich jedoch in irgendeiner Weise merkwürdig verhalten, wird sie selbst die Erste sein, die McSorley ruft. Und wenn alles gut geht, werden die beiden weiterziehen, sobald sie zu Kräften gekommen sind. Wenn Temples Vater sie eines gelehrt hat, dann, dass niemand es verdient zu hungern. Nicht einmal Kindesentführer. Sie hat auf ihrer Farm schon Schlimmere bewirtet. Und es werden wahrscheinlich noch Schlimmere kommen.

Eigentumsrecht

Harris Greenwood hat seine Villa nie gemocht. Auch wenn sie aus einigen der prächtigsten Bäume gebaut ist, die sich je aus der Erde erhoben, durchkreuzt von aus Douglastanne, Mammutbaum und Bleistiftzeder gehauenen Balken – Bäumen, die schon mannshoch gewesen waren, als Napoleon den letzten Atemzug tat. Gebaut im Queen-Anne-Stil, mit fünfunddreißig Zimmern, vier Erkern, Parkettböden, zwei Balkonreihen, einer privaten Bowlingbahn, Rosetten und Friesen in Walnuss, Kirsche, Eiche und Ahorn, alle geschaffen von den besten schottischen Holzschnitzern, ist sie teuer in der Instandhaltung und zu groß für seine Bedürfnisse, so groß, dass man sich leicht darin verlaufen kann. Doch zum ersten Mal seit ihrem Bau ist Harris dankbar für die Riesenhaftigkeit. Weil sie so viele Angestellte erforderlich macht, wundert sich niemand darüber, dass sein Beschreiber nach ihrer Rückkehr aus Asien dort einzieht.

Doch Harris findet die Wiederaufnahme seiner Büroroutine merkwürdig quälend. Vielleicht ist er erschöpft von der Reise, oder vielleicht hat er sich auf dem Dampfer auch irgendeine exotische Krankheit eingefangen, aber die Morgenstunden schleppen sich dahin, während er unruhig in seinem Sessel hin und her rutscht und seine Gedanken umherstreunen wie ein ausgesetzter Hund. Sein Schreibtisch, einst ein robustes Rettungsboot in den Gewässern seiner täglichen Routine, steht jetzt unbeweglich und entmutigend wie ein Grabstein vor ihm.

Am Nachmittag kann Harris kaum Milners Lieferkettenberichten oder Baumgartners Abrissen über die Unruhen im Sägewerk von Chemainus folgen, die er auf brutale Weise beendet hat, indem er einige lokale Schläger angeheuert hat, um die unzufriedenen Arbeiter auseinanderzutreiben. Und bis zum Abendessen ist sein Schreibtisch mit unbeantworteten Briefen, ungelesenen Landpachten und zu unterzeichnenden Dokumenten übersät.

Die Wahrheit ist, dass er sich viel lieber auf dem Diwan in seinem Zimmer ausstrecken würde, während Feeney mit seiner Cellostimme Keats rezitiert, ehe sie gemeinsam auf der Veranda speisen und über irgendwelche abseitigen Nachrichten sprechen, die sie der Zeitung entnommen haben. Um Argwohn zu vermeiden, hat Harris Feeney angewiesen, anders als auf dem Schiff nicht der Versuchung zu erliegen, ihn nach Einbruch der Dunkelheit in seinem Zimmer aufzusuchen, und beschlossen, seine Anwesenheit im Büro der Greenwood Timber Company auf das Notwendigste zu beschränken.

Um sich die Fronarbeit zu erleichtern, organisiert Harris einen Besuch in einem seiner Sägewerke – natürlich mit seinem Beschreiber. Normalerweise würde Baumgartner Harris auf einen solchen Ausflug begleiten, aber Harris riskiert, ihn zu bitten, dass er in Vancouver bleibt und persönlich ihr Inventar für die Großbestellung aus Japan überprüft. Glücklicherweise willigt Baumgartner ohne Argwohn in der Stimme ein.

Harris und Feeney segeln mit dem Schoner nach Victoria, wo sie den Bentley abladen und in Richtung Norden fahren. Nach einer betäubend ereignislosen Fahrt über kilometerlange Bohlenwege zur Holzabfuhr erreichen sie kurz vor Sonnenuntergang das erste Sägewerk. Harris ist begeistert, wieder inmitten der hektischen Aktivität eines Holzeinschlagstützpunkts im Spätsommer mit all den Sägespänen, dem Harz und dem *tschock-tschock* der Zimmermannsäxte zu sein. Er genießt die schrillen Schreie der Pfeifen, das Klirren der Hakenketten, die seine Stämme aus dem

Wasser ziehen, die Dielenbretter, die von den Nagelstiefeln seiner Holzfäller zu Splittern verarbeitet werden, und das Kreischen der Gattersägen, das er bis in die Zahnwurzeln spürt. Sie schlagen in einem benachbarten Tal ihr Lager auf, und vor neugierigen Blicken geschützt, sucht Feeney Harris' Zelt auf, wobei er stets darauf achtet, es vor Sonnenaufgang wieder zu verlassen.

Doch das ländliche Idyll der Reise endet, als ein Kreissägeblatt mit einem Durchmesser von drei Metern aus einer Gattersäge springt und einen Mann von der Stirn bis zu den lebenswichtigen Organen spaltet. Der Anblick ist so grausig, dass Feeney sich weigert, ihn zu beschreiben, aber später teilt einer der Mitarbeiter Harris mit, das blutige Sägeblatt sei hinterher wie eine Furie in den Wald gerast und habe sich in einen eineinhalb Kilometer entfernten Baum gebohrt. Angestellte von Harris sterben mit einer gewissen Regelmäßigkeit – er unterzeichnet die Papiere und zahlt den meist ohnehin nicht vorhandenen Familien eine dürftige Entschädigung. Doch diesem bestimmten Tod so nah gewesen zu sein, beunruhigt ihn. Mit Feeney an seiner Seite hat Harris eine neue Aufmerksamkeit für die Brutalität der Holzfällerei und die allgemeine Zerbrechlichkeit des Lebens entwickelt. Und nach einer improvisierten Messe bei den Holzschlitten sagt Harris einen letzten Abstecher ab, den er nutzen wollte, um seltene Vögel für seine Sammlung aufzuspüren, und beeilt sich, am nächsten Tag nach Vancouver zurückzukehren.

Als sie in der Greenwoodschen Villa eintreffen, beantragen Milner und Baumgartner sofort eine Krisensitzung.

»Wir haben Inventur gemacht, während Sie auf ihrer kleinen Vergnügungstour waren, Sir«, sagt Baumgartner. »Und es sieht nicht gut aus für das Geschäft mit Japan.«

»Ach, wir finden schon irgendwo Bäume; das tun wir doch immer«, sagt Harris zuversichtlich.

»Sie haben es doch bestimmt nicht vergessen, Mr. Greenwood, aber wir sind vertraglich verpflichtet, dem japanischen Militäroberkommando *über einundzwanzigtausend Kilometer* Gleisschwellen aus Douglastanne zu liefern, allesamt mit Teeröl eingestrichen«, sagt Milner in lehrerhaftem Tonfall. »Und in Anbetracht der Tatsache, dass viele unserer Landpachten in naher Zukunft auslaufen, haben wir die notwendigen Bäume nicht einmal, wenn wir unsere gesamten Lagerbestände aufbrauchen.«

Harris begreift, dass sein Ausflug unbesonnen, vielleicht sogar leichtsinnig gewesen ist. Er kann nicht umhin, eine Veränderung im Tonfall seiner leitenden Angestellten zu bemerken, eine erhöhte Verschwiegenheit und Skepsis, so als würden sie ihn eher führen, als ihm zu folgen. Wieder kommen ihm die toten Hilfsarbeiter in den Sinn.

Ich unterschreibe hier immer noch die Schecks, ruft sich Harris in Erinnerung. Und wenn Milner oder Baumgartner ihn herausfordern wollen, jagt er sie aus der Provinz, ganz zu schweigen von seiner Firma. Andererseits kennen Sie sich in seinen Angelegenheiten besser aus als sonst irgendwer, und wenn dieser Japan-Handel platzt, ist er erledigt. Und, was vielleicht am wichtigsten ist, sein Arrangement mit Feeney ebenfalls.

Also braucht Harris Bäume. Er ist ja auch nicht zum ersten Mal in dieser Situation. Die Vorräte im Osten Kanadas sind längst erschöpft – weshalb er überhaupt erst nach Westen gegangen ist –, und so ist das Holz aus der Region seine einzige Hoffnung. Als er sich nach einigen Flurstücken von McMillan erkundigt, die ihnen zupasskommen würden, erinnert Milner ihn daran, dass sein Rivale ihnen, seit Harris ihn bei einem einträglichen Eisenbahnbrückengeschäft in British Columbia unterboten hat, keinen Hektar Holz mehr verkauft oder vermietet, und die Mitglieder seines Konsortiums ebenso wenig.

»Warum kaufen wir Rockefeller nicht das uneingeschränkte Eigentumsrecht an dem Flurstück bei Port Alberni ab?«, wirft Feeney von einer Ecke des Büros aus ein, nachdem die Diskussion zum Erliegen gekommen ist.

»Mr. Greenwood bezahlt dich dafür, dass du seine Augen bist, Freundchen, nicht sein Mund«, blafft Baumgartner.

»Das reicht, ihr beiden«, sagt Harris, der nicht den Anschein erwecken will, Feeney zu sehr in Schutz zu nehmen.

Vielleicht hat Liam nicht ganz unrecht, denkt Harris. Greenwood Timber bemüht sich nie um Eigentumsrechte. Stattdessen hat er es immer vorgezogen, eine Abholzgenehmigung einzuholen. Nachdem er das Land nach Herzenslaune abgeholzt hat, fallen die Rechte an dem hässlichen Schlagabraum und den Stümpfen dann an sie zurück. Doch nun, da der Vorrat an zugänglichem Altbestand schwindet, halten die Unternehmen an dem fest, was sie haben, und vergeben gar keine Abholzgenehmigungen mehr. Und nachdem sich McMillans Konsortium gegen ihn verschworen hat, könnte er ein so großes Gebiet, wie er es braucht, nur von einem ausländischen Konzern erwerben – wobei John D. Rockefellers Flurstück bei Port Alberni die beste Wahl wäre. Überdies, wird Harris bewusst, könnte das Gebiet die abgelegene kleine Insel enthalten, die er halb abgebrannt hat, einen Ort, an den er Feeney gern irgendwann mitnehmen würde, wo sie sich vielleicht eine Hütte als Zufluchtsort bauen könnten, wenn alles glattgeht.

Was also, wenn er das Land einfach kaufte? Schließlich hat Harris' Unternehmen seinen Anfang genommen, als er das Waldstück, das Everett und er von Mrs. Craig geerbt hatten, gerodet und den Grund dann mit anständigem Profit verkauft hatte. Als Greenwood Timber noch in den Kinderschuhen steckte, hatte Harris oft als sein eigener Einkäufer agiert und selbst den bärbeißigsten Landeigentümern ihre Familiengrundstücke abgeschwatzt. Aber einen Kauf dieser Größenordnung kann er nicht per Telegramm tätigen. Nicht bei einem Mann wie Rockefeller. Und nach New York reisen kann er auch nicht – ein gebrechlicher, blinder Kanadier gibt in dieser Welt eine armselige Figur ab. Außerdem kann Harris weder Fasane schießen noch Bridge spielen, noch sich am Klatsch und

Tratsch über die New Yorker Society beteiligen. Er würde nicht einmal einen Termin bekommen.

»Wenn wir nicht irgendwo Bäume herkriegen, sind wir erledigt«, sagt Harris später am Abend erschöpft in Feeneys Nacken hinein, nachdem sein Beschreiber frech ihre Regel bezüglich nächtlicher Besuche gebrochen hat und in sein Bett gekrochen ist.

»Ich habe eine Idee«, antwortet Feeney. »Aber sie wird dir gewiss nicht gefallen.«

»Nun komm schon«, sagt Harris und küsst seinen Nacken. »Raus damit.«

»Wie hältst du es noch gleich mit Partys?«

Schösslinge

Am Morgen nach der Ankunft von Everett und dem Säugling bittet Temple einen ihrer Männer, den Traktor zu nehmen und hundert Ahornschösslinge bei Fritz Schelling zu holen, dessen Schweinefarm an einige der letzten Waldwiesen in der Gegend angrenzt, die noch nicht dem Erdboden gleichgemacht wurden, um sie als Getreideanbauflächen zu nutzen. Sie würde die Schösslinge lieber selbst aussuchen, aber vor einigen Jahren hat Schelling ihr, ohne zuvor drei Worte mit ihr gewechselt zu haben, unvermittelt einen Heiratsantrag gemacht. Seit sie ihn abgewiesen hat, nimmt sein Gesicht die Farbe von reifem Rhabarber an, sobald er in ihrer Nähe ist.

Normalerweise stürzen sich ihre Männer auf jeden Auftrag, der die Vorhersehbarkeit des Tages durchbricht, aber jeder, den sie fragt, scharrt bloß mit den Füßen und behauptet, den Traktor nicht fahren zu können. Gewiss hat sich McSorleys Interesse an dem Säugling herumgesprochen, und Temple weiß, dass ihre Männer nichts auf der Farm haben wollen, was dazu führt, dass er sie noch genauer kontrolliert. Und Gertie hat sie daran erinnert, wie wenig sie es schätzen, wenn irgendjemand eine Vorzugsbehandlung bekommt – beispielsweise Übernachtungen im Haus oder besondere Mahlzeiten. Es scheint also, als hätten sie untereinander einen Pakt geschlossen, es dem neuen Mann möglichst schwerzumachen, bis er weiterzieht.

Erst als Temple droht, ihnen eine Woche lang den Nachtisch zu streichen, erklärt sich der jüngste Hilfsarbeiter bereit.

Sie fahren mit Temples Kleinlaster, der unter der Last von sieben in Jute gewickelter Ahornbäumchen in die Knie geht, zur Grundstücksgrenze, wo ein staubiger Wind von Süden heraufheult. Sie lassen die Fenster fest geschlossen, Everett hält das Kind auf dem Schoß und benennt die wenigen Landschaftspunkte, die im Dunst auszumachen sind. Als es unruhig wird, schlägt er die winzigen Füße gegeneinander wie kleine Becken.

»Vor Jahren habe ich es da draußen einmal mit einem Windschutzgürtel aus Erbsensträuchern probiert«, sagt Temple, der bewusst ist, dass es für ihn keine Rolle spielt, was sie versucht hat und was nicht. »Hat mich ein paar gute Schösslinge gekostet. Ich weiß bis heute nicht, warum sie nicht gewachsen sind.«

»Man weiß es vorher nie genau«, sagt er. »Du kannst einen Baum mit der allergrößten Sorgfalt in die Erde setzen, und trotzdem wird irgendein Schalter umgelegt, und er stirbt dir weg. Meiner Meinung nach entscheidet der Baum, ob es die Mühe wert ist weiterzuleben oder nicht, und er lässt sich um keinen Preis vom Gegenteil überzeugen. Es sind zimperliche Dinger. Aber wir werden uns mit diesen hier alle Mühe geben.«

Sie parken den Laster, Everett steigt aus und legt das Kind auf seinem Hemd neben das Vorderrad des Wagens. Temple geht zur Heckklappe und öffnet sie. »Die Sonne steht gerade günstig«, sagt er, während sie, den schweren Wurzelballen von unten packend, gemeinsam den ersten Schössling von der Ladefläche hieven. Er lässt den Blick über das Gelände schweifen, wirbelt an einigen Stellen mit den Füßen Erde auf und entscheidet sich für einen Ort. »Der Boden passt. Und hier werden sie den Wind gut abschneiden.« Als die verdorrte Krume einige Spatenstiche an sich abprallen lässt, schlagen sie im Wechsel mit einer Spitzhacke darauf ein. Während sie zusammen das Loch ausheben, lässt ein nahezu unhörbares Weinen Everett zum Laster zurücklaufen. Temple folgt ihm und sieht zu, wie er die an der Wange des Kindes hängende Feldheuschrecke beiseitefegt. »Du kleines Mistvieh«, sagt er und tritt auf das Insekt. »Nicht du, Schote«, setzt er hinzu und nimmt sie kurz hoch, um sie zu beruhigen.

In das knietiefe Loch schaufeln sie etwas Blutmehl hinein und lassen dann den Baum hinunter, den Everett nach Norden ausrichtet. Er behauptet, bestimmen zu können, in welche Richtung er geschaut hatte, bevor er ausgegraben wurde. Mit einer Weizengarbe kann Temple das auch, aber Bäume sprechen eine Sprache, die Präriebewohner nicht beherrschen. Als der Zeitpunkt gekommen ist, das Loch zuzuschütten, rötet sich Everetts Gesicht. »Normalerweise erleichtere ich mich in die Mulde, bevor ich die Erde hineinschütte«, sagt er verlegen. »So kann man sie hinters Licht führen.«

»Hinters Licht führen?«, fragt Temple, bemüht, seine Geziertheit ernst zu nehmen.

»Es kann Aberglaube sein, aber ich habe gehört, dass es ihnen vorgaukelt, der Boden wäre besser, als er eigentlich ist. Sodass sie sich von Anfang an Mühe geben.«

»Dann nur zu«, sagt sie, dreht sich um und verschränkt die Arme.

Danach bedecken sie den Wurzelballen mit Erde und klopfen sie mit ihren Schaufeln fest. Im Laufe des Nachmittags können sie sechs weitere Ahornbäume im Abstand von eineinhalb Metern einsetzen. Auf der Rückfahrt sitzen sie stumm nebeneinander. Keiner von ihnen kann die Arme über den Kopf heben; das Kind schläft auf Everetts Schoß wie eine Katze.

»Nur noch dreiundneunzig«, sagt Temple erschöpft, als sie die Scheune erreichen. Wenn sie in diesem Tempo weiterpflanzen, wird Everett zwei Wochen bleiben. Sie macht sich dennoch keine Gedanken, da McSorley zumeist einmal im Monat vorbeikommt. Bis dahin werden Everett und das Kind längst fort sein.

»In der alten Kirche dort hinten habe ich ein paar Bücher«, sagt Temple, nachdem sie das Werkzeug abgeladen haben. »Sie können sich jedes nehmen, das Ihnen gefällt. Bringen Sie dafür einfach irgendwann eins wieder.«

»Ich muss leider gestehen, dass ich nicht lesen kann«, sagt Everett. »Aber es ist gut, was Sie hier tun. Auf der ganzen Bahnstrecke wird gut von diesem Ort gesprochen.«

Zurück auf der Farm, teilt Temple den Blätterrock der Weide, der bis auf den Boden herabhängt. »Ich habe hier drin etwas Wasser, falls Sie Durst haben«, sagt sie und führt ihn unter das Laubdach. Drinnen ist der Boden kühl und feucht, und die hohe Kuppel bildet einen grünen Raum. Everett bettet den schlafenden Säugling auf sein Hemd, und Temple und er lehnen sich mit dem Rücken an den Stamm. Mit einem Schöpflöffel gießt sie Wasser aus einem Eimer in zwei Zinnbecher, während sich die Gerten der Weide im Wind wiegen und Lichtspäne zwischen ihnen hindurchlassen.

»Hier drin gefällt es mir besser als auf Ihren staubigen Feldern«, sagt Everett. »Ich bin es nicht gewohnt, so weit schauen zu können. Von zu großen Entfernungen wird mir schwindelig.«

»Der Vorbesitzer der Farm war Engländer«, sagt Temple. »Und als er sich hier niederließ, hat er Weiden und Oregon-Eichen um das Haus herum gepflanzt, aber wegen der mangelnden Feuchtigkeit blieben sie alle zwergwüchsig. Nur diese eine Weide gedieh aus irgendeinem Grund. Wahrscheinlich wird sie von einer unterirdischen Quelle gespeist, vielleicht derselben, die auch meinen Brunnen speist. Wo genau sie entlangfließt, weiß ich nicht.«

Sie sitzen noch eine Zeit lang schweigend da und lauschen dem Seufzen der Blätter.

»Wie kommt ein Kind denn zu einem Namen wie Schote?«, fragt sie. Kurz wirkt er verblüfft, so als hätte den Namen noch nie jemand laut ausgesprochen.

»Ach, das ist eher ein Spitzname«, sagte er beiläufig. »Wie in ›Samenschote‹. Diese wirbelnden kleinen Dinger, die Ahornbäume abwerfen – daran erinnert sie mich. Eines Tages wird sie einen anderen Namen tragen – einen richtigen.«

»Wann wird das sein?«

Sein Blick wird leer und scheint sich nach innen zu wenden. »Wenn ich sie dorthin gebracht habe, wo sie hinmuss.«

»Ist es Ihr Kind?«, fragt sie so leichthin, wie sie kann.

»Ich bin ihr Onkel«, sagt er. »Wir sind auf dem Weg nach Westen. Ihre Familie lebt dort.«

»Wissen Sie, es hat mich noch nie jemand der Neugier bezichtigt«, sagt sie. »Ich löchere keinen mit Fragen nach seiner Vergangenheit. Wer hier ist, der hat sicherlich seine Gründe, hier zu sein. Aber es gibt etwas, was ich Ihnen sagen muss: Vor Kurzem kam ein Bahninspektor vorbei, ein Mann namens McSorley. Er sagte, er sei auf der Suche nach einem Landstreicher, der einen Mann niedergeschlagen habe und mit einem entführten Säugling im Zug davongefahren sei.«

»Ich bin ihr Onkel«, wiederholt Everett angespannt, wird dabei jedoch rot bis zu den Ohren.

Sie atmet aus. »Dieses Kind sieht Ihnen nicht im Geringsten ähnlich, Everett.«

Er weicht ihrem Blick aus und gießt sich noch Wasser ein. Er trinkt aber nicht aus dem Becher, sondern benutzt ihn, um beim Sprechen seinen Mund zu verdecken. »Glauben Sie, was Sie wollen. Ich habe niemanden entführt.«

»Sie sind ein furchtbar schlechter Lügner«, sagt sie und tätschelt ihm den Kopf wie einem kleinen Jungen. »Aber kein Kindesentführer hat sich je so um das Kind gekümmert wie Sie. Also werde ich so tun, als würde ich Ihnen glauben. Aber Sie bleiben besser nicht zu lange hier. Sobald wir die Bäume eingepflanzt haben, bezahle ich Sie für die Arbeit, und Sie können weiterziehen. McSorley ist mehr oder weniger der einzige Mensch, vor dem meine Männer Angst haben. Aber dieser Ort bedeutet ihnen noch mehr, also werden sie wohl für sich behalten, dass Sie hier waren. Jedenfalls fürs Erste.«

»Sie sind sehr liebenswürdig«, sagt er. »Wir setzen die Bäume ein. Dann verschwinden wir. Sie haben mein Wort.«

Die Geschichte der Ölgewinnung aus Samen in Großbritannien

Am Abend darauf, nachdem die Bäume eingepflanzt sind und Everett und Schote auf der Veranda mit den anderen zu Abend gegessen haben, setzt sich Everett auf eine Bank in der behelfsmäßigen Bibliothek. Bücher ziehen sich in Türmen an den Wänden hoch. Im Licht der Lampe zwingt er seine Augen, Schotes Tagebuch zu lesen, und wünscht sich, dass der Überfluss an Worten in den Regalen sich irgendwie auf ihn übertragen wird. Auch wenn sich die Marmeladenflecken wie der die Seiten schwärzende Kohlenstaub kaum mehr beseitigen lassen werden, hofft er, eines Tages den rissigen Einband des Buches reparieren zu können, um es Schote irgendwann geben zu können. Vielleicht wird sie es eines Tages lesen wollen. In einem Leben ohne Verwandte wird es ihr ein Trost sein. Hätte Everett als Junge so etwas gehabt, etwas Geschriebenes aus der Hand seiner Mutter, wer auch immer sie gewesen sein mag, dann wäre vielleicht etwas Besseres aus ihm geworden.

Er hört die Tür aufgehen, greift sich rasch ein Buch aus dem nächstbesten Regal und stellt das Tagebuch in die entstandene Lücke. Er legt das andere Buch aufgeschlagen vor sich hin und täuscht angestrengte Konzentration vor.

»Wo ist denn die Kleine?«, fragt Temple hinter ihm, und ihre Hand landet wie ein Vogel auf seiner Schulter, eine Geste, die ihm jedes Mal den Atem raubt.

Everett zeigt auf den in Decken gehüllten Säugling, der unter dem Tisch schläft.

»Ich dachte, Sie könnten nicht lesen«, sagt Temple und lässt sich auf der gegenüberliegenden Bank nieder.

»Nicht so richtig. Mein Bruder Harris war derjenige, der Buchstaben und Zahlen gelernt hat, während ich Holz gehackt habe, damit wir zu essen hatten.«

»Bringen Sie das Kind zu ihm?«

Everett verflucht sich leise dafür, dass er den Namen genannt hat. »Ja«, sagt er.

Glücklicherweise lässt sie das Thema fallen und greift nach dem Buch vor ihm. *»Die Geschichte der Ölgewinnung aus Samen in Großbritannien«*, sagt sie. »Das habe ich gelesen, nachdem ich die Farm gerade gekauft hatte. Langweilig wie ein zehnstündiger Gottesdienst. Interessieren Sie sich für die Einlagerung von Samen?«

»Schon«, sagt er, erpicht darauf, das Thema zu wechseln. »Haben Sie all diese Bücher gelesen?«

»O nein, nein«, sagt sie und sieht sich um. »Das sind mehr Bücher, als irgendwer in einem Leben lesen könnte, was traurig ist, wenn man einmal darüber nachdenkt.«

»Aber einige davon haben Sie gelesen, oder?«

»Das schon.«

»Wie viele?«

»Durchaus einen gewissen Anteil, würde ich sagen.«

»Darauf sollten Sie stolz sein«, sagt er und betrachtet die vollen Regale.

»Ich glaube, das bin ich auch«, sagt sie, als wäre sie selbst überrascht darüber.

»Was für Bücher mögen Leute wie ich denn normalerweise?«

»Leute wie Sie?«

»Landstreicher«, sagte er. »Einsiedler. Herumtreiber.«

»*Der Graf von Monte Christo* ist bei Herumtreibern beliebt«, sagt sie listig. »Ich weiß nicht genau, warum. Rache vielleicht. Wenn

Menschen alles verlieren, bleibt ihnen manchmal nur noch ihr Groll. Dickens auch. Dostojewski. Groschenromane. Detektivgeschichten. An Liebesgeschichten besteht leider kein großes Interesse.«

Der letzte Satz lässt sein Gesicht erglühen. »Und welche Art von Büchern mögen Menschen wie Sie?«, bringt er heraus.

»Junggesellinnen mit einer Farm am Bein?«, sagt sie. »Wir tendieren zur Wirklichkeitsflucht. Abenteuer. Exotische Orte. Ägypten. Siam. Über Paris habe ich so viel gelesen, dass ich das Gefühl habe, gar nicht mehr hinfahren zu müssen.«

»Ich war während des Kriegs in Nordfrankreich. Aber nach Paris bin ich nie gekommen.«

»Viele der Männer hier sind Soldaten gewesen. Wofür waren Sie zuständig?«

»Ich war kein großer Infanterist, darum habe ich hauptsächlich Schreinerarbeiten übernommen. Tische für die Funkgeräte und Planken, um die Soldaten aus dem Matsch herauszuhalten. Ansonsten war ich Versehrtenträger. Ich habe bestimmt tausend Männer getragen, die meisten von ihnen halb tot.«

»Das muss schmerzhaft gewesen sein«, sagt sie. »All diese Schwerverletzten zu sehen.« Und die nackte Schlichtheit ihrer Aussage löst etwas in Everetts Brust. Wie mühelos sie das, was er im Krieg mit ansehen musste, mit der Unruhe in Verbindung bringt, die ihn danach befallen hat wie eine Klinge, die durch seine Augen in ihn gefahren und in seinem Kopf abgebrochen ist. Dinge, die ihn in den letzten Tagen des Krieges sprachlos gemacht hatten und unfähig, mehr als ein paar Stunden am Stück zu schlafen, wodurch er in einem besonderen Lazarett für Soldaten mit den gleichen Leiden gelandet war. Darum war er nach seiner Entlassung nicht wie versprochen zu Harris und ihrem Waldstück zurückgekehrt und anschließend all die Jahre trinkend durch die Gegend gezogen. Doch all das kann Everett jetzt nicht sagen, also wendet er seine Aufmerksamkeit wieder dem unlesbaren Buch vor ihm zu.

Schote beginnt unter dem Tisch zu quengeln, und Temple bückt sich, um sie aufzunehmen. Es gefällt Everett, wie sie sie hält und dabei ruhig auf den Fußballen auf und ab wippt.

»Wissen Sie, ich könnte Ihnen helfen, Everett«, sagt Temple. »Mit dem Lesen, meine ich. Vielleicht gerade dieses Buch.« Sie deutet auf *Die Geschichte der Ölgewinnung aus Samen in Großbritannien.* »Ich war Lehrerin, bevor ich dieses Grundstück gekauft habe, und der Leseunterricht war das Einzige, was mir an dem Beruf Freude gemacht hat.«

»Ach, ich bin ein ziemlich hoffnungsloser Fall.«

»Ich habe größere Narren unterwiesen«, sagt sie in einem stolzen Tonfall und trägt Schote zu den Regalen hinüber, genau dorthin, wo er das Tagebuch hingestellt hat. Ihm rutscht das Herz in die Hose, aber sie greift glücklicherweise nach einem anderen Buch. »Hier«, sagt sie und setzt sich neben ihn, und ihm wird unvermittelt bewusst, dass seine verlotterten Kleider seit Wochen nicht gewaschen wurden.

»Versuchen Sie es mal damit«, sagt sie und deutet auf die erste Zeile; unter ihrem Fingernagel hat sich ein Halbmond aus Erde dauerhaft eingerichtet. »Es heißt *Odyssee.*«

Ihm bleibt nichts anderes übrig, als es zu versuchen, und die Druckerschwärze lässt sich zwar leichter entziffern als die widerspenstige Handschrift des Tagebuchs, doch die Wörter selbst sind kompliziert, und ihre Bedeutung entzieht sich ihm. Buchstaben stieben vor seinen Augen auseinander wie Schaben vor einer Lampe. Eine Zeit lang stolpert er mit der Zunge dahin, bis es ihm zu unangenehm wird und er sagt, er sei erschöpft. Dann gehen sie gemeinsam zum Haus und ziehen sich zur Nacht auf ihre Zimmer zurück.

Im Bett entscheidet sich Everett dagegen, das Tagebuch aus der Bibliothek zu holen. Sollte dieser Bahninspektor auftauchen, wird Everett eher behaupten können, Schote sei seine Tochter, wenn das Tagebuch sie nicht mit R. J. Holt in Verbindung bringt. Zwar missfällt es Everett, von dem Buch getrennt zu sein, doch er bezweifelt, dass es irgendein Landstreicher versehentlich aus dem Regal zieht, zumal es sich um ein so kleines Büchlein handelt, dessen Rücken nicht beschriftet ist.

Aufgrund des eisenharten, von der Sonne gebrannten Bodens geht das Pflanzen der Bäume in der folgenden Woche langsamer vonstatten als geplant, und sie schaffen nur sechs oder sieben am Tag. Temple trifft sich jeden Abend zum Lese- und Schreibunterricht mit ihm in der Bibliothek, obgleich es ihm schwerfällt, den Stift zu halten, nachdem er den ganzen Tag lang die Spitzhacke geschwungen hat. Sie sitzt dicht neben ihm, während er krude Buchstaben formt, und hört geduldig zu, wenn er im Schneckentempo durch die *Odyssee* kriecht. Zum Glück ist der Umgang mit Buchstaben nicht ganz so schwer, wie er ihn in Erinnerung hat. Es geht in erster Linie darum, sich mit den Streichen vertraut zu machen, die sie spielen – dass ein *v* sich mal wie ein *f* und mal wie ein *w* verhalten kann, dass ein *h* mal gesprochen wird und mal stumm bleibt –, und mit der Zeit macht er Fortschritte, wenn auch nur kleine. Und es gibt Momente, in denen ihm das Gelesene geradezu Freude bereitet.

Nach zwei Wochen ist der Windschutz beinahe vollständig, und Temple bittet ihn, sich tagsüber versteckt zu halten, falls McSorley vorbeischaut. Sie treffen sich weiter nach Sonnenuntergang in der Bibliothek und rücken auf der Bank Stück für Stück näher zusammen. Er spricht mehr über den Krieg, und sie erzählt ihm von Büchern, die sie gelesen hat, und dass sie wünsche, ihr Vater wäre noch am Leben, um ihr beim Katalogisieren der Bücherei zu helfen.

Als sie den hundertsten Baum in die Erde setzen, fahren sie schweigend zum Haus zurück, als kämen sie von einer Beerdigung. In dieser Nacht bittet sie ihn in ihr Bett.

Vancouver

Irgendwo in der grenzenlosen kanadischen Prärie fährt Harvey Lomax' Speisewagen erster Klasse in einen Hunderte von Metern hohen, kohlenschwarzen Staubturm hinein. Im Speisewagen wird es finster. Obwohl erst Mittagszeit ist, bringt der Kellner Kerzen, und Lomax befeuchtet sein Taschentuch und wischt sich über das Gesicht, während sich auf seiner Suppe ein fusseliger Staubfilm zu bilden beginnt. Der betuchte Herr neben ihm lässt seinen Teller stehen, aber Lomax rührt den Staub in die Suppe und löffelt sie aus.

Als er Tage später in Vancouver ankommt, einer Stadt, in der er noch nie gewesen ist, ist er überwältigt von den bewaldeten Bergen und dem schimmernden Ozean. Da er die zweihundert Dollar, die ihm der Schwindel in dem Hotel in Toronto eingetragen hat, beinahe vollständig für Zugticket, Mahlzeiten und genügend Opium für die Reise ausgegeben hat, macht er an einer Bank in Bahnhofsnähe halt und versucht, Geld von seinem Privatkonto abzuheben. Doch der Schalterbeamte teilt ihm mit, es sei leer. In Anbetracht seiner mageren Finanzen mietet er sich mit den Holzfällern in einem heruntergekommenen Hotel im Glasscherbenviertel ein und nimmt sich vor, seinen Opiumverbrauch weiter einzuschränken (anders als bei seinem Vater ist seine Selbstbeherrschung intakt geblieben). Mannhaft geht er an den zahlreichen Opiumhöhlen der Stadt vorbei. Damit ihn sein Rücken nicht bei der Arbeit behindert, raucht er dreimal täglich eine bescheidene Menge zur Instandhaltung und niemals mehr.

Er fährt mit der Straßenbahn nach Süden zum Büro von Greenwood Timber, das sich in Harris Greenwoods Villa befindet. An der Tür stellt er sich als ein Agent von R. J. Holt aus New Brunswick vor und bittet einen Sekretär namens Milner, ein Treffen mit seinem Chef zu organisieren.

»Ich fürchte, Mr. Greenwood ist zu sehr mit der Planung seiner Abendgesellschaft beschäftigt«, sagt Mr. Milner. »Geht es um Mr. Holts Teilnahme? Es werden viele führende Industriemagnaten anwesend sein. Ich hoffe, Mr. Holt wird nach wie vor teilnehmen?«

»Durchaus«, sagt Lomax. »Und ich werde als sein Assistent zugegen sein«, fügt er hinzu und verlässt die Villa bald darauf mit einer geprägten Einladung.

Zurück in seinem schäbigen Hotel, nimmt Lomax seine Garderobe in Augenschein, die im Laufe seiner Reise gelitten hat: Sein Jackett ist zerknittert und mit Brandlöchern vernarbt, die Hemdkrägen vergilbt, der Hut zerdrückt. Er kabelt Lavern, um ihr seinen Standort durchzugeben und ihr zugleich zu versichern, dass er dem Ziel seiner Mission näher sei als je zuvor. Er bittet sie auch, ein altes Konto aufzulösen, das sie für die Ausbildung von Harvey jr. eingerichtet hatten und auf dem sich nur etwas Geld befindet, das ihr Vater ihr hinterlassen hat. Ihre Antwort kommt innerhalb einer halben Stunde:

> *kable dir geld wie gewnscht stopp gerichtsvollz kam gstrn stopp holt lässt uns zwangsräumen hrvey stopp wohne jtzt bei meiner mutter stopp bitte komm heim stopp lavrn*

Lomax beißt die Zähne aufeinander, bis sie quietschen. Holt hatte für den Fall, dass er nicht zurückkäme, »weitere maßnahmen« angedroht, aber ein Teil von Lomax hatte nicht geglaubt, er werde wirklich Ernst machen, nicht nach all den Jahren der Treue und all den in Holts Namen eingetriebenen Schulden – und vor allem angesichts dessen, was Lomax über seine schmutzigen Affären weiß. Jetzt scheint es, als hätte Mr. Holt ihn ebenso gedankenlos fallen lassen wie eines seiner Mädchen. Was bedeutet, dass Lomax nichts weiter übrigbleibt, als das Kind mit Tagebuch zu finden, ehe McSorley es tut, und beides als Verhandlungsmasse einzusetzen, um sein Haus zu retten.

Mit dem Geld von Lavern in der Tasche macht Lomax einen Schneider ausfindig. Bei der Anprobe überzeugt dieser Lomax, ein Jackett zu kaufen, das zwei Nummern kleiner ist. Vielleicht gilt an der Westküste ein anderes Größensystem, oder vielleicht hat er nach den Monaten ohne Laverns selbst gekochte Mahlzeiten auch etwas Gewicht verloren.

Am Freitagabend trifft Lomax am Hotel Vancouver ein, vor dem sich Aufrührer versammelt haben, die etwas über die Krise schreien und über die unmenschlichen Bedingungen in den Holzfällerlagern von Greenwood Timber, so als interessierte das die reichen Leute, die aus ihren glänzenden Wagen steigen, in irgendeiner Weise. Seine Einladung schwenkend, schiebt sich Lomax durch das Getümmel und betritt einen prunkvollen Ballsaal, in dem Segel aus malvenfarbener Seide an der Decke entlangfließen und Juwelen an den Schlüsselbeinen der Frauen funkeln. Als er einen Mann erspäht, bei dem es sich ziemlich sicher um Harris Greenwood handelt, trinkt Lomax am Rand des Saals ein Tonic und wartet auf eine Gelegenheit, an seinen Tisch zu treten. Als sein Assistent verschwindet, wird der Platz neben Harris frei. Obgleich der Holzmogul schlechter Stimmung zu sein scheint, bezweifelt Lomax, dass sich eine bessere Gelegenheit bieten wird.

»Bitte verzeihen Sie, dass ich Sie während des Essens störe, Mr. Greenwood«, sagt Lomax, zum Ohr des Mannes hinuntergebeugt. »Ich bin in einer Angelegenheit hier, die Ihren Bruder betrifft.«

»Wie können Sie es wagen, mich beim Essen mit diesem Blödsinn zu überfallen?«, sagt Harris betrunken, lehnt sich zurück und richtet seine blicklosen Augen auf Lomax. »Mein Bruder ist verstorben, Sir.«

»Es wird Sie vermutlich überraschen, aber ich darf Ihnen berichten, dass Sie sich glücklicherweise irren.«

»Ach, wirklich? Wo ist er dann?«, bellt er und schwenkt dramatisch den Kopf, um die Frage zu unterstreichen. »Ist er hier? Vielleicht sitzt er mir am Tisch direkt gegenüber?«

»Nein, Sir«, sagt Lomax im Versuch, ihn zu beschwichtigen. »Ich bin mir nicht ganz sicher, wo er sich derzeit aufhält. Ich vermute allerdings, dass er auf dem Weg –«

Harris Greenwood unterbricht ihn mit der Unterstellung, Lomax sei ein Betrüger, der sich nur sein Vertrauen erschleichen wolle, und droht dann, ihn hinauswerfen zu lassen, woraufhin Lomax sich empfiehlt. Nach beinahe zwei Jahrzehnten im Dienste von R. J. Holt hätte er den Fehler vermeiden sollen, sich einem angetrunkenen, vor Zorn schäumenden Industriellen zu nähern. Jetzt hat er den größten Trumpf ausgespielt, den er zwischen ansonsten äußerst dürftigen Karten auf der Hand hatte.

Als er sich durch die Menge schiebt, sieht Lomax Mr. Holt selbst, der sich in seinem besten Sonntagsstaat bereits an eine halb so alte Kellnerin angehängt hat. Je näher Lomax ihm kommt, desto stärker schwillt ein Mahlstrom in ihm an, der aus seinen Eingeweiden emporsteigt und seinen Mund mit dem Geschmack schmutzigen Kupfergeldes füllt. Lomax stellt sich seine sieben Kinder vor, die in der winzigen Wohnung von Laverns Mutter übereinanderpurzeln – er ist jetzt nur noch einen knappen Meter von Holt entfernt –, und dann denkt er an die blauen Flecken, die er an Euphemias Handgelenken und an ihrem Hals gesehen und über die er nie gesprochen hat, und der schroffe Drang, diesen Mann bis zur Unkenntlichkeit zu zermahlen, wird beinahe unwiderstehlich. Doch dies ist nicht irgendein zwielichtiger Zeitgenosse, von dem Lomax Geld eintreiben soll. Er kann nicht einfach auf ihn einschlagen, bis er ihnen das Haus überschreibt. Wie die anderen Herren hier besitzt Holt Geschäfte und Wohnungen und Banken und Kohleminen und Stahlwerke und Fabriken und Wälder und Seen, und das verleiht ihm Macht. Und will Lomax sich irgendwie vor dieser Macht schützen, braucht er dieses Tagebuch.

Lomax schleppt sich zu den Toiletten und schließt sich in einer Kabine ein. Um den üblen Geschmack aus seinem Mund zu vertreiben, verbrennt er etwas Opium auf einem Suppenlöffel, den er von einem Tisch stibitzt hat, und saugt die Pirouette aus aufsteigendem Rauch tief ein. Bei dieser Methode ist die Wirkung schwerer vorauszusagen als beim Rauchen in einer Zigarette, und er taucht eine Zeit lang in das Meer seiner selbst ein – wie lange, weiß er nicht.

Als er langsam wieder aus seinem inneren Ozean aufsteigt, hört Lomax zwei Stimmen in der Nebenkabine. Männliche Stimmlage, aber ein sanfter Tonfall, wie er sonst Frauen und Kindern vorbehalten ist. Während seiner Zeit als Schuldeneintreiber ist er einigen Männern dieser Art begegnet. Einmal hat er Geld von einem Vater eingetrieben, der seine fünf kleinen Kinder und die Schönheitskönigin, die er geheiratet hatte, verließ, um sich ihre Unterwäsche anzuziehen und mit einem anderen Mann durchzubrennen. Für gewöhnlich erkennt Lomax sie rasch: die leichtfüßige Art zu stehen, die hungrige Art und Weise, wie sie den Blick anderer suchen, wie ihre Augen immer etwas zu lange zu verweilen scheinen. Doch jeder Narr könnte das sanfte Stöhnen deuten, das aus der Nachbarkabine dringt.

Nachdem die Männer ihr schändliches Treiben beendet haben, verlassen sie die Kabine und bleiben am Waschbecken stehen, um sich zu säubern. In diesem Moment stellt sich Lomax auf die Zehenspitzen, um über den Rand seiner eigenen Kabine zu sehen, was ihm einen Blick auf die beiden erlaubt, der ihm alles verrät, was er wissen muss.

Die Abendgesellschaft

In Hemdsärmeln, perlmuttfarbenen Manschettenknöpfen und perlweißen Gamaschen wartet Harris Greenwood nervös in einem Plüschsessel in der Lieutenant-Governor-Suite des Hotel Vancouver, nippt an einem Glas Sake und lauscht dem sich allmählich verlierenden Stimmengewirr von der West Georgia Street. Draußen hatten sich Demonstranten versammelt, einige ehemalige Angestellte, die in der Zwischenzeit zu einem undankbaren Pöbel degeneriert waren und seine Gäste anschrien, deren Limousinen am Straßenrand hielten. Doch die Polizei ist der Sache rasch Herr geworden – er hat die dumpfen Schläge ihrer Knüppel und das tierische Fauchen der Männer gehört, während sie die Störenfriede niederkämpften.

»Wie sehe ich aus, Liam?«, fragte Harris präventiv, als er Feeneys gischtartigen Duft wahrnimmt.

»Wie der König der Sägespäne«, sagt Feeney ein Stück zu seiner Rechten, ehe er Harris am Arm zum Aufzug führt. Sie fahren schweigend hinunter, und die Türen öffnen sich in das Gedränge des Ballsaals hinein, wo ihn die laute Musik der Kapelle und das warme Menschengewühl am Stück verschlingen. Harris spürt die Vibrationen der schiebenden Schritte der Tänzer durch den Boden. Für gewöhnlich ist Jazz für ihn unerträglich – wie eigentlich die meisten Arten von Musik. Sie überfällt seinen Geist und lenkt seine Gedanken, wie sie es bei Sehenden seiner Vermutung nach nicht tut. Und doch findet er, vielleicht weil Feeney an seiner Seite ist, etwas Vergnügen an den auf vertrackte Weise stampfenden Rhythmen, dem hellen Klang der Hörner, dem schläfrigen Umherstreifen der Klarinette, und vergisst beinahe, dass ihn all das ein kleines Vermögen kostet.

Die Abendgesellschaft ist Feeneys Idee gewesen. Vor Kurzem hat in San Francisco eine Handelsmesse stattgefunden, und die Teilnehmenden haben sich nur zu gern in diesen verschlafenen kleinen Außenposten namens Vancouver locken lassen, um einen Abend lang auf Kosten des Hauses zu feiern. Die Finanziers des neu gebauten Hotel Vancouver sind im Zuge der Krise pleitegegangen und haben das Haus unfertig stehen lassen, und Harris hat ein besonderes Nutzungsentgelt entrichten müssen, um die Feier hier abhalten zu dürfen. Aber ohne Feeney wäre ein solches Fest undenkbar: Ohne seinen getreuen Beschreiber an seiner Seite könnte Harris den gesellschaftlichen Anforderungen nicht standhalten.

Feeney geleitet ihn zur Bar, wo sie sich auf hohe Schemel setzen und zuhören, wie Männer mit Reibeisenstimmen lauthals im Chor auflachen. Feeney reicht ihm ein frisches Glas Sake. Er weiß, dass er nicht mehr trinken sollte, denn er verspürt bereits einen Anflug der »kleinen Hölle«, aber er führt das Glas trotzdem an die Lippen.

»Also los, beschreib mir mein Fest«, sagt Harris mit vom Alkohol gelöster Zunge und dreht sich einmal um sich selbst, ehe er sich an den Tresen zurücklehnt.

»Diamantbehangene Frauen in eng geschnittener Seide flanieren vorüber«, trägt Feeney dick auf. »Sie hängen an den Armen hässlicher alter Industrieller von olympischem Reichtum. Deine Gäste scheinen sich bereits zu Gruppen angeordnet zu haben, entsprechend der jeweiligen Bestandteile von Mutter Erde, deren Zerstörung sie sich verschrieben haben. Die Goldmänner in der Ecke. Öl nahe dem Ausgang. Bahnvorstände und Kohlemagnaten in der Nähe der Bar. Ich sehe Sir James Dunn von Algoma Steel. William H. Wright von Lakeshore Gold ist knallrot im Gesicht. C. D.

Howe, der König der Getreidesilos, verschlingt ein Canapé, als wollte es ihm etwas Böses. Und der ewig lüsterne R. J. Holt von Holt Industries sieht aus, als könnte er eine Ottomane vögeln.«

»Ist Rockefeller irgendwo zu sehen?«

»Noch nicht. Er soll zu seiner Zeit ein vortrefflicher Ruderer gewesen sein und noch immer recht gut aussehen. Wenn man sich etwas aus reichen Industriellen macht«, merkt Feeney an und stößt Harris verdeckt einen Ellbogen in die Seite.

»Was ist mit den Gesprächen?«, fragt Harris. »Ich kann in dem Lärm nichts verstehen. Worüber reden die Leute?«

»Die meisten Unterhaltungen drehen sich um Roosevelt. Die schleichende Fäule des Sozialismus. Das Säbelrasseln Japans. Die Besorgnis in Europa. An Häusern vertäute Fesselballons. Großbusige Filmstars. Ach, und ich habe eine flammende Rede gehört, die diese drakonischen Arbeitslager pries, die Premierminister Bennett als Gegengift gegen die Krise verordnet hat.«

»Ich sollte hier die Reden halten«, sagt Harris. »Schließlich bin ich derjenige, der für die ganze heiße Luft bezahlt.«

Seit dem Markteinbruch haben die ängstlichen kanadischen Banken nur zögerlich Wagniskapital verliehen, vor allem nicht an Waldarbeiter in finanzieller Bedrängnis, sodass Harris gezwungen war, sich den Ankauf von John D. Rockefellers Landstück bei Port Alberni von einer Londoner Firma finanzieren zu lassen. Jetzt muss er den Amerikaner nur noch so weit bekommen, dass er verkauft – ein Schachzug, den Feeney für den späteren Abend eingeplant hat.

Nachdem die Glocke zum Abendessen gerufen hat, nehmen die beiden am Tisch Platz. Harris hat Feeney und sich abseits der Tische der Mächtigen platziert, vor allem weil Harris Dinnergespräche bei formellen Anlässen verabscheut, wenn sich die Stimmen zu einem ununterscheidbaren Gewirr vereinigen.

»Ich mache mich auf die Jagd nach dem viel gesuchten Rockefeller«, sagt Feeney nach dem Salat. Und ehe Harris protestieren kann, ist er verschwunden.

»Muscheln für Monsieur«, sagt ein Kellner irgendwo zu seiner Linken, und Harris macht sich daran, den schlaffen kleinen Klumpen auf der buttrigen Eislaufbahn seines Tellers nachzustellen, während überall um ihn herum Gläser aneinanderstoßen und Gelächter aufbrandet, eine Art akustische Luftverpestung, die sein Unwohlsein nur noch verstärkt. Er hat nicht beabsichtigt, auch nur einen kleinen Teil des Abends allein zu verbringen, und in Feeneys Abwesenheit kommt es ihm vor, als hätte jemand seine Krawatte enger gezogen. Harris schlägt die Augen nieder, um nicht den Eindruck zu erwecken, er suche das Gespräch mit den anderen am Tisch.

Dann schält sich die tiefe Stimme eines Mannes aus dem Lärm heraus. »Bitte verzeihen Sie, dass ich Sie während des Essens störe, Mr. Greenwood«, sagt ein Fremder an der Stelle, an der Feeney soeben noch gesessen hat. Dann deutet der Mann an, Everett sei auf irgendeine wundersame Weise noch am Leben. Aber Harris hat es nicht zum ersten Mal mit einem dieser Betrüger zu tun. Einmal ist in seiner Villa eine Frau aufgetaucht, die behauptete, seine Tochter zu sein, und verlangte, dass Harris ihr eine neue Waschmaschine kaufe.

»Und lassen Sie mich raten, gegen eine ansehnliche Geldsumme bringen Sie ihn zu mir, richtig?«, donnert Harris. »Ich kann Ihnen versichern, dass ich keine leichtgläubige Kriegswitwe bin, die ohne Weiteres auf Wiedergeburtsversprechungen hereinfällt.« Er beginnt zu schreien: »Also verschwinden Sie, bevor ich Sie von meinen Assistenten mit dem Gesicht voran hinauswerfen lasse.«

»Ich bitte um Verzeihung, Mr. Greenwood«, sagt der Mann mit der tiefen Stimme mit einer überraschenden Ruhe angesichts dieser Drohung. »Vielleicht ein andermal.«

Als er sich sicher ist, dass der Mann fort ist, greift Harris nach seinem Sake, um seinen Zorn zu lindern – muss jedoch feststellen, dass an dessen Stelle ein Tulpenglas mit Champagner steht, aus dem er sich nichts macht, den er aber dennoch hinunterschüttet.

Hätte dieser verachtenswerte Gauner doch nur recht! Wäre Everett nach dem Krieg, wie versprochen, zu ihm zurückgekehrt – was hätten sie gemeinsam bewerkstelligen können! Wäre sein Bruder jetzt hier, würden sie diese Vampire allesamt vor die Tür setzen, denn nichts anderes sind sie – Vampire, die das Blut aus allem heraussaugen wollen, was er sich aufgebaut hat.

Da die Kellner seinen Champagner stillschweigend aufgefüllt haben, weiß Harris nicht mehr, wie viel er getrunken hat. Sein Gesicht ist klamm, seine Achselhöhlen feucht, und in den Wangen fühlt er eine Taubheit, die er mit den Händen wegreiben will. Er hört versprengtes Gelächter, und ohne Feeney lässt sich unmöglich sagen, ob es auf seine Kosten geht. Und wo ist Liam überhaupt? Gewiss hat er sich mit John D. Rockefeller verplaudert – welch ein nobles Opfer!

Als die Kapelle verstummt, erklingt einige Plätze weiter rechts die Stimme einer Frau, die über einen neu geplanten Staatsforstdienst schwadroniert. Harris ist in Yale mit dem Begriff Ökologie in Berührung gekommen, und die Idee hat ihm gefallen – die Bewahrung einzigartiger Wälder zu Zwecken der Wissenschaft und der Erholung. Dennoch fragt er sich, wie das zu bewerkstelligen wäre, ohne der Industrie die Luft abzuschnüren. Derzeit ist es Mode, Schutzgebiete, Reservate, Nationalparks anzulegen, so wie Roosevelt es in den Vereinigten Staaten getan hat. Es ist, als wollte der Mann nicht eher ruhen, als bis die Welt ein großer Sandkasten ist, in dem die Menschheit spielen kann. Nein, besser, man schlägt sie jetzt, denkt Harris. Und nutzt sie. Und pflanzt möglichst bald neue. »Ja, ja, Bäume sind ganz wundervoll«, hört Harris sich murmeln.

»Verzeihung, Sir?«, sagt eine Frau. »Ich habe Sie nicht verstanden. Könnten Sie etwas lauter sprechen?«

»Sie halten Bäume für heilig«, sagt er. »Sie glauben, die Bäume lieben Sie. Sie glauben, sie wachsen, um Ihnen Freude zu bereiten. Aber wer Bäume wirklich kennt, der weiß, dass sie auch rücksichtslos sind. Sie haben schon einen Krieg um Licht und Nahrung ausgefochten, bevor es uns überhaupt gab. Und sie würden jeden von uns bereitwillig zerquetschen oder vergiften, wenn es ihnen einen Vorteil verschaffen würde.«

»Ich finde, das ist eine recht düstere Sicht auf die Welt«, sagt eine Frau. Harris ist sich nicht sicher, ob es dieselbe ist.

»Madam, ich habe keine *Sicht* auf die Welt«, greift Harris auf Feeneys empörten Satz zurück und hebt ein frisches Glas Champagner. »Und was könnte düsterer sein als das Nichts?«, sagt er.

Die Frau fragt sich laut, wer ihn überhaupt eingeladen habe, als ihm eine Hand über das Revers streicht.

»Ist alles in Ordnung?«, fragt Feeney.

»Wo warst du?«, erwidert Harris mit einer röchelnden Stimme, die nicht seine ist. »Du weißt, ich hasse es, allein zu essen. Ein elender Betrüger hat sich an mich herangeschlichen, und ich musste ihn zum Teufel schicken.«

»Mein armer Mann«, sagt Feeney. »Aber ich habe unseren Rockefeller gefunden. In einer Wolke aus Zigarrenrauch auf dem Balkon.«

»Warum hat das so lange gedauert?«

»Ich habe euch für später einen kleinen Plausch organisiert. Nach dem Unterhaltungsprogramm.«

»Oh, ich bin sicher, es war dir ein Vergnügen«, sagt Harris. »Und besorg mir noch mehr von diesem Champagner, ja? Ich finde allmählich Geschmack daran.«

»Ich glaube, das ist keine gute Idee«, sagt Feeney und drückt Harris ein Glas in die Hand, in dem sich zu dessen Enttäuschung Mineralwasser befindet.

»Dann begleite mich zur Toilette«, sagt Harris, umspült von einer plötzlichen Welle der Übelkeit, ausgelöst durch den hartnäckigen Geschmack von Austern. »Das ist ein Befehl.« Harris erhebt sich von seinem Stuhl und zerrt Feeney hinter sich her, wobei sie mit mehreren Gästen zusammenstoßen. In der Klosettkabine geht es ihm schlagartig besser, und er sucht die Lippen seines Beschreibers. Feeney schmeckt nach Gurke, Tee und Zedernspänen.

»Ob ich jetzt noch in der Verfassung bin, mich mit Rockefeller zu treffen?«, fragt Harris, als sie sich hinterher am Waschbecken reinigen.

»Harris, du musst mit diesem Unsinn aufhören. Sonst bringst du mit deinem kindischen Verhalten noch alles zum Scheitern.«

»Das war keine Bitte, Liam. Und ich komme immer noch bestens ohne dich zurecht«, sagt Harris und tastet um sich, bis er den Waschraum verlässt und mit der offenen Hand an den Samtwänden des Hotels entlangstreicht, um den Weg zu finden und sich zugleich abzustützen. Er hört, wie Feeney ihm hinterhergeht und ihn leise bittet, es sich noch einmal zu überlegen. Im Speisesaal trägt Harris einem Kellner auf, ihn auf den Balkon zu führen.

»Mr. Rockefeller!«, ruft Harris freundlich aus, als die kühle, zigarrengeschwängerte Nachtluft sein Gesicht berührt.

»Mr. Greenwood! Da sind Sie ja«, sagt eine warme und volltönende Stimme in einem Ostküstenakzent, der Harris an seine Zeit in Yale erinnert. Sie schütteln einander die Hände, und obgleich Rockefellers Hand weich und frei von Schwielen ist, erwidert er Harris' kräftigen Händedruck auf ebensolche Weise.

»Wir sprachen gerade über das Geschäft, das Sie mit diesen gelben Brüllaffen gemacht haben«, sagt Rockefeller mit dem leichten Lallen eines Mannes, der an der Türschwelle des Betrunkenseins steht. Während er spricht, klopft Rockefeller Harris auf den Rücken.

»Ich verkaufe jedem Holz«, verkündet Harris mit einem Grinsen. »Ungeachtet der zoologischen Abstammung.«

»Weise Worte, weise Worte.« Rockefeller tätschelt ihn abermals, diesmal im Nacken, als wäre er ein treuer Retriever, und Harris fegt seine Hand beinahe beiseite. »Aber bei allem Respekt, Mr. Greenwood, sind wir doch der Ansicht, dass wir diesen Japsen nicht unter die Arme greifen sollten. Sie sind in die Mandschurei einmarschiert. Und im Capitol geht das Gerücht um, dass die Vereinigten Staaten als Nächstes dran sind.«

»Dann haben Sie vermutlich alle Öllieferungen nach Japan eingestellt?«, sagt Harris, macht eine kurze Pause, um den Stachel tiefer eindringen zu lassen, und lächelt dann, um ihn abzumildern. »Die brauchen eine Eisenbahn, Mr. Rockefeller. Und ich versorge sie mit dem notwendigen Holz, um eine zu bauen. Was sie damit anstellen, geht mich nichts an. Ich habe schon die Hälfte der Gleisschwellen zurechtgeschnitten, und nun brauche ich lediglich noch etwas Holz, um den Rest liefern zu können.«

»Das weiß ich bereits, Mr. Greenwood. Und wie ich auch Ihrem Agenten schon mitgeteilt habe, werde ich eine vorübergehende Abholzgenehmigung vergeben, weiter nichts. Wobei es diesmal den Anschein hat, als könnten Sie Konkurrenz durch Ihren Kollegen Mr. MacMillan bekommen. Natürlich nehme ich von beiden Seiten gern Angebote an.«

»Das wird nicht genügen«, sagt Harris. »Ich will die uneingeschränkten Eigentumsrechte.«

»Mr. Greenwood, ich habe den Eindruck, dass Ihr bezauberndes Land eine einzige riesige Ansammlung von Bäumen ist. Warum legen Sie also nicht etwas Initiative an den Tag und kaufen irgendeinen *anderen* Teil davon?«

Seit er als Junge am Rand der McLaren Road um Feuerholzpreise gefeilscht hat, fühlt sich Harris am stärksten in seinem Element, wenn es ums Verhandeln geht. Also leert er sein Glas und richtet seine Augen auf die Stelle, an der er Rockefeller vermutet. »Sir, ich habe Ihnen im Laufe der Jahre eine erkleckliche Summe für Nutzungsrechte gezahlt, und ich habe es gern getan. Aber diesmal muss ich das Gelände bei Port Alberni kaufen, einschließlich der dazugehörigen Inseln. Uneingeschränkte Eigentumsrechte.«

»Und wie ich gesagt habe, habe ich nicht die Absicht, dieses Land zu verkaufen, Mr. Greenwood. Die alten Zeiten sind vorbei.

Und soweit ich weiß, werden in absehbarer Zeit keine Inseln hergestellt.«

»Für einen Mann mit Ihren Besitztümern kann das doch nicht mehr als ein kleiner Happen sein, Mr. Rockefeller. Sie werden es nicht eine Sekunde vermissen.«

»Es ist ein hübsches Fest, Mr. Greenwood. Aber ich habe mich diesem Verhandlungsgespräch lange genug ausgesetzt. Guten Abend.«

Harris wendet sich ab und umklammert das Balkongeländer, während die Männer über ihn lachen, wie sie es in Yale getan haben. Wie sie ihm öffentlich die Hand schüttelten und ihn insgeheim verachteten, eher für sein kanadisches Hinterwäldlertum als für seine Blindheit. Für Männer wie Rockefeller ist dieses Land – der größte Speicher natürlicher Materialien, den die Welt je gesehen hat, zuerst von den Ureinwohnern gestohlen und dann Stück für Stück an ausländische Interessenten wie ihn verhökert – stets nur ein Ort gewesen, aus dem sie Dinge herausreißen können. Und einen trunkenen Augenblick lang bemitleidet Harris die Bäume. Vor allem für die vertrauensselige Art und Weise, wie sie sich mit ihren ausladenden Armen der Welt präsentieren. Gold und Öl sind immerhin gescheit genug, sich zu verstecken.

Aber ohne weitere Bäume zum Fällen wird Greenwood Timber scheitern, und Harris und Feeney werden so ungeschützt zurückbleiben wie die beiden Hilfsarbeiter, die man in seinem Holzfällerlager eng umschlungen gefunden hat. Eine jähe und wiedererstarkte Grimmigkeit zirkuliert durch ihn und mit ihr eine Erinnerung an Feeneys Bemerkung, Rockefeller sei auf dem College Ruderer gewesen.

»Sir, es geht hier um Bäume, die Sie nie gesehen haben«, ruft Harris in die Richtung des Zigarrenrauchs. »Die in einem Teil der Welt gewachsen sind, den Sie nie besuchen werden.«

»Greenwood, sind Sie jetzt auch noch taub statt nur blind?«, fragt Rockefeller. »Oder sind Sie einfach beschränkt genug zu glauben, nur weil Sie eine Party schmeißen, legen Sie die Bedingungen fest?«

Harris überhört die Beleidigung, tritt vor Rockefeller und schlägt ihm auf den massiven Bizeps. »Ach, kommen Sie, John!«, sagt er mit gezwungener Jovialität. »Auch wenn ich das Holz für die Eisenbahn geschlagen habe, mit der Sie hierhergekommen sind, und für die Villa, in der Sie leben, und für die Bücher, die die Kindermädchen Ihren Kindern vorlesen, und für die Schäfte der Gewehre, mit denen Ihre Kriege gewonnen wurden, und jedes Möbelstück, auf dem Sie je gesessen haben, werde ich Ihnen dennoch nie ebenbürtig sein, oder? Wie wäre es also, wenn Sie sich gegen diesen hilflosen, invaliden Hinterwäldler im Armdrücken versuchten und vor allen anderen hier Ihre Überlegenheit bewiesen? Wenn ich gewinne, verkaufen Sie mir das Port-Alberni-Land mitsamt Inseln zu vernünftigen Konditionen. Und wenn Sie gewinnen, lasse ich das Geschäft mit den gefürchteten Japanern platzen, und Sie und Ihr Land sind wieder sicher. Was sagen Sie, Sportsfreund?«

Ihr Schlafzimmer

Zwei blaue Augen, eine fremde Nase, ein fremder Mund, zwei Reihen fremder Zähne, die alle über ihm schweben, nur Zentimeter über seinen eigenen. »Es ist Jahre her, dass mich jemand aus solcher Nähe angesehen hat«, flüstert Everett.

Temple lacht, und einen Augenblick lang glaubt er, sie halte ihn für beschränkt. »Tja, es wurde Zeit, dass dir jemand nahekommt«, flüstert sie zurück und lässt sich auf ihn sinken, ihr Atem elektrisch an seinem Hals. »Du bist zu lange allein gewesen.«

In den ersten Jahren nachdem er sich in seinem Zuckerbusch niedergelassen hatte, besuchten hübsche Frauen Everett in seinen Träumen – am häufigsten im Frühjahr –, ihre Haare mit Flusswasser gespült, ihre Haut mondbeschienenes Platin. Diese Visionen verebbten irgendwann, doch er weiß schon jetzt, dass seine Zeit mit Temple jede Rückkehr zu einem früheren Schlafzustand unmöglich machen wird. Dennoch kann er den Verdacht nicht abschütteln, dass ihm jemand übel mitspielen will.

»Zu meinem Glück«, fügt Temple hinzu. »Du bist der einsiedlerische Analphabet, auf den ich gewartet habe.«

»Dann musst du wohl die hilflose, an eine Farm gefesselte Junggesellin aus meinen Träumen sein«, sagt er mit gespieltem Ernst und dreht sie auf den Rücken, um sich mit den Armen über ihr abzustützen. Aber sie schlägt ihm gegen die Ellbogengelenke, und er fällt auf sie herab, dann ringen sie und stoßen dabei eine nicht brennende Sturmlaterne zu Boden. Schote wird bei dem Lärm unruhig, schnaubt in dem behelfsmäßigen Kinderbett, das sie ihr aus einer galvanisierten Brennholzkiste gemacht haben.

»Hattest du nie eigene Kinder?«, fragt er, und ihm wird sofort bewusst, dass die Unbeschwertheit des Moments nun dahin ist, obwohl er ihr früheres Geplänkel hatte wiederaufnehmen wollen.

»Nein, nie«, sagt sie ernst. »Ich bin einmal schwanger geworden, aber es gab Komplikationen, und danach konnte ich keins mehr bekommen. Mein Mann hat mich daraufhin verlassen – er hatte immer von einem Haufen altkluger Kinder geträumt, die wir einmal haben würden, also kam es nicht ganz überraschend. Aber ich bin froh, dass er gegangen ist. Ich bin nicht für das Familienleben geschaffen. Hier auf der Farm kann ich mich eher nützlich machen, als wenn ich mich um irgendwelche Rotznasen kümmern müsste.«

Sie liegen einige Minuten lang schweigend da. Everett will sich für die unbedachte Bemerkung entschuldigen, aber auch nicht wie ein Jammerlappen klingen.

»Everett, wie bist du wirklich zu dem Kind gekommen?«, fragt sie und lässt ihre Finger durch sein Haar gleiten.

Als er sich schon anschickt zu wiederholen, er sei Schotes Onkel, haken sich ihre Augen in seine ein, und ein sanftes, sattes Gefühl überkommt ihn. »Ich habe sie gefunden«, sagt er. »An einem Baum aufgehängt und dem Tod überlassen.« Auf dieses erste Zupfen hin entrollt sich die Geschichte seines Lebens in dem Waldstück auf die gleiche mühelose Weise, wie es die Geschichte seiner Kindheit in dem Güterzug für Schote getan hat. Er erzählt Temple, wie er nach Jahren des Umherstreifens den Ahornwald gefunden hat, wie er aufgehört hat zu trinken und seine Hütte gebaut hat.

»Zuerst habe ich das Kind als einen Fluch betrachtet«, fährt er fort. »Aber jetzt ist meine einzige Sorge, dass ihr jemand schaden könnte. Und davon nehme ich mich selbst nicht aus.«

»Warst du es, der den Bruder des Senators in Ontario niedergeschlagen hat?«

Er nickt. »Schote wäre tot, wenn ich es nicht getan hätte. Und genau deswegen muss ich jemand Anständigen finden, den ich für ihre Pflege bezahle. Mir folgt der Ärger auf Schritt und Tritt. Das war schon immer so. Ich hatte nie ein gutes Zuhause, wie sollte ich ihr also eins geben können? Sie verdient einen besseren Einstieg ins Leben, als ich ihn ihr je geben könnte.«

»Und wie genau willst du ihr den finanzieren? Mit Sirup? In den schlimmsten Zeiten, die wir je erlebt haben?«

»Dieser Bruder, von dem ich erzählt habe?«, flüstert er. Er weiß, er sollte ihr das nicht sagen, aber sie muss wissen, dass er nicht einfach irgendein ungebildeter Einfaltspinsel mit närrischen Plänen ist. »Das ist Harris Greenwood.«

Beschämt über seine Prahlerei vergräbt er sein Gesicht im Kissen.

Sie kneift die Augen zusammen. »Die Scheune da drüben ist mit Holz von Greenwood Timber gebaut«, sagt sie skeptisch. »Du flunkerst mich doch nicht an, oder?«

Er schüttelt den Kopf.

»Du hast vor, ihn um Hilfe zu bitten. Warum hast du es nicht längst getan?«

Er erzählt ihr, er habe seinen Bruder seit achtzehn Jahren nicht zu Gesicht bekommen und sie seien zwar nicht blutsverwandt, aber in jeder anderen Hinsicht Brüder. »Die Frau, die unsere Pflege übernommen hatte, hat uns nie in ihr Haus gelassen. Sie hat uns draußen gehalten wie ein Paar Hunde. Insgeheim hat sie uns gehasst.«

»Das darfst du nicht sagen, Everett. Sie hatte ganz gewiss ihre Gründe. Man weiß nie genau, warum sich jemand auf eine bestimmte Art verhält.«

»Trotzdem hat sie uns beiden das Waldstück vermacht. Harris wollte es vollständig abholzen, aber ich habe mich geweigert. Nach dem Krieg hat er mir dann geschrieben und gefragt, ob ich mit ihm eine Holzfirma gründen will, und ich habe Ja gesagt. Aber ich habe es nicht gleich nach Hause geschafft, und dann fing ich an, mich herumzutreiben. Irgendwann kam ich zurück, aber da hatte er das Grundstück schon gerodet und verkauft. Ich habe ihn dafür jahrelang gehasst. Aber jetzt, wo ich Schote habe, will ich mir meinen Anteil auszahlen lassen und ihr damit ein gutes Zuhause suchen.«

»Das hört sich nach einem gerechten Vorschlag an.«

»Wobei ich nicht glaube, dass er mich freundlich aufnehmen wird. Er war immer jähzornig. Aber dein Windschutz steht, und Schote und ich sollten morgen früh in Richtung Westen aufbrechen, also werden wir es wohl bald herausfinden.«

»Ich würde gern sagen, dass ich noch ein paar weitere Bäume brauche. Oder dass du deinen Unterricht in der Bibliothek zu Ende bringen solltest. Aber der Briefträger hat gestern erzählt, dass McSorley in Manitoba ist und irgendeinem Amerikaner aus New York nachstellt, der seine Frau umgebracht haben soll. Als Nächstes steht Estevan auf seinem Plan. Aber heute ist Freitag, und er kann frühestens am Montag kommen.« Temple nimmt seine Hand. »Also bleib. Nur noch einen Tag.«

Everett willigt ein, da wacht Schote wimmernd auf. Er steht auf, um sie zu wickeln, und sein Umriss bleibt im lohfarbenen Staub auf dem Laken zurück, so als hätte Temple das Bett mit seinem Geist geteilt, und der Anblick lässt ihn erschaudern.

Er wiegt Schote in den Armen, während Temple unruhig schläft und nach den Laken tritt, eine nächtliche Unruhe, in der er gern ein Zeichen für eine allgemeinere Ruhelosigkeit erkennen möchte. Eine Sehnsucht nach etwas anderem, vielleicht sogar einem anderen Ort.

Bei Tagesanbruch sieht Everett zu, wie Temple aufsteht und vor dem Spiegel ihr Haar hochzustecken beginnt. Er bewundert die Art und Weise, wie sich einzelne Strähnen aus ihren Haarnadeln lösen, und wenn sie sie noch so sehr feststeckt. Wie ihre Schulterblätter sich aufeinander zubewegen, bis sie sich beinahe berühren. All die Pracht, die sie gar nicht wahrzunehmen scheint.

»Was hast du letzte Nacht geträumt?«, fragt Everett.

»Ach, das Gleiche wie jede Nacht seit der Dürre: tosende Flüsse, klare Ströme, Seen, die still daliegen wie Öl.«

»Ich träume meist von Bäumen«, sagt er. »Von Bäumen, die ich einmal gekannt habe. Von Bäumen, die ich noch nicht kenne. Mal helfen sie mir, mal fallen sie auf mich. Mal pflanze ich sie, mal fälle ich sie. Aber sie sind immer da. Ich glaube, wenn man mir den Kopf aufschlagen würde, wäre da drin ein einziger großer, verworrener, verwachsener Wurzelballen.«

Nachdem sie sich die Haare hochgesteckt hat, zieht Temple eine staubige Hose und ein Arbeitshemd an, und Everett gibt Schote ihre morgendliche Portion Ziegenmilch, die Gertie von der benachbarten Farm besorgt hat. Als Schote fertig ist, lässt er sie über seiner Schulter ein Bäuerchen machen, und sie lächelt zahnlos.

»Geh rasch in dein Zimmer, bevor Gertie kommt und das Frühstück macht«, sagt Temple zu Everett und erwidert Schotes Lächeln. »Ich lasse sie deinen Lohn aus der Schließkassette holen, bevor die Männer aufstehen. Sie sollen nicht sehen, dass ihr beiden noch mehr Sonderbehandlungen bekommt.«

Ein Telegramm

harris alter knabe stopp hatte famose zeit in der wildnis kanadas stopp hatte sogar freude an unserem wettkampf zum ausklang des abends stopp ihr verrückten hinterwäldler seid stärker als ihr ausseht stopp bin wie vereinbart bereit land zum bespr Preis zu verkaufen stopp mein sekretär soll ihnen papiere fertig machen stopp herzl jd rockefeller

Könnte sein

»Temple?«

»Ja«, antwortet sie, ihre Stimme sanft neben ihm.

»Glaubst du …«

Eine lange Pause. »Ja, Everett?«

Er hustet, bringt es nicht heraus. Es ist Samstag, ihr letzter gemeinsamer Abend. Er hat sich den ganzen Nachmittag lang in der Bibliothek zurückgezogen, in dem Tagebuch geblättert, auch wenn er es noch immer nicht richtig lesen kann, und eine Idee ausgebrütet. Er hört den Wind in der Weide vor Temples Schlafzimmer säuseln, und es ist ein ermutigendes Geräusch.

»Glaubst du, ein Säugling kann jemanden lieben?«, sagt er schließlich. »Auch wenn das Kind noch kein Wort dafür hat?«

Temple dreht sich auf die Seite und sieht ihn an; ihre Beine sind ineinander verschränkt. »Natürlich liebt dich die Kleine, Everett.«

»Ach, wenn ich sie morgen verlassen würde, hätte sie mich nach einer Woche vergessen«, sagt er, und ein brennendes Gefühl flammt in seinem Nacken auf. »Spätestens nach zweien.«

»Das bezweifle ich. Etwas in ihr würde sich an dich erinnern.«

»Ich hatte kein großes Talent zum Leben, bevor sie zu mir kam. Es war eher so, als würde ich die Zeit totschlagen, bis es mich nicht mehr gibt.«

»Sie ist nicht zu dir gekommen, Everett. Du hast sie gerettet! Warum hast du sie nicht einfach im Wald zurückgelassen?«

»Das hätte ich fast getan«, gibt er zu, obwohl ihm die Worte Übelkeit bereiten. »Und auch danach gab es Momente, in denen ich … über Schlimmeres nachgedacht habe.«

»Und wenn schon«, sagt sie und verdreht auf eine wegwerfende Art die Augen. »Ich denke über alles Mögliche nach, ohne dass es irgendwelche Auswirkungen hat. Und warum solltest du dich gegen das Gesetz wenden und dein Zuhause verlassen, nur um sie fortzugeben?«

Schweigen.

»Du wirst sie behalten, nicht wahr?«

»Könnte sein«, sagt Everett nahezu unhörbar.

»Was könnte sein?«

Everett atmet tief durch und schluckt. »Dass ich sie behalte.«

»Das ist doch gut.«

»Aber wir würden einen ruhigen Ort brauchen«, sagt er. »Einen Wald, wo mich der Ärger nicht so leicht finden kann, wie er es in der Stadt tut. Mit dem Geld, das ich heute von Gertie bekommen habe, und noch einem bisschen von meinem Bruder könnten wir es schaffen. Ich würde dich fragen, ob du nicht mitkommen willst, wenn ich mir vorstellen könnte, dass du je von hier weggehst.«

»Das ist recht unwahrscheinlich, Everett.«

»Du weißt das schon, aber deine Farm geht zugrunde. Du solltest dir keine Sorgen mehr darum machen müssen. Wir könnten uns ein Stück Land suchen, das niemand nutzt. Ein Stück, das von seinem Besitzer vergessen wurde. Ich zeige dir, wie man Bäume anzapft. Wir können in Flüssen schwimmen. Schote als unser Kind aufziehen. Du könntest eine kleine Bibliothek haben. Wir könnten sogar heiraten, wenn wir wollten.«

»Ach, das hört sich schön an, Everett. Nur dass ich es schon einmal versucht habe, und die Ehe ist ein Grab, in dem ich mich nicht noch einmal verscharren lasse. Außerdem ist die Farm bisher nicht am Ende, und ich habe vor, mich mit den Füßen voran aus dem Haus tragen zu lassen.«

»Dann komme ich wieder, wenn sich die Lage beruhigt hat.«

»Und was ist mit McSorley?«

»Er wird irgendwann das Interesse verlieren. Durch die Krise gibt es keinen Mangel an Gesetzesflüchtigen. Wir könnten behaupten, es sei unser Kind.«

Ihre Miene verhärtet sich. »Ich bin nicht auf der Suche nach einem Kind, Everett.« Das sagt sie in einem Ton, der für gewöhnlich faulenzenden Hilfsarbeitern vorbehalten ist. »Es gibt Frauen, die sind Mütter, und andere sind es eben nicht.«

»Du müsstest keinen Finger für sie krummmachen«, sagt er geradezu flehentlich. »Ich bin inzwischen geübt darin, sie zu versorgen. Irgendwann könnte sie auf den Ahornbäumen herumklettern, die wir gepflanzt haben.«

»Das hier ist kein Ort für ein Kind.«

Sie liegen eine Zeit lang nebeneinander. Staub kratzt am Fenster. Everett setzt einige Male zum Sprechen an, scheitert aber. Er fährt sich mit der rauen Hand über das Gesicht.

»Temple«, sagt er.

»Mhmm«, macht sie im Halbschlaf.

»Wenn du nicht mit uns kommen kannst und wir nicht hierbleiben können, dann haben wir wohl keine gemeinsame Zukunft.«

»Wenn du es so darstellst, Everett, dann hast du wohl recht.«

»Wie wäre es dann, wenn ich dann zu dir zurückkehre? Ich meine, wenn ich sie aufgezogen habe. Ohne irgendwelche Erwartungen. Ich käme einfach zu Besuch.«

»Das fände ich schön, Everett. Ich werde bestimmt hier sein. Werde den Tisch auf der Veranda decken. Und mein verdammtes Haus ausgraben.« Dann wird ihre Miene traurig. »Aber niemand kehrt an einen Ort wie diesen zurück, wenn er nicht muss.«

»Ich komme trotzdem. Ich schwöre es.«

Sie tippt ihm zweimal mit dem Zeigefinger auf die Stirn. »Es ist lieb, dass du das sagst. Du wirst es nicht tun. Aber es ist sehr schön, es zu hören.«

Wenn das arme Kind davonfliegt

Am Sonntagmorgen kommen sie die Zufahrtsstraße heraufgedonnert, Korkenzieher aus Staub hinter sich herziehend, fein wie Puderzucker. Temple klopft hinter dem Haus die Wäsche mit einem Besenstiel aus, als sie die drei flachen Polizeiwagen sieht – und mehrere Privatfahrzeuge von Männern aus Estevan, die eher mitfahren, um zu gaffen, als um zu helfen.

Sie halten neben der Scheune an, und McSorley stürmt aus seinem Wagen und befiehlt seinen Männern, das Gebäude zu umstellen und die Türen von außen zu verriegeln. Der Inspektor ist außer sich vor Wut, als Temple bei ihm ankommt, und in seinen Augen liegt ein nagetierartiger, schlafloser Blick. »Ich habe aus einer zuverlässigen Quelle erfahren, dass einer von den Herumtreibern hier ein kleines Kind versteckt, Temple«, sagt er und richtet einen fleischigen Finger auf ihr Gesicht.

»Ach, das ist doch Kokolores, Mr. McSorley. Was soll das für eine Quelle sein?«, sagt sie entrüstet. »Für mich klingt das, als würde die Gerüchteküche von Estevan auf Hochtouren arbeiten, jetzt, wo Erntezeit ist und es außer Gerüchten nichts zu ernten gibt.« Sie wirft einen raschen Blick zum Haus hinüber, um sich zu überzeugen, dass Everett nicht zu sehen ist.

»Ich habe genug von Ihrem Gerede«, herrscht McSorley sie an. »Letzte Nacht haben wieder ein paar von Ihren Schnapsnasen im Wasserturm gebadet. Aber diesmal hatte ich einen Mann dort postiert. Und als sie geschnappt wurden und ihre Haut retten wollten, haben sie geschworen, hier wäre ein kleines Mädchen, und zwar seit fast drei Wochen. In der Obhut von einem Kerl namens Everett.«

Sie muss dagegen ankämpfen, nach Luft zu schnappen. Wie kann das sein? Sie hatte sie extra nicht schon am Freitag ausbezahlt, und sie bezweifelt, dass irgendeiner von ihnen Geld von den vorherigen Zahltagen übrig hatte. Wütend blickt sie in die schmutzigen Gesichter, die vom Heuschober hinunterschauen – aber sie wird sich später mit ihnen auseinandersetzen müssen. Im Augenblick brauchen Everett und Schote einen Vorsprung.

»Tja, da sind Sie falsch informiert«, blafft sie. Sie hat ihre Täuschungsmanöver stets mit Wutausbrüchen kaschiert – eine List, die sie von ihrem Vater gelernt hat. »Das einzige Kleinkind auf diesem Gelände steht gerade vor mir. Und ich wäre Ihnen dankbar, wenn Sie nicht meine Arbeiter belästigen und meine Tiere verschrecken würden, nur weil sich ein paar alte Trinker einbilden, ein Kind gesehen zu haben. Ich kann von Glück sagen, wenn meine Hennen nach dem ganzen Trubel noch Eier legen.«

McSorleys stechende Augen nähern sich ihren eigenen. Feuchter, nach Eiern riechender Atem. Speichelfäden in den Mundwinkeln. Und mit einem Mal wirken die Berichte, er habe Landstreicher unter die Räder fahrender Züge gestoßen, ganz und gar glaubwürdig. »Temple, Sie wissen, dass ich der einzige Grund dafür bin, dass es Ihre Farm überhaupt noch gibt? Ich hatte Mitleid mit Ihnen, weil Sie ohne Mann an diesem gottverlassenen Ort leben müssen. Aber ich fürchte, meine Lust, Sie vor den Einwohnern von Estevan zu schützen, die Sie mit Skepsis betrachten, ist heute an ein Ende gekommen.«

»Ich weiß, was passiert ist«, sagt sie in sanfterem Tonfall, um ihn ein wenig zu bezirzen und etwas Zeit zu schinden. »Das Kind, das diese Idioten gesehen haben, war vermutlich das meiner Schwester. Ich passe auf ihre Tochter auf, während sie nach Arbeit sucht.«

Sein Gesicht entspannt sich, wenn auch nur leicht. »So, so. Ich muss das Kind trotzdem sehen.«

»Das geht nicht. Sie ist in Estevan beim Arzt. Sie hat Husten. Vom Staub.«

Sie sehen einander unverwandt an.

»Aber Sie können gern in ein paar Tagen wiederkommen«, fügt sie freundlich hinzu. »Bis dahin ist sie sicherlich gesund. Ich könnte uns von Gertie sogar einen Picknickkorb packen lassen.«

McSorley schießt das Blut in die Wangen. »So ein Picknick fände ich schön, Miss Temple«, sagt er und beäugt sie argwöhnisch. Dann nimmt er seinen Hut vom Kopf, und sein fettiges Haar peitscht in einem Dutzend schwarzer Tentakel auf. Er richtet den Blick auf den Horizont, wo sich schmiedeeiserne Wolken in der Ferne überschlagen. »Aber Sie sollten die Kleine rasch herholen und eine Weile in Ihrem Sturmkeller einquartieren. Gestern wurden in den Dakotas gleich hinter der Grenze Wirbelstürme gemeldet. Bis morgen dürften sie hier sein. Und Ihre Schwester wird es Ihnen nie verzeihen, wenn das arme Kind davonfliegt.«

»Das werde ich tun«, sagt Temple und fasst ihn am Ellbogen, um ihn sanft in Richtung seines Wagens zu schieben. »Ohne Umschweife.«

Doch McSorley entschlüpft ihrem Griff und wendet sich wieder seinen Männern zu. »Wisst ihr was?«, sagt er und setzt mit einem schiefen Grinsen den Hut auf. »Ich denke, wir sollten der wohltätigen Miss Temple einen Gefallen tun und sicherstellen, dass ihre Nichte nicht irgendwo auf der Farm abhandengekommen ist. Durchsucht das Wohnhaus. Dann die Scheune. Und dann diese gottverdammte Bibliothek.«

In die Berge

»Ich wusste, das war kein guter Einfall«, sagt Gertie am Küchenfenster, während Everett und sie zusehen, wie die Wagen an der Scheune zum Stehen kommen. Everett nimmt Schote von ihrem Hochstuhl auf, draußen sieht er Temple auf einen untersetzten Polizisten zugehen.

»So«, sagt Gertie. »Miss Temple kümmert sich um Bahninspektor McSorley. Und ihr beiden geht jetzt zum Hintereingang hinaus und versteckt euch in dem alten Sturmkeller unter der Bibliothek.«

Everett hat gerade seine Stiefel geschnürt, als McSorley sich Temples Griff entwindet und seinen Männern einige Befehle zuruft. Ohne seine Sachen oder auch nur den Umschlag mit seinem Lohn aus dem Gästezimmer zu holen, läuft Everett mit Schote durch die Hintertür hinaus. Er rennt in Richtung der Bahngleise, bis er die Farm nicht mehr sehen kann. Dann legt er Schote in einem Abwassergraben ab und kriecht auf dem Bauch zurück zur Bibliothek am Rand des Grundstücks. Die Männer durchsuchen jetzt die Scheune, und Everett hastet in die Bibliothek und findet das Tagebuch in einem der schwankenden Bücherregale. Er legt es auf den Tisch und nimmt einen stumpfen Bleistift. Auf den Innenumschlag, gegenüber der Titelseite, kritzelt er hektisch *»Eigentuhm von …«* – die Schreibweise der Wörter kann er nur erahnen. Danach schreibt er einen Namen, Vor- und Nachname, so leserlich, wie seine ungeschulte Hand es fertigbringt. Es ist ein Name, den er während der Niederschrift erfindet, ein Name, von dem er nicht einmal ahnt, wie er geschrieben werden könnte. Es ist der Name, den er Schote geben wird, wenn sie in geordneten und dauerhaften Verhältnissen leben. Ein Name, so glaubt er, der zu der anständigen Frau passt, die sie einmal sein wird.

Als er fertig ist, schiebt er das Buch zurück ins Regal und prägt sich seinen Standort für den Tag seiner Rückkehr ein. Kurz überlegt er, Temple eine Abschiedsnachricht zu hinterlassen, doch das könnte verraten, was zwischen ihnen gewesen ist. Also sucht er stattdessen die *Odyssee*, die sie an den Abenden nach dem Baumpflanzen gemeinsam gelesen haben, lässt das Buch aufgeschlagen auf dem Tisch liegen, in der Hoffnung, dass das genügen wird.

»Da bist du«, sagt Everett, als er zu dem Abwassergraben zurückkehrt und auf den Kopf einer Giftnatter tritt, die nur einen guten halben Meter von Schote entfernt liegt. Er nimmt das Kind auf und läuft mit pfeifender Lunge zu der Gleisabzweigung bei Estevan, wo er auf den erstbesten Zug Richtung Norden aufspringt, einen Personenzug mit ungefähr zwanzig Waggons. Das Zugpersonal lauert um sie herum, und Everett steigt über eine Leiter auf das glatte Dach des Waggons, wo er seinen Gürtel durch die Griffe für die Wartungsarbeiter zieht, für den Fall, dass er einnickt oder der Zug sich in eine scharfe Kurve legt.

Sie fahren den ganzen Tag lang bis nach Alberta hinein und sehen zu, wie sich die baumlose Prärie in Plateaus mit Grasland fügt. Rechts der Schienen stehen Bisons und peitschen mit den Schwänzen, hundert Monolithen, die sich im von der Dürre gelb gefärbten Gras abzeichnen. Obgleich sie hungrig ist, hypnotisiert die Fahrt durch das offene Land Schote und verhindert, dass sie unleidig wird. Falken tragen Luftkämpfe aus und ziehen hohe Kreise, während der Zug auf Stahlbrücken tiefe Schluchten überquert und die Waggons vor ihnen einen Bogen spannen, jeder für sich ein Höcker einer Wirbelsäule, ein großer eiserner Drache, der dicht über dem Land fliegt.

Sie verlassen den Personenzug bei Calgary, denn selbst im Spätsommer werden sie sich zu Tode frieren, wenn sie auf dem Dach durch die Rocky Mountains fahren. In seinen Landstreichertagen hat Everett die Berge oft durchquert, und er erinnert sich an einen langsamen Aufstieg zwischen vereisten Felsen und Granitplatten hindurch. Er findet ein paar Blechdosen und füllt sie an einer Regentonne auf, stopft sich die Taschen mit Rübenkohl voll, den er neben den Schienen ausgräbt, und springt dann in den vorletzten Waggon eines langen Güterzugs. Die Tür ist mit einem Vorhängeschloss verriegelt, also steigt er durch die Kuppel ein. Drinnen verbirgt er sich mit Schote unter dem kleinen Tisch, an dem das Personal die Mahlzeiten einnimmt. Er füttert sie mit rohem, zerkautem Rübenkohl, während sich der Zug zwischen den Bergschultern emporwindet. Es wird dunkel, und Sterne strahlen durch die Fenster des Dienstwagens herein. Everett gibt Schote ein Stück Zedernholz, auf dem sie herumkauen kann, sollte ihr das Zahnfleisch Probleme bereiten, was es in letzter Zeit immer häufiger tut.

Oben in den Bergen erscheint der Himmel näher, auch wenn er weiß, dass es sich um eine Täuschung handeln muss. Nachdem sie fünf Stunden gefahren sind, verdunkelt eine Schneeschicht die Fenster, und die Temperatur fällt. Aus einer Truhe fischt Everett einen Mantel, den er über Schote und sich legt, und eine Wollmütze, die er ihr über den Kopf zieht. Er ignoriert den Kohleofen in der Ecke, der sie nur verraten würde.

Sie fahren stundenlang in beißender Kälte dahin, bis sein Körper vom Zittern wund ist. Schote wird unruhig, und ihre Nase ist auch dann noch scharlachrot, als er sie mit seinem Atem gewärmt hat, was ihn an den katatonischen Zustand erinnert, in dem er sie damals gefunden hatte. Als ihre Lippen blau werden, gibt er nach und facht den Ofen an. Er wirft drei Kohlenstücke hinein und legt Schote vor das wachsende Flackern. Nach einigen Minuten richtet sie sich auf, gerade als jemand gegen die Tür hämmert.

Ein Picknick

Wie jeden Freitag bei schönem Wetter entflieht Harris mittags seinem Büro und lässt sich von Feeney zu einem Lebensmittelhändler bringen, wo sie Obst, französischen Käse und Brot kaufen. Danach fahren sie zu einem abgelegenen Strand mit Blick auf den Meeresarm, wo sie es sich für den Nachmittag auf einer Decke bequem machen. Diese Augenblicke der Erholung sind dringend notwendig. Nachdem Harris John D. Rockefeller im Armdrücken geschlagen hat (lebenslanges Holzhacken hat sich noch nie als hilfreicher erwiesen), haben sie den Kaufvertrag für das Port-Alberni-Landstück aufgesetzt. Harris hat darauf bestanden, dass die namenlose kleine Insel, die er nach der Entdeckung der Holzwilderer in Brand gesetzt hatte, Teil des Vertrags ist, und noch ehe die Rechte offiziell ihm gehörten, hat er den Bau einer Hütte auf der Insel angeordnet, mit der er Feeney überraschen will.

Um der Bestellung aus Japan rechtzeitig nachkommen zu können, arbeiten die Fällmannschaften von Greenwood Timber im Dreischichtsystem, und obwohl die herbstlichen Regenfälle eingesetzt haben, hat Harris angeordnet, dass sie sieben Tage in der Woche abholzen, bei Wind und Wetter. Zwei seiner in der Seilbringung erfahrenen Holzfäller sind bereits gestorben, einer vom Blitz getroffen, der andere von seinen Gurten stranguliert. Trotz – oder besser gesagt *aufgrund* – dieser Tragödien können täglich Tausende mit dem *G* für »Greenwood Timber« versehene

Fünfeinhalb-Meter-Rundhölzer mit Booten hinunter in seine Sägewerke in Vancouver geschleppt werden, wo sie mit Rahmensägen zu Schwellen zurechtgeschnitten, mit Teeröl versiegelt und etikettiert werden und dann auf die Verschickung über den Pazifik warten.

Den zehnprozentigen Vorschuss der Kaiserlichen Eisenbahnerwerbsgruppe und die Finanzierung der Londoner Firma sind längst aufgebraucht, und um für die Mehrarbeit aufzukommen, hat Harris seine Einschusskonten und seine Aktiendepots aufgelöst: Home Oil, Okalta und selbst General Electric, die sich gerade wieder erholt hatten, nachdem sie im Zuge des Markteinbruchs fünfhundert Punkte verloren hatten. Aber Rockefellers Holz ist gut und leicht zugänglich, und in Anbetracht ihres derzeitigen Ausstoßes ist Harris auf einem guten Weg, den japanischen Auftrag termingerecht auszuführen.

Am Strand liest Feeney Harris aus der Zeitung vor. Als sich ein kühler Wind über dem Wasser erhebt, ist ihnen das ein willkommener Anlass, eine Decke über sich zu ziehen – man kann nicht vorsichtig genug sein –, die ihnen etwas diskreten Kontakt ermöglicht. Nach einer Weile richten sie ihr Abendessen auf dem riesigen Stumpf einer Tanne an, die noch Kapitän Cook persönlich gefällt haben soll, um einen gebrochenen Mast auf einem seiner Schiffe zu ersetzen. Beim Essen fährt Harris mit den Fingern über die Rillen des Baumstumpfs, und im Laufe ihrer Mahlzeit beziffert er das Alter des Baums auf siebenhundertachtundvierzig Jahre, eine Zeitspanne, die zehn deutliche Dürrephasen umfasste – gekennzeichnet durch dünnere, dichtere Ringe –, und er wird sich freudig bewusst, dass er die Geschichte des Baums gelesen hat, wie man Blindenschrift liest. Es mag die Weichherzigkeit sein, die ihn in Feeneys Anwesenheit überkommt, aber beinahe bemitleidet er den Baum wie einen Menschen, dessen Lebensfaden vorzeitig abgeschnitten wurde. Doch er schüttelt den Kopf und vertreibt den albernen Gedanken.

Nach dem Abendessen machen Feeney und er ein Schläfchen, bis ihn eine tiefe Stimme weckt: »Ich bitte um Verzeihung, dass ich Sie bei der Entspannung störe, Mr. Greenwood.«

Harris spürt, wie Feeney sich verkrampft, während er seine Glieder überprüft, um sicherzugehen, dass keines von ihnen in unschicklicher Weise auf dem Körper seines Gefährten liegt.

»Sie haben Mr. Greenwood in der Tat gestört, Sir«, sagt Feeney beschützerisch. »Und wenn Sie einen ordentlichen Termin vereinbaren möchten, schlage ich vor, dass Sie sich an seinen Sekretär wenden.«

»Ich bin heute Morgen in Ihrem Büro gewesen«, sagt der Mann höflich, und nun kann Harris die Stimme einordnen: der Betrüger, der ihn während der Abendgesellschaft angesprochen hat. »Und Ihr Mitarbeiter Mr. Baumgartner deutete an, ich könnte Sie hier finden.«

Also hat er mich endlich verraten, denkt Harris. Jeder, dem er je vertraut hat, hat das früher oder später getan. Bei Mort hat es nur etwas länger gedauert als bei den anderen.

»Es nimmt nur eine Minute in Anspruch, Sir«, beharrt der Mann. »Ich habe hier Ihr militärisches Entlassungsfoto, Mr. Greenwood.« Harris fühlt, wie ihm ein dickes Stück Papier in die Hand gedrückt wird.

»Sie werden mir verzeihen, dass ich das nicht überprüfen kann«, sagt er kühl und erhebt sich, um der Stimme entgegenzutreten.

Der große Mann lacht leise. »In dieser Hinsicht werden Sie mir vertrauen müssen. Aber ich muss Ihnen leider mitteilen, dass Ihnen der dunkelhaarige Infanterist auf dem Bild nicht im Geringsten ähnelt.«

»Falls Sie hergekommen sind, um mir eine unvorteilhafte Fotografie zu zeigen, Sir, dann haben Sie Ihr Benzin verschwendet, fürchte ich.«

»In welcher Einheit haben Sie gedient, Mr. Greenwood?«

Harris hat Feeneys irrtümlichen Glauben an das Gerücht, er sei während des Kriegsdienstes in Übersee erblindet, noch nicht berichtigt, und da dieser Schwindler einen recht harmlosen Eindruck macht, wird Harris einige unangenehme Momente allein mit ihm ertragen, wenn ihm das die Peinlichkeit erspart.

»Warum holen Sie nicht etwas Wasser aus dem Wagen, Mr. Feeney?«, sagt Harris.

»Sind Sie sicher, Mr. Greenwood?«, erwidert Feeney zögernd.

Harris nickt und lauscht dann dem Knirschen von Kieselsteinen, als Feeney den Strand entlang zum Parkplatz geht. »Ist er weg?«, fragt Harris.

»Ja«, sagt der Mann.

»Offen gestanden, habe ich überhaupt nicht im Krieg gedient, Mr. …«

»Lomax, Sir. Harvey Lomax.«

»Es war ein in diesen wilden Zeiten nicht seltenes Versehen«, sagt Harris. »Ich war blind wie ein Maulwurf, als sich mein Bruder verpflichtete, und er wurde irrtümlich unter meinem Namen eingetragen.«

»Nun, Sir, ich freue mich, Ihnen mitteilen zu können, dass ich Ihrem Bruder, dem Mann auf dieser Fotografie, vor vier Monaten in einem Fremdenheim in Toronto gegenüberstand.«

»Das mag sein, Mr. Lomax«, sagt Harris, um Gleichmut bemüht, obwohl sein Herz gegen sein Brustbein hämmert. »Aber die Wege von meinem Bruder und mir haben sich schon vor langer Zeit getrennt. Und Sie werden verstehen, dass ich kein sonderlich sentimentaler Mensch bin. Diese wundersame Auferstehung interessiert mich daher nicht. Guten Tag, Mr. Lomax.«

»Wissen Sie«, beharrt Lomax, als hätte er Harris' Worte gar nicht gehört, »ich hätte mich auf Ihrem Fest gern länger mit Ihnen unterhalten. Leider haben Sie einen großen Teil der Feierlichkeiten mit Ihrem Assistenten auf der Toilette verbracht.«

Es folgt eine lange, schneidende Stille, während der Harris das

Atmen schwerfällt. Es ist, als hätte sich seine Lunge beim Einatmen mit Sägespänen gefüllt, und ihm fehlte die Luft, um sie auszuatmen. »Es ging mir nicht gut«, sagt er, als er seine Lunge wieder zum Funktionieren gebracht hat. »Ich hatte eine schlechte Auster gegessen.« Er tastet nach dem Stumpf und setzt sich so leger wie möglich darauf.

»Selbstverständlich«, sagt Lomax. »Aber was während Ihrer Abendgesellschaft in den Waschräumen passierte, interessiert mich weit weniger als der Aufenthaltsort Ihres Bruders, Mr. Greenwood, das kann ich Ihnen versichern. Hat er in letzter Zeit Kontakt mit Ihnen aufgenommen?« Lomax setzt sich auf den Baumstumpf neben ihm, und von Nahem hat er einen sonderbaren Geruch an sich, und seine volltönende Stimme scheint selbst im Sitzen noch aus einer großen Höhe zu kommen.

»Nein, das hat er nicht«, sagt Harris. »Und ich rechne auch nicht damit.«

»Es ist nur so, Sir«, sagt Lomax. »Ich habe Belege dafür gefunden, dass Sie Medaillen und eine Abfindung für Ihren ausgezeichneten Militärdienst im 116. Bataillon der kanadischen Infanterie empfangen haben.«

»Ich habe gar nichts empfangen, Mr. Lomax. Man hat mir irrtümlich die Medaillen und das Ruhegeld meines Bruders geschickt, und ich habe beides für ihn verwahrt.«

»Also könnte er irgendwann kommen, um sie abzuholen?«

Du Idiot, denkt Harris. »Nun ja, ich denke, das wäre möglich.«

»Sir, ich bin nur hier, weil ich glaube, dass wir einander nützlich sein könnten. Mein Arbeitgeber, R. J. Holt aus New Brunswick, hat ein gewisses Interesse daran, Ihren Bruder ausfindig zu machen, der etwas an sich genommen hat, was ihm nicht gehört. Und wir würden uns freuen, wenn Sie uns helfen würden, ihn zu finden.«

»Ich höre.«

»Wir vermuten, dass Ihr Bruder auf dem Weg nach Westen ist, möglicherweise zu Ihnen. Sie müssen mir also nur Bescheid geben, ob und von wo aus er Sie kontaktiert. Wenn Sie das tun, werden Ihre sanitären Gewohnheiten für immer unbemerkt bleiben.«

»Tot oder lebendig, ich bezweifle stark, dass mein Bruder etwas mit mir zu tun haben will, Mr. Lomax. Aber sollten Sie Wort halten, ob ich nun von ihm höre oder nicht, dann haben wir eine Abmachung.«

»Dann sind wir uns einig«, sagt Lomax, erhebt sich und schüttelt Harris die Hand. »Ich komme nächste Woche in Ihr Büro.«

»Zu welchem Zweck wollen Sie in mein Büro kommen, Mr. Lomax?«, fragte Harris. »Wir haben eine Vereinbarung getroffen. Sie sagen mir, wie ich Sie erreichen kann, und ich informiere Sie, sollte ich von meinem Bruder hören.«

»Oh, gewiss«, sagt Lomax. »Aber ich werde Ihrem Büro trotzdem einen kurzen Besuch abstatten, einfach um zu schauen, wie die Dinge liegen. Ich wünsche Ihnen einen guten Nachmittag, Mr. Greenwood.«

Als er fort ist, bleibt Harris eine Zeit lang auf dem großen Baumstumpf sitzen, und die beißende Meeresbrise sticht ihm in den Augen. Es wird Stunden dauern, bis er wieder frei durchatmen kann.

Sturmkeller

Am Tag nachdem der Bahninspektor McSorley und seine Männer ihre Farm durchsucht und Everett und sein Kind in die Flucht geschlagen haben, wacht Temple frühmorgens auf. Gertie, für gewöhnlich ein Quell müßiger Plauderei, bereitet stumm den Perkolator vor, als wäre es ein heiliges Sakrament. Gestern hat Gertie ihr unter Tränen gestanden, dass einer der Männer gesehen hatte, wie sie am Freitag Everetts Lohnumschlag aus der Geldkassette nahm. Gertie hatte sich nicht viel dabei gedacht, aber nachdem McSorley fort war, hatte sie entdeckt, dass die Geldkassette aufgebrochen worden war. Die Männer, die es getan hatten, hatten nicht mehr herausgenommen, als ihnen am Zahltag zustand, aber sie hatten es getan, weil sie ihnen verübelten, dass Everett sein Geld früher bekam. Dann waren sie nach Estevan gegangen, um dort zu saufen und danach im Wasserturm zu schwimmen. Aber die Tat ließ sich nicht rückgängig machen, und auch wenn das Geld ihnen gehörte und es ihr Recht war, Gleichbehandlung einzufordern, verbannte Temple sie auf Lebenszeit, weil sie sich ihr widersetzt hatten.

Nachdem McSorley vergeblich die Farm durchsucht hatte, akzeptierte er zähneknirschend, dass es sich bei dem Kind, das auf ihrer Farm gesehen worden war, um das ihrer Schwester handelte. Doch mit einem hatte der Bahninspektor recht gehabt: dem aufziehenden Unwetter.

Während des Frühstücks bekommt die Sonne nur eine leichte orangefarbene Strieme hinter der Staubflut zustande, die sich im Süden sammelt. Um zehn Uhr sind die Schmetterlinge und Grashüpfer unruhig und klackern selbstmörderisch gegen die Fensterscheiben des Hauses, als wollten sie das Glas zerschmettern, um drinnen Zuflucht zu suchen. Am Mittag ist der sonderbar kühle Wind kräftig genug, um Temples Lider gegen ihre Augäpfel flattern zu lassen. Er scheint aus jeder Himmelsrichtung zu blasen – nicht in Böen, sondern stetig wie aus einem Ventilator. Im Laufe des Nachmittags färbt sich der Himmel violett, und als ihre Hilfsarbeiter zum Abendessen auf der Veranda sitzen, schleudert verheerender Staub Eimer und Futtersäcke gegen die Verkleidung des Hauses, während draußen in der Ferne ein umgekehrter Berg, schwarz wie Kohle, auf sie zurast wie ein Zug in voller Fahrt.

Die Temperatur fällt, und ein unheimliches grünliches Licht scheint auf, als Temple und ihre Männer ihre Teller stehen lassen, wo sie sind, und zu den Rindern eilen, um sie loszumachen, damit sie nicht stranguliert werden. Anschließend ziehen sich Temple und alle Männer, die noch nicht geflohen sind, in den Sturmkeller unter der Bibliothek zurück. Sie sieht, wie sich die Windpumpe aus ihrem Gehäuse über dem Brunnen nahe der Weide löst und in den Himmel schwebt, wie von unsichtbaren Drähten emporgehoben. Als sie die Sturmtüren zuziehen, überkommt sie die Angst, dass sie Everett und Schote aussperrt, auch wenn sie weiß, dass sie sich bereits nach Westen geflüchtet haben. Könnte sie doch wenigstens einige der wertvollsten Bücher aus ihrer Bibliothek retten – diese hübschen Dante-Bände mit den gepressten Wildblumen auf jeder zweiten Seite oder die Ausgabe der *Odyssee*, die Everett trotz aller Gefahr für sie in der Bibliothek hinterlassen hatte – aber ihr bleibt nicht genug Zeit.

Im Sturmkeller eingesperrt, spürt Temple, wie sich die Atmosphäre selbst zusammenzieht. Später wird sie erfahren, dass der Wirbelsturm bei Erreichen des Ortes Estevan einen Durchmesser von über eineinhalb Kilometern hatte und seine spiralförmige Klinge wie einen Pflug über eine Strecke von achtzig Kilometern zog, bevor er sich schließlich auflöste. Der alles verschlingende Wind reißt Stärlinge, Hühner, Präriehunde, Kühe, Krähen und Hasen – zahme oder wilde Tiere, das spielt keine Rolle – in die Luft und schleudert sie gegen andere Dinge, die dort kreisen. Telegrafenleitungen reißen, Automobile rollen und zerknautschen, Eisenbahnwagen erheben sich von ihren Schienen und ziehen träge Kreise wie Flugzeuge ohne Tragflächen. Getreidespeicher werden zu Derwischen aus Brettern und Nägeln, und die meisten Bäume in der Gegend werden so mühelos aus dem Boden gerissen, wie man eine reife Karotte rauszieht.

Sie hört das Haus zuerst nachgeben: ein Getöse aus berstendem Holz, das in einem Umkreis von dreißig Metern verstreut wird. Als der Wirbel sich der Kirche nähert, spürt sie, wie der Luftdruck sinkt, und hört das Glas über ihr implodieren, eine Million Splitter, die über den staubigen Boden der Bibliothek geschleudert werden. Als sich der Donnerkegel auf die Bibliothek herabsenkt, hört sie, wie sich das Dach, begleitet von einem gewaltigen Kreischen der herausgezogenen Nägel und einem allmächtigen saugenden *wusch,* ablöst. Dann folgt das unheimliche Geräusch, das Temple Van Horne nie vergessen wird, ihr ganzes Leben nicht: zehntausend Bücher, die alle zugleich in den Himmel emporgerissen werden.

Eine Zuflucht

Ehe er ihn weckt, verbindet Harris Feeney sanft die Augen mit einem Seidenschlips. Dann hilft er seinem Beschreiber ungelenk beim Anziehen, und anschließend werden sie zum Hafen gefahren, wo sie an Bord von Harris' Schoner gehen, der mit Matrosen bemannt ist, die Harris nur für diesen Tag angeheuert hat, Männern, die in keiner Beziehung zu Greenwood Timber stehen.

Auf Harris' Anweisung hin durchquert das Schiff den Meeresarm, fährt an Port Browning vorbei und in Richtung Norden. Möwen kreischen, und salzige Gischt befeuchtet ihnen die Gesichter. »Was haben wir hier?«, sagte Feeney auf halbem Weg, wobei er Harris' Ton genau trifft. Und Harris beginnt, die pittoreske Meereslandschaft seiner Vorstellung in seinem besten irischen Trällern zu beschreiben.

Nach einigen Stunden gehen sie vor Anker und werden zu der kleinen Mole in einer geschützten Bucht gerudert, die von dem Meeresarm aus nicht einsehbar ist.

»Was siehst du?«, sagt Harris und nimmt Feeney die seidene Augenbinde ab, als sie aus dem Ruderboot steigen.

»Eine bewaldete Insel. Grüner und üppiger, als ich es je gesehen habe. Douglastannen stechen mit ihren zart benadelten Fingern in die Wolken.«

»Rockefeller hatte ihr nicht einmal einen Namen gegeben, ehe er sie uns verkauft hat«, sagt Harris, als sie mit ihren Vorräten die

Mole verlassen, während das Ruderboot ablegt. »Bevor sie von den Engländern eingenommen wurde, haben die ansässigen Bella Bella sie Qanekelak genannt, was offenbar so viel wie »Gestaltwandlerin« heißt. Ich hatte überlegt, sie nach dir zu taufen, aber das würde unnötige Aufmerksamkeit erregen. Also habe ich mich für meine zweite Wahl entschieden: Greenwood Island.«

»Originell«, sagt Feeney, ehe sie einem schmalen Trampelpfad folgen.

»Nun sieh dir das an«, sagt Feeney, nachdem er Harris eine halbe Stunde lang über die Insel geführt hat.

»Beschreib es mir, Liam«, erwidert Harris.

»Mitten auf einer Lichtung von Tannen, Zypressen und Zedern«, erzählt Feeney, »thront auf einer kleinen Anhöhe eine Hütte mit Meerblick, ihre rau geschliffene Holzverkleidung noch rosig und nicht von der Sonne versilbert.«

»Gebaut von den besten Zimmermännern an der Küste«, ergänzt Harris, »aus dem Holz, das geschlagen wurde, um den Platz für die Hütte zu schaffen.« Ursprünglich hatte er vorgehabt, die Hütte bis zum Jahresende fertigstellen zu lassen, aber nach Lomax' Überfall am Strand hat er es sich viel Geld kosten lassen, den Bau rasch voranzutreiben. Er hat sich ein bescheidenes, aber elegantes Gebäude in einer schmucklosen Bauweise gewünscht – das exakte Gegenteil seiner Villa –, das eher mit dem Wald verschmilzt, als ihn zu beherrschen.

»Sie gehört uns. Ein Ort, an dem wir sein können, wie wir sind«, sagt Harris und drängt Feeney hinein. »Vom oberen Stockwerk aus sieht man den Ozean, aber die Hütte selbst ist vom Meer aus unsichtbar. Hier wird uns niemand belästigen. Wirklich niemand.«

Nachdem Harris nach der Konfrontation mit Lomax in sein Büro zurückgekehrt war, hatte er Baumgartner ohne Abfindung fristlos entlassen, weil er ihn zu ihnen an den Strand geschickt hatte – zweifellos eine niederträchtige List mit dem Ziel, die

Beziehung zwischen Feeney und ihm zu unterwandern. Inzwischen hat Harris in allen Einzelheiten von dem Zusammentreffen berichtet, auch dass Everett angeblich lebt, was Harris aufgrund seiner skeptischen Natur noch immer nicht ganz glauben will. Er hat Feeney ebenfalls versichert, dass eine Kontaktaufnahme vonseiten seines Bruders, selbst wenn dieser noch leben sollte, so unwahrscheinlich ist, dass er das Risiko um ihrer Sicherheit willen getrost eingehen könne.

Doch im vergangenen Monat ist Lomax jeden Morgen im Büro von Greenwood Timber erschienen, nicht um Harris um eine Unterredung zu ersuchen oder ihn in irgendeiner Weise zu bedrohen, sondern nur um stundenlang im Warteraum zu sitzen, Zeitung zu lesen und zwischendurch im Garten seine merkwürdig riechenden Zigaretten zu rauchen. Trotz allem wird Harris sich mit diesem Mann noch eine Zeit lang herumschlagen müssen – bis das Japan-Geschäft in trockenen Tüchern ist.

Als die beiden zum ersten Mal die Hütte betreten, bittet Harris Feeney um einen Bericht. Zu seiner Freude legt Feeney eine besondere Begeisterung für die maßgefertigten, mit Literatur gefüllten Regale an den Tag, die die hohen Wände säumen, und nachdem sie zum Abendessen von Feeney auf Zedernholz gegrillte Lachsfilets verspeist haben, liest er stundenlang für Harris, der seine Stimme wie Milch trinkt.

Später im Bett, als jede Gefahr der Entdeckung so fern ist wie nie und ihre Abgeschiedenheit so vollkommen, dass Harris beinahe vor Erleichterung weint, liegen sie da und lauschen dem sanften Knacken der frisch zugeschnittenen Holzbalken, die in der Ofenhitze aushärten. »Die meisten glauben, dass Holz stirbt, wenn es geschlagen wird«, sagt Harris. »Aber das stimmt nicht. Ein Holzhaus ist etwas Lebendiges. Es bewegt Feuchtigkeit durch seine Adern. Es atmet, es windet sich, dehnt sich aus und zieht sich zusammen. Wie ein Körper.«

»Also, mir wäre es ganz recht, wenn dein Körper allmählich

Ruhe geben und uns etwas Schlaf gönnen würde«, sagt Feeney, den Kopf unter dem Kissen vergraben. »Am meisten liebe ich nämlich die Stille hier.«

Am Morgen darauf wandern sie durch den verbrannten Teil der Insel dorthin, wo die höchsten Bäume der Insel versammelt sind. Am Fuß einer gigantischen Douglastanne, über sechzig Meter hoch und von einer dreißig Zentimeter dicken Rinde umschlossen, bleibt Feeney stehen, und sie halten sich schweigend an den Händen und bewundern den Baum einige Minuten lang, die Köpfe in den Nacken gelegt.

»Er ist überwältigend«, sagt Feeney nach einer Weile. »Besser kann ich ihn nicht beschreiben.«

»Ich habe einmal versucht, diesen Wald abzubrennen«, sagt Harris. »Es war dumm von mir. Aber er hat überlebt. Und ich bin froh darüber.«

»Gut, dass du so halbherzig bist«, sagt Feeney scherzhaft.

»Es ist doch sonderbar, oder nicht, Liam«, sagt Harris, während sie weiter nach oben schauen und Harris sich Mühe gibt, das hohe Astgeflecht zu imaginieren, »dass man nur das Land kaufen muss, in dem ein solches Ding verwurzelt ist, um es für immer zerstören zu dürfen. Und das Merkwürdigste ist, dass es keine Macht gibt, die einem Einhalt gebieten könnte.«

Feeney schnaubt verächtlich. »Wo ich herkomme, werden so alte Bäume als Wohnhäuser für Geister betrachtet«, sagt er. »Ich könnte mir also vorstellen, dass es in der Tat eine Macht gibt, die dir Einhalt gebieten wird, Harris. Sie ist nur noch nicht erwacht.«

Harris dreht sich um und fasst Feeney am Ellbogen. »Sobald wir die Gleisschwellen ausgeliefert und die Japaner gezahlt haben, werde ich die Firma verkaufen. Ich bin es leid, dass meine Angestellten sterben. Und ich habe die Lust verloren, Bäume wie diesen zu fällen. Wenn ich verkauft habe, könnten wir ganz hierherziehen. Es wäre unser Ort für einen Neuanfang. Ein Ort, um von Männern wie Lomax frei zu sein. Würde dir das zusagen?«

»Nur damit das klar ist: Ich verabscheue die Vorstellung, dass du deinen Bruder aufgibst«, sagt Feeney zögernd, aber Harris merkt, dass ihn die Vorstellung, gemeinsam hier zu leben, entzückt. »Warum sagst du Lomax nicht einfach gleich, er soll sich zum Teufel scheren?«

Harris schüttelt den Kopf. »Wenn er uns verrät, sperrt man uns wegen unsittlichen Verhaltens ein. Die Aktien von Greenwood Timber wären über Nacht wertlos. Es gäbe nichts mehr zu verkaufen. Was würden wir dann tun? Weißt du, was ohne den Panzer des Reichtums mit Männern wie uns geschieht, Liam?«

»Ich fürchte mich nicht vor der Mittellosigkeit. Als Dichter ist das mein Naturzustand. Und wenn wir hier lebten, bräuchten wir nicht viel.«

»Nein, wir müssen das Geschäft mit den Japanern zu Ende bringen. Und wenn ich selbst mit dem Holz hinübersegeln muss.«

»Schon gut, schon gut. Aber ich gebe zu, es gefällt mir hier«, sagt Feeney. »Außerdem habe ich immer davon geträumt, wie ein unglaublich wertvoller Schatz irgendwo versteckt zu werden.«

»Gut, dann ist es beschlossene Sache«, sagt Harris.

»Nur eine Sache stört mich an der Hütte«, sagt Feeney ahnungsvoll, als sie den Rückweg antreten. »Sie hat nur eine Tür, und ein großer Schatz wie ich braucht immer mehr als einen Ausgang. So wohlbehütet er auch sein mag.«

Am Nachmittag nimmt Feeney daher das von den Zimmermännern zurückgelassene Werkzeug und schneidet eine zweite, kleinere Tür in die Rückwand der Hütte. Er ist kein geschickter Handwerker – das merkt Harris, als er mit den Händen über die schiefe und splittrige Öffnung fährt –, aber Harris kommentiert das nicht.

Es ist beinahe Mitternacht, als es Feeney endlich gelingt, die Tür so einzuhängen, dass sie nicht in der Zarge klemmt, und Harris öffnet eine Flasche Sake, um das zu feiern. Während sie trinken, fliegt ein Adler so dicht am Fenster der Hütte vorbei, dass sie hören, wie er die Luft wie ein Stück Stoff zerreißt.

Firvale

Mit gefesselten Händen wird Everett in einen Gerichtssaal geführt, in dem ein steinalter Richter den Vorsitz hat. Er sortiert Dokumente und hebt sein Bluthundgesicht. Er scheint Everett weniger als einen Mann denn als einen unglücklich gewählten Einrichtungsgegenstand zu betrachten. Ein Mountie berichtet von Everetts Ergreifung: Er sei in den Bergen aus einem Zug gesprungen und in ein Haus in Firvale eingebrochen, habe es geplündert und den Großteil der Möbel verbrannt.

»Ist dieser Bericht korrekt, Mr. Bowater?«, fragt der Richter.

Nachdem die Polizisten Schote und ihn am Morgen aus dem Haus gezerrt und sie den Berg hinunter in diese Goldgräberstadt in der Gabelung zweier Flüsse gekarrt haben, hat Everett behauptet, er sei ein Wanderarbeiter namens Saul Bowater aus Calgary. Everett weiß, dass man sich bei erfundenen Namen besser für etwas Exzentrisches entscheidet – dann ist das Risiko geringer, dass er schon von irgendeinem anderen Vagabunden verwendet wurde.

»Wir waren halb erfroren, Sir«, sagt Everett. »Es war kein Diebstahl. Ich musste Feuer machen, um mein Kind zu wärmen.«

»Oh, das Verbrennen von gutem Mobiliar ist durchaus Diebstahl«, sagt der Richter süffisant. »Sind Sie nicht der Ansicht? Insofern, als es das dauerhafte Nutzungsrecht des Eigentümers auf unrechtmäßige Weise einschränkt?«

Everett glaubt zwar, dass eine Unterscheidung getroffen werden müsste, weiß aber, dass es sinnlos ist, sich mit einem rechthaberischen Dorfrichter anzulegen. »So hatte ich es zu dem Zeitpunkt nicht betrachtet, Sir.«

»Aber könnte man behaupten, dass Sie einen nachvollziehbaren Grund hatten, dieses Mobiliar zu verbrennen, da Sie nicht über die Mittel für eine anständige Unterkunft verfügen?«, sagt der Richter jetzt mit aufrichtig wirkender Freundlichkeit.

»Ich denke, das könnte man sagen, Sir.«

»Nehmen Sie ins Protokoll auf, dass sich der Angeklagte zum Tatbestand der Landstreicherei bekannt hat«, ruft der Richter aus.

»Einen Augenblick«, sagt Everett. »Ich bin kein Landstreicher. Ich mache nur gerade eine schwere Zeit durch.« Er war einmal geübt in diesem Schachspiel der Feinheiten, im Spinnen der rechten Worte, aber er ist zu erschöpft dafür, und seine Gedanken wandern immer wieder zu Schote, die sie fortgebracht haben – wohin, weiß er nicht.

»Pah«, sagt der Richter. »Sie haben in Ihrem Leben keinen Tag anständig gearbeitet. Schuldig des Diebstahls, des Hausfriedensbruchs *und* der Landstreicherei.«

»Was wird aus meiner Tochter, Sir?«

»Haben Sie Familie, die sich während Ihrer Haftstrafe um sie kümmern kann?«, erwidert der Richter und legt den Hammer aus der Hand, um sich die wulstverhangenen Augen zu reiben.

Everetts Gedanken springen zu Harris. Die Hänge im Umland des Holzfällernests, in dem Everett aufgegriffen wurde, waren vollständig gerodet, sodass nur ein schwarzes Stoppelfeld aus Baumstümpfen zurückgeblieben war, angeordnet wie Sitzplätze in einem Kolosseum. Auf einigen verstreuten Baumstämmen hatte Everett das schablonierte Siegel der Greenwood Timber Company gesehen, die sowohl das Sägewerk als auch das Haus gebaut hatte, in dem er festgenommen worden war. Und einen verzweifelten Augenblick lang erwägt er, dem Richter den Namen seines Bruders zu nennen. Das ist gewiss nicht die Art und Weise, wie er sich nach all der Zeit an Harris wenden will – mit einem Hilferuf aus dem Gefängnis –, und Everett weiß, dass es ein Fehler wäre.

»Ich habe keine Familie, Sir«, sagt er.

»Dann wird sie in Gewahrsam bleiben, solange Sie Ihre Haftstrafe verbüßen, und nach Ihrer Entlassung können Sie Ihre Elternschaft ordentlich unter Beweis stellen«, sagt der Richter mit unverhohlenem Abscheu. Er schwenkt seinen Hammer, und der Gerichtsdiener reißt Everett von seinem Sitz hoch. Er wird durch einen feuchtkalten Gang in eine winzige, vom Geruch eingesperrter Menschen geschwängerte Zelle gezerrt. Teerboden, eine eiserne Pritsche, ein Blecheimer für seinen Unrat. Dort sitzt er drei Tage lang, zerquetscht Bettwanzen zwischen Daumen und Zeigefinger, weicht den Zwieback ein, den sie ihm geben, um ihn hinunterzubekommen, und macht sich Gedanken darüber, ob sie ihn mit dem Mann in Verbindung bringen, den er in Ontario niedergeschlagen hat.

Ohne Schote ist Everett ein Schatten seiner selbst. Eine Stunde ohne sie zu sein ist wie eine Krankheit, aber tagelang? Das ist eine Seuche. Hundertmal am Tag erkundigt er sich nach ihr.

»Ihr gebt ihr doch keine Kuhmilch zu trinken, oder?«, ruft er, als er sie über das betrunkene Lallen der anderen Gefangenen hinweg weinen zu hören glaubt.

»Halt die Klappe!«, bellen die Wachen und treten mit stahlkappenbewehrten Stiefeln gegen die Gitterstäbe.

»Sie verträgt keine Kuhmilch. Ihr wird davon schlecht. Sie braucht Ziegenmilch.«

Bald beginnen ihn die Wächter mit einem langen Hickorystock zu schlagen, wenn er das Kind erwähnt, woraufhin sich seine Fragen nach innen richten, ohne jedoch zu verstummen: Hat sie Angst? Sucht sie nach mir, wenn sie aufwacht und ich nicht da bin? Sitzt sie in ihrem eigenen Kot? Weint sie sich in den Schlaf?

Während der Jahre in seinem Zuckerbusch hat Everett sich an den Geschmack der Einsamkeit gewöhnt. Er hat ihn schließlich sogar bevorzugt, so wie man an starken Spirituosen Geschmack finden kann. Doch jetzt verträgt er ihn nicht mehr. Nachdem er tagelang nichts von ihr gehört hat, fleht Everett einen der zerlumpten Jungen, die den Steinboden des Gefängnisses schrubben, an, dem Richter eine Botschaft zu überbringen.

»Meinen Sie, der hört mir zu?«, sagte der Junge und wirft einen Seitenblick zu den Wachen hinüber, die ihn schlagen werden, wenn sie ihn dabei erwischen, wie er mit einem Häftling tuschelt.

»Sag ihm, er soll meinen Bruder kontaktieren«, sagt Everett. »Er ist ein berühmter Mann: Harris Greenwood. Der Mann, der Firvale gebaut hat. Wenn der Richter ihm Bescheid gibt, kann er die ganze Sache bereinigen.«

Everett sieht, wie sich die Augen des Jungen bei der bloßen Erwähnung eines so mächtigen Namens weiten. Und zum vielleicht ersten Mal in seinem ganzen Leben kommt Everett der Name Greenwood tatsächlich einmal zugute.

Eines der gefährlichsten Dinge auf der Welt

»Und er hält ihn augenblicklich dort gefangen?«

»Das Telegramm kam heute Morgen, Sir«, sagt Milner.

»Und wir trauen ihm? Diesem Richter?«, fragt Harris und geht in seinem Büro auf und ab, wobei er sich gekonnt zwischen den Vogelkäfigen hindurchschlängelt. »Er ist unser Mann? Er hegt doch nicht irgendeinen Groll gegen uns, oder? Ich kann mich nicht an die Einzelheiten des Vertrags erinnern. Wo ist das, sagten Sie – Firvale?«

Milner zieht die Akte hervor und liest laut, damit Harris mithören kann. Ein Steilhang unweit der Rocky Mountains, den sie vor fünf Jahren für einen Apfel und ein Ei von der örtlichen Gemeindeverwaltung gemietet haben. Ein zweijähriger Abholzeinsatz. Sie hatten Schlafbaracken für die Arbeiter und ein paar ordentliche Häuser für die Besuche von Sägewerksleitern und politischen Würdenträgern sowie einige Brunnen und Straßen gebaut. Sie hatten den ganzen Hang gerodet, die Stämme hinunter ins Tal geschleppt und sie mit dem Zug nach Vancouver transportiert.

»Es war recht einträglich«, sagt Milner. Aber sie haben so viele Rodungsaktionen dieser Art durchgeführt, dass Harris sich noch immer nicht richtig erinnern kann.

»Und der Richter sagt, mein Bruder habe ausdrücklich mich um Hilfe gebeten?«, fragt Harris. Er hat sich Lomax nur verpflichtet,

Laut zu geben, wenn sein Bruder versuchen sollte, mit ihm in Kontakt zu treten, nicht, wenn er nur von dessen Aufenthaltsort erfährt.

»Ja, der Richter sagt, der Gefangene habe explizit um Ihren Beistand gebeten. Aber jeder Kriminelle kann behaupten, was er will, Mr. Greenwood«, sagt Milner knapp.

»Er ist es«, sagt Feeney. »Warum sollte er sich sonst speziell auf dich berufen?«

»Danke, Milner«, sagt Harris. »Das ist alles.«

Über einem einsamen Abendessen erinnert sich Harris an den Tag der Feier anlässlich Everetts Rückkehr aus Europa zurück. Harris hatte Everett verziehen, dass er an seiner Stelle in den Krieg gezogen war, und war bereit gewesen, sein Handeln lediglich als eine weitere Episode in ihrem brüderlichen Wettstreit zu deuten. Er hatte sich eine gemeinsame Zukunft ausgemalt – seine Bildung und sein unternehmerisches Know-how in Verbindung mit Everetts Erfahrungen als Holzfäller und seinem intuitiven Verständnis des Waldes –, Greenwood Timber hätte die erste Million in der Hälfte der Zeit verdient, die Harris es allein gekostet hatte. Und doch hatte Everett sich entschieden fortzubleiben. Warum also sollte er sich jetzt, nach all der Zeit, hilfesuchend an Harris wenden? Harris schiebt seinen Teller von sich und schüttelt den Kopf. Es gab einmal eine Zeit, da hätte er bereitwillig sein eigenes Leben gegeben, um das seines Bruders zu retten, aber nun, da Feeney in sein Leben getreten ist und diese Schlange Lomax über ihm schwebt, jederzeit zum Zuschnappen bereit, hat er mehr zu beschützen als Everett. Nachdem das Mädchen sein Tablett abgeräumt hat, greift Harris zum Telefon und bestellt Feeney in sein Büro. »Du musst mir diesen Lomax holen«, sagt er, »der höchstwahrscheinlich draußen im Garten raucht.«

»Du wirst deinen Bruder doch nicht wirklich diesem schauerlichen Kerl ausliefern?«, sagt Feeney.

»Ich liefere ihn nicht aus, Liam. Ich bringe lediglich zwei Parteien miteinander in Verbindung. R. J. Holt will etwas zurück, was ihm gehört, und Mr. Lomax hat mir versichert, dass Everett nicht strafrechtlich verfolgt wird, solange er kooperiert.«

»Und du glaubst ihm?«, fragt Feeney.

»Nicht vollständig. Aber ich kann es mir nicht leisten, meinen Teil der Abmachung nicht zu halten, nicht jetzt. Und ich darf dich vielleicht daran erinnern, dass Everett und ich in Wahrheit nicht blutsverwandt sind. Es war eine Abmachung zwischen zwei gleichermaßen verzweifelten Parteien.«

»Aber sie hat funktioniert«, sagt Feeney. »Eure Vereinbarung. Ihr habt überlebt.«

»Liam, Mr. Lomax wird es uns entweder leicht machen oder sehr schwer. Aber in einem kannst du dir sicher sein: Wenn er erfährt, dass Everett mich kontaktiert hat und ich ihn nicht benachrichtigt habe, sind wir geliefert. Mein Bruder wird in jedem Fall bekommen, was er verdient hat. Ich beschleunige nur die Abläufe.«

Feeney sagt nichts, und Harris kennt ihn gut genug, um sein Schweigen als Missbilligung auszulegen. In diesem Augenblick überkommt Harris das jähe Gefühl, Opfer einer Überschreitung geworden zu sein, und zum ersten Mal bereut er, Feeney je von seinem Bruder erzählt zu haben. Er ist achtlos mit seiner Geschichte umgegangen und hat zu viele seiner intimsten Gedanken geteilt. Er hat Feeney zu tief in die hohen Mauern vordringen lassen, die ihn so lange vor jenen geschützt haben, die ihn ruinieren wollen. Harris beschließt, in Zukunft weniger offenherzig zu sein.

»Ich verstehe deine Position, Harris«, bricht Feeney sein Schweigen. »Aber dieser Lomax erinnert mich an einen Baum, der mitten durchgesägt wurde und trotzdem nicht fällt. Und auch wenn ich eher ein Matrose als ein Waldarbeiter bin, habe ich genug Zeit in deinen Holzfällerlagern verbracht, um eines gelernt zu haben: Ein Baum, der durchgesägt wurde und trotzdem nicht fällt, ist eines der gefährlichsten Dinge auf der Welt.«

Packen Sie Ihre Sachen

Am nächsten Tag betritt ein Mann mit vorstehenden Augen Everetts Zelle. Er ist klein und untersetzt wie ein Bärenmarder, dem man beigebracht hat, aufrecht zu gehen. Er stellt sich als Art McSorley vor – der Bahninspektor, der Temple solche Sorgen bereitet hat.

»Sie sind weit gekommen, Greenwood«, sagt er. »Aber ich wusste, dass sie früher oder später wegen irgendetwas geschnappt werden.«

»Ich weiß nicht, für wen Sie mich halten, Sir. Aber ich bin kein Landstreicher.«

»Das stimmt«, sagt er höhnisch. »Sie sind etwas Schlimmeres.«

»Meine kleine Tochter und ich sind auf dem Weg nach Westen und behelligen niemanden.«

McSorley schnaubt durch seine Nase. »Ihre Tochter, wie?«

Die beiden Männer sehen sich unverwandt in die Augen. »Ja, das sagte ich«, sagt Everett.

»Ich bin kein Experte«, sagt McSorley, »aber soweit ich weiß, kann das männliche Geschlecht so einen kleinen Ausbund an Freude nicht ohne fremde Hilfe hervorbringen. Wo ist also die Mutter?«

»Ihre Mutter ist verstorben.«

»Das scheint Ihnen ja ausgesprochen nahezugehen.«

»Was geht Sie das gleich an?«

»Hör zu, du Gammler«, zischt McSorley und entblößt seine Zähne, die auf verstörende Weise identisch aussehen, so als wären sie alle aus ein und derselben Form gegossen. »Dieses Kind ist so wenig deins wie meins. Der Richter sagt, du hättest keine Papiere für sie, stimmt das?«

»Sind verbrannt«, sagt Everett tonlos.

»Dann sag mir einfach, in welchem Krankenhaus sie zur Welt gekommen ist, und wir lassen neue ausstellen.«

»Sehe ich aus, als könnte ich mir einen Arzt leisten? Sie ist in unserer kleinen Hütte zur Welt gekommen, neben dem Ofen, genau wie ich damals. Ihre Mutter hat die Nacht nicht überstanden.«

Der Bahninspektor umrundet wutschnaubend die Zelle und setzt zum nächsten Schlag an. »Du erinnerst dich an den Mann, den du in einem Obsthain in Ontario zusammengeschlagen hast? Unweit der Schienen? Natürlich erinnerst du dich. Nun, er ist der Bruder eines Senators.«

»Wir sind in Ontario nicht ausgestiegen«, sagt Everett so gelassen, wie er kann. »Wir sind auf Expresszügen direkt durchgefahren.«

»Seltsam, weil dich der Besitzer einer Absteige in Toronto erkannt hat und wir in dem Obsthain Unterwäsche und Strampelanzug eines Säuglings im Bach gefunden haben, aber das spielt alles keine große Rolle. Der Mann, den du niedergeschlagen hast, wird dich sofort wiedererkennen, wenn ich dich nach Osten bringe. Mit oder ohne Bart.«

Everett sagt nichts. Er verflucht die Welt innerlich dafür, dass sie ihn gezwungen hat, einen Menschen zu verletzen, um einen andern zu schützen.

»Und wenn du für deine Tat in den Bau gehst, übernimmt der Staat die Obhut für dieses kleine Mädchen. Und wenn es so weit ist, dann wird sie ganz rasch von ihrem Vater, R. J. Holt, adoptiert werden.«

»Ich bin ihr Vater«, sagt Everett und verschränkt die Arme. »Und nichts von dem, was Sie sagen, kann daran etwas ändern.«

McSorley zieht seinen Hut in die fleischige Stirn. »Das werden wir ja sehen, Greenwood. Morgen ist Abfahrt.«

Everett bleibt lange wach, studiert seine Geschichte ein, übt den schockierten Gesichtsausdruck, den er aufsetzen wird, wenn der Mann aus dem Obsthain ihn identifiziert. Aber wenn alles in die Binsen geht und Everett Schote an R. J. Holt verliert und weitere Zeit im Gefängnis absitzen muss, will er sich selbst den Kopf an der steinernen Wand seiner Zelle einschlagen und dem Ganzen ein Ende setzen. Denn nachdem er so lange frei gelebt hat, wird er es nicht verkraften, wieder eingesperrt zu werden.

McSorley kehrt früh am nächsten Morgen zurück, doch diesmal ist er schmallippig, geradezu resigniert. Ein anderer Mann ist bei ihm: riesengroß, aber kränklich, mit Schweiß in den Rändern seiner tiefen Augenhöhlen. Obgleich Lomax ausgezehrt ist und noch finsterer und dämonischer wirkt als bei ihrer ersten Begegnung in dem Fremdenheim in Toronto, hat er Schote im Arm, in eine weiche Decke gehüllt, und alle anderen Details werden unwichtig. Everetts ganzer Körper singt bei ihrem Anblick.

»Danke für Ihre Zeit«, sagt Lomax mit heiserer, kraftloser Stimme und schüttelt McSorley die Hand. Angesichts der offenkundigen Enttäuschung des Bahninspektors ist Everett klar, dass diese beiden Männer entgegengesetzte Ziele haben und dass McSorley irgendwie bezwungen wurde – wie, vermag Everett nicht zu sagen.

»Packen Sie ihre Sachen«, sagt Lomax mit einer Stimme wie Asche.

Monster, Geistererscheinung, Retter, Henker – Everett ist es gleich, wer dieser Mann ist, denn er hat Schote in den Armen, und die Eisentüren werden weit aufgestoßen.

Vernünftig

An dem kleinen Bahnhof in der Nähe des Gefängnisses wartet ein Privatwaggon. Seine schimmernde, mit Blattgold geschmückte hölzerne Hülle beißt sich auf absurde Weise mit der kargen Gebirgslandschaft. Um zu verhindern, dass Everett die Flucht ergreift, besteht Lomax darauf, das Kind selbst hineinzutragen, auch wenn es sich windet und seine bloße Anwesenheit ihn beunruhigt – die fleischigen Konturen seines Gesichts erinnern Lomax auf unangenehme Weise an Euphemias. Außerdem möchte er lieber nicht an seine eigene Brut zu Hause erinnert werden, die nun obdachlos ist und bei Laverns Mutter haust. Nun, da er sowohl Everett als auch das Kind in seiner Gewalt hat, haben sich die Aussichten der Familie Lomax allerdings deutlich verbessert.

Nachdem sie ihre Plätze eingenommen haben, gibt Lomax Everett das Kind, der es an sich drückt.

»Einen schönen Waggon hat der alte R. J. hier«, sagt Everett, als das Kind eingeschlafen ist, der Zug sich aber noch nicht bewegt. »Wohin fährt er mit uns?«

»Das ist nicht Mr. Holts Waggon«, sagt Lomax.

»Wem gehört er denn? Ihnen?«

»Es ist der Privatwaggon Ihres Bruders. Aus einem einzigen Redwood-Baum gehauen. Nur ein Baum, ausgehöhlt wie ein Indianerkanu. Beeindruckend, nicht wahr?«

»Hm«, sagt Everett tonlos. »In Toronto sagten Sie, Sie würden für Holt arbeiten.«

»Das tue ich auch. Aber Harris Greenwood und ich haben im Augenblick gemeinsame Interessen. Im Gegensatz zu Ihnen ist Ihr Bruder vernünftig.«

»Und er hat Ihnen gesagt, wo Sie mich finden?«

»Nachdem er von Ihrer Inhaftierung erfahren hatte und aus großer Sorge heraus.«

»Was für ein Bruder.«

»Er hat Ihr Wohlergehen im Sinn, Everett. Ebenso wie ich. Vergessen Sie nicht, dass ich es war, der Inspektor McSorley gesagt hat, dass es tatsächlich Ihr Kind ist und wir an dem Tag, als der Bruder des Senators niedergeschlagen wurde, zusammen in Toronto waren.«

Everett schüttelt den Kopf. »Ich hatte geglaubt, Sie hätten längst aufgegeben«, sagt er.

»Offenbar bin ich in etwa genauso stur wie Sie. Aber wir müssen noch eine weitere Sache klären, bevor wir alle nach Hause gehen können – zumindest diejenigen, die ein Zuhause haben. Ich spreche von dem Tagebuch.«

»Wir beide klären gar nichts.«

Lomax atmet laut aus. »Nun, das wäre genau die Einstellung, die mir keine andere Wahl ließe, als McSorley mitzuteilen, dass ich mich im Datum vertan habe und nicht weiß, wo Sie an dem Tag waren, als der Mann verletzt wurde.«

Everetts Blick gleitet zum Fenster, als wollte er berechnen, wie viel Kraft es bräuchte, um die Scheibe zu durchbrechen. Lomax bereut, ihm das Kind gegeben zu haben.

»Wissen Sie, was ich nicht verstehe?«, sagt Lomax nach einer Weile. »Sie haben alles getan, um sie loszuwerden. Und dann haben Sie alles getan, um sie zu behalten. Das ergibt keinen Sinn.«

»Menschen ergeben nie Sinn«, sagt Everett. »Merken Sie das jetzt erst?«

»Hören Sie, die Polizei sagt, man habe kein Tagebuch bei Ihnen gefunden«, sagt Lomax, schüttelt eine Parliament aus der Schachtel und beugt sich zu Everett vor, um sie ihm anzubieten. »Aber sollten Sie es mir aushändigen, zusammen mit dem Kind natürlich, werde ich Sie diesem McSorley nicht ausliefern. Es könnte sogar noch die Möglichkeit einer Belohnung im Raum stehen. Also, wo ist es?«

»Ach ja, jetzt fällt es mir ein«, sagt Everett strahlend und ignoriert die angebotene Zigarette. »Ich habe es an die Redaktion des *Globe* geschickt.«

Scharlachroter Zorn schäumt in Lomax auf, er stürzt sich auf Everett, um mit einer seiner gewaltigen Hände seine Luftröhre zu umklammern und den gummiartigen Knorpel mit festem, aber gleichmäßigem Druck zusammenzuquetschen, als presste er eine Zitrone aus. Everett schluckt, seine Backenzähne schlagen aufeinander, und seine Augen treten hervor, rund und brennend wie Kometen. Lomax spürt das uhrwerkhafte Anbranden von Everetts Puls und weiß, wenn er nur ein wenig stärker zudrückte, könnten sich seine Fingerspitzen um Everetts Hals herum berühren. »Hab's in Toronto meinem Bruder geschickt …«, bringt Everett mit einem metallischen Krächzen heraus, und Lomax lockert den Griff etwas. »Aber ich besorge es Ihnen, wenn Sie mich zu ihm bringen.«

Lomax drückt ein letztes Mal zu, bevor er von Everetts Hals ablässt. »Das ist das Vernünftigste, was Sie heute gesagt haben«, sagt er und streicht sein zerknittertes Jackett glatt. »Und ich glaube, Sie haben sich gerade selbst die Frage beantwortet, wohin wir fahren«, setzt er hinzu, während Everett hustet und würgt, das noch immer schlafende Kind auf dem Schoß. »Wir statten Ihrem Bruder einen Besuch ab.«

Der Haushalt der Natur

Am Rhythmus der Axtschläge erkennt Everett ihn, lange bevor er ihn zu Gesicht bekommt. Hinter der großen Villa mit ihrem weitläufigen Ost- und Westflügel, ihren manikürten Gärten und ihren wasserspeienden Dryaden und Nymphen aus Stein sieht Everett verblüfft zu, wie der blinde Mann ein weiteres rundes Stück Tannenholz packt, ohne danach zu tasten, und es auf den Hackklotz wuchtet. Dann tritt er einen abgemessenen Schritt zurück – den Spalthammer über die Schulter gelegt – und schlägt auf das Rundholz, trifft es genau in der Mitte des Kernholzes und lässt zwei nahezu identische Stücke zu beiden Seiten davonspringen. Harris konnte immer gut mit der Axt umgehen, und es muntert Everett auf, dass sein Reichtum das Talent nicht geschmälert hat, auch wenn er das Feuerholz gleich neben einem Rosengarten spaltet.

Everett würde sich Harris lieber nicht nähern, solange er ein Werkzeug in der Hand hält, mit dem er Everetts Kopf entzweischlagen könnte, aber Lomax ist mit Schote in einem Schlafzimmer im Obergeschoss der Villa, und auch wenn ihn das Verlangen, seine Nase in ihrem Hals zu vergraben, beinahe umbringt, hat Everett sein Bestes getan, um einen gleichgültigen Eindruck zu erwecken. Er weiß, dass es seine Position schwächen wird, wenn Lomax merkt, wie tief seine Gefühle für das Kind wirklich sind. Aber Lomax hat ihm bis zum nächsten Tag Zeit gegeben, um das Tagebuch zu besorgen, und er braucht seinen gerechten Anteil an ihrem Erbe, wenn Schote und er auch nur die geringste Aussicht haben wollen davonzukommen. Everett steckt das Hemd in seine schmutzige Hose, fährt sich mit den Fingern durch die Haare, geht weiter auf Harris zu und bleibt gerade außerhalb der Reichweite seines Spalthammers stehen.

»Ich dachte, reiche Industriemagnaten wären alle dick.«

Harris verharrt mitten in der Schlagbewegung und lässt den Spalthammer dann auf seine Schulter sinken. Auch wenn sein sehniger Körper noch immer stark ist, spürt Everett ein subtiles Ungleichgewicht, ein leichtes seismisches Beben, so als wäre der Garten ein Schiff, das soeben angelegt hat.

»Weißt du, nach all der Zeit hier hat mir immer noch keiner verraten, wo sie das verdammte Essen verstecken«, sagt Harris, dreht sich um und gibt den Blick auf weit geöffnete, leere Augen frei, während seine untere Gesichtshälfte irgendwo zwischen Heiterkeit und Wut schwankt.

Der Blindheit seines Bruders zum Trotz wünscht Everett plötzlich, ihm in besserer Kleidung und unter weniger eigennützigen Umständen gegenübergetreten zu sein. »Hast du keinen, der das Holz für dich hacken kann?«, sagt Everett und schiebt etwas von dem säuberlich gespaltenen Holz mit der Stiefelspitze näher an Harris' Stapel heran.

»Allein in dieser Provinz gibt es ungefähr vierzigtausend Männer ohne Arbeit, Bruder, die alle begierig darauf sind, für mich Holz hacken zu dürfen. Aber das heißt nicht, dass ich es nicht gern selbst mache.«

Auch wenn er nach wie vor drei Zentimeter größer ist als Everett und auf seinem Gesicht noch immer dieser listige, prüfende Ausdruck liegt, schwingt in seiner Stimme eine neue aristokratische Unbekümmertheit mit. Ein Hauch von England. Ein Überbleibsel guter Schulbildung, nimmt Everett an, und er ist stolz darauf, dass Harris seine Stellung verbessert hat. Im Laufe der Jahre hat es Momente gegeben, in denen Everett ihn so schmerzlich vermisst hat, dass er daran zu ersticken glaubte. Er hat sich ihr Wiedersehen oft ausgemalt, aber meistens spielten dabei Faustkämpfe und Zähneknirschen eine Rolle. Nie lief es so ab: mit einer Wiederaufnahme ihrer alten Neckereien, einem Zurückgleiten in die tiefe Spur ihrer Gepflogenheiten.

Harris wendet sich wieder seiner Arbeit zu. »Ich würde ja sagen, dass du dich nicht verändert hast«, sagt er. »Aber wahrscheinlich hast du das, in Anbetracht dessen, wie du mit dir selbst umgegangen bist. Deine Stimme ist langsamer. Rostiger. Es ist mehr Erde darin.«

»Hast du mir darum deinen großen Retriever auf den Hals gehetzt? Du wolltest meine Stimme hören, warst aber zu beschäftigt damit, Holzfäller zu spielen, um selbst nach mir zu suchen?«

»Eines muss klar sein, Bruder: Ich habe Mr. Lomax gebeten, dich zu holen, nachdem du *mich* um Hilfe gebeten hast«, sagt Harris streng. »Und nach einem Gespräch mit ihm wurde deutlich, dass er vielleicht der Einzige war, der dich aufspüren könnte. Vorausgesetzt, dass du dich vernünftig verhieltest, was wohl kaum der Fall gewesen sein dürfte, so wie ich dich kenne.«

In Everett sträubt sich etwas angesichts von Harris' väterlichem Ton, dieser alten selbst verliehenen Autorität seines Bruders, der immer für sie beide gesprochen hatte, immer entschieden hatte, welche Bäume sie schlugen, immer als Erster wollte, dass nachts das Licht in der Hütte gelöscht wird. »Du kennst mich am besten, Harris«, sagt er. »Ich bin alles andere als vernünftig.«

Harris stapelt das gehackte Holz, hängt den Spalthammer auf und fragt Everett, ob er Hunger habe. Everett nickt, bemerkt dann seinen Fehler und bejaht laut. Sie gehen durch ein hohes Gartentor in einen großen Raum unter einem Lüster aus tausend schwebenden Kristallsplittern. Noch nie hat Everett eine solche Pracht gesehen: Wände voller Bücherregale hinter nach Maß zugeschnittenem Glas; ein Boden aus grünem Marmor, glatt und glänzend wie Seide; die Wandverkleidungen und Geländer alle aus bestem

Redwood-Holz mit feinster Maserung. Weiter erstaunt Everett Harris' unheimliche Fähigkeit, den Möbelstücken allein aus dem Gedächtnis heraus auszuweichen, ganz ohne einen Stock oder jemanden, der ihn führt.

»Eine sehr geräumige Behausung hast du hier«, sagt Everett. »Deine Villa erscheint mir um einiges weniger schief als die alte Holzhütte, die wir damals auf die Beine gestellt haben.«

»Ich wusste, wenn ich mir etwas Bescheidenes baue«, sagt Harris, »nennen sie mich einen Pfennigfuchser. Und wenn ich mir etwas Nobles baue, nennen sie mich einen Prahlhans. Also habe ich mich für Letzteres entschieden.«

Umgeben vom Geruch alten Holzes und Leders, sitzen sie in Ohrensesseln vor einem Kamin, dessen Glut hinter einem eisernen Gitter pulsiert. Durch die Fenster auf der Westseite blickt man auf den Privatwald mit seinem Eichen- und Buchenbestand – die einzigen Bäume, scheint es, die Greenwood Timber noch nicht gefällt hat. Sicherlich, denkt Everett, wird Harris die in größter Nähe zu seinem Haus als letzte fällen.

Bedienstete bringen Tee mit Etageren voller Leckereien.

»Also, wie ist es dir ergangen, Bruder?«, sagt Everett und muss lächeln angesichts der absurden Schwere all dessen, was seine Frage nicht umfasst, und der Vorstellung, eine achtzehnjährige Trennung von dem Menschen, der einem im Leben am nächsten steht, mit einem Wort wie *gut* zusammenfassen zu können.

»Ganz ordentlich«, sagt Harris, die Zähne leicht aufeinandergebissen aufgrund Everetts alter Gewohnheit, ernste Angelegenheiten herunterzuspielen. »Alles in allem. Und dir?«

»Ich habe es noch nicht ganz geschafft abzuleben, und das, obwohl ich mir alle Mühe gegeben habe«, sagt Everett. »Ich bin zu unserer alten Hütte zurückgekehrt, zugegeben etwas später als versprochen. Aber sie war weg. Der Wald ebenfalls. Hast du irgendeine Ahnung, wohin sie verschwunden sind?«

»Ach, du bist gekommen! Wie nett von dir! Und ich dachte

schon, du hättest dich lieber für ein Leben in der Gosse entschieden, als mit deinem invaliden Bruder zusammenzuarbeiten. Wie albern von mir«, sagt Harris angespannt und nippt an dem Tee, den ihm ein Bediensteter in die Hand gedrückt hat.

»Ich habe dich jahrelang dafür verflucht«, sagt Everett, um Schotes Zukunft willen bemüht, die Fassung zu wahren.

»Und jetzt verfluchst du mich nicht mehr?«

»Nein, ich habe mich von all dem frei gemacht. Ich habe jetzt andere Sorgen.«

»Die hast du in der Tat. Freund Lomax hat es wirklich auf dich abgesehen.«

»Den könnte ich jederzeit abschütteln, wenn ich wollte. Aber dieses Kind soll in ordentlichen Verhältnissen aufwachsen – nicht wie wir. Also bin ich gekommen, um nach meinem gerechten Anteil von Mrs. Craigs Erbe zu fragen.«

Harris erhebt sich aus seinem Sessel, und seine Teetasse klappert auf dem Untersetzer, während er langsam im Raum auf und ab geht. »Weißt du, nach dem Waffenstillstand«, hebt er an, »habe ich mich ans Verteidigungsministerium gewandt und mich als du ausgegeben. Sie teilten mir mit, ich sei in der Tat in Halifax von Bord eines Schiffes gegangen, doch danach habe niemand mehr von mir gehört. Im Laufe der Jahre habe ich mir oft vorgestellt, wie du dort draußen umherziehst, und dann, als ich die Hoffnung aufgegeben hatte, wie deine einsamen Knochen irgendwo liegen, wo nie jemand hinschaut.«

»Der Krieg hat es nicht gut mit mir gemeint, Harris. Ich war ganz durcheinander im Kopf. Jetzt wird mir das klar. Es hat Jahre gedauert, bis ich einen Ort gefunden hatte, um mich niederzulassen, und selbst dann wusste ich, dass ich mich besser von Menschen fernhalten sollte.«

»Ja, Lomax hat mir von deinem kleinen Sirupbetrieb erzählt. Schade, dass du nicht den Weitblick hattest, das Land zuerst zu kaufen. Seltsam, nicht wahr? Wie wir beide letztlich auf Bäume gesetzt haben – wenn auch in unterschiedlichen Funktionen. Aber natürlich, Everett, steht dir die Hälfte des Erlöses aus der Rodung des Waldstücks zu. Ich lasse dir gleich einen Scheck ausstellen. Er wird auch die Militärpension umfassen, die mir über die Jahre ausgezahlt wurde. Da kommt ein stolzes Sümmchen zusammen.«

Everett ist verblüfft über die widerstandslose Großzügigkeit seines Bruders. Er hat mit mehr Feuerwerk gerechnet, einer Rückkehr zu ihrem alten Gezänk, mehr Knorpel, weniger Fleisch. »Na schön. Damit wäre das wohl geklärt«, sagt Everett und erhebt sich aus seinem Sessel. »Du bist uns los, bevor –«

In diesem Augenblick dreht sich Harris um, holt aus und schleudert die Teetasse samt Untersetzer durch den Raum und in ein verglastes Bücherregal. Ein Splitterhagel prasselt auf den Boden. »Wir können dunkel erkennen, warum die Konkurrenz zwischen den am engsten verwandten Arten, welche nahezu denselben Platz im Haushalte der Natur ausfüllen, am heftigsten ist«, sagt Harris ruhig, als wäre nichts geschehen, die verödeten Augen weit aufgesperrt. »Das ist Darwin.«

»Bin ihm nie begegnet«, sagt Everett, der die Fäuste ballt und denkt, dass es seinem Bruder ähnlich sieht, sein Bücherwissen als Waffe einzusetzen. Er spürt das alte Magma der Wut in seiner Brust, den Kampfgeist, der sie so lange aneinandergefesselt hat.

»Das hätte mich auch gewundert«, sagt Harris. »In Yale gab es eine Ausgabe von *Die Entstehung der Arten* in Blindenschrift, ein sehr seltenes Buch. Und als ich diesen Abschnitt gelesen habe, fand ich, dass er unsere Beziehung recht gut wiedergibt.«

»Ich wollte dir helfen«, sagt Everett.

»Retinitis pigmentosa«, erwidert Harris. »So lautet die Bezeichnung dafür, Bruder. Klingt fürchterlich, nicht wahr? Eine degenerative Erkrankung. Und auch wenn die Ärzte sie benennen können, haben sie noch kein Heilmittel dagegen gefunden.«

»Wir hatten keinen Namen gebraucht, um zu merken, dass etwas nicht stimmte.«

»Nun, ich habe dich nicht um Hilfe gebeten«, sagt Harris, und seine Schläfe klopft sichtbar, so wie sie es immer getan hat, wenn er sich ungerecht behandelt fühlte.

»Das habe ich auch nie behauptet. Aber gebraucht hast du sie trotzdem.«

»Nachdem du nach Frankreich gegangen warst, war ich allein. Ich schämte mich. Tastete mich in unserer kleinen Hütte umher, während es finsterer und finsterer wurde. Ich wurde für sie zum Objekt des Mitleids.«

»Ein Teil dieses Mitleids war verdient. Du wärst im Schützengraben hilflos gewesen, Harris. Kaiser Wilhelm wäre hinübermarschiert und hätte dich eigenhändig erschossen.«

»Sieh dich um, Bruder!«, ruft Harris laut aus. »Sieh dir an, was ich erreicht habe, und sag mir, wie *hilflos* ich jetzt bin. Verdiene ich dein Mitleid?«

»Ein großes Haus aus Bäumen, die andere für dich gefällt haben, bedeutet mir nichts, Harris.« Everett schreit jetzt selbst, und es tut seiner Lunge gut. »Ich habe mit meinem Mädchen Zuflucht in einem Ort oben in den Bergen gesucht, den du gebaut und dann verlassen hast – Firvale? Es sah eher aus wie ein Ort, an dem der Teufel Urlaub macht, als wie etwas, worauf man stolz sein könnte!«

»Ist alles in Ordnung, Sir?«, sagt ein Ire, der den Raum betritt und Everett grimmig anstarrt. »Ich habe etwas splittern gehört.«

»Oh, mir geht es bestens, bestens!«, schreit Harris. »Ich tausche mich nur mit meinem Bruder aus!« Doch die Anwesenheit des Iren scheint Harris zu beruhigen, und er nimmt wieder Platz, ein versteinertes Lächeln auf dem Gesicht. »Also, was für Heldentaten habe ich auf dem Schlachtfeld vollbracht? Viele, wie es scheint. Sie haben mir einen ganzen Eimer voll Medaillen geschickt.«

»Du warst nicht tapfer«, sagt Everett. »Du hättest dir beim kleinsten Scharmützel beinahe in die Hose gemacht. Die meiste Zeit hast du Verletzte getragen und Sachen aus Holz gebaut. Nach deiner Heimkehr konntest du keinem Menschen ins Gesicht blicken, ohne darunter einen zerschmetterten Schädel zu sehen. Danach hast du jahrelang nicht mehr als fünf Stunden pro Nacht geschlafen, und auch das nur, wenn du vorher eine Flasche geleert hattest. Dieser Zuckerbusch war das Einzige, was dich davon abgehalten hat, dir einen Revolver mit gespanntem Hahn ins Ohr zu stecken und abzudrücken.«

»Doch mit diesem Kind in deinen Armen«, sagt Harris, »haben sich die Dinge geändert …«

»So ist es«, sagt Everett. »Man merkt selten, dass man nach etwas hungert, bis man es kostet.«

»Mr. Lomax behauptet, es sei in Wahrheit R. J. Holts Kind, gezeugt mit seiner Mätresse, wie ich annehme, weshalb die Behörden nicht eingeschaltet wurden. Das Wort *Kindesentführung* fiel nicht, aber die Anschuldigung stand im Raum.«

»Das ist gelogen. Ich habe sie im Wald gefunden. Dem Tod überlassen, so wie wir damals«, sagt Everett. »Aber wir hatten immerhin uns«, fügt er hinzu. »Dieses Kind hat niemanden außer mir. Also, Harris, stell mir diesen Scheck aus, und ich mache mich –«

»Ganz so einfach ist das nicht, Everett«, sagt Harris. »Denn wenn ich dich einfach laufen lasse, wird Mr. Lomax mir das Leben schwer machen.«

»Darum hast du mich holen lassen, oder?«, sagt Everett. »Nicht, weil ich dich um Hilfe gebeten habe. Er hat dich am Wickel.«

»Dürfte ich diese bezaubernde Wiedervereinigung unterbrechen, um einen bescheidenen Vorschlag zu machen?«, sagt der Ire, der eine Art Assistent zu sein scheint, wobei Everett erstaunt ist, dass ein Untergebener seinem Dienstherrn gegenüber einen solchen Sarkasmus an den Tag legt.

»Wir bereden das später, Mr. Feeney«, sagt Harris.

»Wie wäre es, in Anbetracht von Mr. Lomax' schwankender Treue zu R. J. Holt und seinem eigenen mitgenommenen Zustand, wenn Sie ihm eine ansehnliche Geldsumme für das Kind anböten?«, fragt Feeney Everett, Harris' Anweisung übergehend. »Auf mich wirkt der Mann zermürbt genug, um das Angebot anzunehmen.«

»Sie glauben, meine Pension und mein Erbe zusammen würden ausreichen?«, fragt Everett.

»Ihr habt beide das Buch vergessen, hinter dem er her ist«, sagt Harris ungeduldig. »Das scheint er noch mehr zu wollen als das Kind.«

»Das ist das Problem«, erwidert Everett. »Ich habe das Tagebuch an einem sicheren Ort versteckt. Aber ich habe ihm gesagt, ich hätte es hierhergeschickt. Und selbst wenn ich es hätte, würde ich es ihm nicht geben. Ich glaube, die Mutter des Kindes hat es geschrieben, und es ist das Einzige, was dem Mädchen etwas über seine Herkunft verraten könnte.«

»Haben Sie dieses Tagebuch gelesen?«, insistiert der Ire.

»So viel, wie ich konnte«, sagt Everett.

»Und hat Lomax es je zu Gesicht bekommen?«

»Das weiß ich nicht genau. Ich glaube es eher nicht, denn es war das private Tagebuch der Mutter und lag in dem Bündel mit dem Kind.«

»Warum fälschen wir es dann nicht?«, sagt der Ire.

»Mr. Feeney hat gewisse schriftstellerische Fähigkeiten«, wirft Harris ein. »Aber er wird sich aus dieser Sache heraushalten. Everett, ich denke wirklich –«

»Sie müssten es mit dem echten Tagebuch vergleichen«, sagt der Ire. »Erinnern Sie sich daran?«

»Gewiss, ich könnte es Ihnen grob beschreiben«, antwortet Everett. »Aber es war eine schöne Handschrift. Und jede Seite war beschrieben. Und Lomax will es bis morgen haben. Meinen Sie, Sie könnten in einer Nacht ein ganzes Tagebuch füllen?«

Der Ire zuckt mit den Schultern. »Meine größte literarische Errungenschaft wird es wohl nicht«, sagt er. »Aber ich will sehen, was ich tun kann.«

Schuhkartons

Nachdem der Wirbelsturm sein Werk getan hat, sind die Sturmtüren von dem dagegengeschleuderten Schutt versperrt. Temple, Gertie und das Dutzend verbliebener Hilfsarbeiter brauchen den gesamten Nachmittag, um sich mit einem stumpfen Beil und einem Schlosserhammer durch die Dielenbretter der Bibliothek nach oben durchzuhacken. Als sie aus dem Keller in den Dunst einer trüben Sonne auftauchen, ist es, als wäre eine alte braune Steppdecke über die ganze Prärie gelegt worden. So weit Temples Blick reicht, hat der Wind den Staub zu Hügelketten zusammengetrieben, die jedes Geräusch schlucken, so wie Schnee es tut.

»Oh, es tut mir so leid, Herzchen«, sagt Gertie, als sie durch die Ruinen von Temples Scheune und Haus gehen und dabei an ihren Zäunen und Gehegen vorbeikommen, die völlig zersplittert und über das zerfetzte Land verstreut sind wie die weggeworfenen Spielsachen eines Kindes. Überall liegen Werkzeuge und die Kadaver vom Wind niedergeknüppelter Vögel herum. Ein Baum, den sie nicht erkennt, ragt durch die Windschutzscheibe ihres Lasters, die Wurzeln aufgerichtet wie ein dämonischer Busch. Und die Bibliothek selbst ist zerstört, erinnert nur mehr an einen entblößten hölzernen Lastkahn, der in einem Ozean aus Staub versinkt. Das einzige Landschaftsmerkmal, das noch aufrecht steht, ist die Weide neben dem Haus. Obgleich ein großer Ast abgebrochen ist und die meisten Blätter abgerissen wurden, scheint der Stamm intakt zu sein.

»Ich weiß nicht, ob diese Welt uns noch will«, sagt Gertie, als sie die Trümmer nach den wenigen persönlichen Gegenständen durchsuchen, die sie auf ihren langen, staubigen Weg nach Estevan mitnehmen werden. Nach ihrem Aufbruch erreichen sie bald den Windschutzgürtel aus Ahornschösslingen, den Temple und Everett gemeinsam gepflanzt haben. Noch zu klein, um vom Wind gepackt zu werden, werden sie den Angriff vermutlich überleben, was ein Trost ist, auch wenn Everett nie zurückkehren wird, um sie zu sehen.

In den Wochen darauf übernachten Temple und Gertie im Keller der Knox Presbyterian Church. Temple verbringt ihre Tage mit Geschacher in den Büros von Versicherungsunternehmen – eine Schlacht, die sie letztlich verlieren wird, als der ranghöchste Schadensachbearbeiter abschließend erklärt: »Wir haben eine Farm versichert und kein Übergangshaus, Miss Van Horne.«

Ohne das Geld für einen Wiederaufbau und ohne einen Ort, an den sie gehen kann, verzweifelt Temple und überlegt, ihr Land zu verkaufen und in Estevan eine freie Stelle als Lehrerin anzunehmen. Doch als sich auf den Bahnstrecken und in den Obdachlosenlagern herumspricht, dass ihre Farm zerstört wurde und sie mittellos ist, ziehen verwahrloste Männer und Frauen auf dem ganzen Kontinent in der Dunkelheit los. Zuchthäusler, Kriminelle, Arbeitslose: Nacht für Nacht kommen sie von den Schienen herüber, und jeder von ihnen hinterlässt einen Schuhkarton auf der Hintertreppe der Knox Presbyterian Church. Jeden Morgen trägt Temple sie in den Keller und findet darin haufenweise gestohlene Uhren oder Silberbesteck oder alten Goldschmuck oder blutbefleckte Banknoten oder auch einmal nur eine Handvoll schmutziger Fünf-Cent-Stücke. Auf die Kartons sind stets die gleichen Wörter gekritzelt:

Für die Dame mit dem Tisch auf der Veranda

Die geheimen & privaten Gedanken & Taten der Euphemia Baxter

Als Lomax das Tagebuch in den Händen wendet, ist es, als wären die Planeten wieder in ihre angestammte Laufbahn geleitet worden, als hätte er das reinste Opium geraucht, das je von Menschen aus einer Mohnblume gewonnen wurde, als wäre er von dem Blitzen in seiner lange gemarterten Wirbelsäule geheilt und die Krise beendet worden und seine Familie wäre wieder zu Hause im kleinen Bungalow und der Nebel der Traurigkeit, der ihn seit seiner Kindheit verfolgt, hätte sich endlich gelichtet.

Sollen die Greenwoods das verdammte Ding doch haben, hatte Lomax gedacht, sobald Everett ihm das dicke Geldbündel zusammen mit Euphemias Tagebuch im Tausch gegen das Kind angeboten hatte. Und Everett liegt das Kind ganz offensichtlich mehr am Herzen, als das bei Mr. Holt je der Fall sein würde. Er hat es immer nur gewollt, damit es als Trophäe im Vitrinenschrank seines Erbes dienen konnte. Wenn Lomax nach Saint John zurückkehrt, wird er Mr. Holt daher einfach sagen, Everett Greenwood sei doch nicht derjenige gewesen, den sie suchten, und das Kind sei erkrankt und in der Obhut eines anderen Herumtreibers, der es gefunden habe, gestorben. »Aber durch meine Gewieftheit, Sir«, hört Lomax sich in seiner Vorstellung sagen, »ist es mir gelungen, Euphemias Tagebuch dennoch ausfindig zu machen, und hier ist es …«

Natürlich wird Mr. Holt abermals den Verlust seines Kindes beklagen. Doch er hatte es selbst gesagt: »Sollten Sie irgendwann vor der Wahl stehen, entweder das Kind oder das Buch zu retten, entscheiden Sie sich für das Buch.« Und wenn er Mr. Holt das Tagebuch zurückbringt, wird ihm das helfen, mit seinem ehemaligen Dienstherrn wieder ins Reine zu kommen, was er muss, wenn er je unbehelligt irgendwo an der Ostküste leben will.

Und das Geld der Greenwoods wird mehr als genügen, um sein Haus von der Bank zurückzukaufen. Keine Hypothek mehr. Kein Geldeintreiben. Und statt seine Energie darauf zu verschwenden, Faulpelze auszunehmen und sich um Mr. Holts Harem zu kümmern, hat Lomax vor, einen brauchbaren Beruf zu lernen, etwas Produktives, Bauarbeiter vielleicht oder Handwerker.

Nach seinem gewinnbringenden Handel mit den Greenwoods hat Lomax das Glasscherbenviertel gegen eine noble Suite mit Blick auf die schneebedeckten Berge und den umwerfenden Hafen von Vancouver getauscht, und dort sitzt er nun und schlägt die Seiten des Tagebuchs auf, die mit Euphemias eleganter Handschrift gefüllt sind. Er blättert vor, zu ihrem vermutlich letzten Eintrag, der von dem Tag stammen dürfte, an dem er sie zum letzten Mal getroffen hat. Er war damals zum Anwesen zurückgekehrt, um nach ihr zu sehen, nur wenige Stunden bevor sie mit ihrem Kind in den Wald geflohen war. Doch zu seiner Überraschung findet er nichts als poetische Betrachtungen über das Wetter und darüber, wie atemberaubend die Blätter des Eichenbaums sind. Zu seiner Erleichterung und entgegen dem, was dieser Lügner Blank ihm erzählt hat, wird an keiner einzigen Stelle Mr. Holt oder er selbst erwähnt. Ja, wäre er nicht so froh, mit einem Streich das Buch aufgetrieben und sich damit all seiner finanziellen Probleme entledigt zu haben, wäre Lomax geradezu enttäuscht, dass es Euphemia nie in den Sinn gekommen war, über ihn zu schreiben.

In seiner Suite ist es klamm geworden, und Lomax entfacht ein Feuer. Und da er die Streichhölzer schon einmal herausgeholt hat, genehmigt er sich ein Kügelchen Opium zur Feier des Tages – sein letztes, das ist sein eiserner Vorsatz. Nun, da er sich nicht mehr in enge Schlafwagenpritschen zwängen oder den ganzen Tag lang eine Straße nach der anderen ablaufen muss, wird er nicht mehr auf die schmerzlindernde Wirkung des Opiums angewiesen sein. Der schwere Rauch lässt eine wundervolle Benommenheit über ihn kommen, und er durchläuft eine Reihe glückseliger Zustände.

Als er wieder er selbst wird, ist das Feuer hinuntergebrannt, und im Zimmer ist es zu warm. Er zieht den Kammgarnanzug, die Budapester an und den Porkpie-Hut auf, die er sich für die Heimreise gekauft hat. Mit dem Geld der Greenwoods in der Tasche, schlendert er auf die Straße hinunter, um etwas zu essen, vielleicht ein Beef Wellington, um zu Kräften zu kommen, und findet ein einigermaßen ansprechendes Restaurant. Doch ehe er sich einen Tisch nimmt, geht er noch am Bahnhof vorbei und kauft einen Fahrschein erster Klasse nach Saint John für den nächsten Morgen. Dann kabelt er Lavern und teilt ihr mit, dass er seinen Auftrag erfolgreich zu Ende gebracht hat und in drei Tagen mit genug Geld zurückkehren wird, um ihr Leben für immer zu verändern. Er hat einen Kloß im Hals, als er die Abschiedsformel daruntersetzt: »In unsterblicher Liebe, HBL.«

Als das erledigt ist, kehrt er zu dem Restaurant zurück, das er ausgewählt hat. Um etwas Zeit zu sparen, nimmt er eine Abkürzung durch eine enge Gasse am Rand von Chinatown, die ihn an einer Opiumhöhle in einem heruntergekommenen Hotel namens New Sun Wah vorbeiführt. Den Zugfahrschein sicher an seiner Brust verstaut, die Jacketttaschen voller Geld und seine triumphale Heimkehr nach Saint John gesichert, gestattet er sich einen winzigen Blick hinein.

Greenwood Island

Es folgen die schönsten Monate in Everetts sorgengeplagtem Leben. Was nicht viel heißen will, doch das ändert nichts daran, dass Everett während seiner Jahrzehnte in Gefangenschaft oft an diesen prächtigen Winter mit Schote auf der kleinen bewaldeten Insel seines Bruders zurückdenken wird. Und er wird aus diesen Erinnerungen gerade genug Freude ziehen können, um die baumlose Isolation des Gefängnisses zu überstehen, ohne der Verzweiflung anheimzufallen.

»Jetzt, wo du wieder pleite bist, kannst du mitten im Winter kein Sirupgeschäft anleiern«, sagte Harris am Tag, nachdem Lomax im Austausch gegen Everetts Erbe und das gefälschte Tagebuch eingewilligt hatte, die Sache mit dem Kind ruhen zu lassen, vorausgesetzt Everett ziehe Schote an irgendeinem abgelegenen Ort auf und mache keinen Ärger. »Ich habe meinen Zufluchtsort noch nicht in Gebrauch«, fügte Harris hinzu, »du kannst dich also gern bis zum Frühling dort verstecken.«

»Und sollte Lomax nicht auf unseren kleinen Schwindel hereinfallen und doch wieder hier herumschnüffeln«, ergänzte der Ire, »dann wird er Sie dort sicherlich nicht finden.«

In Wahrheit ist Everett das Davonrennen leid. Und er weiß, dass es Schote guttun würde, etwas Zeit an einem festen Ort zu verbringen, zumal sie jetzt nicht mehr ganz so klein ist. Als der Ire sie am Tag darauf zu der Insel bringt, sieht Everett erfreut, dass die

Hütte keinerlei Ähnlichkeit mit Harris' Villa hat. Auch wenn sie stabil gebaut ist, mit fest gefügten Pfosten-Riegel-Verbindungen, ist sie doch recht schmucklos. Vor Blicken vom Wasser aus geschützt, bietet sie dennoch einen Blick auf die Bucht, und Everett nimmt an, dass Harris sie benutzt, um sich mit dem Iren zurückzuziehen, was erklärt, warum sie so freimütig miteinander reden. Doch all das geht Everett nichts an. Er hat im Krieg gesehen, wie Männer zu Liebsten wurden, und es hat ihn nie ein Jota gekümmert.

Jeden Dienstag bringt ihnen der Ire – der vor seiner Beschäftigung als Harris' Beschreiber Boote gelenkt hatte, mit denen Stämme für Greenwood Timber befördert wurden – die Wochenvorräte in einem wendigen Ruderboot. Everett legt Schote in ein Kinderbett, das er ihr gebaut hat, damit sie nicht zum Ofen krabbelt und sich verbrennt. Dann wandert er zu der kleinen Mole, um die Vorräte aus der wärmeisolierten Kiste zu holen, in der Feeney sie zurücklässt. Kerosin für die Lampen, Dosen mit Streichhölzern, Kaffee, Käse und Äpfeln, Mais und Erbsen in Konserven, Säcke mit Kohl und Kartoffeln, Schinken, Butter, Ahornsirup, Mehl, Mother Baileys Beruhigender Sirup für die zahnende Schote und ein großer Krug Ziegenmilch. Everett hat noch nie einen solchen Reichtum auf einem Fleck gesehen, und er versucht, eine Liste zu führen, um seinen Bruder irgendwann dafür entschädigen zu können, wenn seine Zeit auf der Insel zu Ende ist.

Während winterlicher Regen die Insel bekränzt und nasse Fahnen aus Farn und weichnadeligen Hemlock-Tannen an den Wänden der Hütte entlangstreichen, schlafen Everett und Schote zusammen unter den hohen Fenstern im Obergeschoss. Schote ist kräftiger geworden und tritt ihn jetzt im Schlaf wie ein Maultier. Trotzdem erwacht Everett so ausgeruht, wie er es zuvor nicht kannte. Hier auf der Insel besteht keine Gefahr, dass ihn Bahninspektoren verprügeln; dass Landstreicher seine Sachen durchstöbern oder ihm die Stiefel klauen; dass Mounties seine Hütte finden und zerstören; dass Artilleriegeschosse kreischend über seinem Bett niedergehen oder Chlorgas unter der Tür durchkriecht.

Jeden Morgen wird er von Schotes Gebrabbel geweckt und trägt sie nach unten, um Frühstück zu machen: Weizengrütze mit einem Schuss Ziegenmilch oder Pfannkuchen, getränkt in einem Ahornsirup, der so viel minderwertiger als sein eigener ist, dass es sich um eine völlig andere Substanz handelt. Nachdem er Schote mit seinem Gürtel an einem Stuhl festgebunden hat, sitzt er da, in der Hand einen emaillierten Kaffeebecher, der ihm allein gehört, sieht zu, wie sie mit dem Löffel ihren Mund verfehlt, und ertappt sich oft dabei, wie er grundlos lächelt.

Im Februar zieht sie sich am Kaffeetisch hoch. Everett stellt alle wertvollen Dinge weit nach oben, damit sie sie nicht umstoßen kann. Sie fürchtet sich vor dem Dröhnen der benzinbetriebenen Waschmaschine, also hängt er ihre Sachen zum Waschen in den Regen, und als er die saubere Wäsche faltet und in den Schrank legt, erfüllt ihn der Anblick mit einer schier unfassbaren Heiterkeit.

Eines Abends hören sie beim Essen, wie Schwertwale durch die Meerenge brechen, und Everett wäscht in aller Eile ab, ehe sie zum Ufer gehen. Dort stehen sie inmitten der Erdbeerbäume, die sich über das Meer beugen. Und als die schwarzen Flossen vorbeiziehen, etwa zwölf an der Zahl, die Kälber als Schlusslicht, sind sie ihnen so nah, dass Everett die fermentierte Schärfe ihrer Gischt riechen kann. Er drückt Schote fest an sich, als sie zu zappeln beginnt, begierig darauf, sich zu den Walen zu gesellen.

Hinter der Hütte befindet sich ein kleiner Schuppen, gefüllt mit gut geölten Werkzeugen und einem Stapel etikettierter Tannenholzbretter, die beim Bau nicht verwendet wurden. Er macht sich daran, einen ordentlichen Holzschuppen zu bauen, dessen Pfosten er auf flache Steine setzt, die er vom Strand heraufschleppt. Während er arbeitet, sitzt Schote in ihrem Kinderbett und schützt ihre Ohren mit den Händen vor dem scharfen Fauchen der Schrotsäge. Wenn die Schreinerarbeit für den Tag erledigt ist, unternimmt er mit ihr bis zum Abendessen ausgedehnte Spaziergänge im Sprühregen, und dabei entdeckt Everett, dass die Insel zwar zur Hälfte aus hoch aufragendem Primärwald besteht, die andere Hälfte jedoch frisch verbrannt ist. Hellgrüne Trümmerblumen und Disteln fädeln sich durch die verkohlten Baumstümpfe und Äste.

Als der Frühling naht und die Tage länger werden, verspürt Everett das Verlangen, sich mit seinem Bruder auszutauschen. Weil er jedoch nicht fließend schreiben kann, lässt er sich von dem Iren in den Gebrauch des Kurzwellenfunkgeräts einweisen, das Harris im Zweitschlafzimmer der Hütte installiert hat, um über seine Geschäfte in Vancouver auf dem Laufenden zu bleiben. Genau um neun Uhr jeden Abend, wenn Schote schläft, drückt Everett auf den schwarzen Sprechknopf und beginnt von den Erlebnissen des Tages zu erzählen: dem grauen Ozean und den unfassbar hohen Bäumen, Schotes Furcht vor ihrem eigenen Spiegelbild oder dem stechenden Geruch von Schwertwalblas. Zuerst antwortet Harris nicht, und manchmal sitzt Everett nur da, lauscht dem Rauschen in der Verbindung und stellt sich vor, es wäre der Atem seines Bruders.

Dann, als er gerade ausführlich den größten Baum der Insel beschreibt, eine gigantische Douglastanne, so hoch und so dick, dass es den Verstand übersteigt, unterbricht ihn Harris und rezitiert ein Gedicht. Während der darauffolgenden steifen, aber freundlichen Unterhaltung wird Schote von der Stimme geweckt und krabbelt zu dem zischenden Funkgerät hinüber, die Augen verblüffend weit geöffnet ob der unvermittelten Anwesenheit des Fremden im Zimmer. Als die Brüder den Funkkontakt beenden, kriecht sie auf die Rückseite des Funkgeräts, um nach dem Ursprung der Stimme zu suchen. Als sich dort niemand verbirgt, kreischt sie vergnügt auf.

Das New Sun Wah

Lomax verbringt Wochen in seiner mit einem Vorhang verhängten Nische, einer von vielen, die sich an den Wänden eines großen Raumes entlangziehen, in dessen Mitte ein riesiger bullernder Ofen steht.

Stündlich reicht ihm ein groß gewachsener Junge mit dicken Brillengläsern eine Bambuspfeife, und nach dem Rauchen reibt ihm der Junge die Rückenmuskulatur mit stark riechenden Linimenten ein, während Lomax sich zusammenrollt wie ein Säugling. Bringt der Junge Speisen, winkt Lomax ab. Er nimmt nur kleine Schlucke Likör, Litschis, kandierten Ingwer und duftenden Tee mit eingeweichtem Opiumsamen zu sich. Zur Zerstreuung sieht er über die Wände huschenden Geistern zu, und inzwischen ist er überzeugt, alles, was er auf der Welt braucht, von diesem wundertätigen Jungen bekommen zu können. Er weiß genau, wie Lomax seine Rauchutensilien arrangiert haben möchte. Weiß, dass er ihm nie Milch in den Tee schütten darf – die Lomax seit seinen Tagen als Milchgeldeintreiber nicht mehr sehen kann. Und vor allem weiß er genau, wie fest er den nächsten Pfeifenkopf stopfen und wann er das nächste Streichholz anreißen muss. Er ist ein Priester. Ein Bruder. Ein Vater. Und wenn es nach Lomax' langem Leben voller Leid und Plackerei so etwas wie Linderung geben kann, dann ist sie hier zu finden, in der Fürsorge dieses Jungen.

Als Lomax einen quälenden Husten entwickelt, der sich verschlimmert, bis er Würgekrämpfe bekommt, überreicht ihm der Junge ein »Geschenk des Hauses«. Es ist eine Pipette, an der eine mit blauem Wachs versiegelte Hohlnadel befestigt ist. Lomax sieht zu, wie der Junge das pulverisierte Opium auf einem Blechlöffel über einer Petroleumlampe aufkocht, es mit der Flamme liebkost. Als der Junge die Nadel setzt, sieht Lomax sein eigenes Blut wie eine Orchidee in der gläsernen Kammer erblühen. Der erste Druck auf die Pipette lässt ihn aus dem schmutzigen, lauwarmen Bad der gewöhnlichen Existenz in den sauberen, belebenden Ozean der Unendlichkeit hinausschwimmen. Und in diesem atemberaubenden Augenblick weiß er, dass er nie mehr im Leben Opium rauchen wird.

Der Junge bewahrt Lomax' Geldbündel an einem sicheren Ort im Haus auf und sein Opiumpulver in einer Blechbüchse neben seiner Liege, unerreichbar für die hinterhältigen Gespenster, die in den anderen Nischen liegen. Der Junge wechselt Lomax' Laken und hält die Bettpfanne unter ihn, um ihm den beschwerlichen Weg zur Toilette zu ersparen. Der Junge ist sogar so freundlich gewesen, bei Lomax' früherem Hotel anzurufen und darum zu bitten, dass man seine Sachen zusammenpackt, darunter den Schuber und das Tagebuch. Sie werden dort für ihn bereitgehalten, bis er sie braucht, was schon sehr bald sein wird, wie Lomax sich selbst gegenüber beteuert. Auch wenn sein Fahrschein nach Saint John längst abgelaufen ist, hat er noch mehr als genug Geld, und sobald er wiederhergestellt ist, wird er sich einen neuen kaufen. In seinem Entschluss, nach Hause zurückzukehren, hat er nie gewankt. Oft stellt er sich vor, wie seine sieben Kinder dann durcheinanderlaufen und um seine Aufmerksamkeit buhlen werden. Vielleicht wird seine Abwesenheit dazu führen, dass sie seine Zuneigung auf lange Sicht nur noch mehr zu schätzen wissen. Auch wenn es schmerzt, das zuzugeben, hat das Verschwinden seines eigenen Vaters ihn gelehrt, dass man sich in der Welt allein zurechtfinden muss, statt darauf zu warten, dass einem jemand den Weg ebnet.

Um seinen Vater zu ärgern, hatte Lomax sein ganzes Leben lang die Bedürfnisse anderer über seine eigenen gestellt. Er hatte erst seine Mutter mit dem Eintreiben des Milchgelds und später Lavern mit dem Eintreiben der Schulden unterstützt, und jetzt wird ihm bewusst, dass seine Ansprüche an sich viel zu hoch waren. Und diese paar untätigen Wochen der Erholung im New Sun Wah sind das Mindeste, was er nach lebenslanger Verlässlichkeit verdient.

Oft fragt er sich: Wie und wann hat mein Vater beschlossen, nicht mehr nach Hause zurückzukehren? Lomax hatte ihn so lange gehasst, dass der Hass ausgehärtet, versteinert war und zum Gerüst seines Daseins wurde, wie der Stahl, der ein hohes Gebäude stützt. Doch während seiner langen Suche nach dem Tagebuch und dem Kind hat Lomax ein tieferes Verständnis für die Entscheidung seines Vaters entwickelt, die Familie zu verlassen. Vielleicht ist es ein Kinderglaube, dass solche Entscheidungen überhaupt bewusst getroffen werden, während wir in Wahrheit der Gnade der Welt unterworfen sind. Finanzkrisen und Zugunglücke. Erdbeben. Waldbrände. Orkane und Wirbelstürme. Krankheiten und Dürren. Zahnräder drehen sich. Hebel bewegen sich. Ein Junge drückt auf den Ballon einer Pipette und löst ein Gummiband mit einem *wuuusch*, und alles verändert sich auf ewig.

Fallen

So zufrieden Everett auf Greenwood Island auch ist, vergeht doch kein Tag, an dem Temple nicht in seine Gedanken eindringt. Der oberste Knopf ihres Kattunkleids, den sie geöffnet lässt. Das lässige und zugleich zielstrebige Schlendern, mit dem sie sich über die Farm bewegt. Die Effizienz, mit der sie ein Loch graben und einen Baum hineinsetzen kann. Die Art und Weise, wie sie Kaffee trinkt, als würde er nicht nur ihr Leben, sondern auch ihre sterbliche Seele retten. Wie sie sich die Haare hinter die Ohren streicht, wenn sie sich lieben, wie um ihn besser stöhnen zu hören. Und es erscheint ihm als das größte Unrecht, dass es so viele Betten auf der Welt gibt, und doch können Temple und er sich keines davon teilen. Oft beschreibt er sie Schote, als wären sie sich nie begegnet, als hätte Temple das Mädchen beim Unterricht in der Bibliothek nicht selbst gehalten, während Everett sich durch die *Odyssee* gehaspelt hat.

Nun, da der Frühling vor der Tür steht, hat Everett beschlossen, das Sirupzapfen an den Nagel zu hängen und lieber auf unbegrenzte Zeit auf der Insel zu leben. Während ihres üblichen Funkgesprächs am Abend zuvor hat er Harris den Vorschlag unterbreitet. Er hat eingewilligt, ihm ein an die Hütte angrenzendes Stück Land zur Verfügung zu stellen. Im Sommer will sich Everett eine eigene, ganz ähnlich konstruierte Hütte bauen, und wenn sie fertig ist, wird er den Iren bitten, für ihn einen Brief an Temple zu schreiben, in dem er sie einlädt, mit ihm dort zu leben. Sollte sie sich weigern, was sie natürlich tun wird, dann wird er mit Schote zu ihrer Farm reisen, und wenn Temple ihn dann noch immer abweist, wird er das Tagebuch aus ihrer Bibliothek holen und auf die Insel zurückkehren.

Um Geld zu verdienen, wird Everett mit dem gefundenen Werkzeug Schreinerarbeiten durchführen, einfache Möbelstücke bauen und sie in Vancouver verkaufen. Bis Schote das Schulalter erreicht, wird er genügend Geld zusammenhaben, um sie von Privatlehrern unterrichten zu lassen. Greenwood Island wird ein guter Ort sein, um sie großzuziehen, und Harris und der Ire werden ihr neben ihm selbst Gesellschaft leisten. Außerdem wird die Bürde von Schotes Pflege immer leichter werden, je älter sie wird. Tatsächlich hat sie sich just an diesem Nachmittag aus eigener Kraft hingestellt, ohne sich an einem Stuhl festzuhalten, und sogar ein paar breitbeinige Schritte gemacht, die Schenkel so weit gespreizt, dass ihr Hintern beinahe den Boden berührte.

Um ihren Triumph zu feiern, macht er zum Abendessen Pfannkuchen, wenngleich die Fröhlichkeit geschmälert wird, als er zum Holzschuppen geht, um etwas Feuerholz zu holen, und den dampfenden Kadaver eines Dreienders entdeckt: Die Kehle des Hirsches ist herausgerissen, die Zunge gefressen, die Eingeweide gelöchert und stinkend, das Blut an den Wundrändern soeben erst geronnen. Everett verbrennt den Kadaver und hebt nur das Filetstück auf, das er Schote am Tag darauf mit wildem Lauch und Nesseln zum Abendessen brät. Sie isst das Fleisch, das er ihr vorkaut, mit großem Genuss, während rosiger Saft in breiten Rinnsalen an ihrem Kinn hinabläuft.

Everett, der weiß, dass weder ein Adler noch ein Bär zu einem so chirurgisch präzisen Angriff fähig ist, erzählt seinem Bruder am Abend von dem Vorfall. Harris sagt, es gebe Gerüchte über Berglöwen, die sich auf vereinzelten Baumstämmen treiben ließen und auf Inseln wie dieser strandeten, wo sie prompt den Wildbestand dezimierten, bis sie schließlich selbst nichts mehr zu fressen fänden und verhungerten. Everett hat vorgehabt, im Frühjahr einige Ziegen anzuschaffen, die Milch für Schote geben und ihr Gesellschaft leisten könnten, aber ein Berglöwe würde sie eine nach der anderen dahinraffen. Und wenn auf der Insel ein solcher Schrecken umgeht, kann er Schote nicht einmal eine Sekunde lang im Garten lassen – oder auch nur bei geöffnetem Fenster im Haus.

Da fallen ihm die Fangeisen ein, die er in den Sparren des Schuppens hat hängen sehen. Sie sind groß, wahrscheinlich für Grizzlybären gedacht, mit zuschnappenden Kiefern, zwischen die der Stiefel eines erwachsenen Mannes passen würde. Er nimmt sie herunter und stellt sie im Kreis um die Hütte herum auf, und in der zweiten Nacht fängt er einen Nerz, den die überdimensionierte Falle säuberlich in zwei Teile spaltet. Auch wenn er sich scheut, ein so prächtiges Tier wie einen Berglöwen zu verstümmeln oder zu töten, kann er erst wieder ruhig schlafen, als die Fallen aufgestellt sind und das Gewehr, um das er den Iren gebeten hat, hoch über seinem Bett hängt, wo Schote es nicht erreichen kann.

Kurzwelle

»Warum hast du dir im Laufe der Jahre keine weiteren Initialen verliehen?«, fragt die Stimme seines Bruders, fern und blechern, unterlegt von Ätherrauschen. »Ihr dicken Fische liebt doch Initialen. Wie wär's mit ›H. P. Greenwood‹? Oder ›H. T. Greenwood‹? Das klingt besonders beeindruckend.«

Harris lacht. »Das hätte in der Tat helfen können, Bruder. Ein Mann in meiner Position braucht alle Feierlichkeit, die er bekommen kann. Wobei ich vermute, dass es jetzt zu spät für mehr Initialen ist.«

»Dann vermache ich diesem kleinen Mädchen hier vielleicht welche. Um ihr den Weg ein bisschen zu erleichtern. Sie hat nach all dem ein wenig Respekt verdient.«

»Hast du dir denn schon einen anständigen Namen für sie überlegt? Du kannst sie ja nicht ewig Schote nennen.«

»Ich habe einen im Sinn, aber ich bin mir noch nicht ganz sicher. Wenn es so weit ist, erfährst du es als Erster.«

Seit sie sich jeden Abend unterhalten, hat Harris das Ritual in seine tägliche Routine aufgenommen. Seine erste Lieferung von Gleisschwellen ist endlich in Japan eingetroffen, und nun, da die Zahlung erfolgt ist, ist Greenwood Timber wieder in den schwarzen Zahlen. Und nachdem er an einem langen Tag am Schreibtisch den Kredit an die Londoner Firma zurückgezahlt und sichergestellt hat, dass seine Ware fristgerecht eintrifft, weiß er die Stimme seines Bruders inzwischen beinahe ebenso zu schätzen wie Feeneys.

Anfangs war es beschwerlich. Doch irgendwann kamen die Worte, und die Brüder wechselten sich ab wie Kinder mit einem neuen Spielzeug. Oft erstaunt Harris, wie vertraut die Stimme seines Bruders klingt – manchmal ist es, als käme sie aus seinem eigenen Kopf statt aus dem Lautsprecher des Funkgeräts. Meist halten sie sich an prosaische Themen und das gelegentliche Schwelgen in Erinnerungen an ihr Waldstück und seine beachtenswerten Bäume, ihre heftigsten Auseinandersetzungen und besten Mahlzeiten.

»Weißt du noch, wie wir immer auf diese Ulmen in der Ortsmitte geklettert sind und geflucht haben, dass die Schwarte krachte?«, sagt Everett.

»Oder wie du versehentlich diesen Terrier mit einem deiner Pfeile erschossen hast«, setzt Harris hinzu. »Und wir ihm das Fell über die Ohren gezogen haben, um die Beweise zu vernichten? Und sie uns trotzdem draufkamen?«

Wenn das Gespräch unvermeidlich auf die faszinierende Mrs. Craig kommt und darauf, wie ihr prachtvolles Haus aussah, als es in der Nacht brannte, werden die Brüder ernst, und es entstehen lange, unausgefüllte Pausen, in denen nur das Rauschen zu hören ist.

»Versprich mir nur, dass du dich um Schote kümmern wirst, wenn mir irgendetwas zustoßen sollte«, sagt Everett, um eine dieser Gesprächspausen zu beenden, am letzten Abend, an dem die Brüder miteinander sprechen werden. »Ich will nicht, dass sie allein irgendwo im Wald zurückbleibt wie wir.«

Harris hat mit der Zeit begriffen, dass sein Bruder nach dem Krieg nicht deshalb nicht zu ihm zurückgekehrt ist, weil er sich nicht um einen Invaliden kümmern wollte, es lag an seinem eigenen Leiden. Feeney hat Harris vom »Kriegstrauma« erzählt, der geistigen Verwundung, die Soldaten im Gefecht erleiden können, Und Harris bemitleidet Everett dafür, was es ihn gekostet hat.

»Sie wird nie allein sein wie wir«, sagt Harris. »Du hast mein Wort.«

Ursprünglich war es Feeneys Einfall gewesen, Everett und dem Kind an ihrem Zufluchtsort Unterschlupf zu gewähren, aber nach einiger Überzeugungsarbeit hatte Harris sich für den Vorschlag erwärmt. Er hat sich sogar einverstanden erklärt, Everett ein eigenes Stück auf der Insel zu geben. Und Harris freut sich darauf, als Nachbarn dort zu leben.

Doch trotz dieser Erneuerung ihres Bruderbundes kann Harris eine tiefe und beängstigende Ahnung nicht abschütteln: dass nichts Gutes lange Bestand hat. Niemals. Und dass die fürchterliche Gewalt, die jene beiden Züge zusammengezwungen, ihm das Augenlicht gestohlen, seinem Bruder den Verstand verwirrt und Schote im Wald dem Tod überlassen hat, noch nicht ganz fertig mit ihnen ist.

Die Reisetasche

Das New Sun Wah wird an einem frühen Samstagmorgen von Mounties durchsucht, als seine verkümmerten Gäste am schläfrigsten sind. Nachdem die Nadel jäh aus Lomax' Arm gerissen und er von seiner Liege gezerrt und gewaltsam auf die Beine gestellt worden ist – er kann sich gar nicht mehr erinnern, wann er das letzte Mal aufrecht gestanden hat –, schlägt ihm ein übereifriger Wachmann, der es sonst eher mit betrunkenen Holzfällern und wildgewordenen Goldrauschopfern als mit fügsamen Rauschgiftsüchtigen zu tun hat, ins Gesicht. Blut schießt auf seinen Seidenpyjama, und zwei seiner unteren Zähne, die locker gewesen waren, rollen in seinem Mund herum wie ein Paar glückloser Würfel. Die Polizisten sammeln die neben den Liegen verstauten Utensilien ein, darunter auch Lomax' Nadelbesteck und die Dose mit dem Opiumpulver, und schleifen ihn und einige andere ausgemergelte Männer auf die verregnete Gasse hinaus.

Auf der Wache kann Lomax sich ausweisen und den überaus wichtigen Auftrag erläutern, den er hier in Vancouver ausführt: im Namen von Mr. R. J. Holt aus New Brunswick eine Schuld einzutreiben. Als er ihnen mitteilt, dass er sich nur in einem solchen Etablissement aufgehalten hat, um den Flüchtigen zu finden, und umgehend sein Geld zurückhaben will, lachen ihm die Polizisten ins Gesicht.

Auf dem Weg zum Bahnhof, um Lomax in den ersten Zug nach

Saint John zu setzen, kommen sie an seinem ehemaligen Hotel vorbei, und Lomax wirft sich auf den nassen Gehweg. Wenn er schon mittellos und bezwungen nach Hause zurückkehren muss, um vor Mr. Holt auf die Knie zu fallen und darum zu flehen, sein Leben zurückzukriegen, dann ist das Tagebuch das Einzige, was seinen Dienstherrn überzeugen könnte, dass diese gescheiterte Expedition letztlich in seinem besten Interesse war.

Während die Wachmänner auf ihn einzuschlagen beginnen, ruft er unter Tränen, er werde die Transkontinentalreise ohne seine Medizin nicht überstehen, die das Hotel für ihn verwahre. Nach einem kurzen Wortwechsel zerren ihn die Polizisten widerwillig nach drinnen. Zu seiner Erleichterung kommt seine Reisetasche in der Gepäckaufbewahrung zum Vorschein, und Lomax durchwühlt sie und findet sowohl das Tagebuch als auch den Schuber in der Seitentasche. Um Platz für seine persönlichen Gegenstände zu schaffen, nimmt Lomax den Schuber und das Tagebuch und schiebt sie ineinander. Doch als sie sich vereinigen, rutscht das Tagebuch in dem größeren Schuber hin und her, und er schätzt, dass das Buch ganze drei Zentimeter schmaler ist – ein relativ kleines Stück, das dennoch ausreicht, um Harvey Lomax in einen Wutanfall ausbrechen zu lassen. Er verflucht Everett Greenwoods unvergängliche Seele und stürzt sich mit seinem ganzen verbliebenen Körperumfang auf die ihn umstellenden Mounties. Er bekommt wieder einen Schlag ins Gesicht, und ein Band aus Blut entrollt sich auf den Marmorboden des Hotels. Lomax grunzt und brüllt und versucht sich loszureißen, bis sie ihm einen Schlagstock in den Rachen stoßen und er von fünf Männern zu Boden gedrückt wird.

Dieser verlotterte Analphabet und dieser blinde, wehleidige Männerfreund müssen die ganze Zeit über geplant haben, das echte Tagebuch zu behalten, nur um es eines Tages gegen Mr. Holt verwenden zu können. Warum sonst hätten sie das Risiko eingehen sollen, ihm eine Fälschung unterzujubeln?

Lomax kann nun unmöglich nach Saint John zurückkehren, nicht mit leeren Händen – und in diesem Augenblick fügt sich ein Wort in seinen Mund wie ein Schlüssel ins Schloss.

»Entführt«, sagt er, spuckt das Wort durch die Lücken zwischen seinen Zähnen.

»Was haben Sie gesagt?«, bellt der Wachtmeister.

Die Männer lockern ihren Griff ein wenig, und Lomax saugt kalte Luft über sein blutiges Zahnfleisch, um es zu betäuben. »R. J. Holts kleine Tochter. Entführt.«

Nachdem er sein Zauberwort ein zweites Mal ausgesprochen hat, zerren ihn die Polizisten hoch und bombardieren ihn mit Fragen. Harvey Lomax teilt ihnen mit, dass er zwar nicht wisse, wohin der kaltblütige Gesetzesflüchtige Everett Greenwood Mr. Holts liebes kleines Mädchen gebracht hat, aber jemanden kenne, der es weiß.

Am Waldrand

Zum ersten Mal ahnte Everett, dass etwas nicht stimmte, als nicht wie sonst um neun Uhr abends Harris' Stimme über die Kurzwelle knisterte. Anfangs sagte er sich, sein Bruder sei wohl eingeschlafen oder mit den Holzlieferungen nach Japan beschäftigt, die ihm so viel Kopfzerbrechen bereiteten. Doch als er nun gegen Mitternacht schlaflos im Bett sitzt und das sanfte Schnaufen eines Dampfers durch den Nebel pulsieren hört wie den Herzschlag eines Wals, ist er sich sicher, dass etwas im Argen liegt.

Manchmal fahren Fischerboote und Holzschlepper an Greenwood Island vorbei, aber nie so dicht. Die Mole, an der Feeney ihre Vorräte hinterlässt, wird die Besatzung des Dampfers wohl glücklicherweise nicht finden können, und Everett nimmt an, dass sie in der Bucht vor Anker gehen und zu dem Kieselsteinstrand östlich der Hütte rudern werden. Nach einer Weile sieht er im Vollmondlicht bewaffnete Männer durchs Gebüsch streifen, in einer langsamen Gangart, die darauf schließen lässt, dass sie mit Ärger rechnen – oder, schlimmer noch, auf Ärger aus sind.

Acht Mounties in scharlachroten Uniformjacken, Stetson-Hüten und blauen Kniehosen mit gelben Paspeln stellen sich am Waldrand auf, dazu zwei Männer in Straßenkleidung. Hinter dem Holzschuppen bilden sie einen Halbkreis. Sie gehen tief in die Knie, richten ihre Karabiner auf die Hütte und warten.

Behutsam schiebt Everett sein Schlafzimmerfenster ein Stück

hoch, klemmt es mit einem schmalen Buch fest, aus dem er Schote vorzulesen versucht hat, und steckt den Lauf seines Gewehrs durch den Spalt. Nachdem er sie eine halbe Stunde lang beobachtet hat, sieht er, wie sich McSorleys gedrungene Silhouette zu einem anderen Mann hinter einem Baum bewegt. Everett würde sein Leben darauf verwetten, dass es sich bei diesem Mann um Lomax handelt, wenngleich er ausgemergelter und schwächlicher denn je wirkt. Everett hatte zugesehen, wie der Ire die ganze Nacht hindurch blindwütig schrieb, um ein hinreichend überzeugendes Tagebuch zu fabrizieren, und dabei zwei Schreibfedern verschliss, doch es scheint, als hätte Lomax ihren Täuschungsversuch letztlich doch durchschaut. Oder vielleicht hatte das Buch allein nicht genügt, um ihn zufriedenzustellen. Vielleicht hatte es das nie getan.

Doch je länger er dasitzt, desto mehr wird Everett bewusst, dass die Mounties allesamt nicht mehr als Knaben sind – mit abstehenden Ohren und dünnen Handgelenken, alle paar Sekunden ängstlich die Hälse reckend, um zu sehen, ob jemand von der Seite angreift –, die Everett die jungen Gesichter in Erinnerung rufen, auf die er in Europa über die Schützengräben hinweg gefeuert hat. Er weiß, unabhängig davon, was diese Jungen vorhaben, brächte er nicht nur Schote in Gefahr, wenn er auf sie schießen würde, sondern es wäre nichts anderes, als seine Waffe auf die mit Flohbissen übersäten Kinder zu richten, die er in dem Waisenhaus in Toronto gesehen hatte. Also zieht er das Gewehr aus dem Spalt, hängt es zurück an die Wand und geht zu Schotes Bett, um nach ihr zu sehen.

Er lässt sie schlafen und schleicht die Treppe hinunter, um seine Stiefel, seinen Mantel und eine Flasche Ziegenmilch aus der Küche zu holen, in die er einen kräftigen Schuss Beruhigenden Sirup gießt. Zurück im Obergeschoss, geht er in das zweite Schlafzimmer, wo das Kurzwellenfunkgerät steht. Er drückt sanft auf den schwarzen Knopf und flüstert in den perforierten Metallhörer Schotes richtigen Namen, den Namen, den er mit Bleischrift in das Tagebuch in

Temples Bibliothek geschrieben hat, den Namen, den er ihr geben wollte, wenn er die Hütte gebaut und das Tagebuch ihrer Mutter wiederbesorgt und ihr gemeinsames Leben von Neuem begonnen hatte. Doch nun, da alles anders kommen wird, als von Everett geplant, braucht sie ihren wahren Namen dringender denn je. Den Namen, den er diesem sonderbaren, unzerstörbaren Baum entliehen hat, unter dem Temple und er sich zum ersten Mal zusammen ausgeruht und Wasser getrunken hatten, dem Baum, der einfach nicht sterben wollte, so lange die Dürre auch anhielt. Und selbst wenn Harris nicht im Rauschen des Funkgeräts wartet, um Everett ihn sagen zu hören, ist ihr Rufname nun Geschichte, und sie heißt nicht länger Schote.

Seine Stimme

Eine Stunde nachdem die Wachmänner sein Büro verlassen haben, sitzt Harris noch immer am Schreibtisch und schwenkt mit einer zittrigen Hand ein Kristallglas voll Sake. Auf den Dielenbrettern hört er das sanfte Trappeln der italienischen Halbschuhe, die er Feeney zum Geburtstag geschenkt hat, der immer genau weiß, wie laut er sich bewegen muss, um ihn nicht zu erschrecken.

»Ich nehme an, es war Lomax, der sie hergeführt hat?«, fragt Feeney.

Harris neigt das Kinn. Ein langsames Nicken.

»Dann hat er unsere kleine Fälschung durchschaut?«

Ein abermaliges Nicken.

»Hat ja lange genug gedauert. Ich dachte schon, er sei noch hirnloser, als wir vermutet hatten. Aber die Polizisten können suchen, solange sie wollen. Sie werden die beiden niemals finden.« Harris hört das Knarren des Leders, als Feeney sich in den Sessel sinken lässt.

»Lomax hat der Polizei gesagt, mein Bruder habe R. J. Holts Kind entführt und halte es als Geisel gefangen«, sagt Harris.

»Und wie haben sie reagiert, als du ihnen die Wahrheit gesagt hast?«

Harris schnauft. »Ich habe ihnen bestätigt, dass mein Bruder ein Kind bei sich hat. Und dass es in der Tat nicht sein Kind ist. Alles Weitere ist reine Spekulation.«

»Was spielt es für eine Rolle, ob sie sein Kind ist oder nicht? Man hat sie dem Tod überlassen.«

Schweigen.

»Harris.«

Er nimmt einen langen Schluck.

»Du hast ihnen doch mehr als das gesagt.«

Harris stellt sein Glas ab. »Liam, als Lomax das erste Mal im Haus aufgetaucht ist, hat er mich beiseitegenommen und gedroht, der Polizei auf der Stelle von uns zu erzählen.«

Feeney lacht verächtlich. »Nun, wir wissen auch so einiges über ihn. Ich erkenne einen Rauschgiftsüchtigen, wenn ich einen sehe. Seine Pupillen sind nicht größer als die Punkte auf einer Buchseite. Und diese träge Gangart. Wir lassen ihn filzen. Wir nageln den Dreckskerl ans Kreuz.«

Harris lächelt schwächlich. »Drogensüchtig oder nicht, er kann uns ruinieren.«

Feeney atmet langsam ein und aus. »Also, was hast du gesagt?«

Harris widersteht einem zornigen Drang, das Sakeglas an die Wand zu werfen.

»Harris.«

»Zuerst würden sie uns unsittliches Verhalten vorwerfen. Dann würden sie das Unternehmen beschlagnahmen. Wir würden uns nie wiedersehen. Der Reichtum ist unser einziger Schutz, Liam. Ohne meine Unterschrift auf ihren Gehaltsschecks fressen die uns bei lebendigem Leibe.«

»Was hast du ihnen gesagt?«

»Rein rechtlich betrachtet, hat mein Bruder das Kind geraubt«, sagt Harris. »Und er ist verrückt, wenn er glaubt, es behalten zu können. Vielleicht wird ihm etwas mehr Zeit im Gefängnis ganz guttun.«

»Du armer, ängstlicher Mann«, sagt Feeney, und am gedämpften Klang seiner Stimme merkt Harris, dass er die Hände vors Gesicht geschlagen hat. »Und was ist mit den Gesprächen, die ihr beide über dieses Funkgerät dort geführt habt?«

Kurz nachdem Harris Lomax den genauen Standort seiner Hütte auf Greenwood Island genannt hatte und sie davongeeilt waren, um Everett dingfest zu machen, war der abendliche Gruß seines Bruders über den Äther gekommen. Fast wie um sich selbst zu bestrafen, hatte er das Funkgerät eingeschaltet gelassen, wenngleich er auch nicht in der Lage war zu antworten. Stattdessen hatte er dagesessen und zugehört, wie Everett wiederholte: »Bitte kommen, Harris. Harris, bitte kommen.«

»Er hat seine eigenen Entscheidungen getroffen, Liam«, sagt Harris. »Everett und ich können uns nicht auf ewig gegenseitig retten.«

»Und dein Versprechen, ihn auf der Insel wohnen zu lassen?«

Nachdem Harris dem Vorschlag zugestimmt hatte, hatte Everett so laut gejubelt, dass es im Funkgerät knackte, als wäre eine Bombe explodiert.

»Pläne können sich ändern«, sagt Harris. »Everett weiß das besser als jeder andere.«

»Aber es bleibt noch Zeit, alles in Ordnung zu bringen!«, ruft Feeney. »Wir müssen zu ihm. Sofort. Lomax ist noch nicht lange weg. Wenn wir das Ruderboot nehmen, können wir ihnen zuvorkommen.«

Wie könnte, fragt sich Harris, ein Dichter auch begreifen, dass man, um in einer so grausamen Welt zu überleben, wie eine Holzfälleraxt sein muss: scharf, brutal, zielsicher und erbarmungslos. Ganz wie er Feeney bei ihrem Kennenlernen gesagt hat, ist er durch und durch Waldarbeiter. Und ein Waldarbeiter ist immer imstande zu tun, was getan werden muss. Auch wenn es bedeutet, einen kranken Ast abzuschneiden, um einen Baum zu retten. Auch wenn es bedeutet, einen Schatz fortzugeben, um einen anderen behalten zu können.

Harris steht auf und hofft, leidenschaftlich zu erscheinen, voller Liebe, des großen Opfers würdig, das er soeben gebracht hat, stattdessen spürt er, wie sich sein Gesicht zu einem schiefen Grinsen verzieht, als er sagt: »Ich würde jeden Baum auf dieser Erde zu Streichhölzern verarbeiten, wenn ich dich dadurch schützen könnte, Liam. Und für Menschen gilt dasselbe.«

Er hört Feeney in die Hände klatschen. »Gut. Wenn du nicht zu ihm gehst, dann tu ich es eben.«

»Als Ihr Arbeitgeber, Mr. Feeney, verbiete ich Ihnen, eines meiner Ruderboote zu besteigen.«

Feeney atmet langsam aus. Schließlich sagt er: »Dann werde ich meine Fähigkeiten als Beschreiber wohl nicht länger in Ihren Dienst stellen können, Mr. Greenwood.«

Auch wenn der schwächste Teil von Harris' Persönlichkeit immer gefürchtet hat, dass diese Worte des Verrats fallen würden – weil nichts Gutes von Dauer ist, nicht in seinem Leben und auch in Everetts nicht –, traut er seinen Ohren kaum. Mehr noch als die Worte verletzt ihn der knappe, professionelle Tonfall, den Liams sonst so warme Stimme angenommen hat.

»Du hast gesagt, du würdest mich nie hintergehen«, sagt er leise.

»Das habe ich auch nicht«, erwidert Feeney. »Aber du bist mir zuvorgekommen.«

»Gut, dann bist du gefeuert«, sagt Harris mit der gleichen Kühle, um Feeney aufzubringen. »Ich fürchte, du hast die Fähigkeit zur Beschreibung der Welt ohnehin eingebüßt.«

Harris wartet ab, rechnet damit, dass Feeney ihn mit einer noch schärferen Bemerkung zu zerfleischen versucht. Mit etwas spektakulär Respektlosem und Schlagfertigem. Zu diesem Zeitpunkt nimmt Harris jede Beleidigung gern in Kauf, solange sie sie der Versöhnung ein Stück näher bringt. Doch er hört nur seine Vögel in ihren Käfigen rascheln.

»Also, was hast du dazu zu sagen?«, ruft er erbittert aus, als eine volle Minute vergangen ist. »Liam?«

Harris tastet sich um seinen Schreibtisch herum und wirft ein Kristallglas auf den Boden.

»Bist du noch da?«

Er hat weder gehört, wie er sich aus dem Ledersessel erhoben hat, noch Schritte auf den Dielenbrettern noch das Klappern der Tür. Er geht zum Sessel und spürt die Wärme, die Feeney an der Rückenlehne hinterlassen hat.

»Ach, hör auf mit deinen Spielchen, Liam. Du weißt, wie sehr ich es hasse, überrascht zu werden.«

Harris richtet die ganze Kraft seiner verbliebenen Sinne auf das Innere des Raums, fühlt seine Oberflächen und Hohlräume, seine Flächen und Kurven. Er nimmt viele Geräuschquellen wahr – das Zischen des Funkgeräts, das er in der Ecke eingeschaltet gelassen hat, das Flattern der Vögel –, doch sein Beschreiber ist nicht darunter.

Was er jetzt mehr als alles andere braucht, ist seine Stimme. Seit er Feeney zum ersten Mal in ebendiesem Büro die ungewöhnliche Tennyson-Stelle hat lesen hören, hat seine Stimme Harris' ganze innerliche Struktur verändert, ihn zu einem gänzlich neuen Wesen zusammengesetzt, einem neuen System aus Zellen mit einer neuen lebensspendenden Kraft dazwischen. Doch diese Stimme wird er vielleicht niemals wieder hören. Bei dem Gedanken öffnet sich eine Schlucht in Harris' Eingeweiden, und er schreit auf und wirft den Lehnsessel um, in dem Feeney gerade noch gesessen hat, und taumelt zurück. Er bewegt die Füße ruckartig, um sich von einer Kabelschnur zu befreien, die sich in seinen Beinen verfangen hat, und die elektrische Lampe, an der sie befestigt ist, fällt zu Boden. Als die Glühlampen zerplatzen, könnte Harris schwören, dass er spürt, wie das Licht von seiner Haut verschwindet.

Gewehre

Lomax vermag nicht genau zu sagen, wie lange die Überfahrt dauert. Es ist ein nicht enden wollendes Gerüttel auf den schwarzen, mannshohen Dünungen der Meerenge, und bei jedem Schlingern des Bootes schwankt er auf Übelkeit erregende Weise mit.

»Das Buch *und* das Kind, Mr. Lomax«, hatte Mr. Holt gesagt, als er in der Bahnstation in Vancouver am Telefon mit ihm gesprochen hatte. »Bringen Sie mir beides, und Sie haben mein Wort: Alles ist vergeben.« Dann hatte Mr. Holt Inspektor McSorley kontaktiert und darauf bestanden, dass Lomax und er zusammenarbeiteten. Also haben sie einen Pakt geschlossen: Wenn die Durchsuchungsaktion erfolgreich verläuft, wird Lomax Mr. Holt das Kind samt Tagebuch zurückbringen, und McSorley lässt sich dafür als der Held feiern, der den gefährlichen Kindesentführer und Gesetzesflüchtigen Everett Greenwood gefangen hat.

Die abgelegene Insel, auf der Everett sich in den vergangenen Monaten versteckt hat, liegt außerhalb des Zuständigkeitsbereichs der örtlichen Polizei, weshalb McSorley einige frisch rekrutierte Mounties um Unterstützung gebeten hat. Zwei der Mounties haben seit ihrer Kindheit in diesen tückischen Gewässern Garnelen und Krabben gefangen und kennen die Fahrrinnen und Strömungen gut, selbst im Dunkeln. Ungeachtet ihrer seemännischen Erfahrung sehen die Jungen aus, als kämen sie geradewegs von der Abschlussfeier ihrer Highschool. Doch im Westen scheinen Lomax alle zu jung zu sein, ein Haufen Säuglinge, die sich um ein Land raufen, das noch nicht anständig aufgeteilt ist.

Als sie die Insel erreichen, gibt es dort keine Anlegestelle, sie ankern in der Bucht und rudern von dort aus weiter. Schaumgekrönte Wellen kräuseln sich in der Finsternis, als sie an Land gehen und sich durch dichtes Salal- und Brombeergebüsch westwärts schleichen.

Bald erscheint die Hütte im Mondlicht, und McSorley weist die Männer an, einen losen Kreis zu bilden. Der Vater eines der Jungen aus der Gegend war der Vorarbeiter der Zimmermänner, die Harris Greenwood die Hütte gebaut haben, und daher wissen sie, dass das Gebäude nur eine Tür hat, die zum Meer hinausgeht.

»Was, wenn er in Panik gerät und das Kind verletzt?«, fragt McSorley Lomax, als sie sich hinter einen der gewaltigen Baumstämme kauern.

»Wenn er merkt, dass er umzingelt ist«, sagt Lomax, »wird er sich wahrscheinlich stellen. Und dem Mädchen passiert nichts.«

»Warum nehmen wir ihn dann nicht gleich gefangen?«, fragt McSorley.

»Er war Soldat. Und er ist ein beschädigter Mann. Er könnte aggressiv reagieren, wenn wir ihn aufstören. Besser wir warten die Nacht ab und sprechen am Morgen vernünftig mit ihm. Es ist eine Insel. Sie können nirgendwohin.«

Während die Männer Wachposten beziehen, lehnt Lomax sich gegen einen Holzstapel und drückt das schwere Gewehr in seinen Händen. Seine letzte Opiumspritze liegt sechs Stunden zurück, und schon wird ihm kalt, in seinen Adern juckt es, als wären sie von innen mit Gifteiche poliert worden. Glücklicherweise hat Lomax ein Fläschchen mit Opiumpulver in der Tasche, das er durch die Nase einnehmen will, wenn sich sein Zustand verschlechtern sollte.

Und tatsächlich beginnt er, während die Nachtstunden dahinkriechen, heftig zu schwitzen. Bald kommt es ihm vor, als hätte ihm jemand ein unter Strom stehendes Messer mitten in den Rücken gestoßen, und geisterhafte Stimmen beginnen leise aus den Schatten zu rufen.

»Was haben Sie gesagt?«, fragt einer der Jungen, der neben ihm steht.

»Wer, ich?«, sagt Lomax.

»Ja, Sie haben doch gerade etwas gesagt.«

»Nein, habe ich nicht.«

»Irgendetwas über eine Frau und ihr Kind.«

»Klappe halten«, sagt Lomax und zieht sich den Hut tief in die triefend nasse Stirn. Nach Ruhe vor den Stimmen und Linderung seiner wachsenden Qual hungernd, steckt er den kleinen Finger in das Opium und atmet eine Prise des ockerfarbenen Pulvers ein. Ein silberner Schauder fließt durch seine Nebenhöhlen und sammelt sich in seinem Stammhirn, und sein Inneres wird zart vor Klarheit und Behaglichkeit. Die Sterne, die vorher schwach und unbedeutend wirkten, kaum sichtbar durch das hoch aufragende Blätterdach, lodern jetzt wie Glut. Etwas später übergibt er sich diskret in ein Gebüsch, aber es ist ein reinigender, schöner Vorgang.

Gegen vier Uhr morgens stupst ihn einer der Jungen an und bittet Lomax, für ihn die Stellung zu halten, während er pinkeln geht. Lomax nickt und sieht zu, wie sich der Junge hinter dem Holzschuppen in den Wald schlägt. Plötzlich ertönt ein lautes metallisches Krachen aus dieser Richtung, und der Junge schreit, als wäre er angeschossen worden. In der Aufregung beginnt der junge Mountie neben Lomax sein Gewehr panisch zu schwenken, die Augen aufgerissen wie ein Besessener. Als der verletzte Junge mit schmerzerfüllter Stimme um sein Leben fleht, sieht Lomax, wie der Mountie das Geweht hebt. Dann bewegt er den dunklen Lauf in Richtung der Hütte, schließt die Augen und drückt ab.

Kugeln

Sie scheinen aus jedem Gegenstand im Raum hervorzubrechen. Sie knallen und schwirren durch die Fenster und lassen den Porzellankrug mit Ziegenmilch auf dem Nachttisch zerspringen. Sie wühlen sich durch die mit Zedernholz verkleideten Wände des Raumes. Sie nagen sich durch Willows Kinderbett, verstümmeln den mit Sägespänen ausgetopften Hasen, den ihr der Ire mitgebracht hat.

»Ich habe ein Kind hier drin!«, ruft Everett in den Hagel hinein, wirft sich mit Willow auf den Boden und bedeckt ihren winzigen Körper mit seinem eigenen. Doch das Dröhnen der Gewehrschüsse verschluckt seine Worte. Draußen ruft ein Mann, sie sollten das Feuer einstellen. Aber nichts wird eingestellt.

Es ist ein Lärm wie von einem Dutzend gleichzeitiger Gewitter. Und mit einem Mal ist er zurück im Krieg, gefangen im ohrenbetäubenden Sperrfeuer der deutschen Artillerie. Mit einer Art Pfeifknall fliegt eine Kugel durch die Wandverkleidung hinter ihm, und sein Rücken fühlt sich ein wenig kühl an. Doch die Kühle nimmt zu und verwandelt sich bald in glühende Hitze. Er hustet, zweimal so trocken wie Papier, dann einmal triefend nass. Als er wieder zu Atem kommt, zerrt er Willow zur Schlafzimmertür. Als er nach dem Türknauf greift, wird ihm bewusst, dass die Männer gewiss nicht vorhaben, sie gehen zu lassen.

Ihre Stimme

Nachdem der junge Mountie den ersten Schuss abgegeben hat, folgen die anderen auf dem Fuße, und alle stürzen sich in einen kollektiven Feuerwahn. Sie leeren die Magazine ihrer großkalibrigen Repetiergewehre, manche stumm und mit zugekniffenen Augen, andere johlend wie Schuljungen im Juni – alles, obwohl Lomax immer wieder ruft, sie sollten aufhören. Inmitten des Chaos hat er eine Vision: Kugeln treffen sein eigenes Haus in Saint John mit seinen sieben Kindern darin, die sich unter ihre Betten ducken, nach ihrem Vater rufen.

Die Schüsse scheinen eine Ewigkeit zu währen, und sie hallen in Lomax' Ohren nach, als das Mündungsfeuer verlischt und die Schwärze zurückströmt. Inmitten des Korditgestanks hängt blauer Rauch um ihre Knie herum, und der Boden ist mit heißen Messinghülsen übersät. Klingen aus Glas schwingen in den Fenstern der Holzhütte hin und her und lösen sich, um am Rahmen zu zersplittern.

Die keuchenden Jungen kommen wieder zu sich, und eine gespannte Stille senkt sich über sie. Ein aufgebrachter McSorley, der die ganze Zeit über geschrien hat, sie sollten das Feuer einstellen, übernimmt wieder das Kommando und hebt sich seinen Rüffel für ihren Mangel an Disziplin und ganz allgemeine Dummheit für später auf. Zuerst weist er sie an, hinter dem Holzschuppen nachzusehen, wo sich der Junge erleichtern wollte. Sie finden ihn, vom Schock bewusstlos, ein Schienbein unter dem Griff einer Tierfalle mit schartigen Kiefern grotesk abgeknickt, das Gesicht so weiß wie der Knochendolch, der aus seinem Bein ragt.

Während sich die Mounties mühen, ihn zu befreien, schleicht Lomax unbemerkt zu der mit Einschusslöchern genarbten Tür der Hütte und drückt sie auf. Das Letzte, was er will, ist, dass McSorley das echte Tagebuch liest, ehe er es in die Hände bekommt. Drinnen genehmigt er sich eine großzügige Prise Opiumpulver, um seine Nerven zu beruhigen, und betet zu Gott, sollte oben jemand verletzt sein, dann bitte nicht das Kind. Lass es Everett Greenwood sein, einen Mann, der niemandem etwas bedeutet hatte – nicht einmal dem eigenen Bruder.

Am Fuß der Treppe ist ein frischer Blutfleck an der Wand. Lomax fragt sich, ob es Euphemias Blut ist. Doch Euphemia ist gar nicht hier, ruft er sich in Erinnerung. Aber bei all dem Opium, das seinen Geist vernebelt, wer kann da schon mit Sicherheit sagen, dass sie es nicht ist? Als er die Treppe zum ersten Stock hinaufgeht, kommt es ihm vor, als hätte sich sein Gewicht verdoppelt, als trüge er eine identische Kopie seines Körpers bewusstlos auf den Schultern. Plötzlich ist er wieder in dem Wald, in dem er Euphemia an dem Ahornbaum gefunden hat, und in der Rinde der umstehenden Bäume sind Tausende verzerrte Gesichter gefangen. Menschen, die er kennt, und solche, die er nicht kennt. Die Gesichter seines Vaters und seiner Mutter. Die Gesichter seiner eigenen Kinder und der notleidenden Familien auf seiner Milchgeldroute. Die, die er aufgespürt hat, und die, die er geschlagen hat. Die Gebrechlichen. Die Gebrochenen. Die Toten. Alle von Schmerz gepeinigt.

Hast du mir Mantel und Schuhe mitgebracht?, fragt die verzweifelte Stimme einer Frau.

»Morgen«, antwortet Lomax sanft, ohne zu wissen, ob er es laut ausgesprochen hat. »Morgen bringe ich sie dir.«

Ich kann das nicht zu Ende bringen.

»Was?«

Das hier.

»Euphemia, das ist nichts, was man einfach so hinschmeißen könnte«, sagt Lomax und erreicht das obere Ende der Treppe, wo er vor einer geschlossenen Zimmertür steht.

Aber ich kann sie nicht loslassen, sagt sie flehentlich. *Genügt das denn nicht?*

»Sei nicht närrisch«, sagt Lomax, dreht sich mit der Schulter zur Tür und macht sich bereit, sie einzurennen. »Es gibt nichts, was man nicht loslassen könnte.«

Die Zeitmaschine

Im Krieg hatte Everett gesehen, wie Soldaten angeschossen wurden und sofort zu rennen anfingen, so schnell ihre Beine sie trugen, als wollten sie den Tod in einem Wettlauf besiegen. Andere sah er sich stumm niedersetzen, als machten sie sich für den Tee bereit. Everett Greenwoods Reaktion aber liegt irgendwo dazwischen.

Nachdem die Schüsse verstummt sind, öffnet er die Schlafzimmertür und schlängelt sich mit Willow vor dem Bauch die Stufen hinunter, bis er den unteren Treppenabsatz erreicht, wo er einen Mundvoll Blut an die Wand spuckt. Er atmet tief durch und bricht dann durch die grob beschaffene Hintertür, schützt dabei das Kind, so gut er kann, bereit, loszustürmen, zuzuschlagen oder in Gewehrfeuer zu sterben.

Doch da ist weit und breit niemand.

Das Kind an die Seite seines Hemdes gedrückt, die nicht blutgetränkt an seiner Flanke klebt, stolpert er in den Wald hinein. Er taumelt westwärts, versucht möglichst wenige Fußspuren zu hinterlassen, indem er von Wurzel zu Wurzel tritt und sich, wo es keine Wurzeln gibt, an mit federndem Moos gepolsterte Bereiche hält.

Nun, da die Schüsse aufgehört haben, kehren Willows Sinne zurück, und sie beginnt zu wimmern. Also zieht er aus der Manteltasche die Flasche mit Ziegenmilch, in die er etwas von Mother Baileys Beruhigendem Sirup gemischt hat. Sie leert sie gierig, ohne

Luft zu holen. Als die Wirkung des Mittels einsetzt, schnarcht Willow rüde an seiner Brust.

Wenn Everett Luft holt, hebt sich nur eine Hälfte seines Brustkorbs, wodurch sein Gang Schlagseite bekommt, und er hofft, dass er nicht im Kreis läuft. Die Kugel ist in seinen Rücken eingetreten, aber weil sie vorher durch die Zedernholzverkleidung der Hütte gedrungen war, fehlte ihr die Kraft, seinen Körper wieder zu verlassen, und jetzt klappert sie in seiner Lunge herum wie ein Plektrum, das in den Korpus einer Gitarre gefallen ist. Die Verletzung wird ihn nicht so bald umbringen, aber die Wunde blutet stark.

Er kommt an einem alten Holzfällerlager vorbei und überlegt, sich in der morschen Schlafbaracke zu verstecken, um sich auszuruhen oder vielleicht zu sterben. Aber es könnte Stunden dauern, bis ihn die Mounties finden, und auch wenn Everett nicht kalt ist, sieht er den Dampf von Willows Atem und weiß, dass sie allein nicht lange durchhalten würde. Er humpelt weiter, vermeidet die allzu offensichtlichen Trampelpfade, bahnt sich den Weg durch Sträucher, die nach seinen Augen harken und an seinen Kleidern zerren. Er bleibt nur stehen, um rasselnd nach Luft zu schnappen. Irgendwann ist es, als würden Türen zu ganzen Räumen aus Schmerz aufgestoßen, und er kann nur mit halb geschlossenen Lidern weitergehen und zwischen seinen Wimpern hindurchblicken wie durch einen Traum. Bald wird das Kind zu einem Felsen, und seine Beine sind Bretter, die seine Hüften kaum heben können.

Seine Gedanken kreisen und wandern. Umrisse schießen an den Rändern seines Gesichtsfelds entlang. Eine ganze Zeit lang ist er in Belgien, zieht eine blutgetränkte Trage durch den Schlamm, auf der die Fetzen irgendeiner verlorenen Seele liegen. Dann rennt er irgendwo vor Oakland mit Blank auf einen Zug zu, verfolgt von Bullen mit dicken Hälsen. Dann ist er wieder ein Kind, läuft stumm vor Angst neben seinem Bruder her, die Taschen mit erbeuteten Möhren und Zwiebeln vollgestopft, während die Bewohner des Orts sie von ihren Veranden aus mit Steinen bewerfen.

Es dauert nicht lange, bis Everett das Salzwasser des Ozeans und den mit Seetang bedeckten Strand riecht, an dem Willow und er so viele träge Nachmittage verbracht haben, und der Geruch verleiht ihm Kraft. Er humpelt weiter, und das Gestrüpp öffnet sich und gibt den Blick auf die schmatzenden Felsen und den zum Ufer abfallenden Sandstein frei, und er verharrt einen Augenblick lang an der Mole. Als er auf einem umgestürzten Baum sitzt und in Willows schlafendes Gesicht blickt, geht ihm auf, dass sie ihn seit dem ersten Abend, als er sie weinen hörte, zu einem völlig neuen Menschen gemacht hat. Nicht zu einem guten. Auch nicht zu einem, der Respekt oder Bewunderung verdient hätte. Aber zu einem, dem das Leben eines anderen Menschen mehr gilt als das eigene. Und diese Verwandlung hat eine Wunde geschlossen, die lange in ihm geschwärt und genässt hatte.

Doch eine letzte Verwandlung muss er noch vollziehen.

Als er sich sicher ist, dass die Mole nicht von den Mounties entdeckt wurde, hinkt er zu der großen Zeder am Wasser hinüber und findet die wärmeisolierte Kiste, die daran hängt. Der Ire lässt ihre Wochenvorräte in dieser Kiste – allerdings wird er erst am Morgen mit dem Ruderboot kommen, wenn er überhaupt noch einmal kommt. Denn es war zweifellos Harris, der ihren Aufenthaltsort verraten hatte.

Everett hatte geplant, Willow irgendwann einmal zu seinem alten Zuckerbusch auf R. J. Holts Land außerhalb von Saint John mitzunehmen, dem Ort, an dem alles begann. Er hatte vorgehabt, ihr den Baum zu zeigen, an dem sie gehangen hatte. »Ich wette, ich würde ihn noch finden«, flüstert er ihr jetzt zu. »Ich wette, der Nagel ist noch da.« Doch in Wahrheit weiß er, dass es nie dazu kommen wird und dass Willow und er sich wahrscheinlich nie wiedersehen. Der Gedanke lässt etwas in ihm zerbrechen, und er weiß, dass es nie wieder ganz werden wird.

Er humpelt zu der Vorratskiste, während ein Hauch von Dämmerung den Horizont rosig säumt, zieht seinen Wollmantel aus und wringt so viel Blut heraus, wie er kann, ehe er Willow darin einwickelt. Sein umherirrender Verstand kehrt zu Temples Bibliothek zurück, zu den grob gezimmerten Regalen voller Enzyklopädien und seltsamen Büchern aus allen Winkeln der Erde. Während seiner Zeit auf der Farm hat Temple ihm von einem Buch mit dem Titel *Die Zeitmaschine* erzählt. Die Geschichte kreiste um eine mechanische Vorrichtung, die jemanden aus seiner eigenen Zeit in eine andere befördern konnte, und es ließ Everett an ihm bekannte Orte denken, durch die man in eine gänzlich andere Zeit eintreten kann. Eine Straßenbahn ist einer davon. Ein Wald ebenfalls. Ein einzelner Baum. Ein Schlachtfeld. Und auch – aber das wird Everett erst später feststellen, nachdem er so lange Zeit in einer gelebt hat – eine Gefängniszelle. »Und diese Vorratskiste auch«, sagt er, und sein Hals schließt sich wie eine Faust. Er fährt mit den Lippen über Willows lieblichen Kopf und hebt den Deckel.

Zum Baum

Nach der erfolgreichen Festnahme und Inhaftierung Everett Greenwoods kehrt Harvey Lomax ins Hotel New Sun Wah zurück, das nach einer großzügigen Spende der Betreiber an die Stadtregierung seine Pforten wieder geöffnet hat.

Zwar ist der Junge mit den dicken Brillengläsern fort – manche sagen, er sei ausgewiesen worden, andere, er sei bei einem Raubüberfall ums Leben gekommen –, doch hat ein anderer seinen Platz eingenommen, ein Junge, der ebenso fürsorglich und professionell ist und den Lomax zu verehren und zu bewundern lernt wie seinen Vorgänger.

Letztlich ist es nicht der Sog der Droge selbst, der Lomax in die Opiumhöhle gezogen hat, wo er jede Hoffnung aufgibt, jemals wieder den Weg zu seiner Familie und in seinen Backsteinbungalow in West Saint John zu finden. Es ist vielmehr die Unmenschlichkeit dessen, was Everett Greenwood diesem Kind angetan hat, schlimmer als jede Verderbtheit, deren Zeuge Lomax in seinen Jahrzehnten des Schuldeneintreibens geworden ist.

»Sie hat nicht aufgehört zu schreien, also habe ich ihr die Kehle zugedrückt und sie mit dem Tagebuch zusammen in der Erde vergraben, wo Sie sie niemals finden werden«, hatte Everett mit unvorstellbarere Kälte zu Lomax gesagt, nachdem die Mounties ihn früh am nächsten Morgen entdeckt hatten, als er mit einem perforierten Lungenflügel verwirrt und blutgetränkt durch den Wald stolperte.

Tatsächlich hatte McSorley mit einer Meute Bluthunde die Hütte und jeden Zentimeter des hoch aufragenden Waldes von Greenwood Island abgesucht und nichts gefunden hatte: weder die Überreste eines Kindes noch ein Tagebuch.

Nicht, dass Lomax zuvor besonders viel Vertrauen in die angeborene Güte seiner Mitmenschen gesetzt hätte, aber Everetts grausige Beseitigung des Kindes überzeugt ihn davon, dass der Mensch ein niederträchtiges, undurchschaubares Wesen ist. Ein Wesen, das zu nichts als Boshaftigkeit und gedankenloser Verschwendung in der Lage ist. Und was Lomax betrifft, wird das einzige Mittel gegen dieses Leiden mit Namen Menschheit am besten intravenös verabreicht.

Hier, im Schoß des New Sun Wah, und später, nachdem es ganz geschlossen wurde, in verschiedenen anderen Höhlen seiner Art – unterbrochen von Gefängnisstrafen nach Ausflügen in den Bagatelldiebstahl, wenn ihm das Geld ausgeht –, werden sich die Jahre auf ihn häufen. Er wird erfahren, dass sich R. J. Holt nach dem Tod des Kindes in der öffentlichen Aufmerksamkeit sonnte, die ihm die Tragödie eintrug, seinen eigenen Zeitungen unzählige Interviews gab, in denen er sich als der kanadische Charles Lindbergh darstellte, was seinem Unternehmen einen Aufschwung bescherte. Von einigen anderen Vagabunden, die frisch in Saint John eingetroffen sind, wird Lomax auch erfahren, dass sich Lavern, nachdem er zwei Jahre fort gewesen war, an den Priester ihrer Gemeinde gewandt und ihre Ehegemeinschaft aufgelöst hatte, um danach neu zu heiraten. Irgendwann werden seine Kinder ihren Vater vollständig vergessen haben – alle bis auf den Ältesten, Harvey jr., der unzählige Briefe an Obdachlosenunterkünfte in Vancouver schreiben und den unerschütterlichen Glauben aufrechterhalten wird, dass er durch irgendeine Heimtücke um seinen guten und edlen Patriarchen gebracht wurde.

Aber durch all seine Tage der Armut und des Elends hindurch wird Lomax den Schuber des Tagebuchs aufheben – bis zum Tag seines Todes, der zwei Jahrzehnte später kommen wird, wenn in einem Hotel in einer heruntergekommenen Gegend ein unerwartet wirksamer Schuss Heroin sein Herz zum Stillstand bringt. Der Schuber wird das einzige Relikt aus seinem vorherigen Leben sein, das ihm geblieben ist. Und auch wenn das Tagebuch, das hineingehört, längst vergessen sein wird, werden Harvey Lomax' Taten es nicht sein. Obwohl das Opium – und dann das Heroin – seinen Körper und seinen Geist nach und nach auslöschen wird, wird er im Laufe der Jahre Einblick in gewisse Wahrheiten erhalten, jene Teile der Geschichte, die er so lange hatte aussparen können. Und oft wird er in seinem drogenvernebelten Zustand eine Zusammenkunft seiner sieben Kinder imaginieren – der Kinder, die er verlassen hat, so wie er von seinem Vater verlassen wurde. In Lumpen gekleidet, die Zähne faulfräßig, wird sich die unbändige Menge neben seiner Matte oder seiner Gefängnispritsche oder dem Flecken Erde, auf den er sich zur Nacht gebettet hat, versammeln. Sie werden barfüßig sein, hungrig, in Tränen. Und er wird sie zählen.

Und er wird sie nochmals zählen.

Nicht sieben.

Acht.

Dann wird er das jüngste unter ihnen heraussuchen, das smaragdgrüne Augen hat wie Euphemia. Ein Mädchen. Dasselbe Mädchen, das Euphemia an einen Nagel in einem Baum gehängt hatte, als sie das Kind nicht mehr tragen konnte. Und wieder und wieder wird Lomax im Geiste zu der Nacht zurückkehren, in der er Euphemia besucht hatte, kurz bevor sie aus Holts Anwesen geflohen war, als sie ihm sagte, sie habe ihre Meinung geändert und sich entschieden, das Kind zu behalten, statt es Mr. Holt zu geben, und sie wolle Holt sagen, es sei Lomax' Kind – auch wenn sie nur einmal zusammen gewesen waren, bei einem seiner Besuche in ihrer Wohnung. Und da Lomax weder seine eigene Familie aufs Spiel setzen noch riskieren konnte, in Mr. Holts Gunst zu sinken, hatte er sich über sie gebeugt und gedroht, ihr das Kind wegzunehmen und zu verhindern, dass sie es jemals wieder zu Gesicht bekam. Der verlassene Blick, mit dem sie ihn daraufhin angesehen hatte, wird ihn auf ewig verfolgen.

Er hatte geblufft. Um seine Arbeitsstelle und sein Zuhause und seine Familie behalten zu können – aber auch um Euphemia zu schützen. Um zu verhindern, dass sie ihr Leben vergeudete, wie Lavern und er es in so jungen Jahren getan hatten. Euphemia war klug, ehrgeizig; er hatte sich vorgestellt, dass sie Mr. Holts Geld benutzen würde, um nach New York zu ziehen, wie sie es vorgehabt hatte, und ihr altes Leben hinter sich zurücklassen würde. Nie hätte er gedacht, dass seine Taten sie in jener Nacht ohne Mantel oder Schuhe hinaus in den Wald treiben würden oder dass ihr Kind anschließend von einem Dämon in Gestalt eines Mannes geraubt werden würde.

Und immer wird Lomax zum Abschluss dieser Visionen um Vergebung bitten – für seine Untreue, dafür, dass er Frau und Kinder verlassen hat, für das Schicksal, das Euphemia und ihr Kind unverdient ereilt hat. Doch ihm wird keine Vergebung zuteilwerden. Und seine Qualen werden endlos sein.

Prediger und Politiker behaupten oft, Not und Elend schweißten die Menschen zusammen. Ein großes Unglück wie die Wirtschaftskrise bringe das Beste und Edelste in uns zum Vorschein. Doch in seinem langen, leiderfüllten und habsüchtigen Leben wird Harvey Lomax nur das Gegenteil begegnen. Seiner Erfahrung nach behandeln wir einander umso schlechter, je härter das Leben wird. Und das Schlimmste heben wir uns für unsere Familien auf.

Vögel

Nach dem Wirbelsturm lebt Temple monatelang im Keller der Knox Presbyterian Church in Estevan. Und nachdem Hunderte von Schuhkartons voller verdreckter Banknoten und Münzen, Schmuck und Silberbesteck auf der Türschwelle der Kirche abgelegt worden waren, wird Temple genügend zusammengespart haben, um ihre Farm wiederaufzubauen.

Im Sommer des Jahres 1935 wird sie auf ihr Land zurückkehren, um die Trümmer zu beseitigen. Inmitten der unter Geröll vergrabenen und kilometerweit auf ihre Weizenfelder hinausgeschleuderten Ruinen ihres früheren Lebens wird sie Tausende aufgeschlagener Bücher finden, verlassen und im Staub verrottend. Noch jahrelang werden Farmer in der Gegend Bücher aus ihren Bäumen und Heubündeln, vom Dachgesims ihrer Scheunen und den Gründen ihrer Brunnen pflücken.

Im Laufe des nächsten Jahres wird Temple mit einer Mannschaft von Männern und Frauen arbeiten, die einmal in ihrer Farm gewohnt hatte, als sie schwere Zeiten durchmachten, und mit ihrer Unterstützung wird sie das Gerüst für ein neues Haus und eine neue Scheune errichten, wird die langen hölzernen Knochen mithilfe geliehener Pferde aufrichten. Die Arbeiter werden kein Geld als Lohn annehmen, nur Mahlzeiten, die Temple und Gertie auf der überdachten Veranda anrichten werden, die sie zuerst aufbauen werden, draußen bei der Weide, die das von dem Wirbelsturm in ihrem Blätterdach hinterlassene Loch schon geschlossen hat.

Lange nachdem alle Arbeit getan ist, wird sie zufällig Bahninspektor McSorley begegnen, und er wird seinen Hut in die Hände nehmen und ihr sagen, es tue ihm leid, was sie alles durchgemacht und verloren habe. Auf Temples Grundstück hat der Wirbelsturm am grausamsten gewütet, und die voreingenommeneren Bürger von Estevan werden in dieser mutwilligen Zerstörung eine Art wohlverdiente Strafe dafür sehen, dass sie dort diese sündhaften, unanständigen Kerle untergebracht hat. Dankenswerterweise wird McSorley sie mit solchen Unterstellungen verschonen.

Als sie gerade auseinandergehen wollen, wird er sagen: »Ich hoffe, das Kind Ihrer Schwester ist genesen?«

Temple wird im Gesicht des Bahninspektors nach Anzeichen von Argwohn suchen, aber keine finden. »Es hat sich gut erholt«, wird sie antworten und einen Anflug von Traurigkeit unterdrücken, ein Gefühl, das sie jederzeit überfallen kann, unvermittelt wie ein Sandsturm. »Das Kind lebt jetzt im Osten bei meiner Schwester, die eine gute Arbeitsstelle gefunden hat. Danke der Nachfrage. Auf Wiedersehen, Herr Bahninspektor.«

»Oh, ich bin kein Inspektor mehr, Miss Temple«, wird er stolz erklären und dabei die Hosenträger mit den Daumen spannen. »Nach dieser Geschichte im Westen bin ich von der Bundesbahn auf einen bedeutenderen Posten befördert worden.«

Sie wird ihm gratulieren, und sie werden auseinandergehen, ohne dass eine weitere Erklärung notwendig wäre, was mit »dieser Geschichte im Westen« gemeint war. Inzwischen wird jeder in Estevan gebannt die aufmerksamkeitsheischenden Schlagzeilen zu dem aus der Kinderstube des Industriellen R. J. Holt aus New Brunswick geraubten Säugling verfolgt haben. Sie werden alle blutigen Einzelheiten darüber gelesen haben, wie der Kindesentführer – ein Landstreicher, der ein so unerhört hohes Lösegeld verlangt hat, dass nicht einmal ein Millionär in der Lage war, es zu zahlen – das Kind blindwütig auf einer abgelegenen Insel irgendwo an der Küste von British Columbia getötet hatte; ein Verbrechen, das er schließlich gestanden hatte, aber nicht ohne zuvor auf den tapferen Bahninspektor Art McSorley und seine unerschrockenen Mounties geschossen zu haben.

Es ist die Art von Wissen, die den Verstand eines Menschen entzweien kann. Was war mit der Geschichte, die Everett ihr erzählt hatte – dass er das Kind im Wald gefunden habe? Konnte er sich das ausgedacht haben? Ein so freundlicher Mann, der eine so grausame Tat beging – wir konnte das sein? Aber es ist die unbestreitbare Tatsache seines Geständnisses, von der Temple sich zu unterschiedlichen Gelegenheiten in unterschiedlichen Zeitungen überzeugen wird, die ihre Zweifel auslöschen und sie gegen jedes Mitgefühl, das sie für ihn empfunden haben mag, abschotten wird.

Im Laufe der Jahre wird ihr der Wirbelsturm, der ihre Farm zerstört hat, oft in Tagträumen begegnen. Zuerst wird sie das brandige Licht auf ihr Grundstück fallen sehen, dann wird sie zuschauen, wie der kohlenschwarze Trichter über ihre Farm fegt, ihre Bibliothek verschlingt und deren Inhalt in die Luft saugt. Zuweilen wird sie sich vorstellen, dass der Wirbelsturm dort oben am Himmel ein gänzlich neues Buch zusammengesetzt hat, wenn auch nur einen flüchtigen Augenblick lang – Seiten aus Dickens, Austen, Dante, Eliot, Tolstoi, die sich ungehindert vermischen und das wunderbarste Buch bilden, das die Welt je gekannt hat.

Wann immer sie die Geschichte von dem Wirbelsturm erzählt, wie sie es während unzähliger Viehversteigerungen und Mahlzeiten mit umherziehenden Männern an ihrem neu gebauten Tisch auf der Veranda tut, wird sie sich fragen, wie sie das Geräusch beschreiben soll, das er gemacht hat, als er sich durch ihre Bibliothek fraß. Sie wird sich den Kopf darüber zerbrechen, wie man das Geräusch Zehntausender Bücher beschreiben soll, die in die Luft gerissen und über Hunderte von Kilometern verstreut werden. Und erst Jahre später – erst lange nachdem die Wirtschaftskrise geendet hat und arme Menschen aufgehört haben, auf Züge aufzuspringen und Gertie an ihrem neunzigsten Geburtstag an der Grippe gestorben ist. Und lange nachdem die sanften Hügel von Everetts Schultern und sein dickes, dunkles Haar und sein sonderbares, ernstes Auftreten aus Temples Erinnerung verschwinden. Und lange nachdem sie den Teil ihres Feldes wieder betreten kann, auf dem sie gemeinsam diesen Windschutz aus Ahornbäumen gepflanzt haben, Bäume, die seither bestens gediehen sind. Und lange nachdem sich die Lücke, die er in ihrem Leben hinterlassen hat, ganz geschlossen hat, erst dann wird sie eine angemessene Antwort finden: Sie klangen wie Vögel.

1974

Schwarze Wagen

Sie sollte eigentlich schlafen, solange ihr Kind vor der Beerdigung ein paar Stunden bei der Babysitterin ist. Aber stattdessen schaut Willow aus dem Fenster ihres ehemaligen Kinderzimmers und sieht schwarze Wagen in der Einfahrt der Villa halten. Die Männer, die aussteigen, sind hauptsächlich Holzarbeiter, die direkt aus den Gift spuckenden Sägewerken und den krebsartigen Kahlschlägen Nordamerikas kommen, von den höchsten Magnaten und Werksleitern bis zu den niedersten Hilfsarbeitern, Holzfällern, Ladungskontrolleuren und Holzeinbringern. Sogar die armen Seelen, deren Körper die Sägen von Greenwood Timber über die Jahre hinweg verstümmelt haben, sind – mit ihren Krücken, Plastikprothesen und Sauerstofftanks auf Rädern – gekommen, um dem Toten die letzte Ehre zu erweisen. Aus einem zinnfarbenen Bentley steigt John P. Weyerhaeuser in den leichten Dezemberregen hinaus, ein Mann, den Willow von den radikalen Umweltschutzpamphleten, die sie verteilt hat, als Sohn des verstorbenen Holzmoguls Frederick Weyerhaeuser kennt. Davor hat sie den mopsgesichtigen H. R. MacMillan von MacMillan Bloedel entdeckt, den erbittertsten Rivalen ihres Vaters, den Mann, dessen mehrere Millionen Dollar teure Fäll-und-Zusammenrückmaschinen Willow vor gerade einmal neun Monaten mit drei Säcken Zucker zerstört hat. Ein Mann, den Harris nicht in seinem Viertel, geschweige denn in seiner Villa geduldet hätte. Ob sie gekommen sind, um ihren Vater zu ehren, sein Anwesen zu begaffen, insgeheim über seinen Tod zu frohlocken, in Erinnerungen an das Vermögen, das er ihnen eingebracht, oder den Hungerlohn, den er ihnen gezahlt hat, zu schwelgen oder einfach nur dem krankhaft zerstörerischen Wahn Tribut zu zollen, der Harris Greenwoods fünfundsiebzigjährige Existenz gewesen ist, vermag Willow nicht zu sagen.

Das Begräbnis hat noch nicht einmal begonnen, und sie ist schon so erschöpft, wie man es nur mit einem Neugeborenen sein kann. Sie legt sich hin und schließt die Augen, doch der dringend benötigte Schlaf will sich nicht einstellen. Zu ihrer großen Überraschung war das Flattern der Zukunft, das sie erstmals gespürt hatte, als sie ihren Onkel Everett aus dem Gefängnis abholte, nicht abgeflaut, und einem solchen Wunder in ihrem Alter ein Ende zu setzen, erschien ihr als der Inbegriff schlechten Karmas, also behielt sie es. Ihr Sohn ist letzten Monat zur Welt gekommen, auch wenn es sich anfühlt, als wäre seitdem eine Ewigkeit vergangen. Sie hat Sage, der vermutlich sein Vater ist, über das Earth Now!-Kollektiv eine Nachricht zukommen lassen, rechnet aber nicht damit, in absehbarer Zeit von ihm zu hören. Willow hat ihrem Kind noch keinen Namen gegeben. Wenn sie jemand darauf anspricht, sagt sie, sie könne sich nicht entscheiden. In Wahrheit fällt ihr kein Wort ein, das ihrem Erdenkind, diesem unwahrscheinlichen Geschenk angemessen wäre – kein Laut, den der menschliche Mund zu bilden in der Lage ist, könnte seine glitzernden Augen, sein seltsames katzenartiges Jaulen und seine unverhältnismäßig dicken Beine, mit denen er aussieht, als trüge er winzige Hosen aus Walblubber, beschreiben.

Sie hat sich während ihrer gesamten Schwangerschaft auf Greenwood Island vor den Mounties versteckt, auch wenn ihr jetzt bewusst wird, dass ihre Angst, von einer schwarzen Limousine verfolgt zu werden, reine Paranoia war. Die Polizei hat Besseres zu tun, als kleine Umweltvandalen wie sie zu jagen, und inzwischen weiß sie, dass drei dieser Maschinen für ein Unternehmen wie

MacMillan Bloedel nichts sind. Außerdem gibt es in der Hippie-Hochburg Vancouver Tausende von VW-Bussen, zu einem großen Teil von Frauen gefahren, die wie sie aussehen.

Als die Geburt unmittelbar bevorstand, hat sie eine Hebamme auf die Insel bestellt, und alles ist ohne Komplikationen verlaufen. In dieser euphorischen Anfangszeit hat es sie erschreckt, wie ihr Sohn nach ihr gierte, wie er grabschte und saugte und mit blau angelaufenem Gesicht schrie wie von Sinnen. Niemand hatte ihr gesagt, wie augenblicklich und wie heftig ihr Fluchtdrang sein würde oder wie anstrengend das Muttersein wirklich war. In Anbetracht ihrer Fehlgeburten hatte sie ihrem Vater die Schwangerschaft verheimlicht und wollte ihn überraschen, indem sie mit seinem Enkel in der Villa in Shaughnessy auftauchte, sobald sich ihr Schlafrhythmus normalisiert hatte. Vor drei Tagen erreichte sie dann über das Funkgerät in der Hütte ein Notruf von Terrance Milner, dem Buchhalter und Hausverwalter ihres Vaters, der sie bat, schnellstmöglich zu kommen. Bei ihrem Eintreffen teilte Milner ihr noch in der Einfahrt der Villa mit, ihr Vater sei kürzlich wie jedes Jahr nach Nordkalifornien gereist, um Vögel zu beobachten (oder in seinem Fall zu *belauschen*). Nach seiner üblichen Wanderung hatte er offenbar seinen Führer fortgeschickt und behauptet, von einem anderen Führer abgeholt zu werden. Doch es war niemand gekommen. Danach war ihr Vater anscheinend tiefer und tiefer in den Wald hineingegangen. Eine Woche später wurde er von Wanderern in einem abgelegenen Teil des Parks gefunden. Bei der Autopsie wurde ein großes und inoperables Krebsgeschwür in seinem Gehirn entdeckt, das er in charakteristischem Gleichmut verschwiegen hatte. Nachdem Milner geendet hatte, setzte sich Willow neben ein Regal mit den Gummiüberschuhen ihres Vaters, versunken in einer Art schwebender Taubheit, die seither nicht von ihr abgefallen ist, und weinte leise, um das nichtsahnend in ihren Armen schlummernde Kind nicht zu wecken.

Milner organisierte die Beerdigung und rief die Babysitter an, die kamen und ihr zum ersten Mal in ihrem Leben ihren Sohn abnahmen. Und selbst die Marxistin in Willow muss zugeben, dass Reichtum gewisse unbestreitbare Vorteile mit sich bringt.

Jetzt zündet sie sich in ihrer kleinen Graspfeife ein Köpfchen Indica an und bläst den Rauch aus dem Tiffany-Fenster mit Blick auf die Einfahrt. Bei ihren seltenen Besuchen in seinem Haus nach der Erweckung ihres Umweltbewusstseins durch *Unser ausgebeuteter Planet* hat sie es als das gesehen, was es wirklich ist: ein abscheulicher Schrein der grauenvollen Gewalt, die ihre Sippe dem Planeten einschließlich Tausender uralter und wehrloser Lebewesen zum einzigen Zweck protziger Dekoration angetan hat. Während sie jetzt in ihrem Zimmer liegt, wo die Äste der Sumpfeiche über das Schieferdach kratzen, der Boden vor dem Schrank knarzt und der tintenbeschmierte Schreibtisch, an dem sie unzählige Briefe an ihren Onkel verfasst hat, neben der Tür steht, kommt es Willow vor, als wäre sie in der Zeit zurückgesprungen.

Weil die Trauerfeier um zwölf Uhr beginnen soll, schleppt sie sich zu dem verstaubten Spiegel, um ihren Aufzug zu begutachten, der, wie selbst ihr bewusst ist, nur als unangemessen bezeichnet werden kann: ein gebatikter Rock und eine ausgebleichte Bluse, gefleckt mit Baumharz, das durch die monatlichen Runden im Trockner des Waschsalons längst in den Stoff eingebacken ist. »Kleider bringen keine Trauer zum Ausdruck«, sagt sie sich. »Trauer bringt Trauer zum Ausdruck.« Und sie trauert, oder etwa nicht? Natürlich tut sie das. Doch Harris ist ein so rätselhafter Vater gewesen, auf ewig beschäftigt, auf ewig unerreichbar, auf ewig unbekannt. In ihrer Kindheit ist das Haus ein Ort des Schweigens und der Geheimnisse gewesen, voller Klaviere, auf denen niemand spielte, und Bücher, die niemand las. Bronzebüsten und Ölbilder von englischen Fregatten und italienischen Landschaften. Käfige mit exotischen Vögeln, hochglanzpolierten schwarzen Mahagonimöbeln und antiken Holzfällerwerkzeugen, die überall aufgehängt waren wie Waffen aus irgendeinem noblen Krieg. Und ihr Vater mit seinen Routinen und Terminen: jeden Tag die gleichen Mahlzeiten um die gleiche Uhrzeit, dieselben Gedichtschallplatten auf demselben Plattenspieler abends in seinem Arbeitszimmer. Und wie er sie für die geringsten Störungen dieser Routine zurechtwies: für ihre Angewohnheit, trampelnd auf den Fersen zu gehen, oder die Angewohnheit ihres Magens, am Abendbrottisch zu knurren.

Doch sie tat ihr Bestes, um die Stimmung aufzulockern. Sie erinnert sich daran, wie sie mit Rollschuhen die private Bowlingbahn der Villa hinunterfuhr, bis Harris hereinstürmte und sie anschrie, weil sie das Holz verkratzte (Kratzer, die er, wie sie stets betonte, »nicht mal sehen konnte«). Und wie sie einmal den Hausangestellten einen Streich gespielt hatte, indem sie das frisch polierte Tafelsilber wie Christbaumschmuck an die perfekt gestutzten Bäume im Garten gehängt hatte. Dann waren da noch das Schild mit der Aufschrift »Zauberwald, betreten verboten«, das sie an ihre Zimmertür gehängt, und die hundert Äste gewesen, die sie zur Verstärkung des Effekts direkt an ihre Wände genagelt hatte, und die hundert im Putz zurückgebliebenen Löcher, nachdem Harris dem Gärtner aufgetragen hatte, sie alle herauszureißen.

Auch wenn ihre Kleidung einigermaßen passabel ist, muss sie sich noch zumindest notdürftig reinigen, also schrubbt sie sich am Waschbecken die Achselhöhlen und den Hals und beschmutzt dabei einen weißen Waschlappen so stark, dass sie ihn mit einem schlechten Gewissen direkt in den Müll wirft. Sie kämmt sich die Haare, scheitelt sie in der Mitte und flicht sie zu zwei Zöpfen. Dann schreitet sie die große Mahagonitreppe hinunter, deren Stufen sie als Kind so oft Hüpfer für Hüpfer gezählt hat, und lässt ihre Hand an dem spiralförmigen, aus einem einzigen Baum gehauenen Redwood-Geländer hinabgleiten.

Unten scharen sich die Trauergäste in dem großen Saal, einer Kaverne mit einer Deckenhöhe von fast zehn Metern, in der viele runde Tische mit feinen weißen Tischdecken aufgestellt sind. Harris hat sich nie eine formelle Beerdigungsfeier gewünscht, aber er hat sich auch nicht ausdrücklich dagegen ausgesprochen. Mit Willows Einverständnis hat Milner daher Catering und ein Streichquartett bestellt – obwohl Harris Musik verabscheute und immer sagte, sie sei nichts weiter als eine Perversion der einzigartigen Vollkommenheit der menschlichen Stimme.

Auf Silbertabletts drängen sich dampfende Hummer, die über fünftausend Kilometer hinweg aus New Brunswick eingeflogen worden sind, und hohe Türme von gebratenem Fleisch, die sicherlich zu neunzig Prozent fortgeworfen werden. Eine einen Meter achtzig hohe, vollständig aus Butter geformte Douglastanne steht in der Nähe des Erkerfensters, während Barkeeper mit pomadigen Frisuren hinter kristallenen Dekantern mit bestem kanadischem Whiskey und eigens bestellten Kisten voller Sake bereitstehen. Viele der auswärtigen Gäste übernachten auf dem Anwesen, und Willow hat gehört, zur Unterbringung der übrigen habe ein ganzes Stockwerk des Hotel Vancouver reserviert werden müssen. Die Journalisten und Gaffer eingeschlossen, sind es fast vierhundert Personen, und wenngleich es sie aufheitert, die alte Villa so von Leben erfüllt zu sehen, wie sie es während ihrer Kindheit nie war, überkommt sie doch der Drang, sie alle an den Ohren zu packen und hinauszuwerfen.

Ein befrackter Kellner drückt ihr ein Glas in die Hand, und es beschämt sie, wie widerstandlos sie sich in die Rolle der Tochter des Holzmagnaten fügt. Aber welche Erleichterung ist es, nach so vielen schmuddeligen Monaten in der urigen Hütte ihres Vaters auf Greenwood Island, in denen sie an dem Brunnen mit der Handpumpe das teerartige Kindspech aus den Windeln ihres Sohnes gewaschen hat, Menschen um sich zu haben, die ihr Essen reichen und ihre Kleider waschen, ihr das Bett aufdecken und ihr Kind besänftigen.

Sie steht neben dem Feldsteinkamin, nippt an ihrem Sake – die einzige Art von Alkohol, die ihr Vater je vertragen hat – und hofft, unbemerkt zu bleiben. Sie sucht den Raum nach ihrem

Onkel Everett ab, den Milner über dessen Bewährungshelfer einzuladen versucht hat, ohne dass er jedoch geantwortet hätte. Obgleich Willow nichts von ihrem Onkel gehört hat, seit sie ihn vor neun Monaten am Flughafen von Vancouver abgesetzt hatte, hat sie einige seiner Briefe noch einmal gelesen und ihr hartes Urteil über ihn revidiert. Es war sicherlich verwirrend, nach so langer Gefangenschaft auf diese Weise in ihre Obhut entlassen zu werden, durch ganze Jahrzehnte hindurchzugehen wie durch angrenzende Zimmer. Auch für sie war es keine einfache Zeit gewesen: ein außer Kontrolle geratener Östrogenspiegel und zu viel Gras und zu viele Pillen – Faktoren, die sicherlich zu der paranoiden Vorstellung beigetragen haben, der mysteriöse schwarze Wagen folge ihr auf Schritt und Tritt. Aber gerade jetzt, da Harris nicht mehr ist, verspürt sie den dringenden Wunsch, ihren Onkel wiederzusehen. Was machen schon die erfundenen Geschichten über die gemeinsam verbrachte Zeit, als sie ein Säugling war, und der merkwürdige Spitzname, den er ihr gegeben hat (ist es *Schote* gewesen?) – er mag etwas verrückt sein, aber er ist harmlos. Und sie hat sich oft gefragt, wie sein Wiedersehen mit dieser Frau in Saskatchewan wohl verlaufen ist und ob er das Buch gefunden hat, für das er bereit war, seine Bewährungsauflagen zu verletzen.

»Miss Greenwood!«, ruft ein rundlicher kleiner Mann aus, der, auf einen handgeschnitzten Gehstock gestützt, durch die Menge auf sie zukommt. Willow hört seine Knie knacken, während er sich ihr nähert. »Mort Baumgartner mein Name. Ich habe Greenwood Timber mit ihrem Vater zusammen gegründet und war von Anfang an dabei«, sagt er, als würde das einiges erklären, bevor er sich über die Vorzüge ihres Vaters als Arbeitgeber auslässt.

Ein Baby ist etwas Verwundbares, das aber auch als eine Art Rüstung dienen kann, und plötzlich wünscht sie, ihr Kind in den Armen zu halten, und sei es nur, um etwas Handfestes zwischen sich und diesen Mann schieben zu können, der ihre Kleidung beäugt und die Lücke zwischen dem Erfolg des Vaters und dem Scheitern der Tochter abschätzt.

»Wir haben uns vor Jahren aufgrund gewisser Differenzen voneinander getrennt«, fügt Baumgartner hinzu, »aber ich möchte Ihnen mein Beileid aussprechen. Harris war ein verdammt guter Waldarbeiter. Darum war ich so überrascht, als ich von den … Umständen hörte. Trotz seines Handicaps fand Harris sich in jedem Wald zurecht.«

»Er hat sich verirrt«, sagt sie nachdrücklich. Sie will die Gerüchte um einen möglichen Selbstmord nicht weiter anheizen. »Das hätte jedem passieren können.«

»Ich habe gehört, in seinem Kopf wurde ein Tumor gefunden. So groß wie ein Baseball, meinte jemand. Er muss davon gewusst haben. Hat er es Ihnen gesagt?«

Willow denkt an die letzte Begegnung mit ihrem Vater zurück, im Stanley Park, als er sie überredete, Everett aus dem Gefängnis abzuholen. Sie erinnert sich an seinen wankenden Gang, sein weiß gewordenes Haar und daran, wie sie all das seinem Wechsel in den Ruhestand zugeschrieben hatte. Wobei sich seine uncharakteristische Gefühlsseligkeit und die Umarmung inzwischen dadurch erklären lassen, dass er wusste, dass es mit ihm zu Ende ging. Aber warum hat er es mir dann verdammt noch mal nicht gesagt?, schreit sie Baumgartner beinahe ins Gesicht. Stattdessen sagt sie: »Auf seine Art hat er das, ja.«

»Immerhin konnte er sein Enkelkind noch kennenlernen«, redet der Mann weiter. »Ich habe vierzehn, und es muntert mich auf, dass die Familie Baumgartner auf jeden Fall fortbestehen wird.«

»Ja«, sagt Willow, obwohl Harris ihren Sohn in Wahrheit nie gesehen hat und der Gedanke sie beinahe umbringt. In ihrer Zeit auf Greenwood Island hatte er sie zweimal über das Funkgerät kontaktiert. »Ich hasse es, in dieses Ding zu sprechen«, hatte Harris gesagt. »Aber es freut mich, dass dir mein Zufluchtsort gefällt. Brauchst du irgendetwas?« Niemals aber hatte er über seine

Gesundheit gesprochen oder einen Besuch vorgeschlagen. Hätte sie gewusst, dass er krank war, hätte sie ihm helfen können. Und sie hätte ihm von ihrer Schwangerschaft erzählt. Vielleicht hätten sie sogar einige Dinge aussprechen können, die hätten ausgesprochen werden müssen. Stattdessen entschied er sich für Heimlichkeit, für Einsamkeit und Stoizismus. Und er starb allein inmitten der Bäume. Es ist ihr zuwider, wie einleuchtend das ist.

»Nun, Ihr Kind wird ein Vermögen erben«, sagt Baumgartner und erhebt mit einem hässlichen Grinsen sein Glas. »So wie Sie.«

Willow schüttelt den Kopf und schlürft ihren Drink, ohne seinen Toast zu erwidern. »Mein Vater hat mich vor langer Zeit aus seinem Testament gestrichen, Mr. Baumgartner. Und ich möchte lieber nicht darüber reden, wenn es Ihnen recht ist. Ich stehe heute ein bisschen neben mir.«

Zu ihrer Erleichterung lässt er das Thema fallen, und sie kauen schweigend, nachdem ihnen Canapés und Lachsküchlein gereicht wurden – feine kleine Häppchen, die ihr Vater belächelt hätte. »Mischen Sie einfach alles in einer Schüssel durch und geben Sie's mir«, hatte er ausgerufen, wenn der Chefkoch zu überkandidelt wurde. »In meinem Fall isst das Auge *nicht* mit.«

Die Beerdigung wird bald anfangen, und Willow holt ihr Baby und stillt es auf einer Personaltoilette. Ihren Brustwarzenvorhof im Mund, ächzt das Kind wie ein Offensivspieler beim Football. Dann gesellt sie sich mit dem Baby wieder zu der Menge auf dem Rasen hinter der Villa. Nicht weit von ihnen stehen die heiligen Haida-Totempfähle, die ihr Vater von den Ureinwohnern, deren Land er gerodet hatte, gestohlen und als Kernstück seiner Sammlung geplünderter Kuriositäten behalten hat. Als Kind hat sie sich oft in die Grünanlagen hier hinten davongestohlen, und heute ist es, als würde ihre Kindheit selbst Eindringlingen zum Opfer fallen.

Einer nach dem anderen treten Männer an das mit Schnitzereien verzierte Rednerpult. Der Premierminister von British Columbia. Der Fortwirtschaftsminister. Baumgartner erzählt eine ermüdende

Anekdote über irgendeine Maschine im Sägewerk, die Harris mit nichts als einer Schachtel Büroklammern repariert hatte. Milner preist Harris' Fähigkeit, einzuschätzen, wie viele Festmeter Holz ein beliebiger Wald abwerfen würde. »Das konnte er blind schätzen«, setzt er hinzu und erntet einige Lacher. Die Verurteilung ihres Vaters für den verräterischen Akt, den Japanern vor dem Zweiten Weltkrieg Holz zu verkaufen, wird selbstverständlich verschwiegen. Könnte Willow nur einen weiteren Sake in die Finger bekommen, würde sie vielleicht den Mut fassen, das Podium zu betreten und dieses Versehen selbst zu korrigieren.

Obwohl sie seit Jahren keinen Lohnscheck der Greenwood Timber Company eingelöst haben, wirken die anwesenden Arbeiter wie geprügelte Hunde, die nicht wissen, wer sie füttern oder schlagen soll, nun, da ihr Herr fort ist. Doch keiner der Arbeiter wagt sich auf das Podest, während sich die Reden ihrer Vorgesetzten immer länger hinziehen. Sie betonen Harris' großartige Charaktervorzüge: seine markige Ehrlichkeit und seinen unerbittlichen Fleiß. Auf einer Staffelei hinter ihnen ruht ein riesiges Foto ihres Vaters als junger Mann, der vor einem Berg gefällter Baumstämme steht, die den gesamten Bilderrahmen ausfüllen – es müssen tausend Rundhölzer sein, jedes einzelne vom doppelten Durchmesser seines Kopfes. Seht den Bezwinger der Bäume!, ruft Willow beinahe aus. Sowohl körperlich als auch seelisch blind gegenüber dem Massaker, das er anrichtet. Wieder einmal fragt sie sich, wie er Lebewesen von so unantastbarer Anmut und Schönheit gegenübertreten und den Drang (geschweige denn *das Recht*!) empfinden konnte, sie zu zerstören. »Wie mutig«, murmelt sie in die winzige Ohrmuschel ihres Sohnes. »Dein Großvater hat Männer angeheuert, um wehrlose Riesen umzuhauen, und sie dafür wie Ratten bezahlt.«

Ein altes Sprichwort besagt, der Apfel falle nicht weit vom Stamm. Aber Willows Erfahrung nach trifft eher das Gegenteil zu. Ein Apfel ist nichts weiter als das Fluchtfahrzeug eines Samens, nur eine seiner genialen Fortbewegungsmethoden – in Tiermägen oder mithilfe des Windes –, alles nur, um so weit wie möglich von seinen Eltern fortzukommen. Ist es da ein Wunder, dass die Töchter von Zahnärzten Süßwarenläden eröffnen, die Söhne von Steuerberatern spielsüchtig werden, die Kinder von Bewegungsmuffeln Marathon laufen? Sie war schon immer überzeugt, dass die meisten Menschen ihr Leben als eine einzige große Widerlegung ihrer Vorfahren leben.

Als sich die Gedenkfeier dem Ende zuneigt, bemerkt Willow einen Mann, der in einer der vorderen Reihen steht, von einer Aura der Unberührbarkeit umgeben, als hätten sich alle anderen verschworen, ihm nicht zu nahe zu treten. Obwohl es ein kühler Tag ist, trägt er einen feinen Leinenanzug, der nach einem europäischen Schnitt aussieht – keines dieser braunen Polyesterdinger, die unter Holzfällern beliebt sind. Eine graue Traurigkeit schwebt über ihm. Während die ersten Gäste der Reihe nach zum Haus zurückgehen, um sich am Hummer gütlich zu tun, tritt der gut gekleidete Mann ans Podium und beginnt ohne einleitende Worte aus einem kleinen Büchlein zu lesen. Seine melodische Stimme mit irischem Akzent durchschneidet das allgemeine Gemurmel wie ein Skalpell, und die Gäste wenden sich ihm zu. Er liest ein Gedicht, etwas Altes und Poetisches über Bäume und Zeit. Und sonderbarerweise ist ihr der Klang seiner Stimme vertraut, sehr sogar, obwohl sie sein Gesicht nicht im Geringsten erkennt. Und als er gerade in Fahrt kommt und seine Lesung an Leidenschaft und Exaktheit zunimmt, bahnt sich Mort Baumgartner mit seinem Krückstock einen Weg nach vorn und legt dem Mann eine massige Hand auf die Schulter. Als der Mann nicht zu lesen aufhört, beugt sich Mort vor und flüstert ihm etwas ins Ohr. Der Mann schließt die hohlen Augen und lässt langsam einen langen Atemzug entweichen. Dann steckt er das Büchlein in die Jacketttasche, tritt vom Pult zurück und verschwindet in der Menge.

Wen haben wir denn hier?

Später am Nachmittag kommt der Geleitzug aus Limousinen, um die Trauernden zum Friedhof Mountain View zu bringen. Ihr schlafendes Kind in den Armen, starrt Willow aus dem Fenster und sehnt sich nach einer Menthol-Zigarette.

Der Nieselregen hat aufgehört, und als sich die Trauergäste um das Grab versammeln, hellt sich der Himmel zu einem schmutzigen Blau auf, während die Sonne langsam im Ozean zu versinken beginnt. Harris Greenwood an einem so üppig mit Bäumen bewachsenen Ort zu begraben, erscheint Willow zugleich als eine treffende Hommage und lachhafte Ironie. Sein Mahagonisarg ruht auf zwei schlichten Sägeböcken. Und ehe er in die Erde hinabgelassen wird, werden ein wagenradgroßes Sägeblatt und einige frisch geschnittene Äste einer Douglastanne auf den Deckel gelegt. Beim Anblick seines Sargs, der mitsamt dem Sägeblatt und den Ästen im Boden versinkt wie der Wurzelballen eines Baums beim Einpflanzen wird Willow zum ersten Mal von wahrer Trauer durchfahren. Ein heißer Klumpen aus Sehnsucht nach ihrem Vater steigt in ihrer Kehle auf, und sie versucht, ihn niederzukämpfen. Es ist keine Sehnsucht danach, dass er in die Welt zurückkehrt, sondern eine tiefe, nicht wiedergutzumachende Reue, dass sie vor seinem Dahinscheiden zu keiner Einigung mehr gelangt sind. Wäre er nur auf sie zugekommen, dann wären sie vielleicht zu irgendeiner Art von Vereinbarung gelangt. Denn wenn man eines mit Sicherheit von

Harris sagen konnte, dann, dass er stets gut im Aushandeln von Vereinbarungen gewesen war.

Die Waldarbeiter wechseln sich damit ab, Erde auf den Sarg ihres Vaters zu schaufeln, während Willow halb erwartet, dass der Boden ihn wieder ausspeit. Wenn es stimmt, dass die Vereinigten Staaten aus Sklaverei und revolutionärer Gewalt geboren wurden, denkt sie, während sie ihnen zusieht, dann ist ihr eigenes Land gewiss aus einer grausamen, habgierigen Gleichgültigkeit seinen indigenen Völkern und der Natur gegenüber geboren. *Wir, die wir der Erde ihre unersetzlichsten Rohstoffe entreißen, sie an jedermann mit ein paar Cent in der Tasche verhökern und nach dem Aufwachen wieder von vorn anfangen* – das könnte den Greenwoods und vielleicht sogar ihrem ganzen Land als Motto dienen.

Nach der Beisetzung strudelt eine Mischung aus Trauer, Verwunderung und Erleichterung durch ihre Gedanken, als Terrance Milner zu ihr tritt, um ihr Mut zuzusprechen. Und als die Schleusen einmal geöffnet sind, wedelt eine beschwichtigende Hand nach der anderen in ihre Richtung. Es scheint, als wollten sie sie alle berühren – an der Schulter, am Ellbogen, am Rücken. Sie wollen ihre Traurigkeit schmecken, ihr Baby bemitleiden, fragen, wie sie »zurechtkommt«. Schon will sie ihnen entfliehen und sich über den Friedhof hinweg in die Limousine flüchten, bis eine Gestalt vom äußersten Ende der Schlange auf sie zuhumpelt.

»Tut mir leid, dass ich zu spät bin«, sagt er, diesmal mit aufrechtem Rücken und ohne ihrem Blick auszuweichen. »Es hat ein bisschen gedauert, bis mich der Brief des Buchhalters auf der Farm erreicht hat.«

Er hat sich einen Bart stehen lassen, der ihm bis auf die Brust reicht. An seiner Seite ist eine Frau mit schulterlangem, stahlfarbenem Haar und der wettergegerbten Haut von jemandem, der in seinem Leben mehr Tage im Freien als in Häusern verbracht hat.

»Darf ich dir Temple Van Horne vorstellen?«, sagt Everett. »Meine persönliche Chauffeurin.«

Temple schlägt Everett leicht mit der Rückseite des Handgelenks auf die Schulter und schüttelt dabei den Kopf. Sie streckt Willow die Hand entgegen. »Mein herzliches Beileid«, sagt sie. Dann wendet Temple ihre Aufmerksamkeit dem schlafenden Baby zu. »Was für ein hübsches Kind. Ein Junge?«

»Ja«, sagt Willow und sieht kurz zu Everett hinüber, der ihren Sohn noch nicht zur Kenntnis genommen hat, wahrscheinlich weil Männer seiner Generation sich nie viel mit Babys abgegeben haben.

»Ich gehe ein Stück spazieren. Ihr zwei habt euch sicher viel zu erzählen«, sagt Temple, nachdem sie noch einige höfliche Worte über die Beerdigung und das aufgeklarte Wetter ausgetauscht haben.

»Das muss die Frau sein, zu der du so dringend wolltest«, sagt Willow, während sie zusehen, wie Temple den Friedhofspfad entlanggeht und gelegentlich stehen bleibt, um halb verwelkte Blumen zu begutachten oder eine Grabinschrift zu lesen.

»Wir wissen noch nicht, wie es mit uns weitergehen wird«, sagt Everett. »Aber ich bin zu einem Bewährungshelfer in Saskatchewan gewechselt. Ich packe bei der Farm mit an, und dafür lässt sie mich bei sich wohnen, zumindest für den Augenblick.« Er grinst nervös. »Leider habe ich eine schlechte Nachricht«, fährt er fort. »Das Buch, von dem ich dir erzählt habe? Das ich für dich holen wollte? Offenbar ist ein Wirbelsturm dazwischengekommen.«

»Das ist nicht schlimm, Everett. Ich habe genug zu lesen. Aber ich bin froh, dass du ein neues Leben anfangen konntest, nachdem du so viel Zeit verloren hast. Und wie war dein erster Flug?«

»Ich glaube, das ist doch nichts für mich«, sagt er. »Aber ich habe es hinter mich gebracht. Und es ging schneller als mit dem Zug, was angenehm war.« Er nimmt den Hut ab und hält ihn in den Händen. »Du hast mein Mitgefühl, Willow.«

»Und du hast meins«, sagt sie und berührt ihn an der Schulter. »Harris hätte sich gefreut, dass du gekommen bist, auch wenn er es nicht hätte zeigen können. Und ich muss dir auch etwas gestehen: Als du im Gefängnis warst, hat er mir für jeden Brief an dich einen Vierteldollar gegeben. Ich dachte immer, er wäre einfach zu sehr mit sich beschäftigt, um dir zu schreiben. Aber inzwischen glaube ich, es war ihm sehr wichtig, dass wir uns kennenlernen.«

»Vor ein paar Monaten hat er mich auf der Farm angerufen«, sagt Everett. »Er hat nicht gesagt, dass er stirbt, aber ich glaube, er wusste es. Wir haben nicht viel geredet. Nur über ein paar Sachen aus unserer Kindheit. Das Holz, das wir zusammen gehackt haben. Die alte Blockhütte, die wir gebaut haben. Aber es hat mir viel bedeutet. Ich wusste, wie schwer es ihm fiel.« Everett lässt den Blick über den baumbestandenen Friedhof schweifen. »Und vor dem Auflegen habe ich ihm gesagt, dass ich ihm verzeihe. Er hat nicht geantwortet, aber ich weiß, dass er mich gehört hat. Er hat in seinem Leben ganz gewiss einige selbstsüchtige Dinge getan, aber er hat alles wiedergutgemacht, indem er sich so fürsorglich um dich gekümmert hat, Willow. Und es tut mir sehr leid, dass er nicht mehr da ist.«

Es ist die Art, wie er es sagt – ein unverbrämter Ausdruck von Traurigkeit, ohne eine mitfühlende Geste von ihr zu erwarten –, die sie dazu bewegt, sich in seine Arme fallen zu lassen, wobei sie ihr Kind gegen sein abgetragenes Sakko drückt. Das Baby stößt einen qualvollen Schrei aus, und Willow tritt einen Schritt zurück.

»Wen haben wir denn hier?«, sagt Everett.

Willow wischt sich mit dem Ärmel über die Augen. »Heute ist er einen Monat alt«, sagt sie und befreit ihren Sohn aus dem Tragetuch. »Er hat noch keinen richtigen Namen.«

»Du solltest Temple fragen. Sie hat eine ganze Menge Bücher gelesen und hat ein Händchen für Namen«, sagt er. »Weißt du, wenn du uns irgendwann besuchen möchtest, ihr seid beide immer auf der Farm willkommen.«

»Das ist lieb von dir«, sagt Willow, dann fasst sie das Baby unter den Achseln und streckt es ihm entgegen. Durch die Schwerkraft wird der zappelnde Körper unerwartet lang gezogen wie der einer Katze. »Willst du ihn mal nehmen?«

»Ach, nein, schon gut«, sagt Everett und streicht seine billige Arbeitshose mit den Händen glatt. »Ich glaube, bei dir ist er besser aufgehoben.«

Vielleicht liegt es daran, dass ihr Vater nie Gelegenheit hatte, ihr Kind zu halten, oder vielleicht will sie sich dafür entschuldigen, wie sie Everett in ihrem VW-Bus zurechtgewiesen hat, als er sie Schote nannte, oder vielleicht will sie ihrem Onkel auch beweisen, dass jeder auf dieser Welt Vergebung verdient – aber mit einem Mal ist es ihr unwahrscheinlich wichtig, dass Everett ihren Sohn nimmt.

»Bitte«, sagt Willow. »Ich habe ihn den ganzen Tag getragen. Und ich brauche unbedingt eine Zigarette.«

»Wir finden bestimmt irgendwen –«

»Ich lasse ihn fallen …«, droht sie scherzhaft und tut so, als würde sie den Griff um seinen Strampler lockern.

Everetts Augen weiten sich, er fasst das Baby unter den Armen und drückt den kleinen Körper unbeholfen an die Brust. Willow steckt sich eine Menthol-Zigarette an. In den Armen ihres Onkels sieht ihr Sohn wie ein unfassbar winziger Organismus aus. Und als er unruhig wird, beginnt Everett leicht auf den Zehenspitzen zu wippen.

»Ich bin ein bisschen aus der Übung«, sagt er.

Nachdem es einige Sekunden lang trotzig zu Everetts buschigen Augenbrauen und seinem bärtigen Gesicht hinaufgestarrt hat, beruhigt sich das Baby schließlich, wenn auch widerwillig.

»Keine Sorge«, sagt Willow. »Du hast den Dreh schnell raus.«

Der Vorleser

Wenn man als Tochter eines Blinden aufwächst, entwickelt man ein Talent für Heimlichkeit und das Gegenteil von Heimlichkeit zugleich. Schon in frühen Jahren wurde Willow nicht nur zur Meisterin darin, sich anzuschleichen wie ein Raubtier, sondern auch darin, durch Geräusche Sicherheit zu geben – die ideale Menge davon zu erzeugen, um ihren Vater nicht zu erschrecken oder in Verlegenheit zu bringen, ohne ihn dabei jedoch herabzuwürdigen. Vielleicht erklärt das, warum sie sich, obwohl sie am Nachmittag gesehen hat, wie sein Sarg in der Erde versenkt wurde, dabei ertappt, wie sie vor sich hin pfeift und mit den Füßen über die Dielenbretter schlurft, als sie sich seinem Büro nähert, so wie sie es immer getan hat.

Sie hat den Raum nie ohne einen guten Grund betreten. Ihr Vater verschanzte sich ganze Tage oder sogar Wochen am Stück hinter der schweren Eichentür. Drinnen ist alles so, wie sie es in Erinnerung hat. Das altmodische, am Schreibtisch festgeschraubte Tintenfass, das kohlenschwarze Telefon; keine Fotos oder sonstigen Bilder, nur seine ausgestopften Vögel, sein Plattenspieler und seine Literaturklassiker, die sich an den Wänden entlangziehen. Sie fährt mit der Hand über die lederne Schreibunterlage auf dem Tisch, spürt die leichten Vertiefungen Tausender von Dokumenten, die er unterzeichnet hat, Millionen von Bäumen, die er mit einem einzigen Federstrich zum Tode verurteilt hat.

Sie sieht förmlich vor sich, wie ihr Vater mit geschlossenen Augen zurückgelehnt in seinem Sessel sitzt, während sich auf dem Kaminsims eine seiner Gedichtschallplatten dreht. Kam ihm je der Verdacht, in seinem Büro sei irgendetwas bewegt oder verändert worden, stieg Wut in ihm auf, die sich zuerst gegen die Haushälterinnen und dann gegen Willow richtete. Einmal hatte er sie in sein Arbeitszimmer zitiert, um sie auszuschimpfen, weil sie eine seiner wertvollen Gedichtschallplatten zerbrochen hatte. Sie weiß noch, wie sie sich hinter ihn geschlichen hatte, sodass er fünf Minuten lang auf einen leeren Stuhl einschimpfte, und wie komödienhaft es war und wie wunderbar armselig er wirkte und wie garstig sie sich hinterher dennoch fühlte.

Jetzt lehnt Willow sich im Sessel ihres Vaters zurück, drückt prüfend die Sprungfedern nieder, saugt das Gefühl in sich auf, als könnte es ihr irgendein Geheimnis über ihren Vater verraten, und schließt die Augen. Obwohl ihre heldenhafte Babysitterin ihr nach dem Abendessen ihren Sohn abgenommen hat, damit sich Willow vor einer weiteren Gedenkfeier am Abend etwas hinlegen konnte, hat sie festgestellt, dass sie nicht einschlafen kann, wenn er nicht sanft schnaufend neben ihr liegt. Doch der Sessel ist eine Zufluchtsstätte, sein kühles Leder ein willkommenes Gegenmittel zu ihrem überheizten Dachzimmer, und ihre Wachheit beginnt nachzulassen.

»Ms. Greenwood?«, ertönt irgendwann die Stimme eines Mannes.

Willow richtet sich auf und sieht sich dem gut gekleideten Iren gegenüber, der auf der anderen Seite des Schreibtischs steht. »Entschuldigung, ich muss eingenickt sein«, gibt sie schlaftrunken zu, als wäre das nicht offensichtlich.

»Ich hätte Sie nicht gestört«, sagt er, und wieder klingt seine Stimme in ihren Ohren verblüffend bekannt, »aber mein Taxi wartet, und ich würde Ihnen gern etwas geben.« Er trägt einen wollenen Überzieher, und sein Krokodillederkoffer steht neben der Tür.

Aus der Tasche zieht er ein kleines Buch, das er vor ihr auf den Tisch legt.

»Haben Sie daraus auf der Gedenkfeier gelesen?«, fragt sie und nimmt es in die Hand.

Er nickt. »Wordsworth. Einer der Lieblingsautoren Ihres Vaters. Er hatte immer ein Exemplar bei sich.« Seinem lebhaften, heiteren Tonfall zum Trotz hat er eine gewisse Schwere an sich, so als hätte er soeben einen Anker über den Boden geschleift, um zu ihr zu gelangen.

»Es klang sehr schön«, sagt sie. »Ich fand es schade, dass Sie nicht weitergelesen haben.«

»Ach, das spielt keine Rolle«, sagt der Ire. »Normalerweise verabscheue ich solche Zeremonien. Ich dachte nur, diese mürrischen alten Arschlöcher könnten etwas Poesie in ihrem Leben vertragen. Aber es freut mich, dass es Ihnen gefallen hat.« Er reibt die Hände schnell aneinander, wie um sie aufzuwärmen. »Nun, ich sollte mich auf den Weg machen.« Er dreht sich um und geht zur Tür.

»Sie kannten meinen Vater gut?«

»Ich habe eine Zeit lang für ihn gearbeitet«, sagt er und bleibt in der Tür stehen, ohne sich umzuwenden. »Wenn Sie mich entschuldigen würden, ich muss –«

»Er hat sie entlassen?«

»Nein, das hat er nicht«, fährt er auf. Seine Stimme hebt sich, dann senkt er sie wieder und dreht sich zu Willow um. »Ich habe gekündigt und bin nach Dublin zurückgezogen. Ich liebe Kanada, vor allem seine Naturwunder, aber so weit von zu Hause entfernt zu leben fiel mir letztlich doch zu schwer.«

Er bückt sich und nimmt seinen Koffer. »Ich habe ihm eine Zeit lang bei Verhandlungen assistiert. In erster Linie war ich sein Beschreiber. Ich habe ihm Geschäftspapiere vorgelesen, Briefe, Zeitungen – solche Dinge.«

Und damit öffnet sich in Willows Verstand eine Erkenntnis wie ein Bolzenschloss. »Jetzt weiß ich, warum mir Ihre Stimme so bekannt vorkommt«, sagt sie und zeigt auf die Schallplattensammlung in dem Regal hinter dem Plattenspieler ihres Vaters, Platten, die sie nie anfassen durfte, wenn sie sich nicht einen zweistündigen Vortrag anhören wollte. »Sie haben die eingelesen.«

Der Mann seufzt, als hätte ihn diese Einsicht zutiefst enttäuscht. »Es hat Ihrem Vater große Freude bereitet, wenn man ihm vorlas, und ein Freund von mir aus Dublin ist Musikproduzent«, sagt er erschöpft. »Also hat mir mein Freund geholfen, Ihrem Vater jedes Jahr zum Geburtstag ein Album mit Gedichten aufzunehmen, einfach eine Zusammenstellung seiner liebsten Verse.« Ein melancholischer Ausdruck überkommt ihn. »Ihr Vater war sehr gut zu mir.«

»Das muss ja sehr schön gewesen sein«, versetzt sie. »Er hat Ihrer Stimme nämlich lieber zugehört als meiner.«

»Es war nicht einfach für ihn, wissen Sie«, fährt der Mann fort, und je länger er spricht, desto mehr scheinen sich seine Augen mit Schmerz zu füllen. »Diese Welt ist gemacht, um uns gegeneinander aufzuhetzen: Bruder gegen Bruder. Mutter gegen Sohn. Vater gegen Tochter. Freund gegen Freund. Aber zu Ihrem Vater war sie besonders grausam.«

»Vielleicht hatte er es verdient? Haben Sie darüber mal nachgedacht?«

Der Mann schüttelt den Kopf. »Er wusste, dass er Ihnen kein perfekter Vater sein konnte. Dass er dazu einfach nicht geschaffen war. Aber er hat sein Bestes gegeben.«

»Tja, sagen Sie das mal den Bäumen, die er umgehauen hat.«

Der Mann lässt seinen Koffer mit einem Knall auf den Boden fallen. »Ach, hören Sie doch mit Ihrem Gejammer wegen dieser gottverdammten Bäume auf!«, stößt er wütend hervor und lässt alle Zurückhaltung, die er bislang an den Tag gelegt hatte, von sich abfallen. »Sie sind nicht die Einzige auf der Welt, die jemals etwas verloren hat, meine Liebe. Eine Zeit lang war mir etwas zum Greifen nah. Etwas Wundervolles. Und danach bin ich ihm nie wieder nahegekommen. Ich bezweifle, dass Sie lange genug auf der Welt sind, um zu wissen, was das bedeutet.«

»Ich habe vieles verloren«, sagt sie und fühlt ihr Gesicht erglühen. »Glauben Sie mir.«

Er starrt ihr unerbittlich in die Augen, und einen Moment lang fürchtet sie, er könnte über den Schreibtisch springen und sie erwürgen. »Es ist ein Verbrechen, den Jungen die Sorgen der Alten aufzubürden«, sagt er, und sie verspürt ein seltsames Aufwallen von geheimer Historie, so als spräche er über viele Dinge auf einmal. Und einen Augenblick lang ist sie wieder Kind, stromert durch diese riesenhafte Villa, stochert in den Fragmenten der Geschichte ihres Vaters, als hätte man ihr ein Puzzle gegeben, das schon unvollständig war, ehe die Schachtel geöffnet wurde.

»Aber Sie sollten wissen, dass sich viele Menschen dafür aufgeopfert haben, dass Sie heute in diesem Arbeitszimmer sitzen können, Willow«, fügt er mit grimmigem Spott hinzu. »Und das sollten Sie sich verdammt noch mal merken.«

»Ihr Gedicht hat mir gefallen, Sir«, sagt sie unverdrossen. »Und ich danke Ihnen für den Gedichtband. Aber ich werde Harris so in Erinnerung behalten, wie er war, und nicht als den aufopferungsvollen Heiligen, als den ihn irgendein ehemaliger Bediensteter darstellt.«

Fast eine volle Minute lang starren sie sich stumm über den Schreibtisch ihres Vaters hinweg an, während die schwarzen Schatten der Bäume die Fenster verdunkeln und ausgestopfte Vögel sie mit ihren Glasaugen mustern.

Und obwohl sie erwartet, dass der Ire sie weiter zurechtweisen wird, fährt er unerwartet ruhig fort. »Bevor ich gehe, möchte ich Ihnen eine kleine Geschichte erzählen, Willow. Und es würde mir noch mehr zusagen, wenn Sie mich währenddessen nicht unterbrechen würden. Wissen Sie, wir beide haben einmal eine Bootsfahrt unternommen. Nur wir zwei allein. Sie waren noch sehr klein und werden sich nicht daran erinnern. Aber im Boot war kein Platz, und darum habe ich Sie in einer wärmeisolierten Kiste mitgenommen, einer Art Kühlbox, zum Transportieren von Lebensmitteln. Nach der Überfahrt brachte ich Sie hier in die Villa Ihres Vaters und übergab Sie seiner Haushälterin. Ich glaube, man kann davon ausgehen, dass Harris an jenem Abend überrascht war, Sie zu sehen. Er war nicht darauf vorbereitet, dass Sie mit ihm hier in seinem Haus leben würden. Aber er hat dennoch das Richtige getan und Sie bei sich aufgenommen. Also bitte, Willow, ehe Sie zu hart über ihn urteilen, denken Sie daran, dass sein eigener Beitrag weit größer war, als Sie nur auf eine Bootsfahrt mitzunehmen. Er bestand darin, an jedem einzelnen Tag Ihres Lebens für Sie zu sorgen. Also machen Sie sich das bewusst: Ihr Vater hat Sie geliebt und alles für Sie gegeben, was er hatte. Er hatte nur nicht mehr viel.«

Hinterlassenschaft

Willow bleibt nach der Beerdigung eine weitere Woche in der Villa in Shaughnessy und hilft Milner beim Abwickeln verschiedener Angelegenheiten. Sie scheut sich, ins überfüllte Haus des Earth Now!-Kollektivs zurückzukehren, den einzigen Ort, der ihr bleibt, nun, da die Villa wohl verkauft und Greenwood Island an irgendein konkurrierendes Holzunternehmen versteigert wird und sie weder den einen noch den anderen Ort je wieder betreten wird.

Die Aussicht auf ein Erbe ist ihr im Laufe der Jahre kaum in den Sinn gekommen, da Harris keinen Zweifel daran gelassen hatte, sie aus seinem Testament gestrichen zu haben. Und selbst wenn ihr der Gedanke einmal kam – meist in Nächten nachdem ihr das Geld ausgegangen war und sie Magenkrämpfe hatte von dem halb verdorbenen Essen, das sie mit dem Earth Now!-Kollektiv aus Müllcontainern gefischt hatte, Nächten, in denen sie eine Handvoll alte Redwood-Bäume niedergemäht hätte, um ein paar Tage in den sauberen, unfassbar weißen Laken eines Vier-Sterne-Hotelzimmers verbringen zu dürfen –, hielt sie es für völlig ausgeschlossen, dass ihr Vater jemals davon abrücken würde. Daher ist sie verblüfft, als der zum Nachlassverwalter ernannte Milner sie zu einem Treffen mit den Anwälten ihres Vaters am nächsten Morgen in der Innenstadt von Vancouver einlädt.

Während sie in Harris' Limousine ihren Sohn stillt, sucht sie in seinem Gesicht nach Spuren der Greenwoodschen Blutlinie, nach

Everetts wildem Haar oder Harris' scharf geschnittenen Wangenknochen, findet jedoch nichts. Er hat noch die allgemeine gelatinöse Beschaffenheit aller Neugeborenen und könnte jedermanns Kind sein. Und was spielt das schon für eine Rolle, ruft sie sich in Erinnerung, während sie mit dem Aufzug in ein Büro im vierzigsten Stock eines verspiegelten Gebäudes fährt. Die »Familienlinie« beruht ohnehin nur auf kapitalistischer, kolonialistischer Gehirnwäsche, um dafür zu sorgen, dass die Macht in den Händen Einzelner bleibt. Jedes Kind hat nicht weniger als sechzehn verschiedene Urgroßeltern, alle mit ihren Eigenschaften und Geschichten, und doch konzentrieren wir uns idiotischerweise auf den einen Nachnamen, der überdauert. Sind die übrigen fünfzehn nicht ebenso wichtig? Und was ist ihr Sohn denn schon anderes als ein Bündel aus Fleisch und Zellen und Gewebe, belebt von derselben Energie, die Bäume dazu treibt, sich nach der Sonne zu recken? Nein, ihr Sohn gehört nicht nur ihr. Er entstammt vielen Blutlinien. Oder besser gesagt, er entstammt der einen, großen Blutlinie: Er ist ein Kind der Erde und des Kosmos und all der wundersamen grünen Dinge, die unser Leben möglich machen.

»Trotz der Rückschläge, die Ihr Vater erlitten hat«, sagt der leitende Anwalt zu Beginn des Treffens, »war er zum Zeitpunkt seines Todes finanziell noch immer in einer starken Position. Und ich darf Ihnen mitteilen, dass er Sie zur Haupterbin seines Vermögens ernannt hat. Es ist eine beträchtliche Hinterlassenschaft, die sowohl die Villa in Shaughnessy als auch seine umfangreiche Kunstsammlung, seine indianischen Kultgegenstände, seine verbliebenen Sägewerke, seine Anteile an der Produktion von Zellstoff und Papier sowie Nutzholz, seinen Schoner und seine sämtlichen Aktien, Wertpapiere und die damit verbundenen Dividenden umfasst.«

Obwohl sie die Wörter hört und ihre oberflächliche Bedeutung erfasst, ist es, als dränge ein heftiger, ohrenbetäubender Lärm auf sie ein, in einer Frequenz, die nur sie hören kann. Das schlafende Kind im Arm, wendet sie den Blick zum Fenster: Der Himmel über dem Ozean ist mit Wolken betupft, und die hohen Bäume im Stanley Park wiegen sich weit unten in einer ansonsten nicht wahrnehmbaren Brise.

»Ms. Greenwood?«, sagt der ruppige zweite Anwalt, der neben Milner sitzt.

»Schließt das«, bringt sie schließlich heraus, »die Insel mit ein?«

Der zweite Anwalt schlägt eine Aktenmappe auf und überfliegt die Dokumente darin. »Das ist korrekt, Greenwood Island in ihrer Gesamtheit.«

Sie weiß, sie sollte sie ansehen, aber sie bringt es nicht über sich. Sie hebt das gewickelte Kind an ihre Nase und saugt seinen Duft ein. Ihr Sohn und sie werden es sich leisten können, bis ans Ende ihrer Tage frei und sorglos zusammen auf der Insel zu leben, umgeben von ihren hohen Bäumen, ohne sich je wieder den Kopf über Geld zerbrechen zu müssen. Sie wird Strandgut sammeln und gärtnern, während er auf Bäumen herumklettert wie ein Affe und sich Hütten aus Windwurf baut. Und vielleicht wird sie sogar ein paar Gleichgesinnte aus dem Earth Now!-Kollektiv einladen, sich zu ihnen zu gesellen. Sie werden eine autarke Gemeinschaft gründen, weit weg von der seelentötenden Unmenschlichkeit der Welt, von ihren Nixons und Kissingers, von ihren Krebsgeschwüren und ihren robotisierten, hirntoten Konformisten.

Der leitende Anwalt räuspert sich vernehmlich. »Der zweite und weniger reich bedachte Erbe ist Ihr Onkel Everett Greenwood. Ich nehme an, das wird Sie nicht überraschen, obwohl die beiden zerstritten waren«, sagt er und räuspert sich noch einmal. »Es gibt allerdings eine Anomalität, auf die ich Sie gern aufmerksam machen würde. Es scheint, als hätte Ihr Vater einer weiteren Person einen nicht unbeträchtlichen Anteil hinterlassen, kleiner als Ihrer oder der Ihres Onkels, aber dennoch nicht unwesentlich. Es geht um einen Mann namens Liam Feeney.«

Als sie seinen Namen hört, ist es, als würde sie aus einem Traum gerissen. »Ist er Ire?«, fragt sie.

Der leitende Anwalt wendet sich zu dem anderen Anwalt um, der nickt. »Wir haben hier eine Adresse in Dublin, also vermutlich schon. Aber diese Ergänzung des Testaments ist ungewöhnlich, Ihr Vater hat sie erst spät vorgenommen, möglicherweise unter dem Einfluss seiner Krankheit. Wir würden Ihnen daher empfehlen, sie anzufechten.«

In einem einzigen Augenblick dringt so vieles aus ihrer Kindheit und dem Leben ihres Vaters in ihr Bewusstsein. Die Momente des Schweigens. Die grüblerischen Depressionen. Die selbst auferlegte Einsamkeit. Die gesellschaftsfeindliche Fassade. Die eisernen Routinen. Warum hatte er sich ihr nie anvertraut? Hielt er sie für zu widerspenstig oder zu gedankenlos, um die Wahrheit mit ihr zu teilen? Sie hätte ihm helfen oder ihm zumindest seine Bürde erleichtern können. Vielleicht hätte sie sogar in seinem Namen mit Liam Feeney in Verbindung treten können. Und plötzlich schießt ihr ein Bild in den Kopf: Harris in seinem Arbeitszimmer, wo er jede Nacht Feeneys Stimme lauscht, Stunde um Stunde, über all die Jahre hinweg – nicht um sich seiner Tochter zu entziehen, sondern um dem Menschen nah zu sein, der sich ihm entzogen hatte.

Sie erinnert sich daran, wie Harris sie einmal mit seinem Chauffeur in seinem Bentley aus dem Gefängnis von Vancouver abholte, wo sie einsaß, weil sie die Büros eines Bergbauunternehmens besetzt hatte, das ihre Hauptwasserscheide mit Schwermetallen vergiftete. Auf der Heimfahrt hatte er zu ihrer Überraschung gesagt, er wolle den Primärwald und die Wasserscheiden ebenfalls gern schützen. »Aber wir bekommen im Leben selten, was wir wollen«, sagte er. »Es passt einfach nicht alles hinein.« Damals war sie überzeugt gewesen, dass er von seiner Blindheit, von den Ermittlungen gegen ihn oder der Notwendigkeit von Umweltzerstörung zugunsten von Industrie und wirtschaftlichem Wachstum sprach. Jetzt ist sie sich sicher, dass er etwas anderes gemeint hatte.

»Bitte geben Sie diesem Mann, was mein Vater ihm geben wollte«, sagt Willow.

Die Anwälte rutschen auf ihren Stühlen herum und werfen sich Blicke zu.

»Selbstverständlich«, sagt der leitende Anwalt und kritzelt etwas in seinen Notizblock. »Gut, gesetzt den Fall, dass nicht noch irgendwelche unbekannten Anspruchsteller, Cousinen oder andere Nachkommen auftauchen, sollte die Angelegenheit recht reibungslos verlaufen. Sie werden demnächst von uns hören.«

Während Willow in einer Limousine, die bald ihr gehören wird, zur Villa zurückfährt, entscheidet sie sich endlich für einen Namen für ihren Sohn: Liam New Dawn. Der erdachte Nachname wird ihn von der Bürde des Greenwoodschen Erbes befreien und ihm einen unbelasteten Neuanfang ermöglichen – etwas, was sie nie hatte. Und der Vorname ist ein kleines Geschenk an Mr. Feeney im Andenken an ihren Vater. Selbst wenn er nie erfahren wird, dass er es erhalten hat, ist es doch wert, gegeben zu werden.

Während des restlichen Nachmittags belädt sie ihren VW-Bus für die Rückkehr nach Greenwood Island, wo sie fortan leben werden. Sie packt die Gedichtschallplatten ein, dazu die Wordsworth-Ausgabe und einige weitere von Harris' Büchern, die Liam vielleicht gern lesen wird, wenn er größer ist. Sie frohlockt innerlich bei dem Gedanken, zu welch einer wunderbaren, waldschützenden, naturverbundenen Seele ihr Sohn auf dieser Insel aufwachsen wird. Aber wieso nur, fragt sie sich beiläufig, während sie die Kisten in den Bus stapelt, erwarten wir von unseren Kindern, dass sie morgen der Entwaldung und dem Artensterben ein Ende setzen und den Planeten retten, wenn wir heute seine Zerstörung vorantreiben? Es gibt da ein chinesisches Sprichwort, das Willow liebt: »Der beste Moment, um einen Baum zu pflanzen, ist immer vor zwanzig Jahren. Und der zweitbeste ist immer jetzt.«

Und für die Rettung des Ökosystems gilt dasselbe.

Sie könnte mit dem Geld ihres Vaters eine Umweltstiftung gründen, aber sie ist kein Büromensch, und wenn sein tragisches Leben sie eins gelehrt hat, dann, dass ein Mensch seinen tiefsten

Überzeugungen folgen oder eine Art Seelentod in Kauf nehmen muss. Wer hätte Harris sein können, wenn er in der Lage gewesen wäre, sein wahres Ich auszuleben? Wäre er der zufriedene Mann gewesen, den sie während ihrer seltenen Aufenthalte auf Greenwood Island kurz zu Gesicht bekommen hatte? Wäre er ausgelassen mit ihr durch den Raum gewirbelt wie der blinde Vater, den sie einmal im Fernsehen gesehen hatte, der lachte, während er Lampen umstieß und gegen Möbel prallte?

Und was wird dann aus *ihr* werden, wenn auch sie ihr tiefstes Inneres nicht ausleben kann? Und in genau diesem Augenblick beschließt sie, einen anderen Weg einzuschlagen – einen schwierigeren, zugegeben, aber auch den Weg der Verbundenheit, der Überzeugung und der Authentizität. Einen Weg, der Liam und sie von den Fallen des Kapitalismus und von allem Einfachen und Vorhersehbaren im Leben wegführen und sie im selben Zug dem Land und seinen Wäldern und Flüssen und seinen wilden, unberechenbaren Schätzen näherbringen wird.

Aber dafür muss sie selbst das opfern, was sie am meisten liebt. Sie muss sich nicht nur von all dem Reichtum trennen, für dessen Anhäufung und Bewahrung ihr armer, einsamer Vater sich selbst ruiniert hat; sie wird auch Greenwood Island selbst einer Vereinigung von Waldschützern übergeben müssen. Denn was für eine Heuchlerin wäre sie, wenn sie sie behielte? Wer ist sie, dass sie eine eigene Privatinsel verdiente? Was berechtigt sie zu so unbegrenztem Komfort und Frieden und Reichtum an Rohstoffen, während andere hungern und leiden?

Es ist der einzige Weg.

Hat sie sich vorher schon für die Umwelt engagiert, wird sie es nun mit doppeltem Einsatz tun. Sie wird in den Wintermonaten nicht mehr beim Earth Now!-Kollektiv Unterschlupf suchen, sondern mit Liam das ganze Jahr über in ihrem VW-Bus leben. Sie werden wurzellos sein, unabhängig, frei. Sie wird mehr Protestaktionen auf eigene Faust durchführen – nichts Radikales oder

Gewalttätiges, nur weitere Zuckersäcke, die in weitere Benzintanks geleert werden. Sie wird demonstrieren, behindern und blockieren. Sie wird Liam lehren, stark zu sein, im Austausch mit der Natur zu leben. Er wird lernen, ein Kämpfer zu sein. Ein Verteidiger der Erde. Zusammen werden sie so wenige Rohstoffe wie möglich verbrauchen und darauf hinarbeiten, einen winzigen Teil des Schadens zu beheben, den Harris den Wäldern der Erde zugefügt hat. Und irgendwann wird ihr Sohn es ihr danken.

Warum ist der Mensch darauf ausgelegt, gerade lange genug auf Erden zu sein, um eine Lebenszeit an Fehlern anzuhäufen, aber nicht lange genug, um sie auszumerzen? Wären wir doch nur wie die Bäume, denkt sie, als sie mit ihrem VW-Bus zum letzten Mal durch das eiserne Tor der Villa ihres Vaters fährt, Liam neben ihr auf dem Beifahrersitz festgeschnallt. Hätten wir doch Jahrhunderte. Dann bliebe vielleicht genug Zeit, um all die Schäden zu beheben, die wir verursacht haben.

2008

Eine Wirbelsäule

Was sollte sie anderes sein, denkt er – mit ihrem sanft gewölbten Stamm aus Knochen, den Zweigen und Verästelungen des Nervengewebes, ihrer Biegsamkeit und Feinheit und eleganten Vollkommenheit –, als eine Art Baum, der uns, eingebettet in unseren Rücken, aufrecht hält?

Und wenn all das stimmt, dann wäre es nur vernünftig von Liam Greenwood, sich endlich einzugestehen, dass ein Sturz aus einer Höhe von acht Metern und neununddreißig Zentimetern auf einen polierten Betonboden seinen eigenen Baum abgesägt, ihn gefällt, seinen Stamm knapp über dem Steißbein durchtrennt hat. Und dass er ihn nie wieder aufrecht halten wird.

Nichts ist wahr

Er wacht auf.

Dann wacht er ein zweites Mal auf, ohne gemerkt zu haben, dass er zwischendurch nicht bei Bewusstsein war.

Er richtet sich auf dem Fahrersitz seines Transporters auf, so gut er kann. Es ist immer noch dunkel, aber irgendwo hinter dem Haus und jenseits des Meeres braut sich das Strahlen des Morgens zusammen. Seine Schmerzen haben nachgelassen; selbst die Schraubzwinge um sein Kreuz hat ihren Griff gelockert. Liam schaut auf die Benzinanzeige: Der Tank ist noch zu einem Achtel voll. Es war dumm, bei eingeschaltetem Motor wegzunicken, aber er hat immer noch mehr als genug Benzin, um Hilfe zu suchen. Instinktiv versucht er, das Bremspedal mit dem rechten Fuß zu erreichen, aber wenngleich der Schmerz verflogen ist, fühlt sich seine untere Körperhälfte jetzt noch ferner an, verloren in einer Art Leere. Frustriert streckt er den Baseballschläger neben seinen nutzlosen Beinen aus, um das Bremspedal hinunterzudrücken, und stellt dann das Automatikgetriebe auf Fahren, als ihm plötzlich bewusst wird, dass selbst das kribbelnde Gefühl in seinen Oberschenkelmuskeln vollständig verschwunden ist.

Hätte er sich das Becken oder das Steißbein gebrochen, müsste das Gefühl in seinen Beinen dann nicht schon zumindest teilweise zurückgekehrt sein? Sollte er dann nicht in der Lage sein, sie wenigstens ein bisschen zu bewegen? Liam stellt den Schalthebel wieder auf Parken, reißt den Schlüssel aus dem Zündschloss und schleudert ihn auf den Beifahrersitz. Nein, denkt er. Er hat sich selbst belogen. Er spürt seine Beine nicht mehr, weil sie ihm nicht mehr gehören. Und es nie wieder tun werden.

Wohin will er überhaupt fahren? Zu einer Privatklinik? Seit dem Umzug nach Brooklyn hat er illegal in den USA gearbeitet. Seine Kunden zahlen bereitwillig bar, und auch wenn er eine Zeit lang eine Versicherung für Bauunternehmer hatte, war sie kostspielig, und sobald die Sachbearbeiter gemerkt hätten, dass er ohne Visum arbeitete, hätte er ohnehin keine Leistungen mehr erhalten, also ließ er sie auslaufen.

Die MRT-Scans, die Reha, die Katheter, die Rollstühle, Treppenlifte und Rampen. Ganz zu schweigen von den Schmerzmitteln, die sie ihm wie Bonbons geben würden. Er wäre wieder abhängig, ohne einen Grund, je wieder clean zu werden. Müsste er selbst dafür aufkommen, würde ihn seine Verletzung alles kosten, was er hat, und noch mehr. Und was für ein Leben wird er auf dem Grund einer solchen Schuldengrube finden? Wenn er nicht mehr in der Lage ist, den Hammer zu schwingen oder die Handkreissäge durch ein Stück Holz zu treiben? Mit seinem Transporter zur nächsten Baustelle zu fahren oder eine Decke einzuziehen oder eine Arbeitsplatte zu lackieren? Es gibt Zustände, die er stets mehr als den Tod gefürchtet hat: Verlassenheit, Hilflosigkeit, Abhängigkeit von anderen. Aber Nutzlosigkeit ängstigt ihn am allermeisten.

Liam greift hinter den Sitz und ertastet seine Kühlbox, aus der er so viele Red-Bull-Dosen zieht, wie er in die Taschen seiner Carhartt-Jeans stopfen kann. Dann öffnet er die Tür und lässt sich mithilfe des Anschnallgurts auf die überfrorene Einfahrt hinunter, die er für immer hinter sich gelassen zu haben glaubte.

Als er nach zermürbender Kriecherei durch den mittlerweile zu festen Hügeln gefrorenen Blättermulch endlich das Haus erreicht, dämmert es. Orangefarbene Lichtschnüre fallen schräg durch die umstehenden Bäume. Er gleitet auf den Boden des Vorbaus und drückt die Haustür hinter sich zu. Er legt die erfrorene Wange auf das vergleichsweise warme Porzellan der Kacheln. Diesmal kann er den Reiz der minimalistischen Hauseinrichtung besser einordnen. Den strengen polierten Beton. Die weißen Wände. Das Fehlen von Büchern oder jeglichem Nippes. Es ist ein Sich-frei-Machen von Gegenständen und von Geschichte. Wer hier lebt, hat Angst vor der Vergangenheit, denkt Liam. Willkommen im Club.

Er erinnert sich daran, wie er den Hausbesitzer in dessen Büro mitten in Manhattan getroffen hat, um das Projekt zu planen. Der Mann war ein Spross der Rockefeller-Dynastie, arbeitete aber für Holtcorp. Bei ihrem Treffen trug er Zimmermannshose und Arbeitshemd und schien sich ein wenig zu schämen, dass er bei der Renovierung überhaupt Liams Hilfe brauchte. Er bot Liam ostentativ ein Budweiser an, und während sie tranken, erwähnte er, Holtcorp habe kürzlich Greenwood Island gekauft. »Sind Sie mit diesen Greenwoods verwandt?«, fragte er, und Liam schüttelte nur den Kopf.

Glücklicherweise hatte Willow nicht mehr miterleben müssen, wie ihre geliebte Insel an ein Unternehmen verkauft wurde. Seine Mutter hatte einmal behauptet, sie hätten dort auf der Insel gelebt, als Liam noch ein Baby gewesen war. Aber sie hatte sie schon weggegeben, als er noch zu klein war, um sich zu erinnern, also sollen sie sie ruhig behalten. Am Ende wird solchen Unternehmen sowieso alles gehören.

Liam beginnt wieder die breite Treppe zu dem versenkten Wohnzimmer hinunterzukriechen. Nach sechs Stufen muss er sich auf dem mittleren Treppenabsatz auf den Rücken drehen, um seine Arme auszuruhen. Er lässt den Blick über die riesigen Tannenholzbalken wandern, die die gewölbte Decke hoch über ihm stützen. Selbst von dort unten sieht er, dass sie nicht ebenmäßig sind – jedenfalls nicht hundertprozentig. In seinen Jahren als Holzarbeiter hat Liam gelernt, dass selbst die bestgebauten, teuersten

Häuser ihre Mängel und Unzulänglichkeiten haben, und dieses hier ist keine Ausnahme.

Das ist die schmerzliche Wahrheit des Zimmermanns: Nichts ist korrekt.

Mit *korrekt* meint er plan, lotrecht, vollkommen. Jeder Raum hat eine Neigung von mindestens anderthalb, eher drei Millimetern. Garantiert. Wir glauben, in Schachteln zu leben, bis wir genauer hinsehen und merken, dass wir eigentlich in ungleichmäßigen Formen, in großen, deformierten Unfällen leben.

Was Zimmermänner zu den Hohepriestern des Lebens mit Fehlern macht. Und wenngleich Schlampigkeit das Schlimmste ist, was man einem Zimmermann vorwerfen kann, ist wahre Vollkommenheit unerträglich schwer zu erreichen, weshalb auch nie die Rede davon ist. Denn selbst nachdem man ein Stück Holz abgemessen und gerade zugeschnitten hat, lebt es anschließend weiter, saugt Feuchtigkeit auf, verzieht sich, biegt sich und nimmt unbeabsichtigte Formen an. Mit unserem Leben verhält es sich nicht anders.

Er schließt die Augen und fühlt einen lange unterdrückten Seufzer entweichen. Er kann auf mehr als nur ein paar Fehler zurückblicken, so viel steht fest. Die Nacht, in der er die für Meena nachgebaute Stradivari-Bratsche hinter seinem Transporter hergeschleift hat; die Häuser, die er mit seinen undichten Oberlichtern ruiniert hat; all die Jahre, die er vergeudet hat, bis obenhin zugedröhnt mit Oxycodon; all die Teile seiner Geschichte, die er ausgelassen hat, all die Dinge, an die er sich nicht zurückerinnern will. Aber auch wenn er nie alle seine Fehler wird sühnen können, gibt es vielleicht einige, die sich noch wiedergutmachen lassen. Und es gibt vielleicht Teile der Geschichte, die er noch erzählen kann. Also sollen die Erinnerungen kommen, denkt er.

Ahornbäume

An der Hand seiner Mutter verlässt Liam das Parkhaus, in dem sie den VW-Bus abgestellt haben, und geht in nebelndem Regen durch die Innenstadt von Vancouver. Es ist das erste Mal in seinem jungen Leben, dass er Willow in normaler Kleidung sieht – ein schwarzer Rock und eine schlichte grüne Bluse –, und er verspürt einen seltsamen Stolz darauf, neben einer Mutter herzugehen, die keine Zweige im Haar hat oder aussieht wie jemand, der in einem Bus lebt. Als sie das Provinzgericht erreichen, raucht sie vor dem Gebäude drei Menthol-Zigaretten, bevor sie hineingehen.

Während Willows Anhörung wartet Liam auf dem Flur und starrt mit großen Augen auf die Pistole im Holster des Polizisten, der ihm gegenübersitzt. Zwei Monate zuvor hat Willow oben am Clayoquot Sound einige teure Abholzmaschinen von MacMillan Bloedel unwirksam gemacht. Aber auf der Flucht aus dem Rodungsgebiet hielt eine Gruppe von Mounties auf Quads den VW-Bus an, und sie fanden Willows riesige Säcke mit weißem Zucker unter den Sitzen.

»Ich muss für eine Weile weggehen, Schatz«, sagt sie, nachdem die Anhörung vorbei ist und sie durch die Metalldetektoren des Gerichtsgebäudes gegangen sind. »Nur drei Monate.« Dann fahren sie zu einer Telefonzelle, wo Willow eine Stunde lang mit Freunden und Bekannten telefoniert, frustriert aufstöhnt und zwischendurch den Hörer gewaltsam auf die Gabel knallt. Als sie zum Bus zurückkommt, teilt sie Liam mit, dass er den Sommer bei seiner Großtante und seinem Großonkel auf deren Farm in Estevan, Saskatchewan, verbringen wird.

»Die kenne ich doch gar nicht«, protestiert er, was sie natürlich übergeht. Sie hat zwar immer gut von Temple und Everett gesprochen, aber dank ihres vollen Sabotagekalenders nie die Zeit gefunden, sie zu besuchen. Doch es ist nicht ihre Fremdheit, die Liam beklommen macht, es ist eher die Tatsache, dass er seine in Häusern verbrachten Nächte an zwei Händen abzählen kann, und der Gedanke, in einem richtigen Zuhause wohnen zu müssen, macht ihn nervös.

»Meinst du, ich will das?«, fährt ihn seine Mutter an, nachdem er sich den ganzen Tag lang beklagt hat. »Willst du vielleicht lieber in ein Pflegeheim?«

Liam verstummt, sieht sie mit seinem schwärzesten Blick an und weigert sich, ihr beim Packen zu helfen.

Am nächsten Morgen fahren sie in der Dämmerung von Vancouver nach Osten und in die Berge hinauf. Sie ist während der gesamten Fahrt nervös und reizbar, trinkt Weißwein aus einer Thermoskanne und raucht eine Menthol-Zigarette nach der anderen. Liam verbringt die ganze zweitägige Fahrt stumm schnitzend, eine weitere Bestrafung für ihre einschüchternde Drohung, ihn in ein Pflegeheim zu geben.

»Kannst du mir eins versprechen?«, sagt Willow und hält an, als sie sich am nächsten Tag zur Mittagszeit der Farm nähern. »Wahrscheinlich wird es nie dazu kommen, und ich bin mir fast sicher, dass ich danebenliege. Aber wenn Everett dir je zu nah kommen sollte … ich meine, ich weiß nicht, wenn er dich anfasst oder irgendetwas macht, was dir unangenehm ist – dann gehst du zu Tante Temple und sagst es ihr. Okay?«

»Von mir aus«, bricht Liam sein monumentales Schweigen.

Als sie vor der Farm halten, sitzen Temple und Everett beide an einem Holztisch auf der riesigen überdachten Veranda und lesen.

Auch ohne die Warnung seiner Mutter hätte Liam seinen Großonkel auf den ersten Blick abschreckend gefunden: Die Sehnen in Everetts Hals erinnern an Wurzeln, und seine Stimme klingt, als würde man einen Metalleimer voll Schotter über den Boden schleifen. Außerdem hinkt er beim Gehen gruselig und verbreitet überall einen Gestank nach Sägespänen. Aber seine Lebensgefährtin Temple – Willow schimpft mit ihm, als er seine Großtante fragt: »Wieso seid ihr nicht verheiratet?« – wirkt nett, riecht nach Waschmittel und ist unverkrampft und offen im Umgang. Wären die beiden Bäume, dann wäre sie eine hohe silbrige Birke und Everett eine knorrige alte Eiche.

Am ersten Abend auf der Farm zieht Temple ein altes Buch aus einem Regal, das sich um das gesamte Wohnzimmer herumzieht, und liest Liam daraus vor. Dabei kocht Everett stumm Essen, und Willow räumt Liams Sachen in sein neues Zimmer. Zum Nachtisch isst Liam drei Stücke Rhabarberkuchen und spielt dann mit Everett schweigend Dame, während Willow und Temple bis spätabends auf der Veranda sitzen, Wein trinken und sich mit gedämpfter Stimme unterhalten.

Am nächsten Morgen weckt Temple Liam im Morgengrauen sanft auf und erklärt ihm, da er nun auf der Farm bleibe, müsse er lernen, die Schweine, Hühner und Ziegen zu füttern.

»Ist gut«, sagt er und reibt sich die Augen. Er fürchtet, sie könnte ihn ins nächste Waisenhaus bringen, wenn er nicht gehorcht.

»Früher war das hier eine richtige Farm, wo hungrige Leute ohne Zuhause arbeiten konnten«, sagt sie und drückt ihm eine Mistgabel in die Hand. »Aber seit wir sie vom Erbe deines Großvaters abbezahlt haben, haben Everett und ich uns überlegt, dass wir uns anderswo besser einbringen können.« Temple erzählt, sie arbeite ehrenamtlich als Einkäuferin für die Leihbücherei in Estevan, und Everett baue Möbel und verkaufe sie, um die Erlöse für wohltätige Zwecke zu spenden. »Es gibt da draußen immer noch hungrige

Leute«, sagt Temple, »aber sie hungern jetzt nach anderen Dingen. Manchmal kommt es mir vor, als hätte ich nicht den blassesten Schimmer, was sie eigentlich brauchen.«

Als die Aufgaben – an denen Liam etwas mehr Gefallen gefunden hat als gedacht – erledigt sind, wartet Everett mit dem Essen auf sie: Eiersalat auf richtigem Weizenbrot und Suppe mit echtem Hühnerfleisch. Insgeheim stellt sich Liam schon vor, Temple wäre seine wahre Mutter und ihre Farm sein Zuhause.

»Weißt du noch, was ich dir über Everett gesagt habe?«, sagt Willow am Nachmittag zu Liam, während er ihr hilft, den Bus für ihre Rückfahrt nach Vancouver zu beladen. »Das kannst du getrost vergessen. Temple und ich haben darüber gesprochen, und es war alles nur ein großes Missverständnis. Du hast nichts zu befürchten. Alles klar?«

»Ich habe dir sowieso nicht geglaubt«, sagt er.

Liam weint nicht, als seine Mutter davonfährt, vielleicht weil er nach nicht einmal einem ganzen Tag auf der Farm schon schuldbewusst hofft, dass sie niemals zurückkehren wird, dass sie ihn einfach vergessen und zurücklassen wird, so wie sie es mit allen anderen auch macht.

Während der heißen, staubigen Junitage erkundet Liam stundenlang das Farmhaus und die Scheune. Er gibt den Ziegen und Hühnern lustige Namen und hetzt sie über die Weizenfelder. Er spuckt dicke Speichelbatzen in die schwarze Leere des Brunnens und klettert fast bis zur Spitze der hohen Trauerweide neben der Veranda, die wie ein grünes Zimmer ist, wenn man sich darunterstellt, und an der Everett eine Schaukel für ihn aufgehängt hat, obwohl Liam schon zwölf und längst zu alt zum Schaukeln ist. Abends hört Liam Radio, während sein Großonkel kocht und Temple den Tisch deckt. Sie nennt Everett entweder den »Knecht«, den »hauseigenen Zimmermann« oder den »Baumpfleger vom Dienst«, je nachdem, was gerade zu erledigen ist. Und manchmal rächt sich Everett, indem er die Farm »diesen gottverlassenen, baumlosen Flecken Staub« nennt, was Liam zunächst wie Verrat vorkommt, aber Everetts Augen funkeln dabei.

Er liebt die Vorhersehbarkeit des Farmlebens: jeden Tag am selben Ort aufzuwachen und am selben Tisch zusammen mit denselben Leuten die gleichen Sachen zu essen und dabei meist über das Gleiche zu reden. Das einzige Ritual, das ihm nicht gefällt, besteht darin, dass Everett Temple jeden Abend vor dem Zubettgehen fragt: »Meinen Sie, ich kann etwas hierbleiben?«, und sie antwortet: »Nur bis wir diese Bäume eingepflanzt haben«, so als wäre Everett bloß irgendein Herumtreiber auf der Durchreise. Liam weiß, dass es nur einer von ihren Scherzen ist, aber es missfällt ihm trotzdem. Die Farm ist das einzig Beständige in seinem Leben, und der Gedanke, Everett könnte gehen oder alles könnte zerbrechen, bedroht alles, was er zu schätzen gelernt hat.

Bis zum Juli hat Liam sich mit einem Jungen namens Orin angefreundet, der so alt ist wie er und an der verlassenen Bahnstrecke ein Stück weiter die Straße hinauf wohnt. Als Liam ihn zu sich einlädt, sagt Orin, seine Eltern würden das nicht erlauben.

»Wieso denn nicht?«, fragt Liam und erinnert sich, dass seine Mutter ihm einmal erzählt hat, manche Kinder täten gewisse Dinge nicht, weil sie einen sonderbaren Glauben hätten, nicht an die Natur, sondern an ein magisches Wesen namens Gott.

Orin sieht sich um und kneift die Augen zusammen: »Jeder weiß, dass dein Onkel im Gefängnis war. Darum gibt ihm auch niemand in Estevan Arbeit.« Dann senkt er die Stimme zu einem rauen Flüstern, einen halb erstaunten, halb erschrockenen Ausdruck auf dem Gesicht: »Die Leute sagen, er hätte ein Baby umgebracht.«

Später im Bett denkt Liam darüber nach. Sein Großonkel ist zwar ruppig, macht aber nicht den Eindruck, als könnte er einem Baby oder auch nur einem Erwachsenen etwas antun. Everett verbringt seine Tage in seiner Holzwerkstatt hinter der Scheune, wo er Schreibtische, Betten, Wiegen, Esstische und Stühle, aber auch Schachspiele mit fein ziselierten Figuren aus bestem Ahorn herstellt, die Temple immer am ersten Montag des Monats auf ihrem Pick-up in die Stadt fährt, um sie zu verkaufen, weil Everett keinen Führerschein hat. Willow hat selbst gesagt, sie hätte sich in ihm getäuscht. Aber wie, fragt sich Liam, könnte eine ganze Stadt etwas glauben, was nicht stimmt?

Vom nächsten Tag an beobachtet Liam Everett heimlich dabei, wie er Holz auf seiner Drechselbank dreht, und sucht nach Anzeichen von Brutalität oder Wahnsinn. Zwar bricht Everett nie über einem Fehler in Wut aus und macht keine hastigen Bewegungen, aber er flucht leise vor sich hin. Seine Flüche haben eine sonderbare Zärtlichkeit an sich, so als wären sie die einzige Macht, mit der sich die Holzstücke fügsam machen lassen.

Für Liam ist die Holzwerkstatt mit ihrer waldartigen Stille ein ruhiges Reich der Genauigkeit, der Disziplin und der Möglichkeiten. Sein Großonkel macht gar keine Bäume kaputt; er verwandelt sie in nützliche Dinge, die lange halten werden. Und nachdem Liam den Mut gefasst hat, Everett auf sich aufmerksam zu machen, sitzt er inmitten der Hobelspäne unter dem Tisch wie eine Rennmaus von der Größe eines Jungen und sieht seinem Großonkel bei der Arbeit zu. Irgendwann traut er sich und bittet Everett, ihm zu zeigen, wie man mit den Furcht einflößenden Werkzeugen umgeht.

Everett schüttelt den Kopf. »Deine Mutter hat es mir verboten.«

»Die ist doch gar nicht da.«

»Sie will nicht, dass du Holz zersägst. Und ihr Wille gilt hier, zumindest was dich betrifft.«

»Sie ist eine blöde Kuh«, sagt Liam. Er stemmt die Füße fest auf den Boden und wartet darauf, den mörderischen Zorn seines Großonkels zu spüren – tatsächlich sehnt er sich beinahe danach.

Aber Everetts Blick wird nur sanft. »Ein Kind großzuziehen ist nicht leicht, weißt du. Deine Mutter tut das, was in ihren Augen das Richtige ist. Und es gibt nicht nur einen richtigen Weg. Irgendwann wirst du das begreifen.«

Plötzlich sind Liams Wangen nass, und er fühlt seinen Herzschlag in seinen Ohren. »Ich will nicht mehr in einem Bus leben«, sagt er. »Ich will ein normales Leben. Und ich will an einem normalen Ort leben. Mit normalem Essen.«

Everett legt ihm die Hand auf den Kopf. »Es gibt kein normales Leben, mein Junge. Das ist die Lüge, die von allen den größten Schaden anrichtet.«

Als Everett und Temple am darauffolgenden Montag in Estevan sind, um Tierfutter und Bücher zu kaufen, Everetts Möbel zu verkaufen und sich ihren monatlichen Kinofilm anzusehen, stiehlt sich Liam in die Holzwerkstatt. Er schaltet die Tischsäge ein und sieht zu, wie das nackte Sägeblatt aufheult und zu einer furchterregenden Unschärfe verschwimmt wie ein Flugzeugpropeller. Er schluckt, legt ein astiges Brett auf den Tisch und schiebt es langsam in die Säge. Er hat erst drei Zentimeter tief in das Holz gesägt, als sich das Sägeblatt festfrisst und das Brett mit einem lauten Knall vom Tisch springt und ihn mit der Wucht eines Baseballschlägers am Kinn trifft.

Als sie am Abend zurückkommen, sprechen Everett und Temple ihn nicht auf den geschwollenen gelben Bluterguss in seinem Gesicht an – sein Kiefer wird noch wochenlang knacken –, und nach dem Abendessen sitzen sie alle auf der Veranda und sehen zu, wie Dunstschwaden und Licht am Horizont des weiten Präriehimmels strudeln. Temple liest aus der *Odyssee* vor, während sie ihre Getränke leeren: Everett ein Selterswasser, Temple einen Weißwein mit einem Schuss Sprite und Liam das Root Beer, das sie ihm aus der Stadt mitgebracht haben.

Temple liest Liam zwar ständig aus ihren vielen Büchern vor, erzählt ihm aber nie Geschichten aus ihrem eigenen Leben. Nie erfährt er etwas über den Wirbelsturm, der die Farm zerstört hat, als Willow noch ein Baby war. Oder warum genau Everett im Gefängnis gewesen ist (Liam hat in seiner Holzwerkstatt Briefe gefunden, die Willow ihm als Kind dorthin geschickt hatte). Oder irgendetwas über Liams Großvater Harris Greenwood und sein gefallenes Holzimperium oder das Erbe, das er ihnen hinterlassen hat. Wann immer Liam sie in jenem Sommer nach diesen verschwiegenen Dingen fragt, antwortet Temple, indem sie ein neues Buch aus dem Regal zieht und sagt: »Wie wär's hiermit?« Und vielleicht lernt Liam von ihr die notwendige Fähigkeit der Verdrängung.

Als seine Mutter Anfang September zurückkommt, redet sie wie ein Wasserfall und steckt nach ihrem dreimonatigen Gefängnisaufenthalt so voller überschüssiger Energie, dass sie Liam kaum zur Kenntnis nimmt.

»Hast du mich vermisst?«, fragt sie und fährt ihm abwesend durchs Haar, als sie alle für das große Mahl, das Everett zur Feier ihrer Rückkehr zubereitet hat, auf der Veranda Platz nehmen.

»Nicht besonders«, murmelt Liam so leise, dass sie es nicht hören kann.

»Auf Liam«, sagt Temple und erhebt ihr Glas, als das Essen auf dem Tisch steht. »Dessen Anwesenheit in den vergangenen drei Monaten einen belebenden Einfluss auf zwei alte Krustentiere hatte. Und der vielleicht der beste Arbeiter ist, den diese Farm je gesehen hat.« Liam hebt sein Glas und fühlt seine Brust vor Stolz anschwellen. Und einen Augenblick lang gelingt es ihm, die brutale, unabänderliche Tatsache zu vergessen, dass er wie ein zum Tode verurteilter Sträfling die Farm am darauffolgenden Tag verlassen muss.

Früh am nächsten Morgen schleicht sich Liam, während Willow ihre Sachen für die Fahrt nach British Columbia packt, in die Holzwerkstatt und nimmt einen von Everetts Kugelhämmern. Er geht zur Einfahrt und schlägt eine tiefe Delle in die Seitenverkleidung des VW-Busses und dann eine noch tiefere in die Motorhaube von Temples verwittertem Pick-up. Als Everett in seiner langen Unterwäsche mit erschrockenem Blick aus dem Haus kommt, ist sich Liam sicher, dass sie ihm nun niemals erlauben werden, wiederzukommen. Eigentlich wäre ihm das sogar lieber. Er weiß jetzt schon, dass etwas in ihm für immer zerbrechen wird, wenn er diesen Ort ein einziges Mal verlässt, und ein zweites Mal würde er nicht verkraften. Oder vielleicht hat er auch Glück, und Orins Gerüchte entsprechen der Wahrheit, und sein erboster Onkel wird Liam auf der Stelle umbringen.

Mit aschfahlen, schlaffen Gesichtszügen humpelt Everett auf Liam zu, der vor Angst wie angewurzelt stehen bleibt, und legt ihm die großen, schwieligen Hände auf die Schultern.

Sein Großonkel schüttelt den Kopf. »Der Wagen interessiert mich nicht, mein Junge«, sagt er. Dann hebt er den Blick zu dem unfassbar weiten Präriehimmel, der blassblau und nur von leichten Wolkenspuren durchzogen ist. Er schnieft einige Male, dann räuspert er sich, wie um die festsitzenden Worte frei zu rütteln. »Temple ist heute Morgen nicht aufgewacht.«

Liam spürt, wie ihm der Kugelhammer aus den Fingern gleitet. Er lässt sich von Everetts schweren Händen in den wirbelnden Staub niederdrücken und sinkt mit leerem Kopf und klingenden Ohren neben dem Reifen von Temples Wagen auf die Knie. Irgendwann wendet sich Everett ab, sein runzliges Gesicht eine steinerne Maske, humpelt zu seiner Holzwerkstatt und schließt die Tür hinter sich.

Irgendwann später kommt Willow mit geröteten Augen aus dem Haus. Als sie auf Liam zugeht, springt er auf und rennt in die Scheune, wo er blindwütig die Schweine, Hühner und Ziegen zu füttern beginnt.

Er ist immer noch dabei, als seine Mutter etwas später auf ihn zutritt. »Es war Nierenversagen«, sagt sie von der Umzäunung des Geheges aus zu ihm. »Sie war schon eine ganze Weile krank, Liam. Sie hat es mir gleich am ersten Abend nach unserer Ankunft gesagt. Aber es war gut, dass ihr diesen Sommer zusammen hattet.«

»Du hättest es mir sagen sollen«, sagt er, schlägt ein Gatter hinter sich zu und beginnt Stroh in den Trog zu schaufeln.

»Hör mal zu«, sagt sie in scharfem Ton. »Das war ihre Entscheidung, nicht meine. Sie wollte nicht, dass du dir Sorgen machst. Du hast kein Recht auf jedes Fitzelchen Information hier. So läuft das nicht. Also kannst du mit dem rebellischen Teenagerblödsinn direkt aufhören, du spielst jetzt nämlich wieder in meiner Mannschaft. Ob dir das gefällt oder nicht.« Sie macht eine Pause, um ihre Worte auf ihn wirken zu lassen, als wäre ihm das nicht längst bewusst. »Wir bleiben bis zur Beerdigung hier«, fügt sie hinzu. »Dann fahren wir weiter. Wenn wir im Herbst nicht ein paar Pfifferlinge pflücken, können wir den ganzen Winter Müllcontainer durchstöbern.«

Nach dem Mittagessen kommen einige Farmer aus der Nachbarschaft und tragen Temples Leichnam in den Sturmkeller hinunter, um ihn dort in der Septemberhitze kühl aufzubahren. Everett verlässt den ganzen Tag über seine Werkstatt nicht. Abends hört Liam ihn in der Küche leise mit einem Mann aus Estevan telefonieren, der einige Stunden später eine Kiste Roggenwhiskey zum Haus bringt.

In seiner ganzen Zeit auf der Farm hat Liam seinen Großonkel nicht ein einziges Mal Alkohol trinken sehen, aber in den Tagen nach Temples Tod macht Everett nichts anderes. Er wird davon nicht unberechenbar und verrückt wie Willow; stattdessen versiegelt der Alkohol seine Lippen und verstärkt seine Schlappheit. Wenn er betrunken ist, scheint es, als hätte sich sein ganzes inneres Gerüst aufgelöst. Er geht gebückt, und sein Humpeln verschlimmert sich. Er fängt nach dem Aufwachen zu trinken an und hört erst auf, wenn er sich in die Hose macht und auf einem Schlafsack auf dem Boden seiner Holzwerkstatt einschläft.

Manchmal versteckt sich Liam unter der Veranda und lauscht, wenn Willow mit Everett dasitzt und sie bis spät in die Nacht Roggenwhiskey trinken und Willows Gras rauchen. Aber sie reden nicht viel, und wenn, dann nur über den ausbleibenden Regen oder den kommenden Regen oder darüber, wie es den wenigen Bäumen auf dem Gelände geht – nie über Temple oder über irgendetwas Wichtiges, was, wie er inzwischen weiß, vielleicht die Haupteigenschaft ihrer Familie ist.

»Steh auf, mein Junge«, sagt Everett eines frühen Morgens zu Liam, nachdem eine Woche vergangen ist. »Ich habe etwas zu erledigen, und allein schaffe ich es nicht.«

Er führt Liam zum Schuppen, wo sie ein paar Äxte und eine Zweimannsäge nehmen und sie in Temples verbeulten Pick-up laden. Der alte Mann verbeult den Wagen noch weiter, indem er ihn linkisch gegen Zaunpfähle lenkt und in Entwässerungsgräben aufsetzt, bis sie eine lange Reihe ausgewachsener Ahornbäume erreichen, die am Rand eines Weizenfelds als Windschutz gepflanzt wurden.

»Temple und ich haben die zusammen eingesetzt«, sagt er und wirft die Werkzeuge vom Pick-up auf den Boden vor dem ersten Baum. »Sie hat mich nie Spunde hineinschlagen lassen. Sie hatte Angst, es könnte ihnen schaden. Sie war nicht sonderlich gefühlsduselig. Aber bei diesen Bäumen schon.«

In den nächsten Stunden fällen die beiden drei der kräftigsten Ahornbäume. Dann teilen sie die Stämme in lange Stücke, die sie auf den Wagen laden. Everett verarbeitet die Rundhölzer den ganzen Nachmittag lang mit der Kettensäge zu groben Brettern. Und zum ersten Mal widersetzt er sich Willows Wunsch und zeigt Liam, wie man die Werkzeuge richtig bedient. Den ganzen Tag lang sägen und hobeln Everett und Liam die Bretter zurecht, bis sie die besten, astreinsten und geradesten Ahornbretter sind, die Liam je gesehen hat.

Erst als sich sein Großonkel an den Feinschliff macht – er schnitzt von Hand einen filigranen Kranz aus Blättern und kunstvoll verzierten Blüten in den Deckel –, wird Liam bewusst, was sie da gezimmert haben.

Astrein

Holz ist eingefrorene Zeit. Eine Landkarte. Ein Zellgedächtnis. Eine Aufzeichnung. Deswegen, glaubt Liam, werden Tischler wie er immer Arbeit haben. Weil wir Menschen immer Holz um uns haben wollen werden: in unseren Häusern und auf unseren Böden, an unseren Decken und Wänden; in unseren zuverlässigen Gehstöcken und unseren feinsten Musikinstrumenten; in unseren geerbten Tischen und alten Schaukelstühlen; und bezeichnenderweise auch in den Kapseln, die uns die Reise in die Erde hinein erleichtern.

Wenn Schreiner ein Stück Holz als astrein bezeichnen, dann meinen sie, dass es frei von Astlöchern, Baumkanten und sonstigen Makeln ist. Und in den vielen Jahren, in denen er sich mit Holz beschäftigt hat, es auf die richtige Länge zurechtgeschnitten, liebevoll eingepasst und dann zu einem seelenwärmenden Glanz poliert hat, hat Liam oft gedacht, dass Menschen astreines Holz am besten gefällt, weil sie sehen müssen, wie die Zeit darin gesammelt ist. Jahr um Jahr aneinandergepresst, alles ordentlich und sauber. Frei von Hindernissen oder Makeln. So wie es unser Leben niemals ist.

Der Einschlagsort

Mit beinahe fleischlosen Fingerspitzen hat er sich zurück in das versenkte Wohnzimmer gezogen, zurück an den Fuß des Gerüsts, das Alvarez und er vor einer scheinbaren Ewigkeit aufgestellt haben. Dem Licht nach zu urteilen, ist der Morgen schon fortgeschritten, und würde Alvarez heute zur Arbeit kommen, wäre er schon da. Auch wenn Liam eigentlich nicht damit gerechnet hat, ist dieser Hoffnungsschimmer nun endgültig erloschen.

Sollte über diesen ganzen Schlamassel eine Geschichte erzählt werden müssen, möchte er lieber, dass sie davon handelt, dass Liam Greenwood bei der Arbeit gestorben ist und nicht in seinem Transporter wie irgendein Obdachloser. Aber zuerst muss er noch einiges in Ordnung bringen, solange er es noch kann. Auch wenn sein Privatleben ein permanentes Chaos ist, hat er nie eine Baustelle in einem so üblen Zustand hinterlassen, und er wird jetzt nicht damit anfangen. Er zieht sich zu dem Werkzeuggürtel, den er gestern ausgezogen hatte, um zum Transporter kriechen zu können, stopft die herausgefallenen Stiftnägel in ihr Täschchen zurück und legt sich den Gürtel wieder um die Hüfte. Denn bewegt er sich zu seinem Luftkompressor hinüber, schaltet ihn aus und lässt mit einem ohrenbetäubenden Zischen den Druck entweichen. Dann legt er seine Stichsäge in ihren Koffer und macht sich daran, den Verschnitt der wiedergewonnenen Bretter von Temples Farm einzusammeln, die Alvarez vergeudet hat. Als Nächstes beginnt Liam die Bretter selbst säuberlich zu stapeln, während er darüber nachdenkt, wie ungerecht es ist, dass so wenig Holz recycelt wird und so viel auf irgendwelchen Feldern verrottet. Er versucht, möglichst viele Sägespäne mit den Händen auf die Abdeckplane zu fegen, und schlägt sie sorgfältig ein wie ein Geschenk. Das Gerüst abzubauen oder seine Kappsäge einzupacken ist unmöglich, also lässt er sich auf den Betonboden sinken, genau an der Stelle, an der er gestürzt war, was er an der Absplitterung erkennt, die sein Titanhammer beim Aufprall hinterlassen hat.

Schwer atmend betrachtet er die bodentiefen Fenster des Raums, die den robbengrauen Atlantik wie ein Gemälde rahmen, so als wäre er Teil der Einrichtung – der eigene Privatozean des Hausbesitzers. Er fragt sich, wie lange sich sein Tod hinziehen und wie er sich anfühlen wird. Und ob er danach überhaupt noch etwas fühlen wird. Ob sich der Begriff *fühlen* überhaupt darauf anwenden lässt. Willow hatte immer geglaubt, dass sich in unseren letzten Momenten unser Geist auflöst und wir Teil des großen Grüns werden. Dass wir in einem chlorophyllartigen Energiefeld weiterleben, eins mit den Bäumen, der Erde und dem Regen.

Doch in Wahrheit kam ihr Tod grausam und schnell.

Seine Erinnerung trägt ihn zurück zu dem Tag, an dem er von Brooklyn nach Vancouver eingeflogen wurde, um einige Ausbesserungen an einer teuren Einrichtung vorzunehmen, die er für das forstwissenschaftliche Institut der University of British Columbia angefertigt hatte. Da er schon einmal in der Stadt ist, verabredet er sich mit Willow am Tor zum Stanley Park. Er hat sie seit Jahren nicht besucht, und als sie aus ihrem VW-Bus steigt, fürchtet er, ihr umweltschützerischer Eifer hätte sie schließlich so weit zersetzt, dass sie aus Angst, pflanzlichem Leben zu schaden, die Nahrungsaufnahme ganz eingestellt hätte. Ihr einst so voluminöses Haar ist jetzt dünn und platt gedrückt, ihr früher so unermüdlich robuster Körper verkümmert und gebrechlich.

»Du hast schon mal besser ausgesehen, Willow«, sagt Liam. »Soll ich fahren?«

»Das geht schon«, sagt sie, ihr Schädel wie eine Skulptur mit schroffen Rändern, die ihre Haut kaum verbergen kann. »Ich kann das alte Biest mit geschlossenen Augen steuern.«

Willow lenkt den Bus, der Liam noch immer vertraut ist wie ein altes Zuhause, tief in den Park hinein, zurück zu der Stelle, an der sie offenbar seit einiger Zeit heimlich campt. Es ist ein windiger Tag mit grauem Himmel, und die kleineren Bäume, die den Blick auf ihren Platz verdecken, wiegen sich in Kreisen. Damit sie etwas zu sich nimmt, besteht Liam darauf, Willow ihr Lieblingsessen aus Kichererbsen und Sesampaste zuzubereiten, das sie mit nach draußen nimmt, um es in der Gesellschaft der Bäume zu verzehren, da es ihr, wie sie sagt, der hartnäckige muffige Geruch und die Beengtheit des Busses schwer machten, das Essen hinunterzubekommen. Als Liam ihre schwindenden Essensvorräte anspricht, sagt sie: »Ich konnte dieses Jahr keine Pfifferlinge sammeln. Hatte einfach nicht die Energie. Darum ist alles ein bisschen knapper als sonst.«

Erst später am Abend erzählt sie ihm von ihren Behandlungen: dass sie jeden Tag zur Chemotherapie gefahren ist und dann in diesem Park mitten in der Stadt gecampt hat, der relativ nah am Krankenhaus liegt. Neben einem Anflug von Mitleid verspürt er eine sengende Wut, die sich nicht unterdrücken lässt.

»Wann wolltest du mir davon erzählen?«, fragt er, den Kopf gesenkt und die Hände in den Haaren vergraben.

»Wahrscheinlich bald«, sagt sie schwach. »Ich wollte dich nicht belästigen. Du hast so viel zu tun. Ich weiß, wie gut es bei dir beruflich läuft.«

Seine Mutter hat stets versucht, einen möglichst kleinen ökologischen Fußabdruck zu hinterlassen, und zu seinem großen Ärger schließt das auch ihn ein. Obwohl sie protestiert, er solle nach New York zurückfliegen, sagt er der Universität ab, kauft sich einen Schlafsack und zieht zu ihr in den Bus. Wenn er sie nachmittags von ihren Behandlungen abholt, riecht ihr Atem stark toxisch, so als hätte sie den ganzen Morgen lang Bootslack eingeatmet.

Er bleibt drei Wochen lang bei seiner Mutter. Sie campen wie früher, und die alte Harmonie zwischen ihnen stellt sich wieder ein. Er kauft Lebensmittel bei der Foodcoop, der sie noch immer angehört, kocht ihr Tee, achtet darauf, dass sie ihre Medikamente nimmt, und hilft ihr, die Fusseln zu entfernen, die sich in ihren Augen sammeln, als ihr die Wimpern ausfallen. Er sieht sie verkümmern und hört sie die ganze Nacht über stöhnen und husten, oben in ihrem Zeltdach, das sie so liebt. Und bald wird sie so schwach, dass er die Kindersicherung aus ihrem Feuerzeug herausbrechen muss, damit sie sich ihre Menthol-Zigaretten und ihr Gras anzünden kann.

Wenn sie zu ausgelaugt zum Sprechen ist, spielt er ihr dieselben Schallplatten vor, die sie ihm während seiner Entgiftung vorgespielt hat: der Mann, der mit einem beruhigenden irischen Akzent Gedichte vorträgt. Zwar versteht Liam die altertümelnden Worte, die er rezitiert, noch immer nicht ganz, aber wenn sich die Platten auf dem Teller drehen, hustet seine Mutter weniger häufig und weniger gequält. Also lässt er sie mit niedriger Lautstärke durchgehend laufen, auch wenn nach dem zehnten Umdrehen der Platte der bloße Klang der Stimme des Mannes auf seinen Nerven scheuert wie grobkörniges Schleifpapier.

Benötigt

1 Zehn-Pfund-Sack brauner Bio-Reis
1 Zehn-Pfund-Sack Bio-Kichererbsen
1 Zehn-Pfund-Sack Bio-Sojabohnen
200 ml Nystatin-Lösung
Dexamethason 4 mg
Senna 8,6 mg
Soflax 100 mg
Metoclopramid 10 mg
Diltiazem 180 mg
Tarceva 150 mg
Morphinsulfat 5 mg

Was sie getan haben

Kurz vor dem Ende – und gegen den Rat ihres Onkologen – betrinken sich Liam und Willow einmal in ihrem VW-Bus mit Chardonnay, in einem uralten Wald inmitten einer Stadt aus Glas und Stahl. Zur Feier des Tages schiebt Liam die Finger in den Schlitz im Fahrersitz, zieht den verborgenen Flakon mit Chanel No. 5 heraus und besprüht das Wageninnere damit.

»Nicht zu viel«, sagt Willow, ehe sie die Augen schließt und den zitrusartigen Duft in ihre tumorbeengte Lunge saugt.

Doch das Parfüm scheint sie munter zu machen, und sie sitzen da und plaudern bis in den Abend hinein: über seine Arbeit in Brooklyn (die Tische, die er für die Konferenzräume von Holtcorp, Shell und Weyerhaeuser gebaut hat, verschweigt er) und über die verschiedenen Umweltbelange, für die sie sich selbst in ihrem angegriffenen Zustand noch einsetzt.

»Du bist vermutlich nicht auf der Suche nach einem Bulli, oder?«, sagt sie mit einem dünnen Lächeln, nachdem sie müde geworden ist und er ihren unfassbar leichten Körper in das Dachzelt hebt.

Liam schüttelt den Kopf. »Ehrlich gesagt, hasse ich das Ding.«

Sie lacht leise, aber er merkt, dass die Bemerkung sie verletzt. »Ich weiß, du denkst, ich wäre mein ganzes Leben lang egoistisch gewesen, aber kurz nach deiner Geburt habe ich eine Entscheidung getroffen. Eine Entscheidung für den schwierigeren Weg. Ich wollte, dass du anders aufwächst, dass du eine richtige Kindheit hast, nicht so wie ich.«

»Meine Kindheit war prima, Willow. Aber sie war wirklich anders«, sagt er und knipst die Taschenlampe aus. »Das hast du geschafft.«

Sie schließt die Augen und nimmt einen schmerzhaften Atemzug. »Ich wollte dir etwas beibringen.«

»Was denn?«

»Die Natur mit Demut zu betrachten.«

Was genau ist die Natur, Willow?, will er fragen. Ist einer von meinen Tischen aus wiedergewonnenem Holz Natur? Was ist mit mir, bin ich Natur? Warum hast du mich nie mit Demut betrachtet? Warum sind Bäume das Einzige, was dich an der Natur je interessiert hat?

Stattdessen küsst er sie auf die Stirn und sagt: »Ich versuche, alles mit Demut zu betrachten, Willow. Und das habe ich von dir gelernt.«

»Weißt du«, sagt sie, »manchmal habe ich mir auf dem Computer in der Bibliothek angeguckt, was du gemacht hast.«

Liam traut seinen Ohren nicht. »Weißt du noch, wie ich mein Tischlerdiplom absolviert habe und du mich einen ›staatlich geprüften Waldmörder‹ genannt hast?«

»Es hat mir nie gefallen, dass du wehrlose Bäume verschwendest«, sagt sie und schüttelt den Kopf. »Aber das mit dem wiedergewonnenen Holz leuchtet mir ein. Du hast ein paar wirklich wunderbare Sachen geschaffen, Liam. Ja, du betrachtest die Dinge mit Demut, und das macht mich stolz.«

Er sitzt noch stundenlang im Bus unter ihrem Schlafplatz, leert die Weinflasche und hört zu, wie sie hustet – ein tiefes, mahlendes Rütteln, das sie keuchend zurücklässt. Es tut ihm leid, dass er ihr keine Morphiumtablette anbieten kann – in letzter Zeit scheint nur das Morphium verhindern zu können, dass der Husten sie aus dem Schlaf reißt.

Je betrunkener er wird, desto stärker wird ihm bewusst, dass seine Mutter ihr Leben lang vor einer Gebrochenheit geflohen ist, einer Gebrochenheit, die von den gebrochenen Menschen vor ihr an sie weitergegeben wurde, und dass sie etwas von dieser Gebrochenheit an ihn weitergegeben hat, wie Kohlen, die man aus einem Feuer nimmt, um ein weiteres zu entfachen. Und dass er mit seinem eigenen Kind dasselbe tun würde, wenn er je eins hätte.

»Kannst du mir eins versprechen?«, sagt sie später, und ihr Atem ist ein gequältes Keuchen. »Dass du Everett besuchst, wenn du kannst. Ich mache mir Sorgen um ihn, so ganz allein da draußen.«

Nachdem Liam es ihr versprochen hat, sitzt er bei ihr, während sie in einem halb wachen Zustand hustet und unzusammenhängend vor sich hin redet – wild zusammenassoziierte Mitteilungen aus dem chemischen Sumpf von Krebsmedikamenten, Alkohol und Gras, der ihr Gehirn umgibt. Für Liam klingt es alles wie Unsinn, ihre übliche New-Age-Philosophie und ihre verschwörungstheoretischen Tiraden, bis irgendwann vor Sonnenaufgang, als er gerade selbst einnickt, plötzlich ihre stechenden grünen Augen über ihm in der Öffnung des Dachzelts erscheinen. »Andere Menschen können uns retten, Liam«, sagt sie mit erstaunlicher Klarheit. »Vergiss das nie. Sie tun es ständig. Meist auf eine Art und Weise, die wir nie verstehen werden, aber das ändert nichts an dem, was sie getan haben.«

Als Liam am nächsten Morgen mit Vorräten von der Foodcoop und der Apotheke zurückkommt, findet er den Körper seiner Mutter ausgestreckt dort oben im Zeltdach, die langen Haare mit einer dünnen Zederngerte zurückgebunden. Eine Brise weht seitlich durch das Gitternetz der Wände. Ein stille grüne Liebkosung, die sie von einem Wald, den sie geliebt hat, in einen anderen hinüberträgt.

Liam sitzt lange auf dem Fahrersitz des Busses seiner Mutter, betrachtet die Bäume und fragt sich, ob sie auf irgendeine Weise spüren, was sie gerade verloren haben.

Du bist immer noch hier

Stunden vergehen in dem versenkten Wohnzimmer. Eine weitere Nacht kommt und gießt ihre Schatten über den Betonboden. Dann tritt ein neuer Tag an ihre Stelle. Liam sieht zu, wie das Eigelb der Sonne hereinsickert und dann wieder abfließt, als hätte jemand einen Stöpsel gezogen.

Als ihn ein beißender Durst befällt, öffnet er die letzte der Red-Bull-Dosen, die er aus dem Transporter mitgenommen hat. Das Getränk schmeckt auf eine chemische Weise tröstlich, so als wäre es das reine Destillat all der unnatürlichen Produkte, die Willow ihm als Kind verboten hatte. Das Bombardement von Zucker und Koffein schärft seine Sinne und macht ihm bewusst, dass er nun, da er das letzte Red Bull getrunken hat, nicht mehr viel länger wird warten müssen.

Er erinnert sich, wie Everetts Leben nach Temples Tod ebenfalls zu einem Wartespiel wurde. Er trank stetig, wenn auch nicht so bemitleidenswert heftig wie in den Wochen nach ihrem Dahinscheiden. Liam hielt sein Versprechen an Willow und besuchte ihn im Laufe der Jahre immer wieder. Da es im Umland von New York viele abrissreife Häuser gab, die für seine Zwecke perfekt geeignet waren, hätte Liam für das wiedergewonnene Holz eigentlich nicht den ganzen Weg bis nach Saskatchewan fahren müssen; aber es war ein guter Vorwand. Er zahlte seinem Großonkel eine kleine Summe für die Zaunlatten, die er abtransportierte, und auch wenn er es nie aussprach, schien Everett sich über die Gesellschaft zu freuen.

Bei Liams letztem Besuch kommt er um elf Uhr vormittags und trifft seinen Großonkel auf der Veranda an, wo er zu jeder Jahreszeit außer während des harschen Präriewinters sitzt, eine Zweistärkenbrille auf der Nasenspitze, ein Buch auf dem Schoß und eine Flasche Roggenwhiskey an seiner Seite wie ein treuer Hund.

»Du bist immer noch hier«, sagt Liam, als er auf das Haus zugeht.

Everett blickt sich mit milchig trüben Augen um, als müsste er sich der Tatsache selbst vergewissern. »Sieht so aus.«

»Ich dachte, du hasst es hier«, sagt Liam, nimmt seine Baseballmütze ab und setzt sich neben Everett auf die Bank.

»Das stimmt auch«, sagt Everett, der noch immer nach Leinöl und geschliffenen Holzbeiteln riecht. »Aber ich bin zu alt, um woandershin zu gehen.«

»Also, mir hat es hier immer gefallen. Als Kind war es schön, hierherzukommen.«

»Ich habe vor, es deiner Mutter zu vererben«, sagt Everett, und Liam muss ein Husten unterdrücken. Nachdem er mit angesehen hat, was Temples Tod mit Everett angerichtet hat, bringt er es nicht übers Herz, ihm von Willow zu erzählen. »Also wirst du sie wohl irgendwann kriegen. Ich kann allerdings nicht behaupten, dass das Land viel wert wäre. Deine Großtante Temple wollte sich nicht eingestehen, dass dieser Boden nie besonders gut geeignet war, um irgendetwas anzupflanzen. Willst du einen Drink?«

Das will Liam eigentlich nicht, weil er von hartem Alkohol Lust auf Oxys bekommt, aber er sagt: »Klar.«

Everett holt ein zweites Glas, gießt zwei Fingerbreit Roggenwhiskey hinein und füllt es mit Wasser aus einem Zinnkrug auf. »Der Brunnen ist immer noch nicht trocken«, sagt er. »Was ein kleines Wunder ist.«

»Ich habe dieses Wasser immer geliebt«, sagt Liam und nimmt

einen kleinen Schluck. »Es schmeckt immer gleich. Warst du in letzter Zeit viel in der Holzwerkstatt?«

Everett hält die Hände hoch und ballt zwei zittrige Fäuste. »Ich tauge nicht mehr für feine Schreinerarbeiten oder Schachfiguren. Ich mache jetzt große, hässliche Picknicktische. Bloß ein paar alte Fünf-mal-zehn-Hölzer und ein bisschen rote Farbe. Ich spende sie Parks und öffentlichen Schulen in Estevan. Ich glaube, sie haben schon mehr Picknicktische, als sie brauchen, und verbrennen sie wahrscheinlich einfach irgendwo hinter dem Rathaus. Aber es ist nett von ihnen, sie anzunehmen. So habe ich etwas zu tun. Aber vielleicht komme ich nach New York und werde dein Gehilfe«, fährt er fort. »Bist du sicher, dass die Leute gutes Geld für diese verwitterten alten Latten zahlen? Du haust sie doch nicht übers Ohr, oder? Und meinst du, die könnten vielleicht noch ein paar Picknicktische gebrauchen?«

Liam lacht und schüttelt den Kopf. »Die Leute mögen altes Holz. Es spendet ihnen wohl Trost. Aber ich mag meine Arbeit. So geht der Tag rum.«

»Das Leben besteht immer nur aus Arbeit«, sagt Everett und nickt. »Die Herausforderung liegt darin, welche zu finden, die einem nicht zuwider ist.«

Liam nimmt noch einen Schluck und fühlt den billigen Whiskey in seinem Mund auflodern.

»Und wie geht's deiner Mutter?«, fragt Everett. »Ich habe länger nichts von ihr gehört.«

Wie es ihr Wunsch war, hat Liam Willow einäschern lassen und ihre Asche auf einer ihrer liebsten Feenfarmen tief im Herzen von British Columbia verstreut.

»Es geht ihr gut«, sagt Liam und nickt. »Sie ist in irgendeinem Wald damit beschäftigt, die Welt zu retten. Frag mich bloß nicht, in welchem.«

»Man weiß nie so genau, wo sie sich herumtreibt, was?«, sagt Everett.

Nachdem ihre Gläser geleert sind, belädt Liam den Transporter mit Latten aus einem Begrenzungszaun. Danach hilft er Everett, einen kompletten Picknicktisch zu bauen, kocht für ihn, und am nächsten Morgen fährt er bei Tagesanbruch los.

Drei Monate später ruft ein Anwalt aus Estevan an und teilt Liam mit, Everett sei an Herzversagen gestorben und habe Willow die Farm hinterlassen. »Also geht sie auf Sie über«, sagt der Anwalt.

Als Liam eine Woche danach dorthin zurückkehrt, findet er einen hübschen Sarg aus Ahornholz – so säuberlich gezimmert und mit so makellosen Verzierungen wie der, den sie vor Jahren für Temple gemacht hatten – auf dem Tisch in Everetts Holzwerkstatt. Liam begräbt Everett zwischen den Ahornbäumen an der Grundstücksgrenze, wo sich auch Temples Grab befindet, wenngleich nichts darauf hinweist.

Wie sein Großonkel mit seinen verknöcherten, zittrigen Händen ein so schönes Stück Holzarbeit schaffen konnte, ist Liam immer noch ein Rätsel. Aber wenn er nun an den fein gearbeiteten Sarg zurückdenkt, fällt ihm die Bratsche ein, die er für Meena gemacht und dann zerstört hatte. Das einzige wahrhaft schöne Ding, das er selbst je geschaffen hat.

Das heißt, eigentlich waren es zwei.

Zwei schöne Dinge.

Liam hat in seinem Leben zwei schöne Dinge geschaffen.

Und mit diesem Eingeständnis strömt auf ihn ein, was er lange übergangen, was er gewaltsam aus seinen Gedanken verdrängt hat. Denn so kurz vor dem Ende seines Lebens ist Liam Greenwood endlich bereit, die Lücken zu füllen, die Knoten zu lösen, die Dinge klar und deutlich zu benennen – und sei es nur für kurze Zeit.

Jacinda Greenwood

Am Tag ihrer Geburt arbeitet er, das Telefon auf stumm gestellt, eine Staubmaske über das Gesicht gezogen und einen Gehörschutz fest auf die Ohren gedrückt. Er schleift ein Stück teurer Douglastanne, das er in irgendeinem Yogastudio in Brooklyn oder einer Firmenzentrale in Manhattan einsetzen wird, und das Dröhnen seines Exzenterschleifers löscht beinahe das seltsam verwandte Dröhnen der Schuld in seinem Kopf aus.

Eine Woche später hat Liam noch immer nicht auf Meenas Nachricht von der Geburt ihres gemeinsamen Kindes geantwortet, als er eine weitere Nachricht von ihr erhält, in der sie ihm mitteilt, dass sie sich für einen Namen entschieden hat: Jacinda, nach einem netten Mädchen, das mit Meena zur Schule ging. Sie überrascht Liam auch mit der Offenbarung, dass sie ihrem Kind den Nachnamen Greenwood gegeben hat. Meena schreibt, sie habe ein paar Cousins, die bereits für den Fortbestand des Namens Bhattacharya sorgten, und sie fände es zu tragisch und ungerecht, wenn Liams Nachname aussterben würde. Selbst beim Musizieren, denkt Liam, hat Meena es immer gehasst, wenn ein Stück zu Ende ging.

Entgegen seiner Bemühungen, die Existenz seiner Tochter aus seinen Gedanken zu verbannen, und einem strengen Regiment der bewussten Verdrängung schickt Meena ihm häufig Bilder, die Jacindas frühe Jahre dokumentieren. Ein kleines schwarzhaariges

Mädchen, das nach seinen Füßen greift, mit Farbe herumschmiert oder Tauben jagt, Bilder, die Liam sich immer mit halb abgewendetem Blick ansieht, so wie man eine Sonnenfinsternis betrachtet. Er löscht die Fotos nicht von seinem Telefon, druckt sie aber auch nie aus. Und nun, da sein Telefon zerschmettert wurde, sind die Bilder verloren.

Sie muss jetzt drei Jahre alt sein.

Was bedeutet, dass sie schon tausend Tage ohne ihn gelebt hat. Tausend Tage, an denen er hätte nach Hause kommen können, die Hände voller Splitter, aber nicht so sehr, dass er sie nicht hätte aufheben und so hoch in die Luft wirbeln können, dass sie beinahe die Decke berührte. Tausend Morgen, an denen seine Tochter aufgewacht ist, ohne dass er sehen konnte, wie sich diese dichten Wimpern öffneten wie Wildblumen; tausend Abende, an denen er ihr nicht vorgelesen und dann zugesehen hat, wie sie sich wieder schließen.

Liam erinnert sich, bei George Nakashima gelesen zu haben, dass in einer traditionellen japanischen Familie unmittelbar nach der Geburt einer Tochter ein Blauglockenbaum gepflanzt wird. Das ist eine schnell wachsende Baumart, und wenn das Mädchen erwachsen geworden und bereit ist, auszuziehen, kann auch das Holz des Baums verwertet werden. Aus den schönen, fein gemaserten Brettern wird eine reich verzierte Truhe gezimmert, in der das erwachsene Mädchen ihren Kimono aufbewahrt. Aus diesem Grund ist der Blauglockenbaum auch als der Kaiserinnenbaum bekannt, und der schändlichste Fehler seines ganzen Lebens, muss Liam sich nun mit Bitterkeit eingestehen, war, dass er für Jacinda keinen gepflanzt hat.

Er zieht eine zehn Zentimeter lange Holzschraube aus der Hosentasche und beginnt einige Buchstaben in den Betonboden neben ihm zu kratzen. Wann hat er zuletzt etwas geschrieben, das er nicht mit den Daumen in sein Telefon getippt hat, etwas ohne automatische Rechtschreibkorrektur? Er strengt sich sehr an, die Wörter fehlerfrei und in der richtigen Reihenfolge aufzuschreiben.

Dabei fasst er sich kurz:

Mein ganzer Besitz geht an Jacinda Greenwood.
Dein dich liebender Vater.

Er lässt sich Zeit, zieht die Wörter immer wieder mit der Spitze der Schraube nach, um sie tief einzugraben und sicherzustellen, dass sie gut lesbar sind. Er wünschte, sein ganzer Besitz würde mehr beinhalten als seine dürftigen Ersparnisse, ein Stück wertloses Farmland in Saskatchewan, einen Stapel Schallplatten mit Gedichten, sein Werkzeugarsenal und seinen Transporter, was zusammengenommen vielleicht um die fünfzigtausend Dollar wert ist.

In einer ihrer letzten Nachrichten hat Meena erwähnt, Jacinda sei sehr aufgeweckt und könne schon Buchstaben und Tiere identifizieren und dass sie Bäume am liebsten möge. Vielleicht wird sie sein Geld daher für ihre Ausbildung verwenden – was kein Kaiserinnenbaum ist, aber besser als nichts.

Ich bin noch nicht bereit zu sterben, denkt er, dann flüstert er es, dann schreit er es heraus, und die Wörter hallen in dem spärlich eingerichteten Raum wider, in dem kein Fetzen Teppich den Klang dämpft, der ihm das Gefühl gibt, winzig zu sein, nicht größer und bedeutsamer als die Schraube, die er mit der Faust umschließt. Und dann beginnt sich eine Reihe von Türen in seinem Kopf zu schließen. Nie wird er die Geschichten kennen, die sich Temple und seine Mutter auf der Veranda zuflüsterten. Nie wieder wird er die Bitterkeit des Oxycodons schmecken oder sehen, wie frische Holzspäne von einer Drechselbank stieben, oder riechen, wie ein Rhabarberkuchen im Ofen backt. Nie wieder wird er mit seiner Mutter in ihrem Bus fahren oder mit ihr durch die hohen Bäume gehen. Nie wieder wird er Meena ihre Bratsche spielen hören, während sie im Pyjama in der Küche sitzt. Niemals wird er die

Wärme seiner Tochter an seiner Brust spüren. Und niemals wird die Geschichte ganz erzählt werden.

Die Zeit, das hat Liam gelernt, ist kein Pfeil. Sie ist auch keine Straße. Sie führt in keine bestimmte Richtung. Sie lagert sich nur an – im Körper, in der Welt –, wie Holz es tut. Schicht um Schicht. Erst hell, dann dunkel. Jede Schicht baut auf der vorherigen auf. Kein Jahr kann ohne das vorangegangene existieren. Jeder Triumph und jede Katastrophe sind auf ewig in ihre Struktur eingeschrieben. Sein eigenes Leben, das kann er sich nun eingestehen, wird nie astrein sein, nie makellos, wird nie wiedergewonnen werden. Weil es unmöglich ist zu schrumpfen, was einmal gewachsen ist, rückgängig zu machen, was einmal geschehen ist. Doch die Menschen setzen Vertrauen in das, was er gebaut hat. Und das ist schon etwas wert. Es ist nicht genug. Aber es ist das, was er mitnehmen wird.

Während der folgenden dämmrigen und delirierenden Stunden tröstet er sich mit dem verschwommenen Bild von Menschen, die sich mit ihren Kaffeebechern an seine Tresen setzen, um zu reden und über diejenigen zu klagen, die sie lieben. Menschen, die sich an seine Bars lehnen, um ein Bier nach dem anderen zu trinken und sich verzweifelt den Ohren ihres Gegenübers anzuvertrauen. Einem kleinen schwarzhaarigen Mädchen mit dichten Wimpern, das an einem seiner Tische sitzt und unter den Blicken der Mutter ein Stück Möhrenkuchen verzehrt und dessen schlammverkrustete Schuhe über dem Boden pendeln, während es von Bäumen erzählt.

2038

Eigentuhm von Willo Grienwud

An diesem nebligen Montagmorgen gehören zu Jakes Pilgergruppe ein Solarzellenmogul aus Dubai, ein prominenter Koch aus dem, was von Las Vegas übrig ist, zwei weibliche Teenager aus China, dünn wie Grashalme, und die gesamte Hockeymannschaft der Toronto Maple Leafs. Sie hat schon die halbe Tour mit ihnen absolviert, aber sie haben noch nicht eine Frage gestellt, und ihre Augen sind noch fester als sonst auf ihre Telefone geheftet. Jake kann ihnen keinen Vorwurf machen: Sie merkt selbst, dass ihre bisherigen Vorträge schal und wenig inspirierend gewesen sind, vielleicht weil sie vergangene Nacht wieder zu lange aufgeblieben ist. Aber wenn sie das Ruder nicht rasch herumreißt, werden die Pilger sie schlecht bewerten, und wenn ihre durchschnittlichen Bewertungen unter drei von fünf Blättern fallen, wird ihrem Vorgesetzten Davidoff nichts weiter übrig bleiben, als sie zu entlassen.

»Sie stehen gerade auf der höchsten Konzentration von Biomasse auf dem gesamten Planeten«, sagt Jake mit wiedererstarktem Enthusiasmus, im erbitterten Versuch, sie erneut für sich einzunehmen. »Jeder Baum ist eine eigene Symphonie der zellulären Perfektion, eines der wunderbarsten und elegantesten Wesen, die jemals unsere Biosphäre geziert haben. Sie verdienen all die Sagen und Märchen und die heiligen Bäume, die ihnen gewidmet sind. Ganz zu schweigen von den grottenschlechten Gedichten«, sagt sie und sieht erleichtert, wie der Scherz ihre Augen kurz von den Telefonen loseist. Einige von ihnen lächeln sogar. »Im Laufe der Zeit«, fährt sie fort, »verbinden sich die Seitenwurzeln der Douglastannen miteinander. Auf diese Weise teilen die Bäume Rohstoffe und chemische Waffen mit ihren Nachbarn. In einem Wald gibt es keine Einzelwesen. Tatsächlich verhält er sich eher wie eine Familie.«

Das mit der Familie scheint sie ernsthaft anzurühren (vor allem die Hockeyspieler). Damit die Stimmung nicht abflaut, führt Jake die Gruppe zu einem nahen Ufergebiet, wobei sie darauf achtet, von der Grenze fernzubleiben, an der der echte Primärbestand endet und der ehemals abgebrannte Teil der Insel mit seinen kleineren Bäumen beginnt. Dort kommt sie auf die Bedeutung des Wassers für alle Lebewesen zu sprechen. Als der prominente Koch behauptet, unterzuckert zu sein und augenblicklich etwas essen zu müssen, um nicht bewusstlos zu werden, führt Jake die Pilger zum Picknickbereich, wo das vorbereitete Mittagessen auf sie wartet. Während sie sich über die handgetöpferten Tonschalen mit Schweinefleisch und Bohnen aus eigener Herstellung hermachen, verschlingt Jake einen Müsliriegel und nutzt die Unterbrechung, um das Papierbuch aus ihrem Rucksack zu nehmen. Die vertrauten violett gefleckten Risse des Umschlags und der feine Staub, der noch immer aus der Bindung rieselt, beruhigen sie augenblicklich, selbst nachdem sie es wochenlang immer wieder zur Hand genommen hat.

Obgleich die kursive Schrift des Tagebuchs für Jake anfangs schwer zu entziffern war, hat sie es nach zwei Wochen bis zum Ende gelesen. Und nachdem sie sich einmal mit der geschwungenen Handschrift und der veralteten Zeichensetzung vertraut gemacht hatte, benötigte Jake für die zweite und dritte Lektüre nur noch einige Tage. Und jetzt, nach dem zehnten Durchgang, kann sie es so flüssig lesen, dass es ihr beinahe vorkommt, als hätte sie es selbst geschrieben.

Anders als die fehlerhafte Beschriftung vermuten lässt, wurden die Einträge nicht von ihrer Großmutter Willow Greenwood verfasst, sondern von einer nicht namentlich erwähnten Schwangeren zur Zeit der Weltwirtschaftskrise. Sie war die Mätresse eines reichen Mannes, den sie nur als »RJ« bezeichnet und der eingewilligt hatte, ihr Kind zu adoptieren, sobald es auf der Welt war. Auch wenn sie größtenteils über einfache Dinge schrieb – ihre Spaziergänge durch die verschneiten Ahornwälder, das gute Essen, das die Köchin für sie zubereitete –, fließen in diese Beschreibungen anrührende Betrachtungen zu vielen Themen ein, vor allem zu ihren Ängsten. Ihrer Angst, die Wirtschaft werde sich nie vom Zusammenbruch des Marktes erholen, und die Menschen wären zu kurzsichtig und egoistisch, um zu überleben. Ihrer Angst, die Staubstürme könnten bis zu ihr durchdringen und ihrem Baby nach der Geburt schaden. Ihrer Angst vor RJ und davor, dass er ihr Leben zerstören würde, wenn ihm irgendetwas nicht gefiele. Ihrer Angst, ihre intellektuelle Begabung an eine bedeutungslose, unterbezahlte Putzstelle zu vergeuden. Doch all ihren Ängsten zum Trotz vernimmt Jake ein hoffnungsvolles Flüstern in den Zwischenräumen der Wörter. »Fass dir ein Herz«, scheint sie zu sagen. »Die Welt steht nicht zum ersten Mal vor dem Ende. Der Staub hat uns schon immer zu verschlingen gedroht. Die Menschen haben schon immer gekämpft und gelitten. Deine Armut ist keine Schande. Es ist keine Charakterschwäche. Das Leben an sich ist gefährlich. Und der Kampf ist nie vergebens.«

Wie die Verfasserin des Tagebuchs weiß Jake, was es bedeutet zu kämpfen und Angst zu haben: Sie hat Angst vor ihrem immer weiter steigenden Studentendarlehen, ihren sinkenden Bewertungen und dem Ausbleiben ihrer Periode. In letzter Zeit hat sie Bauchkrämpfe gehabt, obwohl sie Milchprodukte vermeidet – vor allem den berüchtigten sahnigen Kartoffeleintopf in der Jurte. Gestern hat sie eine der jüngeren Waldführerinnen gefragt, was sie über die Pessare wisse, die die Kathedrale den Mitarbeiterinnen zur Verfügung stellt, und erfahren, dass sie nach etwa vier Jahren aufhören, Hormone freizusetzen: Genau so lange hat Jake ihre. Sie sollte sich also wohl eingestehen, dass ihre Nacht mit Corbyn Gallant folgenreicher war als beabsichtigt, und ihren Sorgenberg um eine ungewollte Schwangerschaft erhöhen. Allerdings kann sie sich nicht von der Holtcorp-Ärztin testen lassen, da ein positives Ergebnis eine vorübergehende Verbannung von der Insel bedeuten würde, zumindest so lange, bis sie das Kind bekommen hat. Dann wird sie irgendwie das Geld zusammenkratzen müssen, um jemanden für die Pflege ihres Babys zu bezahlen, wenn sie wieder arbeiten geht, was sie bei der Rückzahlung ihres Darlehens um Jahre zurückwerfen wird. Vorausgesetzt, die Stelle wird überhaupt für sie freigehalten und nicht an den nächsten dienstbeflissenen Waldführer vergeben.

Ihre letzte Hoffnung ist, dass Silas recht hat und sie dazu berechtigt ist, Anspruch auf Greenwood Island zu erheben. Aber ob dieser Plan aufgeht oder nicht – zumindest hatte sie Gelegenheit, das Tagebuch und die Karteikarte mit dem von Silas' Rechercheuren zusammengestellten Abriss ihrer Familiengeschichte zu lesen. Sie bewahrt beides in dem Pappkarton mit den unerklärlichen Erbstücken ihres Vaters auf, zusammen mit seinen unbeschrifteten Gedichtschallplatten, seinen Holzverarbeitungswerkzeugen und seinen Arbeitshandschuhen. Vor Silas' Besuch erschien Jake das Studium der eigenen Familiengeschichte als ein Zeitvertreib für Narzissten, Menschen, die ihre vermeintliche Größe zu belegen oder zu verstärken suchten. Sie hatte sich so daran gewöhnt, ihr Leben zu leben, ohne sich an einem familiären Schatz von Weisheiten bedienen zu können, ohne immer aufs Neue erzählte Geschichten, ohne geteilte Erinnerungen, ohne ein weiterzutragendes Erbe. Sie hat ein ganzes Leben in diesem Schwebezustand verbracht, hatte sich treiben lassen wie ein Samen. Aber erst jetzt beginnt sie zu begreifen, wie gut es sich anfühlen kann, verwurzelt zu sein.

»Was ist denn mit den Bäumen da hinten?«, fragt einer der Hockeyspieler, als Jake sie nach dem Abendessen am Primärwald vorbeiführt. »Die sehen ja riesig aus.«

»Ach«, sagt Jake knapp. »Nun ja, diese Bäume sind genauso wichtig wie der Bestand, den ich Ihnen vorhin gezeigt habe.«

In den Monaten seit sie die beiden Tannen mit den braunen Nadeln zum ersten Mal gesehen hatte, hat Jake mehrere abendliche Versuche unternommen, sie zu studieren, nur um jedes Mal von einer Patrouille Waldaufseher zurückgewiesen zu werden. Erst vor zwei Wochen ist es ihr schließlich gelungen, zu den angegriffenen Tannen durchzudringen, ihre Niederschlagsmesser aufzustellen und um die Bäume herum eine Reihe von Erdproben zu entnehmen. Und da die Ergebnisse darauf hindeuteten, dass ausreichend Niederschlag gefallen und der Boden reich an Nährstoffen ist, kann die Ursache nur noch biotischer Natur sein. Aber sie hat im Gewebe keinerlei Hinweise auf bakterielle Erreger oder Pilzinfektionen gefunden. Dennoch hat sie bei ihren Touren einen Bogen um die Bäume gemacht, um zu verhindern, dass einer der aufmerksameren Pilger die braunen Stellen sieht und Alarm schlägt.

»Entschuldigung, wir sind hier, um die schönen großen Bäume zu sehen?«, unterbricht sie eine der Chinesinnen mit quälender Höflichkeit und zeigt auf Gottes Mittelfinger. »Und das sind die größten?«

»Sicher«, sagt Jake. »Selbstverständlich.«

Jake führt die Gruppe den mit Rindenmulch bestreuten Weg entlang. Als der Moment für ihre vorgestanzte Rede gekommen ist, muss sie den Blick heben. »Dieser Siebzig-Meter-Titan war schon fünfundvierzig Meter hoch, als Shakespeare sich hinsetzte und die Feder in die Tinte tauchte, um *Hamlet* zu schreiben«, sagt sie mit allem Enthusiasmus, den sie aufbringen kann, während die andere Hälfte ihres Verstands die kranken Bäume in Augenschein nimmt. Die Nadelbräune ist unverändert, aber es ist auf Anhieb offensichtlich, dass sich die aufgeweichte Borke ausgebreitet und nun insgesamt fünf Bäume befallen hat. Selbst Gottes Mittelfinger scheint in Mitleidenschaft gezogen zu sein. Sie bemerkt mehrere Stellen, an denen sich die Borke abschält und den Blick auf etwas freigibt, was auf dem nährstoffreichen Kambium des Baums wuchert, dessen Gewebe so glatt und tiefschwarz wie das Zahnfleisch eines Hundes aussieht. Und weiter oben haben Helmspechte zahlreiche Löcher in die weiche Borke geschlagen, um die herum es von Käfern und Ameisen wimmelt. Der Baum wird geplündert, erkennt Jake mit Schrecken, wie ein tausend Jahre altes Museum, durch dessen Pforten all die wertvollen Antiquitäten hinausgetragen werden.

Glücklicherweise bemerkt es keiner der Pilger, und nach ihrer Ansprache schickt Jake sie den Pfad hinauf und nimmt schnell eine Gewebeprobe des betroffenen Teils von Gottes Mittelfinger. Mit einem bangen Gefühl stößt sie eine Minute später wieder zu den Pilgern, und als sie zu den Villen gehen, müht sie sich, die wirbelnden Klumpen aus Panik zu vertreiben, die ihr nun jeden Atemzug schwer machen.

Sie bleibt stehen und gießt sich Wasser über den Kopf, schrubbt sich mit der Hand das verschwitzte Gesicht ab und sieht einem Duo von Raben zu, das in den Ästen über ihr einen Luftkampf austrägt. Sie muss an eine Geschichte denken, die Knut ihr einmal erzählt hat und in der es um eine Gegend im Norden von Minnesota ging, der das Welken besonders stark zugesetzt hatte und deren Einwohner eines Nachts vom Geräusch Hunderter stumpfer Gegenstände geweckt wurden, die auf die Dachschindeln ihrer Häuser prasselten. Als sie nach draußen liefen, sahen sie, dass es sich um Vögel jeder erdenklichen Größe und aller erdenklichen Arten handelte, die wie Hagel vom Himmel fielen. Später fand man heraus, dass sie monatelang geflogen waren, sich auf der Suche nach einem Nistplatz zu Tode geflogen hatten.

Du bist ihnen ebenbürtig

Jake muss die letzten Proben genau unter dem Mikroskop untersuchen, um es zu finden. Und selbst dann ist sie sich nicht ganz sicher, was sie sieht: ein Schleier geisterhafter Fäden, die sich mit den aus Gottes Mittelfinger entnommenen Xylemzellen verwoben und das Lignin ersetzt haben, das ihnen normalerweise Struktur verleiht. Bei näherer Untersuchung und erst nachdem sie das Gewebe strategisch angefärbt hat, identifiziert sie die Fäden als Fruchtkörper einer neuen Pilzart, die zwischen den Zellwänden wuchert. Worum auch immer es sich handelt, der Pilz ist aggressiv, und wenn der Baum nicht genug Gerbstoffe produzieren kann, um ihn abzuwehren, und der Pilz durch das Splintholz ins Kernholz vordringt, wird Gottes Mittelfinger keine Chance haben.

Jake lehnt sich auf ihrem Stuhl zurück und stößt einen gequälten Seufzer aus, während Verzweiflung ihren Körper durchströmt. Was sie so lange befürchtet hat, ist schließlich eingetreten: Das lokale Mikroklima der Insel, das die Bäume der Kathedrale vor dem Großen Welken geschützt hat, hat sich so weit verändert, dass die Bäume unter Stress stehen und sich nicht mehr richtig gegen Eindringlinge verteidigen können. Und wenn dieser Befall den gleichen epidemischen Verlauf nimmt wie andere durch das Große Welken ausgelöste Pilzfäulen, wird sich der Pilz ausbreiten, und all die alten Bäume der Insel, von denen einige tausend Frühlinge und tausend Herbste überdauert haben, werden eingehen.

Wenn es je einen Moment für Bourbon gegeben hat, dann jetzt; aber stattdessen kocht Jake sich einen Kessel Pfefferminztee und vergräbt sich auf dem schäbigen Zweisitzersofa, den Kopf unter einem Stapel Decken. Irgendwann später klopft es. Als sie die Tür öffnet, steht Knut davor, in dessen Faust eine große Flasche Pfefferminzschnaps baumelt.

»Du bist in letzter Zeit immer so beschäftigt, Jacinda«, sagt er, als sie ihn hereinbittet. »Ich vermisse unsere abendlichen Gespräche. Du bist der einzige vernünftige Mensch hier auf der Insel, weißt du.«

»Tut mir leid, ich habe mit dem Trinken aufgehört. Und ich fühle mich in letzter Zeit nicht imstande, unter Leute zu gehen«, sagt sie und umarmt ihn. »Aber ich glaube, du wirst einen Drink brauchen.«

Nachdem sie Knut einen Schnaps und sich selbst eine Tasse Tee eingegossen hat, zeigt sie auf das Mikroskop. »Auf dem Objektträger ist eine Gewebeprobe, die ich heute Nachmittag von Gottes Mittelfinger genommen habe.«

Knut streicht sich über den Schnurrbart und beugt sich zum Okular hinunter. Während er hineinsieht, erzählt Jake, wie sie die braunen Nadeln und die aufgeweichte Borke während einer ihrer Führungen erstmals bemerkt hat und dass es ihr leidtut, es so lange vor ihm geheim gehalten zu haben. »Aber jetzt brauche ich deine Hilfe«, sagt sie in hoffnungslosem Tonfall.

Nachdem er eine Minute lang ins Okular geblickt hat, verzieht Knut das Gesicht, richtet sich auf und leert sein Glas. »Wir unternehmen etwas«, sagt er, und seine Augen lodern vor Überzeugung. »Heute Nacht. Bevor es zu spät ist. Auch wenn es womöglich schon zu spät ist.«

»Wir sagen es Davidoff«, schlägt sie vor, um sein unbesonnenes Temperament zurück auf den Weg der Vernunft zu führen. »Die Leitung wird eine offizielle Untersuchung vornehmen. Sie könnten die Kathedrale schließen und uns weitere Tests durchführen lassen.«

»Diese Halsabschneider von der Unternehmensleitung sind doch nur daran interessiert, ihre Investition zu schützen, Jake«, sagt Knut verächtlich. »Und Davidoff könnte nicht mal einen Weihnachtsbaum über die Feiertage am Leben erhalten, geschweige denn einige der bedeutendsten Lebensformen, die es auf diesem Planeten noch gibt. Nein, diese armen kranken Bäume müssen gefällt und verbrannt werden. Sofort. Das ist die einzige Möglichkeit, die Ausbreitung des Pilzes zu verhindern. Und wir müssen es selbst angehen.«

»Jetzt?«, sagt Jake. »Knut, die Waldaufseher werden unsere Kettensägen hören.«

»Zusammen schaffen wir das«, sagt Knut und legt ihr die Hände auf die Schultern.

Sie fühlt ihren Blick zu Boden sinken. »Ich brauche diesen Job«, sagt sie mit bebender Stimme. »Ich habe zu hohe Schulden. Und ich glaube, ich bin vielleicht schwanger. Können wir einfach auf *Pause* drücken, bis wir besser durchblicken? Wir experimentieren weiter. Vielleicht können wir eine antimykotische Behandlung durchführen.« Sie sagt nicht, dass sie Angst hat, aufs Festland verbannt zu werden, selbst mit Knut an ihrer Seite. Er ist von Anfang an in der Kathedrale gewesen und hat keine Ahnung, wie es dort draußen ist: der Staub, die Feuersbrünste, das Elend, die Kinder, denen der Rippenwürger die Luft abschnürt.

Er zögert, und hinter seinen Augen arbeitet es. Dann nickt er ernst. »Du hast gerade viel um die Ohren, Jake. Ich verstehe das. Wir forschen weiter. Und dann entscheiden wir, welche Maßnahmen wir ergreifen müssen.«

Nachdem das beschlossen ist, setzen sie sich aufs Sofa und unterhalten sich noch ein wenig. Aber das Gespräch schleppt sich dahin, und Knut ist mit den Gedanken woanders. Seltsamerweise umarmt er sie ein zweites Mal, bevor er geht, was er sonst nie tut.

Am nächsten Tag erfährt sie von den Haushälterinnen, dass Knut unmittelbar nach dem Verlassen ihrer Hütte zur Wartungshütte gegangen ist, wo er die Tür aufgebrochen und Alarm ausgelöst hat. Aus der Hütte hat er eine lange Fällsäge mitgenommen und ist mit ihr in den dunklen Wald hinausmarschiert wie ein Ritter, der einen Drachen erlegen will. Aber eine Gruppe von Waldaufsehern hat ihn ergriffen, ehe er auch nur den Primärwald erreicht hatte. Während sie ihn an den Villen der Pilger vorbeigezerrt haben, hat Knut seine größte Wutrede vom Stapel gelassen, eine vernichtende Kritik der Kathedrale und der ihr innewohnenden Absurdität und Perversion, in deren Verlauf er sich selbst als einen »Baum-Barista« bezeichnet hat. Zwei der Pilger haben den Vorgang mit ihren Telefonen gefilmt und ins Netz gestellt.

Davidoffs Schiedsspruch kam rasch und heftig. Die Arbeiter am Kai sagen, Knut habe geweint, als er von seiner Verbannung erfahren habe. Die Waldaufseher haben ihn zusammen mit den Recycling- und Komposttonnen auf das nächste Versorgungsschiff in Richtung Festland geladen. Sie haben ihn nicht einmal seine Sammlung Papierbücher mitnehmen lassen, darunter seine geliebten Erstausgaben Carl von Linnés und John Muirs, die Jake gerade noch aus seiner Hütte retten konnte, bevor sie mit seinen übrigen Besitztümern konfisziert und verbrannt wurden.

Jetzt ist es früher Montagmorgen, und während sie wach liegt und dem schläfrigen Geschnatter der Fichtenkreuzschnäbel und Junkos vor der Dämmerung lauscht, versucht sie die fortschreitenden Ziffern auf ihrem Wecker durch Gedankenkraft anzuhalten. Sie weiß nicht, ob sie einen weiteren lähmenden Tag voller Waldführungen ertragen kann – umso mehr als eine mögliche Schwangerschaft im Raum steht, alle Bäume der Kathedrale wahrscheinlich sterben werden und ihr einziger Freund fort ist.

Als der Wecker klingelt, steht Jake auf und schlurft träge zu dem Spind, in dem ihre Uniform hängt. Darin findet sie einen Zettel, der an der Innenseite der Tür klebt. Knut muss ihn am Abend seines Besuchs dorthin geklebt haben, als sie im Bad war, um einmal mehr nachzusehen, ob ihre Periode eingesetzt hat:

Sie stehen. Sie recken sich. Sie wachsen. Sie dürsten. Sie fallen. Siehst du, Jake? Wir machen sie menschlich. Mit unseren Verben. Aber das sollten wir nicht tun. Denn sie sind besser als wir. Sie sind unsere Könige und Königinnen. (Wir haben ihnen auch Kronen gegeben, oder nicht?) Und sie sind das Gottähnlichste, was wir haben.

Aber du, Jacinda Greenwood, du bist ihnen ebenbürtig.

Knut

Blutsverwandtschaft

Vier Tage später hört Jake von einem der Wartungsmitarbeiter, ihr »Anwaltfreund« sei zurückgekehrt. Am Abend lädt Silas sie auf einen Drink in Villa zwölf ein, demselben Gebäude, in dem sie die Nacht mit Corbyn Gallant verbracht hat. Wieder schlüpft Jake in ihre Pilgerinnenverkleidung und schleicht im Schutz der Bäume zu den Gästehäusern.

Silas empfängt sie in einem aus der Hose hängenden Anzughemd und mit einem breiten Lächeln an der Tür. »Beim letzten Mal habe ich vergessen zu erwähnen, dass dein Urgroßvater Harris Greenwood diese Hütte gebaut hat«, sagt er und führt sie nach drinnen. »Es war die erste dauerhafte Unterkunft überhaupt auf Greenwood Island. Manche sagen, sie sei als Rückzugsort für ihn und seinen Geliebten gedacht gewesen, einen seiner Angestellten namens Liam Feeney – aber meine Rechercheure konnten das nicht belegen. Die Hütte ist seitdem natürlich runderneuert worden. Bei den von Holtcorp durchgeführten Umgestaltungsarbeiten mussten wohl auch zahlreiche großkalibrige Patronen aus den unbezahlbaren Holzbalken entfernt werden.«

Auch wenn der Name Harris Greenwood in ihren Ohren fremd klingt, gestattet sich Jake einen Anflug von Stolz, als sie die herrliche Holzkonstruktion mit den schönen honigfarbenen Tannenholzbalken und dem großen Regal voller Papierbücher begutachtet, die sich so wunderbar in den Wald einfügt.

»Tut mir leid, dass ich dich diesmal nicht für eine Privatführung gebucht habe«, sagt Silas. »Aber ich dachte, wir unterhalten uns lieber, ohne von den Wundern der Natur abgelenkt zu werden.«

Er gießt ihr in der Kücheninsel Wein ein, der so dick ist wie Brombeersaft, und bringt ihn an den Kaffeetisch. Sie spürt förmlich eine magnetische Anziehungskraft zwischen dem Rand des Glases und ihren Lippen, lässt den Wein aber unangetastet. Stattdessen setzt sie sich aufs Sofa, zieht das ramponierte Tagebuch aus ihrem Rucksack und legt es auf den Küchentisch.

»Du hast also hineingeschaut?«

»Ich habe es gelesen«, sagt sie und nickt verhalten. Sie will nicht zeigen, wie tief es in ihr Wurzeln geschlagen hat. »Aber du vermutlich nicht. Denn es ist ganz sicher nicht von meiner Großmutter geschrieben.«

Silas lächelt unruhig, und ihr fällt ein, wie sehr er es immer gehasst hat, auf einen Fehler aufmerksam gemacht zu werden. »Das habe ich auch nie behauptet!«, verkündet er mit einem wenig überzeugenden Grinsen. »Aber nun, da du dich damit vertraut gemacht hast, will ich dir sagen, wie wir an das Tagebuch gekommen sind. Meine Kanzlei ist auf nicht testamentarisch festgelegte Rechtssachen spezialisiert – unaufgelöste Vermögen und nicht beanspruchte Hinterlassenschaften, die jahrelang in Treuhandkonten dahindümpeln. Zu diesem Zweck kaufen wir regelmäßig seltene Papierbücher aus Privatsammlungen auf: Tagebücher, Bestandsbücher, Notizbücher, solche Dinge. Dieses hier haben wir in den Sechzigern – lange vor meiner Zeit – von einem Sammler seltener Bücher in North Dakota erhalten. Er hatte es von einem Farmer, der angab, es eines Tages in seinem Weizenfeld gefunden zu haben. Offenbar lag das Buch aufgeschlagen auf der Erde, so als hätte es irgendein Feldarbeiter gelesen und kurz aus der Hand gelegt. Ursprünglich hielt es der Sammler für ein verlorenes fiktionales Werk – einen Vorgänger von *Die Glasglocke*. Nachdem meine Kanzlei es gekauft hatte, blieb das Tagebuch jahrzehntelang in unserer Sammlung. Es wurde zwar in den Nullerjahren digitalisiert, aber unsere Suchalgorithmen, die auf Namen von Interesse wie Greenwood oder Holt eingestellt sind, haben die phonetische Schreibweise auf dem inneren Umschlag nicht erkannt. Erst vergangenes Jahr hat einer meiner Rechtsreferendare bei einer Bestandsinventur diesen Hinweis auf deine Großmutter bemerkt. Auch wenn die Beschriftung eindeutig nach der Fertigstellung des Tagebuchs ergänzt wurde, ließ eine nähere Analyse des Textes darauf schließen, dass die Einträge in Saint John, New Brunswick, gemacht wurden, was uns darauf brachte, dass es sich bei dem »RJ« in dem Papierbuch tatsächlich um R. J. *Holt*, den Gründer von Holtcorp, handeln könnte. Aber ohne konkrete Beweise, die den Vorgang mit irgendeiner lebenden Person in Verbindung gebracht hätten, verliefen unsere Ermittlungen im Sand. Jedenfalls bis das Buch wieder *hiermit* zusammenkam«, sagt er, greift in einen bombensicher wirkenden Aktenkoffer aus Carbonfaser und zieht einen mit Stoff bezogenen Schuber heraus, in den er das Tagebuch hineinschiebt. »Und dann wurde es interessant.«

Er hält den Rücken hoch, sodass Jake lesen kann:

Die geheimen & privaten Gedanken & Taten
der Euphemia Baxter

Endlich den Namen der Frau zu erfahren erfüllt Jake mit flatternder Erregung.

»Dieser Schuber ist das fehlende Puzzlestück, von dem ich letztes Mal gesprochen habe«, fährt er fort. »Wir haben ihn von einem Amateurforscher namens Harvey Lomax III geliehen, der seit Jahren nach Informationen über seinen Großvater Harvey Lomax sr. sucht, einen Mann, der als R. J. Holts Fahrer angestellt war, bis er irgendwann im Jahr 1935 auf unerklärliche Weise verschwand. Harvey III hat es zu seinem Lebensprojekt gemacht, seinen Großvater aufzuspüren, eine Suche, die ihn schließlich zu einem Archivar gebracht hat, der Aufzeichnungen der Hotels im Glasscherbenviertel von Vancouver gesammelt hat, die im Zuge des großen Immobilienbooms Anfang der Nullerjahre aufgekauft und gentrifiziert wurden.«

»Gehört ihm das Tagebuch jetzt?«, fragt Jake, schon darauf versessen, es wohlbehalten zurückzubekommen. »Diesem Harvey Lomax III?«

»Der Schuber schon. Aber das Buch bleibt im Besitz unserer Kanzlei. Wobei wir uns mit Mr. Lomax darauf geeinigt haben, dass er im Falle gewisser Eventualitäten eine angemessene Entschädigung für dieses wichtige Puzzlestück erhält.«

»Diese ›Eventualitäten‹ kommen mir immer noch ziemlich weit hergeholt vor«, sagt Jake skeptisch, »selbst mit dem Schuber.«

»Aber jetzt wird es *richtig* interessant: Offiziell wurde im Frühling 1935, in etwa zu dem Zeitpunkt, als Harvey Lomax sr. verschwand, R. J. Holts neugeborene Tochter von deinem Großonkel Everett Greenwood entführt, einem bekannten Landstreicher und Kriminellen, der behauptete, im Ersten Weltkrieg gedient zu haben, obwohl darüber keinerlei Aufzeichnungen existieren. Nach dem erfolglosen Versuch, Holt ein Lösegeld abzupressen, und mit den Behörden auf den Fersen – das wurde alles vor Gericht aufgedeckt – verkroch sich Everett mit dem Kind hier auf der Privatinsel deines Vaters, *genau in dieser Hütte.* Und nach einem Schussgefecht mit den Mounties – daher die Kugeln – wurde er gefangen genommen und gestand, das Kind irgendwo in diesem Wald beseitigt zu haben, ein Verbrechen, für das er zu einer achtunddreißigjährigen Gefängnisstrafe verurteilt wurde.«

»Bezaubernd«, sagt Jake. »Kein Wunder, dass die Kathedrale in den Broschüren nie auf die Geschichte der Insel eingeht. Aber du sagtest ›offiziell‹. Wie war es denn *in*offiziell?«

»Bei näherer Betrachtung wird die ganze Geschichte zweifelhaft. R. J. Holt war als Schürzenjäger bekannt, und wir konnten keinerlei Belege dafür finden, dass er je ein Kind mit seiner rechtmäßigen

Ehefrau hatte. Weitere Nachforschungen meiner Mitarbeiter haben ergeben, dass tatsächlich eine Frau namens Euphemia Baxter als Putzfrau in einer von Holts Banken gearbeitet hat. Wir glauben, Ms. Baxter hatte eine Affäre mit Holt, und als sie schwanger wurde, haben sie vereinbart, dass er das Kind adoptiert. Aber die Geburt ist nirgends verzeichnet, und kurz darauf wurde die Leiche von Ms. Baxter unweit von Holts Anwesen im Wald gefunden. Als Todesursache wurde Selbstmord angegeben, aber es gab keine formelle Untersuchung – aufgrund von Holts weitreichendem Einfluss, wie wir vermuten.«

Tränen lassen Jakes Blick verschwimmen. Aus irgendeinem Grund trifft sie die Nachricht von Euphemias potenziellem Selbstmord wie ein Axthieb. In ihren Tagebucheinträgen hatte sie so hoffnungsvoll geklungen. So lebendig und der Zukunft zugewandt.

»Zufälligerweise«, redet Silas weiter, ohne die Wirkung der Geschichte auf Jake zu bemerken, »starb sie im selben Jahr, in dem deine Großmutter Willow Greenwood als Kind deines Urgroßvaters Harris und einer nicht namentlich bekannten Wäscherin in einem seiner abgelegenen Holzfällerlager zur Welt kam. Vor dem Hintergrund seiner angeblichen – und auch ziemlich wahrscheinlichen – Homosexualität habe ich von meinem Team Willow Greenwoods Geburtsurkunde heraussuchen lassen, und sie haben viele Merkmale einer Fälschung gefunden, unter anderem eine andere Drucktype und Papierart als bei allen anderen, die im bewussten Jahr in British Columbia ausgestellt wurden. Was uns zu der Vermutung bringt, dass es sich gar nicht um Harris Greenwoods Kind handelt, sondern um das Holt-Baby, das dein Großonkel Everett entführt und laut eigener Aussage im Wald beseitigt hatte. Wir glauben, dass Harris Greenwood das Kind heimlich adoptierte und um den Schein zu wahren behauptete, die Wäscherin habe es zur Welt gebracht und sei bei der Geburt verstorben.«

»Aber warum zur Hölle hätte Everett Greenwood dann

behaupten sollen, er hätte das Kind umgebracht, und fast vierzig Jahre für ein Verbrechen absitzen, das er gar nicht begangen hat?«

»Unsere einzige Theorie dazu ist, dass der wohlhabende Harris – der allem Anschein nach so schlau wie skrupellos war – aufgrund von Everetts augenscheinlich mangelnder Bildung und heftiger Kriegsneurose ein Kind wollte, um sein Erbe fortzuführen, und seinen einfacher gestrickten Bruder dazu angestiftet hat, ihm eins zu besorgen.«

»Du meinst, meine noblen Vorfahren waren Herumtreiber, Waldzerstörer, Umweltterroristen, Sklavenhändler und Entführer – aber *keine* Kindsmörder. Das ist klasse, Silas. Es geht mir so viel besser, jetzt wo ich ›eine eigene Geschichte habe‹, wie du es nennst.«

»Das ist alles von größerer Bedeutung, als du glaubst, Jake. Wenn sich diese Theorie bewahrheitet und Willow Greenwood die biologische Tochter von R. J. Holt gewesen sein sollte – ob sie nun aus einem rechtskräftigen Ehebündnis hervorging oder nicht –, dann hieße das, dass wir deine eigene Blutsverwandtschaft mit der Familie Holt glaubwürdig belegen könnten. Weißt du, R. J. Holts Ehefrau und Geschwister starben vor ihm, und es gab keine direkten Nachfahren. Genealogische Nachforschungen unmittelbar nach seinem Tod haben keine rechtmäßigen Erben zutage gefördert, und seinen nicht testamentarisch geregelten Nachlass verwaltet seitdem eine Treuhand, die der Provinz New Brunswick untersteht.«

»Und?«, sagt sie mit wachsender Ungeduld.

»Und darum müssen wir nur einen Rechtsbehelf einlegen und deine Verwandtschaft mit dem Verstorbenen nachweisen«, sagt er. »Natürlich müssen wir einen Richter von dieser Verwandtschaft überzeugen, aber wenn wir Tagebuch und Schuber gemeinsam als Beweismittel einreichen, sollten wir wohl mehr als ordentliche Erfolgsaussichten haben. Wärst du einmal als erbberechtigt anerkannt, würden dir auch eine Reihe von Dividenden und Treuhandkonten zufließen, die seit Jahren auf Staatskonten Zinsen generieren. Deine Schulden würden der Vergangenheit angehören, Jake. Du wärst frei.«

Mit einem Mal kommt ihr die Hütte ihres Urgroßvaters erdrückend klein vor, und ein leichter Schmerz hat hinter ihren Augen zu pulsieren begonnen. »Ich versuche mich noch mit dem Gedanken anzufreunden, überhaupt eine Familie zu haben«, sagt sie und erhebt sich vom Sofa. »Und jetzt überfällst du mich *damit*. Das ist alles ein bisschen viel, Silas. Ich muss ein Stück spazieren gehen, um den Kopf frei zu kriegen.«

»Wenn das Ganze funktioniert«, sagt er, tritt neben sie und ergreift ihre Hand, »dann wirst du nicht nur unvorstellbar reich sein, sondern auch maßgebliche Anteile an Holtcorp halten, das seit Jahren führungslos ist. Natürlich rechnen wir damit, dass die Vorstandsmitglieder dagegen vorgehen, aber selbst die werden zugeben müssen, dass eine starke Führungsperson der langfristigen Stabilität des Unternehmens nur zuträglich sein kann. Darüber hinaus bringst du die besten Voraussetzungen mit, und allein dein Name wird dem Öko-Entertainment-Ansatz von Holtcorp Glaubwürdigkeit verleihen. Du könntest noch so viel mehr tun, als deine Schulden zu tilgen, Jake. Mit Greenwood Island könntest du machen, was du wolltest. Vielleicht könntest du die Insel sogar retten.«

»Wovor?«, fragt sie argwöhnisch. Sie glaubt nicht, dass Knut während seiner letzten Wutrede die Leitung über den Pilz informiert hat oder dass man ihm geglaubt hätte, hätte er es getan. Seit seiner Verbannung hat Jake jeden Nachmittag während ihrer Führung heimlich eine von ihr selbst angerührte antimykotische Lösung auf die befallenen Bäume aufgetragen, auch wenn es kaum Anzeichen für eine Verbesserung gibt.

»Vor weiterer Ausbeutung«, sagt Silas. »Vor den Pilgern. Vor dem Welken. Vor Leuten wie mir. Du könntest für alle gerechtere Umstände schaffen. Ein richtiges Labor einrichten. Du könntest wieder *forschen*. Ich weiß, wie viel dir dieser Ort bedeutet, Jake.

Was meinst du, wie viel er dir erst bedeuten wird, wenn er dir gehört.«

»Aber was, wenn der Plan scheitert und unser Antrag abgewiesen wird? Ich glaube kaum, dass Holtcorp mich nach dieser Aktion weiter beschäftigen würde. Sie würden mich verbannen.«

»Ich mache das beruflich, Jake«, sagt Silas, nimmt ihre Hände in seine und sieht sie mit flehenden Augen an. »Und genau wie du bin ich gut in meinem Beruf.«

»Ich überlege es mir«, sagt sie, lässt seine Hände los und geht zur Tür.

»Was gibt es da zu überlegen?«, sagt er und geht ihr hinterher. »Weißt du, wie viel von der Welt Holtcorp *beherrscht*? Das Firmenvermögen wurde zuletzt auf zwei Billionen geschätzt. Das umfasst Tourismus, Sicherheitsdienste, Brandbekämpfung, Solarenergie, Bergbau, Entsalzung, Rohstoffentwicklung und sogar Asthmamedikamente. Du brauchst nicht mehr die noble, selbstlose Wissenschaftlerin zu spielen. Nicht, wenn so ein Vermögen auf dem Tisch liegt.«

Freiheit von ihrem erdrückenden Schuldenberg. Ein potenzielles Heilmittel gegen den Pilz. Eine realistische Zukunft für das Kind, das sie womöglich in sich trägt. Ein *Labor*. »Ich sagte, ich überlege es mir. Das behalte ich so lange.« Jake geht rasch zum Kaffeetisch zurück und nimmt das Tagebuch, das noch in seinem Schuber steckt, an sich.

»Ich weiß nicht, ob das meiner Kanzlei recht wäre«, sagt Silas knapp.

»Ich muss es noch einmal lesen, bevor ich mich endgültig entscheide.«

Sein Gesicht nimmt einen gequälten Ausdruck an, und sie begreift augenblicklich, wie wertvoll dieses Papierbuch tatsächlich ist. Dann hebt er kapitulierend die Hände. »Gut, nimm es mit«, sagt er mit gespielter Fröhlichkeit. »Ich weiß besser als jeder andere, dass du dich nicht unter Druck setzen lässt. Als ich es zum letzten

Mal versucht habe, bist du nach Utrecht gezogen und hast meine Nummer geblockt.«

»Eine Frage habe ich noch«, sagt sie auf der Türschwelle der Villa. »Wieso machst du das? Die Nachforschungen. Die investierte Zeit. Für Geld?«

»Ja – jedenfalls auch. Für meine Kanzlei würde etwas abfallen. Aber du würdest im Geld schwimmen. Und du kannst dir sicher vorstellen, dass es sich für uns auf lange Sicht auszahlen würde, ein Unternehmen wie Holtcorp glücklich zu machen.«

»Und ich dachte schon, du wolltest mir helfen.«

»Genau das tue ich auch, Jake. Das Leben wird mit jedem Tag brutaler. Selbst Kanada ist nicht mehr die Oase, die es einmal war. Und wenn die Kathedrale untergeht, wirst du mit allen anderen in irgendeiner baumlosen, sonnenverbrannten Schlangengrube Staub schlucken. Und das will ich nicht mit ansehen. Wir können die Welt nicht mehr ändern, aber wenn wir es klug anstellen, können wir ihren besten Teil vielleicht noch erhalten. Und wer wäre dafür besser geeignet als du? Also sag mir Bescheid. Ich bin die ganze Woche hier. Und meine Tür steht immer offen.«

Die Baumunterhaltungsbranche

Am nächsten Tag wird Jake während des Mittagessens von der Jurte in Davidoffs Büro gerufen, wo er in strengem, gereiztem Tonfall die Fülle von Beschwerden durchgeht, die die Pilger im Laufe des vergangenen Monats über sie gepostet haben. »Es heißt, Sie hätten bei Ihren Führungen bewusst einige Bereiche des Primärwalds ausgelassen und verworren und lustlos über die natürlichen Merkmale der Kathedrale referiert. *Und*«, fährt er kopfschüttelnd fort, die trüben Augen geschlossen, »gestern Abend wurden Sie vom Sicherheitspersonal dabei beobachtet, wie Sie nach Feierabend eine der Villen verließen. Ausgerechnet Nummer zwölf.«

Mein Urgroßvater Harris Greenwood hat diese Hütte gebaut, also kann ich dorthin gehen, wann immer ich will, möchte sie schreien, aber stattdessen sagt sie: »Es tut mir leid, Sir. Ich hatte ein Treffen mit einem Vertreter von Holtcorp, und ich habe vergessen, mich vorher –«

»Ich weiß, dass Sie auf Einladung dieses Unternehmensanwalts dort waren, Jake, darum werde ich Sie auch nicht bestrafen. Aber von jetzt an wird er Sie für eine Privatführung buchen müssen wie alle anderen auch, wenn er sich mit Ihnen treffen will. Ist das klar?«

Sie nickt und will aufstehen.

»Aber das ist noch nicht alles«, sagt er mit ernster Miene und bedeutet ihr, sitzen zu bleiben. »Ihre Online-Bewertungen sind jetzt offiziell unter die drei Blätter gefallen. Ich brauche also eine sehr gute Begründung, warum ich Sie nicht entlassen soll.«

Jake spürt, wie sie die Augen zukneift. »Ich hatte Familienprobleme, Sir.«

Davidoffs plumpes Gesicht nimmt einen unerwartet mitfühlenden Ausdruck an. »Jake, mit Ausnahme unserer jungen, von der Treuhand bezahlten Waldführer lassen uns alle Angestellten einen großen Teil ihres Gehalts an ihre Familien überweisen, die in den verschiedenen Slums der Welt leben – alle bis auf Knut und Sie. Es tut mir also leid, aber Sie haben da draußen ganz sicher niemanden. Hören Sie, ich weiß, dass Sie dem Deutschen nahestanden. Ehrlich gesagt, wollte ich ihn auch gar nicht verbannen, aber er hat sich die Suppe mit seinem Benehmen selbst eingebrockt. Aber sein Weggang hat nichts damit zu tun, dass ausgerechnet Sie unterdurchschnittliche Führungen veranstaltet haben. Ich brauche daher eine bessere Erklärung, sonst können Sie sich schon einmal darauf gefasst machen, ihn bald wiederzusehen.«

Einen Augenblick lang gönnt sie sich die Vorstellung, hinter Davidoffs Schreibtisch auf seinem Bürostuhl mit der Netzrückenlehne zu sitzen. Als Erstes wird sie die Kathedrale schließen und die Pilger heimschicken, sämtliche Wanderwege überwuchern lassen und dem Wald die Möglichkeit geben, sich anständig zu erholen. Dann wird sie Villa zwölf für sich und ihr Kind beanspruchen. Als Verwalterin von Greenwood Island wird sie sich wieder dem Studium und dem Schutz von Bäumen widmen. Schluss mit den vertragsmäßig vorgeschriebenen Selfies und den dämlichen Pilgerfragen. Schluss mit der Dankbarkeit, die sie Holtcorp für ihre Stelle und ihre trostlose Hütte schuldet. Sie wird wieder eine eigene Person mit echten, erreichbaren Zielen und Träumen sein, ganz wie ein Pilger. Und vor allem wird sie in genau diesem Büro ein Labor einrichten und Knut einstellen, zusammen mit den brillantesten Dendrologen der Welt, und gemeinsam werden sie ein Mittel gegen das Welken finden, das nicht nur die Bäume hier, sondern überall auf der Welt retten wird.

»Erinnern Sie sich an die ungewöhnliche Bräune, die ich an einigen der Douglastannen bemerkt hatte?«, sagt sie, von dieser Vorstellung beflügelt. »An den Bäumen, die ich mit der geliehenen Ausrüstung untersuchen wollte? Tja, es ist ein Pilz. Einer, den ich noch nie gesehen habe. Und inzwischen sind noch mehr Bäume betroffen. Insgesamt fünf. Darunter der größte Baum der Insel. Das ist der Bereich, den ich bei meinen Führungen ausgelassen habe, weil ich befürchtete, die Pilger könnten es bemerken.«

Davidoff sieht ihr in die Augen, während sein Gesicht bleich wird. »Und das könnte möglicherweise mit dem Welken zusammenhängen?«, sagt er.

»Nach dem aktuellen Forschungsstand der Epidemiologie halte ich das für wahrscheinlich, ja.«

Er legt die Stirn in Falten und massiert seine dicklichen Wangen mit den Händen. »Was sollen wir Ihrer Meinung nach tun?«

»Ich habe schon ein Antimykotikum ausprobiert, und es hat nicht das Geringste gebracht. Unsere einzige Möglichkeit ist, die kranken Bäume zu fällen und zu verbrennen. Sofort. Genau das hatte Knut vor – und er hatte recht. Es ist unsere einzige Möglichkeit, den Pilz aufzuhalten und seine Ausbreitung über die ganze Insel zu verhindern oder zumindest zu verlangsamen.«

Davidoff lacht. Dann sitzt er da, sieht sie mit zusammengekniffenen Augen an und wirkt wieder erschrocken. »Die Baumkathedrale von Greenwood ist in der *Baumunterhaltungsbranche*, Jake. Können Sie sich vorstellen, was die Unternehmensleitung dazu sagen würde? Zum Kreischen von Kettensägen während des Frühstücks? Zu Mitarbeitern, die *mutwillig* diese *uralten Bäume* fällen und verbrennen, nur weil ein paar Nadeln braun geworden sind und ein bisschen Borke abgefallen ist? Während die Pilger alles filmen? *Mit ihren Telefonen?* Das wäre ein PR-Desaster. Wir müssten das Resort vorher schließen – wir reden hier von

Einbußen in Millionenhöhe. Die Unternehmensleitung würde uns steinigen.«

»Wenn wir es nicht machen«, sagt sie, »ist in fünf Jahren alles vorbei.«

Ihr Vorgesetzter sitzt einen Augenblick lang stumm da und starrt die Stifte auf seinem Schreibtisch an. »Wissen Sie«, sagt er dann in vertraulichem Tonfall, die Stimme belegt vor Bewegtheit. »Ich habe zwei kleine Töchter. Neun und fünf. Daheim in Oklahoma. Der Staub kommt dort durch die Fensterverkleidungen und unter den Türen hindurch, egal, was meine Frau dagegen unternimmt. Meine Töchter haben beide so schlimmes Asthma, dass sie täglich Steroide gespritzt bekommen müssen – Spritzen, die mich die Hälfte von dem kosten, was ich hier verdiene. Wir können uns kein kanadisches Visum für sie leisten, obwohl ich seit Jahren hier bin. Und machen Sie sich nichts vor: Wenn wir der Unternehmensleitung von diesem Pilz erzählen, Jake, dann verlieren wir beide unseren Job, und ich weiß nicht, wie es dann mit meinen Töchtern weitergeht. Das Ganze wird also unter uns bleiben, und wir werden abwarten, was passiert. Wie Sie schon gesagt haben, breitet sich so etwas nur langsam aus. Fünf Jahre sind eine lange Zeit. Wer weiß, ob es die Kathedrale dann überhaupt noch gibt? Entweder es bleibt unser Geheimnis, oder ich verbanne Sie auf der Stelle. Ist das klar?«

»Vollkommen klar, Sir«, sagt sie, bevor Davidoff sie wegtreten lässt.

Als Jake durch das bewaldete Dunkel zu ihrer Hütte geht, kreisen ihre Gedanken um die einzige Option, die ihr jetzt noch bleibt: mit Silas' Hilfe Anspruch auf Greenwood Island zu erheben. Aber sie kann die Erinnerung an einen mysteriösen Besucher von Euphemia nicht verdrängen, einen großen, massigen Mann, den sie im Tagebuch mehrmals erwähnt und nur als »HBL« bezeichnet. Sie mochte diesen Mann, der sie während ihrer Schwangerschaft regelmäßig besuchte, ihr Papierbücher und die speziellen Gurken brachte, auf die sie solchen Appetit hatte, und sie als Einziger ermutigte, Schriftstellerin zu werden.

Wie kann sich Silas so sicher sein, dass R. J. Holt ihr Urgroßvater ist, fragt sich Jake, wenn es auch dieser HBL sein könnte? Erst als sie das Tagebuch ein weiteres Mal durchblättert, begreift sie, dass Silas Euphemias Einträge mit den Augen eines Anwalt gelesen hat, nur auf der Suche nach auszuschlachtenden Möglichkeiten und Angriffslinien, zu sehr von eigenen Interessen geblendet, um die Komplexitäten und Unterströmungen in ihren Worten zu erspüren. Trotzdem hat Jake keine andere Wahl, als das Spiel mitzuspielen – ob sie nun mit R. J. Holt verwandt zu sein glaubt oder nicht.

Nachdem sie ihre Entscheidung getroffen hat, überrascht sie der leichte Schmerz, den sie beim Gedanken empfindet, den Namen ihres Vaters abzulegen, dieses sonderbare Wort, an dem sie ihr ganzes Leben lang so schwer getragen hat, mit einer so schwachen Verbindung zu jenen, die den Namen vor ihr trugen. Einen Namen, der für die anderen Angestellten der Kathedrale nichts weiter als ein Symbol für den Abstieg ihrer Familie gewesen ist. Aber sie wird die Zähne zusammenbeißen, ihn ablegen und sich zu einer Holt erklären und über diese Insel und die Bäume darauf gebieten. Auch wenn sie im Grunde ihres Herzens weiß, dass sie niemandem gehören kann. Nicht wirklich.

Gebüschrodung

Es gibt nichts Beruhigenderes als einen alten Baum.

Er gebietet Ehrfurcht, wie ein Seiltänzer ein Publikum tief unter sich zum Schweigen bringt; wie eine Kirche selbst die Nichtgläubigen tröstet, die sich in sie hineinwagen. Und hier am Fuß von Gottes Mittelfinger nimmt Jake die Husqvarna-Motorsäge so ehrfurchtsvoll aus ihrem orangefarbenen Plastikkoffer, wie es ihre Mutter in ihrer Vorstellung vielleicht mit ihrer Bratsche oder ihr Vater mit einem seiner Präzisionswerkzeuge getan hat. Während ihrer Forschungszeit hat sie häufiger mit Kettensägen hantiert, hat im Norden von Schweden Kernproben genommen und in Nordontario verbrannte Schwarzfichten gefällt, aber einen gigantischen Baum wie diesen hat sie noch niemals niedergestreckt, und erst recht nicht alleine.

Morgens an der Wartungshütte hatte Jake erleichtert festgestellt, dass sie noch immer die Genehmigung zum Ausleihen von Ausrüstungsgegenständen hatte. Nachdem sie unterschrieben und einige weitere Utensilien zum Fällen von Bäumen ausgewählt hatte, schrieb sie in das mit »Nutzungszweck« beschriftete Kästchen: Gebüschrodung.

Mit seiner Höhe von siebzig Metern und einem Durchmesser von vier Metern an seinem Fuß ist Gottes Mittelfinger ein Baum, für dessen Fällung ihr Urgroßvater Harris Greenwood eine kleine Armee bereitgestellt hätte. Hätten sie ihn von Hand gefällt, dann hätten sie zunächst Sprungbretter in den Stamm getrieben, ehe sie tagelang mit ihren scharfen zweischneidigen Äxten auf ihn einschlugen. Aber durch die Wunder der modernen Technik ist es heutzutage eine Aufgabe, die Jake und die Husqvarna in höchstens dreißig Minuten erledigen können. Ob das ein Fortschritt ist, vermag sie nicht zu sagen.

Es ist Sonntag, ihr freier Tag und der einzige, an dem keine Pilger durch den Primärbestand stapfen. Außerdem werfen sonntags die Reinigungs- und Pflegemannschaften Dutzende von Laubbläsern an, um den Teppich aus Tannennadeln zu beseitigen, die während der Woche auf den Boden niedergerieselt sind, und bei all den röhrenden Motoren werden die Waldaufseher hoffentlich nicht hören, was Jake draußen im Wald treibt. Dennoch muss sie sich beeilen.

Als ihre Periode spät am Abend zuvor einsetzte, ist sie halb erleichtert und halb traurig gewesen, dass kein neuer Greenwood in diese zerstörte Welt entlassen werden würde. Dass es nur die Heilige Dreifaltigkeit aus Jake, den Bäumen und Jakes Schulden geben würde, auf ewig, so wie es immer gewesen ist. Vielleicht werden ihre Schulden das sein, was in ihrem Leben einer Familie am nächsten kommt, die einzige Instanz, die sich für ihren Verbleib interessiert und mit ihr durch dick und dünn geht. Aber wenn es irgendeine Hoffnung für die Zukunft geben soll, kann sie nicht kuschen und ihr Wohlergehen und ihren Job sichern wie von Davidoff vorgeschlagen; sie kann auch nicht jahrelang darauf warten, dass Silas seinen Plan vor Gericht durchsetzt. Knut hat recht gehabt: Es muss etwas geschehen. Und sei es nur, um den Bäumen der Kathedrale etwas Zeit zu verschaffen, bevor das Welken sie dahinrafft.

Also entscheidet sich Jake einmal mehr für die Bäume und gegen alles andere.

Die weitverzweigten Wurzeln von Gottes Mittelfinger stützen seinen riesigen Stamm wie die Pfeiler einer Burgmauer, also muss

Jake weiter oben am dünneren Stamm ansetzen. Sie streift die Arbeitshandschuhe ihres Vaters über, die ihr für eine solche Aufgabe geeignet erscheinen, nimmt einen Hammer und schlägt einen Meter zwanzig über dem Boden mehrere Eisenstifte ein, wodurch Standflächen um den ganzen Baum herum entstehen. Bei jedem Schlag huschen Hunderte von Holzkäfern und Riesenameisen aus den Löchern, die die Spechte in den Baum gehämmert haben. Gottes Mittelfinger hat wacker gekämpft, um seine Wunden zu schließen, hat um die vielen Verletzungen herum Borkengewebe gebildet, aber der Pilz hat rasch gearbeitet und sich durch das Kambium und verheerend tief in die Kernholzschichten des Baums hineingefressen. Der Zellstoff und das im Laufe der Jahrhunderte gespeicherte Lignin werden von innen heraus verzehrt werden, und auch wenn der Baum nicht gleich umfällt, wird er auf keinen Fall überleben.

Nachdem sie die Füße auf zwei der Eisenstifte gesetzt hat, nimmt sie die Säge in Betrieb, die beim zweiten Reißen am Anwerfseil anspringt und brüllt wie ein Jaguar. Eine Welle aus Taubheit läuft an ihrem Arm herauf und lässt ihre Backenzähne aufeinanderschlagen. Sie bringt den Motor zum Aufheulen und führt das Sägeblatt an den Baum. Bevor sich die verschwommene Kette in die mit Flechten überzogene Borke frisst, schreit Jake beinahe eine Entschuldigung heraus. Die Wissenschaftlerin in ihr weiß, dass der dem Untergang geweihte Baum in dem Augenblick, in dem sie in ihn hineinsägt, seinen Chemikalienreichtum in den Boden abgeben wird, wo ihn seine Nachbarn aufnehmen können. All seine wertvollen Pestizide und antimykotischen Verbindungen, sein gesamter Vorrat an Stickstoff und Phosphor – gespendet über das Myzelnetzwerk des Waldes, weitergegeben wie eine Art Familienerbe, ein letzter Akt wahrer Nächstenliebe.

Dieser Baum ist älter als die Sprache, in der ich denke, überlegt sie, als sie zusieht, wie die Säge die dreißig Zentimeter dicke Borke spaltet. Dennoch schafft sie es, ein Stück von der Größe eines Picknicktisches abzulösen, unter dem Holz zum Vorschein kommt, das vom Pilzbewuchs schwarz und feucht ist. Sie stößt die Kette in den Stamm, so tief sie kann. Ein Wirbelsturm aus aufstiebenden Sägespänen fliegt ihr ins Gesicht, während der Motor brüllt. Sie muss ihre ganze Stärke aufwenden, um zu verhindern, dass ihr das schwere Gerät aus den Händen springt. Nach zwei weiteren Schnitten lässt sie die Säge ausgehen und benutzt den Vorschlaghammer, um ein Stück Holz von der Größe und Form eines kleinen Kanus aus dem Stamm zu schlagen. Sie lehnt sich zurück, um ihre Arbeit zu begutachten, und sieht, dass der Baum ein breites Grinsen aufgesetzt zu haben scheint. »Du warst schon immer ein Witzbold«, sagt sie und betrachtet staunend die Hunderte von ineinandergefügten Kernholzringen, die sie freigelegt hat.

Aber wenn sie weiter in das Grinsen hineinsägt, könnte das Holz nachgeben und die Kette einklemmen, und die Säge könnte zurückprallen und sie töten. Also geht sie behutsam über die Eisenstifte zur Rückseite des Baums und setzt den Fällschnitt, der nur durch ein schmales Gelenk aus Holz von dem Grinsen an der Vorderseite getrennt ist. In den neuen Schnitt schlägt sie mit dem Hammer einen Fällkeil aus Plastik ein. Und nachdem sie einige weitere Keile eingetrieben hat, jeder etwas größer als der vorherige, schaut sie nach oben und sieht die mit Nadeln versehene Krone des Baums zwanzig Stockwerke hoch über dem Waldboden erzittern – über ihr hängen in einem fragilen Gleichgewicht vierhundert Tonnen Holz, die aus einem nahezu gewichtslosen Samen gewachsen sind.

»Komm, mein Lieber«, sagt sie. »Du bist krank. Und es ist Zeit, sich hinzulegen.«

Sie schlägt den letzten und größten Fällkeil ein; augenblicklich ertönt ein enormes Knacken, und der ganze Baum schüttelt sich wie ein Hund, der gerade aus einem See gekrabbelt ist. Quälend langsam beginnt er sich dem Grinsen zuzuneigen, und sie hört, wie sich entlang des Stammes lange Holzfasern dehnen und dann unter schrillem Kreischen reißen wie Gitarrensaiten. Sie springt auf den

Boden und geht rasch rückwärts, während der große Baum immer schneller durch die Äste seiner Nachbarn zu stürzen beginnt. Er trifft mit der Gewalt eines Kometeneinschlags auf der Erde auf, und der Boden bebt so stark unter ihren Füßen, dass sie beinahe den Halt verliert. Ein heftiger Luftstoß fegt ihr die Kappe vom Kopf. Als der Baum schließlich still daliegt, regnet es im Wald noch eine volle Minute lang Nadeln und Äste.

Danach tritt eine Stille ein, wie Jake sie noch nie erlebt hat. Es ist, als hätte der umgestürzte Baum sämtliche Geräusche geschluckt, und Jake überkommt das Gefühl, dass gerade etwas von großer Bedeutung geschehen ist, dass eine ganze Ära geendet hat. Nachdem das Gefühl nachgelassen hat, steigt sie auf den frischen Stumpf, um zu Atem zu kommen. Sie muss noch vier kleinere Bäume fällen, und es schmerzt schon jetzt, die Arme zu heben. Der Stumpf ist so groß, dass sie sich mit ausgebreiteten Armen wie ein Seestern darauflegen kann und die äußeren Ringe dennoch nicht berührt.

Sie trinkt etwas Wasser, dann kriecht sie zum Rand des Stumpfs, zieht die Handschuhe aus und berührt nur einige der tausendzweihundert Ringe, aus denen bereits reichhaltiges Harz austritt, dick wie Teer. Sie beginnt beim letztjährigen Wuchs, dem Kambium, und zählt zurück zu dem Ring des Jahres, in dem sie in der Kathedrale ankam, der keine drei Zentimeter vom Rand entfernt ist. Als Nächstes sucht sie das Jahr, in dem das Große Welken begann. Dann das Jahr, in dem sie ihren Ph.D. gemacht hat. Sie geht weitere drei Zentimeter zurück zu dem Jahr, in dem ihre Mutter starb. Dann ihr Vater. Sie sucht ihr eigenes Geburtsjahr. Dann das Jahr, in dem, jedenfalls laut Silas' Rechercheuren, sowohl ihre Großmutter Willow als auch Everett Greenwood starben. Danach Harris Greenwood. Sie fährt über die Dürre der Dreißigerjahre hinweg, die leicht an den fünf dünneren und dunkleren Ringen zu erkennen ist, bis sie den geschwärzten Ring des großen Feuers auf Greenwood Island erreicht, das sich im selben Jahr ereignete, in dem Willow geboren wurde und Euphemia Baxter den letzten

Eintrag in ihr Tagebuch schrieb. Dort hält Jake inne. Sie hat sich keine fünfundzwanzig Zentimeter vom Rand fortbewegt, und es sind noch immer etwa einen Meter achtzig bis zur Mitte.

Selbst wenn ein Baum bei bester Gesundheit ist, können nur zehn Prozent seines Gewebes – die äußersten Ringe, das Splintholz – als *lebendig* bezeichnet werden. Sämtliche Ringe im inneren Kernholz sind im Grunde tot, nur ligninverstärkter Zellstoff, der sich Jahr um Jahr, Schicht um Schicht angelagert hat, durch Dürre und Stürme, Krankheit und Stress hindurch, sämtliche Erlebnisse des Baumes innerhalb seines eigenen Körpers erhalten und verzeichnet. Jeder Baum wird von seiner eigenen Geschichte aufrecht gehalten, den Gebeinen seiner Ahnen. Und seit sie das Tagebuch bekommen hat, hat Jake ein neues Bewusstsein dafür entwickelt, wie ihr eigenes Leben von unsichtbaren Schichten aufrechterhalten wird, gegürtet von Leben vor ihrem Leben. Und von einer Reihe von Verbrechen und Wundern, Unfällen und Entscheidungen, Opfern und Fehlern, die in ihrer Gesamtheit dazu geführt haben, dass sie in diesem bestimmten Körper gelandet ist, und sie bis zu diesem Tag gebracht haben. Insgeheim hat sie immer geglaubt, dass alle unsere Taten irgendwo aufgezeichnet werden – ob dieses Verzeichnis irgendwann gelesen werden kann, spielt eigentlich keine Rolle. Es genügt, dass es geführt wird.

Als sie sich anschickt, den nächsten kranken Baum niederzustrecken, bleibt ihr Blick auf einem Tannenschössling haften. Jake nimmt den winzigen Baum mit einer Handvoll Erde auf und pflanzt ihn an der geeignetsten Stelle wieder ein: mitten in dem Flecken Sonnenlicht, das nun zum ersten Mal seit beinahe tausend Jahren den Waldboden erreicht, dank der klaffenden Lücke, die Gottes Mittelfinger im Blätterdach hinterlassen hat. Und einen Augenblick lang steht Jake ganz still da und stellt sich den hoch aufragenden Giganten vor, zu dem der Sämling innerhalb von nicht einmal fünfhundert Jahren werden könnte.

»Alles Gute«, sagt sie.

HBL

In ihrer mit einem Pelz aus Sägespänen überzogenen Waldführerinnenuniform kommt Jake an der Tür von Villa zwölf an. Als sich auf ihr Klopfen hin nichts rührt, drückt sie die Klinke hinunter, und die Tür öffnet sich. Drinnen hört sie Silas unter der Dusche summen und wartet auf dem Sofa auf ihn. Als sie still dasitzt, merkt sie, dass sie noch immer zittert, als wären die Vibrationen der Kettensäge in ihren Gelenken und Nerven gefangen. Sie hat die übrigen vier Bäume gefällt und sie liegen gelassen, wo sie gelandet sind, weil die Kathedralen-Mitarbeiter sie ohnehin zerteilen und verbrennen werden, sobald sie sie entdeckt haben, in erster Linie um zu verhindern, dass der Anblick die Pilger traumatisiert. In jedem Fall wird das Feuer den Pilz zerstören. Das hofft sie zumindest. Aber beim Verlassen des Waldes drangen Rufe an ihr Ohr, was bedeutet, dass die Waldaufseher ihre Motorsäge gehört oder gespürt haben müssen, wie der Boden unter den umstürzenden Bäumen erzittert ist. Zweifellos haben sie den Wald schon nach der Ursache der Unruhe abgesucht, und wenn sie die Baumstümpfe und die zurückgelassene Kettensäge finden, wird ihnen ein kurzer Blick ins Register zeigen, dass Jake verantwortlich ist. Ihr bleibt nicht viel Zeit.

Jake geht zur Kücheninsel und gießt sich einen starken Bourbon ein. Nach den Wochen der Zurückhaltung während ihrer vermuteten Schwangerschaft rinnt der Drink widerstandlos ihre Kehle hinunter. Sie sieht Silas' Telefon auf dem Tresen liegen und greift beinahe danach. Sie würde Knut gern anrufen und ihm sagen, dass sie zu Ende gebracht hat, was er begonnen hatte, aber sie hat keine Ahnung, wo er sein könnte.

»Sag die Wahrheit, Silas«, sagt sie beschwipst, als er schließlich aus dem Bad kommt. »Sie werden einen Gentest machen, oder?«

Seine Augen weiten sich kurz. »Wenn wir unseren Antrag gestellt haben«, sagt er, als sich der Schreck gelegt hat, »wirst du wahrscheinlich zu einer Anhörung zur Erbenermittlung vorgeladen. Das ist eine reine Formsache. Aber ja, natürlich kann es sein, dass der Richter einen Gentest anordnet. Allerdings war der alte R. J. nicht so vorausschauend, Genproben einzulagern. Es wird daher nichts geben, womit sie deine Proben vergleich könnten. Und ich kann dir versichern, dass unsere Anwälte keinesfalls unverhältnismäßige oder übergriffige Tests deines Genmaterials zulassen werden.«

»Ich bin keine Holt, Silas«, sagt sie. »Das könnte dir jeder sagen, der das Tagebuch wirklich gelesen hat.«

»Es ist mir ziemlich schnuppe, ob du eine Holt, eine Greenwood oder die Cousine des Premierministers bist, Jake. Wie werden es mit keinem Strafgericht zu tun haben. Wir müssen nur *plausibel belegen*, dass du eine Nachfahrin von R. J. Holt bist, weiter nichts. Etwas nützliche Vieldeutigkeit wird ausreichen, und ich glaube, unser wunderbares Tagebuch wird genau dafür sorgen. Mit einem echten, authentischen Papierbuch kann man die Leute heutzutage von fast allem überzeugen.«

»Wenn R. J. so ein notorischer Lüstling war«, fährt sie fort, »warum habt ihr dann keine anderen ›Unfälle‹ entdeckt? Warum hat er mit seiner Frau keine Kinder gehabt? Sie haben es ganz bestimmt versucht. Solche Männer lieben Erben. Und außerdem wurde Euphemia neben ihm noch von anderen Männern besucht.«

»Ich dachte, Wissenschaftler sollten sich mit vorschnellen Urteilen zurückhalten?«, sagt er und schiebt die Bourbon-Flasche aus ihrer Reichweite. »Und ja, Euphemia erwähnt noch andere Besucher, einschließlich dieses HBL. Aber lass uns nicht einzelne Fakten herausgreifen und vorschnelle Schlüsse ziehen. Warum bist du voller Sägespäne?«

»Ich habe ein paar kranke Bäume gefällt«, sagt sie, leert ihren Drink und streckt sich nach der Flasche, um sich einen neuen einzugießen. »Es musste sein.«

Er runzelt die Stirn, bleibt aber gefasst. »Du hast sicher das Richtige getan. Du bist die Expertin. Hör zu, ich bin nicht hier, um dich unter Druck zu setzen. Wenn du noch nicht bereit bist, gib mir einfach das Tagebuch wieder, und du kannst dich bei uns melden, sobald du loslegen willst. Du hast es doch dabei, oder?« Silas sieht sie mit einem leicht panischen Lächeln an. Er streckt seine weiche Hand aus und wartet auf das Tagebuch, als wäre sie es ihm schuldig, als könnte es ihm oder seiner Kanzlei je mehr bedeuten als ihr.

Der Bourbon ist Jake zu Kopf gestiegen, und ihr geht alles zu schnell. Davidoff weiß, dass Jake schon einmal bei Silas in Villa zwölf war, und die Waldaufseher können jeden Augenblick hereinstürmen. Aber zumindest hat sie einen Weg gefunden, Euphemias Tagebuch vor Aasgeiern wie Silas zu retten. Sie nimmt noch einen Schluck und sieht ihm dabei in die Augen. »Ich habe es verbrannt«, sagt sie kühl. »Heute Morgen.«

Irgendwo gleich unter seinem Mund zuckt ein Muskel, und auf seinem Hals erscheinen zwei rote Flecken. »Du hast *was*?«

»Es war mein Recht.«

Er geht zum Sofa und beginnt es zu umrunden. »Auch den Schuber?«

Sie nickt. Dann lacht sie nervös, eine einzige Salve, ein Geräusch, das nach Irrsinn klingen könnte, wie ihr bewusst ist.

Für einen Mann, der auf Anpassung spezialisiert ist, auf sicheres Auftreten, darauf, seine Überzeugungen den sich verändernden Bedingungen einer sich verändernden Welt anzupassen, wirkt Silas ziemlich fassungslos. »Okay, du hast es verbrannt. Du hast es verbrannt?« Er reibt sich mit beiden Händen das Gesicht. Dann schreit er: »Komplett verbrannt?«

»Zu einem Häufchen Asche«, sagt sie.

»Alles klar«, sagt er und bindet beim Auf-und-ab-Gehen seinen Bademantel immer wieder aufs Neue zu. »Das ist nicht schlimm. Natürlich ist es schlimm!«, schreit er. »Aber es ist nun mal passiert. Wir haben notariell beglaubigte Scans in den Akten, aber das erschwert es uns, Jake. Die sind schon optisch nicht gut. Und mir persönlich tut das weh, weil wir eine gemeinsame Geschichte haben und ich das Risiko eingegangen bin, dir das Tagebuch anzuvertrauen. Ich weiß nicht, wie meine Kanzlei reagieren wird, wenn ich es dort erzähle. Es kann sein, dass ich dich nicht vor einem Rechtsstreit schützen kann, und ehrlich gesagt, weiß ich auch gar nicht, ob ich es überhaupt will.«

»Die Beschriftung lautete *Eigentuhm von Willo Grienwud*, Silas – das wird auf allen euren Scans stehen. Das bedeutet, es gehört rechtmäßig mir. Und wenn deine Kanzlei ein Problem damit hat, dann kann sie mich verklagen. Bei mir gibt es richtig was zu holen«, sagt sie sarkastisch und stellt ihr leeres Glas ab.

Daraufhin scheint sich Silas zu sammeln, und er sagt mit dem falschen väterlichen Mitgefühl, das sie immer gehasst hat, zu ihr: »Jake, du hattest einen langen Tag und hast zu viel getrunken. Wir können das alles morgen klären.« Er geht in die Küche und nimmt das Telefon vom Tresen. »Ich lasse dir das Gästezimmer herrichten.« Während er auf dem Display herumtippt, tritt sie hinter ihn und sieht, dass er den Knopf betätigt, mit dem man bei einem Notfall die Waldaufseher verständigt.

Sie schlägt ihm das Telefon aus der Hand, und es fällt klappernd auf den gefliesten Boden. Dann tritt sie mit dem Stiefelabsatz darauf und rennt zur Tür. Und zum letzten Mal verlässt Jake Greenwood Silas zugunsten der Bäume.

Eigentum der Kathedrale

Sie finden sie am nächsten Morgen, versteckt hinter einem verrottenden Ammenstamm inmitten der einstmals verbrannten Bäume, die die Personalhütten umstehen. Ihr Gesicht ist mit abgefallenen Zedernnadeln verklebt, die nach Grapefruit riechen, wo sie unter ihrem Wangenknochen zerdrückt wurden.

Jakes dehydrierter Schädel pocht mit jedem Ziehen und Schubsen, als die Waldaufseher sie vom Boden aufheben und durch die Kathedrale führen, vorbei an moosbekränzten Stämmen, über dicke Wurzeln hinweg, die wie Aale aus dem Boden auftauchen. Jeder der fünf Waldaufseher trägt ein kleines, kurzläufiges Maschinengewehr, das durch die geringe Größe nur noch furchteinflößender erscheint. An Jakes Mitarbeiterhütte angekommen, stehen sie vor der Tür Wache, während sie ihre Waldführeruniform auszieht und zum letzten Mal in ihren Spind hängt. Dann wühlt sie in den Tiefen des Spinds, bis sie einen Müllsack zutage gefördert hat, der die zerfledderten Kleider enthält, die sie trug, als sie staubig, ausgehungert und mittellos auf Greenwood Island ankam. Als sie angezogen ist, beginnt sie Knuts Papierbücher einzupacken, steckt die Erstausgaben von John Muir und Carl von Linné in den Pappkarton ihres Vaters, zusammen mit den Werkzeugen und den Schallplatten, die er ihr hinterlassen hat.

Aber der leitende Waldaufseher kommt herein und spricht sie an, als sie den Karton gerade hochheben will. »Das ist Eigentum von

Greenwood«, sagt er mit einem Akzent, den Jake nicht einordnen kann. »Das müssen Sie hierlassen.«

»Nein, nein – *Liam* Greenwood«, sagt Jake, um einen beherrschten Tonfall bemüht. »Das ist der Name meines Vaters, und er hat nicht das Geringste mit der Kathedrale zu tun.«

Mit dem Lauf seines Gewehrs deutet er auf das Wort Greenwood und sagt: »Eigentum der Kathedrale. Sie können nur mitnehmen, was Ihnen gehört.«

In diesem Moment begreift Jake, dass der Mann wie so viele der Waldaufseher – größtenteils kriegsversehrte Seelen, die aus den verschiedenen staubigen höllischen Landschaften der Welt hergeflogen sind – wahrscheinlich nicht lesen kann und das G nur erkennt, weil er es hier so oft gesehen hat.

Jake ist zu klug, um ihn zu beschämen oder einen Aufstand zu proben, vor allem nach dem, was sie getan hat, also beißt sie die Zähne aufeinander und sagt dem Karton Lebewohl. Knut kann sich neue Bücher besorgen, und die Werkzeuge und merkwürdigen Platten ihres Vaters haben ihr ohnehin nie sonderlich viel bedeutet. Sie bindet sich die Haare zurück und zieht ihre Leafskin-Jacke an.

»Auch Eigentum der Kathedrale«, sagt der Waldaufseher und zeigt jetzt mit seinem Gewehr auf ihren Mantel.

»Der Wind wird mich draußen auf dem Wasser bis auf die Knochen auskühlen«, sagt sie flehentlich. »Bitte, Sir. Es ist meine einzige Jacke.«

Der Waldaufseher sieht zu seinen Kameraden hinüber, die draußen vor der Tür stehen und ihnen nicht zuhören. Offenbar in einem Anflug von Mitleid nickt er. »Gehen Sie.«

Draußen führen sie sie an den Mitarbeiterhütten und dann an der Jurte vorbei. Bald erreichen sie den Anfang des Pfads, wo sich schon ein Grüppchen von Pilgern versammelt hat, die auf ihre morgendliche Führung warten.

Sie sind gerade am Bootsanleger angekommen, als Jake eine breiige gelbe Substanz entdeckt, die auf der Oberfläche der Whirlpools am Ufer treibt. Zuerst hält sie es für Algen, die in der Kathedrale häufiger auftreten, in der Badekleidung von Jetset-Touristen aus anderen Meeren herangetragen. Aber Jake bemerkt auch in der Luft einen dünnen Schleier. Sie wird an Bord des Versorgungsschiffes gezerrt, das bald darauf ablegt, und erst draußen in der Bucht erkennt sie den dicken zitronengelben Dunst, der in den Bäumen hängt wie ein Vorhang, der um ihre Kronen gezogen ist. Es ist Baummast, begreift sie – die Bäume setzen Pollen frei, so reichlich, wie sie es nie gesehen hat, und sechs Monate vor der Zeit. So energisch vermehren sich die meisten Baumarten nur unter erschwerten Bedingungen, wenn sie durch Krankheiten unter Stress geraten oder von Waldbränden angegriffen oder durch Dürre ausgetrocknet sind. Ob sie diesen reproduktiven Schachzug durchführen, weil sie glauben, dass sich die Dinge nach dem Nachlassen der Bedrohung zum Besseren wenden werden oder dass sie nichts mehr zu verlieren haben, nun, da alles zum Teufel ist, hat die Forschung nie mit Sicherheit sagen können. Aber Jake kann nicht anders, als ihren Optimismus zu bewundern.

Sie verreibt etwas von dem feinen Puder zwischen den Händen. Wenn sie ihr Genmaterial über den vom Wind verteilten Pollen ausgetauscht haben, werden die Bäume Samenzapfen austreiben, die sich schließlich öffnen und Samenkapseln freisetzen, die an Propellern auf den Waldboden sinken werden – genau zu der Zeit, zu der sie es nicht tun sollten. Selbst unter den besten Bedingungen erreicht nur ein verschwindend geringer Prozentsatz von Douglasiensamen das Erwachsenenalter. Und zur falschen Jahreszeit werden die Samen auf unfruchtbaren Boden fallen. Sie werden faulen, lange bevor sie auskeimen können. Und nach all den Fehlschlägen, die Jake kürzlich erlitten hat, verliert sie erst jetzt beim Gedanken an diese Bäume, die aus schierer Verzweiflung ihre letzten Reserven mobilisieren, um Millionen von Propellern in den Wind zu entlassen, die Beherrschung. Sie lässt sich auf das Deck sinken, damit die Besatzung des Frachtkahns sie nicht weinen sieht.

Die Greenwoods

Eine Stunde nachdem Greenwood Island am Horizont verschwunden ist und das Unterschallsummen der Entsalzungsanlage des Resorts nicht mehr zu dem Kahn durchdringt, hört Jake auf zu schluchzen. Sie hat ihr Leben dem Studium der prächtigsten Bäume der Welt gewidmet: Eukalyptus, Banyan, Stieleiche, Baobab, libanesische Zeder, die Sicheltanne aus Japan, der Mammutbaum aus Nordkalifornien, Mahagoni vom Amazonas – aber es ist die Küstendouglasie des Nordwestpazifiks, die ihr am stärksten am Herzen liegt. Und seit dem Tag, an dem sie in der Baumkathedrale von Greenwood angekommen ist, hat sie geglaubt, sie könne ohne ihren Wald oder die Insel, die ihn – zumindest im Moment noch – nährt, nicht überleben. Aber natürlich kann sie das. Wenn es notwendig ist, können sich Menschen an alles anpassen. Und auch wenn sie aus ihrem Garten Eden vertrieben worden ist, verlässt sie ihn mit einer Geschichte. Es ist eine unabgeschlossene Geschichte, aber andere gibt es ihres Wissens gar nicht.

Jake findet eine versteckte Nische zwischen den Kisten, die der Frachtkahn transportiert, und duckt sich hinter hoch aufgetürmte Recycling- und Kompostbehälter. Sie zupft am Innenfutter ihrer Leafskin-Jacke, und aus dem Loch, das sie hineingeschnitten hat, zieht sie den Schuber mit dem ramponierten Tagebuch. In der belebenden Meeresluft blättert sie durch die kohlegeschwärzten Seiten, hört Euphemias Stimme, fühlt die leichten Vertiefungen, die ihr Stift vor hundert Jahren im Papier hinterlassen hat, wie umgekehrte Blindenschrift. *Blättern.* Warum immer dieser Ausdruck? »Wir machen sie menschlich«, hatte Knut geschrieben. »Mit unseren Verben.«

Wie so oft landet Jake beim letzten Eintrag des Tagebuchs, in dem Euphemia ihr ungeborenes Kind zum ersten Mal direkt anspricht und erklärt, warum sie es behalten will, trotz der Wirtschaftskrise, ihrer Mittellosigkeit und der bestehenden Abmachung, es wegzugeben. Und auch wenn Jake jetzt weiß, dass sich Euphemia bald darauf unerklärlicherweise das Leben genommen hat, gibt ihr der Abschnitt noch immer eine zarte Kraft, mit der sie ihrem neuen Leben begegnen kann.

Nach einigen Stunden nähert sich der Kahn Vancouver, und Jake hebt den Blick von dem Tagebuch, um die Stadt zu betrachten. Sie weiß noch, wie aufregend es war, diese Landschaft nach ihrer Ankunft aus Delhi das erste Mal zu sehen – diese Zusammenkunft von Bergen und Bäumen und Ozean, die ihr eine solche Energie verlieh, dass sie tagelang nicht schlafen konnte. Aber so viele der großen Bäume sind nun verschwunden, ersetzt durch vollklimatisierte Türme aus Glas und Stahl. Selbst die alten Zedern und Tannen im Stanley Park haben sich geschlagen gegeben, nur einige von ihnen stehen noch wie grüne Wächter neben den teuren Wohnbauten, die das Ufer säumen.

Der Kahn tuckert zu einem heruntergekommenen Servicekai, an dem noch weitere Transportschiffe liegen. Die Luft ist staubig, übelriechend und toxisch, und Jake sehnt sich schon jetzt nach dem beruhigenden Tannenzapfenduft der Insel. Der Kapitän des Kahns kommt zu ihr und sagt, da das Personal knapp sei, werde man ihr einen kleinen Betrag zahlen, wenn sie beim Löschen der Fracht helfe.

Jake und einige Besatzungsmitglieder greifen sich Recyclingbehälter aus Plastik und tragen sie die Laufplanke zum Anleger hinunter. Sie will gerade einen Eimer voll faulig riechendem Kompost nehmen, als der Kapitän ruft, sie solle warten, und rasch kippt er Bleichmittel über den Inhalt.

»Wieso wird das gemacht? Das mit dem Bleichmittel?«, fragt Jake einen der Matrosen, als sie wieder zum Schiff hinaufgehen.

Der Mann schaut zu einer großen Ansammlung von Bettlern hinüber, allesamt Kinder, die sich unweit der Rampe zusammendrängen. »Damit die sich nicht dran vergreifen«, sagt er argwöhnisch.

Eine halbe Stunde später ist die Ladung gelöscht, und Jake erhält ihre dürftige Bezahlung. Sie zieht zwei leere Weinflaschen – eine davon ist vielleicht die, die sie mit Corbyn geleert hat – aus den Recyclingbehältern, die in einem umzäunten Bereich unerreichbar für die Bettler auf Abholung warten. Jake geht zu der Gruppe von Kindern und steckt die Flaschen in eine der schmierigen Plastiktüten, die an deren Armen baumeln.

»Danke, Miss«, sagt ein Kind mit vom Staub rau gescheuerter Stimme und zieht die Flaschen aus der Tüte, um ihren Wert gewissenhaft abzuschätzen. Die um das Gesicht des Kindes gewickelten Lappen verhindern, dass Jake sein Geschlecht oder seine Ethnie erkennt. Indonesisch vielleicht, möglicherweise Pakistani. Die Stirn des Kindes ist vom gleichen blässlichen Braun wie ihre eigene.

»Was wirst du dafür bekommen?«, fragt Jake.

»Nicht so viel«, sagt das Kind abwehrend und drückt die Flaschen an die Brust, als befürchtete es, Jake könne es sich anders überlegen und sie ihm wieder wegnehmen.

»Keine Angst, die gehören dir«, sagt Jake und sieht dann zu dem Eimer voll gebleichtem Kompost hinüber, in dem jetzt einer der zerlumpten Jungen mit einem Kleiderbügel herumstochert. »Kannst du dir davon etwas zu essen kaufen?«

»Wir haben Glück«, verkündet das Kind stolz. »Die Bleiche läuft nicht bis ganz unten. Und die Greenwoods werfen viele gute Sachen weg, Miss. Sie sind sehr großzügig.«

»Das stimmt, sie werfen viele gute Sachen weg«, sagt Jake, und einen Augenblick lang muss sie daran denken, wie Silas von den geknechteten Massen gesprochen hat, die ganze Familien abschlachten und Häuser plündern, ohne vorher um ein Almosen zu bitten. »Aber großzügig würde ich sie nicht gerade nennen.«

»Aber Sie sind großzügig, und Sie sind doch auch eine«, sagt das Kind und zeigt auf das stilisierte Logo der Kathedrale auf Jakes Leafskin-Jacke.

Jake berührt das mit Siebdruck aufgebrachte Logo mit den Fingern und lächelt. »Nicht mehr. Aber du hast recht. Ich war mal eine Greenwood«, sagt sie. »Aber hast du denn hier jemanden? Eine Familie? Oder wenn nicht hier, dann irgendwo anders?«

»Nein, Miss«, sagt das Kind mit gesenktem Blick. Dann zeigt es auf die anderen Bettler, und seine Miene hellt sich auf. »Aber ich habe die anderen.«

Augenblicklich stellt sich Jake vor, das Kind in ihren Armen von diesem schmutzigen Kai davonzutragen – wobei sie dieser unvermittelte starke Drang auch erschreckt. Denn welches Kind könnte schon von Jake gerettet werden wollen? Und wie könnte sie hoffen, sich je ordentlich um einen anderen Menschen zu kümmern? Sie ist pleite. Sie hat kein unterstützendes Familiennetzwerk und keinen Partner. Sie trinkt zu viel. Und wenn sie erst einmal insolvent ist, wird ihr Leben in ganz neue Regionen des Elends vorstoßen.

Und doch: Würde sie das Kind aufnehmen, könnten sie vielleicht Knut aufspüren. Er würde ganz sicher wissen, ob es irgendwo einen Baumgarten gäbe, einen Zufluchtsort, an dem wenigstens einige der großen Baumarten der Welt überlebt haben, wahrscheinlich finanziert von einem Technikmogul mit Gott-Komplex, aber dennoch. Dort könnte Jake zusehen, wie das Kind über Banyan, Eukalyptus, Eiche, Affenbaum und Mammutbaum staunt. Und nachdem sie die Splitter der Geschichte des Kindes zusammengesetzt haben, so gut sie konnten – einschließlich der Frage, wie es das Kind an diesen Kai verschlagen hatte, wo es mit Bleichmittel übergossene Lebensmittel aß und im Müll wühlte –, würde Jake ihm die Geschichte der Familie Greenwood erzählen, zumindest den kleinen Teil, den sie kennt. Sie würde von ihrem Urgroßvater, dem Holzmagnaten, erzählen. Von ihrem Urgroßonkel, dem Entführer. Ihrer Großmutter, die aus innerer Überzeugung ein Vermögen verschenkt hatte. Ihrem Vater, der für die reichsten Menschen des Landes schöne Dinge gebaut hatte. Und wenn das Kind alt genug wäre, könnte Jake es sogar Euphemias Tagebuch lesen lassen, das eine Art Familienalbum wäre, ein Text, der sie miteinander verbinden würde.

Und wenn es wieder etwas bergauf gegangen wäre und sie etwas Geld gespart hätten, würde Jake mit dem Kind an diesen Kai zurückkehren, um ihm zu zeigen, wo sie sich zum ersten Mal begegnet waren. Und von dort aus würden sie nach Greenwood Island übersetzen, wenn die Insel noch nicht vom steigenden Meer verschlungen worden wäre, und in der Hütte wohnen, die Harris gebaut hatte. Und auch wenn das Welken schon alle Douglastannen auf der Insel getötet hätte, würde Jake das Kind trotzdem alles über sie lehren.

Wäre die Geschichte selbst ein Buch, dann wäre dieses Zeitalter wohl das letzte Kapitel, nicht wahr? Oder glaubte man das zu jeder Zeit? Dass das Leben nicht weitergehen kann und dass dies das Ende ist? Auf dem Höhepunkt der Weltwirtschaftskrise hatte Euphemia von einer Gesellschaft geschrieben, die unmöglich fortbestehen könne. Und doch ging es weiter. Und weiter. Und weiter. Jahre, die sich auf Jahre türmen. Schicht um Schicht. Hell und dunkel. Splintholz auf Kernholz.

»Soll ich dir etwas zu essen kaufen?«, fragt Jake.

»Ja, Miss«, antwortet das Kind skeptisch. »Aber wenn der nächste Kahn kommt, muss ich wieder da sein.«

Jake verspricht es und nimmt die rußgeschwärzte Hand des Kindes in ihre eigene, und sie lassen den Kai hinter sich und gehen in Richtung der Stadt. Was, wenn eine Familie gar kein Baum ist?, denkt Jake, als sie schweigend nebeneinander hergehen. Was, wenn sie eher wie ein Wald ist? Ein Verbund einzelner Lebewesen, die ihre Rohstoffe über verflochtene Wurzeln miteinander teilen und sich gegenseitig vor Wind und Dürre schützen – so wie es die Bäume auf Greenwood Island seit Jahrhunderten getan haben. Und selbst wenn Euphemia Baxter nicht Jakes Urgroßmutter ist und Harris Greenwood nicht ihr Urgroßvater, und auch wenn sie ihren Vater Liam oder ihre Großmutter Willow nie zu Gesicht bekommen hat – sie sind alle Greenwoods. Und sie sind alle bei ihr, eingebettet in ihre Zellstruktur; wenn nicht Teil ihres Familienstammbaums, dann Teil ihres Familienwaldes. Und niemand wüsste besser als eine Dendrologin, dass es auf die Wälder ankommt.

Was sind Familien anderes als Erzählungen? Geschichten, die aus einem bestimmten Grund über eine bestimmte Gruppe von Menschen erzählt werden? Und wie alle Geschichten werden Familien nicht geboren, sie werden erfunden, werden zusammengefügt aus Liebe und Lügen und nichts anderem. Und durch diese verworrenen Mittel könnte auch dieses arme, mittellose Kind – im Guten wie im Schlechten – ein Greenwood werden.

Die geheimen & privaten Gedanken & Taten der Euphemia Baxter

Heute habe ich beim Waldspaziergang einen Mann gesehen.

Der Arzt hat mir geraten, das Bett nicht zu verlassen, aber ich fühlte mich stark genug, & ich ließ dich in deinem Gitterbett schlafen & ging allein in den Ahornwald, der das Anwesen umgibt. Der Wald war mit Frost gelockt, & die Frühlingsluft war kalt, & weil RJ mir Jacke und Schuhe vorenthält, borgte ich mir die der Haushälterin. Es war mein erster Gang ins Freie als Mutter, und selbst der Boden fühlte sich verändert an, etwas wundersamer, aber auch etwas weniger gnädig. Aber der Wald schien mich willkommen zu heißen, & bald war ich von Freude erfüllt.

Hätte der Mann im Wald nicht einen Nagel in einen der Ahornbäume geschlagen, ich hätte ihn nie gesehen. Er trug einen Bart & sah heruntergekommen & selbst beinahe wie ein halber Baum aus. Aber ich sah etwas Gütiges in der behutsamen Art und Weise, wie er einen Eimer an den Nagel hängte, & in seinem sanften Gang. Er wirkte nicht, als wäre ihm nach einer Plauderei zumute, also ließ ich ihn in Frieden.

RJ wäre außer sich vor Wut, wenn er wüsste, dass jemand auf seinem Grund lebt, also werde ich gewiss nichts verraten. Er kommt morgen & wird dir zum ersten Mal begegnen. Ich muss daran denken, dieses Tagebuch zu verstecken, ehe er kommt. Für ihn wäre sein bloßes Vorhandensein ein Affront. Er misstraut Büchern. & privaten Tagebüchern misstraut er noch mehr.

Auch wenn ich mich schäme, es zuzugeben, will ich eine Schriftstellerin wie Virginia Woolf sein. Wie würde sich diese Verzückung anfühlen? Sich von Wörtern beherrschen zu lassen? Sie wie Quecksilber durch seine Adern strömen zu lassen? Im Gegensatz zu RJ gefällt es HBL, dass ich schreibe. Er sagt mir oft, ich könne alles tun, was ich mir vornehme, & ich hoffe, er hat recht. Ich habe ihn gebeten, mir Schuhe & einen Mantel mitzubringen, wenn er heute Abend kommt, & er hat es mir zugesichert. Er ist eine gepeinigte Seele, aber er ist auch liebenswürdig. Auf viele verborgene Arten ist er wie ich. Ein Mensch mit mehr Bürden als Freiheiten, mit mehr Liebe als Möglichkeiten, sie auszuleben.

Schon so lange kommt es mir vor, als wäre mein Leben ein Samen, den die Krume der Welt nicht aufnehmen will. Die Krise ist schuld, wenigstens zum Teil. Alles zerfasert & zerfällt. Auf der Bank haben sie über nichts anderes mehr gesprochen. Niemand weiß, wie es zur Krise gekommen ist, nur dass sie erstickt und entstellt. & obwohl die Leute arbeiten wollen, gibt es keine Arbeit. & selbst hier, so nah am Meer, ist der Himmel hin und wieder staubverhangen. Ich fürchte, alles, was grün ist & wächst, hat uns aufgegeben, & wir verdienen bloß den Staub.

Ich habe im Leben gearbeitet & gearbeitet & gearbeitet, & habe es doch zu nichts gebracht. Selbst als Kind war ich nie voller Hoffnung. Aber in irgendeiner Weise hast du mir Hoffnung gegeben. Vielleicht weil sich die Welt mit dir so viel reicher anfühlt. Auch wenn du es bist, nicht ich, die der Trostlosigkeit der Zukunft begegnen muss. Einer Zukunft, die nicht länger besser ist als die Vergangenheit. Also bitte ich dich mit diesen Zeilen wohl auch um Verzeihung.

Dennoch steht vor meinem Fenster ein Kirschbaum in voller Blüte, & ich spreche mit ihm. Bei deiner Geburt habe ich die Blüten gezählt, während der Arzt diese besorgte Miene machte & ich Blut verlor & meinen Körper auf den Tod zukriechen fühlte. & wenn jetzt der Wind durch die Blüten weht, sehe ich immer dich in ihrem Schimmer.

Als ich von dem Mann im Wald fortging, traf ich einen Entschluss: Ich werde dich behalten.

Ich glaubte, ich könne es nicht. Doch das hat sich geändert.

Es ist mir gleich, wie wenig Geld ich habe. Es ist mir gleich, wie trostlos alles aussieht. Es ist mir gleich, wer dein Vater ist. Es ist mir sogar gleich, dass ich deine Mutter bin. Ich will dich nicht, weil du mir gehörst. Ich will dich, weil ich dir gehöre.

RJ wird schäumen vor Wut, & ich werde gewiss meine Wohnung & meine Anstellung verlieren & vielleicht Schlimmeres. Aber HBL wird mir helfen. Ich kann stur sein, wenn ich einmal eine Entscheidung getroffen habe. Frag nur deine Großeltern, sollten sie noch am Leben sein, wenn du dies liest.

Du schläfst jetzt. Du hast mich alle Kraft gekostet, aber das war wohl zu erwarten. Wofür hat man denn Kraft, wenn nicht, um sie zu erschöpfen? Ich habe dich in ein Stück Brokatstoff gehüllt, das ich in einem Gebrauchtwarenladen gekauft habe. & auch wenn ich das Nähen immer gehasst habe, werde ich dir zuliebe heute Abend einige Stunden leiden & dir aus dem Stoff eine Decke zusammennähen. Du sollst wenigstens eine Sache haben, die nicht von RJ gekauft wurde.

Ich muss jetzt den Stift aus der Hand legen. Ich bin noch benommen & wund von deiner Geburt & vom Laufen & kann nicht mehr sitzen. Ich verspreche, den Stift morgen wieder zur Hand zu nehmen & diese Gedanken zu Ende zu bringen, wenn sie überhaupt ein Ende finden können. Meine einzige Hoffnung ist, dass dieses Tagebuch Licht ins Dunkel bringen wird & dass du, wenn du alt genug bist, dies lesen & vielleicht die tiefsten Absichten hinter meinem Handeln erfassen wirst. Dass mein höchstes Ziel ist, deiner würdig zu sein. Sobald ich in der Lage bin, werden wir von hier fortgehen. Gemeinsam. Wenn sie uns aufhalten wollen, werden wir in den Wald fliehen. Von dort wird es ein langer Marsch in die Stadt sein. Aber ich bin stark, & du gibst mir Mut, & ein Wald ist immer schon der beste Zufluchtsort gewesen, den es gibt.

Dank

Danke an Bill Clegg, dessen Glaube an dieses Buch das Gerüst war, das seinen Bau ermöglichte.

Zutiefst dankbar bin ich Alexis Washam und Jillian Buckley von Hogarth für ihr Verständnis und ihr Engagement. Und mein besonderer Dank gilt Anita Chong bei McClelland & Stewart, die sich schon so lange für mich einsetzt und mir geholfen hat, diese Geschichte zu erzählen, Ring für Ring, Ast für Ast und Blatt für Blatt.

Danke auch an Jared Bland, Joe Lee, Ruta Liormonas, Melanie Little, Jennifer Griffiths, Shaun Oakey, Francis Geffard, Simon Toop, David Kambhu, Marion Duvert, Henry Rabinowitz, Griffin Irvine, Lilly Sandberg, Molly Slight, Henry Rosenbloom, Marika Webb-Pullman, Alexander MacLeod, Benji Wagner, Alex Craig, Arnie Bell, Jackie Bowers, Naomi Brown sowie Claire und Martha Christie.

Das Flüstern der Bäume ist von vielen anderen Büchern inspiriert. Dies sind einige von ihnen: *The Tree* von John Fowles; *The Wretched of Canada: Letters to R. B. Bennett, 1930–1935*, herausgegeben von Linda M. Grayson und Michael Bliss; *The Great Depression* von Pierre Berton; *The Worst Hard Time* von Timothy Egan; *Hard Times* von Studs Terkel; *You Can't Win* von Jack Black; *Beggars of Life* von Jim Tully; *Hobo Blues. Ein amerikanisches Nachtbild* von William T. Vollmann; *H. R.: A Biography of H. R. MacMillan* von

Ken Drushka; *Preisen will ich die großen Männer* von James Agee und Walker Evans; *Cabbagetown* von Hugh Garner; *Bekenntnisse eines englischen Opiumessers* von Thomas De Quincey; *Das geheime Leben der Bäume* von Peter Wohlleben; *Der Baum. Eine Lebensgeschichte* von David Suzuki und Wayne Grady; *Unchopping a Tree* von W. S. Merwin; *The Wars* von Timothy Findley; *How to Live in the New Americas* von William Kaysing; *Woodsmen of the West* von Martin Allerdale Grainger; *Die Rückkehr* von Rebecca West; *The Journal of Private Fraser* von Donald Fraser, herausgegeben von Reginald H. Roy; *The Soul of a Tree* von George Nakashima.

Einen Großteil dieses umfangreichen Romans habe ich in einer kleinen Hütte auf Galiano Island geschrieben, und ich möchte den Mitgliedern dieser Gemeinschaft dafür danken, dass sie mich während der gesamten Zeit unterstützt haben. Ich möchte auch den Dank zum Ausdruck bringen, den ich dem Canada Council for the Arts für seine finanzielle Unterstützung schulde.

Danke an meine Eltern, die diese Welt beide zu früh verlassen haben und deren still erbrachte Opfer ich erst allmählich zu erahnen beginne. Und an Jason Christie, den besten Bruder und Tischtennisgegner, den ich mir je wünschen könnte.

Und schließlich danke an Lake und August, deren Leben mein eigenes Leben neu belebt haben. Und an Cedar Bowers, aus Gründen, für deren Aufzählung ich einen ganzen Wald voller Papier bräuchte.

Die Originalausgabe erschien 2019 unter dem Titel *Greenwood*
bei McClelland & Stewart, einem Imprint von
Penguin Random House Canada Limited, Toronto.

Canada Council for the Arts Conseil des arts du Canada

Der Penguin Verlag dankt dem Canada Council for the Arts für die Förderung der Übersetzung. We acknowledge the support of the Canada Council for the Arts. Nous remercions le Conseil des arts du Canada de son soutien.

MIX
Papier aus verantwortungsvollen Quellen
FSC® C014496
Klimaneutral*
Druckprodukt
ClimatePartner.com/14044-1912-1001

Penguin Random House Verlagsgruppe FSC® N001967

4. Auflage

Penguin Verlag in der Penguin Random House Verlagsgruppe GmbH,
Neumarkter Straße 28, 81673 München
Dieses Buch wurde vermittelt durch: The Clegg Agency, Inc., USA

Illustrationen Innenteil: FAVORITBUERO, München; © Ast und Baum: Shutterstock
Umschlaggestaltung: FAVORITBUERO, München
Umschlagabbildung: © Bridgeman Images/Currier, N. (1813-88) and Ives, J. M. (1824-95)
Satz: GGP Media GmbH, Pößneck
Druck und Bindung: GGP Media GmbH, Pößneck
Printed in Germany
ISBN 978-3-328-60079-4
www.penguin-verlag.de.